本书为广东外语外贸大学外国文学文化研究中心研究成果，获广东省“211 工程”三期重点学科建设项目“人文学中心建设——比较文化视野的文学通化研究”经费资助

本书为国家社科基金项目“新历史主义文艺思潮通论”（项目批准号：06BZW006）结项成果（结项证书号：20130600）

人文学丛书

人文学丛书　第三辑

主编　栾　栋

新历史主义文艺思潮通论

张　进　著

暨南大学出版社
JINAN UNIVERSITY PRESS

中国·广州

图书在版编目（CIP）数据

新历史主义文艺思潮通论/张进著．—广州：暨南大学出版社，2013.11
（人文学丛书·第三辑）
ISBN 978-7-5668-0759-5

Ⅰ.①新…　Ⅱ.①张…　Ⅲ.①历史主义—文艺思潮—研究　Ⅳ.①I109.9

中国版本图书馆 CIP 数据核字（2013）第 213605 号

……………………………………………………………………………………

新历史主义文艺思潮通论
著　　者：张　进

丛书策划：史小军
责任编辑：陈绪泉
责任校对：何　力

地　　址：中国广州暨南大学
电　　话：总编室（8620）85221601
　　　　　营销部（8620）85225284　85228291　85228292（邮购）
传　　真：（8620）85221583（办公室）　85223774（营销部）
邮　　编：510630
网　　址：http：//www.jnupress.com　http：//press.jnu.edu.cn
排　　版：广州市天河星辰文化发展部照排中心
印　　刷：佛山市浩文彩色印刷有限公司
开　　本：787mm×960mm　1/16
印　　张：35.75
字　　数：588 千
版　　次：2013 年 11 月第 1 版
印　　次：2013 年 11 月第 1 次
定　　价：69.80 元

总序

栾　栋

克服“单面人”生产和突破“块垒式”教学，探索宽基础、大口径、深层次培养通识通才的途径，是世界所有高校的重大难题，也是广东省建设文教大省不可回避的关隘之一。从2003年12月起，我们以省普通高校人文社会科学重点研究基地外国文学文化研究中心为依托，进行了集约性融通的尝试，一系列成果聚焦于“人文学中心建设——比较文化视野的文学通化研究”。2008年底，我们以此为题，获省“211工程”三期重点学科建设项目立项，一个融通人文学科的核心实践在广东外语外贸大学拉开序幕。2012年底，该工程经省发改委、教育厅、财政厅组织专家审核，顺利通过验收，这一项“从无到有的创制”首战告捷。

何谓人文学？从学科脉络上讲，她是研究文史哲互根的学问；从学术本质上看，她是求索中西学融会的艺术；从学理辐射而论，她是探讨教科文贯通的方略；从学丛变数展望，她是文科大类场域趋通的津渡。我们将之作为文学化感通变的“核心加速器”，从“比较文化视野”多向度运作，以推动中外语言文学的通化性研究。这是我们创新团队数十年的精心设计，是我校长期师资建设和学术积累的集成绽放，是我校的比较文学在本科、硕士、博士学位授权点和博士后流动站配套后的新拓展，尤其是我校作为省属涉外型重点大学对“明德尚行，学贯中西”校训的认真践履。

“人文学中心”是广东省文科基地（外国文学文化研究中心）重点项目建设的一个工作站。本中心面向海内外招聘学术带头人和教研骨干，大力推动国内外同行间的多向交流，旨在打破近代以来人文领域分科治学人为分界的局限，同时坚守合理的规则，以具有长远规划、长期积累和趋向性影响的重大项目实施，带动人文主干学科的多面建设。

从省文科基地已经完成的“人文学研究”成果和全校人文力量的整合情况来看，以“人文学中心建设——比较文化视野的文学通化研究”为题，全面推进省“211 工程”三期重点学科建设项目的效率日益加强。广东外语外贸大学的人文人为学校、全省和全国高教界践履这一历史使命作出了突出的成绩。这个工程已经如期结项，然而其积极的成果还在源源不断地涌现，科研成果的实践性转化也在与时俱进地展开。

本团队积极进行中外语言文学的教研改革，力求在人文学探索上有较大的突破，把中心建成教学科研、学术交流和资料信息的综合平台，努力实现省内领先、国内出色的目标，扩大在国际学术界的知名度。增强实力，协调运作，承担对本学科发展具有中长期导向作用的重大课题，使本中心成为国内外有一定影响力的人文学高层次人才培养基地和文史哲通化研究的资料中心。

“人文学丛书”是“人文学中心”建设的一个信息窗口，她将本项目的水平标高展现给社会。“人文学丛书”也是“文学通化研究”的一个交流平台，她把本团队融贯文史哲和勾兑中西学的成败利钝呈现出来，与学界同仁品鉴。这套丛书包含三个方面的内容，其一是人文学原理与方法探要，其二是中外文史通义问题求索，其三是中外文学通化现象研究。毋庸讳言，这样一套丛书的编著，连同上述“人文学中心”建设的重大任务，都属于既“吃螃蟹”又“尝蜘蛛”的艰险行动。但是全球化的历史潮流迫使我们斗胆进取，面对国际教科文演变的一道难题，中国的人文学者总得交出自己的答卷。

“人文学丛书”第一辑的 10 部著作已于 2011 年问世，第二辑 10 部著作在 2012 年出版发行。第三辑即本系列 15 部著作整装待发。本辑的第一本是张进教授的《历史诗学通论》。“历史诗学”问题是一个跨越学科语际和时代国别界限的理论和实践问题，关系到当前文艺发展的命脉和全局，但目前尚没有一部打通如上界限的“通论”性质的专题著述。《历史诗学通论》旨在打通学科界限、时代界限和国别界限，对古今中外的“历史诗学”思想资源进行综合比较和通化研究。在文学与史学相贯通的基础上，打通人学与史学、文本学和审美学之间的学科壁垒，对论题展开科际整合研究；在综合古今相关思想资料的基础上，通过历史诗学形态的历史比较研究，揭示其历史演替和范式转换的过程；在跨越国别语际界限的意义上，对中国、英美和俄苏的历史诗学作宏观统照，通过对相关思想的文化比较研究，阐发历史诗学的思想内涵和多重取向，进而实现对历史诗学问题向心式挖掘与横向性贯通相统一的研究目标。在综合比较基础上的通论研究和通化研究是本书的基本特色。

第二本是张进教授的《新历史主义文艺思潮通论》。新历史主义是20世纪70年代末期以来崛起于英美等国的一种跨学科、超国界、多流派的文艺文化批评运动。80年代末，这一“外生”批评运动与中国文艺文化领域“内生原发”的历史文学书写活动策应互动，渐次演变成一种声势浩大的新历史主义文艺思潮，至今仍方兴未艾。它所提出的问题涉及历史哲学观念和历史理性精神的价值取向，关乎文艺文化发展的命脉和全局。本书在当代世界文论和国内文艺的实践背景上，通过对历史文学、历史转向和新历史主义及其间复杂关系的具体研究，以及历史哲学、批评流派与创作实践之间的对勘互证，全方位、立体式地考察这一思潮的精神风貌、思想谱系、文学观念、创作实践、批评探索和价值效应等问题，探索历史理性与人文精神、诗性智慧与历史逻辑的深层对话和整合会通的可能途径，规范和引导历史文学的理论与实践，推动新历史主义文艺思潮在中国文化传承创新过程中发挥出更大的正能量。全方位的会通研究是本书在内容和方法上的主要特色。

第三本是冯晓莉老师的《人文通识教育新论》。人文通识早先被理解为对一般人文知识的撷取。20世纪末叶，人文精神的讨论将之推进到人文思想的层面，近十多年渐次成为国内外高校教育改革和教学研究的重要内容。本书以“人文学”研究为主脉，以当前中国高校的通识教育改革为切入点，全面而深入地探讨了人文通识教育的关键问题，包括人文通识教育的人文学内涵、中西方人文通识教育的历史渊源、外语类大学人文通识教育的实践经验、全球化背景下加强人文通识教育的现实意义等方面。本书内容分为三大部分，共十二章。三大板块分别聚焦于人文通识教育的历史演变、人文通识教育的案例分析、人文通识教育的多向突围。其中关于广东外语外贸大学人文学建设的跟踪研究，可谓人文学前沿的实录和通识教育创新的亮点。

第四本是李安博士的《乔叟文学思想研究》。杰弗里·乔叟（Geoffrey Chaucer，约1343—1400）是中世纪向文艺复兴转变时期的文学翘楚，是英国文学史上里程碑式的人物。他在英语文学中的历史地位，一如但丁之于意大利文学。面对法、意文化的碰撞和思想新潮的冲击，乔叟可谓第一个自觉用本民族语言进行创作的英国作家。乔叟在西方世界很受关注，相关研究颇为活跃。国内的兴趣点主要集中于《坎特伯雷故事集》和《特罗勒斯与克丽西德》两部作品。再早一点的作品几乎被学界忽略。本书作者力求全面观照乔叟的文学思想，将其早期诗歌和后来的作品作整体理解，不仅深入释读《公爵夫人之书》、《声誉之宫》、《百鸟议会》，而且细致剖析作家同期短诗和法语文本《玫瑰传奇》的翻译活动。从意气风发的王室家臣到沉郁顿挫的海关税收官，乔叟经历了始而高举理想、继则怀疑迷惘、最终重立信念的过程。《乔叟文学思想研究》生动地再现了诗人在基督教传统和人文主义过渡中的矛盾性格，扼要地勾勒出了他在贵族阶层理想与历史批判眼光之间的取舍过程。乔叟的诗作曾借女神立言：“因此我——自然女神——宣判，我不会撒谎；/我不会对任何阶层有所偏袒。”李安博士赞赏诗人博大的胸怀和对新世界的憧憬，其知人论世的严谨治学和以意逆志的诗学情采，都为本书增色不少。

第五本是陈穗湘教授的《莫里哀戏剧话轮研究》。作者从莫里哀戏剧的对话话语层面，尤其是话轮交替层面突显实现人际意义的语言手段，揭示语言手段所折射出来的社会层面的人际意义。本书的核心是人物的社会身份决定人物采用的语言手段以及非语言手段，譬如：手势语、肢体语言（非语言手段由剧作家对演员的演出指示。反之，语言手段的选择反映人物身份以及社会地位，换言之，人物语言特征取决于人物的社会地位）。本书着重分析了权势者和弱势者人物的语言特征，聚焦于两组人物的对话：主人与仆人、父亲与孩子。莫氏戏剧中的主人和父亲代表权势者，而仆人和孩子象征弱势群体。主仆呈对立关系，主人主宰仆人，仆人唯有服从主人。观察这两组人物采用的语言策略，人物的性格特征也可见一斑。

第六本是袁兆文博士的研究成果——《〈恶之花〉及其现代性研究》。自《恶之花》问世以来，层出不穷的研究大都集中在诗学角度，本书作者重点关注“诗”与“思”融通视域下的思想文化特征。循《恶之花》由诗向思的推进，本研究揭示了波德莱尔精神世界的纠结，揭示了诗人所展现的悖谬的现代性样态，揭示了启蒙现代性与审美现代性的矛盾冲突。作者给我们勾勒出了波德莱尔症结的历史看点，即现代社会深层的现代性焦虑。正如栾栋所言："波氏诗作和波氏焦虑是互为表里的同一个文化现象，其中隐含着现代性张力，昭显出现代性历史阵痛在'这一个'作者身上的种种表现。美与丑交织，美与恶同源，美与资本勾结，美与进步错位。《恶之花》的发表象征了审丑的崛起，同时提出了审恶的话题。这本书是思想文化演变的重要节点。而且，《恶之花》引出的审丑论为矫治审美贵族化倾向作出了深一层的解说；《恶之花》体现的应和论为万物相似性作出了神秘性的诠释。"概言之，《恶之花》是人类文明史上的奇葩，在意识上是审丑文艺的生发和扬厉，在创作上是象征方法的凝练和凸显，在思想上是现代主义的溃疡和痼疾，在文化上是自由情感的红杏出墙，在心理上是欲念根底的沉渣泛起，在人性上是精神提升的反面推力。袁兆文的《恶之花》在这些方面有明显的突破，其深度和创新程度值得学界关注。

第七本是杨劼博士的《白璧德人文思想研究》。这本著作借鉴栾栋先生人文学思想中的"檃栝理论"，从"文史哲互根"和多元文化涵养通和的思路，深入地论述了白璧德学说的核心思想。白璧德非常关注现代社会分裂人格的问题，提倡内在超越的生命哲学，主张以"人之法则"克制"物之法则"的僭越，并且殚精竭虑地推进二者的调和。他借鉴东方体验、省思的方法，洞察内在超越的生命根源。其"更高意志"是"知性直觉"所感悟到的始源事实，也是一种超越庸常的"道德想象"。在美国崛起的时代背景下，白璧德的人文构设有引领美国和世界文化的理论诉求，其思想有着和平的人文旨归。万物相檃栝，宇宙本超然。作者把工具理性纳入人文理性之中观照，对白璧德学说的研究，多了几分多元文化生态的意味，增加了许多现实性的考量。从这个角度重新审视"五四"学人和"五四"文化，对当今中国梦的构建无疑具有积极的作用。

第八本是雷晓敏博士的《苦闷文学反思——以厨川白村与鲁迅为枢纽》。厨川白村与鲁迅都是各自民族的脊梁，也都是人类文学文化的翘楚。他们在文学本质及其功能问题上有着惊人的吻合。本书从两位思想家的内在联系和时代背景等方面爬梳剔抉，深层次地解读了中日文化交流中这一奇特的"共鸣"现象。作者从《苦闷的象征》中挖掘出了厨川白村隐性的思想源头，即他对马克思主义部分元素的吸收。将苦闷问题与命运问题、人文精神问题统合圆观，特别是把这些问题与厨川白村和鲁迅的多舛人生以及艰难的奋斗经历交叉互证，新见迭出，妙趣横生。值得称道的还有文学理论方面的多元探索。从模仿说、实证说、象征说一直到檃栝思想，作者对文艺理论的钻研可谓锲而不舍，如剥笋，似观澜，又像登山，给读者展现的是丰富多彩的学术进路。读者或可从中领悟到这样的看点："文学是'为人生'活动的写照，文学也是'非人生'事物的提炼，在出生入死和钩深致远的意义上，文学是多面神，是九头怪，是星云曲。人类不可无文学，因为她是想象的摇篮；文学不能弃人类，因为人类是文学的真正的载体。"（栾栋语）本书或可为一记佐证。

第九本是张平功教授主编的《全球化与文化身份认同》。国内外学术界对全球化与身份的研究方兴未艾。本书旨在介绍全球化与文化身份的基本理论，呈现该理论在中国语境下的接受和发展趋势，内容包括全球化的形成及其后果，针对全球化与文化传播、多元文化主义、大众文化研究、海外流散文学、文化形象建构、中国影视、传统医学、休闲方式以及"迪斯尼化"等方面的问题展开了细致分析。与此同时，在充分吸收国内外现有分割式研究成果的基础上，也对全球化与文化身份认同的理论和实践进行了综合探讨。本书深入浅出、言简意赅地揭示了全球化与身份研究的超领域和跨学科性质。一方面可以适应专业课及通识课的教学参考之需，另一方面也希望为那些对全球化和身份研究感兴趣的读者提供具有一定纵深性和广延性的著作，为全球化多角度的文化释读提供新的可能。

第十本是裴云博士的《波德里亚理论及其在中国的传播》。波德里亚是西方后现代主义的代表人物之一。他的学说在欧美广为传播，进入21世纪之后，其文化生产与消费的思想引起了更多领域的关注，诸如文化的符号特征、爆裂方式、虚拟生成、替代关系等方面的见解，在国际学术界内外都有所反响。波德里亚理论在20世纪末叶逐渐传入中国。国内学者对他的思想有研究，但是深度和广度都有待发展。作者认为，我国正处于大力发展文化创意产业的起步阶段，波德里亚对符号政治经济学的批判、拟像与拟真学说、象征性交换理论，对我国发展文化产业具有重要的启示作用和借鉴价值。该书系统地梳理了波德里亚理论在中国传播的过程和本土化情况，对其思想内涵和学术特点有深入的发掘，为学界深入研究提供了很好的基点。借他山之石以攻玉，研究波德里亚可为中国如何实现现代化寻找更多的参考点。就思想文化的互动性而言，本书也是一个有意义的个案研究，读者或可从中披阅出20世纪中西方文化交流的新特点。

第十一本是张向荣博士的《跨越空间的对话——波伏娃与张爱玲文学的女性意识之比较研究》。本文主要对法国的西蒙娜·德·波伏娃和中国作家张爱玲进行比较研究。波伏娃与张爱玲作为不同文化背景下的女性文学典范，让人看到“作家即文化演变的产儿”这一历史真言。阐释二者独特的文学思想是本书的思想进路。作者对波伏娃和张爱玲文学中的女性意识进行了系统的分析，揭示了波伏娃概念化的、超越性的女性意识，比对了张爱玲作品作为女性命运的“苍凉”注脚的意蕴。在整个文明发展史上，女性是弱性，波伏娃称之为“第二性”。社会实际往往把女性当异类，对于这一点，波伏娃的理论解析颇为深刻，其小说创作则比较概念化。张爱玲与之相反，她的理论思考很少，但是文学作品却入骨三分，对女性的不幸遭遇有许多穿透历史谎言的真切描述。张氏作品不啻女性悲惨命运史和女性被歪曲历史的矫正史。可以再补一句，张爱玲一生的经历和结局，本身就是女性特别是中国女性命运的一个缩影。张向荣博士对波伏娃和张爱玲均有深切的理解，对女性的生存和尊严有多方面的探讨，对当今世界的拜物倾向和精神空虚问题有认真的思考，这些研究都是很有现实意义的文学观照。

第十二本是马利红的译著《副文学导论》。这本书的法文作者是达尼埃尔·库埃尼亚斯（Daniel Couégnas）。作者以质疑副文学既定的身份属性为出发点，分别从副文学作品中的重复形式、参照错觉、意义解读、主导性叙述和人物分类五大方面对副文学作品进行了详细的诗学分析，通过“副文学模式”和“副文学标准”的建构，深层探讨了副文学性和副文学话语存在的逻辑前提，论证了副文学品种及其样态的必然性与合理性。就其学术特色而言，《副文学导论》是第一部从诗学的角度观照副文学现象及其作品的法文著作。这部著作首次提出了诸如“副文学模式”和“副文学标准”等比较新颖的原创性文学批评观点。该书的翻译旨在向广大的汉语读者提供完整的译本，推动国内学界对法国副文学理论的研究。翻译者马利红是广东外语外贸大学培养的文学博士，研究方向为法国文学与比较文学。她目前是暨南大学外国语学院副教授、广东外语外贸大学外国文学文化研究中心兼职研究员，在“人文学丛书”第一辑出版有专著《法国副文学学派研究》。这本《副文学导论》译著和马利红研究法国副文学思想的专著，是目前国内外国文学思潮研究的一个新动态，即栾栋所说的“文学他化于烈为今”，“文学非文学于今为烈”。马利红的译介和研究印证了这一文学变数。这些成果对我国的外国文学研究和广义的文学批评都将产生积极的影响。

第十三、十四两本书是马歌东教授编选、校点的《日本诗话二十种》(上、下卷)。日本大正九至十一年（1920—1922）相继出版了日本唯一的诗话总集“日本诗话丛书”全十卷，共收载日本诗话59种，其中和文诗话29种，汉文诗话30种，本书从其汉文诗话中精选出20种，加以校点，以飨读者。日本诗话伴随着日本汉诗千余年发展史，其作者为日本古代著名汉诗人、汉学者。日本诗话奉中国诗话为圭臬，其内容既品评我国古代诗歌，亦品评日本汉诗，并探究二者的渊源关系。本书的出版对于我国古代诗歌与诗话域外繁衍史研究、国际汉学研究、中日文化交流史研究等多项基础研究及理论研究，都将提供珍贵的文本资料。而诗话这种形式本来就因富于知识性、趣味性与可读性在我国拥有永久的读者，本书所选日本诗话置我国古代诗话中几可乱真，熟悉的格调语言，新颖的内容趣味，加之首次被引入国内，一新耳目，故其读者几可涵盖我国古代诗话读者群。

第十五本是张宪生教授主编的《东亚近世历史与思想的地平线——差异·冲突·融合诸相》。这是中日两国学者合力完成的学术成果。中方主要撰写者还有日本文史专家韦立新教授及赵晓亮、姚奇志等中青年学者。日本作者是立命馆大学桂岛宣弘教授、神户女学院滨下昌宏教授。韩国作者有东西大学李元范教授。这三位日韩专家均为日本历史与思想史研究领域的著名学者，其中桂岛宣弘曾任日本思想史学会副会长。他们都有丰硕的学术成果，受到学界广泛关注。更为难能可贵的是，桂岛宣弘教授与滨下昌宏教授均对近代以来日本国家的路线持质疑态度与批判立场，在研究近世历史与思想时，也表现出强烈的批判精神。进入17世纪，日本民间知识界习儒风气日益浓厚，与此同时，日本知识分子的主体意识也在觉醒。国学派等日本本土思想与作为外来思想的儒学之间产生了明显的冲突，这个变化构成了日本近世思想史的重要内容，并影响了日本历史的走向。作者选取了其中一些重要事例作为切入点，既注意微观层面的实证研究，又重视宏观方面的理论概括，以日本为聚焦点，描绘出一幅近世东亚思想空间中多种观点冲突交错与融合的复杂图景。本书选题新颖，资料翔实，论证深刻，许多章节都有所创见。作为国际合作的学术著作，本书的出版为我国日本文史研究领域贡献了一项重要成果，展示出中、日、韩学术界同行交流的最新动向，为国内外读者提供了了解日本近世社会历史和思想文化的前沿成果。

上述十五种论著从不同角度阐发了人文学的一些大的方面。表面上看，这些著作云行雨施，各有所专，与建设"人文学中心"的主旨若即若离，实际上都很切近人文学思想的大主题，每部书都从治学理路上体现"文史哲互根"的命题，从学术格局上注重"中西学融会"的方略，在学科交叉上追求"教科文通化"的目标。细心的读者可以从每本书的字里行间看到文史与哲理的磨合，看到思想与逻辑的链接，看到学问与学科的切磋。人文学在茁壮成长。

这套丛书的主编是广东外语外贸大学外国文学文化研究中心主任栾栋教授。他是广东省"211 工程"三期重点学科建设项目"人文学中心建设——比较文化视野的文学通化研究"的首席学者。该丛书的总策划是暨南大学出版社总编辑史小军教授。

"人文学丛书"的出版渐入佳境。外国文学文化研究中心的工作焕然一新。仅从这套丛书的出版情况即可看出，不仅人文学研究循序渐进，外国文学文化研究中心的三大主攻方向也有新的成色。国别研究又有收获，比较研究进入熔铸研究的阶段；人文学研究上了一个新的台阶，原理研究与专题研究均有突破；跨文化语言研究有了新的拓展，从戏剧到诗话，由文学而文化，东亚协奏，中西共鸣。在本辑的15部著作付梓之时，另一个系列著作的撰写也在有条不紊地进行。诸如栾栋教授的《人文学举要》、《文学通化论》等书稿业已竣工。此外，人文学研究"走出去"的思路也在酝酿中。

我们不难看出，外国文学文化研究中心为人文学研究奠定了在全球化大潮中拼搏的平台，人文学研究为外国文学文化研究中心带来了脱胎换骨的改造。人文学的创制，从学术凝练、学科变革和学人培植等方面为外国文学文化研究中心开创了走向未来的新格局。对于广东外语外贸大学的人文学者而言，外国文学文化研究中心是他们实现良性全球化的工作站，人文学中心建设是打造这个工作站的核心工程。它们是合二为一的学术擘画，也是持之以恒的学术追求。这套丛书的研发是外国文学文化研究中心发展的标志性成果，凸显了省文科基地的一个里程碑路段。人文学研究未有穷期。

2013 年 5 月 27 日于广州白云山麓

前言

当前中国文艺领域内解构重构历史、调侃戏说历史和挪用消费历史的创作实践和重写、重分文学史的理论批评运动，与世界范围内文艺理论批评普遍的历史转向策应互动，形成一股贯通创作实践与理论批评、包容小说诗歌与戏剧影视、涉及诸多学科流派与文化领域的“新历史主义文艺思潮”。这一跨学科、多流派、超国界的文艺思潮提出一个怎样正确看待、评价和表现历史的重大课题，涉及文艺领域内唯物史观的指导地位问题，关乎文艺发展的命脉和全局。本书试图在历史唯物主义指导下，整合运用历史的与逻辑的相结合、宏观历史诗学理论综合与微观创作批评个案分析相补充、话语分析与意识形态批判相统一、多学科综合治理与中外理论批评跨语际研究相参证的方法，对新历史主义文艺的思潮倾向、思想谱系、文学观念、创作实践、批评探索和价值效应等诸多方面的问题展开多层次、全方位、立体式的研究剖析，指出这一思潮在诸多方面进行了有价值的探索，提出了富有洞见的观点，挑战了陈旧的文艺观念和创作实践，但它并没有解决这些问题，而是将其“当代化”和“问题化”了。它陷入“文艺回归历史与沉沦历史”等一系列悖论性处境之中难以自拔，而正视历史的现实性和客观性，尊重历史的逻辑性和必然性，寻求历史趋势和文艺规律的深度融合，仍然是它走出困境而加入当代先进文化建设洪流的必由之路。

在全球化背景下，中国社会的深刻转型、生产方式的内在变革以及人们在政治经济和社会文化资本占有方面的多层分化，引发了历史话语权的重新配置，使“历史”成为各社会阶层激烈争夺的焦点领域和各种文艺思潮层出不穷的深层动因。转型期国人生存处境的变迁和西方历史观念的涌入，加剧了人们历史观念的多向分化，“历史”的多层含蕴（历史过程、历史认识和历史叙述）、多个平台（前现代的、现代的和后现代的）与多元取向（理性叩问的、反思重构的和戏说消解的）为不同的群体选择和强调；如此复杂的“历史”与“文学”的多重环节（创造生产、接受消费和批判反思）和多向分野（主流的、精英的和大众的）相结合，使得文史关系以及奠基其上的新历史主义文艺思潮问题空前复杂化。

新历史主义文艺思潮在诗学特征、话语构成、观念倾向、叙事类型、审美形态和思想内涵方面形成了自己的特色。在历史诗学的理论构架和形态演变中看，它具有叙事历史诗学的根本属性，强调在文本叙事基础上理解和解释历史；它在“语言论转向”与“历史转向”之间摇摆穿梭，其理论批评话语既丰富多彩又多有“碎片拼贴”的痕迹；它以“权力关系”为主导符码、以“历史性”和“文本性”为基本参照，将关注重心转向表述、主体、“增补”和话语分析，追求历史的小写复数化、对话过程化和偶然即兴化，以“文本无界线”和“历史若文学”等一系列断言为主要操作假设；它的“社会能量”、“流通交换”、“文化互文性”等概念蕴含着某种生态意识，因此它具有向生态美学延伸开放的叙事维度；它在审美类型上背离历史浪漫剧而走向历史讽刺剧、逃避历史必然性而偏向历史喜剧，具有“躲避崇高”和“告别悲剧”倾向，这造成其历史书写的整体倾斜和历史审美风景的片面单一；它在历史性与文本性、单线历史与复线历史、客观历史与主观历史、主导意识形态与边缘意识形态之间出入振摆，造成其思想内涵和政治立场的“无定性”特点。我们发现，新历史主义文艺思潮在总体上边界模糊、话语杂陈；摇摆不定、偏至偏废；洞见与盲视并存，既有思想冲击力，也面临着巨大的难题。第一章是对上述问题的系统讨论。

新历史主义文艺思潮有其思想前驱、对话语境和学理脉络，它与马克思主义、解构史学、文化人类学、新解释学、年鉴学派、空间转向诸学说之间进行了广泛的对话协商。它在文化表述的非等级制、历史表述的非连续性、意识形态的非同质性等方面与马克思主义展开对话，并对马克思主义观点进行了福柯式的转换，从物质实践领域的抗争转向了表述领域和学术领域的颠覆；它在话语的实践性、权力的匿名性、历史修撰的审美意识形态性方面与解构史学展开商讨互动，以权力的宏大叙事代替了进步论的宏大叙事，以共时描述代替了历时分析，将历史看成各种力量和修辞方式支配下的想象虚构，一定程度上放逐了历史的客观根源性；它在文化互文性和深描方法的运用方面与文化人类学之间同气相求、互补互证，造成其“文化诗学洞见”与“文化主义谬误”并存的局面；在对“历史性”进行批判反思和话语分析方面，它与新解释学之间彼此渗透，将解释学的历史性观念进一步“历史化”到具体文化文本和权力运作的层面；它在微观史、小历史和新历史观念方面与年鉴学派相需为用，对年鉴学派的理论方法进行了意识形态化和权力化的改造运用；它将时间空间化，将文本互文化，重视理论批评的跨语际实践，与空间转向的各种学说之间内在关联同声相应，强化了文艺的共时挪用和“横向拓展”而弱化了历时承继和“纵向发展”。总之，新历史主义从诸多理论学说中抽绎出历史文化的“具体性”、“多样性”、“特殊性”、“复杂性”和“异质性”思想加以特殊强调；其目标主要是克服启蒙运动以来的“历史整体性和客观性”设定，而使文艺中的历史与范围更大的意识形态、权力结构、社会体制、文化习俗、语言规约和话语系统等领域关联起来。这拓展了文艺活动的范围，强化了文艺与社会生活和历史文化之间的深刻关联，也使新历史主义文艺思潮在思想谱系上呈现出“异质杂糅”的特点。

新历史主义文艺思潮将“历史性”内化到文学的本质论、作家论、文本论和读者论等要素环节而使之全面“历史化”，缘此而形成了独特的文学观念系统。它主张历史背景与文学前景之间的交融互渗，重视社会能量在文化与文学之间的流通交换，强调文学意识形态功能方面颠覆与包容的辩证法；它认为作家主体是能动体与屈从体之间的交涉互动，认为作为群体的“商讨者”和“交换者”而存在的作家是个体作家的重要基础；它将关注重点从作品转向文本性和互文性，视文本为网状结构和话语事件，认为文学文本的基本存在方式是在各种文化形式之间“振摆”；它强调文学阅读是历史性与文本性之间的统一，也是文化表述系统内各种形式之间的交响共振，因而主张一种“共鸣美学”。它让人们看到文学如何与其他所有的文本之间相互作用，如何被话语实践和权力关系所生产和塑造，而后者又如何反过来被那些文本生产和塑造的过程。这一文学观念深化和细化了文学的历史原则，同时，也将诗学的难题进一步“问题化”了。第二章和第三章是对如上问题的具体研究。

新历史主义文艺思潮在当代历史剧、纪录片、家史小说、第三代诗歌和新世纪电影领域进行了大量的创作实践。新历史主义影响下的当代历史剧化大历史为小历史、戏说历史、消费野史，强调古今对话、时空穿梭的叙事方法，追求以视觉符号来呈现历史的“影视史学”；新历史主义影响下的当代纪录片在情景再现中的延展时空、从边缘立场书写现实人生、将故事化和虚构性渗透到纪录的细枝末节，强调纪录的“诗性”本质；新历史主义影响下的“第三代诗歌”强调拼贴历史、话语狂欢、诗心史笔的游戏式组合，追求一种以诗歌拆解历史和再造历史的历史诗学；新历史主义影响下的当代家史小说追求分割“场地”和挪用空间的空间诗学与通过野史传说虚构家史、解释传统的历史诗学之间的互补，以及逸闻主义和互文主义的结合；新历史主义影响下的新时期“三代电影”则在商业化的背景上，通过“大片叙事”改编历史、重构历史、稀释历史、挪用历史、消费历史和放逐历史。如上种种历史书写和历史表现活动，撕破了正统历史堂皇刻板的假面，使之更加直观、感性、具体、生动，但它往往以进入历史的方式躲避历史，具有将历史商业化、商品化、感官化和“可口可乐化”的不良倾向。

新历史主义文艺思潮在批评观念、元批评倾向和批评方法上进行了大量有价值的理论探索和批评实践。在批评观念上，它盘诘“批评语境”的合法性并将批评“事件化”、强调批评的“划界”本质和“社会能量”交换功能、重视批评活动“构造历史”和“横向超越”的属性；它在批评实践中对批评自身、批评者的立场以及批评的基本模式进行反思质疑，缘之而表现出鲜明的“元批评”倾向；它在批评方法上偏爱通过逸闻趣事、野史传说、档案碎片以及批评者个人的点滴经历阐释和重构历史的“逸闻主义”，试图以此捕捉真实的“踪迹”，进而通过建构复数化的小写历史而戳穿“宏大叙事”的堂皇假面，实施其“反历史”叙事的根本目的。它的批评探索一定意义上命中了已有批评对批评自身缺乏批判反思的“罔”现象，但亦难以自立为一种辩证的、综合的、理性的批评模式。第四章和第五章是对如上问题的深入剖析。

从整体上看，新历史主义文艺思潮对当代的诸多文艺难题都做了富有见地的探索和回答，向种种陈腐的文艺观念和文艺实践提出了挑战，但它并没有解决而是当代化和“问题化”了历史诗学的基本问题。它在消解历史因果关系的过程中造成了文化方向性和先进性维度的缺失；在颠覆历史知识客观地位的过程中导致了历史审美主义和历史消费主义的泛滥；在强化文学流通的重要作用的同时弱化了文学生产的决定性意义，导致了文学生产与消费之间的本末倒置；在追求彻底的历史化的过程中低估了必要的逻辑化的功能，放逐了历史的规律性和必然性；在强调各种表述的平等地位的同时造成了各种表述的喧宾夺主、喧哗无主和历史真实性的缺席。这使其陷入难以自拔的悖论性处境，从理论与实践相结合的文艺思潮视野下全面审视，它尚未摆脱文艺回归历史与沉沦历史、颠覆大写历史与陷入小历史相对主义、强调历史的心理情感性与走向历史不可知论、迷恋边缘意识形态与迷失于意识形态边缘之间的悖论性处境，这些困境的克服当是它在理论和实践上的当务之急。在马克思主义史学与美学相结合的历史理性标准下衡量，新历史主义文艺思潮走出困境的必由之路在于：叩问和发掘历史的根源性，正视和肯定历史的现实性和客观性，服从和尊重历史的逻辑性和必然性，顺应历史规律、响应历史要求、揭示历史趋势、追求历史的光明前景。第六章是对这些问题的具体论析。

本书以“通论”方式强化研究的立体式和综合性，结构设计和内容安排强调层次性、递进性、过程性和整体性，力图克服以往研究“零敲碎打”的弊端，也尽量适应新历史主义文艺思潮跨学科跨文化、超国界超语际、多流派多层次、在路上在流变的思潮特点。刘勰感叹创作之难曰：“方其搦翰，气倍辞前；暨乎篇成，半折心始。”学术研究亦复如此，原初的构想在最终写出来后，才发现已经打了“半折”。不过，本书“折”掉的部分，应该可以成为我们将来进一步研究的目标和动力。

目 录

第一章

新历史主义文艺思潮的美学风貌

在全球化背景下，中国社会的深刻转型、生产方式的内在变革以及人们在政治经济和社会文化资本占有方面的多层分化，引发了历史话语权的重新配置，使“历史”成为各社会阶层激烈争夺的焦点，成为各种文化文艺思潮层出不穷的深层动因。文艺领域内解构、重构历史，调侃、戏说历史，挪用、消费历史和“穿越”、“偷猎”历史的“历史文学”（包括历史小说、历史散文、历史影视剧等）创作和“重写、重分文学史”的理论批评运动，与世界范围内文艺理论批评普遍的“历史转向”策应互动，形成一股贯通创作实践与理论批评，包容小说散文与戏剧影视，涉及诸多学科流派与文化领域的“新历史主义文艺思潮”。这一思潮将“历史诗学”问题推到了理论批评的前台，从而使历史的诗性智慧与理性精神、历史认识论与价值论、历史的文本性与文本的历史性、历史的真理性与意识形态性、历时性与共时性、史学与美学、宏大叙事与细微描写、民族国家史与社会文化史之间的动态制衡关系，以及历史精神与人文关爱、历史意识与历史祛魅、正视历史与游戏历史之间的精神价值取向问题，成为关乎当代文艺命脉全局的理论焦点，“喧议竞起，准的无依”，变成亟待清理的“奥吉亚斯的牛厩”和不断衍生、播撒新问题的“潘多拉的盒子”。

新历史主义是20世纪70年代末80年代初崛起于英美的一种跨学科、超国界、多流派的文艺文化思潮。这种“外生”的思潮在20世纪80年代末90年代初登陆中国，与中国文艺文化领域各种“内生原发”的历史文学书写活动相互策应，逐渐演变成一种声势浩大的文艺思潮，至今方兴未艾。新历史主义提出的问题，不仅涉及文艺领域内历史唯物主义的指导地位问题，涉及历史哲学观念和历史理性精神的价值取向问题，而且涉及文艺发展的命脉和全局。我们试图以历史唯物主义为指导，在当代世界文论和国内文艺实践背景上，通过对历史文学、历史转向和新历史主义及其间复杂关系的具体研究以及历史哲学、批评流派与创作实践之间的对勘互证，系统考察历史诗学的学科建构和历史理性精神的加强深化问题，推动历史诗性智慧与理性精神的深层对话，规范和引导历史文学的理论和实践，深化中国文艺的横向发展和跨文化沟通，推动新历史主义加入中国当代先进文化建设进程。

转型期国人生存处境的变迁和西方历史观念的涌入，加剧了人们历史观念的多向分化，“历史”的多层含蕴（历史过程、历史认识和历史叙述)、多个平台（前现代的、现代的和后现代的）与多元取向（理性叩问的、反思重构的和戏说消解的）为不同的人选择和强调；“文学”的多重环节（创造生产、接受消费和批判反思）和多向分野（主流的、精英的和大众的）与历史相结合，使文学与历史的关系空前复杂起来。因此，要对其间“内在的”“构成性关系”① 做出历史化的研究，确立一个学理构架以统驭有关文史关系的诸多问题和一个适切的评判标准以对相关观念方法进行价值定向，就成为研究的逻辑起点。鉴于此，我们采用如下基本思路：在马克思主义指导下改造维柯、维谢洛夫斯基、巴赫金和怀特等人的历史诗学并参照中国传统中的相关思想资源，建构一种“新历史诗学”并以之作为课题展开的理论坐标和问题序列；同时，发掘马克思主义的历史精神，高扬历史理性并以之作为批判论析的价值依据。即以历史诗学为结构框架和问题视野、以历史转向为当代世界理论语境、以新历史主义为批评个案、以当前历史文学创作为实践资料，系统考察新历史主义对历史诗学问题的深化和“问题化”；以马克思主义史学与美学相结合的历史理性标准，评判研究对象的历史精神价值取向，考察其是否叩问和发掘历史的根源性，正视和肯定历史的现实性和规律性，服从和尊重历史逻辑，适应历史要求、揭示历史趋势和追求历史的光明前景等问题。这一研究思路追求并实践本体论与方法论、认识论与价值论的结合与互补。

与这一思路相适应，我们整合运用历史的与逻辑的、历时的与共时的相结合的方法，宏观历史诗学理论综合与微观创作批评个案分析相补充，话语分析与意识形态批判相统一，多学科治理与中外理论批评跨文化参证相结合。这些方法的使用，旨在对新历史主义文艺思潮及其与唯物史观之间的关系作出全方位的说明。

---

① ［美］大卫·雷·格里芬编，王成兵译：《后现代精神》，北京：中央编译出版社1998年版，第21～22页。

第一节 新历史主义的历史诗学特征

一、历史诗学及其学科构成

从一定意义上说，一种文艺思潮的兴起，总是与特定的诗学观念和批评方法联袂而行。新历史主义文艺思潮的兴起和发展，与历史诗学相互联系，彼此推动。因此，我们可以通过对历史诗学观念、方法和演替过程的考察来揭示新历史主义文艺思潮的总体诗学风貌。

文学活动是一个由多种要素和多个维度构成的球体，从其母元结构看，人、历史、审美和文本是文学活动的重要构成要素，人学、史学、美学和文本学是全方位整体文学研究的必要向度，各个向度上分途拓展与内在整合之间的融通互进是文学研究走向深入的必由之路。从其宏观层面看，文学活动中的人是历史的人，也是审美的人，同时又是离不开文本的人；文学活动中的历史是人的历史，也是审美的历史，同时又是无法脱离文本的历史；文学活动中的审美，既是人的审美，也是历史的审美，同时又是与文本相关联的审美；文学活动中的文本，既是人的文本，也是历史的文本，同时又是审美的文本。在文学中，人文性、历史性、审美性和文本性是内在统一、相辅相成的。① 当然，从诗学研究的实际状况看，人们可以而且总是不可避免地在四个向度上有所选择和侧重，从而形成了人学诗学、文本诗学、审美诗学和历史诗学等不同的取向，这些取向共同构成了诗学研究的必要维度，也在事实上逐渐成为当前文艺学中的四个次级学科（尽管尚未得到正式命名）。文学研究的健康发展有赖于四个学科之间的对话与沟通，但20世纪以来的文学研究却分途拓展有余而内在整合不足；人学、美学和文本学向度的进展迅猛而史学向度的深化相对迟缓，这造成了文学研究的整体倾斜和“历史诗学”的相对“滞后”。这种局面随

① 陆贵山：《宏观文艺学论纲》，沈阳：辽宁大学出版社2000年版，第1～11页。

着近30年来文学研究的“历史转向”（the turn to history）而有所改变，而“新历史主义文艺思潮”则是这个转向中的中坚力量。

“历史诗学”（the poetics of history）这一术语有待解释。从人们的使用情况来看，一般说来，在“历史—文学”的参照语境中，通过揭示历史的本质特征和文学的历史性含蕴来阐释文学与历史的关联和相互表述关系，并在此基础上形成一套关于文学本质或史学本质问题的理论界说，这种学说可称为“历史诗学”。根据术语使用者主要理论目标的不同，可区分出“文学的”和“史学的”两个不同的理论取向，但不同取向在本质上具有内在统一性，属于整体历史诗学的两个向度，勾画出历史诗学本身可能达到的范围和边界。历史诗学以文学与历史之间的“构成性关系”为思考对象，考察人类历史活动与文学活动之间的内在关联和相互表述关系；同时，它也基于“历史性”而对文学活动中历史与人、历史与审美、历史与文本的关系作出系统的“历史化”的说明，因此它保持着一个对各种文学理论学说进行内在整合的理论诉求，其相关问题的澄清关乎文学根本问题的解决。

“历史诗学”在中西方都有悠久的传统。按照汉密尔顿的研究，西方自古希腊开始就有历史诗学思想，希罗多德、亚里士多德、维柯，甚至马克思，都属于这一思想流程，因为“追求历史解释的逻辑意味着，理解过去更像是解释文本的文学的/批评的活动，而不像发现客体的科学活动”[①]。在中国古代，无论是“春秋义法”、“文参史笔”的传统还是“六经皆史”的断言，无论是对“诗史”的赞誉还是对“良史之忧”的专注，都透露出人们对历史的诗性本质的意识。钱钟书先生指出：“史家追叙真人实事，每须遥体人情，悬想事势，设身局中，潜心腔内，忖之度之，以揣以摩，庶几入情合理。盖与小说、院本之臆造人物、虚构境地，不尽同而可相通；记言特其一端。”[②] 尽管有的人“只知诗具史笔，不解史蕴诗心”，但征诸历史文献，人们不能不承认“史笔”与“诗心”“不尽同而可相通”的道理。

理论家自觉建立“历史诗学”学科的构想，是从19世纪末期开始的。

---

① Paul Hamilton, *Historicism*, London: Routledge, 1996, p. 19.

② 钱钟书：《管锥编》（第一册），北京：中华书局1979年版，第166页。

当时，俄罗斯科学院院士维谢洛夫斯基明确提出要建立一种“历史诗学”批评体系，其任务是从诗歌的历史发展中抽象出诗歌创作的规律和评价标准，由原先从诗歌历史发展中阐明其历史本质的研究，转向研究文学艺术本身的规律。[①] 后来，巴赫金（20 世纪 30 年代）、赫拉普钦科院士（20 世纪 80 年代初期）、洛特曼、李福清等都对历史诗学展开研究。进入 20 世纪 90 年代，俄罗斯科学院高尔基文学研究所将历史诗学确定为未来最主要、最有价值的研究方向之一，强调通过转向文学体裁演变的宏观研究和借鉴当代人文学科研究的语言分析等新方法，破除历史与文学间的因果关系而代之以复杂的多向联系。深受俄罗斯后期形式主义理论家图尼亚诺夫影响的以色列学者佐哈尔（Itmar Even-Zohar），在 1978 年将其论文结集出版，命名为《历史诗学论文集》（*Papers in Historical Poetics*），在此书中运用“多元系统”理论以指涉“在某个社会中相互关联的文学、半文学和文学以外的整个系统”。美国历史学家海登·怀特于 1973 年在《元史学》一书中将“历史诗学”作为该书导言的副题（Introduction：The Poetics of History），认为传统观念“隐瞒了‘创造’在历史学家的作业里也有所参与的程度”，指出历史修撰因为“情节编排的解释”、“论证的解释”和“意识形态含义的解释”等“创造性”环节的作用而使“历史”在本质上体现为“诗学的”。[②] 在其《评新历史主义》等论文里，他认为新历史主义是一种“历史诗学”，因为它所专注的历史记载中的零散插曲、轶闻轶事、偶然事件、反常事物、卑微情形等内容“在‘创造性’的意义上可以被视为‘诗学的’。”[③]国内有研究者认为，新历史主义文艺思潮是一种“注重文化审理的新的‘历史诗学’，它所恢复的历史维度不再是线性发展的、连续的，而是通过历史碎片寻找历史寓言和文化象征”[④]。也有研究者强调，巴赫金

---

① ［俄］维谢洛夫斯基著，刘宁译：《历史诗学》，天津：百花文艺出版社 2003 年版。

② 陈平原、陈国球主编：《文学史》（第三辑），北京：北京大学出版社 1996 年版，第 356 页。

③ 张京媛主编：《新历史主义与文学批评》，北京：北京大学出版社 1993 年版，第 106 页。

④ 王岳川：《后殖民主义与新历史主义》，济南：山东教育出版社 1999 年版，第 158 页。

和欧洲其他学者所阐释的“历史诗学的理念应该也是当代‘新历史主义’理论的基础”。这些说法尽管其表现形态不尽相同，或重在强调文学的历史性，或重在说明历史的文学性，但都强调了“文学性”与“历史性”的不可分割。诚如拉尔夫·科恩所言：“文学理论就其范围而言是一种有关话语的论述，它必然要对历史话语进行分析，因此，文学理论既是文学的理论，也是历史的理论。”① 换言之，历史的话语既是历史的理论，也是文学的理论。

我们发现，尽管“历史诗学”这一术语被理论家频频使用，但人们对“历史”不同层面的选择和强调仍然意指着“不同的”历史诗学。“历史”具有多义性。沃尔什认为：“历史一词本身是模棱两可的。它包括（1）过去人类各种活动的全体，以及（2）我们现在用它来构造的叙述和说明。这种模糊性是很重要的，因为它为历史哲学同时打开了两个可能的领域。这种研究，正如我们上面以传统的形式所简单描述它的那样，可能涉及历史事件的实际过程。而另一方面，它可能是关注历史思维的过程，靠了历史思维，我们就达到第二种意义上的历史了。”② 他进而认为，研究者可以关注历史事件的实际过程，由此而形成的历史哲学是“思辨的历史哲学”；也可以对历史思维过程进行反思并对史家使用的基本概念进行检查，由此而形成的历史哲学是“批判的历史哲学”。前者重在“历史的过程”，后者重在“历史的认识”。沃尔什的这种区分影响深远。但他所列出的“我们现在用它来构造的叙述和说明”，特别是历史哲学必须面对的“历史解释中叙述形式的意义”问题，③ 却未得到其历史哲学分类方法的特殊强调。到了20世纪70年代，“历史哲学的新趋势主要来自研究历史写作的语言和文学的形式”，这种趋势导致了安克斯密特所说的“叙述主义历史哲学”

① ［美］拉尔夫·科恩主编，程锡麟等译：《文学理论的未来》，北京：中国社会科学出版社1993年版，第12页。

② ［英］沃尔什著，何兆武、张文杰译：《历史哲学——导论》，桂林：广西师范大学出版社2001年版，第7页。

③ Alun Munslow, *Deconstructing History*, London: Routledge, 1997, p. 3.

的兴起,[1] 这是一种在“语言论转向”影响下的“新叙述主义的复兴”,[2] 它有专注于历史著述的叙述文本并通过叙述文本分析而寻求历史解释的倾向，它以对历史叙述的“话语的分析取代了历史认识论哲学”[3]。这样就突显了沃尔什有所轻视的“历史”的叙述层面。

在沃尔什历史哲学的基础上，我们进一步认为，“历史”包含三个层面：“历史的过程”、“历史的认识”和“历史的叙述”；不同历史哲学由于关注其中的不同层面而表现出不同形态：思辨历史哲学、批判历史哲学以及叙述主义历史哲学；与之相应的历史诗学也呈现出三种形态：“思辨历史诗学”、“批判历史诗学”和“话语历史诗学”。我们结合波普尔的“三个世界”的划分、詹姆逊关于历史的“三个同心圆”的解释构架和相关著作对于历史三种样态的划分,[4] 将我们对“历史”及“历史诗学”的理解图示如下：

历史1——历史过程/原生态历史/终极性历史——思辨历史诗学
历史2——历史认识/遗留态历史/社会性历史——批判历史诗学
历史3——历史叙述/叙述态历史/个人性历史——话语历史诗学

应该说，历史1、历史2和历史3共同构成了“总体的历史”，任何有解释效力的历史学说和历史研究方法，都应该对历史的这三个层面及其间关系作出说明。历史唯物主义强调对历史过程的研究，同时也重视对历史认识论的探讨，因此，其“历史”通常意指历史过程以及通向它的历史方法和历史原则，它更重要的是体现为一种原则。恩格斯认为，马克思主义

---

① 《史学理论丛书》编辑部编：《当代西方史学思想的困惑》，北京：中国社会科学出版社1991年版，第89~90页。

② 韩震、孟鸣岐：《历史哲学——关于历史性概念的哲学阐释》，昆明：云南人民出版社2002年版，第102~114页。

③ 严建强、王渊明：《西方历史哲学》，杭州：浙江人民出版社1997年版，第252页。

④ [美] 弗雷德里克·詹姆逊著，王逢振、陈永国译：《政治无意识——作为社会象征行为的叙事》，北京：中国社会科学出版社1999年版，第8~89页。见丁帆、许志英主编：《中国新时期小说主潮》（下卷），北京：人民文学出版社2002年版，第1156页。

的理论方法，即是“历史”的方法与“逻辑”的方法相一致的方法。[①] 而“历史叙述”作为历史的“形式方面”并未被放在最突出的层面。恩格斯指出：“我们最初是把重点放在作为基础的经济事实中探索出政治观念、法制观念以及由这些观念所制约的行动，而当时是应该这样做的。但是我们这样做的时候为了内容而忽略了形式方面，即这些观念是由什么样的方式和方法产生的。”[②] 但是，马克思、恩格斯绝不是不重视观念产生的方式方法，马克思在《路易·波拿巴的雾月十八日》中指出，路易·波拿巴通过将自己装扮成他叔叔拿破仑那样的英雄，借助“表述行为”在政变中取得了权力。在其夺取政权的过程中涉及经济因素，但经济并不是“唯一的”决定因素。在路易·波拿巴时期，小农的处境是：“他们不能以自己的名义来保护自己，无论是通过议会或通过国民公会。他们不能代表（represent）自己，一定要别人来代表他们。”[③] 资产阶级可以通过经济手段统治小农，但他们的统治是在表述层面得到合理化的。这样，在马克思主义经典作家那里，“历史表述”无疑也具有重要性。

与历史唯物主义不同，包括新历史主义在内的“话语历史诗学”，则有意无意地回避对实际的历史过程的说明和触动，而是试图通过对历史叙述的“方式方法”的阐述而达到对遗留态历史和社会性历史的解释，并在有限的范围内通过对历史遗留物的重新配置和编排来“接近历史过程”并对历史问题作出重新解释。其历史认识论前提似乎可以用詹姆逊的说法加以概括：“历史，并不是一个文本，因为从本质上说它是非叙事的、非再现性的；然而，还必须附加一个条件，历史只有以文本的形式才能接近我们，换言之，我们只有通过预先的（再）文本化才能接近历史。”[④] 新历史主义正是从这个“附加条件”即已经“（再）文本化”了的“历史”入手而引申出一整套关于历史的诗学理论。

基于历史叙述的话语历史诗学当然不失为一种思考历史、文学及其间

---

① 《马克思恩格斯选集》（第二卷），北京：人民出版社 1972 年版，第 122 页。

② 《马克思恩格斯选集》（第四卷），北京：人民出版社 1972 年版，第 500 ~ 501 页。

③ 《马克思恩格斯选集》（第一卷），北京：人民出版社 1972 年版，第 693 页。本文根据语境将“代表”的英文词 represent 也译为“表述、表征”。

④ ［美］弗雷德里克·詹姆逊著，王逢振、陈永国译：《政治无意识——作为社会象征行为的叙事》，北京：中国社会科学出版社 1999 年版，第 70 页。

关系的方式方法，但这种表面上显得务实的历史研究，顶多只能“接近”作为遗留态的历史和社会性的历史并将之设定为历史发生的“原初时刻”的复杂景观，而不可能达到对“历史过程”的真正说明。

思辨历史哲学具有历史决定论、历史目的论和历史客观主义倾向；与之相应的历史诗学认为，在文本得以从中产生的环境与最终的产品之间存在着“因果关系”；或者，文本仅仅被视为造成“虚假意识”，并隐藏真正历史真理的宣传。这种历史诗学还可能以更复杂的形态表现出来，但它总是将历史与文学文本的关系处理为：历史被程度不等地看成文本得以阐释的“语境”。“正是这种关系模式，以及与之联袂而行的将文学与历史联系起来的意识形态观念或作为统一体的世界图景观念，成了新历史主义挑战的对象。”[①] 在文学批评实践中，思辨历史诗学把文学看成一系列历史和自然力作用的现象和结果，通过为文学文本提供必要的背景性材料而对文本本身进行说明。它可以小到对文本写成年月、版本及手稿的权威性的认定和文本与史实间的关系的钩沉索隐，也可以大到对文本与种族、时代和环境之间的关系（丹纳）、文本与“世界图景”间的关系（蒂利亚德）、文本与“社会结构形式”（戈德曼）、文本与社会矛盾和社会条件间的关系等问题作出说明。这种文学批评方式，在其最不理想的表现形态中，会蜕变为恩格斯所批评的“解一次方程式的历史观”。诚然，未经雕饰的“历史事实”并不能自动讲故事。但是，不假思索地迷信预设的历史框架，包括道德褒贬、启蒙主义的人类进步、解放大叙述、盲目的唯物主义、“发展论”，或新近的普世历史，对于理解中国的过去和传统，可能也不会有太大帮助。[②] 尽管它可能怀有对“历史过程”进行说明的强烈渴望，但最终可能会落入自己偏爱的理论模式的陷阱而与真正的历史过程擦肩而过。

批判历史诗学则表现为，把文学看成作家内在品质、气质禀赋、思想情趣、生活经历等的自觉不自觉的流露，因而倾向于对作家展开研究，这是所谓传记式批评。它通常将历史缩减为个人记忆或文学传统而加以尊崇，将诸多历史因素压缩到作家这个历史因素上，重视“影响”研究。这

---

① Claire Colebrook, *New Literary Histories*, Manchester: Manchester University Press, 1997, p. 23.

② 王斑：《全球化阴影下的历史与记忆》，南京：南京大学出版社 2006 年版，第 107 页。

种传记式批评包括了从圣勃夫质朴的“作家肖像”勾勒到各种受弗洛伊德影响的复杂精微的心理无意识批评。它假定艺术杰作是一种“独白话语”，是艺术家意图的表达，当它“与自我心理学和历史主义结合起来时，它就将审美整一性处理成艺术家的心理整一性并将后者处理成健全的整一集体的成功表达”①。这种做法将高雅文化看成是建立在超越经济、政治决定因素之上的审美创造出的和谐领域，忽略了心理的、社会的和物质的异己因素，忽略了难以同化的“他异性”，丧失了“距离意识”和“差异意识”。这种历史诗学也是“本原主义”的，通常将作家推崇为意义的源头，而这个源头毕竟已经与历史的过程“隔着一层”。

话语历史诗学则首先切断了历史文本与作者和文本指称对象的“直接”关联，从而使文本性和“叙述性”问题凸显出来，承认“历史不能脱离文本性，一切文本都不得不面对文学文本所揭示的不确定性的危机”②。强调对文本的历史性和历史的文本性的双向调查和对“诸表述”的研究。其次则追求历史的宏大叙事的消解和复数小写历史的增殖。由于其“对于所有元历史的怀疑”③，使其只能将遗留态和叙述态历史的碎片踪迹进行重新编排，导致其“把历史视为一件具有持续变动性、极为多样和开放的事物，一系列事态或者不连续体，只有使用某种理论暴力才能将其锤打成为一个单一叙事的整体”④。再次是文史界线以及学科界线的彻底消弭，破除了文学与非文学、经典与非经典、精英文化与大众文化之间的传统藩篱和等级秩序。显然，话语历史诗学从叙述性起航抵达过去留传下来的文本的港湾（遗留态历史），而历史过程可能并不是在“象征”意义上就处在“象征性文本”之内，而恰恰是“寓言式地”处在那些能够回收到的“文本之外”。在象征型历史文本（symbolic text）中，历史往往直接呈现出来。

---

① Kiernan Ryan, ed., *New Historicism and Cultural Materialism A Reader*, London: Arnold, 1996, p. 59.

② 转引自盛宁：《新历史主义》，台北：扬智文化事业股份有限公司 1996 年版，第98 页。

③ ［法］让—弗朗索瓦·利奥塔尔著，车槿山译：《后现代状态——关于知识的报告》，北京：生活·读书·新知三联书店 1997 年版，第 80 页。

④ ［英］特里·伊格尔顿著，华明译：《后现代主义的幻象》，北京：商务印书馆 2000 年版，第 56 页。

但在寓言型文本（allegorical text）中，“历史却仿佛被浓雾笼罩，变得扑朔迷离、若隐若现或支离破碎。面对这种谜一样的寓言性历史，当然应有破译它的美学。这种美学应以强有力的手段冲杀人寓言的迷阵，把已被肢解得七零八落的历史碎片抢救出来，重新整合为活生生的整体”①。这样，“历史化”也就变成了“寓言化”。这尽管是识破“历史的狡计”之后的选择，但历史真的会如约而至吗？相对于实际的历史过程，这种研究方法是否有“隔山打牛”而鞭长莫及之嫌呢？

威廉斯在其文化分析中勾勒了文化的诸层次：“哪怕是最宽泛的定义，也需要厘清文化的三个层次。层次一：特定时空下的活态文化，只有生活在那个时空中的人才能完全了解；层次二：各种形式的文化记录，从艺术到绝大多数日常事件都包括在内，即某一时期的文化；层次三：‘选择性传统’（selective tradition）的文化，旨在将活（态）文化和某一时期的文化联系起来。”② 所谓活（态）文化，指的是人们在特定时空内的日复一日的生活之中经历和体验到的文化，只有那些切实生活在这种感知结构中的人才能完全理解。随着历史的推移，这种感知结构渐渐支离破碎，文化分析只能通过记录性的档案来了解已不复存在的活（态）文化。而记录档案本身也在“选择性”的作用之下变得不完整了。显然，在活（态）文化与文化分析对其进行的重建之间，大量细节被遗漏了。在威廉斯看来，对文化传统选择性的特征的理解是至关重要的。正是这种“选择性”在源源不断地生产着文化记录与文化传统，其标志就是“决定了往昔活（态）文化哪些内容可以被记录下来，哪些则不可以”③。看来，我们在历史文化的研究中，既要清醒地意识到文化分析中“遗漏”是难免的，又要对文化重建中的选择性的性质有全面的认识理解，否则，我们可能会陷入自己偏爱的选择性模式中不能自拔。

总之，如上三种历史诗学总不免在历史的三个层面上有所“偏至”和

---

① 王一川：《语言乌托邦——20世纪西方语言论美学探究》，昆明：云南人民出版社1994年版，第307页。

② Raymond Williams, *The Analysis of Culture*, in *Culture Theory and Popular Culture: A Reader*, 2nd., by John Storey, Hemel Hempstead: Printice Hall, 1998, p. 48.

③ ［英］约翰·斯道雷著，常江译：《文化理论与大众文化导论》，北京：北京大学出版社2010年版，第57页。

“偏废”。每一种历史诗学总是基于历史的某个层面而立论，它要么坚定地排斥历史的其他层面，要么试图将历史的其他层面“涵摄”在某一层面之中。但是，这种立论基础上的片面性严重地制约着它，使其无法达到自己的理论目标。这造成了各种历史诗学之间对立排斥有余而对话融合不足的局面。每一种后起的历史诗学，都是针对前一种“盲视”的“洞见”，却也存在着对“盲视”中的“洞见”认识不足的缺陷。批判历史诗学基于历史认识的主体性而对思辨历史诗学的“历史客观主义”作出了不乏深度的批判，但又陷入“心理主义”的泥淖，有抛弃思辨历史诗学思想成果的倾向；话语历史诗学针对前两种历史诗学的“指称性理论”、“对应理论”和“意图谬见”作出了相当深入的反思批判，但又往往陷入“文本主义的牢笼”和“叙述主义的陷阱”，存在着丢弃前两种历史诗学合理成分的危险。我们有理由预期，一种有前途的历史诗学应该将历史的三个层面同时纳入自己的理论视野，并对这些层面作出深入说明。话语历史诗学在斩断历史意义与“客观指称”和“主体意图”的“直接关联”方面是成功的，但是，它给历史诗学带来的问题也是严重的。如果历史诗学还想继续走向深入，它就必须将历史意义与“客观指称”和“主体意图”“间接地”（再）联系起来，通过对历史叙述的话语分析而使历史事实和历史遗留物焕发出新的光彩。这当然也是留给作为历史诗学新阶段的新历史主义的任务。

二、新历史主义的诗学特征

历史诗学虽不免呈现出多种形态，但在诗学理论中，它有其总体的方法论特色。新历史主义作为一种历史诗学，其特征正在于对其中某些要素的特殊强调上。我们结合艾布拉姆斯、J. 刘若愚和叶维廉等人所设计的文

学坐标系，对历史诗学的理论对应图式重新设计如下：[①]

非历史诗学——历史诗学

非历史的文学要素论——新历史主义文学系统论

非历史的“世界”——历史性的“文化宇宙”

非历史的“作者”——历史性的“作者集体”

非历史的“作品”——历史性的“文本事件”

非历史的“读者”——历史性的“阅读大众”

非历史的文学要素关系——历史性的多元系统关联

在这个理论图式中，新历史主义的文学系统论与新批评的文学要素论形成对立，认为文学活动并不构成一个自足的封闭圆圈，而是一个向“历史”开放的话语实践过程；这个图式也斩断了世界、作者、作品与读者之间的直接的“无历史中介的”关联，而将“历史”设定为文学活动诸要素之间关联互动的“绝对中介”，或詹姆逊所说的“绝对视域”[②]。换言之，与其他的诗学类型不同，新历史主义的历史诗学通常将“历史”要素置于文学活动的中心地位，世界、作家、作品和读者，都首先需要从“历史性”方面加以定位和理论，而且四要素之间也必须经过“历史”的中介才能发生联系并相互作用，它们不可能“外于历史”或“超于历史”而相互

① 艾布拉姆斯在《镜与灯——浪漫主义文论及批评传统》（北京：北京大学出版社 1989 年版，第一章）中将文学整体活动设计成一个三角形，把艺术品作为阐释的对象摆在中间位置，这基本上是一个封闭的文学系统；J. 刘若愚在《中国的文学理论》（郑州：中州古籍出版社 1986 年版，第一章）中将艾布拉姆斯的坐标改成一个圆圈结构用来说明中国的文学理论，同样，诸文学活动要素之间可以不经过“历史”中介而直接相通；叶维廉在《寻求跨中西文化的共同文学规律——叶维廉比较文学论文选》（北京：北京大学出版 1986 年版，第 28 页）中将“文化历史”置于文学活动圆圈的中心，但仍然认为文学的诸要素也可以不通过历史文化的中介而直接关联。笔者这里的坐标主要用来说明“历史诗学”的理想构架，抹掉了文学活动诸要素间直通的连线，突出历史诗学的核心观点：文学系统是向历史文化开放的体系，文学活动的诸要素间不可能在没有历史文化参与的情况下发生直接的关联。在这个坐标中，“历史”（历史性）是任何文学活动的一个“绝对视域”。

② ［美］弗雷德里克·詹姆逊著，王逢振、陈永国译：《政治无意识——作为社会象征行为的叙事》，北京：中国社会科学出版社 1999 年版，第 3 页。

发生影响。每一种（次）文学活动都应该是“历史的”，因此文学理论在考察其构成要素时，都应首先考虑“历史性”（historicity）因素。这可以说是新历史主义历史诗学的基本特征。

这个图式采用了艾布拉姆斯在《镜与灯》中提出的文学四要素概念的比较通行的中文翻译，需要说明的是，中国文学理论领域，这些概念并不是“直译”而来的，而是针对文学活动的特殊性作了“意译”。艾布拉姆斯原著使用了 Universe，Artist，Work，Audience 等概念。同时，由于艾布拉姆斯将“Work”放在文学活动的核心位置，其坐标体系体现了新批评的文论观念，所以我们将他的坐标作为新批评的代表性理论观点来对待。①

如果像新批评那样“非历史地”讨论问题，那么，作为文学要素的“世界”可以一概谓之“Universe”，它对不同历史文化中的不同人都展现出相同的面目和意义；但是，新历史主义历史诗学却更倾向于将“世界”理解成一个对不同历史文化中的不同人展现出不同面目和意义的“文化宇宙”，将“世界”历史化和具体化，使之成为历史具体的“文化宇宙”。新批评将作为文学要素的“艺术家”一概谓之大写的“Artist”，而新历史主义则倾向于将其理解、解释为复数小写的“artists”，即“艺术家群体”。因为，从历史性角度看，任何一个艺术家都不是在孤立的状态下进行“戛戛独造”的创作，其创作过程必然潜在地关涉着其他作家的活动和作品；一个伟大作家并不是“从无到有”的创造者，而是站在其他无名作家的肩膀之上的人，他在与其他众多作家的交涉互动中成就自己的艺术杰作。在新历史主义历史诗学的视野中，“作品”也不是大写的“Work”，而更多地表现为诸多历史具体的“文本事件”（texts/events），它们在与其他文本的互文关联中形成自己的意义和价值；“读者”也不是千人一面的大写的“Audience”，而是更多地表现为由多个层级组成的、以各不相同的方式接受和消费文学价值的“readers”，其中通常还包含大量的“外行读者”（outsiders），他们以各不相同的方式消费文学价值，并在一定程度上影响“内行读者”的阅读接受。尤其值得强调的是，新批评将文学诸要素之间的关系进行非历史的解读，认为各要素相对独立自足，可以作为独立的研

---

① M. H. Abrams, *The Mirror and the Lamp*: *Romantic Theory and the Critical Tradition*, New York: Oxford University Press, 1971, p. 6.

究对象，其间的关联也只是在“抽象”的意义上存在；而新历史主义历史诗学则将文学诸要素之间的关系理解为历史具体的关联，它们只有经过“历史”才能发生关联，经由具体历史性关联而形成的文学系统也是历史具体的。

这个图式也将历史诗学的主要问题及难题直观地呈示出来。其最主要的问题是“历史”与“文学”之间的相互关涉（relate）和表述（represent）的问题，这即是历史诗学有关文学的本质特征、根本功能及文学史观念问题。同时，在次级层面上，历史诗学还要对历史与作家及作家社群、历史与作品及文本事件、历史与读者及读者大众、历史与世界及文化宇宙之间的关系问题做出研究。这些都是历史诗学的基本问题。

尽管这个图式只是在与新批评理论的对勘比较中设定的，只是历史诗学的理论构架，但它作为一个“工作假设”，可以成为我们对各种历史诗学进行批判性考察的依据，也可以作为我们进一步区分历史上所出现的主要历史诗学范式和形态的依据。在历史上，各种历史诗学对“历史（性）”的不同层面各有侧重：偏重文学活动中的历史“事件”和过程本身的历史诗学，主要是基于启蒙主义历史话语的“思辨历史诗学”，它以文学活动系统中的历史化了的“世界”为价值取向；偏重于文学活动中主体的“认识”和解释活动的历史诗学，主要是基于浪漫主义历史话语的“批判历史诗学”，它以文学活动中的“人”（包括作者和读者）的历史性为价值取向；偏重文学活动中的“叙事”、“表述”和“话语”的历史诗学，主要是基于后现代主义历史话语的“话语历史诗学”，它以文学活动中的文本（及其所牵涉的各种社会规约）为价值取向。诸范式之间既有同时并存的共时性关联，也有在时间向度上通变因革的历时性关系。

这个理论图式事实上是一个“多元系统”，是一个异质的、开放的结构，系统内的要素互相交叉，部分重叠，“在同一时间内各有不同的项目可供选择，却又互相依存，并作为一个有组织的整体而运作”[①]。这个理论图式也可以作为我们进一步区分具体文艺观念的基本框架，它显示出，文学活动中的各个要素都是多层次的。历史诗学的重点处在不同层次，也会

---

① ［以色列］伊塔玛·埃文—佐哈尔著，张南峰译：《多元系统论》，《中国翻译》2002 年第 4 期。

使历史诗学本身呈现出不同特点。将“作家”视为独立创造者的“作家”或协作互助的“作家群体”，可以显示出浪漫主义与新历史主义之间的不同；将“作品”视为独立自持的单个“作品”或“文本事件”，可见出新批评与后结构主义之间的差异；将“读者”视为懂得文学教规的“合格读者”或普通大众，可见出形式主义与文化诗学之间的区别；视“世界”为纯然的物理存在或文化符号宇宙，可见出机械论与符号学之间的理论分野。新历史主义的历史诗学在所有这些要素中都是强调后一项的，即文化宇宙、作家社群、文本事件和读者大众。

如果将前述两个图式结合起来看，我们可以发现，新历史主义强调“历史话语”而对“历史过程”重视不够，强调“文化宇宙”而对世界的物质实在性重视不足，重视“作者社群”而对单个作家的独创性重视不够，强调“文本事件”而对作品的完整性重视不够，强调“读者大众”或“外行读者”而对“内行读者”或“理想读者”的审美感受的特殊性重视不够。

第二节　新历史主义的话语构成

一、“转向”历史与“转离”语言

在20世纪的最后二十多年间，世界范围内的文学研究发生了“历史转向”（the turn to history）[①] 或“回归历史”（the return of history）的运动，而新历史主义是文学批评“‘回归历史’的别名”[②]，是这一运动的中坚力量。但“历史转向”至今仍然蒙受着双重的误解：在传统历史主义和后结

---

① John Brannigan, *New Historicism and Cultural Materialism*, London: Macmillan Press Ltd., 1998, p. 19.

② Wilson, R. & Dutton, R., *New Historicism and Renaissance Drama*, London: Longman Group UK Limited, 1992, p. 1.

构主义那里，这种转向都引起了惊慌和声讨，间或也有“无知的追随”。但所谓“历史转向”，是建立在“语言论转向”“之后”和“之上”的“转向”，它既不只是历史主义的“胜利”，也不只是“语言论转向”对历史领域的“占领”。它其实正是传统“历史主义”与“语言论转向”的文本主义之间两相凑泊的结果。中国的新历史主义文艺思潮，则既是“内生原发的”，也是“外生继起的”，它与国外新历史主义保持着精神气质上的亲缘性和方法策略上的通约性，可以相互阐发和彼此彰显；同时，其各种“戏说”、“重写”和“解构”历史的大规模历史书写活动，也具有自己的国别特色，只有通过具体的研究才能使其特征呈现出来。

众所周知，20 世纪占据主流的种种形式主义文学理论批评，主要在“语言论转向”（the linguistic turn）的河道上流淌，而对文学的历史之维大都采取了排拒和放逐的态度。因此，当这个世纪的最后 20 年文学理论批评再次关注历史时，便获得了“历史转向”的美名。“历史转向”起初主要指 20 世纪 70 年代末以来文学研究试图摆脱形式主义、本质主义和非历史（ahistorical）的真理观的批评实践。一些新历史主义者在这个转向中扮演了重要角色。在此过程中形成的松散的批评团体拥有好几个名称——“新历史”、“批判历史主义”、“历史唯物主义批评”、“文化唯物主义”、“文化诗学”、“历史诗学”以及“新历史主义”等等，最流行的当是“新历史主义”，尽管人们（包括其实践者和批判者）对这个标签多有争议。

“历史转向”在某种意义上意味着“转离”后结构主义的“文本主义”（textualism）而“转到”“历史主义”（historicism）。但首先应澄清的是，这种转向具有双重的不彻底性：既未真正“转离”文本，也未真正“转到”历史。

就前一点而言，尽管新历史主义从对文本性的全神贯注转向并面对文本“之外”，但它始终借重后结构主义从文本及表述问题切入而进行研究的方法论，“它在分析历史时最显著的方法特点是，普遍地将文本性、语言学和表述作为历史分析的基础置于优先地位。文学批评正在转向历史，将历史作为文本来阅读”①。即是说，新历史主义走出了狭义的文本（文字

① John Brannigan, *New Historicism and Cultural Materialism*, London: Macmillan Press Ltd., 1998, pp. 8 - 9.

的小文本），同时又进入了广义的文本（社会历史大文本），但始终未能摆脱“文本性”。大文本与小文本之间仍然是一种“互文性”关系，只是，这种互文性是“开放式的互文性”，它认为“可以透过文本特性看到外部世界的：这些表征不是直接参照，它们反映作为整体的世界、历史和社会”。其“机关刊物”取名《表述》（*Representations*）即是明证，因为表述问题才是其成员共同关心的问题。[①] 在新历史主义那里，“所有的文本都是关于表述的，而表述又关乎我们如何审视自己，如何为他人所审视，以及如何将我们自己投射到他人身上。新历史主义和文化唯物主义宣称，正是我们如何被表述，形成了我们的社会政治和文化处境”。“表述”是新历史主义所关注的核心问题，它虽在范围上比一般文学文本大，但它本质上依然是文本性的；尽管它作为一个社会讲述的关于自我的故事具有某种“物质性”，但在新历史主义那里，“表述”是一个相对封闭的“循环系统”，甚至“在欧洲人的表述系统之外别无一物”。这说明，新历史主义的“历史转向”，并未“转离”文本和表述的优先性，这种“转离”同时也正是“文本性”思想向历史领域的渗透。当然，新历史主义改变了研究表述时所面对的方向：不是面向文本自身的“内向”研究，而是基于文本而面向“历史”的“外向”发掘。

就后一点而言，尽管新历史主义的历史转向中体现出来的历史观与传统历史主义无法截然分开，甚至也有人认为新历史主义与后结构主义之间的斗争是“旧”历史主义与“新批评”之间历史纠纷的老调重弹，是“同一个老问题的新面孔”[②]，但二者在历史观念上仍具有明显差异：新历史主义者并不相信“历史进程是客观的而人们很少能改变它；历史学家在研究过去时应避免价值判断；对过去及传统保持尊崇”[③]。而一般认为这些正是“旧”历史主义的观点（上引三点就是《美国遗产词典》对“历史主义”的定义）。研究者认为，在主要方面，新历史主义与“旧”历史主

---

① Gallagher, C. & Greenblatt, S., *Practicing New Historicism*, Chicago: The University of Chicago Press, 2000, p. 4.

② Murray Krieger, *The Ideological Imperative*, Taipei: The Institute of European and American Studies, 1993, p. 59.

③ Kiernan Ryan, ed., *New Historicism and Cultural Materialism: A Reader*, London: Arnold, 1996, pp. 55 – 60.

义的区别在于，前者“缺乏对‘客观性’和‘永恒性’的信念，而且，它强调的重点不在于对过去的直接重建，而在于过去被建构或创造出来的进程”[①]。换言之，它不急于“重建”过去，而是优先关注过去（“历史”）是如何被重建或创造出来的，这当然是对既往历史观念体系的质疑和拆解。这也需要一个相应的历史观念为基础：历史文本的创造过程中有某些“文本之外”的历史性因素参与进来并施加了影响，因而需要设想出一个文本的“外部”；同时，这个“外部”同样也免不了要受到其他文本的重建，而不是客观的和孤立自存的，因此历史无法摆脱“文本性”。这种历史观念与传统历史主义的观念有很大差别。从这个意义上说，新历史主义的“历史转向”同时也是从传统历史主义的“转离”，即“转离”传统历史主义的机械论和有机论的历史观，“转离”实体主义、本质主义的思维方式。

历史转向是从语言论转向的一端进入又从另一端突围而出才达到的理论批评境界。这可以说是语言论转向的洪流最终一头撞在“历史主义”的铁壁上，但同时也是语言论转向为历史转向锻造了武器。历史转向从语言论转向那里承继的东西与克服的东西一样多。研究者指出，“近来的历史转向（在文学研究中和其他方面）既是对文本主义的反动，某种程度上也是文本主义的产物。它是对文本主义的反动，因为它断言文本之外有某种东西，这些东西既产生了文本也产生了对文本的反应；同时，历史转向又要归功于文本主义，因为它从文本主义中获得了观念，来探索历史中文本的复杂多面的生活”[②]。与“转向”的双重不彻底性相应，“转离”也具有双重意义：从后结构主义和传统历史主义的同时转离。因此，那种将历史转向与语言论转向对立起来或等同起来的做法都是错误的。

历史转向中形成的基本观点是：包括学术著作在内的文化客体的创造，都植根于多样的、复杂的、交叠的“过去”；“过去”是一套从概念上可分割而事实上相互连锁的诸历史（histories），其中有文学传统或话语、政治史、意识形态史、变迁史、技术改进史，等等。文学话语不仅仅是对

---

① Cox. N. J & Reynolds. L. J. ed. , *New Historical Literary Study*, Princeton: Princeton University Press, 1993, p. 4.

② Jeremy Howthorn, *Cunning Passages*, London: Arnold, 1996, p. 47.

历史的“反映”或对人的思想情感的“表达”，文学话语还是一种参与塑造历史的能动力量。

二、新历史主义话语的碎片拼贴

正由于新历史主义与“旧”历史主义、语言论转向和历史转向之间复杂的纠缠，使其在理论批评话语上显出混杂性（hybridity），无法见出其“自铸伟辞”的理论抱负。这不仅给其批评实践带来了某些难堪，也给对它的研究造成了困难，因为一种由来自多种话语谱系的批评话语组成的批评文字，其自身特色显得暧昧不明。

新历史主义历史诗学在其发生发展过程中受到了当代理论的有力塑型，其理论批评既有博采众长而达到的宽阔视野，又有因未能将来自不同话语谱系的各种理论话语充分融合而造成的“碎片拼贴”痕迹；既有多种话语所带来的方法上的通脱与灵活，也有缘此而造成的理论革命力量的弱化。在批评实践中，这些理论资源充当了新历史主义的思想前驱，也充当了它的对话语境。这些理论批评的对勘比较，既可以显示一种广义的“历史转向”在当代理论中的普遍性（这些理论也都具有历史转向的一般特点），也可以从特定的侧面显示出新历史主义历史诗学的具体特点。这一部分主要讨论（新）马克思主义、格尔兹的文化人类学、新解释学、巴赫金的历史诗学以及解构主义者福柯和怀特的理论与新历史主义之间的对话和影响关系。这些理论流派都不同程度地强调了历史和文化的“具体性”、“多样性”、“特殊性”、“复杂性”和“异质性”。从一定意义上说，它们的共同目标主要是克服启蒙运动以来的“历史整体性”设定。它们大多强调阅读和解释通常既会超出作者意图，也会超出“直接”再现事物的范围，而与更大的意识形态、权力结构、社会体制、文化习俗、语言规约和话语系统等领域相互关联。这些方面也正是新历史主义历史诗学所强调的。当然，新历史主义与这些理论流派之间也存在着差异性，这些差异方面作为具体的参照点，可以显示出新历史主义理论批评的特殊之处。

尽管其话语具有大杂烩的特点，但这些话语所形成的整体与历史唯物主义话语之间形成了一定的张力。这集中表现在其对“文化表述的非等级制”、“历史表述的非连续性”和“意识形态的物质性”等内容的强调上，这些话语既与历史唯物主义，特别是经典马克思主义的历史唯物主义密切相关，又作出了自己的改造。比如说，经典唯物史观在众多文化形态中强调“经济基础”的决定性作用，但新历史主义则将它们放置在同一个文化层面上，强调其间影响的交互性；经典唯物史观强调历史过程的连续性，但新历史主义则更重视历史过程的非连续性；经典历史唯物主义强调意识形态的重要性，但一般将其认定为观念形态的东西，并未直接将其等同于物质机制，而新历史主义则从阿尔都塞的理论观点出发，更加强调其物质性。

即便如此，马克思主义也是作为新历史主义的一个认识前提、一个“转向”的出发点而存在并发生影响的。在有关艺术与历史的关系问题上，尽管新历史主义拒斥任何一种具体的马克思主义解释，但他们却接受马克思主义的“资本主义”这样一个总体历史范畴以及资本主义与封建主义之间的区分。格林布拉特拒绝马克思主义者詹姆逊那样单一化的“世界图景”，但又诉诸“资本主义”这个历史范畴，认为在资本主义时代，没有任何一个单一的理论可以解说艺术与历史之间的关系。格林布拉特所追求的“彻底的历史主义”，仍然没有完全背离马克思主义的“历史原则”。

我们知道，在马克思主义那里，从历史角度研究文学，不仅是一种方法，更重要的是体现了一种原则。其“历史”指的是事物发展的本质规律，而“历史原则”是指人的思维必须符合客观现实的规律，而不是机械地向历史学科借用解决问题的现成途径。马克思主义历史方法中的理论原则与具体批评方法之间既有联系，又有区别。“在马克思主义文论中，具有哲学意义的历史概念，表示的不是马克思主义文论侧重于同某个学科的联系，而是它对认识现实的方法和途径的根本要求。在文学批评中，衡量历史方法是否正确、是否科学的标准在于能否基于历史规律之上把握文学这个特殊对象的特殊逻辑。”① 马克思主义的具体历史方法虽遭到某些当代理论（包括新历史主义）的抵制，但它们并未彻底否定马克思主义的“历史原则”。我们注意到，马克思主义强调历史方法与逻辑方法的内在统一，而新历史主义有时竟然只强调历史方法而排斥逻辑方法。实际上，就像它

---

① 徐贲：《走向后现代和后殖民》，北京：中国社会科学出版社 1996 年版，第 3 页。

在实践中不能完全放弃逻辑方法一样，它还是不得不采用“资本主义”这样一个历史范畴。“资本主义”被镶嵌在人类历史形态的过程序列中，它本身已经是一个理论化了、逻辑化了的范畴。

当然，马克思主义与新历史主义之间之所以有如此深刻的关联，这不仅来自新历史主义对马克思主义的“改造”，也来自马克思主义从其经典形态向“新马克思主义”的发展过程中所形成的一些新特点，这是一种两相凑泊的结果。新马克思主义者对文化表述、历史表述以及意识形态的论述越来越灵活和宽泛，而且他们有意识地对其中可能存在的“决定论”、“等级制”和“单一阶级论的历史叙述”进行了剔除，这使马克思主义与当代各种理论的接触面大大拓宽了。但是，它同时也使马克思主义的“革命性”削弱了，新历史主义与这种“新”马克思主义之间有更多的相通性。林特利查指出，在新历史主义那里，“马克思这个社会变革和革命的理论家现在被放到福柯式的基础上进行重新理解并被改造成福柯的先驱，变成了犬儒主义议会的奴仆，一个重复论的理论家”①。

与马克思主义相比，新历史主义从明确的意识形态批判转向了政治立场无定性的话语分析，从物质实践领域的斗争转向了表述领域的反抗，从现实生活中的抗争转向了学术领域的颠覆。这一方面确实对传统马克思主义不够重视的某些领域进行了某种程度上的“补充”和“深化”；另一方面，它因对物质实践领域的某种忽视而向历史唯心主义方向摇摆。正因为如此，它在包容与颠覆的关系问题上持一种明显的悲观主义立场。

第三节　新历史主义的观念倾向

“新历史主义”并不是一个没有争议的标签，研究者威瑟教授甚至认为，它是“一个没有确切指涉的措词”，“一个颇费踌躇的术语”②。部分

---

① ［美］弗兰克·林特利查：《福柯的遗产：一种新历史主义?》，张京媛主编：《新历史主义与文学批评》，北京：北京大学出版社 1993 年版，第 155 页。

② Aram Veeser, ed., *The New Historicism*, London: Routledge, 1989, p. 9.

贴有这一标签的人亦对之怀有戒心。格林布拉特表示，“新历史主义”这一标签的广泛流行令他“惊讶不已”。蒙特洛斯则担心“新”历史“主义”在变成新的学术正统时取悦于人们对“新”的商品化崇拜，是晚期资本主义条件下学术市场一时的智力偏好。[①] 另有一些人则既是新历史主义的“实践者”又是它的“批判者”。新历史主义本身是一个异质性、杂语式的存在，其代表人物的批评实践和所关注的问题也有明显差别，这标示出该流派的不同向度，但这也使它无法用“大写”形式来特指，而只能用“小写”形式来泛称。

格林布拉特本人并未对这一术语作具体的理论说明，而认为新历史主义首先应被“界定为一种实践——一种实践，而不是一种教义”[②]。因此，人们都知道新历史主义的一些原则，但其首要原则即是“抵制体系化”，这使它带有某种折中主义和经验主义倾向。他们声言从不系统地说明一套理论假设或程式，也不总结自己特有的问题序列；他们担心理论概括会成为对批评实践者多样化、个性化和即兴式批评的限制和枷锁。但新历史主义者格林布拉特、蒙特洛斯、伽勒赫等人的批评文章也始终在谈论自己的方法论原则。他们热衷于从其他理论流派和其他学科借用术语，他们也思考那些首要原则问题，但他们在迷恋理论的同时又抵制理论，对将抽象观念运用到文学作品深表怀疑。他们热衷于对理论体系的有效性和批评者自身的理论立场进行双向的反思批判。他们在批评中也时时进行自我反思，质疑和检视自己在批评运作中所起的作用和所扮演的角色，探讨自己的假定和论据，表明自己的话语立场。因此，在新历史主义那里，抵制理论体系化本身就是一种特殊的理论。

但这种做法也造成了新历史主义研究中的一个特殊现象：对新历史主义本身的讨论常常显得比其实际批评实践的例子还要多，这也造成新历史主义研究的一些特殊困难：没有一个由其代表人物所表述的权威性、独创性的理论话语可供征引。由于他们“一般又都不愿意加入这个或那个居主

---

① Aram Veeser, ed., *The New Historicism*, London: Routledge, 1989, p. 18.

② ［美］斯蒂芬·葛林伯雷：《通向一种文化诗学》，张京媛主编：《新历史主义与文学批评》，北京：北京大学出版社 1993 年版，第 1 页。

导地位的理论营垒”[①]，对它的研究只能从其批评实践和它所倚重的理论学说中去总结。

新历史主义是有的放矢的，格林布拉特等人表示：“‘新历史主义’首先指一种对美国新批评的厌倦，一种对既定规范和程式的动摇，一种对不同意见与永无厌足的好奇心的整合。”[②] 因此，它首先是作为一种既往理论的挑战者而非新理论的建构者存在的。我们不能将它划归某个既定的规范系统，也不能将它看成一个静态的学术流派。它是一个不断吸纳其他理论学派滋养并不断进行自我更新的过程性存在，甚至在理论资源上带有多种理论碎片“拼贴”（collage）的痕迹：其理论批评中杂糅和融合了（新）马克思主义、文化人类学、解构史学、新解释学以及巴赫金的“杂语”、“多语”学说等理论批评话语。

新历史主义批评的对象范围，经历了一个逐步扩大和深化的过程。从20世纪70年代后期开始，欧美一些文艺复兴研究者对同样处在形式主义语言牢笼的解构主义批评感到厌倦而萌生了“历史转向”思潮，以对文艺复兴研究中的形式主义进行反拨。这个领域是形式主义相对薄弱的环节，也是“权力关系”表现得相对明显的一个时期，历史转向首先发生在这里，倒是不难理解的。因为人们往往以为莎士比亚剧作并非特定时代的产物，而是一切时代所共有的作品和“永恒的”传世之作，这样就把莎士比亚从他所处的历史具体性中抽离出来而陷入一种实足的形式主义研究。但是，身处后现代时期的研究者不仅各有其自身的人生忧患，而且对启蒙运动以来一元化的历史叙述产生了深刻怀疑。而文艺复兴被视为前工业社会人的最后避难所，这些学者之所以对它如此感兴趣，是因为这些学者自己也生活在历史的一个断层中。在这种情况下，文艺复兴文化分析竟能被用来说明20世纪末期的文化所关注的问题。文艺复兴时期是一个较少受现代理论浸染的历史断层，是一个反思启蒙运动以来世界文化史的充满魅力的出发点。研究者对文艺复兴时期的矛盾性和非连续性的讨论，“正是在很

---

① ［美］斯蒂芬·葛林伯雷：《通向一种文化诗学》，张京媛主编：《新历史主义与文学批评》，北京：北京大学出版社1993年版，第2页。

② Gallagher，C. & Greenblatt，S.，*Practicing New Historicism*，Chicago：The University of Chicago Press，2000，p. 2.

大程度上由20世纪末叶人们对自身历史条件的阐释而产生的叙述"①。因此，新历史主义对文艺复兴的研究，是一种切己性的、面对当下的研究。这种研究并不关注那些无关痛痒的纯粹形式，而是强调文艺与具体历史情境中的各种历史力量、社会能量以及权力关系的复杂纠葛。这种研究对过去和当下发挥着双重的批判作用。格林布拉特、蒙特洛斯、多利莫尔等人虽至今还主要致力于文艺复兴研究，但其中都包含着一种对当下文化困境的思考和对自己理论立场的审视和批判。

在此基础上，新历史主义者将其研究文艺复兴的原则方法推广运用到了更广阔的研究领域。除文艺复兴外，其重要研究领域还有19世纪英国浪漫主义文学，这方面的代表人物是麦克干（Jerme McGann）、辛普森（David Simpson）等人。一般浪漫主义的自由人文主义者认为，文学是"天才"作家自出机杼的戛戛独造，其作品是超历史的"纪念碑"（它与新批评的观念遥相呼应），作者所处的历史环境对作者没有实质性的影响。新历史主义深入这一领域，全面破除了这种"非历史的"理论假设，在这个阵地上也高高竖起了新历史主义的旗帜。在其20多年的发展历程中，新历史主义的研究范围已大大拓展。从1987年开始，格林布拉特主编一套名为"新历史主义：文化诗学研究"的丛书，至今已出版了数十本，大有将文学史重写一遍的气概。可以说，其原初的文艺复兴研究已经扩展为英语文学史的"全球殖民化"，其研究领域也将要"覆盖整个英语文学史"。②

新历史主义与其他多种文学批评流派之间的边界具有模糊性，它与文化唯物主义之间更是难以区分，多利莫尔和辛费尔德等人通常被理论家同时划归两个流派。但对两个流派作出初步区分是必要的。有人试图从其研究对象的差异上进行区分，认为二者都将权力关系置于文本解释的最优先的语境地位，"新历史主义处理的是过去社会的权力关系，而文化唯物主

---

① ［美］霍华德：《文艺复兴研究中的新历史主义》，中国社会科学院外国文学研究所《世界文论》编辑委员会编：《文艺学与新历史主义》，北京：社会科学文献出版社1993年版，第92页。

② Kiernan Ryan, ed., *New Historicism and Cultural Materialism: A Reader*, London: Arnold, 1996, p. 10.

义探讨的是当代权力关系语境中的文学文本"①。这种区分似难成立，因为文化唯物主义者也研究过去的权力关系；而一般新历史主义者也确实保持着一个对当下现实的批判维度。批评家雷安认为："通过将文学强行与历史联系起来，以及将文本作为语境不可分割的部分对待，在当前情境所造成的充满政治意味的观点上，新历史主义与文化唯物主义联合起来了。"②这种看法是有道理的。在此基础上寻找其间的差异，笔者更赞同蒙特洛斯的观点，他认为英国的文化唯物主义始终是一个处于边缘的学术话语，而美国的新历史主义"正在成为最新的学术正统，与其说它是一种批评，不如说它是受意识形态支配的主体"③。前者更多地受到威廉斯著作的影响，强调文化中的政治作用和社会阶级关系的阐释力量，它虽赞同新历史主义的历史文本性观点，但它属于西方马克思主义批评的一部分，其学术上的巨大成就并未使它成为英国文学批评的主流。而新历史主义则更多地受福柯学说的影响，试图在政治归属上与马克思主义划清界线，强调自己的政治独立性，追求以一种无定性的整体观照来看待历史，认为单一的政治立场和观点会将历史纳入"单一逻辑的"（monological）表述而掩盖了历史的复杂面目。同时，两个流派虽都承认文学对统治性权力结构兼具同化与颠覆作用，但新历史主义更重同化方面，对颠覆的可能性持悲观态度；而文化唯物主义更强调文学的颠覆和反抗功能，显示出比前者更激进的政治色彩和更乐观的姿态。即使在如此区分的基础上，我们也还承认其间关系的复杂性：两个流派分享大致相同的理论资源，一般应将两个流派放在一起进行对勘发明。

新历史主义是在文学与"历史"的关联语境中考察文学问题的。其观念体系和方法论原则可以从多个层面进行概括。

---

① John Brannigan, *New Historicism and Cultural Materialism*, London: Macmillan Press Ltd., 1998, p. 9.

② Kiernan Ryan, ed., *New Historicism and Cultural Materialism: A Reader*, London: Arnold, 1996, p. 11.

③ Louis Montrose, Renaissance Literary Studies and the Subject of History, *ELR*, 1986 (16), p. 7.

一、以“权力关系”为轴心概念和主导符码

一般说来，每个批评理论都有自己的主导符码或“轴心概念”[①]，如马克思主义的“生产方式”、结构主义的“结构关系”、后结构主义的“文本性”等。新历史主义在历史语境中考察文学时，将“历史语境”从根本上理解为一种“权力关系”（power relation）。它通常是通过研究文本与权力关系的关联方式来显示其文学观点的。在它看来，历史的丰富内涵皆与“权力关系”这一轴心概念相关联并受后者制约。因此，它是“一种将权力关系作为所有文本的最重要的语境而置于优先地位的批评解释模式。作为一种批评实践，它将文学文本视为权力关系的可视性（visibility）的空间”[②]。在考察莎士比亚剧作、其他文学作品及其与国家的关系时，权力的可视性是一个重要概念。新历史主义的权力概念来自福柯《性史》（第 1 卷），它通常指渗透在我们的社会、政治和文化关系中的控制和抵抗关系，它也将权力视为我们生存的“生产性”的构成部分。在它看来，权力既是“压制性”的又是“生产性”的。它对历史或文学文本的具体分析大多数集中在作为意识形态手段或产品的文本与既在社会秩序或权威的两种根本的关系形态：巩固和破坏。受马克思主义影响较大的文化唯物主义重在强调文化产品对意识形态控制的必然破坏作用；而受福柯学说影响较多的新历史主义则侧重主导意识形态对社会和文学中的他异因素的同化、化解和利用，以及后者对于前者的无意识的配合作用。它认为，文学对历史、历史对文学都有重大影响：文学能够“包容”和促进“颠覆”，国家和主导意识形态也能控制文化表达。文学对主导意识形态的颠覆和这种颠覆的被利用同时并存，颠覆甚至是主导意识形态证明自身合法性时所需要的。

新历史主义的批判者则认为，新历史主义坚持权力的无所不在性和不可避免性，这使得它很少能够注意历史的“具体性”和“复杂性”。批评

---

① “轴心概念”一词从苏珊·朗格之说。她认为“理论体系中的基本概念——也就是支撑着我们的艺术理论体系的轴心概念”。理论流派之间的区别，首先通过其“轴心概念”的不同而显示出来。

② John Brannigan, *New Historicism and Cultural Materialism*, London: Macmillan Press Ltd., 1998, p. 6.

家泡特（Porter）认为，新历史主义成功地置换了统治旧历史主义和造成经验主义历史发展模式的进步论的宏大叙事，但只是“代之以权力的另一种宏大叙事”①。当新历史主义强调“权力关系”的重要性时，其文学批评方法强化了两个方面：“文化文本间性”和“深层跨学科性”。值得注意的是，新历史主义所检视的各种文本通常形成一种“循环封闭的”话语，即“将帝国主义文本联系于其他帝国主义文本，拒绝倾听话语之外的多种声音和多种表述”②。这种将自己完全封闭在由权力关系所织就的话语网络之中的倾向，也是新历史主义最受诟病的理论弱点。当然，新历史主义的“权力关系”，必须结合它与文本及历史的关系来说明。权力关系是对历史中的各种力量或社会能量（social energy）的总称，它是与“话语”交融在一起的，它必须结合历史社会能量的复杂性和异质性来获得说明。

二、以历史性与文本性之间的调解制衡为基本参照

新历史主义及其批判者大多试图以“历史性”与“文本性”及其间相互关系作为界定其批评实践的主要参照点。伽勒赫认为，新历史主义的阅读方法是：“把文学文本和非文学文本都当成是历史话语的构成成分，而历史话语既处于文本之中又外在于文本；另外，它的实践者们在追寻文本、话语、权力和主体性形成过程中的关系时，一般并不确定一个因果关系的僵硬等级标准。”③ 这段话应该与蒙特洛斯的著名定义对勘发明。蒙特洛斯为新历史主义提出了一个绕口令般的定义：“文本的历史性和历史的文本性”（The historicity of texts and the texuality of the histories，注意这里是复数小写的“histories”，但许多引者将其写成单数形式），这个定义整饬简明，因而被广泛征引。

蒙特洛斯解释说：“我以‘文本的历史性’指所有的书写形式——包括批评家研究的文本和我们处身其中研究其他文本的文本——的历史具体

---

① Carolyn Porter, Are We Being Historical Yet? *South Atlantic Quarterly*, 1988 (87), p. 765.

② John Brannigan, *New Historicism and Cultural Materialism*, London: Macmillan Press Ltd., 1998, p. 152.

③ Aram Veeser, ed., *The New Historicism*, London: Routledge, 1989, p. 37.

性和社会物质性内容；因此我也指所有阅读形式的历史性、社会性和物质性内容。‘历史的文本性’首先是指，不以我们所研究的社会的文本踪迹为媒介，我们就没有任何途径去接近一个完整的、真正的过去和一个物质性的存在；而且，那些踪迹不能被视为仅仅是偶然形成的，而应被设定为至少是部分必然地源自选择性保存和涂抹的微妙过程——就像那些生产出传统人文学科规划的过程一样。其次，那些在物质及意识形态斗争中获胜的文本踪迹，当其转化成‘档案’并成为人们将人文学科阵地宣称为他们自己的描述和解释性文本的基础时，它们自身也充当后人的阐释媒介。”①

具体而言，“文本的历史性”有三层含义：一是指一切文本（包括社会大文本）都具有社会历史性，是特定的历史、文化、社会、政治、体制、阶级立场的产物。因此，阐释者应该对“文学文本世界中的社会存在以及社会存在之于文学的影响实行双向调查”②，观察文学文本所牵涉的社会规约、文化成规和表达方式。二是指任何一种对文本的解读活动都不是纯客观的，而是不可避免地带有其社会历史性，不仅在历史中发生，而且只有通过历史才能发生。文本像其他事件一样拥有时间意义和时间内容，它随时间推移而变化，从而使自身成为一个动态开放的、未完成的存在。暂时性（temporality）是文本的内在属性，历史的不断重写和重构是一种必需和必然。③ 三是指任何一个文本都不仅仅是一种对历史的“反映”或“表达”，文本本身即是一种历史文化“事件”（event），它是塑造历史的能动力量，文本本身是历史的一个重要组成部分。

“历史的文本性”有两层含义：一是指只有凭借保存下来的文本，人们才有可能了解过去。如詹姆逊所言：“我们只有通过预先的（再）文本化才能接近历史。”④ 文本并不是客观而被动地反映历史的外在现实，而是

---

① Greenblatt, S. & Gunn, G. ed., *Redrawing the Boundaries*, New York: Modern Language Association of America, 1992, p. 410.

② Greenblatt, S., *Renaissance Self-fashioning*, Chicago: The University of Chicago Press, 1980, p. 5.

③ Brook Thomas, *The New Historicism and Other Old-fashioned Topics*, Princeton: Princeton University Press, 1991, p. 32.

④ ［美］弗雷德里克·詹姆逊著，王逢振、陈永国译：《政治无意识——作为社会象征行为的叙事》，北京：中国社会科学出版社 1999 年版，第 70 页。

通过保存和涂抹的选择过程对历史进行文本建构，这个过程受权力关系和意识形态的制约，因而并非随意的。二是指当文本转换成文献并成为历史学家撰写历史的依据时，它将再次充当阐释的媒介。文本充当阐释媒介的无限过程赋予文本以某种能动性和创造性，从而将阐释者与文本之间的关系转换为一种双向对话的互动关系。“历史的文本性”概念，以文化系统的共时文本代替了文学史意义上自足的线性文本，填平了文学话语与历史话语之间的传统鸿沟。

“文本的历史性”与“历史的文本性”作为同一命题的两个方面是互为条件的，其间是一种“张力制衡”关系。这使文本与其历史语境之间的关系变成动态的了。文本与历史之间的关系无法用公式化的理论来给出，相反，文本与世界、文本的物质性与它所产生的意义、艺术与历史之间的交互作用是每一次批评实践调查的对象。一般马克思主义和后结构主义理论主张文本与历史、审美与政治之间的“特定”关系，新历史主义阅读则通过调查文本如何产生这种界线的方式而实行。不仅历史本身只有作为文本才可接近，文本本身也是某种非话语力量（如印刷、表演条件、发行等极端物质化的决定因素）的结果。因此，格林布拉特主张批评应聚焦于使历史之表述成为可能的“商讨”和“交换”。同样，蒙特洛斯提请人们注意话语领域与物质领域之间的动态的、不稳定的、交互式的关系。这样，文本成了塑造历史的能动力量，文学成了文化与物质实践、“讲述话语的年代”与“话语讲述的年代”之间双向辩证对话的动力场。

这个命题“倾向于强调结构关系，而以牺牲连续性进程为代价；实际上，它以共时的文本间性轴线为取向，将文本视为文化系统的文本；而不是以历时性为取向，将文本视为自足的文学史的文本”①。这种先共时性而后历时性的做法也招致了严厉的批评。批评家勒翰（Richard Lehan）认为，新历史主义由于借重后结构主义的文本观念而在本质上排斥历史的线性发展和历史的深度，将时间空间化，将历史的言说变成以一种言说取代另一种言说的话语，这种历史的事物秩序仅仅是人类文字秩序言说的再

① Greenblatt, S. & Gunn, G., ed., *Redrawing the Boundaries*, New York: Modern Language Association of America, 1992, p. 401.

现。[1] 这种对新历史主义的定义及基于这种定义的批判是切中要害的。

三、历史观念走向小写复数化、对话过程化、偶然即兴化

新历史主义无疑包含着历史观念的巨大变化，除了上文所述的将历史与权力关系和文本性联系起来以外，还有另外几个方面值得强调指出。

首先，新历史主义的“历史”，不是单数大写的历史（History），而是小写复数的“诸历史”（histories）。启蒙运动以来的主流历史学家大多强调整体性一元化的政治国家史。20 世纪 60 年代以来，欧美的历史学科扩展到一些新领域，史家的兴趣开始从重大战争、君主序列、英雄领袖转向普通大众的婚丧嫁娶、宗教信仰、礼仪风俗等社会文化的“诸历史”，发掘那些被湮没者和被边缘化者的历史，新历史主义承继了这一新传统。但它不仅仅是讲述这些湮没者的历史，而是“首先试图理解他们是如何变得湮没无闻的，而在当前又是什么力量使它们湮没或得见天日的”[2]。当然，如此呈现出来的历史同样是多样化的诸历史。诚如李泽厚先生所言，所谓“历史本体”，“只是每个活生生的人（个体）的日常生活本身。但这活生生的个体的人总是出生、生活、生存在一定的时空条件的群体之中，总是‘活在世上’‘与他人同在’”。这种“与他人同在”的个体的历史，同时也是一种“小写复数历史”。[3] 早在 1980 年，有新历史主义倾向的批评家林特利查就指出，以前的各种历史观念都试图将自身变成单一性和整体性的，而“抵制异质性、矛盾性、碎片性和差异性的力量：简言之，即一种否定诸历史的单一历史。这些历史概念与文学批评中形式主义理论的反历史冲动联袂而行”[4]。他指出了“单一整体的历史”与形式主义之间的微妙关联。这预示着新批评王朝终结以后，文学批评的历史观念要发生重大变

---

① 参见王岳川：《后殖民主义与新历史主义文论》，济南：山东教育出版社 1999 年版，第 217 页。

② John Brannigan, *New Historicism and Cultural Materialism*, London: Macmillan Press Ltd., 1998, p. 35.

③ 李泽厚：《历史本体论》，北京：生活·读书·新知三联书店 2002 年版，第 13 页。

④ Frank Lentricchia, *After the New Criticism*, Chicago: The University of Chicago Press, 1980, p. 14.

化，其中首当其冲的就是对小写复数历史的强调。一元化的正史不可能将历史过程的丰富多样性一网打尽。新历史主义向那些游离于正史之外的历史裂隙聚光，即试图摄照历史的废墟和边界上蕴藏着的异样的历史景观。他们把过去所谓单数大写的历史分解成众多复数小写的诸历史，从而把那个“非叙述、非再现”的历史，拆解成了一个个由叙述人讲述的故事（his-stories, her-stories）。[①] 这种历史观念中既有巴赫金“多语杂语”学说的影响，也有福柯将“断裂”和“差异”两个概念楔入历史而造成历史新观念的影响。这种历史观也突出了“历史作为大众文化”和“历史作为多种声音”的观念。[②]

其次，“历史”不只是既往完成的，也是一个开放的对话过程，延续至今并影响人们的认知和行为，而当今人们的实践也在发展着历史、阐释着历史并赋予历史以新的价值和意义。“已发生之种种”万难在研究中“重现”，“历史本来面目”绝难弄清，我们只有通过文本来接近历史。但流传下来的文本只是对历史事实的一种“表述”，它与真实之间有着无法逾越的时间间距和文化间距，因此历史学家的任务只能是重构文本产生时的那个文化氛围，而无法真正回到当时的历史之中。这种重构绝不是客观中立的，而是受重构者当前的历史性的限制。今天的研究者转向历史的目的，就是在自己的表述中与“历史”对话，而不是一味进行事实认同。格林布拉特说，他的目标是“尽可能找回文学文本最初创作与消费时的历史境遇，并分析这些境遇与我们现在境遇之间的关系”[③]。人首先是历史的阐释者，“一个人在这种阐释工作中是不可能遗忘自己所处的历史环境的”。“我针对自己的材料提出的问题，事实上这些材料的性质，统统都受到我向自己提问的支配。”[④] 阐释者在与“讲述话语的年代”和“话语讲述的

① 盛宁：《人文困惑与反思》，北京：生活·读书·新知三联书店 1997 年版，第 158 页。

② William J. Palmer, *Dickens and New Historicism*, London: Macmillan Press Ltd., 1997, p. 9.

③ Stephen Greenblatt, Resonance and Wonder, Peter Collier and Helga Geyer-Ryan, ed., Literary Theory Today, Cambridge: Polity Press, 1990, pp. 74 - 90.

④ Stephen Greenblatt, *Shakespearean Negotiations*, Berkeley: University of California Press, 1988, p. 5.

年代”展开双向辩证对话时，总会显露出自己的声音和价值观。不参与的、不作判断的、不将过去与现在联系起来的写作是不可能的，也是没有价值的。价值判断是复杂的，对当下的“中立”或“漠然”是不可能的。甚至“中立”也是一种政治立场，是对国家或学术中的官方政治的一种认同和支持。但新历史主义在不悬置价值判断的同时，也包含着一种“超脱意识”（estrangement），即抛弃对历史必然性的信念，不将当下看成是不可更改的目的论的进步（不管是“启蒙”还是“衰退”）的结果。这样，尽管新历史主义承认价值性和片面性，但它“并不像旧历史主义那样将其价值挑衅性地强加于过去”①。值得注意的是，新历史主义在强调历史的“对话性”时，一定程度上意识到了人们调查历史时必须将焦点集中于人们的历史性的自我与过去的艺术之间的交互作用；人们必须充分意识到，当我们解读过去的文学和文学中的过去时，我们也被文学所解读。当我们找寻那些具有历史身份的作品的隐在细节时，作品也在寻求，甚至在某种意义上“生产”我们自己的历史身份。在这个意义上说，新历史主义有可能变成“辩证的历史主义者”②。当然，由于新历史主义未能准确地把握过去与现在之间的“张力关系”，他们并未成功地变成这种“辩证的历史主义者”。

再次，新历史主义的“历史”是一种偶然性的、即兴式的历史。新历史主义者的兴趣并不在于抽象的普遍的“人”，而在于“自我”的特定的、偶然的处境。它认为这些由其阶级、性属、宗教、种族和民族身份所限定的自我“能够持久地影响历史进程”③。在这种观念基础上，当新历史主义将关注焦点转向那些处于边缘的个体时，它所写出的历史就带上了较多偶然性。他们往往在广阔的文化文本中选择题材，将它们与自己的批评主题“任意并置”（arbitrary connectedness）起来而撰写文学文化的历史，这种历史是偶然的和即兴式的。他们以这种方式对“历史”本身进行批判而不是认可，对自己在批评中所充当的角色和所起的作用进行检视，也使自己

---

① Kiernan Ryan，ed.，*New Historicism and Cultural Materialism*：*A Reader*，London：Arnold，1996，p. 59.

② Jeremy Hawthorn，*Cunning Passages*，London：Arnold，1996，p. 84.

③ Kiernan Ryan，ed.，*New Historicism and Cultural Materialism*：*A Reader*，London：Arnold，1996，p. 55.

免于变成既成定论的大历史的注脚。但这样做也每每以牺牲历史的必然性为代价。

四、研究重心转向表述、主体、“增补”和话语分析

从新历史主义的批评对象和与之相关的研究方法层面看，其文学史实践进行了四个具体转向：从对“艺术”的讨论转向对“诸表述”（representations）的讨论；从对历史现象的唯物主义解释转向对人类躯体和人类主体的历史之调查；从对显在的主题的讨论转向通过寻求“增补”而为文学作品找到意想不到的话语语境；从“意识形态批判”逐渐转向“话语分析”。[①]

从“艺术”转向“诸表述”，是要“防止自己永远在封闭的话语之间往来，或者防止自己断然阻绝艺术作品、作家与读者生活之间的联系，”而关心作为一种人类特殊活动的艺术表述问题的复杂性并对“文学文本世界中的社会存在以及社会存在之于文学的影响实行双向调查。”[②] 转向“诸表述”即拒绝普遍的审美规范，抵制凌驾于一切的理论体系程序，“对独特的文化实践的集体制造过程展开研究和对各种文化实践之间的关系进行探究”[③]，追问集体信念和经验如何形成，如何从一种媒介转移到他种媒介，如何凝聚于可操作的审美形式以供人消费；考察被视为艺术形式的文化实践与其他相近表达形式之间的边界是如何标示出来的；确定这些被特别划分出来的领域是如何被权力赋予，进而或提供乐趣、或激发兴趣、或产生焦虑的。这样做的目的并不是消除或轻视艺术表述的力量，但是他们也不相信人们在欣赏这种力量时需要忽视各种表述所自出的文化母胎，或者无批判地承认各种表述所表达的想象。想象的大厦有很多房子，艺术只居其一（而且它还是一个晚近才划出的范畴）。新历史主义者并不是不相信

---

① Gallagher, C. & Greenblatt, S., *Practicing New Historicism*, Chicago: The University of Chicago Press, 2000, p. 17.

② 中国社会科学院外国文学研究所《世界文论》编辑委员会编：《文艺学和新历史主义》，北京：中国社会科学文献出版社 1993 年版，第 80 页。

③ Stephen Greenblatt, *Shakespearean Negotiations*, Berkeley: University of California Press, 1988, p. 5.

审美愉悦，但他们更有意于从作品的狭窄界线“外部”和界线“内部”寻找那些使艺术作品得以成型的创造性力量。因此，他们着意于追踪社会能量通过文化在边缘与中心之间，在所谓艺术领域与非艺术领域之间的广泛流通。从艺术转向表述研究，使艺术研究成为一种跨学科研究（interdisciplinary studies，不是一般意义上对学科界线的跨越，而是从根本上颠覆学科界线的合法性）。一方面，表述的指涉范围远大于艺术，这就将艺术文本与文化表述的整个领域联系起来了；另一方面，表述也并不将自身封闭在“文本性”之内，而是将文本与主体和历史现实联系起来了。表述是新历史主义的核心概念之一，它认为所有的文本都是关于表述的，而表述是关于我们如何观照我们自己、如何为他人所观照以及如何将我们自己投射到他人身上的。新历史主义甚至宣称，“正是我们如何被表述的这种事情，形成了我们的社会、政治和文化处境”①。

从对历史现象的唯物主义解释转向对人类身体和人类主体的历史之调查，就是将历史现象最终追问到主体的“自我造型”（self-fashioning），调查主体与权力之间的复杂关系，以及这种关系对主体性和人的身体的塑造过程，而不是寻求历史现象得以发生的经济基础以及与之相联系的人与人之间的阶级关系。新历史主义之所以对身体和主体之历史进行调查，是因为它认为身体和主体并非超历史的，而是通过历史才形成的。这是在主体问题上对自由人文主义的批判和否定。

从对显在的主题的讨论转向通过寻求“增补”而为文学作品找到意想不到的话语语境，就是通过一些既往正史或难以发现、或识而不察、或不屑一顾的隐而不彰的历史碎片和边缘题材的发掘来为文学作品构设话语语境。因而，他们尤其表现出对历史记载中的零散插曲、逸闻逸事、偶然事件、异乎寻常的外来事物、卑微甚至简直是不可思议的情形等许多方面的特别兴趣，并将历史的这些方面在“创造性”的意义上视为“诗学的”。②这就是新历史主义者所异常重视的“逸事主义”（anecdotalism），它试图通过这种方法来捕捉“真实的踪迹”（the touch of the real），并实施其“反历

---

① John Brannigan, *New Historicism and Cultural Materialism*, London: Macmillan Press Ltd., 1998, p. 17.

② 张京媛主编：《新历史主义与文学批评》，北京：北京大学出版社 1993 年版，第 106 页。

史”的策略（counterhistories）。

从“意识形态批判”逐渐转向话语分析，即是新历史主义进一步远离马克思主义传统而向福柯学说趋近的标志，也是整个“叙事历史诗学”的特点，它将重点放在对“话语形成”的分析上，不去关注某种话语内在的“深度”意义，不去研究某种话语与“整体的”意识形态的单一关联并对意识形态提出批判，而是重点考察这种话语实践与他种话语实践之间的互动关联，关注话语与权力关系，特别是话语在运作中对权力的巩固和配合作用。“分析”与“批判”相比，自然是批判立场的某种弱化，是以知识颠覆代替或减弱价值批判。

五、以一系列“假设”为批评依据

威瑟教授长期跟踪研究新历史主义。1989 年，他主编了论文集《新历史主义》，总结出新历史主义成员共同恪守的“五个假设”。1994 年，他又编辑了一本《新历史主义读本》[①]，重申了这五个假设并对它们分别作了解释。它们是：“每一个陈述行为都植根于物质实践的网络；我们揭露、批判和树立对立面时所采用的方法往往都是采用对方的手段，因此有可能沦陷为自己所揭露的实践的牺牲品；文学与非文学‘文本’之间没有界线，彼此不间断地流通往来；没有任何话语可以引导我们走向固定不变的真理，也没有任何话语可以表达不可更改的人之本质……恰当描述资本主义文化的批评方法和语言都参与到它们所描述的经济之中。”[②] 威瑟的概括简洁明了，为学术界所广泛认可。由于它们某种意义上已经包含在笔者对前四个层面的论述中了，这里不再赘述。

我们从五个层面对新历史主义的方法观念和基本轮廓进行了粗线勾勒，意在为进一步研究确立一个出发点，但这也显示出了新历史主义理论资源的驳杂性、学派边界的模糊性、批评范围的跨学科性、参与者的国际性、批评对象的无定性等特点。

总之，我们发现，“新历史主义”与“历史诗学”和“历史转向”之

---

① Aram Veeser, ed., *The New Historicism: A Reader*, London: Routledge, 1994.

② Aram Veeser, ed., *The New Historicism*, London: Routledge, 1989, pp. xi.

间具有非此不可的关联。尽管“新历史主义”具有多重品格，但它仍然没有脱离“历史诗学”的问题序列，其理论批评特色仍然可以在“历史诗学”的理论坐标中得到说明。因此，“历史诗学”是“新历史主义”不可或缺的理论参照系，二者的共同目标都在于将文学活动中的各个要素和层面“历史化”。但“新历史主义”也刷新了“历史诗学”的观念，从此以往，“历史诗学”的各个要素与“历史”之间的关系再也不是“静态对立的”和“单向决定的”，而是“动态交融”和“双向建构”的了。这样，“新历史主义”就将“历史诗学”的问题“复杂化”和“问题化”了。这种复杂性应该在“历史转向”的批评背景上去把握。“历史转向”并不意味着理论批评向历史的“单向回归”，它必须在“语言论转向”的基础上去把握。

事实上，“语言论转向”之后，人们已经无法沿着传统历史主义的路子去思考历史诗学问题了。不满足于“语言论转向”的文本主义、形式主义研究方法的“新”历史主义，必须在此基础上重新确定自己的理论批评目标和方法。在历史诗学问题上，新历史主义的基本目标是：同时克服传统历史主义的弊端和语言论转向的文本主义缺陷，并对二者的思想成果进行吸收转化。因此，其兴趣焦点主要集中在如下问题上：文本究竟与什么相关联？历史是不是另一个文本？如何在不将文本联系于某种既定语境的情况下考察文本与被视为文本语境的东西的产生过程？历史是如何被生产成文本处身其中的地平线的？在此基础上，它试图寻求一条考察文本意义的途径，由此避免将历史假定为既定事实，也避免退回到形式主义或文本主义的老路上去。

第四节　新历史主义的叙事类型

关于人类社会、文艺审美和生态美学，可以有多种多样的讲述视角，“能量”即是其中之一。从能量角度说，人类社会的平衡与稳定主要取决于整个社会能量交换的过程及其结果；文艺审美活动是人类社会生活的重要组成部分，也是社会能量及其交换过程的重要环节；生态美学即是对人类社会能量流通交换的理想状况的守护、召唤和叙述。然而，文艺在能量流通中究竟处于什么层次？它作为社会能量的本质、特征和功能是如何体现的？它与其他能量系统之间是一种什么关系？这些问题不仅关乎文艺审美的社会基础和社会功能的界定，而且涉及生态美学如何在观念方法上与当代知识领域贯通的问题。新历史主义文艺思潮对如上问题作了深入的思考，值得借鉴。①

"能量"是一个重要的物理学概念，一般指物质做功的能力。大致说来，能量可分为"自然能量"和"社会能量"，合二为一，即是万事万物发展和存在的动力与形式。人类唯有掌握它和运用它，才能得到延续和发展。美国文化人类学家、新进化论学派代表之一莱斯利·怀特较早将这一概念运用到文化研究中，提出了文化演进的"能量说"。他认为文化是人类所创造的符号的总和，语言则是人类符号能量最重要的形态。他将文化划分为三个亚系统，即技术系统、社会系统和思想意识系统。技术系统由物质、机械、物理、化学等手段以及运用这些手段的技能共同构成，包括生产工具、维持生计的手段、筑居材料、攻防手段等，该系统使作为一个物种的人与其自然环境联结起来；社会系统由表现于集体与个人行为规范之中的人际关系构成，包括社会、亲缘、经济、伦理、政治、军事、教会、职业和娱乐等系统；思想意识系统则由音节清晰的语言及其他符号形式所表达的思想、信念、知识等构成，包括神话、传说、文学、哲学、科学、民间格言和常识性知识等。在三个层次中，"技术层面处于底层，哲学层面则在顶端，居中的是社会学层面"。技术是自变量，社会系统是因变量，思想意识或哲学系统则是一种对人类经验进行解释的信念的结构。能量贯通于三个层次之中，文化整体功能的发挥依赖于可资利用的能量和将其付诸使用的方式。能量既不能创造，也不能消灭；能量只能转化，人们只能消耗、利用或消费它。这便要求有工具与机械，借助于技术手段，使能量为人所利用，并使之发生作用。社会和哲学系统是这一技术过程的附属物和表现。

他借用热力学第二定律指出，"宇宙整体在结构上正在分解，在动力上正在变弱，物质日渐无序，能量则在均速耗散。但是，在宇宙的一个极

---

① 张进：《社会能量叙事与生态美学方法论》，《兰州大学学报》2006年第4期。

小片断，即在有生命的物质系统中，宇宙过程的发展方向恰好相反。物质变得高度有序，能量日益聚汇起来”。生命是一个更新的过程，它从非生命系统中汲取和收集游离能量，用于维持生命过程。它是朝着更高的组织化、专门化、一体化和能量高度汇聚化的运动过程。从技术系统到社会系统和思想意识系统，能量变得有序和汇聚，各个层次在能量流通中具有相互影响的关系。

怀特使用“能量”范畴，意在建构一门“文化的科学”。带着对“科学”的信任，他认为要将能量付诸运用，使之服务于人类需要，就必须以这种或那种方式来控制自然力。他强调技术的“决定性”地位，主张对自然力进行控制。文化进程中的发展与进步，是由借以利用能量并使之发挥作用的机械手段的改进，以及所使用能量的增长而引起的。但工具因素与能量因素不具有同等的地位与重要性。能量因素是基本的、首要的因素，它是主要动力，是积极的动因，工具则不过是服务于这一力量的手段。“能量因素可以无限地增长，而工具的效率则只能有限地提高。”[①] 这种对能量“无限增长”的论述，暴露了怀特生态意识方面的局限。

怀特的论述表明，其有关文化能量的所谓“科学”，毋宁说是有关文化的“能量叙事”或“能量修辞”。尽管其目标是使这种描述具有科学的“合法性”，但事实上，它仅仅具有“表述的”或“叙事的”合法性，因为这种描述不具备现代科学所要求的“可证伪性”。尽管如此，从“能量”或“力量”（force）角度理解人类文化和文艺审美，仍然是后现代理论家比较普遍的倾向。后现代理论家斯温认为：“我们的宇宙是一个充满惊奇的宇宙，我们的自信不是建立在自我身上，而是建立在能够聚集起星辰和把生命细胞编织在一起的那股力量之上。”“力量”是“能量”的近义词，它之所以被频繁使用，是包含着多种理论诉求的。安德鲁·吉布森在其《后现代叙事学》中认为，“能量”这个术语的广泛使用是出于人们对结构主义和叙事学模式的静止僵化倾向的担忧。他从德里达、加塔里等人的相关论著中提取这一概念，旨在“突破形式主义的静止模式”，强调“形式

---

① ［美］L. A. 怀特著，沈原等译：《文化的科学——人类与文明研究》，济南：山东人民出版社1988年版，第361页。

通常是关系性的，是文本与读者、文本与语境之间关系的一种功能”。[①] 格林布拉特也指出，“社会能量”具有最小的“可预见性”、“适应性”和“范围”，这些特点都具有突破既定形式疆界的特殊功能。[②] 这些人以“能量”或“力量”作为描述文艺审美的术语，并不是要使这种描述成为“科学”，而是将“能量”视为冲破既定的形式化的描述方式的界限，使之成为扩大文艺审美研究视野的一个“隐喻”或“修辞”，主要是强调其方法论意义而非其“科学真理”价值。

怀特从能量角度对人类文化进行叙事，某种意义上启发了后现代生态思想。但其描述未能说明文化系统与更为基本的非文化系统之间的关系，一定程度上忽略了关于宇宙能量或自然能量的“叙事”或“故事”，淡化了能量叙事可能具有的生态学视角。斯温认为：“我们要讲故事，特别是包括广袤宇宙故事在内的众多故事。我提议，讲关于宇宙的故事这一活动应成为我们时代政治和经济行为的中心。我的基本观点是，通过讲述我们宇宙的创造故事，我们要宣布一个人类和星球健全发展时代的开始，因为我们发动了一场变革，以使我们摆脱这个机械的、科学化的、二元论的、家长式的、欧洲中心论的和还原的世界。”[③] 他认为人类是一个故事，宇宙从根本上说是一个故事；故事为每一个社会提供核心的凝聚力；故事就是解释世界，只有通过这个故事，人们才能彻底而及时地认识到自己的存在。与怀特一样，斯温从根本上将宇宙理解为一种“力量”或“能量”，但他更强调宇宙叙事，强化了能量叙事的生态学视野。生态学视野也正是当前的后现代地理学所强调的。关于宇宙的叙事，其实就是“书写地球”或“书写世界”的文化地理学，从词源学上考察，“‘地理’这个术语的意义是‘书写世界’，也就是把意义刻在地球上”。文化地理学家克朗认为，他自己的文化地理学“不仅研究文化在不同地域空间的分布情况，同

---

① Jeremy Hawthorn, *A Glossary of Contemporary Literary Theory*, London: Arnold, 2000, p. 125.

② Stephen Greenblatt, *Shakespearean Negotiations*, Berkeley: University of California Press, 1988, p. 7.

③ ［美］大卫·格里芬编，马秀方译：《后现代科学——科学魅力的再现》，北京：中央编译出版社 2004 年版，第 66 ~ 67 页。

时也研究文化是如何赋予空间以意义的”[①]。这种关于地理的叙事，讲述的是有关地球的故事。这种叙事表明后现代主义对“他者”的开放心态，“他者”不仅包括其他人、其他文化、其他民族，“而且包括女性与自然”[②]。后现代主义对他者的包容，从生态学意义上看，主要体现在它对作为他者的“自然”的包容和开放心态。

鉴于此，我们尝试在怀特有关能量叙事的一般论述的基础上，改造和扩展其有关文化的能量叙事的三层次说，使之成为四个层次：自然系统、技术系统、社会系统和思想意识系统。能量运行于四层次之中，使其间相互贯通转化，从前至后能量有序化程度越高。能量的源泉不是技术而是自然，自然能量并不是“无限的”，而是“有限的”，尽管我们目前无法测定它的限度。这就将生态学视野置于文化叙事的基础地位上。进而，我们试图发挥怀特思想的合理成分，对社会能量作出说明。

如上四个层次具有相对的独立性，但贯通其中的能量将四个层面有机联系起来。从能量的角度看，贯通于四个层次的能量又可分为两类：流通于自然系统的能量主要是“自然能量”，流通于“技术系统”、“社会系统”和“思想意识系统”的能量主要是广义的“社会能量”。前者是本源性的，后者是对前者的有序化；前者是决定性的，后者对前者具有反作用。自然能量的载体具有“自然物质性”，社会能量的载体则更具“社会符号性”。能量由一个文化层面进入另一个，必须借助相应的载体才能发挥其功能，即自然能量必须转化为社会符号载体的能量，才能在社会系统和思想意识系统发挥作用；社会能量必须借助物理载体才能在自然系统发挥作用；而技术系统则是自然能量与社会能量之间的过渡形态。文艺和审美主要与广义的“社会能量”相关，应该在社会能量的流通和交换中确定和描述其本质特点和功能价值。

---

① ［英］迈克·克朗著，杨淑华、宋慧敏译：《文化地理学》，南京：南京大学出版社 2003 年版，第 3 页。

② ［英］斯图亚特·西姆著，王昆译：《德里达与历史的终结》，北京：北京大学出版社 2005 年版，第 23 页。

一、新历史主义社会能量的功能特征

文学与社会之间的相互影响问题是文学研究中的一个古老而常新的理论命题，也是一个验证相关理论解释效力的重要指标。这个问题，大而言之，也就是社会与其符号事物之间的关系问题，主要对应于怀特的“社会系统”与“思想意识系统”之间的关系问题。历史上有关这两个系统之间关系的研究，一般是先将两个系统分离开来，然后再寻求二者之间的决定与被决定、影响与被影响关系，这是典型的“二项对立”思维模式，必然得出“非此即彼”的结论，而人为地排除其间“亦此亦彼”的关联性。其根本不足在于未能确定贯通于两者之间的共通性因素，因而其结论亦无法解释二者之间具体、复杂、多样的“关联”。新历史主义从寻求二者之间的通约性和差异性出发，提出了“社会能量”这一重要而富有挑战性的概念，认为在社会系统与思想意识系统之中都有一种“社会能量”在流通周转，它是包括文艺作品在内的文化客体、文化表达和文化实践震撼人心的力量之源。

“社会能量”（social energy）是一个有关社会文化的能量叙事概念。怀特虽未直接使用该概念，但他较早从能量角度研究文化，使这一概念的出现成为可能。美国新历史主义格林布拉特正式提出并论证了这一概念，使之成为描述文学艺术生产、流通和消费过程的重要理论范畴。格林布拉特在其有关文艺复兴时期英国的社会能量流通的研究中详细说明了“社会能量”概念，认为它是一切历史变迁和文化发展的推动力量。

据格林布拉特考证，理论家为了解释莎士比亚剧作如何获得“引人注目的力量”（compelling force）问题，从希腊修辞学传统中汲取了energia一词来描述语言的“搅动心智情感的力量”，它是英语中energy一词的本源。他强调指出，从词源上说，这一术语的重点不在物理学意义上而在修辞学意义上，因此其意义是社会的和历史的。那么，social energy又如何界定呢？格林布拉特认为：“这个术语包含可测量的东西，但无法提供一个便捷可靠的公式来离析出单一固定的量化指标。人们只能从社会能量的效果中间接地识别出它：它出现在词语的、听觉的和视觉的特定踪迹之力量中，能够产生、塑造和组织集体的身心经验。”因此，它与快乐和趣味的可重复的形式相联系，与引起忧虑、痛苦、恐惧、心跳、怜悯、欢笑、紧张、慰藉和惊叹的力量相关联。具体说，社会能量是“权力、超凡魅力、性的激动、集体梦想、惊叹、欲望、忧虑、宗教敬畏、自由流动的强烈体验”[①]。社会能量是一些分散在踪迹之中的流动的情感能量或力量碎片。它与雷蒙·威廉斯的“情感结构”所指的内容极为相似，“情感结构可被界定为溶解状态的社会经验，有别于其他的社会语义的构成物，后者已经过沉淀，具有更明显更直接的可利用性”[②]。这些社会经验具有零散、粗砺和原生的性质。格林布拉特指出：“借助并通过舞台而流通的社会能量并非是单一连贯的整体系统，而是局部的、零碎的和冲突的。各种要素交叠、分离和重组，相互对立。特定的社会实践被舞台放大，另外的则被缩小、提升和疏散。”要理解文艺作品的力量，就要找到其根源，即作为“此时此地的、独特的、活生生的、积极的和个人的”情感结构的社会能量。这种能量才是基础性的，它生产出产生它的那个社会。这说明，文艺与社会之间相互塑造，不是某种先在的、可定义的社会生活产生了相应的文艺，也不是一种单一的集权化的“权力”（power）、“世界图景”或“意识形态”决定了文艺，而是文艺中的社会能量也参与到社会生活自身的定义过程之中。社会能量就像集体梦想那样，既是社会生产出的东西，也是生产集体经验的东西。它帮助生产出那个产生社会能量的社会。新历史主义用“社会能量”来解释福柯的“权力”，“使权力不再是一个中心化的范畴，而是由流通中的社会能量构成的众多片断”[③]。

在其审美样式中，社会能量必须具备最小限度的可预见性（即足以使简单的重复性成为可能）和一个最小限度的范围或射程（即足以超出单个创作者或消费者而臻达特定公众）。有时候，这种可预见性和范围会大得多，使得大量的社会阶层不同、信仰观念歧异的人群欢笑悲泣，体验忧喜交加的混合情感。社会能量的审美形式通常具有最小限度的适应性，足以

---

① Stephen Greenblatt, *Shakespearean Negotiations*, Berkeley: University of California Press, 1988, p. 19.

② Raymond Williams, *Marxism and Literature*, Oxford: Oxford University Press, 1977, pp. 133 – 134.

③ Brook Thomas, *The New historicism and Other Old-fashioned Topics*, Princeton: Princeton University Press, 1991, p. 180.

使这些形式历经社会环境和文化价值的变迁而留存下来，而那些日常的话语则因之而湮没无闻。大多数集体表达从其初始环境到新的时空位置的旅行过程中会遭到废弃，而经过艺术作品编码的社会能量则会持续数百年地制造生活的幻想。这说明，文艺审美中的社会能量得到了扩充和形式化，可以为不同的主体所重复和利用；也获得了增殖和强化，可以冲破个体的控制而达到更大的社会群体；更赋有某种在不同时空背景上发挥影响的能力，可以在时间和空间中"旅行"。

戏剧集中体现了社会能量及其流通过程。"每一部戏剧，通过各自的手段，将社会能量的负荷带上舞台；舞台修正这些能量，又将其返回给观众。"[①] 借助并通过舞台，特定的社会实践被舞台放大，另外的则被缩小、提升和疏散。尽管社会能量的流通是受限制的，但它却不是封闭的。戏剧表述可以产生差异，"它构成一个螺旋形而不是一个圆圈"[②]。这种差异的生产使社会变革成为可能。在戏剧表述中，社会实践被转化、再造，然后使其作为社会策略的审美向度，重新流通到非戏剧世界，这种连续的流通中包含着变形和重塑。社会实践和戏剧表述在交叉关联中持续改变。各种戏剧标示出不同的流通领域和不同类型的商讨："历史剧通过颠覆超凡魅力而获得戏剧性的超凡魅力；喜剧通过上演男女易装造成的冲突而获得性的兴奋；悲剧通过疏离宗教礼仪而获得宗教权力；罗曼司通过体验危险的多样性而获得有益的焦虑。"但是，其中任何一种都可以穷尽商讨的多样性，因为各种文类自身及其中的社会能量可以出现在其他文类中。戏剧由多种多样的交换组成，交换又在时间过程中增殖；作品通过交易而在新的情境获得新的力量，这些新的交易又将附加的社会能量加于作品最初获得社会能量的交易中。因此，作品会在其历史流传中不断增殖。

社会能量的流通具有共时的和历时的两个向度。在共时性向度上，社会能量冲破各种文化实践之间的界限而在不同的文化类型和文化实践中产

---

① Stephen Greenblatt, *Shakespearean Negotiations*, Berkeley: University of California Press, 1988, p. 14.

② Brook Thomas, *The New historicism and Other Old-fashioned Topics*, Princeton: Princeton University Press, 1991, p. 184.

生“共鸣”；[①] 在历时性向度上，文艺审美将特定时代的社会能量带入另一时代，使其在新历史中得到增殖并发挥作用。比如，莎士比亚戏剧中的社会能量，既可在莎翁同时代的其他文化实践中找到共鸣，也可以在我们当代人的生活中引起共鸣。当代人在自身之内体验到这种能量，但其当前存在却依赖于将其导向莎翁所处时代的历史交易活动的无规律的链条。新历史主义就是试图描述那些使艺术作品获得强大的能量的商讨交换过程，具体说，就是“追问集体的信仰和经验如何形成、如何从一种媒介转向另一媒介、如何凝聚于易处理的审美形式、如何供人消费。我们可以考察作为艺术形式的文化实践与其他相邻表达形式之间的界限是如何标示的。我们试图确定这些特别标示出来的区域是如何被赋予权力，使其提供愉悦或激发兴趣或产生忧虑的”。这种研究，也就是同时追求“横向超越”和“纵向超越”。[②] 当然，格林布拉特似乎更重视“横向超越”，因此，他所身体力行的“文化诗学”，主要是“研究不同文化实践的集体制作，追问这些文化实践之间的关系”。

总之，社会能量是流动的、零散的、原生的情感和体验，它在文艺审美与社会生活流通中增殖强化，赋予文艺作品以引人注目的力量，推动社会的变革和发展。

二、新历史主义的生态美学维度

“能量”将人与自然、人与社会、人与人以及人与自我普遍联系起来，其中包含着当前生态美学的方法论秘密。利奥塔指出，一切经济活动，就是互相交流的能量的表现。他将弗洛伊德原来用以表现性动力的“能量”概念，改造成具有符号结构的力量对比关系网，并结合当代社会沟通活动的特点，强调能量构成社会活动及各种社会运动的动力。在当代社会的沟通中，能量转化成各种信息和信息结构。所以，符号及信息的交流实际上就是能量的较量和均衡化过程。符号并不只是单义或多义的，也是“二重

---

① Jurgen Pieters, ed., *Critical Self-fashioning*: *Stephen Greenblatt and the New Historicism*, Frankfurt am Main: Peter Lang, 1999, p. 178.

② 张世英：《哲学导论》，北京：北京大学出版社 2002 年版，第 33 页。

结构”。因此，一切信号都是一种张力关系，因而也就是可以产生能量的机构。它不可避免地成为不断向内和向外扩张的原动力。传统理论就是看不到推动思想发展的这个原动力，才将思想的创造性误导成为一系列理论上、美学上和经济学上的“体系”。从能量角度看，布迪厄的文学场的结构及其运作规则不仅不违背马克思的经济观，也不违背社会能量守恒定律。文化资本作为时间、精力、激情甚至金钱等的长期投资，只有行动者拥有一定的经济基础才有可能收回成本并使自己增值；另一方面，文化资本投入较大而起初遭遇冷眼的先锋派文学会伴随着外部条件的变化及其对于文学场结构的影响而成为经典，其拥有的文化资本最终会转化成可观的经济资本。

“社会能量”作为描述生态美学思想的重要范畴，已为有生态思想的理论家所采用，一家美国的生态学诗歌网站将格林布拉特有关“社会能量”的论述设为首页宣言。国内有关社会经济的论著已有将“社会能量”用为支柱性概念的。其核心价值即在于“亦此亦彼”的思维方式与“包容他者”的思想观念。

实际上，“能量”近似于中国传统哲学中一元化的“气”，“包容他者”即是“气分阴阳，相异相通；阴中有阳，阳中有阴”。虽有阴阳二分，但这是“气”整体中的二分，是整体与部分、内与外、本与末、上与下、先与后、深与浅，其间冲突互动、动态依存。因此，“能量”作为方法论的意义就在于变“非此即彼”（either/or）的线性简单思维为“亦此亦彼”的（both/and）复杂网络思维。杜维明先生深刻指出：“我觉得人类思维方式的转变，一是从静态的几何思考转向动态的发展的思考，任何东西都在动，不仅人，草木瓦石都是动的，都是各种不同的动力（energy）造成的；二是从‘非此即彼’、决然二分的思考转变为‘亦此亦彼’、相互依存的思考。”① “亦此亦彼”也是考虑问题时将具体的多样性包括在内，而不是把具体的多样性按照简单的模式割裂开来。在这个意义上，或许“能量”是一个比“气”更可取的术语，它不像“气”那样“模糊”，但有其通脱，因为它包含“可测量的东西”；它与现代科学密切相关，因而更能够整合

---

① ［美］杜维明：《对话与创新》，桂林：广西师范大学出版社2005年版，第37页。

科学思维的积极成果。

在人与自然的关系上，现代性话语将“自然”视为人的能动性和征服欲的“反证”，将之看成是与人相对立的、外在于人的“他者”，放逐在人类生活的边缘地带；将自然的“能量”叙述成“无限的”，为人类无节制的攫取寻找口实，这为人类带来了前所未有的灾难，导致人与自然关系上的普遍异化，造成“自然能量”与“社会能量”之间的失衡。今天，理论家从能量及社会能量角度重新审视人与自然之间的关系，确立了“自然能量”与“社会能量”之间均衡依存的新型关系：自然能量并不是无限的，有限的自然能量正是社会能量的基础，后者并不能独立于前者，合二为一，即是万事万物发展和存在的动力与形式。人类唯有掌握它和运用它，才能得到延续和发展。人类对自然能量不应一味地收集、汇聚和利用，而应守护！

“社会能量”概念在人与社会、人与人、人与自我关系的解释上，具有突出的解释潜力。就人与社会的关系而言，“社会能量”既可解释为什么会发生社会结构转型，也可以解释社会转型与特定个体之间的关系。有论者认为，当社会能量的增长、流动和积聚超过社会结构的极限容量时，社会结构就会发生转型，建立起适应社会能量状态的新的结构。因此，在社会转型期就应当特别注意对社会能量的控制，使之尽快成为新的有序能量，避免它的无序化给社会带来灾难。当代中国社会转型的历史教训说明了转型社会控制的重要性，也说明了社会转型就是释放被束缚的社会能量，鼓励新生社会能量的增长，推动社会进步的过程。“社会能量”开拓了一个人类学的视野，它是公共领域和私人领域之间的通货。从人类学角度看，人持续生活（exist）而非仅仅维持生存（subsist），也就是说，“人并非独立自足的，而是需要调解媒介而获得个性和整体的存在”[①]。人的自为存在的实现进程，是不断与他者相区别的整合与重新整合过程，也是一个与社会的对话过程。社会能量在自我与社会之间自由流通，不断地将差异和他者包容在个人的自我之中，因此人的自我成就过程也是一个与他者共同成就的过程，是一个与他者共处的过程。内在于表述行为的差异性是

---

① Jurgen Pieters, ed., *Critical Self-fashioning: Stephen Greenblatt and the New Historicism*, Frankfurt am Main: Peter Lang, 1999, p. 224.

社会变革的动因，它所产生的开放的“螺旋”过程也使从过去流传下来的作品在新的状态下传达出已逝的生活，使今人与古人共存共成。

现代性思维模式在人与社会、人与人、人与自我之间设立了藩篱；在哲学思想上表现为理性与感性、意识与存在、抽象与具体的普遍分裂与对立；在文化思想上表现为艺术与技术、自然科学与人文科学、文学与历史和哲学之间的学科分立；在文艺审美中则是各个文类、各种艺术形式之间的孤立与对立，它成为人与社会分裂的典型体现，也成为生态美学思想在当代所面临的巨大障碍。这种思维方式只是从“外在性”上理解各要素之间的关系，不但造成了各个要素之间关系的失衡，而且导致他异要素遭到排斥、放逐的严重后果，体现在人类文化领域则是文化之间缺乏宽容与平等，最终引发了战争灾难和生态危机。后现代生态思想家格里芬认为，依据现代观点，人与他人、人与他物的关系是外在的、偶然的、派生的。与此相反，后现代作家把这些关系描述为内在的、本质的和构成性的（constitutive）。“个体与其躯体的关系、他与较广阔的自然环境的关系、与其家庭的关系、与文化的关系等等，都是个人身份的构成性的东西。”[①] 这种“构成性关系”的基础，正在于作为人类一切活动之基础的“社会能量”。

“社会能量”概念大大扩展了文艺研究的范围，使其覆盖从“作品”到“文本”、从一般文本到“活文本”、从书写文化到口传文化的广阔领域；同时也使这些要素之间的界限在生态学视野中处于重新商讨之中。正是在社会能量的基础上，“文学与非文学‘文本’之间没有界线，彼此不间断地流通往来”[②]。因此，生态美学的批评实践必然是一种“划界”和“重新划界”的实践，这种批评划界发生于已有界限的底层，它涉及“从国家的、语言的、历史的、代际的、地理的界线到种族的、人种的、社会的、性别的、政治的、道德的和宗教的界线。而且，文学研究还有许多并不明显但具有同样决定性的分界线，它将阅读与写作、印刷文化与口述文化、经典性的传统与异端传统、精英文化与通俗文化、高雅艺术与大众艺

---

① ［美］大卫·雷·格里芬编，王成兵译：《后现代精神》，北京：中央编译出版社 1998 年版，第 21 ~ 22 页。

② Aram Veeser, ed., *The New Historicism*, London: Routledge, 1989, p. xi.

术区分开来”[1]。这些界线是理论批评在特定历史情境下划定的，并不是理所当然的。因此它们可以被跨越、混合、合并或瓦解，也可以被重新修订、构想、设计和置换。界线划定以及对既有界线的侵越是一项批评工程，也是一项生态美学工程。

第五节 新历史主义的审美形态[2]

新历史主义追求“历史的审美化”或“审美的历史化”，在此意义上有人认为它是一种“历史的美学”（historical aesthetic）。[3] 因此，可以也应该对它进行一种“审美形态学”审视。诺埃尔·卡罗尔认为，可以通过“历史叙述”对审美对象作出历史定位，从而达到美学研究的“超越”。[4] 无论如何，新历史主义文艺思潮是试图通过对“历史”的重新书写或叙述而达到某种超越，因此，其“超越性”究竟有多大，则依然可以通过对它的“历史叙述”展现出来。

从审美形态学方面看，可供历史书写选择的情节编排模式主要有历史浪漫剧、历史悲剧、历史喜剧和历史讽刺剧。[5] 按照海登·怀特的说法，人们撰写历史，必然在诸多相互冲突的阐释策略中作出选择，其凭据与其说是认识论的，毋宁说是审美的或道德的。历史话语首先要遵循的不是历史过程的逻辑，而是话语自身的逻辑。那么，话语逻辑所显示的审美倾向，就是一个研究历史书写问题的切口。因此，我们可以通过对新历史主义历史书写的审美形态特征的分析而达到对它在特定向度上的说明。

---

① Greenblatt, S. & Gunn, G., ed., *Redrawing the Boundaries*, New York: The Modern Language Association of America, 1992, p. 4.

② 张进：《唯物史观视野下的新历史主义文艺思潮》，《文艺理论与批评》2007年第5期。

③ Jermy Hawthorn, *Cunning Passages*, London: Arnold, 1996, p. 48.

④ ［美］诺埃尔·卡罗尔著，李媛媛译：《超越美学·前言》，北京：商务印书馆2006年版，第9页。

⑤ ［加］诺思罗普·弗莱著，陈慧等译：《批评的解剖》，天津：百花文艺出版社1998年版，第293页。

就新中国成立以来文艺中的各种历史书写的总体情况来看，历史浪漫剧、历史悲剧、历史喜剧和历史讽刺剧的写作方式都在一定时期得到了集中的表达。其中与历史浪漫剧（崇高）相对应的主要是“革命历史小说”，与历史悲剧相对应的主要是“历次农民起义小说”，与历史喜剧相对应的主要是新写实主义及作为其变体的各种帝王将相小说，与历史讽刺剧（荒诞）相对应的主要是先锋派及其后继者的各种历史书写。显然，历史浪漫剧和历史悲剧与所谓“旧”历史主义之间有更多的亲缘性，历史喜剧与历史讽刺剧与“新”历史主义之间有更大的通约性。从总的情况看，中国新时期的新历史主义历史书写，主要是对已经形成并显得僵化的“历史浪漫剧”（崇高型历史书写模式）的背离和反思重写；在其副线上，则是对历史悲剧书写模式的背离和反思重写。我们可以借助格雷马斯的符号矩阵理论来加以解释，按照这一理论，*X* 与反 *X* 之间是“对立关系”；*X* 和非 *X*、反 *X* 和非反 *X* 之间是“矛盾关系”；*X* 和非反 *X*、反 *X* 和非 *X* 之间是“蕴含关系”。①

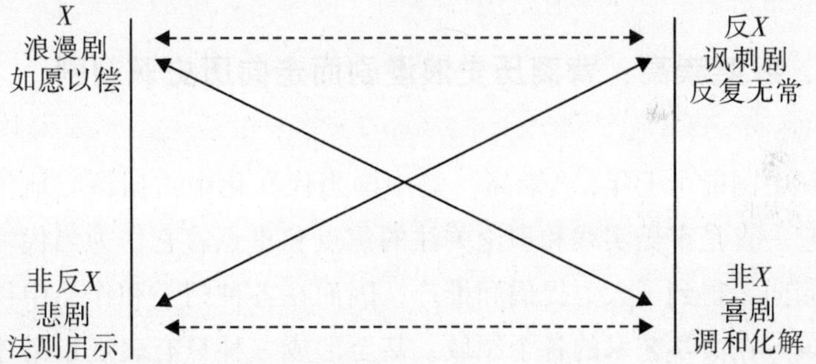

从新历史主义历史书写的情节编排模式看，主要表现为浪漫剧（崇高）与讽刺剧（荒诞）之间的对立，在此基础上出现的喜剧与悲剧的对立是与之相应的次要的对立形式；浪漫剧与喜剧、悲剧与讽刺剧之间矛盾但并不一定对立；而浪漫剧与悲剧、讽刺剧与喜剧之间则是蕴含关系。从总的情况看，新历史主义的历史书写模式，集中地指向对崇高型的历史浪漫

① ［法］A. J. 格雷马斯著，吴泓缈、冯学俊译：《论意义——符号学论文集》（上册），天津：百花文艺出版社 2005 年版，第 141 页。

剧的解构，而对历史悲剧模式的背离则是一条与之同气相求的副线。在解构崇高型历史浪漫剧基础上，新历史主义的历史书写方式最终主要地指向了荒诞型的历史讽刺剧，而历史喜剧化则是与之同声相应的一条副线。从新历史主义的历时变迁看，其初期主要以喜剧化方式改写悲剧模式，经过先锋派的加入而最终走向了历史讽刺剧的增殖和泛滥。

马克思主义经典作家的历史书写模式更多地倾向于历史悲剧模式，强调通过这一模式而对于历史之必然性的认识，同时，其中的喜剧色彩则旨在强调人类最终走向解放的光明前景。海登·怀特认为，对马克思来说，“人类与其自身并且与自然达成了一种喜剧式和解情形，但借助的是悲剧式冲突方式，而在人类自身之中，悲剧式冲突看上去提供的只不过是一种安慰，是关于人类高贵品质的一种哲学解释”①。在其基本的情节化模式上，马克思倾向于将历史过程理解成为一个悲剧过程。这种与崇高处于“蕴含关系”的悲剧，在新中国前十七年的历史书写实践中，经过不断的“再浪漫化”之后，逐渐集中于崇高型历史浪漫剧的写作模式之中，这种模式成为新时期有新历史主义倾向的历史书写活动重点解构的领域。

一、躲避崇高：背离历史浪漫剧而走向历史讽刺剧

在新中国前十七年，“崇高”是中国当代文化中占据核心地位的审美范畴，它一直是审美实践和理论关注的焦点和重点。它作为当代社会文化的总体倾向，得到了大力提倡和推广，因而在各种门类和作品中得到了充分的表现。在文学艺术的各个领域，甚至形成一种只有表现崇高才足以构成文化积极向上的价值倾向。在这样的文化追求中，崇高又总是具体展现为英雄主义，被演绎为英雄主义的代名词，而正面的可歌可泣的英雄主义正是社会主义意识形态的现实需要。于是，“社会主义—崇高—英雄主义”，也就成为三位一体的概念，有时被简称为“革命英雄主义”。这种状况在进入新时期以来受到尖锐的质疑。研究者指出：“如果对改革开放的审美文化的发展作一简要的回顾，那么，不难发现一个明显的变化，那就

① ［美］海登·怀特著，陈新译：《元史学：十九世纪欧洲的历史想像》，南京：译林出版社 2004 年版，第 448 页。

是，崇高逐渐退出了审美文化舞台的前景，英雄主义成为过去的‘神话’。一种世俗的、实际的（也可以称之为现实主义的）生活场面和行为方式，变成为中国当代审美文化的基本景观。英雄的退场，为平凡普通角色的登场提供了机会。无论在小说中，还是在电影、电视剧，或是在绘画、戏剧中，普通平凡的角色都占据了相当大的比例。……先锋派小说家，或者说新写实小说，都把日常市井文化当作基本主题，平平常常，琐碎无聊的个人化甚至偏私性的日常生活，成为作家们热衷追寻的题材。整个中国审美文化领域弥漫着一种世俗风气。”[①] 中国当代审美文化中的“世俗气”，在时间上是从20世纪80年代中后期开始的，在审美追求上，则是不断背离崇高型而趋向历史讽刺剧。

在当代审美文化的大语境中，由于崇高在十七年历史文学书写中定于一尊的局面，因此，面对崇高，要么继续它曾有的辉煌，要么躲避它的锋芒，崇高都成了一个合适的出发点，一个基本的阐释参照系。其实，在现代文学史上，还有像鲁迅《故事新编》那样并非全属崇高的历史叙述方式。而“崇高”之所以在当代文艺中成为主导的审美形态，应当与中国当代的叙述革命和以革命的名义来叙述的过程分不开。这种叙述创造和改变了当代中国的日常生活，改写了经由叙述而得以呈现的当代现实，配合着主导意识形态的需要。那么，当崇高表现在历史叙述中，它又有什么特点呢？崇高表现于历史叙述，则会成为“历史浪漫剧”（Romance，或英雄传奇）的叙述模式（在革命历史小说中，《吕梁英雄传》、《新儿女英雄传》等书名深刻地显示了当代叙述与英雄传奇的内在联系）。

按照海登·怀特的研究，历史的浪漫剧“根本上是一种自我认同的戏剧，它以英雄相对于经验世界的超凡能力、征服经验世界的胜利以及最终摆脱经验世界而解放为象征，是那类带有基督教神话中圣杯传奇或基督复活之类的故事。它也是一种关于成功的戏剧，这种成功即正义战胜邪恶、美德战胜罪孽、光明战胜黑暗，以及人类最终超脱出自己在为原罪堕落面被囚禁的世界”[②]。在历史叙述中，19世纪的史学家米什莱是这一模式的

① 周宪：《中国当代审美文化研究》，北京：北京大学出版社1997年版，第311页。

② ［美］海登·怀特著，陈新译：《元史学：十九世纪欧洲的历史想像》，南京：译林出版社2004年版，第10页。

典型代表，他是按隐喻进行解释并按照浪漫剧进行情节编排的历史学家。其基本的编排原则便是“如愿以偿”，将历史表述为浪漫化的英雄人物愿望的最终实现过程。其实，历史的浪漫剧叙述是一种相当常见的情节化模式，但是，它在中国当代前三十年的历史书写实践中却被大大地狭义化了。中国当代历史浪漫剧叙述的狭义化，集中地体现在“革命历史小说”之中。有人用这一称谓对中国大陆20世纪50至70年代末生产的一大批作品进行“文学史”命名。“这些作品在既定意识形态规限内讲述既定的历史题材，以达成既定的意识形态目的：它承担了将刚刚过去的‘革命历史’经典化的功能，讲述革命的起源神话、英雄传奇和终极承诺，以此维系当代国人的大希望与大恐惧，证明当代现实的合理性，通过全国范围内的讲述与阅读实践，建构国人在革命所建立的新秩序中的主体意识。这些作品的印数极大，而且通常都被迅速改编成为电影、话剧、舞剧、歌剧、戏曲、连环图画，乃至进入中小学语文课本。人物形象、情节、对白台词无不家喻户晓，深入日常语言之中。对‘革命历史’的虚构叙述俨然形成了一套弥漫性、基奠性‘话语’，亟欲令任何溢出的或另类的叙述方式变得非法或不可能。”① 这种“革命历史小说”被有的研究者从历史编纂学角度称为“红色历史编纂学”②。其实，这种历史书写方式，其最早出现的时候，可以被视为一种“新”的历史主义。为什么呢？因为它在时间观和叙事模式上是“新”的，它不仅叙述革命，其本身就是一次“叙述革命”。在时间观上，“革命历史小说”用乐观向上的进化论矢线取代治乱交替的“循环史观”，遵循“从失败走向胜利，从胜利走向更大的胜利”的模式来构思情节，并依照各阶级在时间矢线上的“先进”程度来安排人物关系。

毫无疑问，进化论的矢量时间观和“不断走向胜利”的模式是其关键所在。在中国传统历史小说中，治乱交替的循环史观占据主要地位，这集中地体现在《三国演义》“天下大势，分久必合，合久必分”的“分合”模式中，也表现在古代大部分作品刻意强调的“乐极生悲”的周转循环的警语中。这种时间观念基本上是过去取向的，这类小说中所谓的“今天”

---

① 黄子平：《“灰阑”中的叙述》，上海：上海文艺出版社2001年版，第2页。

② 张清华：《境外谈文——中国当代文学中的历史叙事》，石家庄：花山文艺出版社2004年版，第18页。

事实上是“昨天的今天”，是“昨天”涉入“今天”并将其意义体现在“今天”之中。而“革命历史小说”的时间观念则是指向“未来”的，“是明天（共产主义的未来）涉入今天，并内在地决定了今天的含义”①。“革命历史小说”无疑与进化论史观的输入密切关联。大约在19世纪末20世纪初，一种来自西方的“进化史观”（直线式的或螺旋发展式的）取代了传统的循环史观，并逐渐渗透到历史书写中。② 历史进化观进入历史书写领域的同时，一种以“新/旧”为中心范畴的二元对立体系成为制约历史小说叙事的主要模式。在其制约下，“革命历史小说”往往从“旧”（过去、混乱、反动、落后）着笔，走向“新”（现在、秩序、革命、进步），并进一步指向“更新”（未来、美好、更革命、更进步）。《保卫延安》、《林海雪原》、《红岩》等，都采用从革命的危机关头着笔，描述一步步走向胜利的基本过程。像梁斌的《红旗谱》、《播火记》、《战寇图》三部曲，柳青的《创业史》等，也都是按照这一时间顺序来安排故事结构的。这些作品中的主人公，也都是一步步成长为崇高型英雄的形象。在其中，小说的正面英雄人物被浪漫化、传奇化，最终成为“高大全”的典型。这一模式甚至体现在最后完成于新时期前期的《李自成》等历史小说中。

新时期历史小说的根本特点，就是以对这种模式的改造为基本指向的。莫言的《红高粱》（1986）、乔良的《灵旗》（1986）、格非的《大年》（1988）等，通常被看成是新历史主义重要的肇端之作。而这些小说的突出特点，就在于它们对时间观念的根本调整。莫言在《红高粱》中试图穿越时间的迷雾去招回“土匪—英雄”的先辈英魂，却痛切地发现“种的退化”；在这里，时间突然失去了作为“过去（落后）/未来（先进）”模式的意义，其意义被整体地翻转过来。乔良的《灵旗》则看到了宏大的革命历史叙事（湘江一战，损失过半）的“大时间”对“个体时间”或“小时间”的遗忘和漠视。在大时间叙事中，湘江战役是作为从失败走向胜利并走向更大胜利的一个环节而描写的，它最终并不影响这个“如愿以偿”

① 流心：《自我的他性——当代中国的自我系谱》，上海：上海人民出版社2005年版，第144～145页。

② 王中江：《进化主义在中国》，北京：首都师范大学出版社2002年版，第31～49页。

的基本原则，而该小说基于“个体时间”而形成的历史文本则构成了对宏大叙事的质疑。格非的《大年》则甚至指出“历史时间”的空洞和虚幻。当时间的进步含义被抽空之时，就出现了“时间被斩首，未来被取消”的效果。[①] 不但时间不再表现“过去—现在—未来”的线性进步序列，而且“现在”也不包蕴“过去”和“未来”，“人们是在现在的空间里玩耍着日常生活的游戏”[②]。其实，这仅仅是新历史主义历史书写的开始，而其最终指向则是彻底背离崇高型历史叙事而走向历史讽刺剧。

与历史浪漫剧正好相反的历史讽刺剧，以反讽的态度评说人类有关希望、可能性和人类存在的真实性方面的事实，并将之引向一个异样的限度。它假定，同样引人注目地表现在其他历史书写方式中的关于世界的想象，“终究是不充分的。作为一种艺术风格或文学传统发展过程中的一个阶段，文学表现中的讽刺模式的出现，标志着一种世界已老的信念。像哲学本身那样，讽刺剧意识到作为现实的一种想象，自己有所不足，因而‘在其灰色之上涂抹灰色’”[③]。按照弗莱的解释，讽刺剧是虚构的形式，以反讽模式形成的故事恰恰是通过挫败正确的期望来获得其效果，而与这种期望相关的是其他模式形成的故事提供的模式。在这种历史小说中，历史不仅不表现为一个“如愿以偿”的进程，而且还极端地表现为“反复无常”，无规律可循，无基础可言，杂乱无章，互不关联。因此，这种类型的历史叙事，其基本取向是“否定”和“自我批判”，书写者以“解构家”姿态出现，通过揭示历史话语“言实相悖、言意相反”的“反讽性”差异而使之解体，解构本质主义的历史真理话语和宏大叙事，强化对历史话语的历史性、具体性和意识形态性的说明。相对于其他三种历史话语，历史讽刺剧显示其他话语模式认为是“对的”东西基本上是错误的或是不能被接受的，而这类历史书写者也变成一个“异化、贫乏、毫无创造力的

---

① 黄子平：《“灰阑”中的叙述》，上海：上海文艺出版社 2001 年版，第 36 页。

② 流心：《自我的他性——当代中国的自我系谱》，上海：上海人民出版社 2005 年版，第 145 页。

③ ［美］海登·怀特著，陈新译：《元史学：十九世纪欧洲的历史想像》，南京：译林出版社 2004 年版，第 12 页。

虚无主义者”①。这种偏于解构的取向，有时甚至是直接对书写者身份的自我质疑，这恰恰是新历史主义者比较普遍的倾向。他们在批评中也时时进行自我反思，质疑和检视自己在批评运作中所起的作用和所扮演的角色，探讨自己的假定和论据，表明自己的话语立场。②

这种类型历史叙事，将历史的主人公作为一个整体解释为讽刺剧的主人公，背离对历史的尊崇信念和理性态度。“当我们从信念和理性的外围回到感觉的实实在在的现实中来时，讽刺也接踵而至。”③讽刺剧的内容是“反复无常，无目的可言”，设定历史事实无目的可言，无规律可循，“此亦一是非，彼亦一是非”。它不仅涉及历史书写者的立场，而且涉及研究者在自己的语境中如何选择立场，如何对自己的立场进行反思批判的问题。这也将研究者认识的不完善性不断暴露出来，使其变成一个“反讽式的”研究者。其解释方式是“情境论”的。海登·怀特指出：“情境论明确的前提是，将事件置于其发生的‘情境’中，它就能得到解释。这些事件为什么如此发生，通过揭示它们与其他同在一种历史情境下发生的事件之间的特殊关系就能解释。在此，如同在形式论中一样，历史领域被人们当作一种‘景观’或质感丰富的地毯式网络来了解。”④ 这其实是将历史“景观化”，按照德波的解释，“在现代生产条件无所不在的社会，生活本身展现为景观（spectacles）的庞大堆集。直接存在的一切全都转化为一个表象”。“现实显现为景观，景观就是现实。”这样就出现了历史遗留物（包括文本）的景观与历史过程的景观（历史现实）之间的非法的等式。同时，“景观不是影像的聚积，而是以影像为中介的人们之间的社会关系”⑤。其实，这种以景观为中介的社会关系，本质上是景观之间的关系，

---

① ［加］史笛文·邦尼卡斯尔著，王晓群、王丽莉译：《寻找权威——文学理论概论》，长春：吉林大学出版社 2003 年版，第 113 页。

② 张京媛主编：《新历史主义与文学批评》，北京：北京大学出版社 1993 年版，第 7 页。

③ ［加］诺思罗普·弗莱著，陈慧等译：《批评的解剖》，天津：百花文艺出版社 1998 年版，第 293 页。

④ ［美］海登·怀特著，陈新译：《元史学：十九世纪欧洲的历史想像》，南京：译林出版社 2004 年版，第 22 页。

⑤ ［法］居伊·德波著，王昭凤译：《景观社会》，南京：南京大学出版社 2006 年版，第 3～4 页。

这种关系实质上是一种“横向超越”关系，它并不满足于“追求抽象的永恒的本质，而要求回到具体的、变动不居的现实世界。但这种哲学思潮并不是主张保留于当前在场的东西之中，它也要求超越当前，只不过它不像旧的概念哲学那样主张超越到抽象的永恒的世界之中去，而是从当前在场的东西超越到其背后的未出场的东西，这未出场的东西也和当前在场的东西一样是现实的事物，而不是什么抽象的永恒的本质或概念，所以这种超越也可以说是从在场的现实事物超越到不在场的（或者说未出场的）现实事物”①。“超越到不在场或未出场的现实事物中去”，如此而形成的历史文学必然呈现为本雅明所说的“寓言”，它是“指在各种暴力的摧残之下，历史的片段如何重新发展、形成其历史意涵，如何通过辩证的方式，将历史中具体遭受压迫与被隐抑的部分加以呈现出来”②。这使其所书写的历史必然呈现为历史颓败的后悲剧时代的“历史寓言”③。其真正的意义却表现于具体的“历史文本之外”。

历史学家布克哈特是一位情境论者，他指出史学家解释某个特定事件的方式是：将该事件嵌入同样能够识别的众多个体的丰满构造中，而这些个体占据着该事件周围的历史空间。其《意大利文艺复兴时期的文化》通常被人们认为根本没有“故事”，也没有叙事线索。因为，他设定自己所研究的意大利的政治情况截然不同于获得了统一的其他国家，因此在意大利“发现了近代欧洲的政治精神，这种精神随心所欲，常常表现出肆无忌惮的利己主义的最恶劣的面貌，践踏每一个权利和摧残一个比较健康的文化的每一个萌芽……这种新的国家生活以千变万化的形式在共和国家和君主专制的国家里边表现出来，并决定了这些国家的内部组织和外交政策”④。“随心所欲”、“践踏权威和摧残文化”、“千变万化”，当其研究对象被如此描述时，其叙事模式就是讽刺式的、大杂烩式的，这是一种反讽的虚构模式，它是一种特殊的怀疑论的知识概念及其可能性的美学翻版。

---

① 张世英：《哲学导论》，北京：北京大学出版社 2002 年版，第 33 页。

② 廖炳惠编著：《关键词 200：文学与批评研究的通用词汇编》，南京：江苏教育出版社 2006 年版，第 6 ~7 页。

③ 陈晓明：《无边的挑战》，桂林：广西师范大学出版社 2004 年版，第 281 页。

④ ［瑞士］雅各布·布克哈特著，何新译：《意大利文艺复兴时期的文化》，北京：商务印书馆 2002 年版，第 2 页。

这种解释模式的特质在于解释者的自我批判与质疑，在意识形态方面的倾向是良性的“自由主义”或恶性的虚无主义。前者在发现以前所获得的“完整性”的不充分性之后，仍然相信人有认识和解决问题的能力，人能依靠理性形成对于改善人的生存环境有助益的权威。后者则因为一味强调怀疑、批判、否定和解构而导致虚无主义。

讽刺剧历史叙事模式在新时期先锋派的“文革叙述”作品中表现极为突出，它们“大都将文革叙述成一个无法理解的‘荒诞事件’”，而且大多采用荒诞的叙述手法。“其基本叙事特征是叙述结构不仅不同于事序结构，而且常常违反、打乱事序结构的时间规则，即打乱历史、事件之间的逻辑联系。换言之，不仅叙事主人公可以身份错乱、时空颠倒，时而下乡、时而犯错、时而获救、时而做官，而且犯错的未必会被‘打倒’，落难的不一定获救，获救的也可能不是‘好人’。”① 其实，这种荒诞感的根源在于绝对信念和终极价值的失落，在“失落”之后，只留下人性异化和历史异化的生存观念。先锋派的“历史小说”以一种语言操作行动提供了一种替代性的感觉方式。格非的小说《青黄》呈现出一个历史小说的外观，“青黄”作为叙述追踪的目标或历史考察的对象构成故事发展的内在推动力。然而，在故事发展过程中，所谓“新的现实”却湮没了这个动机。试图破解“青黄”的故事，结果变成了另一个故事。换言之，一个讲述“青黄”的故事，最终却变成了“青黄”的“历史”。“历史文本”暗地里置换了“历史过程”，僭越后者而自居为“历史”，而“真实的历史”却被如此这般地“放逐”了。② 须兰的《仿佛》和《捕快》都以“历史叙述”的方式得出了“历史”无法叙述的荒诞结论。《仿佛》叙述的是40年后“我”携妻对大哥死亡之迹的寻访。由于年代久远，“我”大哥死亡的前因后果变得众说纷纭，光是在谁是真凶的问题上就有三种不同版本。《捕快》中查赈大员李毓昌吊死在遭受灾荒的山阳县，捕快蔡老七受命展开调查，从此李大人为何而死以及被何人所杀的问题便陷入了重重迷雾。在这些作品中，作者有意识地回避对死亡原因的呈现，故意遮蔽历史的因果逻辑关

---

① 许子东：《为了忘却的集体记忆——解读50篇文革小说》，北京：生活·读书·新知三联书店2000年版，第195页。

② 陈晓明：《无边的挑战》，桂林：广西师范大学出版社2004年版，第72～73页。

系，使任何人对人物之死的解释都成为可能，一种对历史真相的猜测、想象和虚构，甚至达成了“对历史真实的一种充满暴力色彩的阉割”①。这些历史书写行为所完成的历史文本最终充满反讽意味地成了历史无法言说的明证，历史成了荒诞不经的无根悬案。

从崇高型历史浪漫剧走向反讽型历史荒诞剧，历史主人公由“高大全”的掌握历史方向的英雄舵手变为无力把握自己命运的普通小人物；历史过程的必然性和逻辑性让位于历史事件文本的偶然堆集；历史源头的井然明晰变成历史源头的根本缺失和杂乱无章；历史叙述“如愿以偿”的目标指向蜕变为无指向、无目标的片段陈列；历史的光明前景和乐观向上的情绪状态被一种无边无际的晦暗不明和怀疑焦虑所替代。

二、告别悲剧：逃避历史必然性而走向历史喜剧

“躲避崇高”的弱化形式是“告别悲剧”，后者的走向是“历史喜剧”，是逃避历史必然性的“法则启示”而走向历史矛盾力量之间的“调和化解”。

悲剧类型的历史叙事，其基本取向是“简化”或“还原”，是“分析家”式地调查“历史”所从出的社会和文化语境，进而将语境中的某个或某些因素推定为“因”，而将另一些看成“因”所导致的“果”，从而达到一种“因果论”式的把握（尽管事实上可能有更多的或另外的“因”，有时甚至是“互为因果”的）。沿着这一思路，历史叙述中的主人公一般被理解为悲剧主人公，被理解成“行为主体—行为的关系形式”或“因果关系的形式”。② 主人公一般是特定情境中的“英雄”，或者通常设定他“并不坏”，只是由于特定条件的限制，他最终走向了失败，受到了内在的伤害。

这种理解、解释方式是典型的机械论，其解释理论促进了对因果规律

① 丁帆、许志英主编：《中国新时期小说主潮》（下卷），北京：人民文学出版社2002年版，第1131页。

② ［美］海登·怀特著，陈新译：《元史学：十九世纪欧洲的历史想像》，南京：译林出版社2004年版，第45~46页。

的研究。规律作为一种法则，又具有重大的“启示”意义。它同时具有一种“复仇”模式，正如弗莱针对悲剧所说：“就其最基本的形式而言，这种规律的景象是通过‘复仇’或报仇显现出来的。悲剧主人公激起敌对态度，或者继承一个敌对的境遇，而复仇者的归来构成灾难。复仇的悲剧是一个简单的悲剧结构，然而同其他简单的结构一样可以是一个非常牢固的结构，因此常常是悲剧中的最重要的主题，甚至最为复杂的悲剧亦复如此。”① 从这类历史书写者心理过程的特点来看，这是一种极力寻找和确定事物之“因”的心理。

表现于中国当代的历史叙述中，这一模式一定程度上是对“崇高型历史浪漫剧”叙事模式的一种轻度背离，是通过“农民起义的宏大叙事”对“革命历史小说”的宏大叙事的某种“偏离”。众所周知，在新中国前十七年，尤其是20世纪50年代末60年代初，小说中的历史叙事大都将其目标锁定在“革命历史小说”中，形成了一个历史小说创作的高峰。而在“文革”后的十年左右，尤其是20世纪70年代末80年代初，正当伤痕文学、反思文学、改革文学等在中国文坛风起云涌之时，一批历史题材小说，特别是以历次农民起义为题材的小说异军突起，形成了历史小说的又一个高峰，涌现出姚雪垠《李自成》的前三卷，冯骥才《义和拳》（与李定兴合作）和《神灯前传》，刘亚洲《陈胜》，凌力《星星草》，鲍昌《庚子风云》，杨书案《九月菊》，蒋和森《风萧萧》和《黄梅雨》，吴越《括苍山恩仇记》，等等。这些作品既试图矫正传统典籍对历次农民起义的歪曲和污蔑而还历史以本来面目，又力图借助对农民起义的艺术描绘对同一时期的历史背景、社会生活、民情风俗作一百科全书式地展现，从而形成了一种“史诗化”倾向。诚如蒋和森所说：“历史往往被颠倒，而失败的英雄则更易遭到各种莫须有的诬蔑。这一切，不禁使我在心中升起想按照历史的本来面目把黄巢以及唐末的社会风貌再现出来的愿望，并使之带有一种诗意的、悲壮的艺术境界。”② 描写“失败的英雄”，写出这些英雄对历史的推动作用，肯定其行为的正当性，将一个阶级（被压迫阶级）的苦难看

① ［加］诺思罗普·弗莱著，陈慧等译：《批评的解剖》，天津：百花文艺出版社1998年版，第256页。

② 蒋和森：《〈黄梅雨〉后记》，上海：上海文艺出版社1985年版。

成是另一个阶级（压迫阶级）之“因”造成的“果”，进而强调被压迫阶级的激进革命的合法性，缘此而赋予作品一种悲壮的境界，这正是历史悲剧的基本情节编排模式。这种模式其实是革命悲剧的“元话语”，它在革命领袖有关农民起义的论断中表现得最为集中和典型。毛泽东同志在《中国革命和中国共产党》中指出：“中国历史上的农民起义和农民战争的规模之大，是世界历史上所仅见的。在中国封建社会里，只有这种农民的阶级斗争、农民的起义和农民的战争，才是历史发展的真正动力。”这一论述赋予历次农民运动以极高的历史价值。而众所周知的是，在共产党领导农民起义以前，所有的农民起义都以失败和毁灭而告终，正是这种“有价值的东西”的“毁灭”，构成了历史悲剧的真正内核。

这些历史小说，一般都写到农民起义军由初期的“屡败屡战”到后期的“屡战屡败”，并最终无可挽回地走向“毁灭”的历史过程。值得注意的是，这个过程的描述从美学取向上与崇高型历史浪漫剧“从失败走向胜利，从胜利走向更大的胜利”的模式是不同的，主要表现在最终结局上的“胜败”之异。同时，两种模式之间又是一种“蕴含关系”，在本质上并不矛盾，而是互相配合的。正因为如此，在中国当代，“革命历史小说”变而为“历次农民起义”小说，其间并未发生激进的变革，而只是题材领域的微调。

历史悲剧的书写者大都有对历史必然性的坚定信念，能严肃地追寻和反思历次农民起义失败的根本原因，从中探寻历史发展的必然性，从这种必然性中寻求历史逻辑的启示。历史发展具有必然性，而历史的必然性往往通过偶然性为自己的发展开辟道路。正如恩格斯所说：“历史进程是受内在的一般规律支配的”，“在表面上是偶然性在起作用的地方，这种偶然性始终是受内部的隐蔽着的规律支配的，而问题只是在于发现这些规律。”① 不必讳言，历史小说作为艺术，其对历史必然性探求和描写应该追求思想性与艺术性的高度融合，而体现“戏剧的未来”的审美理想应当是具有“较大的思想深度和意识到的历史内容，同莎士比亚剧作的情节的生动性和丰富性的完美的融合”②。从这一“更高的要求”来看，当时农民起

① 《马克思恩格斯选集》（第四卷），北京：人民出版社1995年版，第247页。
② 《马克思恩格斯选集》（第四卷），北京：人民出版社1995年版，第557~558页。

义题材的历史小说，还存在着这样那样的问题，这种问题也为作者明确意识到了。作者凌力并不讳言《星星草》的历史局限和种种遗憾："究其原因，主观上，是因为我想把农民英雄理想化，试图把所有起义领袖的美好品质都集中在主人公身上，歌颂他们气壮山河的英雄气概，而不忍去写创作的错误或缺陷。客观上，长期存在的极左思潮，文艺创作上'高、大、全'的唯心主义创作观念和方法，对我也产生了一定影响，突不破束缚和框框，表现了自身的历史局限性。"①

历史题材的文艺创作应当表现社会存在和历史发展的复杂性和偶然性，这有助于启发人们对历史发展的规律性和必然性的更加全面的体察，避免形而上学，增强科学认知的自觉性。过去相当长的时间里，我们对历史必然性强调得很充分，甚至产生了简单化和绝对化的倾向。新时期以来的一些作品着重关注和表现历史偶然性，从某种意义上说是对简单地、机械地理解历史发展必然性的反拨和纠正。但是，有的文艺作品所描写的历史偶然性，并不是必然性支配下的偶然性，而是对必然性的反叛。特别是一些小说，十分明显地消解和颠覆历史的真实性、本质性、必然性和规律性，通过历史的文本化，借复原丰富的历史真相的名义，刻意消解历史，把历史演绎成偶然事件的堆砌，制造出一个个偶然性主宰世界的神话。在他们笔下，个人的遭际乃至整个民族的命运都被无法捉摸和不可理喻的偶然性所捉弄，因而涂抹上一层浓郁的神秘主义、虚无主义和宿命论的色彩。还有的作品以纯粹虚构的叙事，破除和拆解阶级斗争历史观的模式，执拗地展示一种改写和反叛的意向。在他们看来，小说只不过是自己"随意搭建的宫廷"，是"按自己的方式勾兑的历史故事"，年代不详，人物虚构，人生无常，历史无情，真假莫辨。个别的、偶然的、非人的故事都是在"阶级斗争"中和"革命队伍"里发生的，夺权、争位、倾轧、偷情、乱伦、背叛、陷害、抢劫、复仇、酷刑、杀戮、冤案等种种丑剧，都是在"革命战争"的背景下反复演出的，真实的改天换地的伟业都只不过是"红色的虚构"，理应被中立的民间立场所颠覆。他们没有看到的是，任何光荣而伟大的事业，都可能会出现消极的乃至丑恶的个别现象，但不能因

---

① 凌力：《从〈星星草〉到〈少年天子〉的反思》，见凌力：《多情误》，北京：经济日报出版社 1998 年版，第 5 页。

此而否定这个光荣而伟大的事业本身。正如鲁迅所说，革命有污秽和血，但是也有婴孩。从本质上说，正义的革命战争是推动社会变革、实现人类进步的动力，是合乎历史发展规律的必然过程，是广大人民群众获得自由、幸福和解放的盛大节日。

其实，中国新时期历史小说在农民起义小说之后，出现了对它的尖锐反叛。这一反叛过程与新历史主义的观念方法及各种后现代主义思潮在中国大陆的影响是分不开的。说到底，这种反叛在审美形态上的偏向即在于对历史悲剧模式的一步步背离和向历史喜剧模式的一步步靠拢。

在喜剧的历史叙事中，历史的主人公作为一个整体被理解成喜剧的主人公，当代语境构成这个主人公的境遇，尽管这个主人公与其境遇之间实际上存在着“不同”，但在精神上可以“调和”。弗莱认为：“喜剧的运动常常是从一种社会环境到另一种社会环境的运动。”“喜剧通常走向一个愉快的结尾，喜剧的倾向是把尽量多的观众引入它所呈现的最终社会：反派人物常常妥协让步，或变坏为好，而不是简单地受到惩罚。”① 主人公所面临的矛盾、对立和冲突，必将以“调和化解”而告终。喜剧叙事的基本取向是“综合”，强调研究对象的各个部分之间尽管存在着差异，但各部分都拥有一个共同的“精神”，人同此心，心同此理，因此各部分通过精神上、观念上的共通性而联系起来，构成一个理想的整体。尽管这种“心”或“理”可能不过是历史书写者特定立场和情境中自觉不自觉的某种“设定”。

这种历史叙事模式对其对象采取一种“有机论”的解释方式。它倾向于以如下方式组织叙述，“即从一组明显分散的事件中，描绘某些综合实体的统一和整合，这些综合实体要比叙述过程中分析或记述的任何单个实在都重要的多”②。从其心理过程看，这种模式的主张者有了整体理解对象的模式，头脑中呈现复杂的网状结构，建立一种巨大全面的视野。从意识形态蕴含上说，这种类型的历史书写，一般倾向于保守主义立场。“保守主义者用植物般缓慢生长的类比来看待社会变迁……社会和基本结构被设想为合理的，而一些变化也被视为理所当然。不过，当整体的特殊部分而

---

① ［加］诺思罗普·弗莱著，陈慧等译：《批评的解剖》，天津：百花文艺出版社1998年版，第195页。

② ［美］海登·怀特著，陈新译：《元史学：十九世纪欧洲的历史想像》，南京：译林出版社2004年版，第19页。

非结构关系变化时，变化本身就被视为非常有效了。”[①] 这种保守主义并不是抵制任何变化，但它抵制“结构性”的根本变化。在对待历史问题时，它并不是一概拒绝“历史变化”，而是不主张激进的“结构性改变”或“一个阶级推翻另一阶级的革命”。这种历史叙事模式具有“折中调和”本质。

黑格尔认为喜剧矛盾源于绝对精神发展中感性形式压倒了观念，表现了对象的空虚和缺乏理念内容，出现形式与内容的矛盾性，造成喜剧人物的微不足道和缺乏个性，“突出主体性在乖讹荒谬中自由泛滥以至达到解决”[②]。这也正与鲁迅的“将人生中无价值的东西撕破给人看”相通。这种对主体性自由问题的“解决”，是“撕破”，也就是“调和化解”，而不是悲剧式的毁灭。马克思和恩格斯从新旧两种社会历史冲突的角度论述喜剧，认为喜剧是新旧生活方式交替的产物，是旧事物即将进入坟墓时的存在样态，是矛盾斗争即将结束时的最后阶段。所谓“世界历史形式的最后一个阶段就是喜剧”，一切伟大的历史事变和人物，“第一次是作为悲剧出现，第二次是作为笑剧出现”。而喜剧就是“另外一个本质的假象来把自己的本质掩盖起来”。喜剧矛盾冲突的对比变化要求有突发性，能扣人心弦、出人意表、豁然开朗、急转直下。由知觉、想象到理解、情感的运动异常迅速，形成拍案叫绝、惊喜交加的特点。这样，与悲剧重视必然性的情形不同，喜剧中“偶然性”成为一个必要元素；与悲剧重视必然规律之下主人公的毁灭而造成的“怜悯与恐惧”不同，喜剧是偶然突发事件所引发的“笑”和“乐”。如果将历史看成一种必然逻辑，那么以喜剧的模式书写历史，往往就是以进入历史的方式逃避历史的必然性，即“从历史胜利大逃亡”，而作家则表现为“从植根于历史运动的作家到游戏的作家，从史诗小说家到散文家的演变过程”。[③]

悲剧向喜剧的转化表现在帝王将相史的过渡形态中，其中二月河的帝

---

① ［美］海登·怀特著，陈新译：《元史学：十九世纪欧洲的历史想像》，南京：译林出版社 2004 年版，第 31 页。

② ［德］黑格尔著，朱光潜译：《美学》（第三卷）（下），北京：商务印书馆 1981 年版，第 319 页。

③ 王斑：《全球化阴影下的历史与记忆》，南京：南京大学出版社 2006 年版，第 134 页。

王系列小说虽还继续采取史诗化的结构和规律，但作者在故事情节的设置、美学风格的追求上，采取的又是雅俗共享而略偏于通俗小说的写法。作品在结构上采用传统历史演义小说的结构，以时间为经，以大的历史事件和历史关目为纬，但同时又融历史、人情、侠义、公案小说于一炉，这就极大地丰富了历史小说的表现力，增强了作品的阅读快感，给读者提供了普通人也可以在历史上大有作为的乐观想象。再加上作者大量地融入诗词、对联、民谚、民谣、笑话，在语言上通常大俗大雅，不拘一格，这使其小说成为一种人们喜闻乐见、雅俗参半的历史小说。其作品中大批纯属虚构的人物形象，如伍次友（无此友）等的塑造，逐渐显示出由传统文人的“以文为戏”向“以史为戏”的转化。

在当代中国的文艺创作和文艺理论中，仍然存在着与马克思主义的唯物史观相对立的两种喜剧化倾向。一种倾向是“非英雄化”，有些作品专门描写极度世俗化、低俗化、鄙俗化和欲望化的小人物，他们充满奴性和惰性，不能主宰自己命运。这种描写亵渎人民群众的历史主体地位，消解人民群众的社会作用和创造精神。另一种倾向是公开鼓吹“英雄史观”，不论是在历史题材还是在现实题材的作品中，都充满着由被神化了的个别人物主宰历史发展的神话，“官本位”、“家长制”、“一言堂”，逞能施威，特别是那些戏说的历史剧中所塑造出来的圣君、贤相、清官大老爷，几乎都是十分完美的人物。他们为了国运昌隆，勤政爱民，整顿吏治，反腐倡廉，惩治邪恶，执法如山，被描绘成江山社稷和人民利益的代表。这些好皇帝和好官员既宽厚仁善，爱民如子，又唯我独尊，他们主宰历史的进程和人民的命运。平民百姓却奴性十足，只能下跪磕头，或山呼万岁、谢主隆恩，或感激涕零、五体投地。可以说，此类作品露骨地流露出皇权意识、人治观念和专制思想，实质上是在宣扬唯心史观和英雄史观，贬低和抹杀人民群众的历史主体地位和创造精神。

在这两种喜剧化倾向中，人民大众作为历史的真正主体便被历史放逐了两次。一次是为历史的权力运作原则所放逐，他们不像秦皇汉武们那样，既有左史记言，又有右史记事，因而首先从中国浩瀚的史籍中被驱逐出来。而在当代的历史书写中，或者被帝王将相挤出历史题材小说的大厦，或者当人民群众出现在历史叙述中时又被“奴性化”，堪称那些在历史上默默无闻的人们被历史的第二次放逐。[①] 而作为两次放逐的变体，由作为历史的真正推动力量的普通大众的退场所留下的文本空缺，便由那些嘻嘻哈哈、儿女情长的英雄即“帝王将相”和“才子佳人”所占领，而他们也就一反常态而成为具有像普通人一样的七情六欲的“英雄”，成为一些将个人欲望与历史过程折中调和的喜剧人物，而再也不是历史中的革命力量。这里发生了根本性的置换，即悲剧英雄的退场和各种喜剧人物对空场的占领。

在这个过程中，历史小说家们总是试图对历史进行翻案辩诬，这是无可厚非的，但其效果却正如《白鹿原》将还乡复仇的血腥屠杀比喻为“鏊子上的烙锅盔”，为了矫正以往而将历史翻过来烘烤，而翻来覆去的烘烤将历史的两面最终都“烤糊”了。在今天，类似的历史书写不幸也充当着同样的功能。

三、历史书写的整体倾斜和审美风景的单一化

恩格斯指出：“历史是这样创造的：最终的结果总是从许多单个的意志的相互冲突中产生出来的，而其中每一个意志，又是由于许多特殊的生活条件，才成为它所成为的那样。这样就有无数相互交错的力量，有无数个力的平行四边形，而由此就产生出一个总的结果，即历史事变，这个结果也可以看作一个作为整体的、不自觉地和不自主地起着作用的力量的产物。”[②] 恩格斯深刻阐述了历史事变形成过程中各种因素及其间相互作用而产生的复杂运动。这一论述正暗合着我们前文采用格雷马斯的符号矩阵所揭示的审美形态构成。我们使用符号矩阵意在呈现“许多特殊的生活条件”，这个矩阵也与恩格斯的“力的平行四边形”内在相通，其四个取向之间应该是“相互交错的力量”，换言之，历史书写的四种模式之间应该是相互交错的，这样才有可能呈现出历史过程本身的复杂性。但是，遗憾的是，我们从新历史主义历史书写中却看到了相反的情况：悲剧和崇高渐

---

① 丁帆、许志英主编：《中国新时期小说主潮》（下卷），北京：人民文学出版社2002年版，第1060页。

② ［德］恩格斯：《致约·布洛赫》，1890年9月21—22日。

行渐远，喜剧和闹剧甚嚣尘上。这造成了新历史主义历史书写在审美形态分布上的整体倾斜，也造成了历史审美风景的单一化。

这种状况，甚至可以看作是一种文化“病兆”。[①] 在文艺中，悲剧这个范畴逐渐被抽去了社会历史内涵，成为世俗的平常生活，消解了其冲击力和震撼力，淡化了悲剧的因果关系逻辑。同时，悲剧感向大众文化时尚的屈从，也是向娱乐化、消费化和消遣化的屈从，使悲剧感特有的那种从痛感向快感的转化，直接地投合了享乐主义倾向为表征的大众文化趣味，“痛感原则”让位于“快感原则”和“欲望文化”。而崇高的衰落则直接成为消费主义的胜利。

悲剧的退场造成了“历史必然性”的消解，也引来了历史偶然性的众声喧哗。一种历史的不确定性和不可知性的迷雾四处弥漫开来。须兰的《月黑风高》、《思凡——玄机道士杀人案》、《宋朝故事》，李晓的《相逢在K市》等作品，都无一例外地渲染了死亡中的偶然性因素，演绎了人在历史面前的虚弱感和人无力把握自己命运的宿命意识。在这些作品中，杀人者虽然一一得到彰显，但最大的杀人者却是偶然性。人似乎可以逃避一切必然性，却难以逃脱偶然之手的戏弄和屠戮，常常是一个细小的、不经意的决定或事件便决定了人物的命运和历史的走向。偶然性因素常成为这些小说中改变历史面貌和世间秩序的决定性因素，甚至成了历史小说结构故事和情节编排的最后一张王牌。

崇高的淡出赋予历史以一种荒诞的闹剧形态。刘震云的《故乡天下黄花》分“村长的谋杀”、“鬼子来了”、“翻身”和“文化”四个部分，分别描写了民国初年、1940年、1949年、1966到1996年发生在马村的闹剧历史。“村长的谋杀”写孙老元和李老喜两个家族为争夺村长之位而展开的相互谋杀。李家为夺回村长席位雇用外乡枪手勒死村长孙殿元，从而揭开了权力斗争和家族复仇的序幕。随后而来的是，孙老元为了报杀子之仇而指使干儿子许布袋暗杀李老喜，一轮又一轮的仇杀由此开始。历史在这里就成了无始无终的、毫无规律和正义感的仇杀史和轮回史。

这样，时间的历史参照意义、历史进步的线性序列、历史规律的必然

---

① 周宪：《中国当代审美文化研究》，北京：北京大学出版社1997年版，第315页。

逻辑、历史主体的崇高追求、历史革命的内在合法性，都统统被消解了。在当代中国文艺中的历史书写领域，出现了另一个极端的单一风景。历史的浩瀚星空布满了历史荒诞剧的“星座”，历史的广阔原野上历史喜剧的小草在疯长。无论以中国当代现实对历史书写多样化的需要来考量，还是以恩格斯有关历史事变的“无数个力的平行四边形”的理论和格雷马斯的符号矩阵的图式来对照，这种单一化都是应该得到改变的。

第六节　新历史主义的思想特征

纵观国内外新历史主义文艺思潮，我们发现，不存在“一种”新历史主义而是有“多种”新历史主义，因此新历史主义无法用“大写”形式来特指，而只能用“小写”形式来泛称。[①] 若将之称为“文化诗学”，同样，在社会能量流通中“不存在单一方法的、统贯一切的、详尽无遗的和可限定的文化诗学”[②]。就中国的情况而言，我们发现，它是在国内外多种批评理论和创作实践所构成的复杂语境中形成并发展起来的。从理论方面说，它既是对20世纪文学理论的“语言论转向”放逐历史的形式主义的反拨和矫正，又是对其中的某些理论成果的同化和吸收；既有对“旧”历史主义观念的反思和批判，也有对其思想成分的继承和汲取。从实践方面看，它既是对长期以来文艺创作历史题材和历史方法上的陈规禁忌的突破，也是对前此文学实践的“负模仿”，即以二元对立的思维方式对前此的规约和风气进行抗拒、背弃和线性反动，但受这个规约和风气“负面的支配”。从话语权力角度看，它反映出各社会阶层对话语权力的重新分配。从社会心理方面看，它表现出人们对层出不穷的形式主义理论的厌倦和对文艺研究历史文化大视野的期待。同时，其兴起也缘自身处社会转型时期的知识分子对启蒙现代性历程的深刻反思。在中国，从20世纪80年代后期开始，

---

① Jeffrey N. Cox & Larry J. Reynolds, ed., *New Historical Literary Study*, Princeton: Princeton University Press, 1993, p. 1.

② Stephen Greenblatt, *Shakespearean Negotiations*, Berkeley: University of California Press, 1988, p. 19.

反思启蒙现代性已经成为知识分子的一项不可推卸的使命。新历史主义文艺思潮的兴起正是这种反思的一个组成部分，不论是批评领域对文学史的“重写”还是创作领域对家族村落史的“重构”，其题材和对象都主要集中在中国现当代史的范围之内，这显示出反思中国现代性历程的强烈冲动。

国外新历史主义批评理论、后现代主义文化氛围、新中国30年历史文学实践、新时期思想解放运动和文学实验活动共同构成其发生发展的历史现实语境，触发、推动和催生出这一文艺思潮。同时，它也在一定程度上策应和推动了新历史主义在世界范围内的发展，而且，它在某些具体方面使新历史主义思想观念的成败得失充分显示出来，甚至将之“放大”和“具体化”了。

在新时期，近百年来国外历时发展起来的各种文学理论批评观念和方法体系密集共时地涌入中国。“方法论热”之后，国人对这些理论方法已不再陌生。在寻求和探索一种更具整合力度的文学批评方法和创作途径方面，中外已处于大致相似的境遇。也就是说，国外新历史主义在产生和发展中所需要的一般条件在国内也已经形成了。我们发现，20世纪80年代后期由先锋派、寻根文学和新写实文学等汇聚而成的“新历史小说”的创作活动以及“重写文学史”的文学批评运动，都与新历史主义保持着某种精神祈向上同气相求的亲缘性和方法策略上彼此彰显的通约性，即通过书写“家族史”、“村落史”、“心史情史”、“秘史野史”、“外史异史”和“民间历史”来“重构历史”、“调侃历史”、“戏说历史”甚至“颠覆历史”、“解构历史”，进而实现对中国启蒙现代性历程的批判性审视。

中国版的新历史主义有其本土特性：从起源上说，它既是“外生继起”的，又是“内生原发”的；既有国外理论批评的诱发，又有国内各种艺术力量的推动；既是文艺自身发展的内在逻辑必然，又有历史和现实因素的促发。从构成上说，它既有批评理论方面的思想内涵，又有创作实践方面的具体表现；既涉及小说诗歌等“纯文学”样式，又涵盖电视电影等综合性文艺样式。新历史主义的这种复杂性和多层次性，要求我们从文艺思潮高度对其进行研究和评析。作为一种文艺思潮，新历史主义的思想内涵和基本特点主要体现在如下几个方面：文本的历史性和历史的文本性；单线历史的复线化和大写历史的小写化；客观历史的主体化和必然历史的偶然化；历史和文学的边缘意识形态化。它对这些方面的强调既有一定成效，又不无失当之处。[1]

一、历史性与文本性之间的制衡与倾斜

“新历史主义”打破了“文学前景与政治背景”、“艺术生产与其他社会生产”之间的传统界线，打通了学科壁垒，将文学放到其他文化形式和实践领域中去考察。这一意向充分体现在其“文本的历史性和历史的文本性”定义中。“文本的历史性”与“历史的文本性”作为同一命题的两个方面，是互为条件的。“历史是一个延伸的文本，文本是一段压缩的历史。历史和文本构成生活世界的一个隐喻。文本是历史的文本，也是历时与共时统一的文本。”[2] 这个命题使历史与文学、人与历史之间的轴线得到调整：在同一话语基础之上，历史与文学变成彼此内在关联的存在；历史的广袤空间与人的当下生存境域之间相互敞开，形成了一个历史阐释者与“讲述话语的年代”和“话语讲述的年代”之间双向辩证对话的动力场。

文学与历史文本在话语建构性基础上彼此开放的观念，与繁荣的历史文学创作及其表达出来的历史观可以相互印证、彼此阐发。它解除了文学话语对历史话语的膜拜，使作家可以自由驰骋于历史原野，甚至通过叙事话语操纵和戏弄历史。从20世纪80年代后期开始，相当多的作家，特别是先锋派、新写实和寻根派作家，不约而同地涌入历史，开始了各具特色的历史书写活动，形成了一个持续至今的历史文学创作热潮，涌现出大批历史文学作品。这些作品所显示的历史观念、叙事方法以及价值取向方面的重大变化，概言之，即对“文本的历史性和历史的文本性”的强调。评论界多称之为“新历史小说”或“新历史主义小说”。它们是新历史主义文艺思潮最重要的组成部分和推动力量。

刘震云的小说《故乡相处流传》集中体现了新历史主义的原则。在小说中，当代的话语大面积地侵入在传统观念中属于过去的历史，消解了今

---

① 张进：《新历史主义文艺思潮的思想内涵和基本特征》，《文史哲》2001年第5期。

② 朱立元主编：《当代西方文艺理论》，上海：华东师范大学出版社1997年版，第396页。

天与昨天的时间间距，使古今话语处于一个共同的话语空间之中，从而使往日漫长而广远的历史统统缩进了今日的文本。作者通过文本设计而重构了一段共时的历史，使历史的文本性特征鲜明地展示出来。同时，作品又通过一系列时间坐标的设置而使文本不断指向历史，显示出文本的历史性。小说弱化了传统小说中起决定作用的时间因素，而突出了空间的“共时性”特征，将其触角伸向历史无意识的隐秘领域，即作者所说的属于“夜晚”的广阔空间。

“历史的文本性与文本的历史性”观念使文学与历史在文本基础上交融互渗，彼此构成。格非的小说《青黄》即是例证。作者对“青黄”的词源学考证形成的文本逐渐转化为一部关于“青黄”失踪的历史，后者实际上构成了一部“青黄”的“历史”，即关于九姓渔户的残缺不全的历史。历史从作家对文学文本的书写中生发出来，而《青黄》则同时拥有了历史文本和文学文本的双重身份。刘震云的小说《温故一九四二》亦然。小说回顾了当年发生在河南的大灾荒，并通过大量征引当时的报刊档案等史料，叙述了大灾荒与当时权力结构之间的奇异联系：灾民饿殍遍野、嗷嗷待哺的悲惨景象与最高统治者的饱食终日、满不在乎两相对照；来自美国和英国的两个记者成了灾民的救星；一批杀人如麻的日本侵略军却放粮赈灾，“救了我不少乡亲的命”。作品向正史的合法性提出了挑战。作者对历史档案不厌其烦的征引和缝合生成了一个独特的文学文本，而这个文本最终变成了关于那次灾荒的另一部“历史”。小说形象地演示了文本与历史之间相互转化的具体过程。

在新历史主义那里，“历史的文本性”和“文本的历史性”之间的相互制衡是其理论理想，也是它能一举命中传统历史主义和形式主义的双重迷误的理论法宝。但这个平衡状态在实践中难以实现，必然会出现这样那样的倾斜。关于新历史主义文艺思潮，可以有诸如“启蒙的”、“审美的”和“游戏的”等阶段的划分。[①] 然而，笔者发现，对“文本的历史性”和“历史的文本性”的不同侧重也堪为一条划分依据：这个思潮前期重前者，后期重后者；来自先锋派阵营的作家更重后者，而来自“寻根派”和“新写实”的作家则更重前者。这两个方面始终未能达到理想的张力

① 张清华：《十年新历史主义文学思潮回顾》，《钟山》1998 年第 4 期。

平衡状态。

二、单线历史的复线化和大写历史的小写化

人们惯于视历史为“曾经发生的种种”，但往往忽略了一点：历史必须进入文本话语才可能为人们所接近。而历史一旦成为文本，就每每以一元化的、整体连续的面目出现。然而，这种一元化的正史文本不可能将历史过程的丰富多样性一网打尽。于是，新历史主义向那些游离于正史之外的历史裂隙聚光，试图摄照历史的废墟和边界上蕴藏着的异样的历史景观。这引起了复线小写历史的大量增殖。

新历史主义发现，任何一部历史文本都无法客观而全面地覆盖历史真理，文本不可避免地受话语虚构性和权力性的编码。历史的真理性播散于各种文本之中，因而需要通过多元化的文本来共同体现；历史文本只不过是对已发生之种种的“解释”，而不是客观“知识”。面对这种情况，新历史主义者从夹缝中寻找出路：悬搁“非叙述、非再现”的真实历史。同时，疏离由强势话语撰写的单线大写的正史，进而通过对小写历史和复数历史的书写来拆解和颠覆大写历史。格林布拉特就是这样的能手。他总是将目光投向那些普通史家或不屑关注、或难以发现、或识而不察的历史细部，进行纵深开掘和独特阐释，进而构筑出各种复线的小写历史。小写历史的丰富具体性让微弱沉寂的历史事件发出了声音，让大历史丰碑遮蔽之下的人和事浮出了历史地表。

他们将历史话语的权力性和虚构性从无意识领域拖进历史意识，进而发现撰史绝不意味着对所有已知史料的一视同仁，而是对部分材料的推扬和对其他材料的排抑，因而历史书写不可能是绝对客观公正的。新时期“重写文学史”（包括“重分文学史”）运动与这种历史观念声气相通。

“重写”者认识到，文学史重写是不可避免的，但重写不是“覆写”，“而是要改变这门学科的原有的性质，使之从从属整个革命史传统教育的状态下摆脱出来，成为一门独立的、审美的文学史学科”①。重写意味着对既成历史的颠覆和拆解。基于这种认识，他们重新选择立场（“民间立

---

① 陈思和：《笔走龙蛇》，济南：山东友谊出版社 1997 年版，第 109 页。

场”），重新确定现当代文学史学科的性质，重新估价和定位现当代作家作品，重新划分现当代文学史阶段（如“20世纪文学”、“百年中国文学整体观”）等。其根本目的是反思中国的现代性历程，这与西方新历史主义通过重写文学史来反思其自身现代性的精神诉求是一致的。其基本策略是将先前单数大写的、政治化的文学史，改写为复数的、小写的、多元的、民间化的文学史。重写的要求本身具有合理性，但是，重写也难免有抑扬任意和崇己抑人之弊，从而造成新的倾斜。这个运动的始作俑者也觉得重写“吹肿了文学史”。这是新历史主义的一个方法悖论：历史的需要重写与重写的不可能完美之间的二律背反。

在创作领域，从寻根文学开始，作家就选择了家族史、村落史这种特殊的历史书写方式和历史切割单位。他们或以村落的兴衰作为小说框架，或讲述家族荣枯的历史秘密。而随着新历史小说的崛起，作家对历史之根产生了深刻怀疑，历史在他们笔下遂变成了由逸闻野史等历史瓦砾拼接起来的一幅幅颓败图景。这些作品从传统历史小说宏大的战争场面、江山的改朝换代和英雄人物的叱咤纵横，始而转向家族村落的兴衰荣枯以及平民百姓的小小悲欢，进而转向阴暗的历史废墟和小人物晦暗纷乱的非理性世界。宏大历史叙事的不断微型化，实现了“从民族寓言到家族寓言，从宏观到微观，从显性政治学到潜在存在论”① 的转变。

刘震云的《故乡天下黄花》对一个村庄血腥历史的叙述逸出了通行的作为教科书的“讲坛历史”和作为学术研究的“论坛历史”的解释框架，而变成了一部“民间历史”。作品讲述了小村庄从民国初年至60年代末的这段史有定论的历史。但作品演示的历史事实却向历史定论提出质疑。作者对史料的选择和解释，都超出了人们所熟知的大写历史的框架：一批人执掌政权后鱼肉百姓；另一批人揭竿而起救民于水火并开始新一轮变本加厉的权力游戏。权力的争夺循环往复，大批平民百姓却在这个过程中如蝼蚁般丧生。小说所呈现的史料大多是客观存在的。但是，正面表现人民斗争胜利的大历史以及与之简单对应的传统历史小说，既不选取这些史料，也不缘此得出与大历史不协调的历史结论。因此，史料选择本身就是一种意识形态立场的选择，而正是从这里开始，小历史从大历史的根部旁逸斜

---

① 王岳川：《重写文学史与新历史精神》，《当代作家评论》1996年第6期。

出，并不断向大历史之真投去疑团。

大历史的参天大树植根于权力关系和叙述法则的土壤里，小历史的森林也不例外。这里有一个必须作答的问题：历史事件在变成史料时就受到了权力关系和话语虚构性的建构，那么，有没有真实的史料呢？巴尔特的回答也许最有代表性：“历史事实这一概念在各个时代中似乎都是可疑的了。”① 新历史主义者虽不明确否认那个真实的历史，但总是表现出对它的怀疑和漠视。李晓的《叔叔阿姨大舅和我》叙写了一个离奇的故事：以前同“我”妈和大舅一起在新四军里出生入死的叶阿姨，解放后竟被认出是个特务，她迫于压力杀死丈夫后畏罪自尽，其真实身份无人知晓。小说牵涉“皖南事变”等重大的历史事件，但作者并未提供任何“客观真实”的历史，历史只不过是留在一个小孩“我”的记忆中的一些碎片和未经证实的传闻。“我”最后前往叶阿姨“投奔革命或受命潜伏”的地方，但未获得丝毫真实史料，只是让“我”对真实史料的态度变得更加漠然。《青黄》甚至以对历史文本形成过程的虚构性的演示，证明真实历史的“起源性”的缺席和不可企及。

史料也难免其虚构性，因而无法赢得充分信赖。真正的历史过程已淡化为远方的一道地平线，一个可望而不可即的阐释背景。新历史主义的小历史最终必然放逐历史的真实性。这向大历史设置了疑团，但历史大厦的轰然坍塌也使小历史陷入困惑之中。

三、客观历史的主体化和必然历史的偶然化

新历史主义者对批评丧失自我意识和被主流意识形态同化保持着极高警惕。这在文学活动中转化为一种具有高度主体意识的批判取向。

传统历史观把历史看成独立于认识评价的客观存在，新历史主义改变了这种观念。怀特认为，历史话语通过“情节编排”、“论证解释”和“意识形态含义”等策略进行自我解释。人们撰写历史，必然在诸多相互冲突的阐释策略中作出选择，其凭据与其说是认识论的，毋宁说是审美的

---

① ［法］罗兰·巴尔特著，李幼蒸译：《符号学原理》，北京：生活·读书·新知三联书店1988年版，第60页。

或道德的。历史话语首先要遵循的不是历史过程的逻辑，而是话语自身的逻辑。这似乎使话语有了特权，但这种特权使作家暗中活跃起来。巴尔特指出，历史话语经常采用过去时态，但“在简单过去时的背后，隐藏着一个造物主，这就是上帝或叙述人”①。叙述人常常在“话语自行书写”的伪装下活跃于叙述之中。

新历史主义认为，人首先是历史的阐释者，一个人在这种阐释工作中是不可能遗忘自己所处的历史环境的。人们针对自己的材料提出的问题，甚至这些材料的性质，统统都受到他们向自己提问的支配。阐释者在与“讲述话语的年代”和“话语讲述的年代”展开双向辩证对话时总会显露出自己的声音和价值观。不参与的、不作判断的、不将过去与现在联系起来的写作是不可能的，也是没有价值的。历史阐释的主体，对历史不是无穷地迫近和事实认同，而是消解这种客观性神话以建立历史的主体性。新历史主义者在评论历史文本时会突然谈到自己，插入一些与学术不大相干的回忆或逸闻趣事，过去与现在被言说者以谈论自己的方式联系起来了。他们以这种方式时时检视自己在批评运作中所扮演的角色和所起的作用。

传统历史小说中的叙述主体总是隐于幕后而让历史自行上演。但在新历史主义小说中，叙述者作为一个积极对话者，堂而皇之地穿行于历史档案之中，与之展开交流对话。“作家毫不在乎地暴露‘我’的存在和‘我’的主观见解的渗入，甚至常用‘我想’、‘我猜测’、‘我以为’等轻佻的口吻陈述历史。填充各种空白之处，裁断模糊的疑点。”② 而作为一种相应的后果，阅读活动也不断召唤读者的主体性介入。

新历史主义作家意识到，人类借助文学为逝去的时代留下了心灵化石。阐释者应该以主体心灵去激活它，而不该迷失于史料之中。作家不是历史的旁观者，而是积极介入者；不是为正史笺注，而是与历史交融。张承志的《心灵史》或许不能算典型的新历史主义小说，但它在这方面却是有代表性的。作者以主体意识去重构了伊斯兰教哲合忍耶沙沟派“为着一份心灵的纯净，居然敢在二百年时光里牺牲至少五十万人的动人故事”。

---

① ［法］罗兰·巴特著，董学文、王葵译：《符号学美学》，沈阳：辽宁人民出版社1987年版，第154页。

② 南帆：《文学的维度》，上海：上海三联书店1998年版，第244页。

这种历史重构，绝不仅是发掘那些尘封的历史档案，而是力图让“我的感情，你们（读者）的感情，死去烈士们的感情——彼此冲撞”，以期发生跨越时空的情感共鸣。作者可能受到了法国年鉴派的影响，极力突现作品主人公的心灵和心态，而作者经常作为作品人物出现在作品中，展开与历史和现实的“多重对话”。

主体情感的密集渗入使历史的偶然性凸显出来。格非的《迷舟》讲述了一个有代表性的故事：北伐战争中，孙传芳所部旅长萧深入小河村侦察敌情，七天后突然下落不明，莫名其妙地失踪了。在失踪前的几天里，他的命运完全被一系列不期而至的偶然的人和事摆布与拨弄。偶然性充当了小说情节的结构和推动力量。这种受制于偶然性的人生命运似乎是小说所描述的那个历史时代的缩影和印证，也似是人类生存境域的隐喻和寓言。多数新历史主义作品都表现出对偶然性的强烈兴趣，并通过对历史偶然因素的渲染，加进自己对历史进程的参与欲望和主观态度。但这种对偶然性的执着，常使文学中的历史弥散为一种迷雾般偶然无定、随风飘浮的历史尘埃。这种历史书写，尽管可以洞察历史中某些久受压抑的心理情感和深层人性内容，但旋即被一种非历史、非理性的洪流和时时流露出的嬉戏态度裹挟而去。

作家的历史主体性和阐释地位无限膨胀之后，作家与“话语讲述的时代”和“讲述话语的时代”的辩证对话链条就随之断裂，那种“指向当代的历史对话”① 也就流产了。伊格尔顿指出：“极端历史主义把作品禁锢在作品的历史语境里，新历史主义把作品禁闭在我们自己的历史语境里，从某种意义上说，这两家永远只会提一些伪问题。”② 这种指责虽未必公允，但历史客观性与主体性、必然性与偶然性之间的平衡问题，的确是新历史主义的理论和实践难题。

四、历史和文学的边缘意识形态化

新历史主义文学批评将文学置于历史现实与意识形态两种作用力发生

---

① 王彪：《新历史小说选·导论》，杭州：浙江文艺出版社 1993 年版，第 12 页。

② ［英］特里·伊格尔顿著，马海良译：《历史中的政治、哲学、爱欲》，北京：中国社会科学出版社 1999 年版，第 111 页。

交汇的场所，认为文学不是“反映”作为背景和对象的历史现实，而是在“文本间性”基础上，通过“商讨”、“交换”和“流通”等富于平等对话色彩的手段，与历史现实的各种力量相互塑造。

文学与意识形态之间的关系问题是一个聚讼纷纭的问题。在此问题上，历来存在两种尖锐对立的极端立场。一种观点认为，文学是特定形式中的意识形态，仅仅是对所属时代意识形态的表达。另一种观点则基于文学作品挑战其所面对的意识形态这一事实，认为真正的文艺通常超越时代和历史的局限，使人们能够洞察到被意识形态所掩盖的事实。这两种观点都失之简单化。阿尔都塞试图调和二者，提出文艺与意识形态之间是一种复杂关系：意识形态是人们经验现实世界的各种想象方式，文艺持存于意识形态，又设法与之拉开距离，以便使人们能够“感受”和“直觉”到文学所寄身的意识形态。受其影响的批评家伊格尔顿认为，文学批评任务就是找出那个使文学作品联结于意识形态又使其疏离于意识形态的规则。

沿着这一思路，新历史主义文学批评多集中于对文本与社会秩序及主导意识形态之间的两种根本关系——巩固关系与破坏关系——的揭示上：或侧重于主导意识形态对社会和文学中异己因素的同化、缓解与利用以及后者对于前者的无意识配合作用；或侧重于文化产品对意识形态统治的瓦解作用。格林布拉特觉察到，统治权力话语对文学和社会中的异己因素往往采取同化和打击、利用和惩罚并用的手段，以化解这些不安定因素；而文化产品及其创作者则往往采取反控制、反权威的手段对意识形态统治加以颠覆和破坏，于是在反抗破坏与权力控制之间形成了一个张力场。文学对主流意识形态的挑战性以及由于这种挑战性被化解而造成的妥协性同时存在于这个相互作用的张力关系之中。

新历史主义文学批评通过强化政治批判性来体现自身的意识形态性，认为阐释者对历史的批判必然包含着对当代的批判。这种批判虽不能立刻颠覆现存的社会制度，但可以对这种制度所依存的原则进行质疑。因此，其批评总是努力寻求意识形态表象之下被压抑和化解的破坏性因素，并通过对被压抑过程和方式的揭示来呈现这些因素与社会统治权威之间错综复杂的关系。应该肯定，新历史主义的这种理论与实践对自处其中的资本主义国家的种种内在原则具有一定的批判和“颠覆”功能。

在操作方面，它首先重视分析文本中的思想、主题和意义的存在条件，揭示它们背后被压制的异己因素，探究它们与主导意识形态之间的那些游移不定的关系，通过对这些关系的复杂性的揭示来体现文学的意识形态性，进而向统治制度和主导意识形态的内在原则提出挑战。其通用策略是边缘化：关注边缘人物，撷取边缘史料，采用边缘立场，得出边缘结论。“边缘化”本身所具有的“非中心”潜能，常常使处于中心的各种话语露出破绽，使主流意识形态的深层基础显出裂隙。

在文学创作中，其意识形态性通常以两种不同方式体现出来：要么直接表达其意识形态内容和目的；要么以“二元对立”的思维方式通过对主流意识形态的线性“疏离”来曲折表达。《温故一九四二》属于前者，作品直接向“只漫步在堂皇大厅”的正史提出了控诉和挑战。格非的小说《边缘》则属于后者，小说以处于生命边缘的老者“我”在弥留之际的灵魂坦白为线索，讲述“我”从“少年麦村阶段”经“军旅生涯”向“晚年麦村阶段”回归的人生旅程。作品涉及抗日战争、解放战争和“文化大革命”等重大历史事件，但它始终围绕着众多小人物在生与死、善与恶、罪与罚、忠诚与背叛之间的边缘精神状态展开叙述，描绘了“大写的人”悲剧性地变成“小写的人”的边缘化过程。这是人类在历史、战争中真实处境和灾难命运的隐喻与寓言。边缘化的不幸处境提供了一种参悟人生的良机。作品基于某种“人性”立场，通过疏离意识形态的方式对主人公生活时代的政治生活进行了无声的控诉，曲折地向主流意识形态投去了疑团，引起人们对历史现实合理性的反思和质疑。

边缘与中心处在“二元对立”之中，一味坚守边缘则易造成僵化，而且会使边缘成为新的中心和主流，从而使抵抗变成投降，颠覆转为顺从，并导致文学新颖性和独创性的丧失。伊格尔顿指出，如果对狭隘的、总体性的意识形态的批判变得程式化，就会“成为意识形态的颠倒的镜像，用理论上和谐的散光来代替近视”①。新历史主义的批评和创作时时面临着这种危险。

总之，新历史主义文艺思潮对文本的历史性与历史的文本性、大历史与小历史、客观历史与主体历史、中心话语与边缘话语、官方立场与民间

---

① ［英］特里·伊格尔顿著，王杰等译：《美学意识形态》，桂林：广西师范大学出版社1997年版，第334页。

立场等对立项之间的复杂关系作出了宝贵的探索，并以对后一项的特殊强调而显出自己的倾向和特点。然而，它也面临陷入这种二元对立的思维误区而使自己沦为自己颠覆对象的牺牲品的危险。

第二章

新历史主义文艺思潮的思想谱系

新历史主义历史诗学在其发生发展过程中受到了当代理论的有力塑型，其理论批评既有博采众长而达到的宽阔视野，又有因未能将各种理论话语充分融合而造成的“碎片拼贴”痕迹。在批评实践中，这些理论资源充当了新历史主义的思想前驱，也充当了它的对话语境。与这些理论批评的对勘比较，既可以显示一种广义的“历史转向”在当代理论中的普遍性（这些理论也都具有历史转向的一般特点），也可以从特定的侧面显示出新历史主义历史诗学的具体特点。这一部分主要讨论（新）马克思主义、格尔兹的文化人类学、新解释学、巴赫金的历史诗学以及解构主义者福柯和怀特的理论与新历史主义之间的对话和影响关系。这些理论流派都不同程度地强调了历史和文化的“具体性”、“多样性”、“特殊性”、“复杂性”和“异质性”。从一定意义上说，它们的共同目标主要是克服启蒙运动以来的“历史整体性”设定。它们大多强调阅读和解释通常既会超出作者意图，也会超出“直接”再现事物的范围，而与更大的意识形态、权力结构、社会体制、文化习俗、语言规约和话语系统等领域相互关联。这些方面也正是新历史主义历史诗学所强调的。当然，新历史主义与这些之间也存在着差异性，这些差异方面作为具体的参照点，可以显示出新历史主义理论批评的特殊之处，因而也是本章考察讨论的重要内容。

第一节　新历史主义与马克思主义

新历史主义与马克思主义之间的关系十分复杂：有人认为它是“马克思主义的粗浅版本”[①]（爱德华·佩切尔），有人认为它是“对一种明显的马克思主义观点的福柯式的转换”[②]（林特利查），有人认为它是“一种变

① 中国社会科学院外国文学研究所《世界文论》编辑委员会编：《文艺学和新历史主义》，北京：社会科学文献出版社 1993 年版，第 161 页。

② ［美］弗兰克·林特利查：《福柯的遗产：一种新历史主义?》，张京媛主编：《新历史主义与文学批评》，北京：北京大学出版社 1993 年版，第 151 页。

节蜕化了的马克思主义”[1]（格林布拉特），有人认为它是马克思主义的“当代复兴”，有人则认为它是“左倾幻灭”的产物……人们在此问题上歧见纷纭，但共同导向一个结论：马克思主义是新历史主义的一个重要生成语境，是理解新历史主义不可或缺的参照系。同时，二者关系也是一个有待澄清的问题。[2]

格林布拉特并不否认马克思主义对他的影响。他曾讲授“马克思主义美学”课程，并自称“喜欢”本雅明和早期的卢卡奇等马克思主义者的观点。他虽后来改授“文化诗学”，但对那种与马克思主义思想毫不相干的政治和文学视角更感不安。[3] 伽勒赫也承认，20 世纪 60 年代末 70 年代初，马克思主义批评，尤其是以卢卡奇和法兰克福学派为代表的西方马克思主义广为流行，新历史主义批评家很可能从中汲取了某些观点和批评视角来对待主流文化和意识形态。[4] 但是，新历史主义究竟在哪些方面、以何种方式、在何种程度上受到马克思主义的影响呢？

我们发现，新历史主义在几个重要的认识前提上，多有受马克思主义影响的明显痕迹。首先，它认为所有的人类行为、实践和知识，都不是自然的或天生的，而毋宁是一种建构和创造，因而文本阅读活动也参与到人类的文化生产和意识形态生产之中；其次，文本与语境、文学与政治之间没有界线，故文学文本与其他各种文本以及档案应得到平等对待，而不应将文学作为一种外于社会政治历史的特殊表达形式。第一个方面主要与马克思主义的意识形态批判理论关联；第二个方面主要与马克思主义的“表述”理论相关。

因此，就对新历史主义的影响而言，马克思主义似可划分为两个相互关联的理论批评取向：意识形态批判理论；文化表述与经济再生产互动的

---

① 转引自盛宁：《新历史主义》，台北：扬智文化事业股份有限公司 1996 年版，第 126 页。

② 张进：《论马克思主义对新历史主义的影响》，张三夕主编：《华中学术》（第二辑），武汉：华中师范大学出版社 2010 年版。

③ ［美］斯蒂芬·葛林伯雷：《通向一种文化诗学》，张京媛主编：《新历史主义与文学批评》，北京：北京大学出版社 1993 年版，第 2 页。

④ 中国社会科学院外国文学研究所《世界文论》编辑委员会编：《文艺学和新历史主义》，北京：社会科学文献出版社 1993 年版，第 163 页。

理论。在第一个方面，它主要批判和对抗资产阶级当代意识形态霸权的物化、制度化、日常化、合法化及语言异化等窒息性压迫性质。这种意识形态学说与后结构主义话语分析相互结合，在新历史主义文学批评中衍化生成为一种复合型的“意识形态话语分析”手段。新历史主义者表示，其文学史实践的转换之一是“逐渐用话语分析替代‘意识形态批判’”①。这种“逐渐替代”恰好说明它与意识形态批判之间的源流关系。在第二个方面，新马克思主义者主要攻击资本主义的基础部分，根据资本主义生产方式的支配原理，阐释当代经济生产与文化表述两大范畴间的交换互动，“考察资本的生产律在精神思想领域的变形再造能力”②。这种经济再生产与文化表述的互动理论，在新历史主义那里表现为“将对‘艺术’的讨论转变为对‘诸表述’的讨论”③。它既强调文化表述的个别性、具体性和多样性以及社会历史植根性，又力主破除文化表述形式之间的等级制和因果论。这两个理论相互结合的结果，即是粉碎了那种历史单一普遍论的观念和主体及人性的超历史的永恒论观念。在这两个方面，新马克思主义者本雅明、卢卡奇、葛兰西、阿尔都塞、威廉斯等人都对新历史主义产生了重大影响。

为了便于在两种理论之间进行对比，我们将文化表述再分为共时性层面的文化表述与历时性层面的历史表述两个方面。下面主要从文化表述、历史表述和意识形态等三个相互联系的方面讨论马克思主义与新历史主义之间的关系。

一、文化表述的“非等级制”

马克思主义认为历史充满着阶级斗争。在资本主义“历史”中，经济统治集团的利益总是被“表述”（represent）为社会的普遍利益，而出卖

---

① Gallagher, C. & Greenblatt, S., *Practicing New Historicism*, Chicago: The University of Chicago Press, 2000, p. 17.

② 赵一凡:《什么是新历史主义》，赵一凡:《美国文化批评集——哈佛读书札记（一）》，北京：生活·读书·新知三联书店 1994 年版，第 240 页。

③ Gallagher, C. & Greenblatt, S., *Practicing New Historicism*, Chicago: The University of Chicago Press, 2000, p. 17.

劳动力的无产阶级的利益却得不到表述或被表述为那些少数人的利益。马克思指出："统治阶级的思想在每一时代都是占统治地位的思想。这就是说，一个阶级是社会上占统治地位的物质力量，同时也是社会上占统治地位的精神力量。"① 这一著名论断在后人的解释中出现了两种不同取向。一种解释是，经济因素是任何社会或文化的决定因素，占统治地位的经济生产方式决定占统治地位的文化生产方式。经济基础决定上层建筑，因此，资本主义生产出它自己的意识形态，经济结构的变革将摧毁资本主义意识形态并代之以共产主义社会的观念、价值和文化形式。这种解释在"体制化的马克思主义"那里如苏联居于主导地位。

另一种解释是由葛兰西、卢卡奇、阿尔都塞、威廉斯等人作出的。他们认为那种体制化的马克思主义过于生硬粗糙，会走向因果关系决定论。他们将经济与意识形态之间的关系解释成辩证的和相互影响的。这种解释引起了研究重心的转移，即从作为决定因素的经济因素更多地转到文化表述的功能上。他们发现，在马克思那里文化是作为一种控制手段发挥作用的，统治阶级利用文化形式来将其利益"表述"为全人类的利益。在经济利益的构成过程中，经济基础是一种决定因素，但意识形态同样也是一种"决定因素"。意识形态不仅是统治阶级的产物，它也在"生产"统治阶级的过程中发挥着重要作用。这种解释在"新马克思主义"或"西方马克思主义"那里占据主导地位。

马克思主义经典作家早就认识到，文化表述世界的争夺与经验世界的争夺同等重要。马克思在《路易·波拿巴的雾月十八日》中指出，路易·波拿巴通过将自己装扮成他叔叔拿破仑那样的英雄，以"表述的行为"而非经济生产的行为在政变中取得了权力。在他夺取政权的过程中涉及经济因素，但经济并不是"唯一的"决定因素。在路易·波拿巴时期，小农的处境是"他们不能以自己的名义来保护自己，无论是通过议会或通过国民公会。他们不能代表（represent）自己，一定要别人来代表他们"②。资产阶级可以通过经济手段统治小农，但他们的统治是在表述层面得到合理

① 《马克思恩格斯全集》（第三卷），北京：人民出版社1960年版，第52页。

② 《马克思恩格斯选集》（第一卷），北京：人民出版社1972年版，第693页。本文根据语境将"代表"的英文词represent也译为"表述、表征"。

化的。

马克思有关文化表述重要性的思想，在葛兰西那里得到了更大的强调。葛兰西在《狱中札记》中认为，人们是在意识形态层面获得结构冲突的意识的。如果把经济看成唯一的决定因素，把意识形态看成是隐藏了真实的欺骗而将之摒弃，就无法使人认识到资产阶级意识形态的“文化霸权”。他指出：“一个社会集团的霸权地位表现在以下两个方面，即‘统治’和‘智识与道德的领导权’。一个社会集团统治着它往往会‘清除’或者甚至以武力来制服的敌对集团，它领导着同类的和结盟的集团。”“政治领导权仅仅成为统治职能的一部分……为了行使有效的领导权，就不应该单单指望政权所赋予的物质力量。”[①] 葛兰西认为，西方资本主义国家并不单纯是一个政治社会，而是政治社会与市民社会之间的平衡，是武力和统一、统治和领导权、暴力和文明等各种不同制度的整个复合体。政治社会通过军队、警察、法庭等镇压工具以及行政机构、官僚机构等强制性机关，行使“直接的”统治权和镇压权。市民社会则通过教育制度、宣传媒介、文化、宗教、家庭和日常生活，利用信仰体系和价值观念、风俗习惯甚至神话等，进行精神和道德上的指导，成为资本主义制度的重要支柱。同行政上的统治权、镇压权一样，它也是一种权力，是一种“文化霸权”或“文化领导权”。总之，葛兰西让人们意识到，“经济与意识形态间的关系并非基础决定上层建筑的关系，而毋宁是经济结构与意识形态结构之间的相互交换关系；经济决定无产阶级的处境，而意识形态则决定无产阶级的意识”[②]。无产阶级在物质体制和国家机器中生活、工作、成长和受教育，因此，他们也完全卷入到这些表述之中且无意识地对这些表述表示赞同。

一般认为，“葛兰西的这个思想基本符合马克思列宁主义”[③]。但他在马克思主义的框架之内，在强调文化表述与经济生产之间的互动关系并排

---

① ［意］安东尼奥·葛兰西著，曹雷雨等译：《狱中札记》，北京：中国社会科学出版社 2000 年版，第 38～39 页。

② John Bronnigan, *New Historicism and Cultural Materialism*, London: Macmillan Press Ltd., 1998, p. 26.

③ 李思孝：《“西方马克思主义”的文艺思想》，《中国社会科学》1990 年第 5 期。

除因果决定论的同时，却大大突出了“文化表述”的重要性和复杂性，这些方面为新历史主义将“表述”作为自己的主要研究对象奠定了一个理论基础。但他并未深入探讨各种文化表述形式之间的关系，而摧毁各种文化表述形式之间的“等级制”甚至“表述本身的特权地位”，正是新历史主义的目标之一。在这方面，英国的西方马克思主义者威廉斯是其理论前驱。

威廉斯上承葛兰西等人的思想，反对将马克思主义化简为一种因果关系决定论，认为文化在广阔的历史发展范围内对所有其他概念的有限名称发生强有力的影响。他指出：“我们生活在一种不断扩展的文化之中，可是我们却花费很多精力去对这一事实表示遗憾，而不去探求它的性质和情况。”① 他认为，人类经验的所有表达形式合并起来可称之为“文化”，对这些文化形式的分析就是“文化唯物主义”。他批判了人文主义者（利维斯等人）将文学视为一种特权领域和人类本性的“最高”表达形式的观念，认为文学代表的是部分人的社会和文化价值，而非人类本性的伟大的“普遍”真理。文学并不是天才表达的特权形式，而是社会经验和实践的一种形式，它只是人类经验的物质表达形式“之一”。因此，作为文化系统组成部分的文学并非人类表达的最高形式，它是不断转化的，并非自我推动的“伟大传统”。文学转换变化的动力并不在于天才的才智，而在于转变中的经济、政治、社会和文化的总体条件，文学应放到文学文本得以生产和接受的文化环境中进行分析研究。这样，他就将文学叙事建构成了一种植根于物质体制中的实践。

威廉斯深化了葛兰西对文化霸权的认识。后者的文化霸权观念承认，占统治地位的信仰和价值体系能够深入地渗透到社会中，但拒绝随着阶级冲突的现实而“扩散”。威廉斯则认为，特定文化中主导的（dominant）、残余的（residual）和新生的（emergent）三种要素之间的关系是复杂的和动态的：“主导文化”虽主要由主导社会集团所决定，但其中也渗透着“残余文化”和“新生文化”的成分。“霸权并不是单一的，其内部结构异常复杂，它不断地被刷新、再造和保护；而且它也可能不停地受到挑战

① ［英］雷·威廉斯著，陆梅林、陈桑等译：《文化与社会：1780—1950》，陆梅林选编：《西方马克思主义美学文选》，桂林：漓江出版社1988年版，第679页。

并在某些方面作出修正。”[1]三要素间关系的复杂性，使得写作活动、话语实践活动以及文学作品和理论的创造都必然在文化的所有领域里发生。因此，文学与社会之间并不存在一种“抽象关系”，文学始终是一种社会实践。我们无法将文学艺术与其他社会实践分离开来而使其“臣服于”某个特定法则。文学作为实践可以有相当独特的特点，但它无法从总体社会进程中分离出来。他坚持认为：“没有一种生产方式，也没有一种主导社会或社会秩序，因而也没有一种主导文化，可以实际地囊括或穷尽人类实践、人类能量和人类意图的全部领域。这并不只是一个消极主张，让我们去解释发生在主导方式之外或与之对立的有意义的事情。相反，它是有关主导方式的事实，即主导方式在人类实践的全部领域进行选择，因而也从中进行排除。”[2] 因此，文化唯物主义文学批评集中考察作为主导文化特点的包摄与排除、联合化与边缘化、接受与反对的过程。

威廉斯的文化唯物主义打破了各种文化表述之间的等级制和因果关系决定论，强化了文化诸要素之间关系的动态性和多样性：文学表述不再被视为一种赋有特权的表述领域，也不被视为由单一的经济因素所决定的表述。这些基本的方面和批评方法都直接为新历史主义所承继。但是，文化唯物主义并未脱离西方马克思主义的总体框架，它对体制化的马克思主义有关经济基础与上层建筑之间因果等级关系的挑战，并未走向对阶级观念的完全放弃，而新历史主义则走得更远。伽勒赫指出，在许多方面，诸如有关社会冲突的起源、性质和场所以及有关表述问题的看法等，新历史主义的研究都保留着“新左派”的观念。但是，“与某些马克思主义批评家不同，我们没有重新要求获得一套关于阶级冲突的历史性元叙事。相反，我们倾向于坚持认为，权力并不等同于经济或国家政治权力，因而它的活动场所，以及抵抗的战场，都恰恰位于日常生活的微观政治学中”[3]。他们放弃阶级冲突观念后，开始向那些“正史”之外的历史碎片聚光。而划分

---

① Kiernan Ryan, ed., *New Historicism and Cultural Materialism: A Reader*, London: Arnold, 1996, p. 22.

② Raymond Williams, *Marxism and Literature*, Oxford: Oxford University Press, 1977, p. 125.

③ Kiernan Ryan, ed., *New Historicism and Cultural Materialism: A Reader*, London: Arnold, 1996, p. 50.

研究对象的“阶级”尺度，也被那些国家的、语言的、历史的、代际的、地理的、种族的、人种的、社会的、性别的、政治的、道德的和宗教的界线所代替。在其研究中，这些界线可以跨越、混合、合并或瓦解，也可以修订、构想、设计和置换。

新历史主义对表述的强调和对表述形式之间等级制和因果论的破除，并未使他们像形式主义者那样将表述系统本身看成是一个“特权领域”，而是走向对表述领域的“解特权化”（de-privilege）。它认为“形式与意识形态既非一种简单的肯定关系，在其中形式弥补了意识形态的断裂，它们之间又不是一种颠覆性否定关系，在其中形式揭露意识形态矛盾并且因此使之软弱无力。在此问题上，新历史主义的贡献是确认一项第三种选择，其中，文学与意识形态之间的矛盾对立关系被还原为特定历史环境中的一种有关主体构成的权力与社会功能型模式”①。在这一点上，新历史主义还受到阿尔都塞的重要影响。

二、历史表述连续性的“爆破”

新历史主义主要批评的是“历史的”（过去的）文化现象，因此，过去与当下、历史与现实之间的关系问题是它的重要理论课题。在这一点上，它也受到马克思主义思想的影响。

马克思主义历史观的一个重要方面，即认为历史既具有不以人的意志为转移的“既定性”，又具有为当代意识形态服务的“当代性”。马克思指出：“人们自己创造自己的历史，但是他们并不是随心所欲地创造，并不是在他们自己选定的条件下创造，而是在直接碰到的、既定的、从过去承继下来的条件下创造。一切已死的先辈们的传统，像梦魔一样纠缠着活人的头脑。当人们好像只是在忙于改造自己和周围事物并创造前所未闻的事物时，恰好在这种革命危机的时代，他们战战兢兢地请出亡灵。”② 人们摆脱不了自身的历史性，历史修撰也不可能超越功利性。卢卡奇也在批判

---

① 中国社会科学院外国文学研究所《世界文论》编辑委员会编：《文艺学和新历史主义》，北京：社会科学文献出版社1993年版，第171页。

② 《马克思恩格斯选集》（第一卷），北京：人民出版社1972年版，第603页。

“目光短浅的经验论者”时指出，他们忘记了，“不管对‘事实’进行多么简单的列举，丝毫不加说明，这本身就已是一种‘解释’。即使是在这里，事实就已为一种理论、一种方法所把握，就已被从它们原来所处的生活联系中抽出来，放到一种理论中去了”①。因此，不存在对历史的“纯客观”描述，即使是最简单的“列举”也是一种“解释”。

这些基本的理论主张都是为新历史主义所接受的。新历史主义将过去看作是由相互矛盾和彼此冲突的信仰、价值和趋势所构成的。人们在对待过去时，总是从自身特定的历史性出发，在那些相互冲突的因素中进行着选择。因此，应该时时质疑和检视自己对于过去的兴趣背后的假设，将自己的历史解释实践落实到对当前政治压力的说明上。这种“双向批判”方法，构成新历史主义的鲜明特点。在这方面，它曾受到本雅明的历史哲学的影响。

本雅明试图与传统“历史主义”决裂，认为唯物主义史学与历史主义之间的区别“超过唯物主义史学与任何其他史学门派之间的区别”。在这方面，新历史主义有着同样的诉求。格林布拉特认为新历史主义“辜负了它自己的名字”，而对“历史主义”的一般观点（客观主义、非价值判断以及尊崇传统等）持批判态度。本雅明认为，过去能否成为“历史”，是与现在密切相关的。每一个不能被现在关注并加以辨识的过去的形象都可能无可挽回地消失掉。一切记载下来的“历史”都是统治阶级和征服者的历史，“任何一部记录文明的史册无不同时又是一部记录残暴的史册，正如同这样的史册不可能免除残暴一样，文化财富从一个主人手里转到另一个人手里的方式同样沾染着残暴的气息”②。妨碍人们达到这一洞见的是传统历史主义的种种信条。因此，他对传统历史主义的基本假设，诸如历史连续整体论、因果论和进步论等，逐条进行了批判。

他质疑历史进步论，认为它将人类进程看成是对匀质的、空洞的时间的穿越，这是脱离实际的和武断的，而且也是需要付出代价的（法西斯正是在“进步”的名义下得逞的）。他批驳因果论，认为它没有认识到历史

① ［匈］卢卡奇著，杜章智等译：《历史与阶级意识——关于马克思主义辩证法的研究》，北京：商务印书馆1992年版，第52页。

② ［德］瓦尔特·本雅明：《历史哲学论纲》，陈永国、马海良编：《本雅明文选》，北京：中国社会科学出版社1999年版，第407页。

学家应该把握的是“自己的时代和一个明确的、早先的时代所形成的结合体”[①]。他主要将火力指向对历史连续性的“爆破”，认为历史唯物主义者“承担爆破连续统一的历史过程的任务”，应该“把一个特定的时代从连续统一的历史过程中爆破出来，把一个特定的人的生平事迹从一个时代中爆破出来，把一件特定的事情从他的整个生平事迹中爆破出来。这一方法的结果是，这一特定的事情既保存着又删除去这个人整个的生平事迹；这个人的生平事迹同时既保存着又删削去这一特定时代；这一时代同时既保存着又删削去整个历史过程”[②]。这种“爆破”，从观念到方法都包含着这样一种逻辑：连续统一的“历史修撰”（historiography）掩盖了历史的“残暴”本质，历史唯物主义者不该以因果论和进步论为由而表示有意无意的尊崇、认同和配合，而应该设法打破这种连续性，暴露出“历史”背后的血腥和残暴。因此，他的唯物主义反对“顺向”理解历史，而主张“逆向梳理历史”。这些观念方法都对新历史主义产生了重要影响。

伊格尔顿指出，本雅明的计划是“炸断致命的历史连续性”，这种事业实现的可能条件是，“历史在人们的身后崩溃为碎片——人们可以在废墟中挖掘和凑集一些东西，以对抗‘进步’的无情步伐，因为大灾难已经发生了”[③]。由“逆向梳理”而达到对连续性的“爆破”，由后者而至于“历史碎片”，这似乎正是本雅明的历史观念方法的主要遗产。新历史主义无疑继承了其中的大部分。“逆向梳理”也正与新历史主义以“怀疑的、谨慎的、解神秘化的、批判的甚至逆向的”[④] 方式阅读历史的方法源源相通；“爆破”历史连续性的做法与新历史主义将逸闻逸事楔入大历史的连续性之流而获得“反历史”[⑤] 的做法遥相呼应；关注“历史碎片”的做法

---

① ［德］瓦尔特·本雅明：《历史哲学论纲》，陈永国、马海良编：《本雅明文选》，北京：中国社会科学出版社 1999 年版，第 414 ~ 415 页。

② ［德］瓦尔特·本雅明：《历史哲学论纲》，陈永国、马海良编：《本雅明文选》，北京：中国社会科学出版社 1999 年版，第 414 页。

③ ［英］特里·伊格尔顿著，王杰等译：《美学意识形态》，桂林：广西师范大学出版社 1997 年版，第 333 页。

④ Gallagher, C. & Greenblatt, S., *Practicing New Historicism*, Chicago: The University of Chicago Press, 2000, p. 9.

⑤ Gallagher, C. & Greenblatt, S., *Practicing New Historicism*, Chicago: The University of Chicago Press, 2000, p. 52.

则与新历史主义通过“文本踪迹”而捕捉“真实的踪影”的方法具有相通性。本雅明与新历史主义者也都重视了历史的文本性，诚如研究者指出的，本雅明“令人惊异地将历史与文本，与不断的重定和删改等同起来”[①]。这说明本雅明与“叙事历史诗学”之间的亲和关系。

本雅明通常强调历史理解中的“阶级性”和马克思主义的政治性，而新历史主义却基本上抛弃了阶级性，主张政治立场上的“无定性”。伽勒赫指出，新历史主义坚称，“历史的好奇心将会采取独立于政治考虑之外的发展道路；而在它对文学实施历史化研究的愿望背后，并不存在任何种类的政治动机”，而且“用不着在所有情况下都需要政治点火装置”。[②] 正是在这一点上，新历史主义远离了马克思主义传统。

三、意识形态的“物质性”和“异质性”

新历史主义者宣称，其文学史研究逐渐以话语分析代替了“意识形态批判”。同时，从另一个角度看，他们并未抛弃“意识形态”这一概念，而是改变了它的内在含义。蒙特洛斯认为：“一个封闭的、单一的和同质的意识形态观念必须代之以异质的、不稳定的、可渗透的和过程性的意识形态观念。必须强调，主导意识形态受个别文化程序（如诗人和剧作家）的职业的、阶级的和个人兴趣的具体场合的限制；受以不同方式消费文化产品的观众、听众和读者的限制；也受产生它的文化媒介的相对独立性——具体特征、可能性和有限性——的限制。”[③] 这与马克思主义的意识形态批判理论，特别是阿尔都塞的理论直接相关。

“意识形态”在马克思主义中是一个重要概念，但其含义却并不清楚。威廉斯发现，“意识形态”这个概念在马克思恩格斯那里是介乎两种意思之间的：一是“一种某个阶级所特有的信仰体系”；二是“一种可能与真

---

① Scott Wilson, *Cultural Materialism: Theory and Practice*, Oxford: Blackwell Publishers Ltd., 1995, p. 133.

② 中国社会科学院外国文学研究所《世界文论》编辑委员会编：《文艺学和新历史主义》，北京：社会科学文献出版社 1993 年版，第 175 页。

③ Aram Veeser, ed., *The New Historicism*, London: Routledge, 1989, p. 22.

实的或科学的知识相矛盾的虚幻的信仰体系，即伪思想或伪意识”。[①]“某个阶级”是否包括无产阶级呢？“社会主义意识形态”（列宁语）是否也具有“伪意识”性质呢？马克思主义者在这个问题上存在着激烈争论。

阿尔都塞的意识形态理论并不是要对某种特定的意识形态究竟是“幻象”还是“现实”作出裁断。他认为研究意识形态就是要研究某些“意识形态国家机器”的物质性实践，以及主体通过哪些程序被构筑在意识形态之中。他发现，人生活在世界上并认识这个世界，这并不是一种主观与客观的“封闭性双向关系”，人在认识过程中随时都受到现存的各种思想体制的制约。人的主体是一个受到各种限制的、早已由一系列对世界的表述系统所决定了的“屈从体”（subject既是“主体”又是“屈从体”）。主体觉得自己在直接把握现实，但这是想象的结果。“意识形态是个人同他的存在的现实环境的想象性关系的表述。”[②] 意识形态表述的“不是现存的生产关系（以及从生产关系衍生出来的其他关系），而首先是个人与生产关系（及从中衍生出的关系）之间的（想象性）关系”[③]。意识形态有一个物质性存在，它通常存在于国家机器及国家机器的实践之中。只有通过意识形态并在意识形态之中才有实践，只有通过主体并为了主体才有意识形态。他的意识形态理论强调了意识形态的普遍性、物质性、实践性、想象性和主体相关性。

阿尔都塞认为，必须从再生产的观点出发来透视国家和意识形态问题。为此，他提出了“压制性国家机器”（RSA）和“意识形态国家机器”（ISA）两个概念。他认为，前者通过警察和军队，使用暴力或用武力威胁来维持统治秩序；而后者则主要依靠意识形态发挥作用。RSA主要包括宗教的（不同的教会系统）、教育的（公立和私立“学校”的各种系统）、政治的（包括不同党派的政治制度）、工会的、交往的（新闻出版、电台

---

① Raymond Williams, *Marxism and Literature*, Oxford: Oxford University Press, 1977, p. 55.

② Louis Althusser, *Lenin and Philosophy and Other Essays*, London: Monthly Review Press, 1971, p. 152.

③ Kiernan Ryan, ed., *New Historicism and Cultural Materialism: A Reader*, London: Arnold, 1996, p. 18.

电视等)、文化的（文学艺术和体育运动等）意识形态国家机器。[1] 社会的行为和观念，是通过意识形态国家机器而决定的。对于无产阶级来说，根本不存在什么自由意志或自由选择。所有的个体都是“主体”，而其“主体性”是通过意识形态国家机器建构起来的。意识形态国家机器通过意识形态的“询唤”（interpellation）将个人“生产”为主体。不存在人文主义者的主体，主体都是被意识形态压抑和利用的。就文学而言，文本是或隐或显地通过同情的方式向读者讲话，而读者也便因此而受到“询唤”，屈从于意识形态国家机器。

他认为，马克思主义的历史观是“多元决定的”，既不是黑格尔式的一元决定论，也不是多元论（因为经济具有归根结底的决定作用）。[2] 这样，意识形态就成为一种结构性决定因素，其重要性得到了突出。与之相应，对作品的意识形态内容的阅读就应是“症候阅读”。在文本的意味深长的“沉默”中，在它的空隙和省略中，最能清楚地看到意识形态的存在。批评家应该使那些“沉默”的部分说话，并获得关于意识形态的知识，从文本中的矛盾、省略、裂隙和不充分中读出其意识形态局限来。这种阅读方法为新历史主义者所广泛采用。格林布拉特对莫尔的《乌托邦》的阅读就是典型的“症候阅读”，他将注意力集中在书中的断裂、矛盾、悖论和裂隙上，进而指出这些互不连贯的叙述“飞地”，不仅破坏了整个文本结构的统一，而且更重要的是莫尔的这一叙述特点，起着对文本所表现的世界的地位不时提出质疑的作用。[3]

阿尔都塞的如上思想，使他获得了两个重要的批评策略：首先，这种意识形态定义赋予意识形态一个积极角色（而不仅仅是反映或表现），它自身在生产方式中是一种结构性决定因素；其次，与意识形态的积极角色相应，主体被看成是政治的和意识形态的效果。其理论对文学批评的影响，主要在于它改变了人们有关主体性及主体身体的观念。文学形式作为

---

① 俞金吾、陈学明：《国外马克思主义哲学流派》，上海：复旦大学出版社 1990 年版，第 492 页。

② 李青宜：《阿尔都塞与“结构主义马克思主义”》，沈阳：辽宁人民出版社 1986 年版，第 208 页。

③ Stephen Greenblatt, *Renaissance Self-fashioning*, Chicago: The University of Chicago Press, 1980, pp. 18 –25.

意识形态，生产出那些它试图表述的个人。文本本身是积极的、生产性的力量和事件，而非对先已存在的语境的“表现”或“反映”。因此，将文本联系于其语境的问题就让位于将文本视为已然处于被建构起来的社会整体之中的问题。其主体作为意识形态产物的观念，也排除了传统批评，特别是批判历史诗学从作者意图、经历、欲望和情感等主体因素来寻求对文学意义的解释的观念，因为这些观念全都指向意识形态结构。比如，小说并不表述那些随着现代性和资本主义而“新生的”个人主体，而毋宁是，小说作为一种意识形态“生产”、“询唤”和“欢迎”它的“个人”。主体不是别的（如自由人文主义的超历史主体），而是一种话语建构；主体的身体不是别的，而是话语建构的场所。这些观念对新历史主义产生了重大影响。伽勒赫指出，新历史主义的批评“一直是要追溯现代主体性在人们试图获得稳定主体的必要失败过程中经历的创造，”而其批评“深入到社会改造的最深层、最少被质问怀疑、同时又是最难接近的领域：即关于我们自身作为性别主体的改造”。[①]

研究者指出，新历史主义批评家从阿尔都塞的理论中可以各取所求，但他们都能从如下观念中获益：即“意识形态生产是一种现存社会体制中的物质性实践，因为它使得教育成为一个破坏生产进程的理想舞台”[②]。新历史主义的颠覆及这种颠覆旋即被包容的活动也主要发生在社会体制之中，而它的误区也似乎在这个方面：它过分强调通过知识颠覆对统治秩序的破坏，而未能认识到只有通过真正的物质实践（特别是经济实践），才是最根本的改造世界的途径。

阿尔都塞等人的结构主义马克思主义观点，是经过福柯的改造而对新历史主义发生影响的。研究者指出：“与马克思主义的观点明显不同，福柯的兴趣不在于表达最核心和制度化的权力形式，诸如国家机构或阶级关系。相反，他关心考察不平等和压迫的权力关系是如何被制造出来的，以及通过表面上人道和自由的社会实践，这些权力关系是如何以更奥妙和弥

---

① 中国社会科学院外国文学研究所《世界文论》编辑委员会编：《文艺学和新历史主义》，北京：社会科学文献出版社 1993 年版，第 169 页。

② Kiernan Ryan, ed., *New Historicism and Cultural Materialism*: *A Reader*, London: Arnold, 1996, p. 2.

散的方式被维持的。"① 马克思主义者都持有鲜明的政治及意识形态立场，并能对资本主义社会进行意识形态批判；而新历史主义者大多没有明确的意识形态立场，也不愿将自己完全局限在马克思主义的思想框架之内，而主张一种立场的"无定性"，因而它逐渐转向了意识形态立场比较模糊的"话语分析"。同时，它并不热衷于对历史现象进行一种唯物主义式的还原，而是主要追溯人类身体和人类主体的历史形成过程。

即便如此，马克思主义也是作为新历史主义的一个认识前提、一个"转向"的出发点而存在并发生影响的。在有关艺术与历史的关系问题上，尽管新历史主义拒斥任何一种具体的马克思主义解释，但他们却接受马克思主义的"资本主义"这样一个总体历史范畴以及资本主义与封建主义之间的区分。格林布拉特拒绝马克思主义者詹姆逊那样单一化的"世界图景"，但又诉诸"资本主义"这个历史范畴，认为在资本主义时代，没有任何一个单一的理论可以解说艺术与历史之间的关系。格林布拉特在追求某种"彻底的历史主义"，这种做法仍然没有完全背离马克思主义的"历史原则"。

我们知道，在马克思主义那里，从历史角度研究文学，这不仅是一种方法，更重要的是体现了一种原则。恩格斯认为，马克思主义的理论方法，即"历史"的方法与"逻辑"的方法相一致的方法。② 他所说的"历史"指的是事物发展的本质规律，"历史原则"是指人的思维必须符合客观现实的规律，而不是机械地向历史学科借用解决问题的现成途径。马克思主义历史方法中的理论原则与具体批评方法之间既有联系，又有区别。"在马克思主义文论中，具有哲学意义的历史概念，表示的不是马克思主义文论侧重于同某个学科的联系，而是它对认识现实的方法和途径的根本要求。在文学批评中，衡量历史方法是否正确、是否科学的标准在于能否基于历史规律之上把握文学这个特殊对象的特殊逻辑。"③ 马克思主义的具体历史方法虽遭到某些当代理论（包括新历史主义）的抵制，但它们并未

---

① ［英］路易丝·麦克尼著，贾湜译：《福柯》，哈尔滨：黑龙江人民出版社1999年版，第2~3页。

② 《马克思恩格斯选集》（第二卷），北京：人民出版社1972年版，第122页。

③ 徐贲：《走向后现代和后殖民》，北京：中国社会科学出版社1996年版，第3页。

彻底否定马克思主义的“历史原则”。我们注意到，马克思主义强调历史方法与逻辑方法的内在统一，而新历史主义有时竟只强调历史方法而排斥逻辑方法。实际上，就像它在实践中不能完全放弃逻辑方法一样，它还是不得不采用“资本主义”这样一个历史范畴。“资本主义”本身已经是一个理论化、逻辑化了的范畴。

当然，马克思主义与新历史主义之间之所以有如此深刻的关联，这不仅来自新历史主义对马克思主义的“改造”，也来自马克思主义从其经典形态向“新马克思主义”的发展过程中所形成的一些新特点。这是一种两相凑泊的结果。新马克思主义者对文化表述、历史表述以及意识形态的论述越来越灵活和宽泛，而且他们有意识地对其中可能存在的“决定论”、“等级制”和“单一阶级论的历史叙述”进行了剔除，这使马克思主义与当代各种理论的接触面大大拓宽了。但是，它同时也使马克思主义的“革命性”削弱了，新历史主义与这种“新”马克思主义之间有更多的相通性。林特利查指出，在新历史主义那里，“马克思这个社会变革和革命的理论家现在被放到福柯式的基础上进行重新理解并被改造成福柯的先驱，变成了犬儒主义议会的奴仆，一个重复论的理论家”①。

与马克思主义相比，新历史主义从明确的意识形态批判转向了政治立场无定性的话语分析、从物质实践领域的斗争转向了表述领域的反抗、从现实生活中的抗争转向了学术领域的颠覆。这一方面确实对传统马克思主义不够重视的某些领域进行了某种程度上的“补充”和“深化”，另一方面，它因对物质实践领域的某种忽视而向历史唯心主义方向摇摆。正因为如此，它在包容与颠覆的关系问题上持一种明显的悲观主义立场。这与它所受福柯思想的影响分不开。

---

① ［美］弗兰克·林特利查：《福柯的遗产：一种新历史主义?》，张京媛主编：《新历史主义与文学批评》，北京：北京大学出版社 1993 年版，第 155 页。

第二节　新历史主义与解构历史学

我们讨论历史诗学形态时指出，“叙事历史诗学”与语言论和解构史学密切相关。但人们在解构史学基本原则基础上研究取向的不同，实际上意味着“不同的”语言理论。这里存在着一般结构主义以及主张“文外无物”的德里达理论同强调文本的权力性、转义的意识形态性的福柯和怀特理论之间的区别。后者强调了在“产生”历史知识的过程中语言的叙述功能，尤其强调了历史话语与古今文化变迁之间的关系。它视“历史话语”为各种学科共同使用的语言，认为其意义并不直接源自作为历史行为者或历史书写者的“意图”，也不仅与所说所写的内容相关，而是源于文本所自出的社会历史结构。这样，它就在斩断意义与作者意图和文本所指的“直接关联”之后，另辟了一条研究社会历史的途径。这在新历史主义的发展过程中起了直接的推动作用。因此，新历史主义与福柯和怀特之间具有“非此不可”的关联。下文主要就二人观念方法给新历史主义历史诗学带来的主要影响进行阐述。

一、福柯对传统历史观念的颠覆

福柯的著作在方法、术语和实践诸方面都对新历史主义产生了正负两方面的影响，这是一个不争的学术事实，也是新历史主义的实践者和批判者都不否认的。但对这种影响作出具体估价却殊非易事，也是理解当前新历史主义理论和批评实践的要害所在。

福柯的史学理论强调了语言的叙述性在“生产”历史知识过程中的功能，尤其强调了历史话语与古今文化变迁之间的关联。它将“历史话语”设定为各学科的通用语言，认为其意义并不直接源自作为历史行为者或历史书写者的“意图”，也不只与所说所写的内容相关，而是源于文本所自出的社会历史结构。这种颠覆传统历史观念的知识活动对新历史主义文学批评起了直接的推动作用。从总体上看，福柯开辟的考察文学和历史的途径，并不设定历史时期的连贯性和统一性，而强调其差异（difference）、断裂（disruption）和非连续性（discontinuity），主张研究特定话语和社会形态形成的条件，并由此对它进行批判而不是认可；它斩断了思维观念与历史“发展”、档案与心理文化“实体”之间的直接关联，向现象学的“深度”研究方法和“人”的观念提出了挑战。他说：“如果说有什么我必须摒弃的研究方法，那就是被广义地称之为现象学的方法，这种方法把考察主体绝对地置于首位，考察主体赋予行为以建构的功能，因而就把考察主体的观点置于一切历史性之上——简言之，这样便导向了一种超验意识。”① 这就将传统文学批评所依托的根本观念“问题化”了。

传统的历史主义文学批评总是将文学与意识形态、世界图景、精神状况及世界观联系起来加以考察。福柯认为，所谓“意识形态”、“世界观”、“历史时刻”、“历史发展”、“历史目的性”等都不能充当方法论的源泉，相反，它们自身的历史具体性正是应该探究的对象。它们运用语言阐释抹平了事物间的“差异”和事物本身的“裂隙”，营造出一个语言层面的“连续性”，人们却误将语言自身的逻辑当成了事物之间的逻辑。这样，“变化就在连续性的视域中得到了解释”②。这种连续性或者是生产方式的序列（詹姆逊等马克思主义者），或者是通向人类解放的进程（自由史学家），或者是“影响”和“遗产”（一般文学史家）。文学史家总是先设定一个历史发展序列（“传统”、“影响”、“发展和演进”、“心态或精神”③）为文学的“背景”，然后将文学视为这个序列的记录。这种连续性支持着“人类主体统一性”的观念，“连续的历史是一个关联体，它对于主体的奠基功能是必不可少的”④。针对这种设定，福柯力图将历史作为非连续性而加以重新考察，将连续性的这些形式束之高阁而打开“一般话语空间中的

---

① Michel Foucault, *The Order of Things*, “*Preface*”, New York: Vintage Books, 1970, p. 14.

② Claire Colebrook, *New Literary Histories*, Manchester: Manchester University Press, 1997, p. 37.

③ ［法］米歇尔·福柯著，谢强、马月译：《知识考古学》，北京：生活·读书·新知三联书店 1998 年版，第 23 ~ 25 页。

④ ［法］米歇尔·福柯著，谢强、马月译：《知识考古学》，北京：生活·读书·新知三联书店 1998 年版，第 15 页。

事件群体”并“描述话语事件”。[①] 他的思考切入点，就是他所谓的“话语”（discourse）。就对新历史主义的影响而言，福柯学说可分成相互关联的四个方面：话语实践论、知识考古学、系谱学和权力论。

（一）话语的实践性

福柯认为历史学家应该检查语言基础（叙事陈述），后者“构成”历史而非“对应于”真实世界，应该摒弃那种从作家意识或单个文本中追寻原意的研究方法。主体并不“产生”意义，意义是话语系统的结果。这似乎与一般结构主义并无二致，但其“话语”概念使他冲破了结构主义的“叙述决定论”，“带着嘲讽的意味把结构主义运动视为始于16世纪的人文学科（事物的秩序能够再现于词语秩序中）的最后阶段”[②]。因此，“话语”在福柯那里具有根本的方法论意义。

福柯的话语依然与结构主义的语言相关。话语即是作为文化载体的语言与使用该语言的社会中的整个机制、惯例以及习俗之间的“关系”。话语并非再现事物的符号，话语由符号构成，但话语不只是用符号来确指事物，因而不能“将话语当作符号的整体来研究（把能指成分归结于内容或者表达），而是把话语作为系统地形成这些话语所言及的对象的实践来研究”[③]。话语本身就是一种社会实践，这种作为“严肃”言语行为的“话语实践”（discursive practice），“形成了”我们所讨论的认识客体，“限定了”客体得以可能的条件。福柯承认，他并非“把握了”而是“扩展了”话语的意义。在他那里，话语包括各种实践、体制、标准、行动和空间分布之间的关系，甚至剧院和精神病院等建筑也都可视为话语。话语既是福柯研究的对象，又是其研究对象得以形成的条件，他说：“我们始终停留在话语的范围中。”[④] 具体说来，“话语关系并不在于话语中：这些关系并

---

① ［法］米歇尔·福柯著，谢强、马月译：《知识考古学》，北京：生活·读书·新知三联书店1998年版，第31～32页。

② ［美］海登·怀特：《解码福柯：地下笔记》，张京媛主编：《新历史主义与文学批评》，北京：北京大学出版社1993年版，第111页。

③ ［法］米歇尔·福柯著，谢强、马月译：《知识考古学》，北京：生活·读书·新知三联书店1998年版，第62页。

④ ［法］米歇尔·福柯著，谢强、马月译：《知识考古学》，北京：生活·读书·新知三联书店1998年版，第32页。

不在自身中把概念或词语联系起来，不在句子或命题之间建立演绎或修辞结构。但是，也不是外在于话语的关系，限定着话语或者强加给它某些形式，或者在某些情况中强迫它陈述某些事情”①。因此，话语既不受一般语言学因素（词义和语法）限制，也不受语言基本单位（如句子、命题或言语行为）限制，而是同政治、经济、文化以及医疗、教育、司法等社会性制度密切联系。话语的作用就是使人实际上不能在话语之外进行思想。

“话语”本身包含着“实践”，是“实践的语言”。不同于现代语言学中的Langue（语言的形式）和parole（语言的使用），话语是一种更加广义的语言运用。任何话语都是社会性的和历史具体的。而所谓“实践”，并非对某种具有普遍意义的理论的贯彻或体现，也非“表达行为”、“理性活动”以及“说话主体的‘能力’”等，“说话的实践是一个匿名的、历史的规律的整体”。② 这样的话语实践只是一些具有逆转偶然性的“话语事件”（discursive event），是话语空间中的“事件”群体，一切所谓陈述、话语、知识都可以描述为一个个“事件”。看待一个事件不是凭其内在意义和重要性，而是凭外在于它的、它与各种社会性控制力量的关系。事件的意义不是永恒的，它随时有可能遭到偶然性的逆转，必须把偶然性接受为事件产生的一个范畴。“话语事件”观念反对那种将具体陈述之特性和差异缩减到某个终极的连贯性上的企图。

话语描述不同于语言分析，“对于某个话语事实，语言分析提出的问题永远是：这一陈述是根据什么规律形成的？其他相似的陈述又是根据什么规律构成的？而话语事件的描述提出的完全是另外一种问题，即这种陈述是怎么出现的，而在其位置的不是其他陈述”③。话语描述也区别于思想史分析，后者总是“寓意的”，它追问的是已说出的东西中所说的是什么，而话语分析则朝着另一方向，即把握陈述的特殊性、确定它存在的条件和极限、建立它与其他可能和它发生关联的陈述的对应关系、指出什么是它

① ［法］米歇尔·福柯著，谢强、马月译：《知识考古学》，北京：生活·读书·新知三联书店1998年版，第57页。

② ［法］米歇尔·福柯著，谢强、马月译：《知识考古学》，北京：生活·读书·新知三联书店1998年版，第151页。

③ ［法］米歇尔·福柯著，谢强、马月译：《知识考古学》，北京：生活·读书·新知三联书店1998年版，第32页。

所排斥的其他形式。因此，话语分析关注的核心问题是："是什么社会因素和力量使得某种话语和知识形式成为可能?"

话语实践观念强调了非连续性、差异性和偶然性，排斥"深度"（话语主体心理、话语内蕴、语言内在形式以及话语外在指称性等），对于重新思考文本与历史之间的关系具有重要意义，因而对新历史主义的历史诗学产生了深刻影响。后者承认其文学史实践是"逐渐用话语分析替代意识形态批判"①。其话语分析力图揭示在社会形成过程中文学并不是简单反映它，而是发挥着能动作用。在各种力量交汇的场所，文本是物质性的、能动性的和强有力的组成部分。新历史主义批评通常聚焦于那些标志着裂隙、变化和断裂的特殊历史事件，否认"单一历史进程"的存在，认为文本和话语本身就是作为历史发生的。它一般不将文学作品看成单一意识形态的结果，而视之为话语领域的一部分。话语观念使文学文本向更大的实践领域开放：小说是一个话语事件，它并不"反映"历史，它本身就是历史。文本生产新的客体对象，甚至生产新的主体。文本不必联系于其"历史背景"的某些观念，它本身已然是这种历史中的一个积极参与者。新历史主义批评并不将文学文本作为一个自足的单元与某个前文本的（pretext）起源联系起来，而是将文学作品与不同领域里的其他文本联系起来。其目标即是，使作品"不仅与别的话语模式和类型相联系，而且也与同时代的社会制度和其他非话语性实践相关联"②。当然，新历史主义的"话语"与福柯的话语之间也还存在着一定的区别。虽然他们在强调话语的实践性、事件性和历史性方面相去不远，但前者的"话语"并未完全切断它与主体和指称的关联，在这方面它更接近伊格尔顿所说的"话语"，"'语言'是从客观角度观察的言语或书写，它被看作是没有主体的一条符号链。'话语'意味着把语言理解为个人的话语，即理解为包括说写的主体，因而也潜在地包括读者和听者的事物"③。

---

① Gallagher, C. & Greenblatt, S., *Practicing New Historicism*, Chicago: The University of Chicago Press, 2000, p. 17.

② ［美］海登·怀特：《评新历史主义》，张京媛主编：《新历史主义与文学批评》，北京：北京大学出版社 1993 年版，第 95 页。

③ ［英］特雷·伊格尔顿著，伍晓明译：《二十世纪西方文学理论》，西安：陕西师范大学出版社 1987 年版，第 126 页。

（二）知识考古学的“纯粹描述”

福柯的话语实践论表明，可以在不考虑话语本身的真理性和内在语言规则的情况下对之进行研究。他在《知识考古学》中将这种方法说成是“描述话语事件”① 的“考古学”（archaeology）。考古学即试图在不考虑话语本身真理性的前提下，研究某些类型的严肃言语与其他言语之间关系的规律性即“话语形成”（discourse formation），以及这些话语形成所经历的变化。“考古学”的对象通常是沉默的丰碑、无声的遗迹、历史背景不明的实物，这些陈迹作为对象的“意义”并不主要在于它“说”了什么，而在于它“意味着”什么。福柯对话语进行“考古”，其意略近。它试图避免对话语“内部”意义的“解释”而把注意力集中在实际存在的话语上，把它作为一个具有自我调节能力的独立系统来加以研究。但他并不像结构主义那样将话语看成一个封闭自存的“静态”系统，而认为社会性制度对话语实践有着不可忽视的影响。当然，他的考古学在“悬置”了对象的“内部意义”之后，依然研究作为对象的“话语”以及“话语”之间的关系所形成的“外在意义”，即“某些话语在某时某地出现究竟意味着什么？”

黑格尔式的历史主义强调理性或精神的历史在时间中的整一性和连续性；结构主义在非时间性的层面同样强调了整一性和同质性。它们在解释文本时都将文本指向某些解释视域（发展的或结构的视域），而福柯则将文本看成作为事件的话语本身。话语是由各种相互竞争的力量所构成的系统，这个系统有一系列控制规则，这些规则将那些有效的、可说的、可能的和拥有真理功能的陈述包容进来，而将那些不能具有真理功能的陈述排除出去，并划分出某些特定的学科。作为“文学”范畴的“话语形成”，就受到体制的“排除”与“包容”的动态进程的影响。话语形成通过排除其他陈述而赋予某些陈述以力量、有效性和真理效果。《癫狂与文明》一书表明，理性就是通过重新划分已有的界线而从疯狂中分离出来的。

福柯认为，思想观念与物质决定因素之间并非因果关系，话语形成显示语言事件与非语言事件之间存在着复杂的交互作用和交换关系。任何实

---

① ［法］米歇尔·福柯著，谢强、马月译：《知识考古学》，北京：生活·读书·新知三联书店 1998 年版，第 32 页。

践都已然是一种陈述，词语与事物彼此生产对方。文本并非处于孤立状态，它总是处在制度与学科的网络之中。考古学只是在一个作为事件的文本与其他话语事件的关系中对它展开“纯粹描述”。

话语形成不是与“世界观”而是与所谓“知识型”（episteme）相关。后者虽亦指历史时期之特征，但与世界观相去甚远：它强调差异、矛盾和异质性，也是“反心理主义”的。世界观是一个与物质语境相关的连贯而理想的结构，而知识型则是各种力量的交互作用。与知识型相关的考古学在研究文本时，并不追求文本之下的“深度真理”（不将文本看作是意义的承担者），也不指向控制着表达内在意义的主体或作者的意识。因此，“考古学”与“话语分析”都在斩断意义与“指称”和“意图”的直接关联之后“描述”话语的意义。

（三）系谱学的“当代史”或“效果史”

福柯在其考古学中追求一种“对话语形成的纯粹描述”，这种方法旨在发掘话语的历史条件，但他自己对话语的历史条件和动机却未遑深究。随着他对自己话语存在条件的省察，其方法也从“纯粹描述”转向了“当代史”或“效果史”，从考古学转向了“系谱学”（genealogy），强调重点也从“话语”转向了“权力”（power）。

福柯的系谱学方法源自尼采，后者认为，根本不存在什么“事实”，有的只是对事实的“解释”。尼采指出，真正的历史学家必须拥有一种权力，将众所周知的东西重铸成一种闻所未闻的东西，“你只能用现在最强有力的东西来解释过去”①。不可能有什么“纯粹”描述，撰述历史是一种权力行为。福柯承接这一思路，强调包括知识在内的所有知识形式的政治功利性，认为所有的知识行为同时就是权力行为。这就将历史与权力、利益和意志之间的关联凸显出来了。

福柯的系谱学并不像正统历史那样，试图说明所有历史事件都会自然而合乎逻辑地导向当代，而是试图展示那些偶然性、异质性和权力纠葛。这样，历史就变成了竞争性力量的运作。尽管系谱学将史学家的位置和陈述发挥作用的方式同时纳入考察视野，并因此而与纯粹描述的考古学区别

---

①［德］尼采著，陈涛译：《历史的用途与滥用》，上海：上海人民出版社2000年版，第50页。

开来，但系谱学同样认为，并不是作者“意图”产生了历史的形成。运行在历史中的权力不能缩减为个体意志，个体、体制以及话语恰恰是通过作为力量之网的权力而得到表达的。研究者指出，系谱学“所关心的不是与各学科的源头有关的人物和事件，而是那些就人类社会、个人、语言等提出各种理论的诸学科所据以为‘源’并据以为‘系’的系统结构”①。这个系统结构即是权力网络。

这种系谱学对新历史主义者，特别是对格林布拉特、蒙特洛斯和伽勒赫等人20世纪80年代的文学批评实践产生了重大影响。后者对文艺复兴的读解就是一种“当代的”读解。他们采用系谱学方法而将“权力”作为考察的主要对象。福柯的《规训与惩罚》和《性史》（第一卷）是集中体现其系谱学方法的典范之作。这些著作认为，自我是通过“监禁实践”建构起来的；性（sexuality）并非现代分析所“发现”的某种东西，而是通过组织它的规则“生产”出来的，并不存在什么先于话语限定和禁止的所谓“自然的”性欲望。这种观念方法激发了新历史主义文学批评实践对“自我塑造”问题的研究。《规训与惩罚》中的“全景敞视主义”部分（panopticism）对新历史主义批评家产生了最普遍的影响。在这部分，福柯描述了现代社会形成中的“大禁闭”原型和“规训”原型。福柯指出，在禁闭麻风病人和规训瘟疫患者的过程中，“个人的区分是一种权力挤压的结果，这种权力自我扩展、自我衍生和连接。一方面是大禁闭，另一方面是规训”②。这种做法“让我们想到了我们这个时代”，“直至今天布置在非正常人周围的、旨在给他打上印记和改造他的各种权力机制，都是由这两种形式构成的，都间接地来自这两种形式”。③ 批评家雷安指出：“这两种形式也暗示出，写作和观看是监视和控制的重要手段；批评家便迅速捕

---

① 徐贲：《走向后现代与后殖民》，北京：中国社会科学出版社1996年版，第131页。

② ［法］米歇尔·福柯著，刘北成、杨远婴译：《规训与惩罚——监狱的诞生》，北京：生活·读书·新知三联书店1999年版，第222页。

③ ［法］米歇尔·福柯著，刘北成、杨远婴译：《规训与惩罚——监狱的诞生》，北京：生活·读书·新知三联书店1999年版，第224页。

捉住这种暗示而控诉小说与剧院实质上是压制过程的同谋。"[①] 新历史主义的批评实践多运用这种观念方法。

尽管从诸多方面都能显示出新历史主义保持着一个系谱学的维度，但福柯的"权力"具有一些值得注意的特点，由此也能显示出福柯与新历史主义的同中之异。

（四）权力的"生产性"和"匿名性"

福柯的系谱学显示出，权力并不是一个否定性字眼，它不只压制、包容和禁限，同时也是肯定性和生产性的。因此，权力的第一个显著特点是压制性与生产性的统一。

福柯的一系列著作深入考察了话语权力的"控制、选择和组织"过程。根据徐贲先生的总结，福柯把这些过程分成三种情况：外在控制过程（指社会性的禁止和排斥，包括直接言论控制、区别与歧视、真理意志对谬误的排斥）、内在控制过程（指权力话语对自身的限制和规定，包括评论原则、作者原则和学科原则）和应用控制过程（指应用话语的决定条件对话语主体的控制，包括言语程式、话语社团、思想原则和社会性占有过程）。[②] 这是一个严密的控制网络。换个角度看，如果主体并不是"既定的"事实，那么它也就是这种控制过程"生产"出来的，个人、话语、体制和事件是权力网络的结果，也是以权力网络为条件的。权力的压制性与生产性内在统一，控制与利用互为表里，颠覆与包容相需为用。权力事实上是我们的压抑、约束和禁闭的代名词，它就是我们自己的自我造型力和自我监督力。它在生产我们自己的过程中产生了我们的忠诚、驯服、遵从和无意识的颠覆。权力作为一种力量，其生产性和进步性与其压制性和惩罚性同时并举。

从这个意义上说，权力知识为控制者和被控制者所共有，思想被控制者事实上参与了对他自己的控制。权力为了更有效地包容和控制颠覆，往往会生产出对它的颠覆。这里能够见出福柯的洞察力，但也显示出他的某种悲观色彩，这也体现在新历史主义文学批评之中。后者的批评也"涉及

---

① Kiernan Ryan, ed., *New Historicism and Cultural Materialism: A Reader*, London: Arnold, 1996, p. 2.

② 参见徐贲：《走向后现代与后殖民》，北京：中国社会科学出版社 1996 年版，第 141～150 页。

权力的诸形式”（格林布拉特语），在对“颠覆”与“包容”关系的处理上，他们多倾向于福柯，认为颠覆最终会被权力所“包容”。当然，新历史主义中也有人并非如此悲观，其中蒙特洛斯等人就认为颠覆的可能性还是存在的。

福柯认为权力存在于控制和抵抗的各个层面，它既控制又生产出主体、关系以及体制和事件。但权力并不在某个个人或集团的控制之中，而是一种只有在特定事件和行动力中才能见出的普遍力量。因此，他认为权力具有匿名性（anonymity）和弥散性（diffusity）。

他在《性史》（第一卷）中说：“权力无所不在，不是因为它包围着一切事物，而是因为它在所有的地方出现。”他称之为权力的力量，产生监禁、压制、包容和对边缘者的排斥，但它并不是我们必须反抗或推翻的“外在于”我们的东西。在福柯那里，权力无法被“外在化”或“对象化”；权力并不是某种实体或某个先在基础，它只是福柯的一种“方法论策略”，一个用来避免将文本、行为或实践指向某个领域（意向、意识形态、利益）的一种“阅读方式”和“解释手段”。在这一点上，他既不同于尼采，又不同于新历史主义者。

受福柯思想浸染的新历史主义批评家也着迷于人类社会各个层面权力关系的结构和技术，但他们与福柯在方法论上有明显不同。格林布拉特的《文艺复兴自我塑造》倾向于将权力理解成一种意识形态（权力是由某个人或集团所使用的观念），而不是像福柯那样以权力为方法论策略或工具。对格林布拉特来说，权力观念已然包含在所研究的文本中，权力是一种表述，是一种意识形态事实，而不是福柯所认为的那种推动意识形态的“匿名性”。正因为权力是一种表述，它才能够在主体形成中发挥作用。在格林布拉特那里，权力变成了另一个“先在基础”，变成了表述得以可能的条件。他说：“如果说讨论权力与文艺复兴文学之关系是重要的——不仅作为客体对象，而且作为使表述本身成为可能的条件——那么，抵制将所有的意象和表达都整合到一个单一的主话语，这也是同等重要的。”[①] 研究发现，二者之异可归结为：在格林布拉特著作中，表述（representation）

① Stephen Greenblatt, *Shakespearean Negotiations*, Berkeley: University of California Press, 1988, pp. 2 - 3.

的观念支持着人的意向性意识，而这种思想正是福柯的匿名性权力概念所直接挑战的。格林布拉特并不批判性地使用权力观念，并以之去瓦解解释的超验基础；相反，权力作为表述的表演，使一个总体的文化观念成为可能。“福柯尖锐批判表述概念，因为它支撑着‘人’作为思考主体的理论，而新历史主义和文化唯物主义则让权力分析与表述和文化汇焦结合起来了。”① 新历史主义的这些特点，与它接受马克思主义、文化人类学以及解释学的影响分不开。

尽管新历史主义对权力的理解与福柯之间存在着显著不同，但二者都着迷于权力（关系）。在福柯那里，权力是一个难以捉摸、无法定义而又无所不在、无所不能的“新上帝”，因而极有可能导致林特利查所说的“专制性叙事”（totalitarian narrative）②，从而将实践和功能的多样性归结为一个无所不包的整体单一体系，这就始料不及地走到了福柯理论的对立面。我们看到，通过将范围广大而又各不相同的文化和社会形式解释成权力单一形式的功能，福柯将权力关系的单一观点强加于过去，而新历史主义则将福柯的精华与糟粕一并继承下来。研究者指出：“当我们看到极其多样化的文本、事件和人物都屈从于同一种权力形式，被用同一种方式反复解释时，我们便要质问，福柯和新历史主义理论是否能够胜任分析解释过去之复杂性和多样性的工作。”③ 针对福柯和新历史主义迷恋权力的做法，批评家泡特（Porter）指出，这种做法只是以权力的宏大叙事代替了“发展进步”的宏大叙事，因为福柯的权力消除了特定历史时刻的具体性；新历史主义则通过诉诸权力而消除了差异性。同时，新历史主义也缺乏对文学文本复杂性的敏感性，甚至“不愿面对文本的措辞和形式需要的复杂要求”④。

---

① Claire Colebrook, *New Literary Histories*, Manchester: Manchester University Press, 1997, p. 65.

② 张京媛主编：《新历史主义与文学批评》，北京：北京大学出版社 1993 年版，第 150 页。

③ John Brannigan, *New Historicism and Cultural Materialism*, London: Macmillan Press Ltd., 1998, p. 53.

④ Kiernan Ryan, ed., *New Historicism and Cultural Materialism: A Reader*, London: Arnold, 1996, p. 18.

综上所述，福柯“扩展”了话语的意义而使其可能涵盖从一般文本到社会体制和各种建筑的广泛领域。话语所涵摄的一切只有在“话语层面”才成为他的描述对象。他在拒绝分析话语的“内部”含义时，也从未走出话语“之外”，他是“在话语的本身探寻它的形成的规律”[①]。在排除了“深度解释”之后，话语形成分析只能在“话语平面”上进行。他实际上张扬了一种文本性和互文性，以话语现象涵盖了从哲学、文学、史学、伦理学、人类学到意识形态、国家机器等上层建筑的一切领域。以此去处理文本、历史及其间关系问题时，就不免要走向对历史的“文本性”的强调，导致所谓的“文本主义”（textualism），结果将自己封闭在“文本的牢笼”之中。[②] 尽管考古学始终追问“使某种话语成为可能的条件是什么”，但他的回答既不指向历史发展的逻辑或起源，也不指向主体意图，而始终指向某些陈述被允许或被排除的“话语形成”。因此，福柯事实上将话语本身看成了一个循环的封闭圆圈，强调了文本与其他文本之间的“内循环”。

总之，在历史诗学的根本问题即历史与文本的关系上，福柯以激进的方式改变了历史观念和文本观念，从而将其间“关系”进一步“问题化”了。他拒绝以传统方式将历史理解为“单一的”，而是探求历史的差异性和非连续性，尽管他最终未能摆脱以“权力关系”将历史单一化的危险；他使历史性本源弥散在话语的权力网络之中并将历史性与真理意志和知识型联系起来，使人们意识到所谓历史并非一个发生于本源的连贯故事而是一些可逆转的知识事件，这将人们对历史相对性的认识深化了，但也冒着相对主义的危险；他的观念方法突出了“历史的文本性和文本的历史性”，这成了新历史主义批评的辐辏之处，但历史性与文本性之间的张力制衡关系在实践中难以把握，新历史主义批评实践通常以权力的宏大叙事代替了进步论的宏大叙事，以共时描述代替了历时分析，而这些做法在福柯的理论方法中已经露出端倪。

---

① ［法］米歇尔·福柯著，谢强、马月译：《知识考古学》，北京：生活·读书·新知三联书店1998年版，第97页。

② Jerermy Hawthorn, *Cunning Passages*, London: Arnold, 1996, p. 16.

二、海登·怀特对传统文史界线的超越

传统的历史诗学，在史学与文学的叙述话语之间设定了一个不成文的相对界线：历史话语主司“真实”的再现，而文学话语则以想象和虚构为基本特征。前者是构成文学的“历史背景”或“语境”，后者则是前者的“前景”或“反映”；前者构成认知性的“知识”，后者则主要是审美的或道德的“虚构”。尽管发现“文史相通”甚至主张“文史互济”的学者在中西方历史上都不乏其人，但他们大都在传统修辞学及个人技巧层面考察这一问题，并未将这种“相通性”看成是根本的和普遍的。

20 世纪以来人文社会科学普遍的“语言论转向”，使人们得以通过对语言内在本质（非透明性、虚构性等）的发掘而对文学话语与历史话语之间的关系作出重新说明。结构主义及后结构主义者的兴趣焦点都转向了历史话语与文学话语之间的通约性和相互转换问题。在这个总体趋势中，历史学家海登·怀特的历史诗学理论，彻底拆除了历史话语与文学话语之间的藩篱，填平了两种话语之间的传统鸿沟。他还“系统地”（而一般新历史主义者的缺点之一就是其理论化不够充分）阐发了新历史主义的某些重要理论命题并为之进行了大力辩护，成为新历史主义的重要理论代表（尽管他并不自封为新历史主义者）。

怀特有关历史话语和历史修撰的理论观点主要包含在他的《元历史》、《话语转义论》（部分内容已翻译进来，散见于一些新历史主义读本）、《形式的内容》和《比喻的现实主义》等著作中，其历史诗学理论将着眼点放在历史话语的基本转义形式以及由此而生发的情节编排效果、论证解释功能和意识形态含义上。“元历史”（metahistory）主要探讨的是历史意识、历史表述的深层结构以及历史的学科价值问题，发掘的是历史文本背后的那个先于批评的“潜在深层结构”，即那个用来说明历史阐释的本质的认识范式。这个深层结构是“诗性的”（它在根本上不能脱离想象）和“语言的”（历史在本质上是一种语言阐释，因而带有一切语言构成物所共有的虚构性）。“话语转义论”（tropics of discourse）则主要考查编年纪事与故事、情节编排与比喻类型的关系，它不再将“转义”及比喻视为是对某种历史编纂学风格的命名，而将它上升到历史话语的本性的地位上来，

坚定地认为历史话语与文学话语有着共同的虚构性质并将二者等量齐观，认为“历史的语言虚构形式同文学上的语言虚构有许多相同的地方”①。与一般新历史主义文学批评家不同的是，怀特将这种思想容纳在一个“体大虑周”而又整饬简明的理论体系之中。

怀特的理论观点，可以归结为如下的总体对应图式：②

话语转义模式	情节编排模式	论证解释模式	意识形态含义模式
隐喻	浪漫史	形式型	无政府主义
换喻	悲剧	机械型	激进主义
提喻	喜剧	有机型	保守主义
反讽	讽刺剧	语境型	自由主义

（一）话语转义模式：一切历史的深层基础

怀特认为，历史学家只能在叙述形式之中而不能在它之外把握历史。纯客观的、透明的、独立于历史学家解释倾向之外的历史是不存在的。他说：“历史事件首先是真正发生过的，或据信真正发生过的，但已不再可能被直接感知的事件。”因此，为了将其作为思辨的对象来建构，它们必须被叙述，“这种叙述是语言凝聚、替换、象征化和某种贯穿着文本产生过程的二次修正的产物”③。因此，“历史首先是一种言语的人工制品、是一种语言运用的产物”④。历史解释并不是无限多样的，历史叙述中所呈现的各种形态的解释（其类型及这些类型的数目），都受语言表述基本转义模式的制约。

“转义”（trope）意指喻体相对于本体的“乖离”。“转义学”（tropology）则是关于这种语言现象的研究理论，它自古以来就是修辞学的重要内容。

---

① ［美］海登·怀特：《作为文学虚构的历史文本》，张京媛主编：《新历史主义与文学批评》，北京：北京大学出版社 1993 年版，第 161 页。

② Alun Munslow, *Deconstructing History*, London: Routledge, 1997, p. 154.

③ ［美］海登·怀特：《评新历史主义》，张京媛主编：《新历史主义与文学批评》，北京：北京大学出版社 1993 年版，第 100～101 页。

④ ［美］海登·怀特：《描绘逝去时代的性质》，［美］拉尔夫·科恩主编，程锡麟等译：《文学理论的未来》，北京：中国社会科学出版社 1993 年版，第 46 页。

但古典修辞学将转义作为正常语言的“非正常的”特殊表达来研究，认定语言表达可以避免转义的非透明性；而现代转义学则将转义作为思想意义的普遍的、正常的模式来研究，认为人的思想意识的结构是由非透明的语言基本转义类型构成的。

怀特从维柯转义理论那里接受了“四重式”转义学说。维柯确定的四种基本转义格是“隐喻”（基于相似原则）、“换喻”（基于邻接原则）、“提喻”（基于部分从属于整体的关系）和“反讽”（基于对立性）。维柯将这些转义格与人类文化史的各个阶段对应起来，怀特认为，维柯洞察到了语言与现实、意识与社会之间的辩证关系。怀特将这种转义理论从人类文化史引向普遍的历史叙述领域，进而发现，历史话语也受这些转义模式的制约，因此历史的本性是“诗性的”；这个诗性结构是潜在的和先于个人反思批判的，历史学家只能在这些转义格中有所选择和侧重，而无法在它之外叙述历史。历史话语与文学话语共同基于这个诗性结构，因而其间并无本质区别。他宣称：“历史不具备特有的主题；历史总是我们猜测过去也是某种样子而使用的诗歌构筑的一部分。”[①] 这样，传统上作为文学话语本性的虚构性就代替了“真实性”而成为历史话语的基础。由于受话语转义模式的制约，即使在作为“历史故事”之素材的事件层面，真实与虚构间的界线也瓦解了。这个界线的消弭正是打破学科壁垒而进行跨学科研究的前提，也自然是新历史主义以对“表述”的研究代替对“艺术”的研究而从事文化批评的条件。

（二）情节编排：历史事件变成“故事”并显出意义的审美性环节

怀特认为，故事形成过程必然包含史家对过去和现在的“解释”，这种解释在历史叙事中表现为，在审美性的情节编排、认识性的论证解释和伦理性的意识形态含义等三种模式的不同形式之间作出选择。

怀特发现，与话语转义的四种基本形式相对应，叙事审美形态的情节编排方式也有四种：浪漫史（表现为“如愿以偿”）、悲剧（表现为“法则启示”）、喜剧（表现为“调和化解”）和讽刺剧（表现为“反复无常”）。他承认这是从文学批评家弗莱那里借用的关于文学样式的概念。但

---

① ［美］海登·怀特：《作为文学虚构的历史文本》，张京媛主编：《新历史主义与文学批评》，北京：北京大学出版社 1993 年版，第 177 页。

是，实际上并不是一个“借用”的问题，这显示出怀特关于历史叙事的根本观点：历史叙述处理其素材的方式与文学并无本质不同，而且，采用其中某种情节编排方式与采用他种方式之间也无本质区别；历史事件并无“本来面目”可言，它们不过是用来进行情节编排而使其显出意义的可能成分。怀特认为，史家必然会在如上四种编排方式中进行选择。当然，史家也可以拒绝选择，但拒绝选择本身就会成为一种特殊的选择。比如，史家可以有意不选择其中的任何一种，但这样做就恰恰将历史叙述为一个“反复无常”的过程，而这正是“讽刺剧”（闹剧）的一般特点。

怀特认为，“事件通过……所有我们一般在小说或戏剧中的情节编织的技巧才变成了故事”①。由于历史话语在情节化过程中呈现出与文艺审美话语相同的模式，因此，对历史话语也应进行审美的或文学的批评。这当然并不意味着要以文学批评代替历史研究，而是要通过这种逆向剥离过程使人们认识到“事件”在变成“故事”时究竟发生了什么，从而对历史进行更深入的了解。

（三）论证解释：历史叙事解释过程的认识性环节

长期以来，大多数关于历史话语的论述一般都区分出“事实”的意义层与“阐释”的意义层。怀特以为，这种区分掩盖了在历史话语中区分这两个意义层的难度。实际的情况是，“在历史话语中呈现出的事实之存在及存在的方式是为了对该陈述有意支持的那种阐述给予肯定”②。尽管事件与解释分不开而解释又总是千变万化的，但历史事件被解释之后所呈现出的模式是有限的。怀特借鉴佩珀在《世界的假设》里分析假设的世界类型，将解释范式归为四种：形式型（通过对事件进行客观再现和精确描述而解释）、机械型（通过将某种局部的法则确定为“因”来解释作为“果”的其他部分）、有机型（通过将各种条件联系起来的方式来解释它们作为部分在人类整体历史中的地位）以及语境型（通过对事件得以发生的环境和条件的描述而解释）。

怀特认为，历史叙述的解释范式与历史叙述的情节效果之间虽然存在

---

① ［美］海登·怀特：《作为文学虚构的历史文本》，张京媛主编：《新历史主义与文学批评》，北京：北京大学出版社1993年版，第163页。

② ［美］海登·怀特：《历史主义、历史与修辞想象》，张京媛主编：《新历史主义与文学批评》，北京：北京大学出版社1993年版，第186页。

着一定的亲缘关系，但前者是可以独立于后者的。这四种范式既不是相互孤立的，也不是可以随意结合运用的；喜欢一种范式而不喜欢另一种，这是由历史学家就历史知识的性质问题所采取的立场决定的。

（四）意识形态含义：人在社会实践中的立场以及所遵守的规则

怀特根据曼海姆在《意识形态与乌托邦》中的概括而提出了四种基本的意识形态立场：无政府主义（否认制度和权威对人的用处）、保守主义（极力维持现状）、激进主义（要求改变和瓦解现状）和自由主义（相信人的善良和理性以及由此而建立的权威）。这四种立场并不是特定政党的标识，而是一般意识形态倾向。它包括对社会学科之科学性的态度、对人文学科的看法、对社会现状及其改造可能性的观念、对改变社会的方向及手段的构想以及历史学家的时间取向等等。历史学家在选择特定的叙述形式时就已经有了意识形态取向，因此，史家给予历史的特定阐释也必定携带着特定的意识形态含义。基于此，怀特对历史叙述的“科学地位”提出质疑。他指出，历史不是“科学”，历史是每一种意识形态争取以科学的名义把自己对过去和现在的一得之见说成是“现实本身”的重要环节。这样，怀特就将话语深层的“转义性”与解释活动不可避免的“意识形态性”联系起来了。

（五）总体对应图式中各种模式之间的关系

这个总体对应图式显示，转义模式是其他三个四重结构的基础。但是，任何一个模式中的任何一个因素并不是与其他模式的任何因素任意相容的。这种同质关系并不总是一一对应地出现在具体历史著作之中。实际上，正是由于它们之间组合关系的千变万化，才造成了历史著作的千姿百态。一个优秀史家，其前后期的著作也会发生变化，而次等的史家反而常常能保持教条式的稳定。

在此基础上，怀特明确阐述了其历史诗学。他认为，不可能有什么“真正的历史”，任何历史都是一种“历史哲学”。历史修撰的模式实际上是对模式存在之前就已经存在的“诗性洞察力”的形式化。人们没有理由宣称某种模式比其他模式更具“现实的”权威性。人们在试图反映一般历史时，总是在互相竞争的解释策略之间作出选择，而选择的“最终理由是美学的或道德的，而不是认识论的”[①]。这样，怀特就将历史话语的最终依据让渡给了传统的“文学话语”；或者说，文学话语范式制约、渗透甚至替代了“历史话语”。历史话语与文学话语在共同的“诗性”基础上融合为一。尽管小说家处理的或许是想象的事件，历史学家处理的是真实的事件，但连成一个可理解的整体、一个可被视为再现的客体的过程，却是一个“诗性过程”（poetic process）。[②] 怀特将其《元历史》“导论”的副标题定为“历史诗学”，他认为历史话语的潜在过程和深层基础正是“诗性的”，任何历史都是一种历史哲学，而任何历史哲学又都是一种历史诗学。

怀特的历史诗学有三个显著特点。首先，怀特对历史修撰和历史潜在结构的研究，是“以文学和诗学理论的特定模式和概念为基础的”[③]。他把历史看成与文学具有相同叙述性的话语模式，而个别历史话语必然要对它所处理的材料进行叙述性阐释。在此意义上，怀特代表了作为后结构主义普遍倾向的形式主义文学批评向历史研究领域的渗透。这种形式主义是怀特理论最受诟病的地方。但形式主义并不必然就是理论弱点，因为在怀特那里，形式本身是作为内容而存在的。尽管其文本主义倾向应受到批判，但他将文本性作为内容来研究时，并不是要把历史理解成“向壁虚构”，而是要对已经是文本的“历史”进行“解神秘化”（demystify），以便让人们看到历史文本在形成过程中如何受到语言深层模式、历史环境、认识条件以及学术体制等各种作用力的制约，从而将“历史”自身的“历史性”显示出来。

其次，怀特洞察到了历史叙述的意识形态维度，并且将这一洞见与对叙事及话语转义的分析融合起来，这种分析也达到了形式化和技术化高度。这为人们分析各种话语提供了一套有效的方法体系。

再次，怀特的理论“系统地”拆除“历史”与“文学”之间的隔墙，为文学的跨学科“文化研究”扫清了道路。当后结构主义填平了文学与哲

---

① Hayden White, *Metahistory*, Baltimore: The John Hopkins University Press, 1973, p. 4.

② Hayden White, *Tropics of Discourse*, Baltimore: The John Hopkins University Press, 1987, p. 125.

③ 陈永国、朴玉明：《海登·怀特的历史诗学：转义、话语、叙事》，《外国文学》2001 年第 6 期。

学之间的传统鸿沟之后，历史成了传统文学观念的最后屏障，怀特彻底瓦解了文学与历史之间的“学科界线”，动摇了“历史知识的科学地位”，使文学再也不能以“历史”为稳定的阐释基础，也不得不在新的观念层面重新理解自身了。

无疑，怀特理论的这些特点使它与新历史主义保持着同气相求、同声相应的关系。他基于自己的理论观点为新历史主义进行了辩护，并试图将后者纳入自己的理论体系，认为“新历史主义实际上是提出了一种‘文化诗学’的观点，并进而提出一种‘历史诗学’的观点，以之作为对历史序列的许多方面进行鉴别的手段”①。新历史主义文学批评家蒙特洛斯所强调的历史的文本性，就视“历史”为不同文本之间的竞争和选择。当然，他与格林布拉特等人所代表的新历史主义之间也存在着差异：后者更强调激进政治，更重视逸出一般历史话语的文化表述，也更侧重具体的文学批评实践而非理论建树。总之，怀特的观点对于戳穿理性主义历史观之价值中立、客观真理、科学研究的虚伪方面大有裨益。他将历史看成各种力量和修辞方式支配下的想象和虚构，从史学理论方面对新历史主义文学批评进行了阐释和推动。

第三节 新历史主义与文化人类学

文化人类学是新历史主义理论语境的重要组成部分。新历史主义者涉入过去的符号系统，与人类学家涉入他种文化的符号系统，这两种方法之间具有类比性。前者在进行文学研究时，也试图实施人类学研究并对不同文化的相遇及碰撞问题颇感兴趣；而后者的“厚描”，也吸收了大量文学批评方法。从这个意义上说，两种学说彼此即是对方的“厚描”。

格林布拉特在其奠基之作《文艺复兴自我塑造》的“导论”中说：“我在本书中企图实践一种更为文化的或人类学的批评——说它是‘人类

① ［美］海登·怀特：《评新历史主义》，张京媛主编：《新历史主义与文学批评》，北京：北京大学出版社 1993 年版，第 106 页。

学的'，我们是指类似于格尔兹、詹布恩、道格拉斯、杜维格诺、拉宾诺、丹纳等人的文化阐释研究。"[①] 其中以格尔兹的文化人类学或阐释人类学对新历史主义的影响为最。20 年后，他又在《实践新历史主义》里反思了自己与格尔兹人类学"厚描"（thick description，或译"深描"）之间的关系，认为"厚描"学说"使我们已经在做的事情显出意义，将我们的职业技巧作为比我们自己的把握更重要、更关键和更具说明力的东西重新交还我们手里"[②]。换言之，"厚描"学说成功地（尽管不无碰巧地）说明了他们的观念方法。因此，从某种程度上说，对"厚描"学说的研究就是对新历史主义观念方法的说明。

不少研究者都指出了这一点，甚至认为文化人类学的观念方法构成了新历史主义的基本特征。历史学家杰诺韦塞指出："'新历史主义'乃是一种采用人类学的'厚描'方法的历史学和一种旨在探寻自身可能意义的文学理论的混合产物，其中融汇了泛文化研究中多种相互趋同然而又相互冲突的潮流。"[③] 新历史主义之"新"，在很大程度上正是由于它同文化人类学的"厚描"方法保持着暧昧不明的关系。雷安在追溯新历史主义的学术资源时，将格尔兹的《文化观念对于人的观念的影响》推为首篇，认为该篇论文可以显示格尔兹对格林布拉特个人以及对整个"文化诗学"的巨大影响。[④] 可见，新历史主义与文化人类学"厚描"之间的联系是其实践者和批判者都不能否认的学术事实。

但是，新历史主义与文化人类学之间究竟是一种什么关系？它们在什么层面上相互影响？其间的区别又在哪里？这些问题仍然尚未澄清。在我看来，其间关系可以大致归为如下三个方面：在研究对象层面，都认为文学与文化相互渗透；在人与文化的观念层面，都认为"人是文化的造物"，

---

① Stephen Greenblatt, *Renaissance Self-fashioning*, Chicago: The University of Chicago Press, 1980, p. 4.

② Gallagher, C. & Greenblatt, S., *Practicing New Historicism*, Chicago: The University of Chicago Press, 2000, p. 20.

③ 张京媛主编：《新历史主义与文学批评》，北京：北京大学出版社 1993 年版，第 52 页。

④ Kiernan Ryan, ed., *New Historicism and Cultural Materialism: A Reader*, London: Arnold, 1996, p. 1.

文化是一种“社会话语流”，人在文化摄控下塑造自身和创造文化；在人类学与文学批评的书写和解释方法层面，都提倡循环往复的“厚描”，而反对一次性的、纯物理化的“薄描”（thin description，或译“浅描”）。当然，其间的差异也可以在这些参照点上显示出来：文化人类学不像新历史主义那样强调激进政治，后者则比前者更重视“文学”问题。

一、对象：文学与文化渗透融合

人类学的发展自有其漫长的历史，但格尔兹文化人类学的崛起则主要与20世纪下半叶的人类学发展关联。20世纪60年代以来，欧陆列维—斯特劳斯的“结构人类学”，把丰富的人类现象都归结为“深层文化语法结构”而对人类学田野工作和实践充满疑虑。这种做法招致了一批以“后结构主义”自命的英美人类学家的反对。这些人致力于人类符号体系与仪式行为的研究，代表了人类学研究的“符号论”时代。格尔兹就是其中的佼佼者。

格尔兹的人类学，强调了“文化”和“理解”这两个基本问题。从“理解”这条线索看，他是“阐释人类学”的创始人，他在界定文化及文化研究时采用的是“阐释学”的观点，认为人类文化的基本特点是符号性的和解释性的，作为文化研究的人类学也是解释性的；从“文化”这条线索看，他的人类学研究是一种“文化的”解释，认为其内容是作为人类文化的“社会话语流”，其方法则是打破既有学科界线并在文化的具体性和特殊性中寻求人类学解释的文化学。因此，格尔兹的人类学，既是“文化的阐释学”，也是“阐释的文化学”；既是“文化人类学”，也是“阐释人类学”。这些方面有机地结合在格尔兹的研究实践中。格尔兹认为：“人是悬挂在由他们自己编织的意义之网上的动物，我把文化看作这些网，因而认为文化分析不是一种探索规律的实验科学，而是一种探索意义的阐释性科学。我追求的是阐释，阐释表面上神秘莫测的社会表达方式。”[①] 这表明格尔兹的文化解释方法与结构主义方法有根本区别：其文化分析不是致力

---

① ［美］克利福德·格尔兹著，纳日碧力戈等译：《文化的解释》，上海：上海人民出版社1999年版，第5页。

于寻找“潜在结构”或“秩序”，而是追问文化文本做了什么以及如何运作；它不去揭示文化参与者自己意识不到的深层潜在的规律体系，而是倾向于从其“表面价值”解读文化的形成。这种人类学主要是从文化“平面”上，而非从“深度”上解释文化文本的意义。强调解读意义而不追求可说明原因的法则，是格尔兹文化人类学为自己规定的中心任务。

这种研究也与史学领域文化史的兴起同气相求。在史学领域兴起文化史，其研究者大多求助于人类学和文化理论，认为“文化会使意义具体化，因为文化象征始终不断地在日常的社会接触中被重新塑造”。这种文化观否认概念性语言和人类推理过程的“共通性”，因而可用来加强针对“理性和共通人类价值的抨击”①。

格尔兹认为，人类学写作本身就是阐释，“人类学著述是小说。说它们是小说，意思是说它们是‘虚构的事情’、‘制造出来的东西’——即‘小说’的原义——并非说它们是假的、不真实的或仅仅是个‘想象’的思想实验”②。也就是说，阐释人类学的研究对象本身是“人类创造物”。与人类学在对象层面的这种规定相联系，他认为人类学的分析工作就是理清意义的结构并确定这些意义结构的社会基础和含义，而这项工作更像是文学批评。因此，人类是在其创造物中解释其创造物，人类学阐释是“面对阐释进行阐释”，是“阐释之中的阐释”。这种阐释在本质上是一种“文学批评”活动。我们发现，格尔兹首先将文学批评方法用于人类文化研究，这些方法在人类学研究中得到改造后，又进入新历史主义的文学研究之中。

文学批评在变成文化人类学解释方法之后，它本身发生了重大变化：文学批评不再是一个将文学与“文学之外”联系起来的问题。文学是文化的某些方面，文化又是处在复杂交换之中的符号流，文学批评就应该用动态的“符号交换”观念置换静态的“语境”概念。采用格尔兹的文化人类学理论和术语，文学批评在很大程度上就摆脱了先前的社会历史批评所使用的“世界图景”、“意识形态”和“精神状况”等概念，而代之以“文

---

① ［美］乔伊斯·阿普尔比等著，刘北成、薛绚译：《历史的真相》，北京：中央编译出版社 1997 年版，第 199 页。

② ［美］克利福德·格尔兹著，纳日碧力戈等译：《文化的解释》，上海：上海人民出版社 1999 年版，第 18 页。

化”。对文学来说，文化不是其“外部”或“背景”，文化本身就是文本的一种形式，并没有一个外于艺术的结构以供文艺作品去“复制”。艺术作品尽管可以有复杂的内部程序，但它与其他符号形式并无本质不同，不存在一个将艺术文本与文化“联系”起来的问题，文本即是文化的一个方面。因此，文本的意义并非在其自身的内在“深度”之中，而在它与周围符号的流通之中。符号的地位是在流通过程中获得的。人们可以通过对一部作品与其他符号的“交换”过程的描述来达到对它的解释。文本仍然是符号，但它究竟是什么，这受其“交换”的影响，甚至是在“交换”中通过文化生产出来的。拿戏剧来说，戏剧表演既不能化简为剧作家的“意图”，也不能归结为对历史场景的“反映”，更不能凝缩为它本身的“内在形式”或“深层结构”，戏剧本身即是复杂的文化游戏中的演员，演出的意义即来自它在文化中的“流通”和“交换”。

这样，格尔兹文化人类学就拆除了文学研究与文化研究之间的壁垒，从观念方法层面打通了两种学科间互动的渠道；同时，文学问题也异常复杂化了。雷安指出：“格尔兹的人类学对于那些热衷于将文学与更大的符号系统关联起来的批评家有莫大的吸引力，在理想状态下，可以让他们将整个人类文化读解为一个文学文本。”① 将文化解读为一个文学文本，这似乎只是问题的一个方面；另外，文学文本也被看成是更大的文化范围内的“事件”。格尔兹利用文学批评处理一些类似文化碎片的东西和微小的符号行为，并从中扩展而出，进入更大的社会世界；而文学批评也就可以将文学文本视为格尔兹所理解的“文化”。格林布拉特认为：“格尔兹的工作对新历史主义的具体魅力在于，它将人们熟悉的那些文学术语扩展到比文学批评所能允许的范围更宽广也更陌生的文本领域。”② 换言之，文化成了一个“扩展了”的文本，文本则成了“压缩了”的文化，它们在表述的层面具有了相互阐释的可能性。通过将文化解读为一个文学文本和将文学文本解读为一个文化事件，格尔兹的文化人类学将文学与文化理解成彼此的“厚描”，从而将文学与文化之间的界线彻底抹去了。这也就是格尔兹的人

① Kiernan Ryan, ed., *New Historicism and Cultural Materialism: A Reader*, London: Arnold, 1996, p. 1.

② Gallagher, C. & Greenblatt, S., *Practicing New Historicism*, Chicago: The University of Chicago Press, 2000, p. 27.

类学能够对新历史主义文学批评产生巨大影响的原因所在。接受格尔兹的影响之后，新历史主义的文学研究就必然走向一种“文化研究”。

新历史主义通常自称为“文化诗学”，这个术语应该从文化人类学的角度去理解。受文化人类学影响，新历史主义将其中两个术语的含义都大大拓展了。“文化”并非仅限于传统意义上的“艺术”或“高级文化”领域；而文化的“诗学”也不仅包括文学文本，而且包括通过实践、仪式、事件和结构而对意义的“创造”。文本与文化相互关联，但不是以作品被联系于作品“之上”或“之外”的历史背景、经济条件、意识形态或世界观的方式关联，而毋宁是，文本是生产性的，文本生产文化，文化正是通过文本实践而获得的价值体系和理解方式。从这个意义上说，“文化诗学”与“文化解释学”是具有相互阐释功能的概念。

二、观念：“文化造物”与“自我塑造”

在关于人和文化的观念层面，格尔兹的人类学打破了那种认为文化是由人所新近获得的一种属性，是堆积在生理、心理层面和社会层面之上的最新层的神话，而认为“文化不是附加于完善的或实际上完善的动物身上的东西，而是产生这个动物本身的过程中的构成要素，并且是核心构成要素”①。他断言，不存在什么独立于文化之外的所谓人性。要理解人类，就要把人类作为“文化的造物”（cultural artifacts）来把握，而人类的意义是铭刻在地方性环境和具体细节的特异性中的。我们迄今获得的关于人的一切知识，都是把人置于他所处身的环境之中，对他与自处其中的文化机制的关系加以“反复描述”而逐渐形成的。因此，文化的阐释是一个反反复复、没有止境的过程。这种文化观念，并不像一般自由人文主义者那样，设定人具有某种“内在固有的本性”而文化即是这种本性的展现，而认为人的特性正是在文化实践中形成的，人是被文化塑造出来的。同时，人在被塑造的过程中也创造文化和自我塑造。人的自我塑造与文化的创造同时并进。

① ［美］克利福德·格尔兹著，纳日碧力戈等译：《文化的解释》，上海：上海人民出版社1999年版，第55页。

格尔兹强调文化的特殊性、个别性和具体性，强调处在文化网络中的人的特殊性和能动性，也强调了“人类自己创造自己”的观念。他说：“成为人类就是成为个人，我们在文化模式的指导下成为个人；文化模式是在历史上产生的，我们用来为自己的生活赋予形式、秩序、目的和方向的意义系统。”① 文化既不能化简为最终的“经济因素”（如庸俗马克思主义），也不能归结为深层的“潜在结构”（如结构主义），而毋宁是像计算机程序那样的摄控机制（计算机对生活的功用并不在它最终的“深层”数学规则，而在于其“应用程序”）。

新历史主义很快进入了这种人类学思想给文学的“文化研究”开拓出来的巨大空间。格林布拉特十分赞赏文化人类学的“人天生是一种‘未完成的动物’”、“人是文化的造物”等观念。其《文艺复兴自我塑造》的主题即有关从莫尔到莎士比亚时期的自我塑造。他的出发点是：16 世纪的英国不但产生了自我，也有那种认为自我是能够塑造成型的意识。在他看来，并不是先有了自我能够塑造成型的观念才有了“自我塑造”（self-fashioning）这个术语，而是自我塑造这个文化字眼与自我可以塑造成型的观念作为文化事件同时发生。自我塑造涉及格尔兹所说的全部文化领域，因此，格林布拉特的研究“有目的地把文学理解为构成某一特定文化的符号系统的一部分”②。

格尔兹认为，应该将文化看作一套控制机制，而人类恰恰是极端依赖这种超遗传的、身体以外的控制机制和这种文化程序来指导自身行为的动物。格林布拉特进而强调“自我造型，因此实际上恰恰是这一套控制机制的文艺复兴版本。它由特定意义的文化系统支配，靠着管制从抽象潜能到具体历史象征物的交流互变，创造出特定时代的个人”③。格尔兹的理论似乎给人一种“文化决定论”印象，但他否认这一点。他指出，“通过使自己服从以符号为中介的程序的控制，以便生产人工制品、组织社会生活或

---

① ［美］克利福德·格尔兹著，纳日碧力戈等译：《文化的解释》，上海：上海人民出版社 1999 年版，第 60 页。

② Stephen Greenblatt, *Renaissance Self-fashioning*, Chicago: The University of Chicago Press, 1980, p. 5.

③ Stephen Greenblatt, *Renaissance Self-fashioning*, Chicago: The University of Chicago Press, 1980, p. 3.

表达情绪，人类（即便是无心地）决定了他们自己生物归宿的最高阶段。从字面上毫不夸张地说，人类（尽管不是有意地）创造了自己”①。也就是说，没有人类就没有文化，没有文化就没有人类，人类与文化共生同在。因此，人是在进行自我造型，但是在文化的摄控下进行的；人是处在文化摄控之下，却能在文化中自我塑造。文化仅仅是一个辩证的链条，“当文化被看成一套控制行为的符号手段和体外信息源时，它在人天生能够变成什么和他们实际上逐一变成了什么之间提供了链接”②。文化并未“决定”人而只是人自我塑造的桥梁，是人成为个人、具体的人、“小写的人”和个性化的人的通道，格尔兹对文化多样性的强调保证了这个渠道的畅通。他认为文化不是一种力量，不是造成社会事件、行动、制度或过程的原因。它是一种这些现象可以在其中得到清晰描述即“厚描”的脉络。这样，自我塑造就既是一种获得（获得特殊性），又是一种丧失（丧失程式化的普遍性设定）。这就是格林布拉特说的，“任何被获得的个性，也总是在内部包含了对它自身进行颠覆或剥夺的迹象”③。

当然，格林布拉特将格尔兹的人类学仅仅视为对其本人的文学批评的最好的理论解释。其间的区别也是明显的，格尔兹的文化理论中并无他们所期待的那么多激进政治内容。然而，两派的共同失误也是明显的：他们在解释文化时都未能回答一个根本问题，即文化究竟是第一性的还是第二性的？文化究竟有没有先进与落后之别？

三、方法：“厚描”与“流通”

格尔兹的文化人类学将文学批评逼到了一种前所未有的复杂性面前：第一，文学批评不能像思辨历史诗学通常所做的那样，通过将文学与“文学之外”（“历史”、“意识形态”、“精神状况”等）联系起来的方式而达

---

① ［美］克利福德·格尔兹著，纳日碧力戈等译：《文化的解释》，上海：上海人民出版社 1999 年版，第 55 ~ 56 页。

② ［美］克利福德·格尔兹著，纳日碧力戈等译：《文化的解释》，上海：上海人民出版社 1999 年版，第 60 页。

③ Stephen Greenblatt, *Renaissance Self-fashioning*, Chicago: The University of Chicago Press, 1980, p. 9.

到对它的解释，因为这些因素也只是文化的诸方面，无法成为文学的“背景”或“稳定的解释基础”；第二，文学批评也不能像一般批判历史诗学那样，通过将文学与作家（生平传记、思想观念、审美趣味等）联系起来的方式而达到对文学的解释，因为文学在文化流通中其意义总是超出作者意图，文学批评的任务也就不是寻找作者意图（intention）而是探求作品意义（significance）；第三，文学批评也不能像新批评或结构主义那样去寻找文学的“内在形式”或文化的“深层潜在结构”，因为这种方法不但不能解释文化或文学的“意义”，而且抹杀了文学或文化的多样性、具体性和复杂性。在新历史主义看来，如上这些“深度”解释方式，都是先设定一个稳定因素以作为中介，然后再将文学与这个中介联系起来，以此来达到对文学的解释。这些方法都未能充分意识到文学与文化之间渗透交融的复杂性。那么，在摒弃了上述“稳定的”阐释方法之后，新历史主义面对这种复杂性又当何为呢？格林布拉特多次表示，他不会在这种“混杂不纯性面前退缩”，也不会“不得以而求其次，就赞同支持各种见解或接受某一种哲学、政治，或宣传套话”，[①] 而是坚持一种“文化诗学”研究方法。这种方法与格尔兹的“厚描”方法密切相关。

“厚描”似乎已成为格尔兹文化人类学的代名词，但这个概念非他首创。现代英国哲学家吉尔伯特·赖尔首先使用了这个词。赖尔对“抽动眼皮”与“眨眼示意”作出了富有意义的区分，认为在存在一种公共编码的前提下故意抽动眼皮，而根据这种公共编码等于发出密谋信号，这就是“眨眼示意”。他进一步区分出“假装眨眼示意”、“滑稽模仿”以及“滑稽模仿的排练”等概念。格尔兹指出，在赖尔所说的对排练者行为的“薄描”和对其行为的“厚描”之间，存在“民族志的客体：一个分层划等的意义结构，它被用来制造、感知和阐释抽动眼皮、眨眼示意、假装眨眼示意、滑稽模仿以及滑稽模仿的排练”[②]。因此，分析工作就是理清意义结构，并确定这些意义结构的基础和含义。

格尔兹以自己的田野日志片断（当地人叙述的偷羊故事）为例说明，

---

① ［美］斯蒂芬·葛林伯雷：《通向一种文化诗学》，张京媛主编：《新历史主义与文学批评》，北京：北京大学出版社 1993 年版，第 2 页。

② ［美］克利福德·格尔兹著，纳日碧力戈等译：《文化的解释》，上海：上海人民出版社 1999 年版，第 7 页。

文化是社会事件、行动、制度或过程等现象可以在其中得到清晰的描述脉络，这种清晰描述就是“厚描”。人类学家的研究对象的特殊性在于，他正在对阐释进行阐释，对“眨眼示意之眨眼示意加以眨眼示意”。“厚描”的目的就在于扩大人类话语的空间，追踪社会话语的取向，赋予它一个可以检验的形式。格尔兹认为自己的民族志描述有“三个特色：它是阐释性的；它所阐释的对象是社会话语流；这种阐释在于努力从一去不复返的场合抢救对这种话语的言说，把它固定在阅读形式中。……不过这种描述另外还有第四种至少在我的工作中体现的特色：它是微观的描述”[①]。看来，所谓“厚描”，就是从极简单的动作或话语着手，追寻它所隐含着的无限社会内容，揭示其多层内涵，进而展示文化符号意义结构的复杂的社会基础和含义。这种对“厚描”的重视可能促进对叙述学的全新研究。文化人类学以“厚描”为武器，对叙述学的研究已不限于对本文和上下文以及对话语的一般性研究，而是对叙述本身进行“深层细致的分析”[②]。它对叙述问题的研究使它能对文学批评产生广泛影响。

格尔兹用来分析的对象，看似信手拈来不加甄别，其实是经过遴选的。他总是选择那些能够体现文化复杂性的对象来进行厚描，而“厚描”之所以是厚描而非“薄描”，是与这些对象本身有莫大关系的。新历史主义批评通常也是选择那些具有“共鸣性”的文本。格林布拉特认为其研究方法是“沉降到一小部分具有共鸣性的文本上。这类文本的每一篇都将被看作是16世纪文化力量交汇线索的透视焦点”[③]。这并不是说新历史主义要在文化文本之间重新确立“等级制”和“因果论”，而是，他们认为有的文化文本比另外的文本负载着更大的“社会能量”，可以更多地加入了文化符号的流通和交换。打破文化符号的等级制和因果论并不意味着必须不加选择地使用文本。新历史主义的“逸闻主义”背后，即是“逸闻”比

---

① ［美］克利福德·格尔兹著，纳日碧力戈等译：《文化的解释》，上海：上海人民出版社1999年版，第32页。

② ［美］克利福德·吉尔兹著，王海龙、张家瑄译：《地方性知识——阐释人类学论文集》，北京：中央编译出版社2000年版，第22页。

③ ［美］格林布莱特：《〈文艺复兴自我造型〉导论》，中国社会科学院外国文学研究所《世界文论》编辑委员会编：《文艺学和新历史主义》，北京：社会科学文献出版社1993年版，第81页。

其他文本更“厚”的观念。

值得注意的是，格尔兹强调“微观的描述”，认为“典型的人类学方法，是通过极其广泛地了解鸡毛蒜皮的小事，来着手进行这种广泛的阐释和比较抽象的分析”①。即通过微观民族志材料及各种各样的评论、逸闻和异域见闻，而走向宏大的民族文化景观。这是一种以小见大、见微知著的方法。格尔兹用其厚描方法很好地叙述、描写和澄清了人们经历过的生活，正是这些东西对新历史主义者具有震撼力。

新历史主义者并非亦步亦趋地将人类学家发展起来的术语和概念用在文学分析中。他们渴求的是民族志的“现实主义”，而且主要是为文学的目的而渴求它。他们无意于将文学作品抛在身后而将注意力转向别的地方，而是力求使文学及文学批评与其他东西进行“接触”。他们发现，在精细的文学批评中，人们曾经拥有过的原生而敏感、粗砺而复杂的生活被渐渐“蒸馏”掉了。而格尔兹的厚描方法通过包容和转换文学研究，推动了这些已逝生活的“恢复”。这使文学批评得以探索那些陌生的文化文本，而这些边缘的、怪异的、零碎的、出人意表的文本，也以兴味盎然的方式与人们谙熟的文学经典作品发生相互作用。

格尔兹人类学在理清意义的结构并确定这些意义结构的社会基础和含义时，并未为文学的学术分析进行辩护，也没有在其中寻找新历史主义所渴望得到的激进政治，但其解释策略激发了理解符号系统和生活模式的关键方法，这种方法使文学与现实开始交往了，也使文学批评与片断的书写接触上了。当然，“这是有所不同的片断：不是诗歌或小说，而是一些词语踪迹，这些踪迹没有像诗歌、小说那样有意识地从真实男女的真实生活中分离出来”②。这就使人类学家在观察社会行为的符号层面时，投身到当时人们的生活困境中了。

综上所述，厚描具有如下几个特点：

（一）厚描的对象范围和媒介方式涉及社会话语流和文化文本

作为社会话语流的文本已经是一个更大故事的一部分，这个文本处在

---

① ［美］克利福德·格尔兹著，纳日碧力戈等译：《文化的解释》，上海：上海人民出版社1999年版，第24页。

② Gallagher，C. & Greenblatt，S.，*Practicing New Historicism*，Chicago：The University of Chicago Press，2000，p. 26.

与其他文化文本的流通交换之中。文本是一个个文化“事件”，其意义并不限于自身“之内”，但意义也并不在该文本“背后”或作者“思想”，而是在它与其他文化文本的流通交换过程中产生的。当然，从另一方面看，文本的意义也还是“内在的”，“因为这个意义并不在于文本的‘外部’（结构或意识形态），而在于诸文本和诸事件的领域”①。只有当文本“厚”时，文本的复杂性才可视为是内在的；但“厚”只与符号交换同时扩张，即只有当文本能够在文化符号流通中产生共鸣时，它才能变得“厚”起来。厚描追寻文本的意义，也是通过诉诸一个个文本媒介而进行的。文本之“厚”也只能以研究者所建构的另外的文本表现出来。由于符号流通的无始无终，因此，厚描也不是一次性的，而是循环往复、无限展开的。

（二）厚描的方法是寻求意义的阐释

“厚描”不否认文本自身的复杂性，但它并不将意义局限于文本“内部”或“深度”；它不否认作者意图的存在，但并不将意义限定在作者意图上；它不否认“真实”，但它并不轻易拈出一个“代表真实”的概念（意识形态、历史背景、作者生平等）作为意义的稳定基础而由此得出某种“单一的”意义。厚描将焦点集中在处于实践网络中的文本的效果上，通过将文本指向文本于其中运作的社会和文化形式而使文本显示出其丰富意义。这与新历史主义者通过追溯文本在各种文化形式之间的共鸣和互动来显示文本意义的方法源源相通。只是新历史主义在寻找意义时采取了更加“怀疑的、谨慎的、解神秘化的、批判的甚至逆向的”方式。

（三）厚描的最终目的是“触摸真实”

从前面两点看，文化人类学的厚描似乎完全采用了后结构主义的“文本间性”思想，而不惮于在各种文本之间穿梭。但文化人类学和新历史主义并不同意德里达“文外无物”的观点。格尔兹认为，观察社会行为的符号层面，不是逃脱现实生活的困境，而是投身于这些困境当中去。新历史主义认为，文本与“真实、物质、实践领域、痛苦、身体快感、沉默甚至死亡”等词语和文本之外的东西有牵连。因此，厚描的目的就是为了通过

---

① Claire Colebrook, *New Literary Histories*, Manchester: Manchester University Press, 1997, p. 74.

真实生活的踪迹而触摸人们曾经拥有过的真实生活。因为已逝的生活主要留存在各种以逸闻逸事的方式流通的文本踪迹之中，因此厚描必须通过“微观”方法选取逸闻逸事，并将其与文学经典关联起来，以观察社会能量在各种文化实践形式之间的流通。新历史主义将这种方法发展为一种对其具有根本方法论意义的“逸闻主义”。格林布拉特说：“我们寻求一些超乎这些之外的东西：我们想找到过去的躯体和活生生的声音，而如果我们知道我们无法找到这一切——那些躯体早已腐朽而声音亦已陷入沉寂，我们至少能够捕捉住那些似乎贴近实际经历的踪迹。”① 格尔兹的文化文本厚描强化了一种主张，即那些将我们引向文学的东西在非文学中也常常存在，文学的观念在根柢上不稳定，不同叙述形式之间的界线处于“疑问”和“修订”之中。其他的非文学文本和技巧与文学的文本和技巧具有差不多同样强大的力量，因此，“最大的挑战不只在于探索那些其他的文本，而在于让文学与非文学成为彼此的厚描”②。

总之，文化人类学的厚描与新历史主义的“文化诗学”在对象范围、媒介方式、解释方法和最终目的等方面都有广泛的通约性，但新历史主义比文化人类学更重视厚描的政治性。同时，它也不是“背对”文学文本而是“面向”文学文本的，因此，它观察文学文本与非文学文本之间的流通交换，主要是以对文学文本的解释为取向的。

但是，我们要问一句，新历史主义者所热情呼唤的“已逝的生活”、“现实生活的困境”、“真实生活”能够通过厚描而“触及”（touch）吗？逸闻逸事可以想象出现实，但现实真的会到来吗？看得出来，新历史主义并不像旧历史主义那样天真地以为他们能够真正回到过去的真实生活中去，而只是认为格尔兹的学说给他们在面对这种不可能性时提供了具有权宜性的积极途径。

总之，善于对自己的实践方法作反思阐述的格尔兹人类学，对新历史主义者业已从事的批评实践作出了清晰的理论表达，这为新历史主义的实践者提供了一个可供征引的现成理论。格林布拉特就总是不厌其烦地引述

---

① Gallagher, C. & Greenblatt, S., *Practicing New Historicism*, Chicago: The University of Chicago Press, 2000, p. 30.

② Gallagher, C. & Greenblatt, S., *Practicing New Historicism*, Chicago: The University of Chicago Press, 2000, p. 31.

格尔兹的观点，其中最心领神会的还在于文化与自我的观念和厚描方法。我们看到，其间的影响是双向交互的：人类学的文化观念里越来越多地包含了文学的文本和批评技巧，而文学批评则日益重视起非文学的其他文化文本和观念方法。

以历史主义的革新者自命的新历史主义始终关注着文学与历史之间的关系问题。它受文化人类学观念方法影响后，常将文学放到“文化”中去考察，而不常使用“历史”这一术语了。那么，它究竟是一种“文化诗学”还是“历史诗学”？应该说，两者都是。说它是“文化诗学”，是因为它依照文化人类学的文化观念和方法，将“历史”包含在了“文化”之内，通过追溯文本在各种文化形式之间的流通而阐释其意义，其厚描方法也更强调共时性描述。说它是“历史诗学”，是因为其历史观念变得可以容纳文化的所有形式，其研究对象也还是过去（历史）的，并且重视文化的“历史具体性”。

因此，新历史主义对历史诗学难题的解决主要在于它对历史的“文化”理解，而其不足之处也从中体现出来。因为它以文化的共时之维覆盖了历史的历时之维，使其历史诗学中的历时维度显得疲软无力；历史发展的线性序列几乎消失了，一切都变成了一种共时性的话语言说；它以文学的“文化文本间性”代替了后结构主义的“文学文本间性”。一方面，这的确有助于人们打破庸俗唯物主义的经济决定论和因果等级制，但另一方面，文化人类学“向唯物主义还原论（用经济社会因素来解释行为）下的挑战书，变成了向因果解释下的挑战书了。一切都淹泡在文化之中的时候，因与果也无从区别了。其结果是，文化史研究和相对主义、怀疑主义的哲学议题开始彼此交叉、相得益彰了”①。这种“泛文化主义”也正是我们应该警惕的。怀特指出，新历史主义对历史语境性质的这种解释方式，将历史语境看成一种“文化系统”，将包括政治在内的社会制度和实践都解释为这个系统的功能。因此，“新历史主义似乎是以一种所谓‘文化主义谬误’为基础，并因此而打上历史唯心主义的烙印”②。当无限丰富多样

---

① ［美］乔伊斯·阿普尔比等著，刘北成、薛绚译：《历史的真相》，北京：中央编译出版社 1997 年版，第 198～199 页。

② ［美］海登·怀特：《评新历史主义》，张京媛主编：《新历史主义与文学批评》，北京：北京大学出版社 1993 年版，第 97 页。

而又复杂具体的“历史”都被说成“文化”的时候，“文化”就也是“单一的”或“稳定普遍的”“背景”或“语境”，而与新历史主义所极力追求的“特殊性”、“具体性”背道而驰了。这也正是新历史主义“文化诗学”将“历史”压缩到其无所不包的“文化”概念之后而导致的悖论性处境。

第四节 新历史主义与新解释学

新历史主义作为一种历史诗学，其批评任务之一就是对“历史”作出说明和描述，但在它看来，任何说明和描述都是解释和阐释，都不免含有交流、对话、侵越和批判。因此，新历史主义必然有一个向现代解释学开放的维度，但这一点至今不为研究者所重视。

新历史主义将包括自己在内的当代理论定位为一种特殊的“阐释”，格林布拉特宣称：“当代理论必须重新选位：不是在阐释之外，而是在谈判和交易的隐密处。”[①] 这种阐释并不以寻求阐释对象的“原意”而是以反思当代处境为旨归，“如果文化诗学意识到自己的阐释身份，那么这种意识还应扩展，直到承认不可能摆脱自己的处境而重建和重新进入16世纪文化……我向我的资料提出的问题以及这种资料的性质，都是由我向自己提出的问题所形成的”[②]。他所理解的解释过程并不是无批判的接受和认同，“人们可以占据一个位置，从这里能够发现留下（文本）踪迹的人们自己所未能表达的含义，这是解释学的核心假设。仅仅说明和释义还不够，我们寻求更多的东西，即那些我们所研究的作家与他们自己及其时代之间尚没有拉开充分的距离来掌握的东西”[③]。因此，不像传统的解释学那样“拜

---

① 张京媛主编：《新历史主义与文学批评》，北京：北京大学出版社1993年版，第15页。

② Stephen Greenblatt, *Renaissance Self-fashioning*, Chicago: The University of Chicago Press, 1980, p.5.

③ Gallagher, C. & Greenblatt, S., *Practicing New Historicism*, Chicago: The University of Chicago Press, 2000 p.8.

服传统”和“赞美天才”，新历史主义的解释是怀疑的、小心翼翼的、祛魅式的、批判性的，甚至是逆向的。

这种解释方法虽也受其他理论方法浸润，但它主要与“新解释学”的演替历程密切相关。利科尔曾针对解释学的发展历程指出，伽达默尔与哈贝马斯代表了两种不同取向的解释学：前者是“上溯”（ascending）的哲学（强调传统决定个人理解视域），后者是“下倾”（descending）的哲学（强调联系经济、政治条件对传统和意识形态展开反思批判，剥离其伪装以寻求历史过程的真实意义）。“上溯”的取向从本体论高度确立了历史性的“一般原则”；“下倾”的取向则强调从认识论、方法论层面对传统进行具体的、社会历史的“批判和质疑”。新历史主义从“总体原则”到“批判态度”都受到新解释学的影响，但它并不拘泥于解释学的某个阶段或某个代表人物，而是将这些思想成果有选择地拼合落实到自己的批评实践中。

一、“上溯”：历史性的基本原则

新历史主义强调“文本的历史性和历史的文本性”，其“历史性”观念与新解释学直接关联。要理解新历史主义，对新解释学的“历史性”观念的追溯就是必不可少的。

“思辨历史诗学”将“历史性”灌注到文学活动的客体，但文学活动主体仍然处于历史之外；“批判历史诗学”将“历史性”也灌注到了文学活动的主体，但又受主客二分思维方式的制约，在对“历史主义”的深化上过早止步了，而解释学则推进了这项事业。解释学强调每个人类表达的“个体性”而反对科学的“概括化”，宣称人们“参照每种表达得以说出的特殊情境而在表达的多种意义之间作出选择”①。这正是大部分历史主义者所强调的。伽达默尔指出：“解释学反思的进一步发展恰好是为历史主义的问题所支配的。”② 解释学与历史主义之间具有内在关联，解释学难题

---

① Paul Hamilton, *Historicism*, London: Routledge, 1996, p. 51.

② ［德］伽达默尔著，严平编选，邓安庆等译：《伽达默尔集》，上海：上海远东出版社 1997 年版，第 391 页。

的解决对历史诗学难题的解决具有重要意义，因而对旨在解决历史诗学难题的新历史主义产生了重大影响。

解释学是当代西方的重要哲学思潮，是一种关于理解和解释“文本”意义的理论或哲学，它从总体上对理解文本问题进行综合的理论研究。解释学发源于古希腊时代，在中世纪有关《圣经》的“释义学”和“文献学”中形成自己专门的学科领域，19世纪上半叶宗教哲学家施莱尔马赫从语法的解释和心理的解释两方面将其上升为系统化、哲学化的解释学。19世纪末20世纪初，生命哲学家狄尔泰将施莱尔马赫的认识论倾向的解释学推进到方法论层面，将其上升为人文科学的方法论。他将解释学融入自己的历史哲学，试图以新方法来重新解释历史文化，认为历史主义有启示作用，但历史相对主义会使人文科学知识失去确定性和可靠性，因而对它展开了批判。他洞察到认识主体具有客体的存在方式，主体和客体属于相同的历史活动，因此“要在适应主体的历史存在方式中去认识所谓的主体”①。但其解释学基本上是一种作为方法论和认识论的“客观主义”解释学，将恢复原意的客观性提到首位，“竭力避免解释的主观性和相对性，企图超越认识者本身的历史特定的生活处境，而把握本文或历史事件的真实意义。这样，就使理解者成了可以超越自身历史时代的绝对认识者，从而必然陷入‘解释学的循环’的困惑之中”②。诚如批评者所言，狄尔泰的“浪漫主义及其天真的世界观，不自觉地将他对人类表达的理解自然化，而将意识形态忧患排除在其历史之外”③。这使他的解释学陷入主观化的心理主义，变成了实证主义客观化的“折光”。因此“历史性”在他那里与在胡塞尔那里一样，只是一个“先验的概念”。④ 尽管如此，狄尔泰的生命哲学却为解释学提供了进一步衍生的基础，现代解释学正是在此基础上吸收了存在主义、语言分析哲学、结构主义以及后结构主义的思想而形

---

① ［德］伽达默尔著，严平编选，邓安庆等译：《伽达默尔集》，上海：上海远东出版社1997年版，第413页。

② 王岳川：《现象学与解释学文论》，济南：山东教育出版社1999年版，第173页。

③ Paul Hamilton, *Historicism*, London: Routledge, 1996, p. 81.

④ ［德］伽达默尔著，严平编选，邓安庆等译：《伽达默尔集》，上海：上海远东出版社1997年版，第415页。

成的。

解释学从方法论到本体论而进入所谓“新解释学”阶段，这个过程始于海德格尔而成于伽达默尔。海德格尔从胡塞尔的纯粹理智领域转向“活生生的东西”，从思考人的存在的不可还原的给定性即“此在”出发而承认意义具有历史性。他认为，人的存在和理解都具有历史性，“此在的历史性”是“时间性的绽露”，此在“在其存在的根据处是时间性的，所以它才历史性地生存着并能够历史性地生存”[①]。理解本身受制于决定它的“前理解”，这种“前理解”与“理解循环”一样，都是无法摆脱的。“解释的循环”揭示了存在和认识的根本条件，是此在的本体论属性之一。但海德格尔并未看到理解活动随着人类“具体实践”发展而展开这一事实。针对这种情况，伊格尔顿深刻指出，“时间”概念与“历史”概念之间存在重要区别，“时间”比“历史”更抽象，它使人联想到岁月的流逝或人们体验自己生命形态的可能方式，而不是民族的斗争、人口的养育与杀戮或国家的建立与推翻；“历史”则是人们实际所做的一切的产物，但这种具体的历史几乎与海德格尔全然无关。因此，“海德格尔的‘历史性’与非历史性实际上是无法区别的”[②]。这种批评与新历史主义对历史性的认识是契合的。在新历史主义看来，海德格尔的“历史性”还需要进一步“历史化”。但是，海德格尔毕竟从本体论高度强调了历史性的普遍的给定性，证明了脱离历史性的理解解释的不可能性。在这方面，新历史主义承继了海德格尔的洞见和精神。同时，尽管海德格尔并未强调“历史”的那些具体方面，但他区分了 Historie（“所发生的事”）和 Geschichte（“被体验为真正有意义的所发生的事”），后者是一种“真实的”或“存在的”的“历史”,[③] 这种“历史”对新历史主义从文本性、意识形态性和权力性方面把握历史性富有启发意义。

伽达默尔的解释学认为，历史性是人类生存的基本事实，人是历史的

---

① ［德］马丁·海德格尔著，陈嘉映、王庆节译：《存在与时间》，北京：生活·读书·新知三联书店 1987 年版，第 394 页。

② ［英］特雷·伊格尔顿著，伍晓明译：《二十世纪西方文学理论》，西安：陕西师范大学出版社 1987 年版，第 73 页。

③ Terry Eagleton, *Literary Theory*: *An Introduction*, Oxford: Basil Blackwell, 1983, p. 65.

存在，认识的主体和对象都镶嵌于历史性之中，因而有其无法消除的历史特殊性和历史局限性。理解的历史性包括理解之前已存在的社会历史因素、理解对象的构成和由社会实践决定的价值观。他的解释学“标志着此在的根本运动性，这种运动性构成此在的有限性和历史性，因而也包括此在的全部世界经验”[①]。基于此，他提出了“理解的历史性”、“视界融合”和“效果历史”等原则。理解的历史性构成我们的“偏见”，它是一种积极因素，是在历史和传统下形成的，它构成了解释者的特殊视界。理解对象和理解者都具有各自的视界，两种视界在理解过程中交融在一起而达到“视界融合”；理解者与理解对象都是历史的存在，文本的意义与理解者一起处于不断的“涌现生成”过程之中，这种过程构成所谓“效果历史”。缘此，他既反对思辨历史哲学的历史客观主义，否认历史是可供解释者重新复制的东西；也反对批判历史哲学的历史主观主义，否认历史是生命的体验或主体的“想象性建构”。他认为，历史是过去与现在、现实性与可能性的统一，是一个不断创新的过程。因此，理解就是一个对话“事件”，是理解者与文本之间的交流过程；语言是理解的普遍媒介，理解在本质上是语言的。伽达默尔将解释的历史性、对话性和语言性结合起来，为新历史主义的历史解释确立了“基本原则”。

新历史主义将文学活动理解为一种历史文化解释活动。这种解释工作较多关心某一社会中的成员在经验中所应用的解释性构造，而不去研究习俗与机构的制动关系，因而文学批评必须意识到它作为解释的地位。解释者无法客观地迫近历史文化这种“事物本身”，而是基于自身的历史性与历史文化展开“主体间性”对话。但是，当人们与过去对话时，“真实情况是，我只能听到自己的声音，但我自己的声音就是逝者的声音，因为逝者已设法为我们留下了他们自己的文本踪迹”[②]。“伟大的艺术是对复杂斗争与文化和谐的极其敏感的记录”，解释者的多种解释能力“最终会被文

---

① ［德］汉斯—格奥尔格·加达默尔著，洪汉鼎译：《真理与方法》（上卷），上海：上海译文出版社 1999 年版，第 6 页。

② Stephen Greenblatt, *Shakespearean Negotiation*, Berkeley: The University of California Press, 1988, p. 1.

学的共鸣性质释放出来。”[①] 解释学意义上的理解首先是一种自我理解，解释主体总是通过文本而与无限广袤的历史觌面，与久已湮没的逝者对话，进而对自己所处身的历史文化作出反思和批判。

在新历史主义看来，解释者无法摆脱自身的“历史性”，解释的任务既不在于否认文学文本与社会生活的联系，也不是去肯定后者是超出阐释之外的“事物本身”，而是对文学文本世界中的社会存在以及社会存在之于文学的影响实行双向调查。这种解释不可能达到纯然的客观性，但它绝不是“放纵自己的感情”。解释者应该“不断返回个别人的经验与特殊环境中去，回到当时的男女每天都要面对的物质必需与社会压力上去，以及沉降到一小部分具有共鸣性的文本上”。“我们是能够获得有关人类表达结果的具体理解的。因为对于某个特定的‘我’来说——这种‘我’是种特殊的权力形式，它的权力集中在某些专门机构中——例如法庭、教会、殖民当局与宗教法庭——同时也分散于意义的意识形态结构，特有表达方式与反复循环的叙事模式中间。”[②]（着重号为引者所加）

可见，新历史主义承继了伽达默尔哲学解释学的历史性、对话性和语言性原则，但极大地突出了其中的“具体性”、“权力性”和“意识形态性”。就理解的历史性来说，它并不追求作为前提的“历史原则”，而是要将它落实到具体的权力形式和权力结构上；就对话性来说，它并不将对话视为伽达默尔式的平等的、消灭差异的“视界融合”，而将它看成是对主客双方质询式的、商讨式的调查，是对差异及其背后的权力结构的反省和说明，并且以时时反身自问为特点；就语言性来说，它虽也强调“自我塑造通常是，尽管不全是，在语言中进行的”，但它更强调“语言像其他符号系统一样，是一种集体构成物”，[③] 它并不是一种纯然的统一体，而是包含着各个社会集团的利益关系和价值冲突。正如巴赫金所指出的，“语言在其实现过程中，不可避免地与其意识形态或生活内容联系在一起”，它

---

① Stephen Greenblatt, *Renaissance Self-fashioning*, Chicago: The University of Chicago Press, 1980, p. 5.

② Stephen Greenblatt, *Renaissance Self-fashioning*, Chicago: The University of Chicago Press, 1980, p. 6.

③ Stephen Greenblatt, *Renaissance Self-fashioning*, Chicago: The University of Chicago Press, 1980, p. 9.

既非抽象系统和独白话语，也非心理生物行为。① 因此，每一种“特有表达方式与反复循环的叙事模式中间”都包含着权力和意识形态因素，它不是抽象封闭的静态系统或普遍模式，而是具体开放的物质性表述。

这样的解释方法，尽管并未超出伽达默尔解释学的基本原则，但在每一个具体问题上都增强了反思批判的力量，这与哈贝马斯和利科尔的解释学密切相关。

二、“下倾”：历史性的批判反思

伽达默尔的解释学虽然为理解的历史性确立了“一般原则”，但历史在他那里只是一种连续永恒的“传统之流”，它与作为压迫力量和解放力量的历史和传统、与因冲突和统治而四分五裂的历史和传统几无关联。这样的历史并不是一个“斗争、断裂和排斥的场所”②，而历史的“差异”和“裂隙”也就被认可并忽略了，这些方面恰恰是新历史主义考察的重点。在这方面，它受到哈贝马斯和利科尔等人的“批判的解释学”的重要影响。

哈贝马斯在接受伽达默尔的一般原则的同时对他展开了批判，焦点是传统本身能否加以反思批判的问题。哈贝马斯认为，解释学应该培养“批判的敏锐性”，伽达默尔重视本体问题而忽视了重新探讨人文学科的认识论问题，其理论缺乏对传统本身的反思批判，把传统看作一切理解活动的先决条件，使可以判断真伪的理性屈从于传统的权威之下，在传统中消融了真伪区别，进而将一切社会意识形态都看成是真实合理的。这是片面强调了参与和对话，而忽视了“疏远化”和“批判”。他指出：“历史的前定的东西的实在在反思中被接受时，并不是不受影响的，已经明了成见的结构不再能作为一个成见起作用……反思并不是无所作为地在传下来的规范的事实性上消磨自己。它必须依从事实，但在回顾时它发展了一种反思

---

① ［苏］巴赫金著，张杰编选：《巴赫金集》，上海：上海远东出版社 1998 年版，第 214 页。

② Terry Eagleton, *Literary Theory: An Introduction*, Oxford: Basil Blackwell, 1983, p. 73.

的力量。"[①] 在作为社会意识形态的语言传统是否截然真实这一关键问题上，哈贝马斯尖锐地批判了伽达默尔的语言理论，认为他将语言本体论化而把更根本的人类与存在的关系遗忘了。语言不是中立的，它必然受到各种外部因素的影响；语言是意识形态性的，必须对它进行意识形态批判。哈贝马斯使解释学转向实践，这种"下倾"的解释学为新历史主义文学批评提供了一个可供参酌的"批判反思"取向，使其进一步"沉降到细节"(descend into detail)，增强"对特殊性、条件性和具体性的关注"[②]。这种观念落实到新历史主义的批评操作中，即返回个人"经验的个别性"与"环境的特殊性"，缘此捕捉真实的踪影并对历史传统进行反思、质疑甚至反叛。

这与利科尔将结构主义思想与解释学思想整合在一起而提出的"批评的解释学"同气相求。利科尔力图以方法论为真理问题的核心而将本体论、认识论和方法论融合起来，从而对解释学传统加以反思。他的解释理论与文本概念密切相关，而文本的主要特点可以从书写话语的特点中派生出来。他认为，在书写中，话语远离了言谈话语的实际情况并产生了一系列特点，这些特点可以用"间距化"概念加以概括。"间距"概念是生产性的，它是解释的条件，它表明人类只能在距离中并通过距离来交流。"间距化"造成了三种不同的语境：作者的语境、文本的语境和读者的语境。"间距化"也使各种语境之间的关系问题成为解释的难题：书写使文本对于作者意图的自主性成为可能，文本可能逃离作者有限的意向世界，文本的语境可能打破作者的语境，文本的意义与心理学的意义具有不同的命运，文本必须能够使自己在一种情境下"解语境化"并在另一种新情境下"再语境化"。[③] 读者在自己的语境中"占有"(appropriation)文本，占有是在距离之中并且通过距离的理解。占有的对面是文本的语境，占有式的理解是在文本前面理解自我，读者只有丧失自我才能发现自我。占有概

---

① 转引自王岳川：《现象学与解释学文论》，济南：山东教育出版社 1999 年版，第 272 页。

② [美] 克利福德·格尔兹著，纳日碧力戈等译：《文化的解释》，上海：上海人民出版社 1999 年版，第 62 页。

③ [法] 保罗·利科尔著，陶远华等译：《解释学与人文科学》，石家庄：河北人民出版社 1987 年版，第 142 页。

念要求一种内在的批评，“我们再也不能反对解释学和对意识形态的批评。对意识形态的批评是自我理解必须走的弯路”①。可见，“占有”是读者与文本之间的双向交互式拥有。这种建立在间距化之上的解释学，是新历史主义批判反思“批评的语境”的理论生长点。

新历史主义强调文学文本是一个物质性的“事件”。作者语境、文本语境与读者语境之间的“间距”是难免的，“在观察者与其研究客体之间横亘着一个文化间距，对于新历史主义者来说，这个间距不容抹杀和漠视，而必须得到解释和商讨”②。新历史主义者通常将“间距”思想与赛义德和福柯的学说结合起来，反思自己对权力关系的敏感性，反思他们作为解释者与过去的历史学家以及过去的他种文化之“间距”中所包含的权力关系。

利科尔的“占有”理论在接受反应批评中产生了共鸣，新历史主义从后者手中接过了这一理论来描述历史文化现象。格林布拉特在阐述自己的理论时采用了东德的马克思主义者罗伯特·威曼（后来也成为新历史主义者）的说法：“占有的行为必须被看作不仅总是已经包含了自我表现和汲取，而且也包含了通过具体化和剥夺所有权而造成的异化……”③ 他还从自我塑造角度认为：“自我塑造常常牵涉到某些威胁性经验，某种自我抹杀与破坏，以及一定程度上的自我丧失。”“任何被获得的个性，也总是在它的内部包含了对它自身进行颠覆或剥夺的迹象。”④ 艺术是一种商讨，这个过程“不仅包含了占为己有的过程，也包含着交易的过程”⑤。这些术语和观念，都明显带有利科尔解释学的痕迹。

新历史主义在批判反思气质上受到“批判的解释学”的影响，但前者

---

① ［法］保罗·利科尔著，陶远华等译：《解释学与人文科学》，石家庄：河北人民出版社 1987 年版，第 147 页。

② John Brannigan, *New Historicism and Cultural Materialism*, London: Macmillan Press Ltd., 1998, p. 32.

③ 张京媛主编：《新历史主义与文学批评》，北京：北京大学出版社 1993 年版，第 15 页。

④ Stephen Greenblatt, *Renaissance Self-fashioning*, Chicago: The University of Chicago Press, 1980, p. 9.

⑤ 中国社会科学院外国文学研究所《世界文论》编辑委员会编：《文艺学和新历史主义》，北京：社会科学文献出版社 1993 年版，第 138 页。

的兴趣显然不在解释学本身的建树上，而主要在文学文化的批评实践上。它虽在历史反思上与哈贝马斯声气相通，却并不执着于“意识形态批判”，而是逐渐走向了“话语分析”。[①] 它在对“间距”的重视和探讨上与利科尔接近，但将它引向了对不同文化之间、不同历史阶段之间的差异与对抗问题的研究。

三、“话语分析”：历史化的批评实践

我们发现，解释学每个阶段的思想在新历史主义文论中都有所体现：海德格尔和伽达默尔的影响主要在本体论层面；哈贝马斯和利科尔的影响则主要在认识论和方法论层面。但新历史主义并未将自己限定在解释学的某个阶段或某个代表人物上，而是信手拈来，付诸实践。这种对待思想资源的方式颇有几分后现代主义的“拼贴”痕迹：阅读其批评论著时随处可见现代解释学的话语片段，似曾相识又“和而不同”，它时时提醒人们参照已有解释学理论去解读，又阻止我们将它看成是已有理论的体现或翻版。这造成了它与解释学之间关系的复杂性：一方面，没有现代解释学，新历史主义的解释策略是很难设想的；另一方面，新历史主义的解释策略又无法在解释学传统之内得到充分说明。关键是，它从“批判的解释学”进一步转向了“话语分析”，这一点可以通过它与“接受反应文论”之间的“家族相似”关系显示出来。

解释学家一般总是以文学艺术为重要的参照系来解决“历史性”问题：海德格尔的诗化之思、伽达默尔的审美游戏、利科尔以文学为“间距化”的典型形态等。可以说，寻求美学与历史的结合也是解释学的重要目标。但这些学说并非直接就是文学批评，接受反应文论则进一步“下倾”而将解释学的理论方法付诸文学批评实践。姚斯对“历史性的三个方面”的深刻阐释，[②] 伊瑟尔用“能动的振荡”术语对文化系统中艺术与社会两

---

① Gallagher, C. & Greenblatt, S., *Practicing New Historicism*, Chicago: The University of Chicago Press, 2000, p. 17.

② ［美］戴维·霍伊著，张弘译：《阐释学与文学》，沈阳：春风文艺出版社1988年版，第218页。

种话语之间的关系和审美维度的创造过程的说明，都与新历史主义有契合之处。格林布拉特承认，这些理论都是“试图重建一种能够更好地说明物质与话语间不稳定的阐释范式，而这种交流，我已论证，正是现代审美实践的核心”①。但是，诚如巴尔纳所指出的，接受反应文论“总是把效果史假定为事实，而不去考虑各种可能性，不考察社会历史媒介的具体变动。在每部作品所能提供的证据表现出来的那些期待、偏见、判断这一无可质疑的中心问题之后，关于这一判断的构思是在什么条件下，按照社会实践的什么历时规律形成的这一问题，几乎消失殆尽”②。正是为了寻求那些“条件”和“历时规律”，新历史主义才在试图跨越社会性与历史性、文本性与历史性之间的鸿沟时，采用了文化人类学的“文本”这一新的结合点，从而走出了接受反应理论的“读者中心论”，并以“文化文本间性”等观念将“文学”的封闭体系打破，而参照权力运作来研究文学审美实践问题。

从新历史主义立场向前回溯，解释学似乎走过了一条通向“新历史主义”的拱形之路：海德格尔、伽达默尔试图通过“上溯”而寻求对历史性的本体论说明；哈贝马斯和利科尔通过“下倾”而将本体论、方法论和认识论结合起来并对历史性进行反思和批判。解释学力主理解活动的历史性，但它只是一种建立在抽象哲学层次上的历史性，既缺乏实践性，又缺乏明确的社会观，最终必然陷入唯心主义。姚斯和伊瑟尔在创立接受理论时，是想从历史高度论述文学的，但现象学和解释学的出发点使其无法贯彻“历史主义”观点。

当然，接受反应文论在历史性方面进一步“下倾”，就有可能从其特定的读者层面与新历史主义会师，从而引起接受反应文论本身的范式转换，即从历史文化的大视野重新审视整个文学活动，而不是局限于读者接受活动。伊瑟尔近年来已经开始强调，应恢复文学对于我们生活的重要意

---

① ［美］斯蒂芬·葛林伯雷：《通向一种文化诗学》，张京媛主编：《新历史主义与文学批评》，北京：北京大学出版社 1993 年版，第 15 页。

② 刘小枫编选：《接受美学译文集》，北京：生活·读书·新知三联书店 1989 年版，第 188 页。

义，进行“文学人类学”的历史性研究。① 而美国的读者反应批评在吸收融会各种理论批评的基础上强调阅读作为抵抗的意义，将阅读的意识形态性凸显出来，这与新历史主义对权力的分析是相合的。对接受反应文论作出过重要贡献的简·汤普金斯转向了“一种新的历史批评”，并自认为是一名新历史主义者。有的研究者认为：“我们或许应当把日益引起人们兴趣的读者反应批评也包括在新历史主义这一总标题下。”②

从总的情况看，接受反应文论与新历史主义之间具有一种“家族相似性”，它们共同趋向于历史与社会，又各有特定的时间、范围、原因和指向。接受反应文论仍然坚守文学的独立本体，仍然要给文学划定一个外延界线，力图解决文学自身的问题；而新历史主义则主要企图解决文学与文化历史之间的关系问题，主张打破学科界线而将文学融入历史、政治、社会、意识形态、经济活动等广义的“文化”领域，进行文化批评。这种“文化”领域即是新历史主义“话语分析”的领域，对这个领域研究其实就是“话语分析”的解释学，它有其特殊的问题序列，即分析话语符号的、世界的、行为的、社会文化身份和关系的、政治的以及过去与现在的相互关系等问题。③

话语分析的解释学并不是单向的而是双向的甚至多向的，它否认能指与所指的“对等关系”，不再设立超验的所指或者“本意”，不再在符号之间设立等级或对立关系，而试图观察符号或符号主体的权力关系。它“不认定仅有一个或几种历史意义；不是向后的回顾，而是向前的，已理解到过去无法复返；反对人为的等级及系统；主张文学研究的批评性，是反省、质疑、推翻性的知识活动”④。这种解释并不是一种“深度”解释，而毋宁是一种受了后现代思想影响的“平面化”解释。新历史主义者大都将

① ［美］拉尔夫·科恩主编，程锡麟等译：《文学理论的未来》，北京：中国社会科学出版社 1993 年版，第 277 页。

② 张京媛主编：《新历史主义与文学批评》，北京：北京大学出版社 1993 年版，第 54 页。

③ James Paul Gee, *An Introduction to Discourse Analysis*: *Theory and Method*, London: Routledge, 1999, pp. 85 – 86.

④ 廖炳惠：《形式与意识形态》，张京媛主编：《新历史主义与文学批评》，北京：北京大学出版社 1993 年版，第 258 页。

“表述”看成权力的积极运作，因而以对文本运作过程的考察置换了那种认为文本“背后”或“下面”具有某种“所指”（不管多么复杂）的观念。这样，意义问题就不再指向文本“下面”的东西，而是指向文本“周围”的其他文本和事件。阅读情境（包括表演情境）和文本“周围”所毗连的历史事件的多样性和无限性，也导致了意义问题答案的多样性和复杂性。在解释文化时，它无意去发掘文化的规律性的“潜在体系”，而倾向于阅读文化构成的“表面价值”；同时，它的解释也超越了文本的“显在内容”，不依照某些先于文本、外于文本或潜在于文本的秩序进行文化分析，而是考察“文本做了什么以及文本如何运作”[①]。因此，新历史主义的解释，并不是去发掘文本的“内在意义”的解释学，而是考察文本运作的“历史性”的解释学。

总之，新历史主义将解释学的“历史性”观念向社会文化的各个领域开放，将文本性与历史性内在统一起来，以文化历史为参照系而代替了接受反应理论的读者立足点，以“文化文本”的历史性代替了读者接受过程的历史性，从而将历史性进一步历史化到具体文化文本及其权力运作之上。

第五节　新历史主义与年鉴学派

对传统史学展开尖锐批判，进而积极倡导一种“新史学”，新历史主义在这方面与年鉴学派可谓同气相求。在这两个流派看来，传统史学的代表无疑是以兰克为代表的“兰克学派”。有“近代史学之父”之兴誉的德国史学家利奥波德·冯·兰克，在柏林大学执教近半个世纪，门生广布欧美，影响遍及全球，所开设的“专业讨论班”（seminar）闻名遐迩，成为训练史学专业研究者的经典范式，亦被英国剑桥、牛津，美国哈佛、约翰·霍普金斯等名校广泛采用。在其90岁高龄之时，刚成立的美国历史学

① Claire Colebrook, *New Literary Histories*, Manchester: Manchester University Press, 1997, p. 204.

会尊他为名誉会员，誉之为当时最伟大的史学家。

兰克的史学著述特别重视对政治史、民族史、国家史以及外交史的研究，其主要兴趣就是想通过对欧洲列国史的系统撰写来成就一部辉煌的世界史。在治史方法上，他虽无专门史学方法论专著，但因其特别重视档案资料，所以兰克的史学被视为追求科学的历史，誉为“科学的历史之父”。他强调信史，认为历史不仅仅是文字的记录、整理和编排，更要细加考订、求证、辨伪。兰克所提倡的这种史料批评学，史学界称为“兰克典范”。追随兰克及其治史之道的信仰者形成了一个影响广泛的学派，即闻名世界的“兰克学派”（Rankean School）。由于兰克对史料的强调，后人又从中引申出“史学即史料学”的结论，并将兰克模式简约化为一种方法论。

兰克巨著当时虽未汉译，但其史学方法对现代中国史学却是影响深远，也多有误解。据台湾历史学家汪荣祖考证，兰克这位19世纪的大史学家传到中国已是“后兰克时代”了。最早诵读兰克主要著作的国人很可能是德国海德堡大学博士徐光（子明）先生。徐子明先生1915年在北京大学讲授德国语文与历史时，傅斯年就是他班上的学生，而傅斯年后来创办的“中央研究院”历史语言研究所，根据的就是汉学与德国语文考证学派的传统，他提倡的所谓“上穷碧落下黄泉，动手动脚找材料”，便是注重材料考证的形象说明，而“史学即史料学”则是“兰克典范”的中国版本了。梁启超于20世纪初创立“新史学”，晚年执教于清华国学研究院，从事专业史学研究与教学时所讲授的中国历史研究方法，明显受到了伯伦汉（Ernst Bernheim）影响，而伯伦汉于1889年出版的巨著《史学方法论》，自称其方法论的形成受到兰克早期著作，特别是《拉丁与条顿民族史》一书中的附录《近代史家评论》的重大影响。由是观之，梁启超的史学方法间接地继承了兰克史学方法的影响。陈寅恪先生所信奉的“从史实中求史识”的观念，也颇合兰克倡导的“客观研究历史，才能真正认识历史”，从这一角度而言，陈寅恪也可以说是受到了兰克学派的影响。五四运动以后，清华大学与北京大学历史系所提倡的“科学的历史”，即是缘自兰克，而在这两校教史学史和史学方法的张贵永和姚从吾，都曾在德国留学。姚从吾先生言必称兰克，而张贵永先生撰有《兰克的生平与著作》长文，是最早介绍兰克的比较完整的汉语文献。所以就中国当时情况而言，现代意义上的史学是在西方思潮影响下形成的，而这一历史思潮无疑就是兰克学派。

面对兰克学派和“兰克典范”，年鉴学派与新历史主义的共同之处是都对之展开了深入而系统的批判，不过，两者批判的重心和使用的方法却又各有不同。正是对兰克学派共同的批判立场，使新历史主义与年鉴学派同气相求、同声相应；而不同的批判重心和批判方法，又使两个学派之间可以对勘发明，彼此阐释。

年鉴学派批判的重点是兰克学派视历史为政治史、军事史、外交史、宗教史的史学思想，而对这一传统进行颠覆的具体措施便是注重经济社会史、心态史、微观史、日常生活史等方面。同时通过倡导历史时段理论，长时段、中时段、短时段及与之对应的结构、情势、事件等主张，打破了以往由过去到未来的单一维度的线性时间观念，而强调了时间的相对性和多层次性。而按照海登·怀特的观点，兰克则是以提喻的方式编撰历史，所秉持的是一种作为喜剧的历史实在论，是按照一种“可称为责任和义务式喜剧”的模式来编撰历史。[①] 新历史主义则是通过倡导历史的文本性和文本的历史性，单线历史的复线化和大写历史的小写化，以及客观历史的主体化和必然历史的偶然化，系统地批判了兰克学派的历史观。

一、“整体历史”与“对话历史”

年鉴学派是以颠覆的姿态迈进学界的，然而，最后这一学派又最终回归到它曾经努力颠覆的研究领域和方法。这一回归，首先是政治史的回归，而政治史的回归，自然就会涉及政治事件的主要参与者以及编撰方法，因此事件史、叙述史、人物传记、主体的回归也就顺理成章了，这里就以政治史的回归为例，来说明这一颠覆与回归的趋势。

费弗尔和布洛赫开创年鉴学派的初衷，旨在对自19世纪中期起在牛顿力学等旧自然科学基础上产生的实证主义史学统治地位的颠覆。在兰克“让史料说话”思想指导下，史学研究主要集中在政治史、军事史、外交

---

① ［美］海登·怀特著，陈新译：《元史学：十九世纪欧洲的历史想像》，南京：译林出版社2004年版，第259页。

史以及个人传记之上。至19世纪末，由于这种实证主义史学沉迷“史料”而远离“现实”，招致了对它的批判，与这种批判相应的史学理论及其研究方法也渐渐兴起。1900年，法国史学家贝尔创办的《历史综合评论》开始强调“解释历史”，而非“描述历史”。这一思想开了年鉴学派的先河，费弗尔和布洛赫坚决反对兰克学派对政治史、军事史、外交史和个人传记的过分强调，而倡导跨学科综合研究历史问题，特别是年鉴学派第二代的中坚布罗代尔更是强调总体史并以其历史时段理论对其总体史的目标予以理论支撑，取代了传统历史编撰中政治史、军事史、外交史以及个人传记的地位。

当年鉴学派在实现其由第二代向第三代的过渡时，面对纷繁芜杂的变化，布罗代尔变成了那种叫作“明日黄花”的人，他既不能理解关于1968年运动的方方面面，也无法接受由学生“革命”所引入的、要减少学术专断权威影响的新规则。年鉴学派第三代代表人物雅克·勒高夫教授在与中山大学同行座谈时，强调了西方史学回归的观点，他指出：“就我看来，重新出现在西方一切史学潮流中的种种趋势，人们能用‘回归’一词概述其基本特征，即史学研究中一些或多或少已消失的老方式被重新采用，可归纳为政治史的回归、事件史的回归、叙述史的回归、人物传记的回归和主体的回归。”① 对这种形象，张广勇在《法国史学对史学理论的贡献》中文译本导言《法国史学的新视野》中认为：“他们重新强调政治的作用，承认事件史的重要意义。他们重新把政治解释为政治权力，把它与社会结构联系起来；他们通过对政治心态的考察，扩大了精神状态史的研究范围。”并总结道：“当代新史学虽然变化多端，但却万变不离其宗，因为它从根本上来说只是年鉴学派创始人所倡导的新史学范型的多种多样的实践而已。”②

当然这种回归并不是简单的重复，而是一种在继承基础上的发展。1988年，勒内·雷蒙主编的《建设一种政治史》出版，标志着长期受年鉴学派主流压抑的政治史的解放。而这种“新政治史”实际上就是“在历史

① ［法］雅克·勒高夫：《年鉴运动及西方史学的回归》，《史学理论研究》1999年第1期。

② ［法］保罗·利科著，王建华译：《法国史学对史学理论的贡献·导论》，上海：上海社会科学院出版社1992年版，第17页。

学与其他社会科学如社会学、公法学、社会心理学尤其是政治学（特别是有关选举和政党研究的政治学）和文化学的互动中产生的”。而“新政治史对于事件的注意，绝不是要搞简单的叙述史学，而是力图揭示短时段的事件和长时段的文化之间的相互关系，并通过这种关系对事件的起因和结果作出深层的解释”①。

如果说年鉴学派的第三代如前面所概括的那样，虽然打出了“年鉴—新史学”的大旗，却依旧对创始人所倡导的新史学范型保持着尊崇与敬畏，即便从事局部历史和微观历史的研究，也是在布罗代尔的“总体史”的结构中进行，用具体的研究成果来推广和推进总体史的研究，那么年鉴学派的第四代则对学派本身的颠覆要决绝得多。雅克·雷维尔长期担任《年鉴》的编辑，并且自从1995年以来又是“社会科学高等研究院”的主任，他曾于1995年出版了《历史与社会科学：一场不稳定的对抗》一书，反思《年鉴》的历史，认为三代的《年鉴》派史学家们的“整体史”或“全球史”这一向往已经束之高阁了。② 这种转变实现了年鉴标准范式的转变，“长时段”理论受到了颠覆性挑战。在这种思潮影响下，研究方法也逐渐由定性的描述取代了量化分析，导致了表达方式上叙事取代了分析，实现了叙述的复归。

相对年鉴学派的这种颠覆与回归，新历史主义的颠覆有其特色。备受新历史主义推崇的史学家福柯在其《事物的秩序：人文科学考古学》中宣布了先验主体的死亡，在其《规训与惩罚》中运用谱系学揭示了主体只不过是权力通过监视、测验、分类、挑选、等级、奖励、惩罚等一整套规范和程序的塑造物。主体从没真正的独立过，它只不过是处于从属的地位。上帝死了，主体消弭了，历史作者不可避免地受到空间环境和权力关系的制约，他从来没有也不可能是一个客观而中立的主体，历史写作同时也要受语言这一话语实践的影响规约。所有的历史文本，就其形成而言，是话语际之间的相遇建构起来的。福柯拒绝承认创造性陈述与模仿性陈述之间存在性质上的差异，“说得不好听点，福柯实际上就是在说包括历史文本

① 陈启能主编：《二战后欧美史学的新发展》，济南：山东大学出版社2005年版，第436～437页。

② ［美］格奥尔格·伊格尔斯著，何兆武译：《二十世纪的历史学——从科学的客观性到后现代的挑战》，济南：山东大学出版社2006年版，第143～144页。

在内的天下文章都是一大抄，根本不存在独创性作者”①。

在福柯学说的影响下，新历史主义强调，批评既是主流意识形态“巩固”自身权威的事业，也是被统治阶层和受压抑群体“颠覆”这种权威的事业；或者说，它是这些阶层之间“包容”与“反包容”的意识形态战场。② 文学批评是一个事件（event），其显在层面主要就表现为“划界”和“重新划界”，但界线之内与界线之外之间存在着广泛的“流通”（circulation），按照威瑟教授的概括：“文学与非文学‘文本’之间没有界线，彼此不间断地流通往来。”

新历史主义试图重新构想不同界线之间的关系，而不仅仅是从同一界线的不同侧面来研究对象，因此不同于一般而言的“跨学科研究”。在它看来，所有的史书不过是不同版本的历史，是“话语讲述的时代”与“讲述话语的时代”之间展开的双向辩证对话过程及其结果。历史书写就其本质而言是意识形态的产物，新历史主义要做的就是让处于边缘地位的“历史”浮出历史之表，通过发掘“小历史”，让其与“大写历史”对话、协商、交流，从而解构“大写历史”的权威地位。通过揭示不同版本的历史文本的形成和挪用过程，新历史主义发现，在历史现实与意识形态之间有一种普遍的社会能量在往返流通，文艺就是这种社会能量的流通。一方面，社会能量通过编码进入文艺作品；另一方面，读者通过解码活动而把这种社会能量释放出来。这种流通就是各种社会历史因素之间的“交流”和“协商”。③ 这一过程其实就是福柯的“话语际之间的相遇建构”。

综上所述，我们发现，年鉴学派和新历史主义都试图通过一系列学术研究而使历史更充分地浮出“历史地表”。不过，前者更重视通过对历史在空间维度和不同层次上的“拓展”而实现这一目标，后者则更强调通过对历史在时间维度上和不同时段上的“对话”（尤其是古今对话）而逼近这一目标。但这样的历史真的会如期而至吗？

---

① 陈启能主编：《二战后欧美史学的新发展》，济南：山东大学出版社 2005 年版，第 140 页。

② 王一川：《后结构主义历史诗学》，《外国文学评论》1993 年第 3 期。

③ 张进：《“批评工程论”——新历史主义批评理论的当代意义》，《文艺理论研究》2005 年第 1 期。

二、“大历史”、“小历史”与“新历史”

顺着“大历史”（History）与“小历史”（histories）之间的区分，一些对新历史主义深恶痛绝的反对者自然而然地就想起了“乱写历史”或“胡写历史”，使用这些词语批评新历史主义的确实不乏其人。有人认为，“小历史”与后现代主义特别是新历史主义关注的焦点重合。不过，新历史主义在采用“小历史”拆解“大历史”的过程中，却在追求其“新历史”（new histories），这种历史试图实现“大历史”与“小历史”之间的对话和协商。因此，“大历史”、“小历史”与“新历史”这三个关键词在某一侧面能够对历史主义、年鉴学派及新历史主义作出理解。

从历史理论的角度来看，“大历史”、“小历史”和“新历史”都属于历史认识论问题，是人们对历史规律的基本认识和看法。“大历史”虽能从古希腊罗马的哲人那里找到出处，但一般而言，人们认为启蒙运动正式提出了“大历史”，并试图对历史作出系统的反思，进而总结历史发展规律。法国启蒙运动的领袖伏尔泰的思想对18世纪的欧洲产生了巨大影响，后人称“18世纪是伏尔泰的世纪”。而伏尔泰提倡要用哲学的眼光看待历史，他所提出的“历史哲学”这一名称，可谓“大历史”的雏形。而与“大历史”紧密相关的是有关历史的“大叙述”（grand narrative）和“元叙述”（metanarrative）。

所谓“大叙述”即启蒙思想家认为人凭借理性“叙述”所呈现的人类普遍的历史进程和历史规律。所谓“元叙述”，则是这些理论隐含的哲学前提，也即对普遍理性的承认和合法化，如黑格尔的“绝对精神”、孔德的“实证精神”等。人们在撰写历史时都必然有意无意地持有一种对历史的看法，而这一看法在启蒙运动之后逐步系统化为一种历史哲学。这种历史哲学，具有一种方向性和目的性，即相信历史具有内在一致性，按一定方向进行，并且这一方向是前进的，于是便形成了一种历史进步论。这种意义上的“大历史”，又可称之为“历史主义”（Historicism）。而“历史主义”的主要观点，概言之，就是相信历史的演变有其内在的逻辑和意义。①

年鉴学派对这种“大历史”的反抗是从几个方面展开的：一方面，它通过对政治史、事件史、叙述史、人物传记、主体的颠覆来进行；另一方面，年鉴学派特别是其中坚布罗代尔，则通过提出历史时段理论，以一种新的时间观念和时段划分，对“大历史”坚守的历史发展的内在一致性与历史前进理论进行质疑，打破了“大历史”一统天下的格局。布罗代尔历史时段理论的提出和实践，对传统的历史时间观念提出了严峻的挑战。

布罗代尔作为年鉴学派的巨擘，在其《地中海》一书中体现了对历史时间的独特理解。他运用地理时间、社会时间、事件（个体）时间，即长时段、中时段、短时段来表示不同层次的历史运动，并提出了相应的“结构”、“情势”、“事件”概念。

（1）长时段，以变化极其缓慢、时间跨度巨大为其基本特征，是“一部近乎静止不变的历史，流逝与变化滞缓的历史”运动。这种结构有地理、社会、经济、思想文化等。

（2）中时段，以节奏缓慢、周期变化为特征。它揭示了一种较为开阔的时间度量，跨越了短时段中的事件而包含了更长时间长度，构成了短时段事件发生、发展的基础。

（3）短时段，则指传统的历史学领域中的一些突发性的事件，如革命、战争等。②

布罗代尔的历史时段理论，犹如一座三层楼的大厦，第一层次（基础部分）是由被他称作结构的（诸如生态的、经济的、社会的、文化的、心态的等）因素组成，称为“地理时间”；第二层次（中间部分）是指影响人类生活的经济或人口变动的周期性变化，称为“社会时间”；第三层次（最上层部分）是令人眼花缭乱的政治、军事与人物的活动，称为“事件时间”（或“个体时间”）。“地理时间”是长时段构成一切历史的基础，其次才是发生在中时段（“社会时间”）内的“情态的历史”，最表层的是

---

① 参见王晴佳、古伟瀛：《后现代与历史学——中西比较》，济南：山东大学出版社2003年版，第49～54页。

② 张学智：《年鉴学派的演进》，《历史教学问题》1997年第5期。

发生在短时段（“事件时间”）中的“事件的历史”。

布罗代尔的上述历史时间的三分法，强调的是第一层次和第二层次，尤其是第一层次，这种“结构的历史”在布罗代尔那里被赋予特别重要的地位。在《历史科学和社会科学：长时段》一文中，布罗代尔认为“一个事件有如一个‘爆炸新闻’似的爆炸。这种爆炸的烟雾会迷惑人们，但他只是一闪而过，不会给人留下深刻印象”①。所以以大事件为舞台，以短时段为观察手段为主的传统历史编撰法，是“歪曲现实的哈哈镜，并且是无法预测的”②。为杜绝这种情况，我们必须改变传统的历史时间观点，改变以往的政治史中把一天或一年作为一个理想的时间计量单位，而选择其他的时间量度，如 10 年、25 年或更长的时间周期。而对于结构，布罗代尔更是情有独钟，他认为“对社会的研究者而言，结构意味着组织、一致性、社会实在与社会团体之间一套非常稳定的关系。对于像我们这样的历史学家而言，它在一方面当然意味着一系列的部分的集成、一个框架，同时它又标志着某些在长时间内一直存在的和只是缓慢地衰亡着的特定实在。一些特别长命的结构，已成为世代相传的稳定因素，它们抗拒历史的进程，也因此就决定了历史的流动”③。

布罗代尔通过改变传统的历史时间观念，引入了社会时间的多元性概念，从而达到对历史主义的反思和质疑。这种新的时间观念，加上对传统政治史、事件史、叙述史、人物传记、主体的颠覆，便构成了年鉴学派的“小历史”。

那么新历史主义是如何颠覆“大历史”的呢？新历史主义的思想前驱福柯认为，即使是现代性本身这样一个年鉴学派眼中的中长时段，也不是通常认为的一个连续性、线性时段，而是一个经历了文艺复兴时期、古典时期和现代时期两次断裂而形成的。文艺复兴时期的知识型大致上是指 16 世纪，其特征是依据相似性（resemblance）原则来构建知识；古典知识型

---

① 何兆武编：《历史理论与史学理论——近现代西方史学著作选》，北京：商务印书馆 1999 年版，第 803 页。

② 何兆武编：《历史理论与史学理论——近现代西方史学著作选》，北京：商务印书馆 1999 年版，第 804 页。

③ 何兆武编：《历史理论与史学理论——近现代西方史学著作选》，北京：商务印书馆 1999 年版，第 808 页。

是从17世纪中叶到18世纪末，此时根据同一与差异原则来看待世界，其特征是表象（representation），表象就是词与物之间的一种摹本与原型、再现与实在、反映与被反映之间的关系，词与物开始分离；现代知识型则认为世界是事物内在的有机结构组成的，并执行着总体的功能，将时间性因素引进来，自然就强调了持续性与历史性。①

这三种知识型之间的关系类似于库恩的“范型转换”。库恩在《科学革命的结构》中认为，科学并不是不断进步，并不是一种进化和历史性，并不是向所谓的越来越伟大的真理迈进；科学不是历时的，而是共时的。实际的历史是，在某一历史时刻，一位伟大的科学家发明了一个完全崭新的“范式”，从而把科学研究引入了一个全新的领域，这却被人们误解为进步。② 按照这一范型，年鉴学派应该归属于现代型这一知识型或者福柯称之为“认知阈”的概念。福柯提出“转换的游戏”一说，强调话语形成体系特征相互转换，而这种强调转换也就是强调断裂性与不可通约性，自然也是对连续性的反抗，对现代性的反抗，从而终止或中断了历史进步。

前面提到，历史主义强调历史发展的内在一致性与逻辑性，认为历史是线性发展的，有其突出的时间顺序和事物间的因果关系，所以通过对事件的梳理我们便可以认识历史规律。这种历史认识论依赖于明显的因果律，它试图通过对表层事件的认识，从而达到对深层规律的把握，这就是后现代主义批评的一种深度模式。

阿尔都塞曾经对因果关系概念进行了历史性描绘，他认为有三种因果关系模式：第一种是机械的因果律，比如说牛顿的物理学和伽利略的物理学。第二种是所谓表现性的因果律，其代表就是黑格尔的因果关系。第三种是新型的结构型因果关系。③ 我们可以看到传统历史主义的因果律类似第二种表现性的因果律，年鉴学派依旧依赖因果律，只不过是更倚重第三种即结构型因果律。对因果关系的理解，亨利·贝尔和吕西安·费弗尔在

---

① 陈启能编：《二战后欧美史学的新发展》，济南：山东大学出版社2005年版，第147~150页。

② ［美］弗雷德里克·杰姆逊著，唐小兵译：《后现代主义与文化理论——弗·杰姆逊教授讲演录》，北京：北京大学出版社2005年版，第38~39页。

③ ［美］弗雷德里克·杰姆逊著，唐小兵译：《后现代主义与文化理论——弗·杰姆逊教授讲演录》，北京：北京大学出版社2005年版，第70页。

为《社会科学百科全书》撰写历史条目时就提出历史的因果关系可以分为三类相互补充和相互作用的范畴，即偶然、必然和逻辑。偶然就如同后来布罗代尔眼中的"事件的历史"，必然就是"社会的历史、群体的历史"，而逻辑则表现为"地理与气候的历史"。在年鉴学派的眼中，社会是由相互联系的各个部分组成的有机整体，历史学家的任务就是使用结构——功能主义的方法，应用系列数据去研究社会中各种传统的功能作用。[①] 年鉴学派对历史因果关系的这一理解，使它与结构型因果律的观念之间存在着通约性。

新历史主义则彻底质疑和反叛因果律。与多数后现代主义者一样，他们怀疑因果律，认为当代社会的发展变化已经在根本上改变了传统的时间观念，原来那种循序渐进的时间观念已经为"暂存性"（temporality）所取代。当代社会的快速变化、信息和知识在电脑网络上的飞速传递和流通，使得每个事件都获得一种相对独立性，不再按照原来的时间顺序发展并体现因果关系，人们为事件的暂存性所吸引，不再关心时间和历史的终点，自然也是没有近代历史哲学的目的论了。[②] 与年鉴学派的时间理论也不相同，新历史主义强调的是要发现和重视历史时间的间断性，从而抛弃了年鉴学派的结构和中时段。这样，就使得对个别的情势、形象和突发事件的分析具有了独立的意义。在后现代理论中，鲍德里亚宣称，形象或类象与真实之间的界限已经内爆（implosion），与此相伴，人们从前对"真实"的那种体验以及真实的基础也均告消失。[③] 在利奥塔看来，作为历史哲学理论支柱的"元叙事"失去了合法性。现代话语为了使其观点合法化而诉诸进步与解放、历史或精神辩证法，或者意义与真理的元叙事。例如，现代科学就是通过宣称它能把人们从愚昧和迷信中解放出来，并且能够带来真理、财富和进步而使自身合法化的。而后现代则是"对元叙事的怀疑"，对形而上学、历史哲学以及任何形式的总体化思想——不管是黑格尔主

---

① 罗凤礼：《现代西方史学思潮评析》，北京：中央编译出版社 1996 年版，第 265 页。

② 王晴佳、古伟瀛：《后现代与历史学——中西比较》，济南：山东大学出版社 2003 年版，第 57 页。

③ ［美］斯蒂文·贝斯特、［美］道格拉斯·凯尔纳著，张志斌译：《后现代理论——批判性质疑》，北京：中央编译出版社 1999 年版，第 154 页。

义、自由主义、马克思主义还是实证主义——的排斥。[①] 这种对“大历史”元叙事针锋相对的批判，也是新历史主义的重要观点。

如果从“科学”这一关键词入手，也可以对传统历史主义、年鉴学派和新历史主义之间的区别与联系进行认知。与之对应的是“科学化之历史”、“非科学之历史”与“反科学之历史”。有论者认为：“如果我们要总结年鉴学派在改变西方历史观念方面的作用，我们可以用从‘科学化’到‘非科学化’来表述……虽然年鉴学派从一开始便以历史的科学化为目标，以引进科学方法为宗旨，但在其进一步的发展中却逐步扩大、包容和吸收了不少‘非科学’的成分，如文学艺术、民俗和宗教等方面。当然，年鉴学派还没有发展到像后现代主义者那样，走到‘反科学’的地步。”[②] 从“兰克典范”标榜的科学的历史到年鉴学派的扬弃发展，“科学化”到“非科学化”的概括是很有道理的，而几乎在大多数历史学家眼里，后现代主义，特别是新历史主义则是“反科学”的。在现代主义者那里，科学与理性可谓同气连枝，而现代性也就是许诺要把人类从愚昧和非理性中拯救出来。福柯对所谓的科学与理性进行了他独特的谱系学研究，从而终止了历史进步学说与所谓的科学的历史。海登·怀特认为：“选择某种有关历史的看法而非选择另一种，最终的根据是美学的或道德的，而非认识论的……对史学科学化的要求，仅仅代表着表达了对一种特殊的历史概念化形态的某种偏好，其基础要么是美学的，要么是道德的，而它在认识论上的论证仍然有待确立。”[③] 也就是说，在新历史主义者眼中，历史事实是由历史编撰者的历史观点确定的，而采用哪一种历史观点，美学或道德的根据大于认识论的根据，史学科学化的追求仍然是有待论证的，而绝非传统持科学历史观的史学家那样确定不移的。同时，新历史主义者通过将历史作品视为叙事性散文话语形式中的一种言辞结构，强调历史作品不可回避的诗学本质，从而颠覆了科学的历史观并使自己带上了若干“反科学”的

---

① ［美］斯蒂文·贝斯特、［美］道格拉斯·凯尔纳著，张志斌译：《后现代理论——批判性质疑》，北京：中央编译出版社 1999 年版，第 216 页。

② 王晴佳、古伟瀛：《后现代与历史学——中西比较》，济南：山东大学出版社 2003 年版，第 101 页。

③ ［美］海登·怀特著，陈新译：《元史学：十九世纪欧洲的历史想像·序言》，南京：译林出版社 2004 年版，第 4 页。

印迹。

值得注意的是，年鉴学派的“总体史”与“微观史”的观念，与新历史主义之间存在着千丝万缕的微妙联系。总体史是年鉴学派的重要理论核心，其历史时段理论目的就是确立其总体史的目标。这种总体史按照勒胡瓦拉杜里的解释，必须关注全部可用的经验证据，梳理全部可能的资料来源，从而寻求社会循环和事态的深层结构。二元对立是结构主义的基本特点，因而结构主义就预设了先进与落后、进步与倒退、文明与野蛮、传统与现代等前提假定，这些假设可以看作是年鉴学派的元叙述。从这一角度而言，年鉴学派仍是一种“大历史”。而按照利奥塔的看法：“简化到极点，我们可以把对元叙述的怀疑看作是‘后现代’。”作为对这种总体史之反叛的，便是当前史学领域兴起的“微观史”研究。

“微观史”并不是对一个统一的学派的称谓，尽管持这种研究路数的学者有某些共同特点。形成于20世纪70年代末的意大利微观史学是最有影响的一支，其名家名作有卡尔洛·金兹伯格（Carlo Ginzberg）的《乳酪与蛆虫——一个16世纪磨坊主的精神世界》、罗伯特·达恩顿（Robert Darnton）的《猫的大屠杀和法国文化史中的其他事件》、乔万尼·列维（Giovanni Levi）的《继承权力——一个祓魔师的故事》、娜塔丽·戴维斯（Natalie Davis）的《马丁·基尔的回归》等。

从事微观史研究的史学家，不再注意年鉴学派所提倡的地理环境、长时段等方面，而是把注意力集中到个别、具体的事实，通过局部性成果的取得，试图做到对整个历史背景作出某种补充性的说明。这种研究方式与年鉴学派主流范式有重大的区别，但是这里要指出的是，年鉴学派第三、四代的一些成员，比如法国年鉴学派著名学者雅克·勒韦尔（Jacques Revel）和贝内纳·勒佩蒂（Bernard Lepetit）就是意大利微观史学在法国的积极传播者，雅克·勒韦尔还为乔万尼·列维的作品写过一篇《贴近地面的历史学》的长序，因而有人也将他归为微观史学家。微观史学以小见大、见微知著的研究方式，其所谓的“大”仍然局限在某一方面、某一问题或某一领域，依旧无法解决历史学界长期存在的如何处理好宏观与微观关系的经典难题，还是无法做到把某一个别现象的叙述与宏观过程的评定结合起来。

同时微观史学与新历史主义有着某种微妙的关系，娜塔丽·戴维斯就承认在她实在找不到直接史料时，只能用其他有关资料，这里就有一部分“虚构”，但这种虚构是受到过去声音的严格验证的，从这我们似乎看到了新历史主义的影子。然而卡尔洛·金兹伯格则主张严格依靠文献，这又让我们看到其与新历史主义的观点有着相当大的区别。

所以正如格奥尔格·伊格尔斯指出的：“海登·怀特的论点（即历史学总要采取一种叙述方式，因而就具有文学文本的性质）人们是普遍接受的，但并不接受他的结论（即，所以历史学和一切文学一样，在本质上就是一种‘写小说的工作’）……历史学家总是要检查造假和作伪的，因而是满怀着求真的意念在操作的，不管通向真相的道路可能是何等的复杂而又不完整。”① 从这可以看到新历史主义与微观史学的重要区别。

三、历史修撰技艺与文学批评操作

在具体的实践层面，年鉴学派的技艺与新历史主义的操作存在着可供比较分析的领域。

首先，让我们来看看年鉴学派经典作家是如何重新编撰历史的。第一代费弗尔的《16 世纪的不信教问题：拉伯雷的宗教》旨在批评阿尔贝·勒弗兰编辑《巨人传》所持的观点：拉伯雷是不信教者，他写书的目的是为了削弱基督教的思想。而费弗尔又是如何操作他批评的解剖刀的呢？他先以语义学的方式对当时（16 世纪）“无神论者”这一字眼的内涵及其使用者（大多是 16 世纪 30 年代的小拉丁诗人）进行考证，证明“无神论者”这个词只是个“人们可以随意使用的”污蔑性的字眼。然后，费弗尔进一步讨论了拉伯雷在《庞大固埃》与《卡冈都亚》中开的玩笑，通过分析指出，这些玩笑属于中世纪讽刺神圣的传统，中世纪的僧侣常常乐此不疲。他从而得出结论：拉伯雷虽对中世纪晚期教会许多外在形式多有批评，却是个内在的宗教（interior religion）信仰者。接着，费弗尔讨论了 16 世纪无神论者的不可能性，他认为在当时的“概念装备”下，不信神是不可能出现的。最后，他并未满足于语言学分析，在该书的最后着重讨论了一些

---

① ［美］格奥尔格·伊格尔斯著，何兆武译：《二十世纪的历史学——从科学的客观性到后现代的挑战》，济南：山东大学出版社 2006 年版，第 144 页。

历史的心理学问题。他通过对一小撮作者对“无神论”这一字眼的内涵的精确的、技术性的分析，引申出了对整个时代的世界观的大胆描述。

布洛赫的代表作《国王的触摸》，乔治·杜比（George Duby）称其为研究了“心灵的气候”，开创了历史人类学的方向。这本书讲述的是10世纪到18世纪早期，在法国和英国普遍流行一种看法，就是相信国王的抚摸可以治疗由于国王的邪恶而引起的一种病。在这一形象背后，布洛赫认为，世俗的国王通过抚摸而治愈疾病这一神圣的行为，无疑瓦解了教会的神权，从而刺激了人民对神圣王权的想象，这种想象支持了世俗的王权，从而使得经过教会加冕的世俗的王权似乎具有了神圣的宗教的作用，也使得王权与宗教能够分庭抗礼。正是通过这一问题，布洛赫描述了王权的观念史和西欧历史政治的近代化过程，通过国王对患者抚摸从而治疗疾病，以及即使第一次抚摸不奏效，某些患者回头接受第二次抚摸的习俗，对“心态”史作出了先驱式的贡献。①

第二代布罗代尔的《地中海》卷帙浩繁，但在具体的操作上也是从小处着眼的。比如，他在书中举的椅子的例子，椅子在公元2世纪或3世纪，可能从欧洲传到中国，13世纪已广为使用，在椅子流传及使用的背后则是一种新的生活方式的产生，与此不同的则是，与中国相邻的日本人却拒绝了椅子。通过这个例子，说明日常生活的“小历史”（little history）——这种历史一不小心就会沦为纯粹描述性的、专谈逸闻逸事的或是考据性的历史——与该期重要经济社会趋势的历史。② 布罗代尔把新史学从只承认文字史料的兰克范式的传统中解放出来，大大扩大了史料的范围，把物质、精神各个方面的人类创造物，例如土地制度、工具、习俗、礼仪、民歌民谣、教堂还愿物、墓葬、遗嘱、项圈、手镯、语言、符号等，都看作是可以利用的史料。这种对史料的看法自然对传统史学的基本方法和标准提出了严重的挑战，产生了许多新型的研究方法。

第三代埃马纽埃尔·勒华拉杜里写下了著名的《蒙塔尤——1294—1324年奥克西坦尼的一个山村》（又译《蒙太尤》），影响十分广泛。该书

---

① ［英］彼得·伯克著，刘永华译：《法国史学革命：年鉴学派，1929—1989》，北京：北京大学出版社2006年版，第22~24页。

② ［英］彼得·伯克著，刘永华译：《法国史学革命：年鉴学派，1929—1989》，北京：北京大学出版社2006年版，第42页。

在序中提到，法国总统密特朗在一次电视讲话中提到他特别喜欢看《蒙塔尤》，并与作者有过交流，于是，蒙塔尤地区成为20世纪七八十年代法国的著名地区。该书讲述一个名叫雅克·富尼埃的人在蒙塔尤当宗教裁判所首领的时候对该地方进行审判的资料。这次审判时间长达一年，共计578次审讯，涉及98个案件，有114人受到起诉或追究，其中48人是妇女。而后来，这个富尼埃成了教皇伯努克十二世，这些记录的材料因而也变得重要起来了。富尼埃非常精通当地语言，在审判时把当时的情境记录下来且翻译成拉丁文，由于他审判时态度很好，所以跟他聊天的异端吐露了较多的真情，涉及了蒙塔尤的生活、风俗和人际关系，非常详细。在记录中，一些叙述者长年游牧，随气候的变化，带着羊群各地迁徙。因而这一地方就与法国其他地方的文化生活联系起来了，通过清理出的大量不合正统天主教的资料，描述了法国西南部的民俗，包括性行为、婚姻、儿童、社会结构、死亡等。[①] 全书通过对该村纯洁派25名异端分子的审问记录进行重新编排，分两个部分：一是该村的物质文化。比如说，房子是用石头建的，没有灰泥，这样，邻居便可以透过裂缝互相观察。二是村民的心态。该书借助村民自身的话语，从而达到对这一村落以及对这一村落所代表的大社会进行了描绘，是日后“微观史学”的一个早期典范，用作者的隐喻说，通过一滴水研究整个海洋。在此，我们依然看到的是从边缘出发剖析中心的思路，但与第一、二代不同的是，在该书中，作者借助史料，以其生花妙笔塑造了一批栩栩如生的人物，比如说温驯、热爱自由的“好牧民”皮埃尔·莫利，性感的比特莉丝，以及强暴她的、富有攻击性的、自信的牧师皮埃尔·克拉格。这些人物的塑造，某种程度上表现了人物传记的回归，同时带有浓厚的文学色彩。[②]

这种研究方法影响深远，甚至被人称作“蒙塔尤方法”，也被称为“精神考古法”，以《蒙塔尤》为代表的心态史的兴起也把以布罗代尔为代表的年鉴学派范式推向了顶点，随之而来的便是对年鉴学派的怀疑，终于导致年鉴学派的解体。

---

① 葛兆光：《思想史研究课堂记录》，北京：生活·读书·新知三联书店2005年版，第39页。

② ［英］彼得·伯克著，刘永华译：《法国史学革命：年鉴学派，1929—1989》，北京：北京大学出版社2006年版，第76页。

年鉴学派的史学思想和研究方法也深深地影响了中国学术界。中法史学界也有过交流的经验，但由于新中国成立初期十七年意识形态的影响，带有结构主义色彩的年鉴学派如同社会科学中的结构主义思潮一样，虑及其常被人诟病的人文纬度的缺失和反人道主义的倾向，使得它与当代中国传统社会科学思潮有着相当大的差距，但总体而言，年鉴学派在中国还是有很大的影响和借鉴余地的。

年鉴学派第一、二代的整体史观和长时段理论已经被中国学者用于历史研究。张广智使用布罗代尔的时段理论，对基督教入华进行了考察。他以为，《天津条约》、《北京条约》的签订，成了基督教入华史的转折点，这是完全与布罗代尔的短时段含义相吻合的。不过与布罗代尔漠视短时段内发生的政治、军事事件不同，这一时段内由于基督教士倚仗不平等条约的庇护，宗教传播的政治化倾向日益浓烈，于是教案蜂起，反洋教斗争不绝。而1860年《北京条约》的签订至1900年“庚子事变”，时间跨度40年，是布罗代尔时段理论中很经典的中时段。在这一中时段内，基督教入华的传教活动与西方列强政治的、经济的和文化的利益更紧密地纠缠在一起了，这种“情势”既有别于1860年之前，也有别于1900年之后中国基督教会史上一度出现的“黄金时代”。布罗代尔的长时段所包括的历史是一种结构，这就是潜伏于中国人脑海中的深层心理结构。中国人的反基督教思想可溯及大秦景教初入唐时，以后便代代相传，相沿成习，迄至晚明。这种集体无意识是世代相继的文化心理，绵延一千多年之久的思维定式，按前述布罗代尔的长时段理论，就是一种对历史长河的流速起深层与长久作用的“心理结构”。①

在文学史撰写方面，我们也能发现同样有趣的现象，袁行霈先生主编的《中国文学史》在综合考虑创作主体、作品思想内容、文学体裁、文学语言、艺术表现、文学流派、文学思潮、文学传媒、接受对象等九个方面的发展变化的基础上，对中国古代文学史的分期提出了三古、七段的观点：②

---

① 张广智：《近代中国对基督教入华的回应——一项现代新史学的理论诠释》，《复旦学报》（社会科学版）1998年第3期。

② 袁行霈主编：《中国文学史》（第一卷），北京：高等教育出版社1999年版，第12页。

上古期：先秦两汉（公元 3 世纪以前）
第一段：先秦
第二段：秦汉
中古期：魏晋至明中叶（公元 3 世纪至 16 世纪）
第三段：魏晋至唐中叶（天宝末）
第四段：唐中叶至南宋末
第五段：元初至明中叶
近古期：明中叶至“五四”运动（公元 16 世纪末至 20 世纪初期）
第六段：明嘉靖初至鸦片战争（1840）
第七段：鸦片战争至五四运动

这种分期突破了过去那种完全按照朝代和时代顺序将一个个作家作品简单地排列在一起的模式，既考虑了文学演进的外部因素，同时更加凸显了文学本位。耐人寻味的是，这种文学史分期，体现了一种新的时间观念，“三古”可以看成是中国文学史三个具有基座性质的“结构”，相当于“长时段”，“七段”则颇具“情势”的意味，可看作七个“中时段”，而在这两个时段底下则是一个个鲜活的文学思潮、代表作家、经典作品，换言之就是一个个活态的“文学事件”，自然，我们可以把它看作“短时段”。

与之相对应的，在中国现当代文学史的划分上，更是出现了轰轰烈烈的“重写文学史”（“重分文学史”）运动。“重写文学史”的口号，是 1988 年由陈思和、王晓明在《上海文论》中正式提出的，从 1988 年第 4 期开始到 1989 年第 6 期结束，论者发表一系列重新评价现当代文学史上重要作家作品的文章。这一运动包含一种对现当代文学史时段的重新思考，以往我们把五四运动到中华人民共和国成立看作现代文学史阶段，而把新中国成立后的文学创作理解为当代文学史，这显然将政治事件强加在文学时段的划定上，丧失了文学自身的主体地位。具体而言，在此之前，晚清的文界革命、小说界革命、诗界革命以及晚清的谴责小说都是与五四新文学一脉相承的，而传统划分使得这一交叉地带成为现代文学与古代文学的盲区。同时，革命文学和解放前的左翼文学也是一脉相承的，现代文学史、当代文学史的划分只让我们看到了断裂而抹杀了继承性。据此，北京大学中文系的教授陈平原、黄子平和钱理群在1985年提出了“二十世纪中国文学”的概念。[①] 这一概念如果按照年鉴学派的时段理论，我们参照上述中国古代文学史重新划分，可以把它当作“情势”，一种“中时段”；而其“长时段”，即“结构”层面，依旧有待历史来确定；在“事件”层面，依然是纷扰复杂的作家作品与思潮。

文学史的“重写重读就是将过去误读的历史再颠倒过来，将过去那种意识形态史、政治权力史、一元中心化史，变成多元文化史、审美风俗史和局部心态史。其目的在于瓦解过去正史的意义，使文学、文化和文本互相指涉的互文本关系，成为历史连续性之后的非连续性——割断了过去那种意识形态解释的连续性，而将历史转化为一种新的话语模式，在压缩意义范围中揭示出权力话语运作的潜在轨迹。……重写文学史成为权力话语解构方式”[②]，同时其具体的操作技术也是将先前单数大写的、政治化的文学史，改写为复数的、小写的、多元的、民间化的文学史。

我们发现，年鉴学派的技艺与新历史主义的操作手法非常相似。虽然，上述文字在对“重写文学史”的评析上分别使用了年鉴学派的历史时段理论和新历史主义的权力学说与基本策略，却得出了近似的结论。为了印证这一推断，我们看看新历史主义是怎么操作的。

格林布拉特在《通向一种文化诗学》中举了三个例子：一个是里根总统在其政治生涯的紧要关头援引他本人或其他通俗影片中的道白：“把他自己和他的观众投射进一个模仿与现实无差别的境地。”二是加利福尼亚约塞米蒂公园中内华达瀑布的自然美景与镂刻在铝牌上的这幅美景的照片之间的相互渗透。第三个例子更加精彩，诺曼·梅勒和他的出版公司沃纳书社根据一名罪犯的犯罪事实和相关审判文件、记录，以及这名罪犯与其女友的情书等文献资料，加以编辑整理后出版为小说《行刑者之歌》，在市场上大受欢迎，又产生了意料不到的故事，此小说被另一服役的罪犯看到后，与作者进行书信联系，为其提供自己监狱生活的详细的信息，被一名编辑剪裁加工后出版，书名为《野兽的肺腑之言》，而作者也在梅勒的

---

① 钱理群、黄子平、陈平原：《二十世纪中国文学三人谈》，北京：北京大学出版社2004年版，第1页。

② 王岳川：《重写文学史与新历史精神》，《当代作家评论》1996年第6期。

帮助下假释出狱。这名罪犯出狱后在一家通宵餐厅与侍者发生争执后，再次杀人。这个故事又被编成一个剧本，书名也是《野兽的肺腑之言》。

通过这一连续事件，作者旨在说明："艺术作品是一番谈判（negotiation）以后的产物，谈判的一方是一个或一群创作者，他们掌握了一套复杂的、人所公认的创作陈规，另一方则是社会机制和实践。为使谈判达成协议，艺术家需要创造出一种在有意义的、互利的交易中得到承认的通货。"① 新历史主义批评常常把历史和文学艺术的文本与人类学的"厚描"，历史的逸闻逸事，如印度尼西亚巴厘岛上的斗鸡、各种各样的驱魔巫术，或借某种新发现的材料，如一首莎翁新诗，加以"东拉西扯（推论）"的话语实践，而其主要兴奋之点与最终的目标不在历史本身，也不在美学的东西本身，而仍在意识形态或政治方面，即福柯的"话语—本文—权力"的操作层面。②

从这些例子中我们可以看到，年鉴学派通过对识字史、法院的裁判书、房屋结构、巴厘岛的斗鸡等一些鲜为人知的领域的探索，从小处着眼，追根溯源，见微知著，从而引出对整个时代的认识。这方面，可以说是与新历史主义的操作如出一辙的。但是我们明显看到，这种通过对边缘性事件的剖析从而挖掘表面事件背后内蕴的方法明显是一种深度模式的探索，是第一、二代年鉴学派的历史学家追求"总体史"的重要的操作手段，而在第三、四代年鉴学派的历史学家在抛弃"总体史"的追求而进行新的转向时则大异其趣。当然，在这些类似的操作层面下，我们仍能看到其思想主张的不同，年鉴学派反对实证主义的历史编撰方法，而追求一种跨学科的"总体史"，借鉴了后结构主义的一些思想方法，但其探索的先锋性是远远没有处在后结构主义之后的新历史主义层面上的。

在年鉴学派与新历史主义的理论映照下，文学创作也呈现出了新的景观。年鉴学派是20世纪法国史学乃至世界史学发展的中流砥柱，如果借鉴年鉴学派的历史时段理论解读一些历史小说，这一新的视角必将看到新的风景。

---

① 张京媛主编：《新历史主义与文学批评》，北京：北京大学出版社1993年版，第7～15页。

② 毛崇杰：《颠覆与重建——后批评中的价值体系》，北京：社会科学文献出版社2002年版，第340页。

刘震云的《故乡天下黄花》被当代文学批评家看作一部新历史小说，对这部新历史小说，用年鉴学派的视角加以观照是很有意思的事情。小说中的北方农村“马村”可以看作是乡土中国亘古不变、愚昧落后的缩影，是年鉴学派眼中的“地理时间”，而一个个“你方唱罢我登场”的时期：民国初年、抗日战争、土改运动、文化大革命则可以看作一个个微妙的“行情”，是较为稳定的“中时段”，辛亥革命时期的乡村自治、抗日战争时期几股武装力量的矛盾冲突、土地革命时期的斗地主、“文革”中的造反夺权则构成了一件件跌宕起伏的“事件”，是最为绚丽多彩同时也是最快烟消云散的“短时段”。年鉴学派的时段理论重新构建了时间格局，使人看到了史诗格局下的卑微琐碎，宏大叙事与大写的历史早已不见，只看到一个个过眼云烟般的偶然事件，凸显了新历史主义所要表达的历史荒诞感。

陈忠实的《白鹿原》，被学界誉为“一部令人震撼的民族心灵的秘史”。就其“事件”层面而言，白嘉轩与鹿子霖在传统儒家思想下的仁与不仁的斗争，白嘉轩长子白孝文因与田小娥私通而失去族长继承权，后又经奋斗成为国民党县武装力量的领导，最后投诚共产党，做了新政权的县长，女儿白灵则为共产主义理想奋不顾身却最后死于党内“肃反”。地主鹿子霖长子鹿兆鹏是共产党人，次子鹿兆海却在围剿红军中死去。长工鹿三的儿子鹿娃的经历极富戏剧性，与地主小老婆田小娥私奔，后率众造反，接着又当了土匪归附国民党，最后投身共产党却依旧死于“镇反”。在这些“短时段”层面，是纷纷扰扰的“事件”，注重潜层次心理（如性心理）对人的性格与命运的深刻影响，与传统革命历史小说阵营分明截然相反，血缘、族群、阶级、政党的关系错综交织，很难用黑白二色简单勾勒，同样表现了对传统历史小说二元对立的反驳，具有鲜明的新历史小说的特点。在“情势”方面，渭河平原从清末到解放初五十年间乡村风云，白鹿两家与雇农鹿家三家两代人的纠葛则可看作“中时段”，是上述事件发生的舞台。而更为潜在的“结构”层面则是渭河平原这一白鹿书院浸染下，具有浓厚儒家道德伦理规范的族群地域，从中我们看到了乡土中国的永恒主题与彰显传统文化的潜在意识。

张承志的《心灵史》显示出年鉴学派的历史时段理论的明显影响。心态史学是年鉴学派的重要组成部分，心态史（或译心理史）是《年鉴》以及聚集在这本杂志周围的史学家创立的属于心理学范畴的一个概念和方法。这里的心态是指个人或人群无意识的精神内涵和不由自主的心理行为。心态史学在法国乃至世界都取得了很大的成绩，甚至有些人用心态解释全部的历史演变。张承志先后就读于北京大学历史系、中国社会科学院研究生院，毕业后长期从事中亚、新疆、甘肃、宁夏、青海宗教考古调查。作为一名科班出身的史学研究者，他不可能不对20世纪占统治地位的年鉴学派视而不见，单就“心灵史”这一题目，就让人自然而然联想到了年鉴学派。本着大胆假设、小心求证的治学态度，论者尝试用年鉴学派的历史时段理论重读《心灵史》。这里提及年鉴学派的技艺是因为年鉴运动的发起人之一布洛赫曾撰写过《为历史学辩护：历史学家的技艺》一书，后来保罗·利科尔在《法国史学对史学理论的贡献》中列了“历史学家的技艺：年鉴学派”来介绍年鉴学派。

按照历史时段理论，让我们先来看看“短时段”“事件”，这一层面是各种令人目不暇接的政治、军事事件，在小说中作者分七门（作者用哲合忍耶内部秘密抄本作家的体例，称之为“门”，而不是“部”或“章”）讲述了七名哲合忍耶穆勒什德（领袖、圣徒）的故事：创始人马明心在也门学教15年后受师命归国传教，乾隆四十六年三月二十七日在兰州被杀，其义女赛力麦为救其父在金城关战败自杀，教民苏四十三卫教造反血染华林山；第二代平凉太爷穆宪章因其教在靖远狼台山、石峰堡的反抗而连累入狱，监禁致残后病死，殁后传位于第三代船厂太爷马达天；在迫害与喘息中维持了六年，马达天仍不免在流放黑龙江布盔中折磨病死；第四代四月八太爷马以德继任掀起了教内的一大复兴；第五代十三太爷马化龙面临屠城时自缚，以全族三百余人赎金积一带回民死罪，同治十年凌迟而终；第六代汴梁太爷马进城如一轮瞬忽的弦月，12岁受宫刑，不到25岁就在磨难中病死；而第七代沙沟太爷马元章把一个血脖子教劝导上了和平的道路，走向复兴，并实现了震惊西北的“沙沟太爷进兰州”，随后归乡，死于海原大地震。

七代穆勒什德，200余年里50多万哲合忍耶命丧黄泉，哲合忍耶“提着血衣撒手进天堂”，鲜血染红了“绿旗”，以至于被外人视为“血脖子”教。在这两百多年里，有太多可歌可泣的故事，哪怕任选一人，也足够成就鸿篇巨制。金城关、华林山、石峰堡、金积堡、东沟，一处处地名被鲜血染红，而一处处圣徒的拱北（圣徒墓）都是一处处血淋淋的纪念碑。但作者显然并没有将笔墨完全聚焦于某个人物或是某个事件上，唯此才能不黏着于事件的细节而丧失了深层意蕴的探求。布罗代尔认为事件史虽则“最富于人类趣味”，却也最为肤浅。“我记得在巴伊亚附近的一个夜晚，我沉浸在一次磷光萤火虫的焰火表演之中。它们苍白的光闪亮、消失，再闪亮，但都无法用任何真正的光明刺穿黑夜。事件也是如此，在它们光亮范围之外，黑暗统治一切。”事件是“表面的动荡，历史潮流负在背上的泡沫尖”，“我们必须学会不要轻易相信它们”，[①] 而应更为关心个人与事件发生的语境，即“情势”。

所谓的“情势”，这一术语挪用自经济学的“商情”、“行情”，也许使用“行情”似乎更为生动现象，也更能体现年鉴学派的跨学科的理论视野。它不是短时段的几天、几月或是几年，而是10年、50年甚至100年的较长时段，它构成短时段中“事件”发生、发展的基础。按照总体“行情”，我们可以根据哲合忍耶与执政者的关系（也即其流血与喘息的时间）大致将其分为三个阶段，第一阶段是哲合忍耶的古代史，从第一代圣徒马明心出世（约康熙五十七年到康熙五十九年，即1718年至1720年，因文中未详细记载其出生年月，只提到在乾隆八年到十年之间，马明心回到甘肃，此时已年满25岁，据此推断）直到第六代马进城去世（光绪十五年即1889年）一百七十余年。在这一百七十余年里虽有过短暂的喘息（比如第二代、第四代），但总体而言，即使这喘息也是迫害的间隙，而就哲合忍耶的古代史来看，流血牺牲依然占绝对的主导。在这一百七十余年里执政者的残酷镇压、迫害与哲合忍耶的不屈不挠的反抗构成了基本的主线。第二阶段是哲合忍耶的现代史，即马进城病逝（1890年）到第七代马元章去世（1920年）30年内，是哲合忍耶的空前复兴时期，在民国八年实现了震惊西北的“沙沟太爷进兰州”，使哲合忍耶飞跃成为中国最强大的教派。马元章去世后，哲合忍耶迈向了当代史，这就是第三个阶段，而作者行文就此结束。从这三个阶段的划分中，我们可以把握作者对哲合忍耶与政治、社会环境的思考，哲合忍耶本是穷人的宗教，在贫瘠的大地上

---

① ［英］彼得·伯克著，刘永华译：《法国史学革命：年鉴学派，1929—1989》，北京：北京大学出版社2006年版，第30页。

追求心灵的富裕和自由，然而在教派纷争和统治者的迫害打击下，这种基本宗教信仰自由都无法实现，哲合忍耶不断有人死去，不洗遗体、带血下葬，甚至舍西德（殉教者）都成了人人争抢的角色，哲合忍耶成为以追求束海达依（圣教牺牲、殉教之路）为最高境界的“血脖子”宗教。在第七代，哲合忍耶因其与清廷的血海深仇而在清末民初推翻清政府的战斗中与民国政府找到了共振点，哲合忍耶首次获得了执政者的认可，与官府达成默契礼让，双方放弃暴力。在这种“情势”下，马元章靠着他的权威和虔诚苦苦地劝说，把见惯了鲜血的一个被迫害的教派劝导上和平的宗教道路。由流血到和平，如果用两字说明原因，我们想到的还是年鉴学派的“情势”。那么在“情势”之下又是什么呢？

现在该是我们触及到底座“结构”的时候了。“长时段”是“一部近乎静止不变的历史，流逝与变化滞缓的历史”，是在扫除了“事件闪光的尘埃”，分析了“行情”之后我们直面到的历史、心灵的深层真实。从这里我们看到仍然是对深度模式的探究，虽然作者使用独特的形式，用作者的话讲就是“不能用上述学科（指考古学、蒙古史、中亚探查、伊斯兰研究等史学范畴）和形式（论文、小说、诗和散文）界定的文本《心灵史》”，虽然文本议论、教义、历史、文献、诗歌杂糅，但我们依旧把它看作一部小说，而其先锋探索意识相比内容本身而言并不是很强的，虽然在对历史的叙述方面我们可以看到“单线历史的复线化和大写历史的小写化”、“客观历史的主体化和必然历史的偶然化”、“历史和文学的边缘意识形态化”等新历史主义的基本特征，① 我们还是倾向于把它作为一部追求历史真实的传统历史小说来读的。

在第一门作者描写了一方“圣域”，那么这方“圣域”指的是哪里呢？广义而言指“东半个甘肃。南北全部宁夏——银色大川和西海固山地、青海一角。天山两麓的大半新疆绿洲儿”。但作者把更多的笔墨集中于以沙沟为中心的黄土高原东南角回民聚集地西海固地区（西吉、海原、固原）。在哲合忍耶那里，他们有他们独特而神秘的地理学，在《曼纳给布》中列举了如下的地名：鲁过闸、驼场堡、徐州（可能指淮阴）、秦州、凤翔、

---

① 张进：《新历史主义文艺思潮的思想内涵和基本特征》，《文史哲》2001 年第 5 期。

下堡、穆家槽子、平凉、石河子、玛纳斯、阿克苏……这是一种形象而奇特的地理观念，一个村庄完全可以大名鼎鼎，而一个大省却可以不为人知。透过这一独特的地名排列，我们看到了一种对现世城市、农村的完全不同的理解，这是信仰的地理，一个地方的地位完全由其在这方信仰的“圣域”中的重要性而决定，难怪在这方“圣域”中，即便是政治文化中心的北京也只是这方“圣域”的边缘，而名不见经传的沙沟却是这方“圣域”当之无愧的信仰的中心。然而在世俗人的眼中，这是一方怎么样的“圣域”呢？“庄稼是无望的希望”，“天旱的年头，种出去不仅颗粒无收而且割不回一堆麦草”，“女人们嫁不出去，她们穷得往往没见过邻村，没有一身衣裤”……“赤贫”，准确概括这方土地的词语下是难以想象的恶劣生存环境。“这里是真正的穷乡僻壤，风景凄厉，民性硬悍。除开神秘主义（苏菲主义）外，没有什么力量能适合于这里。”马克思说过，宗教是绝望的人的希望。也许是哲合忍耶这穷人的宗教产生的最好的注解。“在这样的天地里，信仰是唯一的出路”，“黄土高原依然是千沟万壑灼人眼瞳的肃杀。日子还是糠菜半年饥饿半年天旱了便毫无办法。但是穷人的心有掩护了，底层民众有了哲合忍耶”。“穷人的心，变得庄严了。”透过“长时段”我们终于触摸到了作者跳动的脉搏，这便是信仰，这便是宗教。她的力量征服了黄土高原上的农民，也征服了张承志这个在北方草原上驰骋的汉子。“长久以来，我匹马单枪闯过了一阵又一阵。但是我渐渐感到了一种奇特的感情，一种战士或男子汉的渴望皈依、渴望被征服、渴望巨大的收容的感情。”① 他最终皈依了伊斯兰教，成为一名哲合忍耶。

那么什么是哲合忍耶呢？“如果要惟妙惟肖地、简化地给外人介绍，或是用一个画面来捕捉它——那么我想，所谓哲合忍耶，就是一大群衣衫褴褛的刚强回民，手拉手站成一个圈，死死地护卫住围在中心的一座坟。”那么哲合忍耶的哲学内容是什么呢？一是“伊斯兰的终点，是无计无力”；二是“川流不息的天命”。在对哲合忍耶的介绍中，作者的历史观、宗教观也渐渐浮出水面，张承志认为“正确的方法存在于研究对象拥有的方式中”，鉴于此，他用5年的时间使自己成为一名和西海固的贫民一样的多斯达尼（教民），他认为唯有这种心灵相通才能理解历史。他认为真正的

---

① 张承志：《心灵史 · 序》，长沙：湖南文艺出版社1999年版，第2页。

历史学“它与感情相近，理性相远”。而“宗教是世界观，更是人、人性和人的感情的产物”。正是这种情感贯注的教史的文学书写铸造了《心灵史》辉煌篇章。[①] 从中我们可以看到作者用心态、心灵对哲合忍耶所作的重新的理解。

当然，用心态解释全部历史演变的企图是一种曲解和夸大，研究社会的心理学家一般没有从历史的层面而单纯从社会学家的视角进行观察，精神分析属于个人而非集体的事务。年鉴学派的创始人费弗尔和布洛赫有意创立的历史心理学的打算早就流产了，而今文史与心理的对话仍然举步维艰，但是，作为一种有益的尝试，它给我们打开了一扇视窗，也许我们借此可以看到从未有过的风景。

第六节　新历史主义与空间转向

新历史主义文艺思潮具有将时间空间化和共时化的重要特征，因此，在其各种层面的实践中，新历史主义都与空间转向中的种种理论学说进行了广泛的“协商”。

一、空间转向的主要特征

空间与时间，是人类生存和感知世界的重要维度，恩斯特·卡西尔曾说：“我们只有在空间和时间的条件下才能设想任何真实的事物。”[②] 但是在西方，从柏拉图、亚里士多德以来，空间一直被视为本身不具有任何特性的容器或平台而备受漠视，时间则以绝对的优势地位占据社会发展的实践和理论的主导权。许多思想家，如马克思、韦伯和涂尔干等，都自觉不自觉地赋予时间和历史相对于空间的优先权，却忽略了历史进程中空间的

---

① 王安忆：《〈心灵史〉的世界》，《小说界》1997 年第 3 期。

② ［德］恩斯特·卡西尔著，甘阳译：《人论》，上海：上海译文出版社 2004 年版，第 66 页。

作用。正如福柯所说："空间在以往被当作是僵死的、刻板的、非辩证的和静止的东西。相反，时间却是丰富的、多产的、有生命力的、辩证的。"[①] 他指出，19 世纪以前的西方思想史一直与时间的主题相纠缠，人们普遍迷恋历史，关注发展、危机、循环、过去、死亡等问题。[②]

这种重视时间而忽视空间的传统长久以来未被人们注意到，人们始终把关注的焦点放在社会变化、现代化和革命（技术的、社会的、政治的）的过程之上，甚至现在经常被人们提及的现代性这一比较时髦的概念，其本身也是一个时间性的概念。英国社会学家齐格蒙·鲍曼认为，现代性最典型的表征就是它的永恒不断的"流动性"，因为现代这个概念的意思就是"现在这个时代"，亦即当前的、当下的时代，而现代又是处在不断的变动之中，它不断地转变为过去，又不断地承接上未来，可以说是一个十足的时间概念。另外，社会学家斯温杰伍德也指出："现代性意味着历史意识，一种历史连续性的意识，过去在现在延续的途径。"[③]

而中国这样一个有着漫长历史的国家，使它经常引以为自豪的便是那五千年源远流长的文明史。在中国封建社会，每位帝王登基后的第一件事便是改元，就是更换年号，这虽然有政治的因素在其中，但在客观上从一个侧面反映了人们潜意识中对历史的重视。《淮南子·齐俗训》有言："往古来今谓之宙，四方上下谓之宇。"中国古代的"宇宙"观念，不像西方自然科学中的"宇宙"观念，只是空间的观念，而是一种时空合一的观念。关于中国古典的"宇宙"观念，宗白华先生曾指出：时空四维乃是"节奏化了的自然"，"时间的节奏（一岁十二月二十四节）率领着空间方位（东南西北等）以构成我们的宇宙。所以我们的空间感觉随着我们的时间感觉而节奏化了"。宗白华先生认为："我们的空间意识的象征不是埃及的直线甬道，不是希腊的立体雕像，也不是欧洲近代人的无尽空间，而是潆洄委曲，绸缪往复，遥望着一个目标的行程（道）！我们的宇宙是时间

---

① ［美］爱德华·W. 苏贾著，王文斌译：《后现代地理学》，北京：商务印书馆 2004 年版，第 10 页。

② 包亚明主编：《后现代性与地理学的政治》，上海：上海教育出版社 2001 年版，第 19～28 页。

③ 转引自周宪：《审美现代性批判》，北京：商务印书馆 2005 年版，第 61 页。

率领着空间，因而成就了节奏化、音乐化了的‘时空合一体’。”① 而中国自古以来就有史传传统，顾准曾说：“中国文化是史官文化，服从于政治权威的史官。”② 可以说，中国历来有重视时间而忽视空间的传统。曹文轩总结道：“中国是一个‘好史’的国家，其历史意识之强烈与顽固，在这世上大概少有国家能与之匹敌。”③

这种重时间而轻空间的传统把进步和发展当作理论上的唯一目标，把历史和时间当成了它的主要尺度。爱德华·W. 苏贾认为正是这种历史决定论导致了空间的被贬值，④ 因为这种历史决定论强调进步必须征服空间，拆毁一切空间障碍，最终“通过时间消灭空间”，“把空间变成一个附带的范畴，隐含在进步概念的本身之中”，⑤ 也就是说，以历史或者时间为尺度来判定对象先进还是落后，而空间所具有的多种可能性被理所当然地编织为先进或者落后概念链条上的一个环节，其本身所具有的丰富性和复杂性完全被抹杀了。

这种“通过时间消灭空间”的传统一直延续到20世纪70年代后期才发生了根本性的转变。1974年，法国马克思主义哲学家亨利·列斐伏尔的著作《空间的生产》法文版出版。在这部著作中，列斐伏尔力图纠正传统理论对空间的简单和错误的看法，认为空间不仅仅是社会关系发展演变的静止的容器或者平台。他特别强调空间的社会性，认为空间是生成的，但同时又反过来对社会和人的行为具有某种内在关联，是一个动态的实践过程，同时还叠加着社会、历史和空间的三重辩证。在他看来，资本主义正是通过不断地生产新的空间关系和全球空间经济来延续其存在并获得进一步的发展的。列斐伏尔的贡献在于将空间和地理的分析引入马克思主义之中，使得马克思主义从纯粹的时间魔力中解放出来，也使得人们从对时间

---

① 宗白华：《美学散步》，上海：上海人民出版社1981年版，第113页。

② 顾准：《顾准文集》，贵阳：贵州人民出版社1994年版，第252页。

③ 曹文轩：《20世纪末中国文学现象研究》，北京：北京大学出版社2002年版，第213页。

④ ［美］爱德华·W. 苏贾著，王文斌译：《后现代地理学》，北京：商务印书馆2004年版，第31页。

⑤ ［美］戴维·哈维著，阎嘉译：《后现代的状况——对文化变迁之缘起的探究》，北京：商务印书馆2003年版，第257页。

问题的关注转移到对空间问题的关注上来了。在马克思那里，生产主要是指物质生产，而空间通常被当作是物质生产的器皿和媒介。列斐伏尔则创造性地提出了空间生产理论。所谓的空间生产不是指在空间内部的物质生产，而是指空间本身的生产，也就是说，空间自身直接和生产相关，空间成为生产的对象，从空间中的生产转向空间的生产。

如果说列斐伏尔是从政治经济的宏观层面上强调空间的社会性，将空间和社会及其生产模式的关系作为其空间思考的重心，那么米歇尔·福柯关注的则是知识、权力、话语等内在性的微观空间与个体的关系。福柯对空间的思考主要集中在数个访谈录：《关于地理学的若干问题》（1980）和《空间、知识和权力》（1984）以及《不同空间的正文和上下文》（1984）等论文之中。他认为20世纪预示着一个空间时代的到来，并且断言："在任何情况下，我相信我们时代的忧虑就本质而言与空间有关，毫无疑问，这种关系甚于同时间的关系。"在他看来，"空间在任何形式的公共生活中都极为重要，空间在任何的权力运作中也非常重要"①。他认为，与其说空间和个人相互影响，不如说，空间对个人具有一种单向的生产作用，它能够创造出一个独特的个体。对个体而言，空间有强大的管理和统治功能。

在亨利·列斐伏尔和福柯之后，经过大卫·哈维、卡斯泰尔斯、爱德华·W. 苏贾等马克思主义地理学家以及詹姆逊、布迪厄、吉登斯等学者们的努力，一个关于空间的共识在逐渐形成："空间本身既是一种'产物'，是由不同范围的社会进程与人类干预形成的，又是一种'力量'，它要反过来影响、指引和限定人类在世界上的行为和方式的各种可能性。"②也就是说，空间不再是静止的、匀质的容器，而是被生产出来的、充满意识形态蕴含和权力关系的实实在在的、社会建构而成的空间之维。空间问题逐渐成为当代社会理论的一大热点，空间成了社会研究的主要视域和认知范式。自从20世纪90年代以来，学术界也随之发生了所谓的"空间转向"，学者们把以前给予时间和历史、社会关系和社会的青睐，纷纷转移到空间上来了。空间成了审视现代性和后现代性的重要视域，在空间认知

① ［美］爱德华·W. 苏贾著，王文斌译：《后现代地理学》，北京：商务印书馆2004年版，第28~29页。

② ［美］菲利普·韦格纳：《空间批评：批评的地理、空间、场所与文本性》，见阎嘉主编：《文学理论精粹读本》，北京：中国人民大学出版社2006年版，第13页。

范式的作用下，建筑、城市设计、地理学以及文化研究等学科变得你中有我，我中有你，日益呈现相互交叉渗透的趋势。在这种“空间转向”的学术背景之下，从空间的维度出发对文学活动进行重新诠释，无疑是我们当前进行文学研究的一个新的途径。

目前，从空间的视野出发去研究文学的做法，已经取得了不少成果。就目前能见到的资料来说，在国外首先有雷蒙德·威廉斯于1973年出版的《乡村与城市》一书，在该书中他考察了有关“城市”和“乡村”关系不断变化着的“情感结构”，以及发生在这些不可分割的概念两端的每一种明确界定之中的变化和扩展，因为它们在英国现代文学传统中都是约定的，他把这种传统从16世纪的田园诗一直追溯到当今的全球文学。其后，克里斯丁·罗斯于1988年出版的《社会空间的兴起：兰波和巴黎公社》，考察了兰波的诗歌道路，以及其他很多文化生产，回应并追溯了法兰西王权的扩张以及1871年巴黎公社所阐述的革命性的城市空间的可能性。爱德华·W. 赛义德的权威著作《文化与帝国主义》，论证了密切关注“潜在于西方小说、历史书写和哲学话语中的地理学标志与在理论上对领地地图和图表的绘制”的重要性。弗朗科·莫雷蒂的《欧洲小说地图，1800—1900》，考察了19世纪欧洲小说中出现的虚构空间的生产，以及各种小说生产在欧洲和全球“真实”空间中的流通与发行。另外，迈克·克朗在1988年出版的《文化地理学》中以“文学景观”为题，辟专章讨论了文学中空间的含义，认为文学，诸如小说、诗歌、戏剧、传奇等，都体现了以不同方式对空间进行阐释的努力，文学景观是“文学和景观的两相结合”①。

在国内对于空间理论的研究相对来说尚处在起步阶段，主要是一些学者对外国理论家相关论述的译介，主要有：包亚明主编的《后现代性与地理学的政治》和《现代性与空间的生产》，王文斌译的《后现代地理学》，阎嘉译的《后现代状况》和《后现代语境中的西方马克思主义理论——兼评戴维·哈维的后现代理论》，程世波的《批评理论的空间转向——论戴维·哈维对空间问题的探寻》，刘怀玉的《历史唯物主义的空间化解释：

① ［英］迈克·克朗著，杨淑华、宋慧敏译：《文化地理学》，南京：南京大学出版社2005年版，第39～52页。

以列斐伏尔为个案》，高鉴国的《新马克思主义城市理论》等著作或论文，主要是从社会学角度对空间理论进行翻译和介绍。

而运用空间理论来对文学进行研究的著作目前在我国还比较少，主要有：阎嘉主编的《文学理论精粹读本》，其中专门介绍了“空间批评”；南开大学陆扬教授的《空间理论和文学空间》、《析索亚“第三空间”理论》[①]等论文把空间理论和文学联系起来；包亚明在《上海酒吧——空间、消费与想象》一书中运用空间理论对酒吧文化和电影《重庆森林》的解读；[②]敬文东的《二十世纪后半叶中国文学的“空间主题”》对20世纪中国后半期中国文学主题的空间化解读；陈晓兰的《文学中的巴黎与上海》对左拉笔下的巴黎和茅盾笔下的上海这两座“文学城市”进行对照性的空间研究。另外，朱立元主编的《当代西方文艺理论》2005年增补版也增加了由陆扬所写的《空间理论》一章。[③]可以说，空间理论作为一种新的理论范式正在逐渐被我国学术界接受，对社会学理论、城市研究、文化研究以及文学研究等都产生了影响。

总的来说，当前已有的研究基本上都是对研究对象进行历时性的空间研究或者是对某一类型的文学体裁进行空间研究，缺乏将文学活动看作一个系统来对其进行共时性的空间思考和阐释，未能对整个文学活动系统进行空间的研究和观照。

戴维·哈维在其著作《后现代的状况》中从20世纪晚期资本主义社会的经济转变，即从大规模的流水线生产向小规模、灵活的生产方式的转变出发，探讨资本主义文化从现代性向后现代性转变的根源。他认为资本主义生产方式的这种转变所导致的文化上的表现是“时空压缩”。也就是说，人们体验时间和空间的方式的改变，造成了后现代主义文化。詹姆逊也指出，在后现代社会，“在日常生活里，我们的心理经验及文化语言都已经让空间的范畴，而非时间的范畴支配着”。在他看来，“后现代主义是

① 陆扬：《析索亚“第三空间”理论》，《天津社会科学》2005年第2期。

② 李陀主编：《上海酒吧——空间、消费与想象》，南京：江苏人民出版社2001年版。

③ 朱立元主编：《当代西方文艺理论》，上海：华东师范大学出版社2005年版。

关于空间的，现代主义是关于时间的”[①]，也就是说，后现代主义文化是一种和现代主义不同的、空间化的文化，因此，必须用新的手法和技巧来表现后现代主义的全球性空间意识。

苏贾认为空间化有三条不同的途径：“后历史主义”、“后福特主义”和“后现代主义”，其中后现代主义是“寓于文化和意识形态的重新变革，对现代性的经验意义进行不断更新的界定，空间和时间的一种全新的后现代文化的崛起”[②]。因此，可以说后现代主义本身是一种空间化的文化，而后现代的文学活动必然要受到这种空间化的影响。本书的主要目的就是探究后现代文学活动的空间化，力图从空间的维度，即从与时间的历史性向度相对的一种共时性的视角出发，对一直以来以时间为尺度建立起来的那种文学观念进行空间还原。具体地说，就是把研究的重心从以往的历时研究转移到现在的共时研究上来，以一种横向超越的方式对后现代语境中文学的基本问题进行思考。

“空间诗学”一词源自法国诗人、学者加斯东·巴什拉后期的著作《空间诗学》，它从现象学的角度出发对抒情诗的“内部空间”进行描述，认为“我们并非生活在一个空洞的空间中，相反地，却生活在全然地浸淫着特质和奇想的世界里”[③]。

新历史主义文艺思潮在其发生和发展过程中，多方面地融会吸收了空间诗学的思想成果。其所谓的“历史诗学”之所以具有不同于以往的“历史诗学”的自身特色，正在于它在对待历史时强化了“空间维度”，整合了当代思想有关“空间的社会生产”的理论观点。本书借用“空间诗学”这一概念主要是想从横向的、共时的向度出发，破除那种只注重历史性的时间神话，旨在对“空间转向”的学术背景下的文学活动作出新的思考，从空间的、横向的维度对文学的基本问题作出重新思考和阐释。

为了达到这一目的，本书采用艾布拉姆斯对文学活动四要素的划分，

---

① ［美］弗雷德里克·杰姆逊著，唐小兵译：《后现代主义与文化理论——弗·杰姆逊教授讲演录》，北京：北京大学出版社2005年版，第219页。

② ［美］爱德华·W. 苏贾著，王文斌译：《后现代地理学》，北京：商务印书馆2004年版，第95页。

③ 朱立元主编：《当代西方文艺理论》，上海：华东师范大学出版社2005年版，第488页。

从世界、作者、作品和读者等四个方面切入，分别对其进行共时的、横向的考察，进而对后现代语境中的传统诗学理论进行重新梳理和反思。

二、文学本质功能的横向拓展

关于“文学是什么”这一涉及文学本质的问题，特里·伊格尔顿曾经引用约翰·M. 艾里斯的说法，认为“‘文学’一词颇似‘杂草’一词：杂草并不是一种具体的植物，而只是园丁出于某种理由想要除掉的任何一种植物”。“杂草”这一含混的比喻充分显示了文学本质问题本身的暧昧性。正如伊格尔顿所说的那样，有时候“‘文学’意味着某种相反的东西：它是人们出于某种理由而赋予其高度价值的任何一种作品”①。也就是说，任何一种对文学的定义都不可能真正地触及文学的本质。

在崇尚反本质主义的后现代语境中，对文学的本质加以定义，似乎是一件吃力不讨好的事情。但文学理论作为对文学活动的理论概括，“文学是什么”这一问题是首先要解决的，如果对其置之不理，那么构建的理论势必会因为缺乏逻辑起点而成为空中楼阁。对于这一不可回避但又充满悖论的问题，本书将不直接对其加以定义，以使其保持阐释的可能性，而从文学的发生发展、存在方式和意识形态功能等三个方面来消解那种历时性的文学本质观念，以期对这一问题进行空间的、共时的还原。

（一）存在方式：削平深度模式，追求“平面化”

所谓深度模式，就是那种强调现象和本质、表层和深层、能指和所指等二元对立的传统观念。詹姆逊认为，我们现在要打破或削平的深度模式主要有四种：第一种深度模式是黑格尔式的辩证法对现象和本质的区分，这种内与外的对立，使人们的思维总是由外向内深拓，现象被抛弃，内部深层才是目的；第二种深度模式是弗洛伊德的表层——深层的心理分析模式；第三种深度模式是存在主义关于真实性与非真实性、异化和非异化的

---

① ［英］特雷·伊格尔顿著，伍晓明译：《二十世纪西方文学理论》，西安：陕西师范大学出版社1987年版，第11页。

二元对立；第四种深度模式是索绪尔的符号学所区分的所指和能指的对立。①

这些深度模式是一种由历时性的思维方式造成的二元对立的观念系统，在文学理论与实践中都可谓是根深蒂固的。美国著名文论家艾布拉姆斯在其著作《镜与灯》中，用“镜子”来比喻从柏拉图直到18世纪西方文艺思想的特点，把文学当成模仿现实的镜子，这就是模仿说；另外他用“灯”来比喻18世纪以后兴起的浪漫主义文学思潮的特点，认为文学是把自我之光投射到主体所感受到的事物上面，这就是表现说。其实不管是模仿说还是表现说，都是那种强调二元对立的深度模式的产物，因为在这种以时间为尺度的观念中，文学只是“影子的影子”，只是某种理念的感性显现而已。同样，在中国也有类似的观点，如庄子就认为“荃者所以在鱼，得鱼而忘荃；蹄者所以在兔，得兔而忘蹄；言者所以在意，得意而忘言”②。这种得意忘言的追求就是一种典型的二元对立观念。在这种强调深度模式的传统文学观念看来，文学只是某种表层的东西，其目的在于使人领悟那种深层的理念。直至现代主义文学那里，作家们仍然希望通过文学这种表面的东西来传达某种深层的哲理，比如艾略特的《荒原》，就是以圣杯的隐喻来表达拯救的主题。

但是到了后现代主义那里，人们拒绝一切深度模式。在后现代主义作家的作品中，文学的深度被放逐了，无深度的写作使文学回到了一个浅表层上，并呈现出一种“平面化”景观：作品仅仅是一种文本，“它只在浅表层玩弄所指、对立、本文等概念；它不再相信什么真理”③，完全是一种由生活碎片拼凑、由词语堆砌而成的平面化作品，比如法国新小说派，其宗旨就是要“铲除关于深度的陈旧神话”④。这种平面化其实就是一种空间化，因为人们对于时空的体验已经发生了变化，形而上的追求变成了对当下的迷醉，这种体验的变化导致了人们文学观念的改变。文学仅仅成了

① ［美］弗雷德里克·杰姆逊著，唐小兵译：《后现代主义与文化理论——弗·杰姆逊教授讲演录》，北京：北京大学出版社2005年版，第181～183页。

② 杨柳桥：《庄子译诂》，上海：上海古籍出版社1991年版，第576页。

③ 王岳川主编：《后现代主义文化与美学》，北京：北京大学出版社1992年版，第27页。

④ ［法］罗伯·格利耶：《未来小说之路》，《当代外国文学》1983年第1期。

一种语言游戏，不再担负以往的形而上使命。

张世英在《哲学导论》中提出“纵向超越”和“横向超越”这两个相对的概念，可以用来说明人们对深度模式的追求和拒绝。所谓“纵向超越”就是“从感性中个别的东西上升到理性的普遍的东西的‘纵深路线’”，即黑格尔式的对现象和本质的区分，对深度模式的追求；而“横向超越”则是“从在场的东西超越到不在场的东西，是从某一个个别事物到另一个个别事物”。① 这种“横向超越”体现在文学中正是后现代那种只讨论文本，不涉及内在的象征和寓意，拒绝挖掘任何意义，在后现代主义者看来，这种深度模式所追求的本质其实只是一种语言建构的形而上学的假设而已，他们主张存在先于本质。

传统的各种强调现象与本质、能指与所指、表层与深层等的二元对立，追求深度模式的理论在利奥塔看来都只是“宏大叙事”而已，但后现代人们质疑宏大叙事本身的合法性。詹姆逊认为：“我们可以用两个重要特点来界说后现代主义：第一，现代主义原型政治的使命感以革命姿态消解；第二，所有极端现代主义推崇的东西（如深度、焦虑、恐惧、永恒的感情等等），都消失殆尽。”② 这样一来，以往被尊为永恒的价值、意义、本质等概念都被后现代抛弃了，在后现代主义者看来，文学只不过是语言建构的语言游戏罢了，他们不再关心隐藏在文本后面的意义或本质。

（二）发展模式：从“纵向进化”到“横向发展”

后现代这种削平深度模式、追求“平面化”的观念和实践，导致在时间维度上历史意识的消失，正如詹姆逊所说：“关于过去的深度感消失了，我们只存在于现时，没有历史；历史只是一大堆文本、档案，记录的是确已不存在的事件或时代，留下来的只是一些纸、文件袋。”③ 王岳川指出，“历史感的消失意味着后现代主义拥有了一种‘非连续性’的时间观”④，

---

① 张世英：《哲学导论》，北京：北京大学出版社 2004 年版，第 26 ~ 29 页。

② 王岳川主编：《后现代主义文化与美学》，北京：北京大学出版社 1992 年版，第 103 页。

③ ［美］弗雷德里克·杰姆逊著，唐小兵译：《后现代主义与文化理论——弗·杰姆逊教授讲演录》，北京：北京大学出版社 2005 年版，第 185 页。

④ 王岳川主编：《后现代主义文化与美学》，北京：北京大学出版社 1992 年版，第 27 页。

正是这种“非连续性的时间观”颠覆了以往理性主义者们的那种一味强调进步的“线性进化论”的时间观。

在那种一味强调进步的“线性进化论”的时间观中，时间被“扳成一条箭头向前或向上的直线或螺旋线‘走向未来’……这可见的活生生的‘未来’成为我们评判过去、整理过去、弃绝过去、与过去彻底决裂的强有力的依据”①。时间概念“未来”成为唯一的尺度，在这种时间叙事中，每一种文学体裁和类型都被认为与生物体一样，必须经历萌芽、生长、开花、成熟、僵化乃至最后衰亡的“走向未来”的全过程。在这种观念的影响下，世界范围内，欧洲人认为他们的文学处在进化链条上距离“未来”较近的位置，因而将东方以及其他地区的文学都钉在一个比他们落后的“位置”上面；在一国范围内，比如在中国，汉族的文学史就将由汉族人用汉语书写的文学尊为正统，而对由少数民族用其本族语言文字书写或口头传承的文学不屑一顾，将其排除在文学的范围之外。这种现象就是本书所谓的“纵向进化”的文学观，它完全从时间的维度对文学活动进行片面的评判。

至于这种一味强调进步的“线性进化论”的时间观的弊端，陈平原曾指出：“进化的观念很容易给人造成直线发展的错觉。有了直线，就有‘正宗’，跟直线挂不上钩的自然就是‘邪门歪道’，即使承认文学发展并非时刻向上，而是时高时低，构成一条‘进化的曲线’，可‘曲线’毕竟是连续而且贯穿始终的。至于那些中断的或者表面上看来不连续的文学现象，往往就被作为偶然因素处理掉了。”②

戴维·哈维指出，到了后现代由于生产方式的转变，人们对时空的体验呈现出一种“时空压缩”的特点，由于交通和信息的加快速度，使得空间障碍进一步被消除，而在现实中人们应付这种“时空压缩”现象的途径是“国际主义”和“地方化”。③ 其实哈维所说的“国际主义”和“地方化”在文学领域内早有体现。早在1827年歌德和他的秘书爱克曼谈话时，就提出“世界文学的时代已经快来临了”，同年，他在评述自己的《塔索》

---

① 黄子平：《“灰阑”中的叙述》，上海：上海文艺出版社2001年版，第23页。

② 陈平原：《小说史：理论与实践》，北京：北京大学出版社1993年版，第111页。

③ ［美］戴维·哈维著，阎嘉译：《后现代的状况——对文化变迁之缘起的探究》，北京：商务印书馆2004年版，第347页。

法文改编本时说："一种普遍的世界文学正在形成。"① 虽然对于他的"世界文学"这一概念的具体含义争议颇多，但我们可以肯定的是，它明显不像韦勒克理解的那样，"是一种要把各民族文学统一起来成为一个伟大的综合体的理想，而每个民族都将在这样一个全球性的大合奏中演奏自己的声部"②，而是像朱光潜所说的："歌德对于世界文学的主张是辩证的：他一方面欢迎世界文学的到来，另一方面又强调各民族文学必须保持它的特点。"③

目前，"全球化"已经成了一个备受关注的话题，对其研究也开始在各个领域内展开，文学作为人类精神活动的一部分，必然会受到这种"全球化"语境的影响。要研究文学的全球化，首先应该说明文学领域内的"国际主义"和"地方化"问题，也就是先要阐明"全球化语境"和"地方性知识"的相互关系，这二者是一个同步展开、相辅相成的双向过程。因为"全球化"过程可以有两种理解：一种是"地方全球化"，即全球资本主义化或者全球美国化，企图用一种单一的模式来统一全球复杂多样的政治经济文化，这是"线性进化论"思维的产物，是一种本质主义的思维方式，认为文学也是一种由低级向高级逐步发展的过程；另一种是"全球地方化"，认为各种文化都有其自身的文化语法，都是一种"地方性知识"，尊重差异性，强调各民族文学的独特性。其实当代拉美文学风靡全球，马尔克斯、博尔赫斯等作家的地方性写作，对全世界的文学都有极大的影响，就证明了第二种理解的合理性。

在全球化语境中，我们对文学的考察和研究不应该只停留在"纵向进化"的层面，而更要关注文学的"横向发展"。"横向发展"这一概念是我国当代学者钱念孙先生在《文学横向发展论》一书中就文学发展问题提出的，他认为文学的发展应该包括"纵向发展"和"横向发展"两个方面。"所谓纵向发展，是指各民族文学与自己历史传统的纵向联系过程，是本民族的既往文学如何影响后世文学，后世文学如何沿革传统的发展……所谓横向发展，则是指各民族与其他民族文学的横向联系过程，是世界各民

① 转引自朱光潜：《西方美学史》，北京：人民文学出版社2003年版，第425页。

② ［美］勒内·韦勒克、［美］奥斯汀·沃伦著，刘象愚等译：《文学理论》，南京：江苏教育出版社2006年版，第43页。

③ 朱光潜：《西方美学史》，北京：人民文学出版社2003年版，第424～425页。

族文学在历史演进中由各自封闭到互相开放，由彼此隔绝到频繁交往，从而逐步在世界范围形成普遍联系的过程。”① 前者主要侧重从历时的维度探究本民族历代文学之间的传承、流变关系，以体现文学史延续、演变的历史轨迹；而后者则关注各民族文学的相互碰撞，彼此交融，以展示世界文学从分散到整体联系的历史趋势。钱念孙的横向发展论主要研究世界各民族文学的相互影响，其横向研究的思路具有启发意义，为我们在当前全球化语境中研究文学的全球化和地方性这一关系提供了一个新的出路。

当然，横向发展并不只是引起这两种情况，爱德华·W. 赛义德在考察理论旅行的时候就指出：这“显然是一项极其艰巨的任务。我不打算也没能力担此重任”②。的确，横向发展的过程会牵涉到很多问题，是非常复杂的，赛义德认为理论的横向旅行“运动本身还是有一些反复重现和可以辨识的形式”③，并指出任何理论或观念的旅行过程都包含四个阶段：“首先，有一个起点，或类似起点的一个发轫环境，使观念得以生发或进入话语。第二，有一段得以穿行的距离，一个穿越各种文本压力的通道，使观念从前面的时空点移向后面的时空点，重新凸显出来。第三，有一些条件，不妨称之为接纳条件或作为接纳所不可避免之一部分的抵制条件。正是这些条件才使被移植的理论或观念无论显得多么异样，也能得到引进或容忍。第四，完全（或部分）地被容纳（或吸收）的观念因其在新时空中的新位置和新用法而受到一定程度的改造。”④ 赛义德于是以卢卡奇的《历史与阶级意识》为例考察了它的流变，从卢卡奇到鲁西恩·戈德曼再到雷蒙德·威廉斯，由于历史环境和接受语境的不同，已经成了一种别的思想形式了。在此基础上，赛义德得出结论：“理论永远不可能是完成的，正如一个人的日常生活兴趣永远不会被有关的幻影、模式或理论抽象所穷

---

① 钱念孙：《文学横向发展论》，上海：上海文艺出版社 1989 年版，第 2～3 页。

② ［美］爱德华·W. 赛义德著，谢少波等译：《赛义德自选集》，北京：中国社会科学出版社 1998 年版，第 139 页。

③ ［美］爱德华·W. 赛义德著，谢少波等译：《赛义德自选集》，北京：中国社会科学出版社 1998 年版，第 138 页。

④ ［美］爱德华·W. 赛义德著，谢少波等译：《赛义德自选集》，北京：中国社会科学出版社 1998 年版，第 138～139 页。

尽。"① 任何一种文化观念在经过横向的联结之后都会产生新的文化形态，就好像两个人各持一只苹果，在经过交换之后仍然是各持一只，但两个人各持一种思想，在经过交流之后每个人就具有了两种思想，两种思想碰撞交触，得到的并非仅仅是原来的两种思想，而是大于、优于原来的一种新的思想，文化艺术之间的横向发展就是如此。

马克思认为文学是一种艺术生产，列斐伏尔将空间引入到马克思的生产理论，因此我们可以把文学也看作一种空间生产。文学作为空间的生产，与其他空间的生产有什么不同呢？

首先，文学是以话语形态表现出来的空间的生产。话语是人与人之间通过语言来达到的具体行为或行动。文学作为一种话语形态的空间的生产，不仅意味着空间体验、想象、认识等信息的传递沟通，而且与这种沟通过程发生的特定语境，即与说话人和受话人的具体生存空间及话语活动发生的具体空间密切相关。

其次，文学是对现实空间的再生产。文学作为一种话语形态的空间表达，是空间生产的一种形式。但文学作为一种空间的表达，并不是单纯地、机械地、镜子似的反映现实空间，而是对现实空间进行组合和再生产，使其呈现为话语，进而形成文本。

因此，可以说文学是由话语铸造的社会空间的生产和再生产。空间是各种社会关系和社会结构的结果，而文学则是对各种社会空间和空间结构的情感体验和话语表达。文学作为空间在话语中见出意义的过程，表现了现实空间的各种变化。各民族由于所处的地理位置的不同和语言文化的差异，其在文学中对空间的表达必定千差万别。在当前的全球化背景下，对于文学的地方性问题，我们应该从横向的思路出发，强调各民族文学保持自身的独特性和民族性，因为各民族都是用自己独特的语言和文化来构建本民族的社会空间关系和结构的。

传统的线性进化论观点认为文学是一种独立自足的审美领域。俄国形式主义理论就认为文学作品是"意识之外的现实"，而文学研究的任务就是研究文学之所以成为文学的内部规律，也就是文学性，它主张深入文学

---

① ［美］爱德华·W. 赛义德著，谢少波等译：《赛义德自选集》，北京：中国社会科学出版社 1998 年版，第 153 页。

系统去研究文学的形式和结构，而对于社会、历史等外部因素置之不理。而到了英美新批评派那里，则一味强调文学的内部因素，并且完全割裂了文学和社会历史、现实生活的联系。但文学活动不仅仅是一种具有审美自足性的文本实践，同时也是人们以话语来掌握外在世界的一种方式，因此，它必然地与社会历史、现实生活有着千丝万缕的联系，这正是我们所要通过空间的、共时的审视进行揭示的。

列斐伏尔认为："空间并不是某种与意识形态和政治保持着遥远距离的科学对象。相反地，它永远是政治性的、策略性的。"[①] 他指出，空间向来是被各种历史的、自然的元素模塑铸造，这个过程是一个政治过程。空间是政治的、意识形态的。它是一种真正充斥着各种意识形态的产物。总之，空间是带有意图和目的地被生产出来的，是各种利益奋然角逐的产物。

文学作为一种话语形态的空间的生产，当然不可避免地与政治和意识形态具有某种千丝万缕的联系。苏贾指出："空间和空间的政治组织表现了各种社会关系，但反过来又作用于这些关系。"[②] 也就是说，社会形成和创造了空间，但又受制于空间，空间反过来也形塑着社会。文学作为空间的生产，同样也和社会具有这种相互作用的辩证关系。一方面，文学表现社会现实，但另一方面，文学也参与社会意识形态的斗争与塑造。

比如我国为数众多的"革命历史小说"，就明显地体现出意识形态功能。黄子平认为虽然我国的"革命历史小说"大多数从灾难或失败开始，如《保卫延安》起于延安即将失陷，《林海雪原》始于土匪屠杀老百姓，《红日》一开头便是解放军吃了败仗，《红岩》地下联络站出了叛徒，大批革命者被捕入狱，但这些灾难或者失败从根本上说却是革命的起点。因为"'革命历史小说'的情节发展当然一律是反败为胜、从水深火热走向革命人民的盛大节日、从胜利走向更大的胜利。作者和读者都深深意识到自己置身于滚滚向前的历史洪流之中，浩浩荡荡，顺之者昌，逆之者亡"[③]。文

---

① ［法］亨利·列斐伏尔：《空间政治学的反思》，见包亚明主编：《现代性与空间的生产》，上海：上海教育出版社 2003 年版，第 62 页。

② ［美］爱德华·W. 苏贾著，王文斌译：《后现代地理学》，北京：商务印书馆 2004 年版，第 123 页。

③ 黄子平：《"灰阑"中的叙述》，上海：上海文艺出版社 2001 年版，第 26 页。

学作为一种话语实践，正是通过这种从胜利走向胜利的叙事策略，来实现对主流革命意识形态的巩固和非革命意识形态的颠覆的。

文学作为一种空间的生产，其意识形态功能主要是通过话语的想象来实现的。首先，赋予各种空间截然不同的空间形象。如“革命历史小说”，其主要空间场景多为炮火连天的阵地、游行示威的街头、领袖运筹的窑洞、志士陷身的囹圄等现实政治斗争的舞台，而庙宇祠堂、道观佛寺等场景多安排为“阶级敌人”作奸犯科的处所。[①]

其次，将许多具体的、不同的空间生产为一个能实现主流意识形态功能的同一空间。文学作为一种空间生产，通过“想象”将许多不同的甚至是截然不同的空间同化为自己需要的同一的空间。例如 1949 年之后的“红色经典”大都具有这种特点，在回忆中将许许多多具体的、不同的空间再一次追认为革命性空间，在这些按照“一二一”的整齐口令，形成的整一谱系的作品系列中，无论是高山（《红日》）、河流（《风云初记》）、铁道、湖泊（《铁道游击队》）、雪山（《林海雪原》），还是农村或者城市，都在回忆中，成了革命性的空间。就连一些和革命性空间相对立的空间，如监狱（《红岩》）都被“想象”成为革命空间的相反相成的补充，成了证明革命者勇气和胆识的革命性空间。

再次，体现在对历史的叙事“想象”方面。文学作为一种空间生产，在处理历史事实、历史事件方面，往往根据现实需要对其进行想象加工，增删或者凸显。如在 20 世纪五六十年代中国文学中兴起的历史剧，就充分体现了这一点。《蔡文姬》（郭沫若）、《文成公主》（田汉）、《王昭君》（曹禺）、《关汉卿》（田汉）等历史剧都在叙事想象中，将曾经的古典性空间再生产为革命性空间，而将古典性空间重构成革命性空间的重要武器，就是“人民性”。人民性是革命性空间的意识形态的重要内容。无论蔡文姬、王昭君、文成公主、曹操和关汉卿本来身份是什么，但经过有意识的“想象”，他们最后都成了“人民”的一部分，都拥有“人民”的特性，都获得了“人民”之所以为“人民”的自我规定性。作为一种话语形式的空间生产，文学有能力将早已死去的、早已尸骨无存的统治者（如曹操），或与统治者有裙带关系的人（如王昭君），都转化为具有革命性质的

---

① 黄子平：《“灰阑”中的叙述》，上海：上海文艺出版社 2001 年版，第 91 页。

“人民”，并被赋予“人民性”的自我内涵。

另外，新历史主义也倾向于把文学看成复杂的社会文化实践活动的一个组成部分，认为即使在文学领域内部也仍然存在各种政治、经济、文化力量的竞争。

新历史主义的代表人物格林布拉特认为，不存在一个先在的或超历史的、自足的文学审美领域，审美领域是一个竞争的领域，审美的、政治的、历史的和经济的各种不同力量都在这个领域内进行“流通”。因为人们通常视为文学表述对象的“自然”、“现实”、“历史”和“真实生活”等，某种程度上已然是一种表述，所以文学可以说是“对表述的表述”而已。新历史主义认为，文学作为意识形态不仅是现实的表述，而且这种表述的文本具有一个参与意识形态建构和运作的“逆向过程”。对于文学如何参与意识形态形成这一过程，格林布拉特使用“社会能量”这个概念来加以分析说明。

格林布拉特使用“社会能量”来说明文化产品和文化实践所具有的“激发心智和唤起情感”的力量。因为在新历史主义看来，“在历史现实与意识形态之间有一种普遍的社会能量在往返流通”：一方面，这种能量或者说经验可以通过编码而进入文学作品；另一方面，文学艺术作品又不停地释放、发挥着它们的能量，对同代或者后代的读者产生影响，进而对社会现实发生作用。也就是说，各种现实的利益关系、思想观念等意识形态通过其他文本进入文学文本，文学文本通过自己所具有的艺术感染力强化这些社会意识形态并帮助人们“认可”其中所蕴含的权力关系。因此，文学并不像新批评派所说的那样，是单纯自足的审美活动，而是通过“社会能量在‘流入’与‘流出’文学作品的流通过程中实现其意识形态功能”。

美国著名后殖民主义理论家赛义德在《文化与帝国主义》一书中认为，从19世纪开始，帝国主义已经不再是一个影子，而是体现在康拉德、吉卜林等作家的作品的关注中心里。在他看来，文学作品是“文化与帝国主义之间关系的一部分”，因为虽然“作者并不是机械地为意识形态、阶级或经济历史所驱使；但我相信，作者的确生活在他们自己的社会中，在不同程度上塑造着他们的历史和社会经验，也为他们的历史和社会经验所塑造”。

赛义德认为，“帝国的扩张需要创立一种与军事、经济和政治相适应的意识形态"[①]，而"伟大的欧洲现实主义小说达到它的主要目的之一——几乎无人觉察地维持了社会对向海外扩张的赞同"。在他看来，康拉德的小说包含了帝国主义两个不同但有密切联系的方面："一方面是一种以力量掠夺领土的思想"，另一方面，"它通过在帝国主义的受害者和维护者之间确立一个自发的、自我肯定的正当的权威体系，来推行一种模糊或掩盖这种思想的实践"。[②]

总之，从空间的角度理解文学，就是将文学放在"场域"中来解读。法国社会学家皮埃尔·布迪厄认为社会是由各种不同的场域所构成。他指出："场域是以共时形式理解由不同地位和位置所建构的社会空间；其性质决定于它在社会空间中的位置。场域的性质可以根据它们的占据者（或其中的一部分）的特征来分析。"[③] 在他看来，社会存在着各种不同的场域，诸如政治场域、经济场域、哲学场域、宗教场域、文学场域、科学场域等。在各个场域之间具有不可通约性，因为每个场域都是由它自己的游戏规则和特殊利益所决定的。例如艺术场域和经济场域就各自遵循自己特有的逻辑：艺术场域通过拒绝或否定物质利益的法则来构成自己的场域；而经济场域的形成则是通过创造一个"生意就是生意"的世界才得以实现的。布迪厄认为，"一个场域可以被定义为在各种位置之间存在的客观关系，或一种构型"[④]。这些位置在不同类型的权力分配结构中实际和潜在的处境，以及它们之间的关系，诸如支配关系、屈从关系、结构上的对应关系等，决定了这些位置如何被界定。

文学场域是整个社会场域的一部分。对于这一命题我们可以从两个方面理解：一方面，我们要考察文学场域和别的场域之间的关系，另一方面，我们要讨论文学场域内部的各种次文学场域之间的关系。

---

① ［美］爱德华·W. 赛义德著，李琨译：《〈文化与帝国主义〉前言》，北京：生活·读书·新知三联书店2003年版，第87页。

② ［美］爱德华·W. 赛义德著，李琨译：《〈文化与帝国主义〉前言》，北京：生活·读书·新知三联书店2003年版，第94页。

③ 转引自高宣扬：《当代法国思想五十年》，北京：中国人民大学出版社2005年版，第513页。

④ ［法］皮埃尔·布迪厄、［美］华康德著，李猛、李康译：《实践与反思——反思社会学导引》，北京：中央编译出版社1998年版，第134页。

首先，别的场域以直接或者间接的方式，在文学场域之外，或进入文学场内部，通过将自己转换成文学场域的一部分，来参与或者操纵文学场域，比如经济场域与文学场域的关系。马克思说："宗教、家庭、国家、法、道德、科学、艺术等等，都不过是生产的一种特殊的形态，并且受生产的普遍规律的支配。"[①] 在他看来，文学作为一种特殊形态的生产，必然也会受到生产的普遍规律的影响。但是文学场域被认为是围绕着一些"集体性幻觉"——诸如对独创性、天才的神秘性、文学的超功利性等信念的尊崇——而组织起来的。文学场域所赖以形成的上述集体性信念，具有超越外部力量包括经济场域的自身独立性。因此，我们很难说文学场域是完全屈从于经济场域的。但"实际上，文学场可以说就具体表现为一个颠倒的经济体系"[②]。正如布迪厄指出的那样："至少在文化生产场上的最为完美地达到自律的部分——在此部分作家所关注的唯一受众即是其他生产者（例如象征主义诗歌的情形），实践的体系基于全部普通体系的基本原则的系统性颠倒，就如'输家即赢家'的人所皆知的游戏一样：这种系统性颠倒包括商业（它排除了对于利润的追求，并且不能确保在投资与金钱收益之间的任何对应）、权力（它谴责荣誉和转瞬即逝的伟大性），甚至体制文化权威（缺乏学术训练和神圣性也许会被看城市一个优点）。"[③]

其次，在文学场域内部，存在各种次文学场域。这些次文学场域往往相互作用，甚至有时候截然对立，比如精英文学和通俗文学的对立。精英文学由于具有较高的思想性和艺术价值而在文学场域内部居于主流地位，但在社会场域，尤其是在经济场域中，它因为缺乏经济价值，曲高和寡，往往被大众抛弃。相反，通俗文学因能够迎合官方意识形态和人们的一些庸俗趣味，为大众提供娱乐和消遣，因而极具商业价值，进而成为畅销书，但在文学场域内部，它被认为是遵循经济逻辑、媚俗从众，因而处于受到排斥的边缘地位。

---

① ［德］马克思著，刘丕坤译：《1844 年经济学—哲学手稿》，北京：人民出版社 1983 年版，第 74 页。

② 朱国华：《文学与权力——文学合法性的批判性考察》，上海：华东师范大学出版社 2006 年版，第 127 页。

③ 朱国华：《文学与权力——文学合法性的批判性考察》，上海：华东师范大学出版社 2006 年版，第 127 页。

布迪厄指出："根据场域概念进行思考就是从关系的角度进行思考。"① 把文学看作一个场域就是以共时的方式，把文学放置在社会场域中对文学活动和其他社会活动的关系进行理解和阐释。

三、作品文本的互文挪用

在传统文学理论中把文学作品称为作品，强调作者和作品的关系，认为文学作品是作者个人艺术天才和思想情感的表现，是作者的独创。这种观点相信：作品的意义来源于作者，作者因素对作品起主导性作用。但到了现代乃至后现代，"主体死亡"和"作者之死"等观念彻底消解了那种传统的作者意图决定论，文本成了指称文艺作品的核心概念，倾向于从互文性观念出发揭示文本与社会及意识形态的内在联系。关于作品和文本，罗兰·巴尔特认为："文本与作品不应互相混淆，作品是一件完成了的、可以计量的、占据一定物理空间的（例如，放在图书馆的书架上）的物品。文本是一个方法论的场域。因此，我们无法对它进行计量，至少传统的方法无法奏效。我们全部能说的只是某部作品中有（或者没有）文本。"② 在巴尔特看来，作品是一种物质的存在，而文本则是一种语言的存在。这种观点合理与否我们暂且不去管它，却无疑透露出文本和作品是两个不同的概念，在其背后必然有着不同的思想背景和方法，因此，下面将具体从对象和方法两个方面出发，力求揭示这两个概念在理论上的差异，对文本理论作一番空间化的探讨。

（一）从作品到文本

特里·伊格尔顿认为近代以来的西方文论发展经历了三个阶段："全神贯注于作者阶段（浪漫主义和19世纪），绝对关心作品阶段（新批评），以及近年来注意力显著转向读者阶段。"③ 在第一个阶段，即"全神贯注于作者阶段"，人们认为文学作品是作者独创的、意义确定的体系，作品的

---

① ［法］皮埃尔·布迪厄、［美］华康德著，李猛、李康译：《实践与反思——反思社会学导引》，北京：中央编译出版社1998年版，第133页。

② 转引自王瑾：《互文性》，桂林：广西师范大学出版社2005年版，第147页。

③ ［英］特雷·伊格尔顿著，伍晓明译：《二十世纪西方文学理论》，西安：陕西师范大学出版社1987年版，第94页。

意义源自于作者，相信作者在创作过程中已经构建了一个相对完整的意义体系。这个阶段的批评，大都把注意力集中于作者身上。比如圣佩韦的传记式批评，就主张通过对作者生平的详细研究来说明作品为什么是这样的，揭示作品体现了什么样的作者意图。丹纳则从种族、环境、时代去研究作品，认为作者属于某一种族、处在某一环境、生在某一时代，就必然要反映出种族、环境、时代的特色，因此是种族、环境、时代这三个因素决定了作品是这样的而不是那样的。浪漫主义则认为作品是作者天才和想象的结果，“重视天才的独一无二性和个性，而贬低所有艺术和文学的共性”①。以上诸理论一个总的特点就是强调作者对于作品的重要性，认为作品是作者的独创，只有从作者出发去研究作品才能真正地揭示文学作品的意义和价值。

而到了伊格尔顿所说的“绝对关心作品阶段”，以往理论中的那种把研究重心集中在作者身上的倾向发生了转变，人们的兴趣开始由作者转向作品自身，体现在文本理论中就是从作品到文本的转变。张法认为：“从作品到文本，进而从现代文本到后现代文本，有一个非常曲折的演进历程。首先，是作品的独立，然后是作品成为文本。前一个过程可以以20世纪前期的俄国形式主义和英美新批评在文艺理论上掀起的作品独立运动为代表，后一个过程可以以20世纪中后期的结构主义运动为典范。”② 但我认为他说的两个过程其实可以看作一个大的阶段，即文本自足阶段，至于20世纪60年代以后的后现代文本理论则可以看作是一种文本解构理论。

俄国形式主义理论反对那种只根据作家生平、社会环境、哲学、心理学等文学外部因素去研究文学作品的做法，认为文学研究的对象应该是文学作品本身。雅各布森就曾明确指出：“文学科学的对象不是文学，而是‘文学性’，也就是使一部作品成为文学作品的东西。”③ 也就是说，要着重研究艺术形式，要深入文学系统内部去研究文学的形式和结构。在俄国形

---

①［英］拉曼·塞尔登著，刘象愚、陈永国等译：《文学批评理论——从柏拉图到现在》，北京：北京大学出版社2005年版，第145页。

② 张法：《走向全球化时代的文艺理论》，合肥：安徽教育出版社2005年版，第62页。

③［俄］罗曼·雅各布森：《最近的俄罗斯诗歌》，转引自朱立元主编：《当代西方文艺理论》，上海：华东师范大学出版社2005年版，第49页。

式主义者看来，文学研究只有从形式出发，才能达到科学的高度。因为对作品的结构原则、构成方式、韵律、节奏和语言等进行语言学的分析，很少受到社会政治环境等外在因素的影响，较为可靠和稳定。

英美新批评派不但继承了形式主义反对从作家生平、社会环境、哲学、心理学等文学外部因素去研究文学作品的传统，而且走得更远。新批评派理论家威廉·K. 维姆萨特和蒙罗·C. 比尔兹利合著了《意图谬见》（1946）和《感受谬见》（1948）两篇论文，分别提出了“意图谬见”和“感受谬见”两个概念，批判了传统的以作者意图为依据的“意图说”和以读者感受为依据的“感受说”。所谓的“意图说”即那种认为文学是作者的创造，作品的意义应该在作者那儿去寻找，把作者的创作意图作为理解和评判作品的主要依据，维姆萨特认为这是一种“意图谬见”，他说：“意图谬见在于将诗和诗产生的过程相混淆，这是哲学家们称为‘起源谬见’的一种特例，其始是从写诗的心理原因中推衍批评标准，其终则是传记式批评和相对主义。”至于“感受说”则认为作品的意义应该由读者来决定，维姆萨特指出，这其实是一种“感受谬见”，认为“感受谬见则在于将诗和诗的结果相混淆……其始是从诗的心理效果推衍出批评标准，其终则是印象主义和相对主义”[①]。可以说，威廉·K. 维姆萨特和蒙罗·C. 比尔兹利首先通过对“意图说”的批判割裂了作者和作品的联系，然后又通过对“感受说”的批判进一步切断了读者和作品的联系，完全实现了作品的独立，使得作品成了一种不依赖其他外物的独立自足的客观存在。

如果说俄国形式主义和英美新批评派主要侧重于作品的结构原则、构成方式、韵律、节奏和语言等语言形式方面的研究，那么结构主义则更倾向于将文本视为一个封闭的体系，力图挖掘文本表层语言形式内部的深层结构模式。由于受索绪尔语言学的影响，结构主义把文本视为封闭自足的客体，文本意义与作者、读者都没有必然的联系，它产生于文本语言符号本身内部系统的区别和差异。而符号的能指和所指的结合是任意的、约定俗成的，每一套符号都构成一套独特的符号系统。结构主义认为，语言决定了人作为主体所占据的位置，是语言说人，而非人在说语言，因此，结

---

① ［美］威廉·K. 维姆萨特、［美］蒙罗·C. 比尔兹利：《感受谬见》，见赵毅衡编选：《“新批评”文集》，北京：中国社会科学出版社 1988 年版，第 228 页。

构主义把文本作为符号体系加以研究，试图通过揭示这套体系是如何言说世界来发现文本背后支配言说的深层结构模式。伊格尔顿指出，结构主义的收获在于：首先，“它毫不留情地除去了文学的神秘性，主观的泛论受到了一种批评的惩罚，这种批评承认，正如任何语言产品一样，文学作品是一个‘结构’，它的机制能像任何其他科学对象一样被归类和分析”。其次，它确立了这样一个事实：“意义既不是私人经验，也不是由神规定的事件，它是一些共享的意义系统的产物。资产阶级曾经相信，孤立的、个别的主体就是全部意义的源泉，而现在这一信念却遭到了猛烈的打击；语言先于个人，与其说是他或她的产物，不如说他或她是语言的产物……意义不是被所有地方的所有男女直觉地享有着，然后由他们以各种语言和文字表达出来，你能表达什么意义首先取决于你分享何种语言和文字。”

上述三个流派的文本理论有一个总的特点：把文本看成是一个封闭的、自足的存在，文本被提供给读者后，读者借助科学的分析、通过解码就可以发现其“文学性”或内在结构。但是德里达发现，“当读到某一能指时，所指并不应声而至，相反它迟迟不露面，甚至永远不露面，所谓‘所指’只是一场无尽的延搁而已。在文本里，能指不断激增，意义不断延搁，永远没有最终的界线，文本必然是一种运动中的、能指不断增值的文本，而不是也不可能是结构主义心目中的那种固定的、封闭的文本”①。

20世纪60年代后西方的文本理论由于受解构主义的影响，呈现出一种解构的趋势。“大致来说，解构的文本观表现出两种不同的批评方略和旨趣。一是立足文本内部，从语言与结构的不稳定出发，揭示文本意义的不确定性和建构生成过程；一是立足文本本身，但更侧重文本与社会和意识形态的广阔联系的论析，从这种联系中揭示文本的开放性、多元性和生成性。”②

第一种解构文本观以德里达和罗兰·巴尔特为代表。德里达主张从语言自身的不确定性和意义的不确定性出发，消解结构主义的自足的文本观。他认为文本并非是具有固定的内容和意义的现成品，而是一个差异化的网状结构，它由各种“踪迹”交织而成，但这些“踪迹”不具有严格意

---

① 冯寿农：《文本·语言·主题》，厦门：厦门大学出版社2001年版，第63~64页。

② 董希文：《文学文本理论研究》，北京：社会科学文献出版社2006年版，第53页。

义上的指示功能。每一篇文本都可以说是一次新的“书写”，意义本身就在这种“书写”过程中被无限地推迟和延宕，因此文本没有确定的意义，有的只是一种能指的滑动，文本的意义只能在一系列的“播撒”和“踪迹”中延宕。罗兰·巴尔特后期的思想由结构主义转向了后结构主义，后结构主义认为结构之内的各种元素各说一套，它们聚在一起就是意义的“巴别塔”，即使结构能体现意义，也只是一个众声喧哗、杂语共存的世界，而无法简单地以某一主题将其统一起来。巴尔特在其著作《S/Z》中体现了这一观念，他将巴尔扎克的小说《撒拉辛》分解为561个词汇单位或者说意义单元，用来证明原小说看起来是连贯的意义系统，实际上只是能指碎片的纠合，这些能指碎片和所指并无直接的联系。

第二种解构文本观强调在社会实践中去理解文本的复杂性，主要以巴赫金、詹姆逊和伊格尔顿为代表。巴赫金强调文本的意识形态性，认为文本表现出的内容和意义不能摆脱历史现实的影响。他将语言问题与意识形态性统一在文本中，认为文本解读是立足于语言基础上的意识形态分析，而对文本的社会性、意识形态性的研究也不能脱离文本的语言结构形式。伊格尔顿曾经把巴赫金的理论概括为：“语言是意识形态斗争的战场，而不是铁板一块的系统，符号则是意识形态的物质媒介，因为没有符号，任何价值标准或观念都无法存在。”①

詹姆逊、伊格尔顿等西方马克思主义学者将文本分析与意识形态联系起来，试图揭示各种文本的意识形态性。詹姆逊主张从语言、结构的各种断裂中挖掘那些影响人们生活的政治、经济、阶级等意识形态观念，而第三世界文学其实就是他们的“民族寓言”。伊格尔顿则继承了阿尔都塞的结构马克思主义，关注的重点“不是文本究竟暗含了一种什么样的意识形态观念，而是文本阐释是如何包含意识形态观念并推进意识形态观念发展变化”。

（二）从文本性到互文性

“互文性”这一术语最早是由法国理论家朱莉亚·克里斯蒂娃于1969年在《符号学：解析符号学》中提出的，她认为“每一文本都把自己建构

---

① ［英］特雷·伊格尔顿著，伍晓明译：《二十世纪西方文学理论》，西安：陕西师范大学出版社1987年版，第129页。

为一个引用语的马赛克，都是对另一个文本的吸收与改造”①。在随后的《小说文本：转换式言语结构的符号学方法》中，克里斯蒂娃又以专章详细论述了“互文性”概念的内容。在她看来，文学相当于一个能指，它是对某个所指的表达。她指出：“语词（或文本）是众多语词（或文本）的交汇，人们至少可以从中读出另外一个语词（或文本）来……任何文本都是引语的拼凑，任何文本都是对另一个文本的吸收和改编。”② 其后克里斯蒂娃的丈夫索莱尔斯曾将互文性定义为：“每一篇文本都联系着若干篇文本，并且对这些文本起着复读、强调、浓缩、转移和深化的作用。”③

互文性这一概念本身含义复杂，不同时代、不同学科背景的人可能会有不同的理解，但是总的来说，互文性的含义可以从狭义和广义两个方面去理解。狭义的互文性侧重文本与其他文本之间的可验证的关系，叙事学家杰拉尔·德普林斯在其《叙事学词典》中将互文性界定为：“一个确定的文本与它所引用、改写、吸收、扩展，或在总体上加以改造的其他文本之间的关系，并且依据这种关系才可能理解这个文本。”④ 而广义的互文性则倾向于考察文本与文本之外的文化表意实践之间各种各样复杂的关系。我国学者黄鸣奋先生曾说：“在文学理论中，‘互文性’是一个专门的术语，意指通过归因发现某一文本（或意义）是从其他文本（或意义）中析取或据以建构的。它着眼于特定文本（或意义）与其他文本的联系……当然，互文性并非单指文本之间的关系而言，历史的、社会的条件同样是改变与影响文学实践的重要因素，读者先前的阅读经历、知识储备和文化环境所处的地方也形成至关重要的互涉。”⑤ 黄先生其实是从狭义和广义两个方面论述了互文性概念在文学理论中的具体含义。

在本书中，主要是将互文性作为一种研究文本的方法。互文性作为一种研究方法，和以往的纵向的历时研究不同，是一种侧重横向的共时研

---

① 转引自冯寿农：《文本·语言·主题》，厦门：厦门大学出版社 2001 年版，第 18 页。

② 转引自王瑾：《互文性》，桂林：广西师范大学出版社 2005 年版，第 29 页。

③ 转引自［法］蒂费纳·萨莫瓦约著，绍炜译：《互文性研究》，天津：天津人民出版社 2003 年版，第 5 页。

④ 转引自程锡麟：《互文性理论概述》，《外国文学》1996 年第 1 期。

⑤ 黄鸣奋：《超文本诗学》，厦门：厦门大学出版社 2002 年版，第 198 页。

究。以往的历时研究在文本理论方面主要是通过考察前在文本通过何种方式影响其后的文本的产生，发现后面的文本与前在文本相比又有哪些创新和突破，强调的是前后文本之间的线性继承关系，尤其是要突出前在文本对后面的文本的渊源作用。而互文性研究则强调立足于此在文本本身，探讨两个文本或者多个文本之间的语词、形式、主题、结构等的相互借鉴和挪用，揭示这些因素如何促成了此在文本的生成，进而使得此在文本具有多种意义阐释的可能性。在这种共时研究中，文本之间的地位关系是平等的，它们之间是一种横向的共时关系，究竟谁影响谁、通过何种方式发生影响等问题已经不再重要了，重要的是这些相似、相关的互文因素是如何导致了此在文本意义的生成和重组。

研究认为："所谓互文性批评就是放弃那种只关心作者与作品关系的传统批评方法，转向一种宽泛语境下的跨文本文化研究。这种研究强调多学科话语分析，偏重以符号系统的共时结构去取代文学史的进化模式，从而把文学文本从心理、社会或历史决定论中解放出来，投入到一种与各类文本自由对话的批评语境中。"① 也就是说，互文性方法既不同于以往的从社会、历史、心理和作者等方面研究文本的做法，也不同于俄国形式主义、英美新批评派和结构主义那种封闭的文本研究，而是立足于此在文本，考察此在文本和其他文本之间的联系以及文本与文本之外的文化实践活动的多种联系，是一种"宽泛语境下的跨文本文化研究"。所以，所谓的互文性方法就是以一种侧重研究文本之间的以及文本与外部文化语境之间的"互文"关系的研究视角，从横向的维度对文本之间的以及文本与外部文化语境之间的"互文"关系进行研究，进而使得文本具有多种意义阐释的可能性。

以上仅仅是对互文性方法和以往那种历时性研究方法的差异进行了总体的描述，但是互文性作为一种具体的研究方法，又包含哪些内容呢？我们可以根据前面对互文性含义的划分进行论述，即从狭义和广义两个方面进行说明。

狭义的互文性主要探讨文本和其他文本之间的可验证关系，互文性作为具体的方法也主要侧重揭示文本之间的关系。吉拉尔·热奈特在《隐迹

① 陈永国：《互文性》，《外国文学》2003 年第 1 期。

稿本》中曾经把文本之间的互文关系划分为共存关系和派生关系，它把前者称为互文性，将后者称为超文性。互文性指两篇文本的共存，即甲文和乙文同时出现在乙文中，热奈特认为互文性主要由引用、暗示、抄袭等互文手法构成。其中，引用由于特殊的排版标志——引号、斜体字或另列的文字——可以被读者轻易地识别，并且使得引用的文体和被引用的文本之间的互异性清晰可见，既“体现了作者及其所读书籍的关系，也体现了插入引用后所产生的双重表述”。暗示不像引用那么多地显示互异性，往往并非一目了然，可能单指语义，或者可能涉及一系列的文本，只有在作者与读者之间建立一种默契，然后方可看出暗示之所在。“抄袭是逐字逐句地重复，但不被标明，而且也没有指出互异性”，一般认为，“只有出于玩味和反其道而行的抄袭才具有真正的文学意义”。

至于超文性则是指派生关系，即乙文从甲文中派生出来，但甲文并不切实出现在乙文中。热奈特说：“我所称的超文是：通过简单转换或间接转换把一篇文本从已有的文本中派生出来。”派生的两种主要形式是戏拟和仿作。戏拟，即对原文进行转换，要么以漫画的形式对原文进行滑稽模仿，要么直接挪用原文，但这两者都体现出和原有文本之间的直接关系。仿作主要是对原有文本的写作风格进行模仿。因此，互文性的“一篇文本在另一篇文本中切实出现的表现特点是横向地将文献罗列于文本之中，相反地，超文性对文献的体现却是纵向的”①。

其次，在广义的层面上，互文性方法关注文本与文本之外的文化表意实践之间的关系，即将文本理解为具有文化蕴含的“话语事件”。新历史主义认为：“文本因折射了历史文化氛围而成为社会能量的载体，社会能量即通过不同的文本进行‘流通’。在社会能量流通中，社会上各种利益、势力和观念之间相互作用。作为事件的文本即是这种相互作用的场所。”也就是说，文本不仅是对社会历史进程的被动反映，而且本身就是塑造历史的能动力量的一个主要组成部分。因此，从广义互文性方法的层面来看，文本不仅是供个人阅读的话语产品，而且是实际的综合而复杂的社会文化工程。

---

① ［法］蒂费纳·萨莫瓦约著，绍炜译：《互文性研究》，天津：天津人民出版社2003年版，第21页。

（三）从互文性到“挪用”

“挪用”，按字面解释，一是将“某方面的钱移到别的方面来用”；二是“私自用（公家的钱）”，如挪用公款、挪用基金等。[①]“挪用”就是指移为他用，即改变事物的本来用途，转移作其他用途。通常我们用于经济学和法律学等领域。新历史主义把“挪用”纳入自己的理论体系之中，使之从日常用语转向了文学理论术语，成为新历史主义的重要概念之一，赋予其丰富的文化诗学理论内涵。

“挪用”的英文单词是 appropriation，意思有二：一是拨付，拨出，拨给的物［款项］；二是［事］占有，据有，擅用，盗用。[②] 格林布拉特在其著作《莎士比亚式的商讨》一书中对其有过相关的阐述。他认为，在公共领域内很多事物是受到没有补偿的“挪用”的，那些阶层低下的更容易受到没有约束限制的、不付报酬的“挪用性”使用和攻击。最明显、最主要的就是日常语言的“挪用”，由此也会引发一些版权问题。本书所论述的“挪用”就是在后现代语境中新历史主义这一理论支撑之下的展开和全方位多角度的阐释。“挪用”如同新历史主义一样，首先应该被“界定为一种实践，而不是一种教义”[③]，是“异质的”、“可渗透的”、“过程性的”，它在渗透和参与社会、政治和文化的实践中实现其控制和抵抗文化及意识形态的重要作用。

“挪用”与互文性有不少相通之处，但是“挪用”是新历史主义视域下对文本性互动的诸种文化力量的审视，对社会的、经济的、政治的、性别的、文化的、历史的宏大视野下文化诗学理论的研究。它有着不可避免地关注文化权力和主流意识形态的倾向，有着跨学科带来的复杂性和异质性，而不仅仅局限于文本内的语义、语用学研究。因而，它是新历史主义开放的、能动的文学能量体系。

在新历史主义看来，历史现实与文学文本、意识形态等之间有着一种

---

① 中国社会科学院语言研究所词典编辑室编：《现代汉语词典》，北京：商务印书馆 1981 年版，第 835 页。

② ［英］霍恩比著，李北达译：《牛津高阶英汉双解词典》（第四版），北京：商务印书馆、牛津大学出版社 1997 年版，第 59 页。

③ ［美］斯蒂芬·葛林伯雷：《通向一种文化诗学》，张京媛主编：《新历史主义与文化批评》，北京：北京大学出版社 1993 年版，第 1 页。

社会能量（social energy）在“商讨”、“交换”，这种能量具有“产生、塑造和组织集体身心经验的力量”，它通过“挪用”后的编码（code）进入文学文本或者影响意识形态功能，文学文本是社会能量“挪用”的场所和载体，其实现有效增殖的途径即是“挪用”。社会能量的流通只能通过各种社会历史文化因素之间的多元化“挪用”和整合来实现。新历史主义对历史现实与文学文本实行复杂的“双向调查”，使之成为开放多元的深层次意义结构而不致萎缩成“封闭的话语”。

格林布拉特认为新历史主义是“一种对既定规范和程式的动摇，一种对不同意见与永无厌足的好奇心的整合”①。它不归属于某个体系和流派，它自身就是个“不断吸纳其他理论学派滋养并不断进行自我更新的过程性存在，甚至在理论资源上带有多种理论碎片‘拼贴’的痕迹”。对文本的解读只能通过历史才能实现，文本在社会历史中不断变化成为一个“动态开放的、未完成的”存在，因而历史和文本的不断重写与重构这一“挪用”活动成为必要的条件。文本不是客观被动地反映历史和现实，它通过“保存”和“涂抹”的选择对历史和现实作出评价和文本建构，文本的无限阐释过程使得它自身带有能动性和创造性，在“挪用”中使文本和历史之间的关系转换成一种双向对话的动态关系。

“挪用”的文化诗学观念最大限度地打破了文学前景与文学背景、历史前景与历史背景之间的界限和鸿沟，链接了各种学科之间的关系以及文学与非文学、经典与非经典、文字与口述、精英与大众、高雅与通俗之间的界限，从而使文学研究突破了文学艺术领域而将其触角伸向人类全部“表述”领域。“挪用”也恰如其分地表现和体现了意识形态与文本、社会之间的交合与对抗关系，在“挪用”的引用、反讽等类型中或表现主流意识形态对异己因素和力量的同化、“包容”和利用，或体现文化、社会异己因素对官方统治的疏离、颠覆和瓦解作用，这种“妥协”与“挑战”正是“挪用”的实质性内容。

新历史主义强调的是历史与文学、文本与文本之间的动态双向建构，而“挪用”恰好为其提供了一条考察文本意义的途径。本书把“挪用”纳

---

①［美］斯蒂芬·葛林伯雷：《通向一种文化诗学》，张京媛主编：《新历史主义与文化批评》，北京：北京大学出版社1993年版，第2页。

入到文化诗学的范畴中对其进行学科归属和系统的分析。

"'传统'、'影响'、'典故'和'传统主题'等术语常被关注文学史各阶段连续性的批评家们所使用……文学评论中经常引用前人的段落，要么把它们视为影响渊源，要么仅仅当成相似的东西。"① "挪用"强调了事物的差异性和意义的不确定性，其目的是要突破封闭、僵化、狭隘的传统和文本定式，开拓出丰富的、富于变化和生机的文化和文学流程。因而，"挪用"是新历史主义主张审视一切、反思历史、批判旧的思维模式并加以重构的建设性的重要理论，它始终以原文本和原话语为参照和出发点，但是又进一步突破和超越它们。新历史主义试图用置换的方式使处于边缘和碎片的历史逸事达到中心和被正视的地位，在正史的基础上得到更多、更接近真实的新历史。原文本通过"挪用"而产生"在场"的作用，体现其权力和"存在"，它必须要借助后文本的"挪用"和补充才能显现出来，在他者的映照之下得以成立和发展。"如果在场自身是另一个在场的替代性的象征，那么除了这种替代运动和这种自我的象征性经验外，它根本不可能企望到在场'本身'。事物自身无法在象征系统外显现——这种象征系统本身又无法在自我的认同中存身。"

文学就是一个模仿和挪用的过程，挪用对象和被挪用对象之间既相同又不同，前者在重复改写后者的文学活动中把文本符号和话语意义不断地播撒开来，不仅仅是简单的、平等相同的"位移"，而是两者的融合体。文学作品之间相互交错依赖、相互影响滋养，但不是简单地复制或全盘接受。借鉴、挪用已有的文本可能是偶然的，可能是一种模式，可能是集体无意识，也可能是推翻经典的需要。"最大的挑战不只在于探索那些其他的文本，而在于让文学与非文学成为彼此的厚描。"②

新历史主义的"挪用"既不是对对象重复被动的"复制"、"粘贴"和抄袭，也不是完全扭曲、颠覆的臆断和消解，而是一种互动互渗的、积极的重读、重写和建构。这是因为一方面文本只有通过读者的阅读才能被人们所了解和传播，才能拥有意义。而由于阅读背景不同，读者的欣赏水

---

① ［英］拉曼·塞尔登著，刘象愚、陈永国等译：《文学批评理论——从柏拉图到现在》，北京：北京大学出版社 2003 年版，第 405 页。

② Gallagher, C. & Greenblatt, S., *Practicing New Historicism*, Chicago: The University of Chicago Press, 2000, p. 30.

平不同，导致不同的读者就会有不同的解读，文本随之产生不同的意义，从而不断地丰富充实自身的内涵和多元变化的状态。“挪用”是对文本、话语等文学形式的模仿引用，更是对它们的吸收反思和改造重构，在重构历史和文本的过程中继承又创新。正如德里达曾经说过的一句话：想用双脚一跳猝然跃到传统之外的企图将只能不可避免地、直接地重陷到传统体系中。所有的文学作品都是基于文学和文化的传统，基于前文本和话语，依靠大量的别的文本的支撑；同时它也同样被借用和重写，成为别的文学作品“挪用”的文化资源。文学理论也是如此，一种文学批评文本在“挪用”和借鉴已有的文学理论和批评文本的基础上创作出来，同时也会为其他的批评文本和理论话语提供基础和经验。

新历史主义的“挪用”在理论和方法上与解构主义和文本批评有许多一致和相同之处，但是新历史主义完全突破了解构主义的理论构建视角，它把批评的内容从单纯的文学文本转向了深厚丰富的社会历史，是解构主义在历史文化、社会政治领域中的延伸，是进一步地拓展和深化。“挪用”在这里被扩展成影响文学的形式，是写作的基本机制和存在原因，远远不只是写作的一种现象。鲁迅认为：盖如前言，文明无不根旧迹而演来，亦以矫往事而生偏至。“模仿别人的文字、引用别人的文字的人，也会被人所模仿，被人所引用，因为想进入书海的人是想借着书海来达到目的，这无异于将自己纳入了一个循环往复的故事。”[①] 同样，“历史无法逃避自身的进程。因此，它将一直被人们重写。随着新的当前的出现，过去就变成了一种不同的当前的过去”[②]。马尔克斯模仿过福克纳、鲁尔福、科塔萨尔，卡尔维诺模仿过博尔赫斯，模仿借鉴并无不可，但是抄袭剽窃就为人厚非。老套刻板或者重复的阐述方式会使文本和话语极端的平庸，使意义不断僵化甚至收缩和消亡。原文本和约定俗成的文化、套语不是一成不变的，而是不能随意自由地改变，我们需要有约定俗成和强大的权威来统一协调我们的社会生活、文化精神和社会属性，构建集体、民族、国家和文

① ［法］蒂费纳·萨莫瓦约著，绍炜译：《互文性研究》，天津：天津人民出版社2003年版，第119页。

② ［美］约翰·杜威：《逻辑：探究的理论》，转引自［美］斯皮勒著，王长荣译：《美国文学的周期·中译本序言》，上海：上海外语教育出版社1990年版，第7页。

化共同体，但是不随社会发展而发展就是守旧，我们挪用或者改写的过程中，很多方面实际上已经变化或者“置换变型”了，成为那个时代历史的新的模式和风格，“挪用”也不会丧失主体性，因为“挪用”是主体主动变化的，是积极的自我塑造和获取个性的手段。

在历史现实与意识形态、文化艺术中有一种无所不在的社会能量在双向甚至多向流通，这种能量通过编码（选择、挪用、重新组合）而进入文学作品中并产生影响。“挪用”的社会能量是所有历史变革和文化发展的推动力。社会能量的流通源于社会、历史各因素之间的“协商”和“交换”，也产生了社会、历史各因素之间“协商”和“交换”的互动效果。因此，我们也可以说，通过对社会、历史、文化等各个领域各个方面的“挪用”（借用、转化、创新等）行为，文学艺术得以不断继承和发展，艺术力量也得到了释放和增殖，文学“权力”达到了“极权”的再分配和最大值，文学发挥了创造历史、构建现实、影响社会意识形态的功能。格林布拉特认为“交换”是“挪用”的基础，没有任何一种模仿可以脱离“交换”而单独起作用，任何“挪用”都会有社会能量的流通参与其中并发挥作用。任何创作都包含了大量社会历史政治文化等因素，任何作品都不可能是独创性的，不可能是完全孤立的，相反，它是“一种微妙的、难以捉摸的交流过程，是一套贸易和交换的网络系统，是各种竞争性的表述和再现的你来我往，一种股份公司之间的谈判协商”①。文学能够“包容”他者和促进“颠覆”自身，国家意识形态能够控制文化和文学领域，“挪用”也产生了不可估量的作用，体现出了其权力的无所不在和不可避免性。“挪用”是一种充满了重复和改写的对话行为，一切文本都是在其他文本基础上的“再度书写”、“再创作”，“后文本”总是对“前文本”的补充或颠覆，充满“挪用”的文本之间的“同化”和“异化”的交互过程构成了相互锁联、相互交织的网状文化系统。在格林布拉特看来，包容（重复、引用）是一个“绝对要素”，颠覆（改写、反讽）只是不能触动现存社会体制的“歧见”和“异议”。

文学以“挪用”的社会能量为交换和流通，对主流意识形态控制下的

---

① Stephen Greenblatt, *Shakespearean Negotiations*, Berkeley: University of California Press, 1988, pp. 6 - 7.

文化和文本进行了“颠覆”性的改写和反讽以及“包容”性的引用和重复。研究表明：“主体本质的任何方面都是话语实践和社会条件的产物；作家主体在文学活动中不但‘顺向地’表现和模仿，而且在此过程中也被‘逆向地’建构和塑造，作家自身通常也是集体交换的产物。文学研究对象应从‘作品’转向‘文本’；‘文本’因与社会历史相关联而使自己变成‘话语事件’，其意义在于它与其他社会历史文本之间的关联。”在文学理论的发展与建构方面，拉尔夫·科恩指出：“文学理论既是文学的理论也是历史的理论。”怀特也认为“现代文学理论必然是一种历史的理论、历史意识的理论、历史话语的理论、历史写作的理论”①。人们总是凭借已知的、已有的事物、知识体系和文本结构等来组织构建新事物和新的理解，这就不可避免会出现大面积的交叉重叠。阐释者在阐释文本和历史的辩证对话中始终会坚持自己的价值取向和立场，价值判断是复杂和多元的，因而“挪用”所带来的也是辩证的“超脱意识”，这种意识是过去与现在之“差异”的意识，是“挪用”前后间的“差异”的意识。人们总是从自身特定的历史性和需要出发审视过去和建构现实，在相互矛盾和冲突的历史、现实、文本、信仰等之间进行着选择、挪用和批判。“挪用”本身就是作为历史发生的，它生产新的客体对象和文本，是历史的积极参与者和构建机制中不可缺少的环节。从某种程度上说，“每一个词汇、短语或作品片断都是先于或环绕这一个别作品的其他写作物的重造。没有文学‘独创性’，没有‘第一部’文学作品……”② 文学作品的产生和历史的文本化都与“挪用”的运行相关，在与这种社会能量的流通“纠缠”着。“挪用”意味着继承、转换、改变、修正和再生产。

新历史主义处在当代多种文学理论交汇杂糅的巨网之中。新历史主义反对将意义限定在文本的指称对象、内在形式等单一、既定的因素中，强调意义生成过程所牵涉的意识形态、话语机制、文本叙事模式、社会体系、文化网络等多元的历史性要素，这些要素与文本意义在“挪用”的引导下被不断地刷新和修正，两者相互“交换”、联袂而行。新历史主义虽

---

① ［美］拉尔夫·科恩主编，程锡麟等译：《文学理论的未来》，北京：中国社会科学出版社1993年版，第12页。

② ［英］特雷·伊格尔顿著，伍晓明译：《二十世纪西方文学理论》，西安：陕西师范大学出版社1987年版，第145页。

然从这些理论中汲取颇多，但是也因为大量采用这些理论资源和批评话语显示出“碎片拼接”的痕迹，因而它难以归入并且“不愿意加入这个或那个居主导地位的理论营垒”①。“挪用”实现了文学文本、历史现实和意识形态之间社会能量的“商讨”和“交换”，打通了领域之间的隔阂壁垒，使其彼此相互影响、交流和塑造。

四、理论的空间旅行与翻译诗学

翻译诗学是经由语言载体转换而从一种社会空间进入另一社会空间的文学理论及其语际实践形式。它与空间诗学的理论方法策应互动，逐渐凸显为一个具有独立学术价值的合法性领域，并以其居间性品格和多元系统本质而对当前的西方文论研究有所补正。翻译诗学作为文论话语的语际实践形式，发挥着调解、商讨和交换的批评功能。对它的研究是文论话语再语境化和文学研究横向超越的有效途径之一。

20 世纪后半叶以来，学术研究领域发生了引人瞩目的“空间转向”，在此过程中形成的空间观念和相关方法与文学研究策应互动，逐步开拓出一个可称为“空间诗学”的研究领域，至今方兴未艾。与传统上重视时间优先地位的诗学传统相较，空间诗学进行了系统的范式转换：在文学研究的对象内容上由对时间和历史传统的专注转向对空间和社会文化的关注；在文学研究的方法层面上由对历时性和线性系列的重视转向对共时性和网状互文性的强调；在文学研究的目标归宿上由对“纵向超越”的偏爱转向对“横向超越”的追求。在对空间的根本理解上，它摒弃那种将空间看成匀质空洞、静态孤立的容器的传统观念，转而强调各种空间之间动态的关联叠加和介入结合，强调空间作为社会空间的社会生产和文学与空间的相互生产。这次范式转换意味深长，影响深远。

作为文学研究学科门类的空间诗学体系目前尚处在理论构设阶段，但它的观念方法已经渗透延伸到诗学研究的各个领域，使后者扩容更新的趋势日益凸显出来。本书的目的并不在于对这种趋势作详尽描述，而是试图

---

① 张京媛主编：《新历史主义与文学批评》，北京：北京大学出版社 1993 年版，第 2 页。

从空间诗学角度讨论中国20世纪“翻译诗学”研究的合法化，并在这一具体层面上对前者加以反思。

在文学研究领域，“翻译诗学”在学科命名和学术理念上都与“翻译文学”有着密切联系。“翻译文学”术语广为人知，业已形成了一批以此为题的论著，似有成为当前文学研究热点的趋势。① 这些论著大多旨在研究外国文学在中国的译介、接受和影响，评述主要翻译家、文学社团、文学期刊的译介贡献，分析翻译文学在中国文学史上的地位和意义，进而对其作总体的理论阐释和学科定位。著者大多站在比较文学的立场，采用译介学的眼光，强调“翻译文学是中国文学的一个组成部分，重在突出文学翻译活动在中国当代文学创作生活中所占有的不容忽视的地位。……也更注重译作与中国文学与文化语境的关系”②。就目前情况看，翻译文学研究已基本完成了其合法化的过程。

翻译文学得以合法化的基础之一即是空间诗学的理论方法。首先，翻译文学的所指内容由先前隶属“外国文学”转到“中国文学”，从以时间为归类标准转向以空间为标准。换言之，不是将翻译文学归入它必以为据的时间上先在的“原作”所处的历史系列，而是按照经由空间转换而形成的“译作”在另一语境空间的意义网络来确定。其次，翻译文学的关注重点并非历时线性系列中居先的原作，而是经由翻译中介进入另一社会文化空间的译作；并非以原作的真假优劣为准绳来考量译作，而是主要考察译作在新语境空间的意义价值。再次，翻译文学通过对翻译活动本身非透明性和生产性的强调，承认了译作对于原作不可避免的“变异”功能，从而使作为特定空间的翻译活动对文学意义的生产和再生产功能得到凸显。可见，空间诗学的观念方法是翻译文学研究合法性的理论根据。同时，后者也是在特定领域对空间诗学的实践发挥和反思运用。

“翻译诗学”术语及其研究的合法性可以从“翻译文学”逻辑地推导

---

①　参见施蛰存主编：《中国近代文学大系·翻译文学集一》，上海：上海书店1990年版；孟昭毅、李载道主编：《中国翻译文学史》，北京：北京大学出版社2005年版；王向远：《翻译文学导论》，北京：北京师范大学出版社2004年版；谢天振：《中国现代翻译文学史》，上海：上海外语教育出版社2004年版。

②　谢天振主编：《2001年中国最佳翻译文学·序》，沈阳：春风文艺出版社2002年版。

出来，然而这一术语目前尚不多见，仅有零星的著作以此为名，因此其命名和研究的合法性都有待分说。事实上，翻译诗学是经由翻译活动中介而从一种语言载体进入另一语言载体、从一种社会文化空间进入另一社会文化空间的文学理论。就中国20世纪的情况来看，翻译诗学即是通过翻译活动进入中国语境的外国文论，尤其是西方文论。它长期以来被直接命名为“外国文论”或“西方文论”，并拥有一系列研究机构、课程设置、专门刊物和人员队伍作为机制保障，且取得了大量重要的研究实绩，也始终发挥着不容忽视的历史作用。

从汉语语境中“西方文论”术语的使用情况看，首先，它在所指内容上主要指通过翻译活动进入中国语境的“西方文论”，其中已经包含了翻译作为阐释活动所进行的选择、损益、再造和改写的实质性成分，偏离了“原原本本”的西方文论。但这个术语却暗示，研究者面对的是“原汁原味”、“原封不动”的“西方文论”，轻视甚至忽略了翻译活动作为一个特定社会空间对“西方文论”的变异再造，将西方语境中的西方文论与中国语境中的西方文论直接等同起来。其次，国内的西方文论研究设定研究者是在西方文化的逻辑序列中对其进行考察定位，但漠视研究者身处的中国语境对西方文论不可避免的选择改写，进而忽略了理论从一种语境空间进入另一语境空间的“旅行”过程所获得的附加意义。再次，完全囿于西方文论的逻辑序列研究其“所说”，将西语西方文论原典设定为真假优劣的最终判准，以译作与原作是否符合为是非标准，忽略了文论话语在“说什么”的同时也在“做什么”甚或“做别的什么”的学术事实，[①] 也无法阐明西方文论在中国文论建设中之“所做”及其意义价值。说到底，这种研究基本上囿限于时间优先的传统研究视野，未能重视从西语西方文论到“翻译西方文论”的空间转换所必然产生的意义增殖或流失，未能充分认识到中国的西方文论研究“不是在阐释之外，而是在谈判（商讨）和交易的隐秘处”的阐释者地位。[②]

当然，人们在“西方文论”术语下的研究，也并非完全没有意识到翻

---

① 杨玉成：《奥斯汀：现象学与哲学》，北京：商务印书馆2002年版，第81～82页。

② 张京媛主编：《新历史主义与文学批评》，北京：北京大学出版社1993年版，第15页。

译诗学问题受到轻视的倾斜状况。国内西方文论研究有两个取向：一是对西方文论本身的研究，即对西方文论的源头、发展、主要流派及代表人物的研究，以“西方”语境为基本价值取向；一是对西方文论在中国的传播、发展、变异、再造过程的研究，以中国语境的“需要程度”为基本价值取向。前者以其大量的研究著述和庞大的研究队伍而居于主导地位；后者长期以来处于边缘，但近来也引起了重视，业已形成了一些以“西方某某理论批评在中国”的研究论著，甚至有可能成为新的研究热点。① 然而，由于尚未很好地命名，这种研究依然主要在“西方文论”的逻辑序列和问题视野中展开，其中国之“在”似乎只是样态上的不同，而并不改变其作为“西方文论”的本质；也有人试图以“汉译西方文论”来命名，② 但对翻译活动本身强调不足，且无法说明包含多种民族语言的中国，西方文论并非只以“汉译”形式存在的事实。而“翻译诗学”术语则正是为补正当前的研究倾斜状况而提出的命名，不仅是在“名正言顺”要求下概念术语的简单更替，而且是研究内容、观念方法、取向重点等方面的实质性转换。

（一）翻译诗学的基本特征

“翻译诗学”的命名及研究，意味着对所涉及内容的实质作重新定义和解释。翻译诗学处在西语西方文论与中国文论的中介环节上，其“居间性”品格使其成为二者之间的过渡带，是二者之间的双向交流和交互对话的过程和结果。西方文论现代以来所具有的某种“强势”使其成为交流中的“显性存在”，而中国文论则是其中的“隐性存在”，但后者却绝非西方文论的“影子”或“脚注”，而是翻译诗学中不容抹杀的组成部分。

中国20世纪翻译诗学，是近百年来“在”中国的外国文论（尤其是西方文论）。翻译诗学“流入”中国，影响和引领中国文论，同时也被中国语境选择、改写和再造。这两个过程正如一枚硬币的两面，内在统一、联袂而行。正是这种二重品格制约着翻译诗学，使其无法成为西方文论的“独白”或“传声筒”，而在本质上又不能不是一种交流（哪怕是不对等

---

① 代表著作有王岳川《后现代后殖民主义在中国》，陈晓明、杨鹏《结构主义后结构主义在中国》（北京：首都师范大学出版社2002年版），陈厚诚、王宁主编《西方当代文学批评在中国》（天津：百花文艺出版社2000年版）等等。

② 代迅：《汉译西方文论探究》，《西南师范大学学报》2004年第6期。

的）、一种对话（哪怕是不平等的）和一种双向选择（哪怕是不平衡的）。这种内在本质不仅造成了翻译诗学在中国的千姿百态，也塑造了西方文论本身的存在面貌和分布图景。

一般情况下，在20世纪以来的文化语境中讨论中西文论关系，已经先在地把西方文论和中国文论设定为对立双方。由于西方文论在现代以来所具有的某些优势，因此人们在讨论中西文论融合时较多地看到西方文论向中国扩展的一面，而忽略中国文论对它的逆向影响。[①] 事实上，西方文论在被“转述”和“传播”的同时，也被简化、被切割、被补充、被丰富，使之成为中国式的“翻译诗学”。研究发现，“一定的话语总是在一定的语境中才具有其确定的语义内涵和语义功能。随着语境的转换，西方文论必然产生‘话语变异’，它的语义内涵和话语功能有的得以保存，有的却被扩张、压缩或者替换。因而，汉语经验中的西方文论可能产生其原来根本不具备的内涵与功能”[②]。这种“变异”现象，不管它是“创造性的叛逆”[③] 还是“策略性的调适”，无论是自觉的还是不自觉的，都是一种学术事实。许多实例表明，“文化传播的途径往往是双向的，在许多情况下是一个互动的过程”[④]。从表面上看，20世纪以来主要是西方流向东方、外国影响中国，一些研究者只是在目所能及的范围内考察这种交流，所以“只注意到表面的河流，而看不到或者忽视了另一种潜在的或隐性的河流，它从东方流向西方，以东方的文学精神影响和陶冶着西方文学”[⑤]。因此，交流总是双向的，不管这种交流主要是何种流向。交流永远是一种往来、一种对话和一种彼此间的龃龉与磨合。

20世纪汉语语境中的翻译诗学，既涉及西方文论如何被汉语语境加以

① 孙绍振：《从西方文论的独白到中西文论的对话》，《文学评论》2001年第1期。

② 支宇、罗淑珍：《西方文论在汉语经验中的话语变异》，《外国文学研究》2001年第4期。

③ ［法］罗贝尔·埃斯卡皮著，王美华、于沛译：《文学社会学》，合肥：安徽文艺出版社1987年版，第137页。

④ 王晓朝：《文化传播的双向性与外来文化的本土化》，《江海学刊》1999年第2期。

⑤ 殷国明：《20世纪中西文艺理论交流史论》，上海：华东师范大学出版社1999年版，第7页。

“转述”，也涉及西方文论怎样“影响”中国文论的问题。“无论是‘转述’的层面，还是‘影响’的层面，都本然是一个阐释学的现象和领域。”① 在阐释学视域中，不可避免的“先入之见”发挥着重要的作用。海德格尔指出，任何解释工作之初都必然有一种“先入之见”，“它随着解释就已经设定了的东西是先行给定了的，这就是说，它是先行具有、先行见到和先行掌握中先行给定了的”②。因此，即使作为“转述”西方文论的“翻译诗学”，也不是简单的、机械的、纯客观的“零度叙述”，而是复杂的、深具解释学意蕴的现象。在这一阐释学的“域”中，并不是表面上看来的那样，影响者采取主动，被影响者全然处于被动，而是各有其主动和被动层面。东方文化在“主动西渐”的过程中又“被动地”变成西方人的“东方学”；西方文论在向东方播撒时也有可能变成东方人的“西方学”。在解释学视域中，在文化渗透日益复杂化的今天，我们很难再辨认翻译诗学中哪些是东方的或西方的，中国的或非中国的，翻译诗学的认知和方法已经成为中国自我形象的构成成分，已经成为构成中国人“先入之见”的一个部分。

翻译诗学作为社会符号现象构成一种“多元系统”，其中的若干子系统各有不同的行为，却又互相依存，并作为一个有组织的整体而运作。它们既是一个较大的多元系统即整体文化的组成部分，又可能与外国文论和中国文论中的对应系统共同构成一个多元巨系统。③ 因此翻译诗学不能孤立地看待，而必须与整体文化甚至世界文化这个人类社会中最大的多元系统中的现象联系起来研究。具体而言，翻译诗学既不能只在西方文论的逻辑序列中得到阐释，也不能只在中国文论传统的演替序列中得到说明，而是必须在一定程度上打断如上两个序列，重建其多元系统，对其进行“再语境化”，进而揭示其历史具体性。

翻译诗学是一种“理论旅行”，“双向选择和相互影响”是其常态。赛

① 牛宏宝、张法、吴琼、吴伟：《汉语语境中的西方美学》，合肥：安徽教育出版社 2001 年版，第 6 ~ 7 页。

② ［德］马丁·海德格尔著，陈嘉映、王庆节译：《存在与时间》，北京：生活·读书·新知三联书店 1987 年版，第 184 页。

③ ［以色列］伊塔马·埃文—佐哈尔著，张南峰译：《多元系统论》，《中国翻译》2002 年第 4 期。

义德指出："相似的人和批评流派、观念和理论从这个人向那个人、从一种情境向另一情境、从此时向彼时旅行。文化和智识生活经常从这种观念流通中得到养分，而且因此得以维系。无论观念和理论的这种由此及彼的运动采取的形式是意识到的影响还是无意识的影响，创造性的借鉴还是全盘照搬，它都既是一种生活事实，也是促成智性活动的一种很有用的条件。"① 中国20世纪的翻译诗学作为西方文论"理论旅行"的一部分，不仅影响了中国文论的发展，而且也作为"很有用的条件"使西方文论的智识生活得以"维系"。这是理论跨语际实践中的"共创"现象，② 是一种"共成模仿"现象。换言之，西方文论在中国的"实现程度"越高，则它从中国文化获取的"养分"越多，中国文论的武库就越充实；反之，西方文论在中国的"实现程度"愈低，则维持其智识生活的养分就愈少，而中国文论可能的武库资源也就更薄弱。

尽管20世纪以来中西文论交流中存在着巨大的"贸易逆差"和交流"赤字"，存在着发人忧思的"入超"现象，但这并不能从根本上取消翻译诗学作为"解释"的内在属性，不能改变"交流"活动的双向选择本质。只有意识到这一点，才能正视20世纪中西方文论交流的复杂性和中国语境中西方文论建设的艰巨性。如果看不到这一点，将中国语境中的西方文论仅仅解释为西方文论的单方面"独白"，进而演变为对西方文论本身的抵触和排斥，这不仅不利于中国文论的知识生产，也无益于世界文论的知识增长，更无助于建构中西文论"良性循环"的精神文化生态系统。③

（二）翻译诗学的文化功能

"翻译诗学"术语及相关研究，也意味着对其表现特征、功能作用和目标归宿的重新定位。从其表现特征上说，翻译诗学作为中国语境中的外国文论，处在多重的"一仆二主"情境之中；从其功能作用上说，它是一种跨语际实践的批评工程；从其目标归宿上说，它追求文学研究的横向超越。

---

① ［美］爱德华·W. 赛义德著，谢少波等译：《赛义德自选集》，北京：中国社会科学出版社1999年版，第138页。

② 刘禾：《语际书写——现代思想史写作批判纲要》，上海：上海三联书店1999年版，第5页。

③ 王岳川：《发现东方》，北京：北京图书馆出版社2003年版，第36页。

翻译诗学处在西语西方文论和中国文论的中间地带，是一个具有多方面二重性的居间性中介环节，因而具有多重的“一仆二主”特征。其一是“意识形态”与“非意识形态”之二主。文论是一种意识形态，但文论中的能量通常对意识形态有一种颠覆力量，这就要求翻译诗学发挥意识形态与非意识形态的双重的功能。正如文学一样，“文学是一种意识形态，但是隐藏在文学中不驯的能量又有可能破坏既有的意识形态体系”[①]。翻译诗学作为一种社会能量，出入于意识形态与非意识形态之间。其二是中国语境与西方语境之二主。这是说，在中国的西方文论，既要与“西方”周旋，也要与“中国问题”的解决相关联，使自己自由地出入于西方语境与中国语境，既要不违背西方的精神，又要满足中国的现实需要。其三是“中国文论”与“西方诗学”之二主。[②] 作为中国语境中的西方文论，它既要经受西方理论的考验，又要在中国经典阐释中得到验证，更要面对当前文艺现实发挥解释效力。这要求它既要遵循西方诗学传统，又要融会中国文论话语，这种双重处境，要求西方文论拥有足够的社会能量出入于西方诗学与中国文论之间，从而确保其在中国的存在。其四是后现代性与现代性之二主。西方语境中的当代西方文论本身包含着现代性话语和后现代性话语，它们相对来说所指比较清楚；但进入中国语境中而成为翻译诗学，其现代性的和后现代性的话语之间所指混淆交叠，两种话语平台之间沟通的难度增大。这就造成中国语境中的西方文论在雅与俗、纯文学与泛文化之间难以调适的尴尬处境。这种双重的话语平台，要求中国的西方文论有足够的社会能量出入于两种话语之间，从而证明自身的合法性。这些特征使其处在悖论性处境之中，而中国的翻译诗学之所以能在这种处境中得以存在，也正是它作为一团巨大的社会能量的明证。

翻译诗学总体上发挥着调节、商讨和交换功能，是文论话语的跨语际实践形式。翻译诗学并不只是作为静态凝固的实在性“作品”而存在，而是进行话语实践的具有多重功能作用的“批评工程”。它的中国之“在”，不仅包含着对中国语境“需要程度”的诊断回应，也包含着对西方相关文

---

① 南帆主编：《文学理论（新读本）》，杭州：浙江文艺出版社2002年版，第5页。

② 余虹：《中国文论与西方诗学》，北京：生活·读书·新知三联书店1999年版，第3页。

论意义价值的评判选择；不仅是对某种理论观念的译介传播，也是对译入国相关文艺现象的批评褒贬。它不仅参与文艺问题的论争言说，也参与到复杂浩大的意识形态工程和社会文化工程之中。因此，我们对它的研究，就应该将每一个翻译诗学"事件化"，考察它在被译介传播和阅读接受过程中如何选择自己的语境和时机，如何回应当时文艺问题的论争和言说，如何发挥其批评功能，如何参与当时社会能量的流通，如何介入当时文学界线商讨和重定等等。[①]

翻译诗学研究也追求其"超越价值"，但它无意于追求所谓终极真理，而是采用"横向超越"而非"纵向超越"的途径。后者指"由感性中的东西到理解中的东西的追问"，是一种"本质主义的"追问方式，最终导致从表面的直接的感性存在超越到永恒普遍的概念中去，在翻译诗学中表现为，沿着线性时间不断上溯，找到时间上在先的"原作"并以之为翻译诗学真假优劣的终极标准，最终将原作本质主义化。而"横向超越"则强调任何当前在场的东西都是同其背后未出场的天地万物融合为一、息息相通的，从前者超越到后者不是超越到抽象的概念王国，而是超越到同样现实的事物中去。[②] 这样的超越是"无底的"，因此它不追求终极的"原作"，不求"相同"而求"相通"，不强调以原作之是非为是非，而追求与原作"对话"，与所处的社会文化语境建立"文化诗学"的互文关联。这种超越取向在真理问题上进行了"空间转向"，赋予持续的时间一种批判人文地理学的视野，"将历史的构建与社会空间的生产紧密结合在一起"[③]。在这里，翻译诗学自身得到了"再语境化"，成为具体历史进程中"事件"。

---

① 张进：《空间诗学与翻译文论的合法化》，《兰州大学学报》2007 年第 3 期。

② 张世英：《哲学导论》，北京：北京大学出版社 2002 年版，第 33 页。

③ ［美］爱德华·W. 苏贾著，王文斌译：《后现代地理学》，北京：商务印书馆 2004 年版，第 17 页。

第三章

新历史主义文艺思潮的文学观念

尽管新历史主义主要是作为一种批评实践而存在并发生影响的，但这种批评实践中不仅蕴含着一个关于文学本质功能的观念设定，而且涉及对作家、文本、读者、批评等文学活动要素和层面的具体定位和评价。新历史主义广泛地涉及了权力关系、意识形态功能、知识型转换、表述模式和系统、文类转变、话语形成和知识对象的生产。它提供了一种洞见，“让人们看到文学如何与其他所有的文本之间相互作用，如何被话语实践和权力关系所生产和塑造，后者又如何反过来被那些文本生产和塑造”①。这些内容构成新历史主义有关文学的观念系统，这个系统在已有的研究中尚未得到“系统的”说明。在历史诗学的视野下审视，我们发现，新历史主义的批评实践试图将“历史性”灌注到文学活动的全部要素和层面之中，并将这些要素和层面进行“历史化”。这种做法“深化”和“细化”了历史诗学的一般“历史原则”，同时，也将历史诗学的难题和传统“方法”进一步“问题化”了。

第一节　历史性与文学：本质功能论

新历史主义历史诗学对文学与历史、文学实践与物质实践之间关系的探讨是以批评实践而非理论概括的形式展开的。它通常从不同学科领域信手拈来文本进行分析并从中揭示社会能量在不同文本间的周转与流通。它从特殊历史档案“归纳”而非从某个先在概念“演绎”文学的本质，它简直是一种“文本归纳主义”②。这种“反理论概括化”实践恰恰或至少包含着一种特殊理论。进而言之，其批评实践背后应该有一个关于文学本质的一般观念设定。我们发现，这个观念在新历史主义对文学的发生发展、存在方式以及意识形态功能问题的处理上显示出来。

---

① John Brannigan, *New Historicism and Cultural Materialism*, London: Macmillan Press Ltd., 1998, p. 153.

② Claire Colebrook, *New Literary Histories*, Manchester: Manchester University Press, 1997, p. 25.

一、发生发展：背景与前景交融互渗

新历史主义历史诗学接受传统社会历史批评将文学置于一定历史范畴进行说明的基本前提，但它反对将历史仅作为文学的“背景”和“反映对象”而将文学看成历史的“附带现象”的做法。它认为，文学与其“背景”之间是相互影响、相互作用、相互塑造、同时涌现的动态关系：历史和文学都不是思维活动的结果，而是不断变化的思维和认识活动本身，都是“不同意见和兴趣的交锋场所”以及“传统和反传统势力发生碰撞的地方”。文学与历史之间的复杂关系无法被某一既定的理论所限定；相反，文本与世界、文本的物质性与它所产生的意义、艺术与历史之间的交互作用，正是每一次批评实践的调查对象。

在它看来，文学与历史之间的“关系”的观念本身是成问题的，因为“关系”这个概念似乎设定了文学与历史各自的既定性和静态性。它认为，文学与其历史语境之间的“关联”是动态的、非稳定的和交互作用的：历史只有作为文本才能被接触，文本又是某些非话语实践力量的结果。历史既内在于文本又外在于文本。文学不是对“前文本”的世界和“历史”的“反映”，而是塑造“历史”的能动力量。文学批评不应将文学与历史之间的关系“单一化”和“固定化”。

格林布拉特的文学批评，将焦点集中在各种社会力量在文学与现实、文化与历史之间产生界线的途径上。他认为，不存在一个先在的或超历史的自足的审美领域，审美领域是一个竞争的领域；审美的、政治的、历史的和经济的等不同力量都在这个领域进行“流通”。他发现，人们通常总是在反映论层面上研究文艺复兴戏剧与社会之间的关系。他们先假定出两个分离的自足系统，然后再设法说明一个是如何有效地“代表”另一个的。但根本问题恰恰处在这种批评实践之外。这种研究很少能处理动态交换问题。他反问：“戏剧表述的对象在何等程度上已然是一种表述呢？”[①]人们通常视为表述对象的“自然”、“现实”、“历史”和“真实生活”等，

---

① Stephen Greenblatt, *Shakespearean Negotiations*, Berkeley: University of California Press, 1988, p. 11.

某种程度上已然是一种“表述”，文学表述通常是“对表述的表述”，甚至文学与这些表述之间“相互表述”。所以，文学与“历史”、“现实”等无法区别开来。

这里涉及认识前提方面的重大变化。赫尔德早就洞察到艺术与历史的相互“植根性”，这种洞见为新历史主义将特定文化的所有踪迹都作为能够相互理解的符号网络来对待奠定了基础。“语言论转向”中人们通过将文化构想为文本而废弃了自然/文化之间的区分。新历史主义主要从结构主义和格尔兹的人类学那里接受了“文化是一个文本”的观念。这种观念拓宽了其阅读解释的对象范围，使其可以将所有的非文学文本都作为与文学文本相关的文本来对待。这就打破了文学与非文学、经典与非经典、高雅艺术与通俗艺术之间的界线。但它并不赞同解构主义的泛文本主义（pantextualism）文化文本观念，而是探索文本之间的界线是如何划出的，并反思自己是如何确定文本意义的。

新历史主义认为：“如果将整个文化看作一个文本，那么，所有的事物就在表述层面和事件层面至少潜在地相互关联牵制。那就真难在表述与事件之间划出明确界线。至少，这种划界本身就是一个事件。”① 这样，所有问题就都与特定的文化表述相关，而所有这一切又不能仅仅归结为那些表述。“如果整个文化被视为一个文本——如果某个时代的所有文本踪迹都既算表述又算事件，那人们就更难乞求‘历史’来作出裁断。也就是说，对新历史主义来说，在试图宣布那些会说话会思想者的局限时，历史不能轻易发挥它一度拥有的裁定一切和平息众说的功能。”② 这样，在其研究中，文本与语境相互转换，背景变得引人注目而前景的形成过程也就显露出来了。

格林布拉特发现，传统观念都将文学与历史的关系处理成“单一固定的”，这在当前以两种对立的理论形态表现出来：詹姆逊的新马克思主义和利奥塔的后结构主义。在后结构主义理论中，世界和历史仅仅作为话语建构的结果而存在；而一般马克思主义则将作为经济力量的历史看成先于

---

① Gallagher，C. & Greenblatt S.，*Practicing New Historicism*，Chicago：The University of Chicago Press，2000，p. 15.

② Gallagher，C. & Greenblatt S.，*Practicing New Historicism*，Chicago：The University of Chicago Press，2000，p. 16.

文本的“决定因素”。新历史主义即要向这两种理论同时发起挑战，并在其中间地带寻找自己的理论立场。

詹姆逊指出：“社会和政治的文化文本与非社会和非政治的文化文本之间那种实用的运作区分变得比错误还要糟糕，即是说，它已成为当代生活的物化和私有化的症状和强化。这样一种区分重新证实了在公有和私有之间、社会和心理之间、政治和诗歌之间、历史或社会和‘个人’之间那种结构的、经验的和概念的鸿沟，作为资本主义制度下有倾向性的法则，它严重地伤害了我们作为单个主体的生存，麻痹了我们关于时间和变化的思考，正如它使我们完全脱离了我们的言语本身一样。”① 他认为，审美文化文本与社会性和政治性文化文本之间的功能性区别，是资本主义“私有化”的一种邪恶征兆。政治与诗学原本是一回事，但资本主义的兴起打碎了这种“整体性”。这样，他就把资本主义当成了压制性话语区分的媒介。詹姆逊这样的马克思主义者对资本主义将人的经验领域分割为不同的领域（如自治性的审美领域）这种现象进行批评，试图通过把所有的事件都与历史背景联系起来的方式而将这些不同的领域再次统一起来。格林布拉特认为，这种做法将历史矛盾化解为道德需要的乌托邦式的想象，将矛盾看成了被压制的阶级冲突的单一化代码。

利奥塔的后结构主义则从逻辑推理性话语范畴出发，把资本主义视为独白话语一统化的媒介。其话语区分的参照模式是专有名词的存在，而资本主义不再标明话语领域的位置，从而使这些领域瓦解。换言之，资本要的就是单一语言和单一体系，它将个人属性和个人话语全都压制了。对利奥塔来说，资本主义的矛盾暴露了貌似确定的逻各斯中心论的暗藏裂痕。这两种观点都是格林布拉特所不能接受的。

格林布拉特指出：“詹姆逊为了揭露一个独立的艺术领域的欺骗性，为了提倡一切话语的真实结合，从话语领域划分的虚伪性这一根本问题上发现了资本主义；而利奥塔为了提倡将一切话语进行区分，为了揭露独白话语统一性中的欺骗性，从话语领域的结合的虚伪性这一根本问题上发现

① ［美］弗雷德里克·詹姆逊著，王逢振、陈永国译：《政治无意识——作为社会象征行为的叙事》，北京：中国社会科学出版社 1999 年版，第 11 页。

了资本主义。”[①] 但在如上两种解释模式中，“历史都充当了外加在理论结构上顺手捎带的逸事一样的装饰，而资本主义也不表现为一种复杂的社会经济的发展，而只是一种邪恶的哲学原则”[②]。也就是说，詹姆逊和后结构主义者都将复数的资本主义的“复数历史”简化为单一的资本主义大写“历史”，这种做法抹杀了资本主义的矛盾性和复杂性。

以那种大写历史为参照，就将文学与历史之间复杂的动态关系界定为单一固定的，而文化领域也就被单一化了。格林布拉特则将文化领域看作矛盾的场所：一个资本主义得到巩固和受到挑战的地方，一个历史既得到揭示又得到生产的竞技场，一个被分割为既是自治的审美又是被意识形态所决定的地带。与之相应，一件艺术作品就既不只是一种整一的意识形态，也不完全是一种审美功能。

尽管在政治与诗学之间可以有区别，但格林布拉特认为这种区分通常是一种动态“流通”（circulation）的结果，在这种流通中，文化界线通过“协商”（negotiation）和“交换”（exchange）的实践策略才得以产生。那么，是否仅仅是政治在产生和消解这些界线呢？他明确表示，不仅仅是政治，而是生产和消费的“整个结构”产生了疆域的确定和消解。就 20 世纪 80 年代中期的美国而言，这个结构“不仅是一个权力、意识形态的极端和军事黩武主义的结构，而且是包括我们自己构建的快感、娱乐、兴趣空间在内的结构”[③]。看来，文艺领域绝不是由人们设想出一种单一“历史”并以之为参照而“人为”划定的，它之所以在某个时期被划入“艺术”或“文学”，是由包括人在内的“整个结构”所裁定的。

新历史主义的“结构”不是一般结构主义的静态自足的结构，而是动态的和充满矛盾的。在这个结构中，历史与文学相互转化，文化的各种界线不断划定和消除。用蒙特洛斯的话说，这个结构是“异质的、不稳定

① ［美］斯蒂芬·葛林伯雷：《通向一种文化诗学》，张京媛主编：《新历史主义与文学批评》，北京：北京大学出版社 1993 年版，第 6 页。

② ［美］斯蒂芬·葛林伯雷：《通向一种文化诗学》，张京媛主编：《新历史主义与文学批评》，北京：北京大学出版社 1993 年版，第 6 页。

③ ［美］斯蒂芬·葛林伯雷：《通向一种文化诗学》，张京媛主编：《新历史主义与文学批评》，北京：北京大学出版社 1993 年版，第 10 页。

的、可渗透的和过程性的"[1]。因此，它并不是先于历史或超于历史的，而恰恰处在历史之中并通过历史才发生。当然，它也具有"结构"的一般特性：诸要素间的非因果关系和非等级制。这就是伽勒赫所概括的"把文学文本与非文学文本都当成是历史话语的构成成分"，在追寻文本、话语、权力和主体性形成过程中的关系时，"不确定一个固定的因果等级秩序"。[2]也就是说，历史是由政治、经济、文化、军事等诸多力量构成的，其间并不具有因果等级关系。

历史话语与文学话语并不是后者"反映"前者，二者通常都是作为"整个结构"的社会文化话语转换和竞争的场地。格林布拉特在《莎士比亚与驱魔师》中认为，通常被作为历史文本的哈斯奈特的《天主教会欺骗恶行纪实》与莎士比亚的戏剧一样，都是16世纪末17世纪初的英国为重新确立社会主导价值观念而进行的激烈斗争的一部分，《天主教会欺骗恶行纪实》与莎剧之间可能是"相互借用"的，社会文化话语可能正是在包括"历史话语"和"文学话语"等在内的各种话语的流通中逐渐形成的。这种社会文化话语一旦形成，就成了塑造历史的能动力量。

总之，按照新历史主义的理解，历史作为社会能量或权力关系，不但体现和流通在各种历史文本中，也流通在其他各种文化形式中。我们以不同的文化形式建构的历史必然不是一种大写的历史，而是小写的复数历史。任何一种大写的历史都掩盖和抹杀了历史的复杂性和矛盾性。文学与历史之间的关系并不是单一固定的，历史的权力和能量就在包括文学文本在内的各种文本中流通，它在流通中既产生文学领域与其他领域的界线，也不断抹杀和重划这些界线。"这种存在于统一和区别、名称一律和各具其名、唯一真实和不同实体的无限区分之间摆动，一句话，在利奥塔和詹姆逊所阐述的两种资本主义之间摆动，已经成了一种关于美国日常行为的诗学。"[3] 诗学的研究对象并非一个固定不变的"文学领域"，而是对这些

---

① Aram Veeser, ed., *The New Historicism*, London: Routledge, 1989, p. 22.

② 中国社会科学院外国文学研究所《世界文论》编辑委员会编：《文艺学和新历史主义》，北京：社会科学文献出版社1993年版，第162页。引文将"目标与效果"改译为"因果"。

③ ［美］斯蒂芬·葛林伯雷：《通向一种文化诗学》，张京媛主编：《新历史主义与文学批评》，北京：北京大学出版社1993年版，第10页。

界线形成和消除过程的描述。这种批评即是其“文化诗学”，是“对不同文化实践的集体制造过程的研究和对这些不同实践之间关系的调查”[①]。研究者指出：“在我们理解文学与其历史语境之间的关系问题上，新历史主义的主要贡献之一就是，认为文学与历史相互塑造，文学与历史都参与到文化形成的动态交换之中。新历史主义解构了文学与其‘背景’之间由来已久的界线。”[②] 那么，在拆解了文学“前景”与历史“背景”之间的界线之后，文学在“整个结构”中以什么方式存在呢？

二、存在方式：社会能量的流通交换

新历史主义将文学放在历史现实与意识形态的结合部和交汇处，并从这里观察历史事件如何被意识形态吸收理解以及既定的意识形态如何控制和把握着这一认识过程，特别重视文学文本如何参与形成现行的意识形态这一“逆向过程”。简言之，即“历史事件如何转化为文本，文本又如何转化为社会公众的普遍共识，亦即一般意识形态，而一般意识形态又如何转化为文学这样一个循环往复的过程”[③]。其所谓考察“与文学文本世界相对的社会存在以及文学文本之内的社会存在”[④]，指的就是对两种不同社会存在相互交流、相互转化的复杂过程进行研究。理解新历史主义的关键就在于这个命题的后一点：文学究竟如何对意识形态起反作用？为什么文学是形成意识形态的重要场所？

传统社会历史批评总是将世界分为历史现实和意识形态两部分，认为文学作为意识形态是对历史现实的（能动）“反映”，这种“反映”又能反作用于历史现实。它在诗学领域里的代表即是“思辨历史诗学”（文学文本直接、如实地表述现实）和“批判历史诗学”（文学文本通过主体情

---

① Stephen Greenblatt, *Shakespearean Negotiations*, Berkeley: University of California Press, 1988, p. 5.

② Jurgen Pieters, ed., *Critical Self-fashioning*, Frankfurt am Main: Peter Lang, 1999, p. 104.

③ 盛宁：《新历史主义》，台北：扬智文化事业股份有限公司 1996 年版，第 29 页。

④ Stephen Greenblatt, *Renaissance Self-fashioning*, Chicago: The University of Chicago Press, 1980, p. 5.

感、心理和精神建构的方式表述现实)。传统的形式主义却走到了另一个极端(“新批评”就认为文学作品作为自足自主的领域与历史现实是分离无涉的)。新历史主义则向如上两种文学观念同时发起挑战,认为历史现实与意识形态通常交叠纠缠在一起;历史经验不是艺术的原因,毋宁是艺术与历史经验之间“互为因果”。在这种复杂互渗关系中,文学在历史现实中的存在方式就需要重新加以表述。它另辟蹊径,采用一些经济学术语(“流通”、“协商”、“交换”等)来对这种互渗关系加以说明,而作为这些术语之基础的是其“社会能量”(social energy)概念。这是新历史主义建立文学与社会历史之间新型关联并说明其文学存在方式的“轴心概念”之一。研究者指出,这是新历史主义“最富挑战性的概念之一,它被视为所有历史变革和文化发展的推动力”①。格林布拉特在《莎士比亚式的商讨》中辟专章对“社会能量的流通”作了理论说明。

格林布拉特使用“社会能量”来说明文化产品和文化实践所具有的“激发心智和唤起情感”的力量。他将之界定为“自由流动的经验强度”,只有从它所产生和组织的经验才能判断出来,即只有从其踪迹中才能建构起来。社会能量的根源在于“修辞学而非物理学”,这意味着社会能量的栖息地是“符号性事物”和“社会性产品”。

在新历史主义看来,在历史现实与意识形态之间有一种普遍的社会能量在往返流通:从具体的社会事件到笼统的社会现实(某些词语的、听觉的和视觉的踪迹)都具有一种能量,它“具有产生、塑造和组织集体身心经验的力量”,“它与快感和兴趣的可重复的形式相联,能够唤起不安、痛苦、恐惧、心跳、怜悯、欢笑、紧张、慰藉和惊叹”。② 剧院和文学艺术就是这种社会能量流通的一部分。一方面,这种能量或力量可以通过编码(encode)而进入文学艺术作品;另一方面,文学艺术作品又不停地释放发挥着它们的能量,对同代的或后代的读者观众产生影响,进而对社会现实发生作用。即是说,这种社会能量又通过文学艺术而发挥其意识形态功能。文学艺术既是社会能量的载体和流通场所,又是社会能量增殖的重要

---

① Jurgen Pieters, ed., *Critical Self-fashioning*, Frankfurt am Main: Peter Lang, 1999, p. 222.

② Stephen Greenblatt, *Shakespearean Negotiations*, Berkeley: University of California Press, 1988, p. 6.

环节。社会能量在“流入”与“流出”文学作品的“流通”过程中实现其意识形态功能。“流通”不是单向的流动，而是双向的甚至多向的互动，有多种社会历史因素参与到流通之中；因而，社会能量的流通必然是各种社会历史因素之间的“协商”和“交换”。

“社会能量的流通”，就是社会上各种利益、势力、观念之间的互动。文学性文本只是社会能量流通中的一个环节，其他含有相同社会能量的非文学性文本的存在是文学性文本产生的前提。莎剧表现的是欧洲文艺复兴时期各种势力、利益和观念之间的关系。其他非文学文本中的社会能量“流”到莎剧中，剧本在戏院演出后，文学作品中的社会能量又通过观众“流”回社会。就像资本一样，能量流通的过程也是一个增殖过程。文学文本作为社会能量增殖的重要环节，强化既定的社会意识形态并帮助人们“认可”特定的权力关系。文学作品的产生和接受都与社会能量的运行相关。因此，“关于某一经典的定于一尊的解释，往往也是社会能量运行，社会权势、社会意识形态斗争的结果”①。

格林布拉特认为“社会能量”无法直接定义，只能从其效果中间接辨识出来。“某些词语的、听觉的和视觉的踪迹具有产生、塑造和组织集体身心经验的力量，社会能量即从这种力量中显现出来。”② 这种“社会能量”既是某种由社会所产生的东西，也是某种在有能力产生集体经验的踪迹中表现出来的东西。“它帮助生产那个它由以产生的社会。”③ 它总是往返穿行在社会现实与意识形态之间并对二者发挥双向塑造作用，而不是固定在某一点上。

“社会能量”与新历史主义的“权力”概念相似，二者都“无所不在”，“没有最初的源起”。但社会能量并不是一种“中心化”的力量，而是分散在整个文化领域并栖息在各种社会关系之中的。这个术语有助于格林布拉特避免“极权主义叙事”，一定程度上可以防止新历史主义以“权

---

① 张宽：《后现代主义的小时尚：关于“新历史主义”的笔记》，《读书》1994年第9期。

② Stephen Greenblatt, *Shakespearean Negotiations*, Berkeley: University of California Press, 1988, p. 6.

③ Brook Thomas, *The New Historicism and Other Old-fashioned Topics*, Princeton: Princeton University Press, 1991, p. 185.

力的宏大叙事代替进步的宏大叙事”[①]。社会能量不是单一连续的总体化体系，“而是片面的、零碎的、冲突的；诸要素是交叉的、撕裂的、重组的、互相对抗的；特定的社会实践被舞台放大，而其他的则被消除、抬高、疏散。那么，流通中的社会能量是什么呢？权力、超凡能力（charisma）、性的兴奋、集体梦想、惊叹、欲望、焦虑、宗教畏惧、自由流动的强烈经验：某种意义上说，这个问题是荒谬的，因为社会所生产的所有东西都是可以流通的，除非它被有意排除出流通”[②]。这样，新历史主义原先所说的权力就不再是一个凌驾于一切之上的范畴，而变成一个由流通之中的许多社会能量碎片组成的东西了。社会能量是“集体的”而非“个人的”，因为作为社会能量流通的重要载体的“语言”是集体而非个人创造的。从这种对“社会能量”的界定中，我们不难发现巴赫金“杂语”学说的印记。巴赫金即认为：“‘语言共同体’事实上是由很多互相冲突的利害关系所组成的一个混合社会。”[③]

在格林布拉特看来，社会能量的流通具有“共时的”与“历时的”两个相互关联的维度。在共时性维度上，他试图揭示“那种使艺术杰作赋有权力的隐而不彰的文化交易”[④]，即考察文学的快感和兴趣的集体生产过程，追问集体的经验和信念如何形成，如何从一种媒介转移到他种媒介并凝聚为审美形式供人消费；检查被理解为艺术的文化实践与其他相邻的表达形式之间的界线是如何划出的。“文艺的社会能量的流通依赖于将艺术实践与其他社会实践的分离，这种分离是由持久的意识形态劳作即一种交互感应式的分类而产生的。即是说，艺术不只是存在于所有的文化中，艺术在既定的文化中是与其他产品、实践和话语一道被制造出来的。（在实践中，‘制造’意味着继承、转换、改变、修正和再生产，而绝不是‘创

---

① John Bronnigan, *New Historicism and Cultural Materialism*, London: Macmillan Press Ltd., 1998, p. 205.

② Stephen Greenblatt, *Shakespearean Negotiations*, Berkeley: University of California Press, 1988, p. 6.

③ ［英］特雷·伊格尔顿著，伍晓明译：《二十世纪西方文学理论》，西安：陕西师范大学出版社1987年版，第129页。

④ Stephen Greenblatt, *Shakespearean Negotiations*, Berkeley: University of California Press, 1988, p. 4.

造'：通常，在文化中绝少纯粹的创造。)"[1] 因此，是否将某一文化产品划入文学艺术，这在根本上并不是由某个个人或文艺作品自身的形式结构所决定的，而是"持久的意识形态劳作"的结果。意识形态是"异质的、不稳定的、可渗透的和过程性的"，它本身也受诸多社会历史因素的限制。在某个特定历史时期，正是作为意识形态国家机器的体制确定一件文化产品是否属于文学艺术。格林布拉特说："体制的即兴创作设计出特定剧作家的具体即兴创作。"[2] 作家以为自己是在自由创作，但他创作什么和如何创作都受意识形态国家机器的限制，尽管这种限制人们通常感觉不到。而且，文学艺术又通过这种即兴创作而发挥意识形态功能。比如说，莎士比亚的表现手法不仅包括剧院作为一种体制于其中发挥作用的意识形态的限制，而且包括一整套已被接受的故事和文类期待，甚至莎士比亚自己早期的戏剧所建立的那些期待。总之，在共时性维度上，社会能量在各种文化形式之间流通，此即"社会能量的文化流通"。而新历史主义者"强烈感兴趣于追踪在文化中广泛流通的社会能量，它在边缘与中心之间往返流通，经过被指为艺术的领域与明显对艺术冷漠或敌对的领域，从底部挤压而上并改造那些被抬高了的领域的地位，又从上面向下面开拓殖民地"[3]。由这种追踪发现，社会能量流通不是一个圆圈循环，而是"一种螺旋式增殖过程，这使社会变革成为可能"[4]。拿戏剧来说，"每部戏剧都通过其表现手段而将社会能量的负荷带上舞台，反过来，舞台又修正这种能量并将它返回给观众"[5]。文学艺术在社会能量的流通中发挥着其意识形态功能，通过影响观众（读者）而"变革"了社会。社会能量在文学文本、社会意识形态和历史现实之间穿插交流，因而打通这三个领域的传统壁垒，使其

---

① Stephen Greenblatt, *Shakespearean Negotiations*, Berkeley: University of California Press, 1988, p. 13.

② Stephen Greenblatt, *Shakespearean Negotiations*, Berkeley: University of California Press, 1988, p. 16.

③ Gallagher, C. & Greenblatt S., *Practicing New Historicism*, Chicago: The University of Chicago Press, 2000, p. 13.

④ Brook Thomas, *The New Historicism and Other Old-fashioned Topics*, Princeton: Princeton University Press, 1991, p. 184.

⑤ Stephen Greenblatt, *Shakespearean Negotiations*, Berkeley: University of California Press, 1988, p. 14.

间彼此影响相互塑造，并使文学成为影响历史塑造历史的能动力量。

在历时性维度上，格林布拉特考察“死者留下的文学踪迹所赋有的将已逝生命传达给当代人的力量”①。莎剧具有向我们说话的力量，原因不在于它具有不可变更的本质，而是“原初编码到其中的社会能量”使这些戏剧得以在不同时期的社会能量流通中不断转变和重塑自身。“过去与当下的关系本身是一种协商和交换，区别性的共时性生产使得这种协商和交换成为必要和可能。”② 值得注意的是，格林布拉特通常以共时性关系为基础来理解历时性关系。

莎士比亚是如何加入社会能量的流通的呢？格林布拉特发现，《暴风雨》中的凯列班仇视普洛斯佩罗并对后者持有的象征知识霸权的“书”满怀恐惧，希望烧掉。接着，格林布拉特转述了一则故事：19 世纪，比利时探险家 Stanley 去中非某处考察，一天突然被黑人包围。黑人要求他烧掉沿途所做的笔记，认定那本“书”会给他们带来灾难。他当然不会如此做，便做了一个骗局，摸出一本随身携带的封皮与其笔记相似的莎士比亚著作交给他们当众烧毁，平息了黑人的愤怒，给自己解了围，而黑人的颠覆活动也就这样被“包容”了。后来，笔记被带回比利时，欧洲人在笔记内容的引导下，在中非建立了惨无人道的殖民地。在格林布拉特看来，莎士比亚就这样加入了社会能量的流通，加入了欧洲人对非洲的殖民活动。

“社会能量流通”观念改变了人们界定文学存在方式的传统途径以及思考作家、文本、读者的角度和方法。关于作家，格林布拉特发现没有任何一种模仿可以离开交换。“交换”是模仿的基础，任何模仿都有社会能量的流通参与其中，因而既不是纯个人性的也不是纯客观的，而是包含了大量的社会历史因素。作家再也不是“独创性”的天才，作品是“集体”创作的。压根儿就没有一个“原初的创作时刻”，没有不受影响的纯粹创作行为，人们所能看到的只能是“一种微妙的、难以捉摸的交流过程，是一套贸易和交换的网络系统，是各种竞争性的表述和再现的你来我往，一

---

① Stephen Greenblatt, *Shakespearean Negotiations*, Berkeley: University of California Press, 1988, p. 3.

② Brook Thomas, *The New Historicism and Other Old-fashioned Topics*, Princeton: Princeton University Press, 1991, p. 184.

种股份公司之间的谈判协商"[①]。当社会能量在文学作品与社会意识形态之间如此拉锯式穿梭时，作家仅仅是社会意志的代理人（agent）而非制造者（maker）。[②]

文本也并非因其具有"超历史"的内在形式结构才被认为是文学文本，而是在社会能量流通中文化边界的划定过程中确立的。新历史主义不相信文学作品有什么"原创性"，一切作品都是在其他作品之上的"再创作"。文学文本不是自我完足的，其中总是充满着断裂和非连续性，它们暗示着文本之外社会历史力量的存在。文学作品之所以在历史过程中被一代代读者所接受，并非因为它具有超历史的形式结构，而是因为它负载着一股社会能量，而这种社会能量在被接受过程中总是得到修正和改变。

读者的审美愉悦并非纯然超功利的，"观众的愉悦在某个重要的意义上是有用的"[③]。看戏的观众就不会酝酿反抗。读者阅读过程是意识形态发挥其功能的重要时刻，通过一种充满"愉悦"的接受过程，社会的他异因素和颠覆性力量被化解和"收编"（co-option）。

总之，在新历史主义看来，文学就是以社会能量流通的形式和载体而存在的，它在其源起和流通交换过程中都与广泛的社会历史因素纠缠在一起。因此，当我们试图与古人对话时，我们听到的不是一种声音而是"多种声音"，死者的言说就像我们自己的言说，并不是一种私有财产，而是流通交换的产物。

三、意识形态功能：颠覆与包容的辩证法

在如上对文学发生发展和存在方式论述的基础上，新历史主义是如何界定文学的意识形态功能的呢？格林布拉特认为："文学以三种相互锁联的方式在文化系统中发挥自己的功能：其一是作为特定作者的具体行为的

---

① Stephen Greenblatt, *Shakespearean Negotiations*, Berkeley: University of California Press, 1988, pp. 6 – 7.

② Stephen Greenblatt, *Shakespearean Negotiations*, Berkeley: University of California Press, 1988, p. 4.

③ Stephen Greenblatt, *Shakespearean Negotiations*, Berkeley: University of California Press, 1988, p. 18.

体现；其二是作为文学自身对于构成行为规范的密码的表现；其三是作为对这些密码的反省观照。”① 但是，他并不将阐释的意义仅限于作者的表现、社会规则的指令与反映以及行为密码的反省，而是看成这三个方面的相互结合。这主要通过文学的意识形态功能而体现出来。

这里首先应对其意识形态观念作一简单说明。新历史主义的意识形态观念与阿尔都塞有关。在后者看来，意识形态无所不在，它总是渗透和穿越文学；文学作为一种体制会让主体感觉到国家权力和意识形态是熟悉的和可接受的。按照他的观点：“文学被国家用来作为意识形态武器使用，作为一大批试图劝说操纵而非强制的隐喻来调动。”② 这种观念通过福柯理论的中介而转变为新历史主义的文学功能论。福柯认为，尽管一个时代的话语实践规定并产生了某种行为，但是规定性的话语与人们的实际行为不会完全吻合；然而，占统治地位的话语能够有效地控制、同化和消解他异因素对它的威胁。

在此基础上，新历史主义对文学文本的具体分析大多集中在作为意识形态手段或产品的文本与既在社会秩序或权威的两种根本的关系形态即“巩固”和“破坏”上。但它并不把这两种关系简单地视为只与作者意图或作品效果有关的政治态度或素质，而是把这两种关系当作“一个既在社会秩序维持其自身或遭到破坏的历史文化过程的一部分”③。它在具体分析中呈现出两种不同倾向：一是较多受福柯思想影响而侧重在主导意识形态对社会和文学中他异因素的同化、化解和利用，以及后者对前者的非知觉性的配合作用；一是较多受马克思主义影响而侧重在文化产品对意识形态统治的必然破坏作用。这两种侧重虽有差异但互不排斥：控制的严密并不等于全无反抗的可能，反抗的可能也不等于控制的不严密。

关于文学的意识形态功能，新历史主义提出了颠覆（subversion）、包容（containment）和巩固（consolidation）的理论。被同时归入新历史主义

---

① Stephen Greenblatt, *Renaissance Self-fashioning*, Chicago: The University of Chicago Press, 1980, p. 4.

② John Brannigan, *New Historicism and Cultural Materialism*, London: Macmillan Press Ltd., 1998, p. 5.

③ 徐贲：《走向后现代与后殖民》，北京：中国社会科学出版社 1996 年版，第 60 页。

和文化唯物主义的多利莫尔认为："在唯物主义批评中，历史和文化进程主要表现为三个方面：巩固、颠覆和包容。巩固象征性地指依靠于统治秩序的意识形态手段企图使自己永存；颠覆指这一秩序的被颠覆；包容指明显的颠覆性压力被包容。"[①] 巩固和包容密切联系在一起，包容是巩固的重要手段，巩固是包容的目的。所以新历史主义者主要使用颠覆和包容这两个悖论式的概念，并将这一理论主要用于对莎士比亚的批评分析。

格林布拉特认为，莎剧主要地而且反复地涉及颠覆和无序的产生以及对它们的包容。他在《看不见的子弹》一文中，运用这一观点对莎翁的历史剧《亨利四世》（上、下）、《亨利五世》以及文艺复兴时期的一些历史文献进行了分析。他进而将颠覆和包容的过程划分为三种具体形式：试验、记录和解释。"试验"指"在非欧洲人，或更一般地说，在非文明人的精神或肉体上，对关于欧洲文化和信仰的起源与本质的假设进行试验"[②]。"记录"指"记录异己的声音，或者更精确地说，记录异己的解释"[③]。在《亨利四世》（上）中，它表现为记录那些没有权力留下文字痕迹的人的声音，他们的声音通过福斯塔夫之口传达出来，而未来的国王哈尔则出于政治目的对他们进行了"包容"。"解释"指任何系统化的秩序及分配方法，在其运作过程中，特别是当它宣布自己的道德原则时，都不可避免地有揭示自己局限性的危险，这时它就需要进行自我解释。但是，"当一种安抚性地确立起来的意识形态面临异常环境，当权力的特定形式的道德价值不仅被假定而且需要解释的时候，对它的揭露就最为有力"[④]。解释常常是颠覆性的，它从一个侧面显示出权力运作的虚伪和狡诈。莎剧通过如上三种形式，揭示出统治权力起源于暴力和虚伪，因此它不断地唤起对权力的怀疑，具有强烈的颠覆性。但这种颠覆性又是权力本身所产生

① Jonathan Dollimore & Alan Sinfield, ed., *Political Shakespeare*, New York: Cornell University Press, 1985, p. 10.

② Stephen Greenblatt, *Shakespearean Negotiations*, Berkeley: University of California Press, 1988, p. 28.

③ Stephen Greenblatt, *Shakespearean Negotiations*, Berkeley: University of California Press, 1988, p. 35.

④ Stephen Greenblatt, *Shakespearean Negotiations*, Berkeley: University of California Press, 1988, p. 38.

的，而权力正是建立在这种颠覆性基础之上的，它为了自身的需要不断地制造出颠覆性，又不断进行包容，从而巩固自己的统治。

格林布拉特还分析了莎剧的演出形式本身所具有的意识形态功能，认为文艺复兴时期戏剧演出形式同样具有对权力的颠覆因素的包容。伊丽莎白女王是一个“没有常设军队，没有高度发达的官僚体制，没有广泛的警察力量的统治者，她的权力是由戏剧中对王室荣誉的赞美，以及对这一荣誉的敌人施加的暴力构成的”[①]。在戏剧演出时，王室的权力获得了一种特殊的可视性，观众在适当的距离观看这一权力威严的存在，自然会对它产生尊崇。

总之，格林布拉特在颠覆与包容的二元对立之中为文艺复兴文本的解释提供了一种新模式，它可以帮助人们认清一种显然是颠覆性的文学艺术是如何参与当时的意识形态建构的。但格林布拉特所理解的颠覆和包容又与马克思主义的阶级斗争学说相去甚远。他所看到的文艺复兴时期的历史，甚至整个英国历史，都不是马克思所预见的那种一个阶级推翻另一个阶级的历史。在他看来，包容（即社会秩序的稳定）是一个绝对因素，而颠覆却只是一些不会触动现存社会体制前提下的歧见或异议而已；“包容”是如此有效，以致社会的许可和监督机器都不被直接采用。他甚至宣布：“明显的颠覆生产……正是权力的条件。”[②] 权力需要有颠覆存在，否则，它就没有机会来宣布自己合法并使自己作为权力为人所见。格林布拉特的这种观念与福柯的权力观念十分相似。福柯曾宣称：“权力无所不在，不是因为它包含一切，而是因为它来自一切地方。”福柯认为权力是肯定性的，它生产自己的对象。主体并没有既成的身份，主体通过参与话语实践而使其自身被生产出来。“在权力与抵抗之间并不是一种简单对立关系，其间有各种竞争性力量在运行。”[③] 按照福柯的理论，颠覆通常是权力生产出来以证明自身存在的东西，因此，颠覆通常总是被包容。我们必须对这

---

① Stephen Greenblatt, *Shakespearean Negotiations*, Berkeley: University of California Press, 1988, p. 64.

② Stephen Greenblatt, *Shakespearean Negotiations*, Berkeley: University of California Press, 1988, p. 65.

③ Claire Colebrook, *New Literary Histories*, Manchester: Manchester University Press, 1997, p. 203.

种观点保持警惕：既然如此，那格林布拉特的批评实践又有什么用呢？

格林布拉特如上观点一出，即在唯物主义批评中引起了激烈争论。争论激发了富有成果的探索，同时又令人沮丧。富有成果，是因为它将长期以来被认为外于文学批评的问题变成了文学批评的焦点；令人沮丧的是，颠覆与包容概念本身及其间关系、它们与权力及意识形态的关系都未得到“明确说明”。其实，格林布拉特的这两个术语也应该得到“历史化”。研究者指出，联系格林布拉特所处的历史语境来看，他的“包容模式”是“冷战修辞，而且更重要的是，它是社会病理学话语，这种话语活跃了20世纪功能主义人类学和社会学”①。

当然，在新历史主义阵营内部，人们也不尽同意格林布拉特的这一观点。多利莫尔反驳道：“虽然颠覆确实可能被权力为自身的目的所‘挪用’，但颠覆性一旦产生，就既可以为权力所用，也可以用来反对权力。”权力的确可以改造和挪用颠覆性，但反过来，文化中的“从属的、边缘的、持异议的成分也可以挪用统治话语并在这一过程中改造它们”②。多利莫尔明显地希望从更乐观的角度去理解“颠覆性”。蒙特洛斯也反对格林布拉特的这一“对立模式”，认为它过于简约，截然对立，缺少生机与活力。他指出，笼统地谈论颠覆与包容是不够的。应该看到，主流意识形态仍然要受到各种具体情况（职业的、阶级的、个人利益的、市场消费的、文化媒介的等）的限制和影响。因此，应该强调一种更为松动多样的、更具渗透性的和更重视过程性的意识形态概念。我们前文指出过，格林布拉特的“社会能量”概念一定程度上可以防止他对意识形态的这种单一化处理。他后来也声明：“我并不认为所有文学（或所有莎剧）中抵抗的所有表现都被收编——人们可以主张戏剧中意识形态包容力量的破裂。”③

尽管在新历史主义内部存在着“包容论”和“颠覆论”之争，但并非争论作为术语的“颠覆”和“包容”，而是争论在特定历史时刻中它们之

① Jurgen Pieters, ed., *Critical Self-fashioning*, Frankfurt am Main: Peter Lang, 1999, p. 151.

② Jonathan Dollimore & Alan Sinfield, ed., *Political Shakespeare*, New York: Cornell University Press, 1985, p. 12.

③ Kiernan Ryan, ed., *New Historicism and Cultural Materialism: A Reader*, London: Arnold, 1996, p. 56.

间的比率。如果把两个对立方面结合起来，我们就会发现，不论其意识形态分析侧重哪个方面，都贯穿着一个基本思想：每一种占统治地位的文化都包含着对其核心价值的否定，这种否定体现为对潜在对立格局和边缘价值的默许。在占统治地位的文化和他异因素之间不是单纯的对抗关系，而是被新历史主义批评所揭示的“极复杂的支持、破坏和利用化解过程的不断交错和演化。文化统治不是一个静止状态，它是一个过程，一个不断有争夺，不断需要更新的过程”①。新历史主义对权力的复杂性的强调是值得肯定的。

新历史主义的这种政治化批评也带来了严重后果。它忽视了文学的具体性、生动性和复杂性。研究者指出，它最大的问题在于“它坚持一个凌驾于一切之上的权力的无所不在和不可避免，致使它很少能注意到历史的具体性和复杂性”②。其解读文本的方法一旦形成程式，就必然限制意义的多种可能性，限制批评对于文本的关注。

值得注意，新历史主义批评是“双重政治性的，它们不仅仅对它们所选的文本的政治动机感兴趣，而且，它们本身所产生的文本也是具有政治的利害关系的，而一般说来又对此毫不隐讳——在这一方面它又与旧历史主义形成鲜明对照”③。他们在提取文化文本进行分析时经常反身自问：在大量文化文本踪迹中，哪些是对他们自己和对当时的人有意义的，哪些是最值得追求的。在其批评中，文学作品的意义与批评家的理论之间的界线变得模糊化，这标志着新历史主义的批评在很大程度上是一种“当代史”。诚如研究者指出的，在新历史主义那里，“如果文艺复兴是资本主义和现代性的开始，那么，任何对文艺复兴的批评阅读也是一种对当下的批判或认同”④。

---

① 徐贲：《新历史主义批评和文艺复兴文学研究》，《文艺研究》1993 年第 3 期。

② John Bronnigan, *New Historicism and Cultural Materialism*, London: Macmillan Press Ltd., 1998, p. 9.

③ ［美］霍·菲尔皮林：《“文化诗学”与“文化唯物主义”：文艺复兴研究中的两种新历史主义》，见王逢振主编：《2000 年度新译西方文论选》，桂林：漓江出版社 2001 年版，第 201 页。

④ Claire Colebrook, *New Literary Histories*, Manchester: Manchester University Press, 1997, p. 200.

那么，他们为什么要宣布自己的批评没有“任何政治动机”呢？这与它和逝者进行“多重对话”的愿望有关。格林布拉特表示，当他与古人对话时，“如果我想听到一种声音，我就得听到死者的许多声音”①。这是说，过去是“多重音的”或“多声部的”。对过去的政治批评也是多样化的，不该将批评者固定在某个政治立场上。从这个意义上说，他是“没有任何政治动机”，因为他并不胶着于某个单一的政治“声音”，而希望听到“多种声音”。这与它对待“意识形态批判”的态度是一致的。它从马克思主义那里借鉴了“解神秘化的、批判式的甚至逆向式的”批评方法，但对马克思主义的核心概念（经济基础与上层建筑或缘之而来的阶级意识）并不认同，但它意识到了包括历史表述在内的任何表述都总是政治社会行为。

因此，新历史主义所说的“没有任何政治动机”，主要是指摆脱马克思主义的政治观点和意识形态理论。这既是其理论的特色所在，也是其阿喀琉斯之踵。就后一方面而言，它在摆脱马克思主义的历史唯物主义方法的同时，丧失了从物质层面和实践角度改造世界的根本要求，也丧失了真正改造历史的物质性依托。批评家科恩指出，新历史主义应该看作是左翼人文主义者幻灭的产物，它总是关注国家权力，但在这些激进批判之后却又持一种清静无为的态度。

从一般意义上说，在对“颠覆”与“包容”的不同侧重上，可以见出英国的文化唯物主义与美国的新历史主义之间的区别。后者相信颠覆总是被生产出来而包容在文本之内，而文化唯物主义则更积极地相信，即使在颠覆被包容的地方，其踪迹还是保留下来，这使得“持有异议”的批评家得以表达这种颠覆，由此得以对主流文化归入这种颠覆的意义进行竞争。我们认为，正确的理解，应该是将这两种态度结合起来。新历史主义对文艺复兴时期的文学重新发生兴趣并力图重新加以阐释，这与他们感到有必要重新认识现状和自身处境密切相关。因此，他们不可避免地在进行当下语境与历史语境之间的多重辩证对话，这种对话当然是对既往“历史”的一种“颠覆”，这种“阅读的政治与政治的阅读”具有一定的颠覆性，是一种认识的革新。但是，这种颠覆对现行政治究竟有多大效力，恐怕不只

① Stephen Greenblatt, *Shakespearean Negotiations*, Berkeley: University of California Press, 1988, p. 20.

是一个理论问题，而更是一个实践问题。新历史主义以其自身20年的发展史向人们证实了这一点，那些一开始气势逼人的文学批评最终被资本主义意识形态“包容”而渐渐失去了其批判锋芒，大部分新历史主义者也都走上了学术正统的位子，变成了大学体制内的既得利益者而被“包容”了。

新历史主义自身的发展史进一步昭示，颠覆与包容之间的关系是异常复杂的。颠覆应该是策略性的，为颠覆的颠覆是没有前途的；通过颠覆历史而颠覆现实的做法，其效用也是值得怀疑的。因此，在这个问题上，新历史主义在一定程度上可以作为反面教材，让人们认识到理论的颠覆必须与实践的颠覆相结合才是有前途的，才能对现存秩序有所触动和改造。研究者指出，“新历史观”即使再具革命性，“仍然是被学术机构所约束，无法真正推翻或甚至于震撼社会文化”①。因此，我们要谨防它沦为无谓的专业化的学术活动，变成古代文化剧的“戏中戏”。新历史主义一方面实行着学术颠覆，一方面又声称这种颠覆的不可能性，揭示颠覆与包容之间关系的复杂性，其悲观态度是否正源于它无能撼动资本主义“经济基础”的现实处境呢？

第二节　历史性与主体：作家观念

文学活动是一种主体性实践，离不开作者主体和读者主体的参与。主体性问题是文学理论的一般课题，任何批评流派都必须在主体性问题上选择立场。许多现代理论都关乎属性、主体或自我的作用。②

主体和自我的问题十分复杂。理论家卡勒指出，关于这个题目的现代思考有两个基本问题。“首先，这个自我是先天给定的还是后天所造？其

---

① 廖炳惠：《形式与意识形态》，张京媛主编：《新历史主义与文学批评》，北京：北京大学出版社1993年版，第274页。

② 张进：《论新历史主义历史文化诗学的作家主体观》，《燕山大学学报》2001年第3期。

次，应该从个人的还是社会的角度去理解自我?”① 这两个问题又引出了现代思想的四条轴线。第一种选择先天给定和个人角度，把自我、“我”作为内在的、与众不同的事物对待，认为它先于它所从事的行为，一切都是对它的表达；第二种把先天给定与社会角度结合起来，强调自我是由出身和社会因素共同决定的，主体或自我的性别、种族和国别等都是被赋予的基本事实；第三种把个人和后天所造结合起来，强调自我的不断变化的本性，它通过独特的行为而成为自己；第四种是社会和后天所造的结合，强调自我通过所占据的各种主体地位而成为“我”。

在文学研究中占主导地位的现代传统一直把个人的个性看作先天给定的东西，看成一个由文字和行为表述的内核，因此可以用来解释行为。这就确认了主体的先在性。与之相应，近代以来的主流观点多从个人角度去理解自我，认为资本主义的个人的出现引起了资本主义制度的发生。换言之，近代传统的理论总是不同程度地属于前三种，不同程度地强调了“先天”与“个人”。自20世纪60年代以来，理论批评越来越多地倾向于第四种，认为自我是社会与后天所造的结合，强调占据“主体位置”对自我形成的重要性。在主体的能动性与屈从性之间，人们日益强调后者之于“自我”的不可或缺性。其实，英文词“主体”（subject）已经概括了主体性理论的关键：“主体是一个角色，或者是一个能动作用、一个自由的主观意志，它做事情，就像‘一句话里的主语一样’。但是一个主体同时也是一个‘服从体’。”近来的理论日益强调，“要做主体就是要做各种制度的服从体”②。换言之，屈从性是主体性不可或缺的组成部分。这样就突出了主体性的“历史性”。新历史主义属于这个总体趋势。

福柯是近来的这种总体趋势的代表。他认为，思维和行动的可能性是主体不能控制甚至不能理解的一系列机制所决定的，主体因无法成为发生学意义上的可靠源头而丧失了作为起源性的资格。主体消解在欲望、语言、行为规则和话语运用之中。文学总是关乎话语的，文学理论对主体问题的研究，自然就演化为对话语在自我形成中作用的讨论。话语是再现了

① ［美］乔纳森·卡勒著，李平译：《文学理论》，沈阳：辽宁教育出版社1998年版，第113页。

② ［美］乔纳森·卡勒著，李平译：《文学理论》，沈阳：辽宁教育出版社1998年版，第115页。

先在的个人属性还是创造了属性呢？这个问题一直是当代理论的中心议题。福柯显然是将主体的属性作为一种被制造的、被生成的结果而重新构想的，他排斥那种将自我作为基础的和固定不变的属性的假设。“作家的死亡”（巴尔特）和“主体的消失”（福柯）是其理论的进一步推衍。这种主体观念引起了理论研究对“身体”的关注。伊格尔顿指出：“在后现代主义时期，人们对主体的思考已经让位于对身体的关注。身体既是一种激进政治学说必不可少的深化，又是一种对它们的大规模替代。”① 当然，后现代意义的身体并非人本主义意义的身体，它从作为“主体”的身体转向了作为“客体”的身体。因此，似乎可以说，在主体性问题上，当代理论强调了“主体的消失”和“身体的凸显”。

但是，诚如我们前文所指出的，尽管福柯有取消主体性的危险，但他并不是要将主体问题“抹杀”。他表示自己是“重新考察主体的特权”，“主体不应该被完全放弃”。② 他在宣布“人的消失”后，很快就从试图摆脱人转为对“自我的关怀”。沃特斯指出：“后结构主义解构自我的努力其实只是一枚硬币的一面，另一面所显示的却是探求主体性的本质的强烈愿望。主体理论构成现代思想领域里最基本的东西。”③ 从这个意义上说，福柯及大部分后现代理论家是“反主体的主体论者”。当然，问题的关键不在于福柯依然是个主体论者，而在于福柯改变了人们思考主体的方式。在福柯看来，尽管主体是由话语所造就的，但这并不是在两个相互分离的领域中一个对于另一个的“决定”，而是主体始终处于话语之中。话语理论的方法论意义就在于：主体不能在话语之外思想和行动。处在话语之中的主体，并不是一个稳定的、同质的静态存在，而始终处于建构和解构的动态过程中。这样，福柯一定程度上超越了主客分离二元对立的思维方式。这对当代主体理论产生了有力影响。

处于这种总体氛围中的新历史主义，对这种主体观念作出了积极回应。其代表人物宣称，他们的文学史研究“从对历史现象的唯物主义解释

---

① ［英］特里·伊格尔顿著，华明译：《后现代主义的幻象》，北京：商务印书馆 2000 年版，第 82 页。

② 王逢振等编：《最新西方文论选》，桂林：漓江出版社 1991 年版，第 458 页。

③ ［美］林赛·沃特斯著，昂智慧译：《美学权威主义批判》，北京：北京大学出版社 2000 年版，第 15 页。

转向了对人类身体和人类主体之历史的调查"[①]。他们坚持认为权力并不等同于经济或国家政治权力，因而它的活动场所，以及抵抗的战场，都恰恰位于"日常生活的微观政治学"之中，而进入这个领域也就深入到"社会改造的最深层、最少被质问怀疑、同时又是最难接近的领域：即关于我们自身作为性别主体的改造"[②]。新历史主义的"自我塑造"学说，不但体现了它对主体及身体问题的关切，也突出了主体的非稳定性、非同质性以及可塑性。

新历史主义的主体观念中吸收了诸多流派的思想，并主要通过其作家观显示出来。它主要体现在两个方面：在社会历史结构中，作家主体是能动体与屈从体之间的交互动态过程；在文学活动中，作家主体通常是作为群体的"商讨者"。这种作家观将主体作为历史性的现象重新构想，改变了考察主体的传统思维路线，超越了模仿论与表现论对于主体的简单化处理，突出了作家主体活动的复杂性、动态性和过程性。以下分别对此予以说明。

一、主体是能动体与屈从体的交互动态过程

新历史主义者与福柯一样，将主体作为社会历史权力结构的结果来对待。格林布拉特表示："在我的全部文本和资料中，我所能说的就是：没有什么纯粹的时刻和没有约束的客观性，确实，人类主体本身开始似乎就是非常不自由的，不过是特定社会中权力关系的思想意识的产物。"[③] 当然，这种观点并不能显示新历史主义的特殊之处。所谓"旧历史主义"，从赫尔德有机论到丹纳机械论的历史主义，从一般唯物论到"庸俗马克思主义"的历史主义，它们都不承认主体对历史环境能够自由选择和自由创造。林特利查指出："历史主义，无论新旧，都会用其首要的、反人文主

---

① Gallagher, C. & Greenblatt, S., *Practicing New Historicism*, Chicago: The University of Chicago Press, 2000, p. 17.

② 中国社会科学院外国文学研究所《世界文论》编辑委员会编：《文艺学和新历史主义》，北京：社会科学文献出版社 1993 年版，第 169 页。

③ Stephen Greenblatt, *Renaissance Self-fashioning*, Chicago: The University of Chicago Press, 1980, p. 256.

义的假设去代替唯心主义的原发性自我，这些假设认为所有文化和社会现象，特别是自我，如自然现象一样都必须被理解为是由因果关系的专横体现者（文化传统、各种机构、种族、民族、性别关系、经济和物质环境、权力的分配）所造成的。"[①] 那么，新历史主义之于"旧"历史主义，又"新"在何处呢？

关于这一点，我们应联系新历史主义的文学观来理解。在文学观上，它虽认为文学终究要受到社会权力结构的制约，但不认为文学与社会结构之间是两极相抗、二元对立的，而认为其间彼此渗透、相互依存、双向建构。这同样体现在主体与社会权力结构的关系上。对此，蒙特洛斯有明确阐述："主体这个术语意指主体实现的多义过程。一方面是使个体成为意识的所有者和行为的发动者——即赋予他们主体性和能动性；另一方面把他们安放、行动和压制在——使他们屈从于——社会网络和文化符码之中，这些网络和符码是根本超出他们的控制的。"[②] 新历史主义强调的是主体的能动性与屈从性的内在统一。

当然，新历史主义的这种主体观念，仍然与所谓"旧"历史主义对自由人文主义的批判相关联，尤其与语言论转向中的各种流派对旧历史主义的改造相联系。17 世纪以来的自由人文主义者和后来的浪漫主义者都把一个"大写的人"视为文学最本源的动因，把"人"摆在先于社会、超于社会和凌驾于历史之上的位置。马克思主义经典作家在批判这种超验唯心论主体学说时指出："人们自己创造自己的历史，但是他们并不是随心所欲地创造，并不是在他们自己选定的条件下创造，而是在直接碰到的、既定的、从过去承继下来的条件下创造。"[③] 一切社会文化现象，尤其是人的自我，必须置于不以人的意志为转移的因果关系链中加以理解。马克思指出："人的本质，不是单个的人所固有的抽象物，在其现实性上，它是一切社会关系的总和。"[④] 这里马克思特别强调了人作为主体的屈从性，但马克思只是在"现实性"上说的，并不是一个关于人的完整定义。在人的

---

① 张京媛主编：《新历史主义与文学批评》，北京：北京大学出版社 1993 年版，第 145 页。

② Aram Veeser, ed., *The New Historicism*, London: Routledge, 1989, p. 21.

③ 《马克思恩格斯选集》（第一卷），北京：人民出版社 1972 年版，第 603 页。

④ 《马克思恩格斯选集》（第一卷），北京：人民出版社 1995 年版，第 56 页。

"理想性"方面，马克思也强调指出"人始终是主体"①。但包括新历史主义在内的当代西方理论大多倾向于将马克思主义主体论曲解为"社会经济决定论"。它们认定马克思主义的主体是由经济力量所决定了的"稳定的"、"同一的"主体。而新历史主义认为，人天生是一种"未完成的动物"，上帝将人创造了一半就让人上路了，人必须从上帝手中接过自我这个"半成品"进行"自我塑造"。马克思主义历史理论认为，从封建社会向资本主义过渡是以资产阶级个人的"崛起"为标志的，相应的文学理论即强调文学是对这种个人的反映或表达。新历史主义则认为，并不是先有了资产阶级的个人然后才有了资本主义，而是"个人"与资本主义是同时被话语建构起来的。他们"并不接受那种个人'突现'的观念，而是力求显示历史变化中的矛盾和裂隙"②。他们要在历史裂隙中发现主体自我建构和解构的微妙过程。在《文艺复兴自我塑造》中，格林布拉特通过对摩尔的研究发现，在文艺复兴的文本中，关于自我有两种相互冲突的观念：一是个人是真正的个体的本质；一是个体是社会的表演。格林布拉特并不将新生的个人主义看作是文本反映的对象，而是揭示出文本本身在个人的形成中所扮演的重要角色。他指出，自我塑造是诗性的或文学性的，个体不是"突然出现"于资本主义纪元。关于自我的各种观念需要被设计出来并进行争论。文学不是"揭示出"这种争论，而是不同的表演、作品和剧场化"生产出"自我。自我是在与权力之间进行的压抑和颠覆、控制和反控制的谈判与周旋活动中逐渐塑造出来的。这方面新历史主义主要受了福柯的影响。批评家林特利查不无见地地指出，新历史主义理论是"对一种明显的马克思主义观点的福柯式转换"③。

福柯在强调人作为社会结构的"结果"这一点上，与马克思主义的历史主义具有同样的诉求。其"主体消失说"和"作家—作用说"也都强调了这种观念。按照一般理解，福柯已经直接而完全地摆脱了主体这一观念：不再有作者，不再有名家全集，也不再有主体的创造性。其实，福柯

① 《马克思恩格斯全集》（第四十二卷），北京：人民出版社 1979 年版，第 130 页。

② Claire Colebrook, *New Literary Histories*, Manchester: Manchester University Press, 1997, p. 198.

③ 张京媛主编：《新历史主义与文学批评》，北京：北京大学出版社 1993 年版，第 151 页。

所预言即将“消失”的人，无非是近代人文主义话语所建构的“大写的人”。事实上主体依然存在，只是他那无限权威的统一性受到了质疑。福柯主要发挥了阿尔都塞的主体性观念。后者认为，主体不是统一的、个性化的和独立自持的，而是非同质的和矛盾的，并且会随着不同的环境和条件不断发生变化；人们依赖语言和意识形态而成为文化的“主体”。人成为主体即意味着由文化所建构。福柯所说的“主体的消失”，就是指由近代自由人文主义建构的“主体”观念的解构和重构。

尽管受福柯学说影响的新历史主义与马克思主义具有某种精神祈向上的一致性，但其间的分歧在两个基本方面十分明显：一是主体屈从性的程度；二是造成屈从性的原因。在前一个方面，新历史主义认为，主体的建构和解构双向推进同时发生、不断往复无限展开；因此，主体不是稳定的和同一的。伽勒赫说，新历史主义的“批评努力一直是要追溯现代主体性在人们试图获得稳定主体的必要失败过程中经历的创造”①。因此，格林布拉特认为“阐释工作应当较多地关心某一社会中的成员在经验中所应用的阐释性构造，而不是去研究习俗与机构的制动关系”②。在他们看来，作者的文本“创造”活动正是作者“构造”主体又不断失败，不断失败又不断重构的活动。艺术是一番商讨以后的产物，艺术家需要创造出一种“通货”。这个商讨过程“不仅包含了占为己有的过程，也包含着交易的过程”③。这句话需要从作家主体性的建构方面去理解。作家在与社会文化进行交易的过程中，“占有”自己的本质，塑造并获得自己的主体地位。然而，“占为己有的行为必须被看作不仅总是包含了自我表现和汲取，而且也包含了通过具体化和剥夺而造成的异化”。作家主体性的获得和丧失是一枚硬币的两面。这样，新历史主义就将“能动体”与“屈从体”同时整合在自己的“主体性”观念中，并将人的“屈从性”转换为人不断进行自我塑造的动力源泉。同时也就将主体的建构和塑造过程延伸到了文学文本

① 中国社会科学院外国文学研究所《世界文论》编辑委员会编：《文艺学和新历史主义》，北京：社会科学文献出版社 1993 年版，第 176 页。

② Stephen Greenblatt，*Renaissance Self-fashioning*，Chicago：The University of Chicago Press，1980，p. 4.

③ 中国社会科学院外国文学研究所《世界文论》编辑委员会编：《文艺学和新历史主义》，北京：社会科学文献出版社 1993 年版，第 138 页。

的生产进程，将后结构主义的作家主体观念纳入了自己的理论框架中（因为后结构主义强调了作家主体在话语实践过程中被话语构造的方面）。

在第二个问题上，新历史主义者用福柯的“权力”及“话语实践”置换了马克思主义的“经济、阶级”等因素。与某些马克思主义批评家不同，他们“没有重新获得一套关于阶级冲突的历史元叙事”，而是认为“权力并不等同于经济或国家政治权力，因而它的活动场所，以及抵抗的战场，都恰恰位于日常生活的微观政治学之中”①。权力总是通过话语实践而体现出来，因此“自我塑造”也发生在话语实践中。马克思主义认为，自我塑造必然发生在人们改造世界的物质实践领域。而新历史主义则认为：“自我塑造通常是，尽管不全是，在语言中进行的。”② 它特别强调各种话语在自我塑造中的巨大作用。新历史主义通过对“语言”的强调而将对一般主体塑造问题的探讨变成了对作家主体的讨论。当然，其“语言”实际上是福柯意义上的“话语”。我们前文指出，话语的意义就在于人不能在话语之外进行思想，话语不是普通的事物，人处在话语之中而无法将它充分对象化。因此，当新历史主义将其他理论中物质性的决定因素置换成话语实践时，它某种意义上摆脱了“主客对立”的思维方式。同时，由于它在各种话语之间并不确立因果等级关系，所以文学话语由先前“反映”其他（历史）话语的被动者变成了话语系统中的主动参与者，这也相应地强调了作家主体的能动性。

当然，新历史主义并非全盘接受福柯的学说。福柯以否定的方式揭示出，自我主体不是突然出现就稳定下来一成不变的，它是在各种话语不断的构造和解构中产生的。新历史主义沿着这种思路将作家主体重新纳入自己的理论视野之内：不承认作家主体具有固定不变的绝对权威，但又不像福柯那样承认它可以被“悬置”（如其《知识考古学》所显示的）；话语并不能脱离主体，作家仍然是话语实践活动的主体，但这种主体在话语实践过程中得到不断的建构和解构。这样，新历史主义历史诗学就消解了近代以来自由人文主义的主体性观念，重构了作家主体的新形象。它一反浪

---

① 中国社会科学院外国文学研究所《世界文论》编辑委员会编：《文艺学和新历史主义》，北京：社会科学文献出版社 1993 年版，第 169 页。

② Stephen Greenblatt, *Renaissance Self-fashioning*, Chicago: The University of Chicago Press, 1980, p. 9.

漫主义和现实主义思考作家的思维路线，认为作家主体不是一个先于文学活动的、本原性的、既成的主体事实，而是一个通过文艺活动的文化赋予和自我塑造，是解构和建构的同时展开。作家在文学活动中是各自赋有历史性的商讨主体，而不是纯粹的“反映者”或“创造者”。作家对权力话语的“能动”颠覆和对权力话语的被动“屈从”（即颠覆被包容）同时并存于作家的主体性之中。

总之，新历史主义的这种对主体能动性和屈从性动态过程的研究，一定程度上改变了人们思考作家主体的思维路线。传统的文学理论在作家观方面有一个大致趋同的看法：作家是一种既成的、稳定的、同一的主体事实，作家主体在进入写作之前就已经作为行动者被建构起来了。这种业已存在的作家主体，要么像一般现实主义所理解的那样，是由各种社会、历史和文化环境决定的；要么像普通浪漫主义所主张的那样，是天赋神授的“天才”。

与“语言论转向”联袂而行的各种形式主义、结构主义和后结构主义文学理论的崛起，使创造的特权逐渐向文本和文本的结构过程位移，并最终从方法论上改变了考察作家主体的思维路线。自艾略特在《传统与个人才能》中倡导“非个人化”开始，经由新批评的“意图谬误”说、结构主义的“主体离心”说等学说，作家主体性始而被削弱，终而遭到“理论谋杀”。作家似乎已被降解为语言文本自行结构过程的功能性“作用”，作家是在文学活动中被逆向建构起来的。从积极方面看，这种做法否定了人的“超历史的”本质，从而有可能将人本质的任何方面都看成是话语和社会过程的产物。

在方法论层面，如上两种作家观尖锐对峙、锋芒相向：前者在“作家→文本”的关系中强调前一项对后一项的决定作用和本源功能（虽然现实主义文学理论认为作家的本源可进一步推到历史文化环境，但作家是文本创造者的信念并未动摇）；后者则在“作家←文本”的关系中强调后一项对前一项的决定作用和本源功能。这两种作家观作为人文主义和科学主义两大思潮在文艺学领域的缩影进行了长期的对峙和斗争。20 世纪后半叶以来，两派之间彼此亲和的趋势越来越明显。斗争为新的同一创造了条件。新历史主义所谓的“沦陷为自己所揭露的实践的牺牲品”，实际上正是文学理论的“共成模仿”现象，是分享、吸收和同化对手的意识和见解，从而使自身得到充实、改造和发展。当然，亲和倾向尚无法引申出一个整合与超越二者的合理基础，新历史主义的崛起从某种意义上完成了这种基础性转换。它将作家与文本置放在文化历史的沃野上，强调作家与文本的双向交互建构：一方面，作家主体通过生产和“商讨”活动而建构出文本；另一方面，文本在被建构的过程中也在改变、塑造和建构作家主体。作家主体与文本客体的建构同时发生、比肩而行，共同参与文化历史的创构过程，同时也被文化历史所塑造。

二、作家是作为群体的“商讨者”和“交换者”

指出作家主体在社会历史结构中是“能动体与屈从体交互建构的动态过程”，这仍然是一个总体定位。那么，在具体的文学活动中，作家又是什么呢?

总体看来，新历史主义者认为作家是一个或一群（通常是一群）商讨者（negotiators）。他们与历史文化展开全方位的商讨和交换活动，从而生产出文学活动的通货。格林布拉特强调，“艺术是一番商讨以后的产物，商讨的一方是一个或一群作者，他们掌握了一套复杂的、人所公认的创作成规，另一方则是社会机制和实践。为了使商讨达成协议，艺术家需要创造出一种在有意义的、互利的交易中得到承认的通货。有必要指出，这里不仅包含了占为己有的过程，也包含着交易的过程”①。这是新历史主义对文学活动中作家的具体定位，这段话需要从作家主体性方面去理解。这里涉及如下几个基本问题：作家应该从个人还是从社会群体的角度去把握?“商讨”与模仿和表现之间是一种什么关系?作家作为商讨者的特殊性在哪里?

(一) 作家应该从群体方面去把握

关于作家应该从个人还是从群体角度去把握的问题，历来也是理论争论的一个焦点。自由人文主义者一般总是倾向于前者，认为作家个人在文学活动中处于创造性的时刻，其作品则是原创性的；而历史主义者一般倾

① 中国社会科学院外国文学研究所《世界文论》编辑委员会编：《文艺学和新历史主义》，北京：社会科学文献出版社1993年版，第138页。

向于后者，认为作品某种程度上是一种群体性的制造。丹纳在《英国文学史》中认为，文学并非“仅仅是想象力的游戏”，也非“一个发热的头脑在与世隔绝的状态中捉摸不定的冲动”。他在《艺术哲学》中强调，一部艺术杰作中总是回荡着多种声音，当作品作者说话时，有许多作家的声音在背后嗡嗡作响，只是作者的声音掩盖了他们的声音。丹纳显然是从作家的社会历史性方面强调其“群体性”方面的。而后结构主义者则基于其“文本间性”思想，也得出了近似的结论：既然任何文本都是其他文本的组合、镶嵌和回响，那么，任何文本也就不可避免的是群体制造的过程和结果（尽管它强调的是文本自身的衍生组合）。

在对作家群体性的强调上，新历史主义显然与历史主义和后结构主义的理论传统密切相关。格林布拉特在《莎士比亚式的商讨》一书的“鸣谢词”中表示：“不管作品如何强烈地带有个体创造智慧和个人迷恋的标志，艺术作品都是集体商讨和交换的产物。批评著作何以要有所不同呢？”① 格林布拉特曾经试图将艺术作品定位为“整体艺术家”与“整体化的社会”之间的相遇，但他在研究中发现，“没有一个个体，即使最杰出的个人，是自我完足的”，而所谓某个时代背后的“统一性”，似乎是用种种充满焦虑的修辞掩盖“裂隙、冲突和非一致性的企图”。②“自我完足性”设定与“社会统一性”设定是内在关联着的。这里我们主要讨论新历史主义对自我完足性设定的破除。

格林布拉特发现，如果说文艺复兴作家自身表达了某种欲望的话，那这种欲望本身是由相互矛盾的动机所建构的。文学文本也不是“单一的”权力的代言者，“文本自身”并不是意义的容器，文本是体制和意识形态竞争的战场。因此，他主张探求那些隐蔽的文化交易，正是这些交易赋予艺术杰作以力量。应该通过对文学愉悦和兴趣的“集体生产”过程的调查来研究文学。他说，在某个层面上，我们清楚地知道“艺术名家的力量主要是一种集体意图，是千千万万个主体的欲望、快乐和热烈情绪的符号体现，是对由依赖性和恐惧所织成的复杂网络的体制化表达，是社会意志的

---

① Stephen Greenblatt, *Shakespearean Negotiations*, Berkeley: University of California Press, 1988, p. 7.

② Stephen Greenblatt, *Shakespearean Negotiations*, Berkeley: University of California Press, 1988, p. 2.

代理者（agent）而非制造者（maker）”[①]。就戏剧来说，戏剧显然是一种“集体意图”的产物；可以在某个时刻由某个独立的个人将脚本台词写在纸面上，但这绝不是说戏剧的其他环节可以忽略不计。在戏剧表演时演员遗忘台词或含糊其辞、丑角的即兴表演、观众的介入与否，这些都将一种非确定性和偶然性带入戏剧，从而改写了脚本。况且，细究起来，写作的时刻也是一个社会性时刻，所有写作者都依赖于集体性的文类、叙述类型以及语言成规；而戏剧语言又具有“开放性”和“杂语性”，其中宗教圣言与市井粗话、规范语言与家常言谈经常杂糅在一起。戏剧虽被认为与“外部世界”相互分离，但其间是彼此渗透的。戏剧显然是向“集体性”的观众说话，离不开公众的参与。新历史主义重在追问“集体信念和集体经验的形成，以及它从一种媒介向另一种媒介转移、凝聚于可操作的审美形式并提供给消费的过程”[②]。说到底，格林布拉特所提倡的“文化诗学”，也是对不同文化实践的“集体制造”过程的研究，是对这些文化实践之间关系的调查。

这样，我们看到，格林布拉特给个体作家安放了一个“集体性”或“群体性”的基础。在此基础上，作家就既不像在传统观念中那样，与生活中的具体事件和艺术作品形式“直接统一”；也不像在结构主义及后结构主义观念中那样，与生活和艺术形式“无指涉性”；而是，作家个人通过作家群体的中介与社会生活和艺术形式“间接”关联。

（二）商讨与交换是模仿和表现的基础

关于这一特点，格林布拉特首先以否定的方式指出：“不能诉诸天才并以之为艺术杰作之能量的唯一源泉；没有无动机的创造；没有超验的或无时间性的或不变的表述；没有自足的艺术品；没有无（行为‘由之’和‘为之’的）起源和客体对象的表达；没有脱离社会能量的艺术；没有社会能量的自发性生产。”[③] 这些否定面合并起来，就构成了对传统的模仿说

---

① Stephen Greenblatt, *Shakespearean Negotiations*, Berkeley: University of California Press, 1988, p. 4.

② Stephen Greenblatt, *Shakespearean Negotiations*, Berkeley: University of California Press, 1988, p. 5.

③ Stephen Greenblatt, *Shakespearean Negotiations*, Berkeley: University of California Press, 1988, p. 12.

和表现论的全面破除，或者说，构成了对模仿说和表现论的基础性置换。格林布拉特认为，模仿通常伴随着——通常也产生于——商讨和交换；交换的代理者可以表现为（通常艺术家也被想象为孤独的）个体，“但那些个体自身也是集体交换的产物”①。因此，模仿应该在流通交换的基础上加以理解。

商讨和交换是对社会能量流通过程的描述。社会能量通过舞台的流通不是一个单一连贯的总体系统，它是局部的、破碎的、相互冲突的，在此过程中各种要素被打碎重组，某些社会实践得到放大而另一些则遭到消除和疏散。这是一个群体的、动态的、多向度的复杂交换过程。批评家不能直接接近这个过程，因为“并没有一个纯净的时刻，从此时能量得到传递，流通进程开始”②。这样一种没有明确开始和终结的能量交换过程，是艺术家无以“模仿”的，也不是艺术家的“表现”能够涵盖的。而如果说艺术家的活动中也包含着“模仿”和“表现”的因素，那也只能在流通和交换的基础上进行。在这个基础上，与其说艺术家在模仿或表现，不如说他在谈判和商讨。

（三）作家主体是商讨者

我们在讨论文学本质功能的部分已说明了作为新历史主义的“轴心概念”的“社会能量流通”。就其作家主体观念而言，“商讨”更是一个关键概念。格林布拉特不但将艺术界定为作家群体与社会机制和实践之间“商讨”的结果，而且索性将自己研究莎士比亚的著作定名为《莎士比亚式的商讨》，认为莎翁是通过“商讨”而完成其剧作的。他在书中认为“商讨”概念是对传统现实主义和浪漫主义艺术观念的双重扬弃。他指出：“不能诉诸天才，以之为艺术能量的唯一源泉”；但也“没有无动机的创造”。这两句话可以对勘发明。前一句针对的是浪漫派的作家观念，即将天才推为艺术的本源的观念；后一句针对的是再现说的作家观，尤其是现实主义的“客观反映论”。二句相合，又是对“作家死亡”论的某种扬弃。不论是模仿还是表现，都是“商讨和交换”的产物。这样，在他看来，商

---

① Stephen Greenblatt, *Shakespearean Negotiations*, Berkeley: University of California Press, 1988, p. 12.

② Stephen Greenblatt, *Shakespearean Negotiations*, Berkeley: University of California Press, 1988, p. 20.

讨关系是主体与社会文化、艺术家与艺术文本之间的根本关系，这也是文学理论关于作家主体的重新定位。在他看来，艺术家是商讨者（negotiators）。

“商讨”这个词包含着协商、谈判、传达、调解、融合等意义，新历史主义用它来表明不同范畴中的主体在社会关系、文化网络所起的沟通、调节、中介作用，发挥这些作用的主体主要是指作家（通常也用于文学本身、戏剧演出或剧中人物等）。对创作主体而言，“商讨”包含着一整套操作程序，研究者指出，它主要有三个方面：将自己从社会生活直接获得的或是通过流通从其他人那里获得的各种经验材料调和起来；将自己的创作活动同当时社会的政治权力和文化规约的总体状况调和起来；将自己的作品同读者或观众的审美趣味或爱好调和起来。[①] 通过这些不同层次的协调活动，最终将各种材料组合成一个艺术作品。其实，商讨又何止于“三个方面”。值得注意，格林布拉特使用的“商讨”的英文词通常是作为“复数”出现的，这说明，在他看来商讨是一个讨价还价、你来我往的无限往复过程；而且，作家从社会或流通中“获得”材料的过程也并不是单向的“攫取”而是双向的讨价还价；即使在作品完成之后，它加入流通过程也还是一个商讨过程。因此，与“作家群体”观念相应，“商讨”不是就单个作家而言的，也不是就文学活动的某个阶段而言的，它是一个贯穿文学活动始终的基础性概念。

社会能量流通中的商讨甚至没有开始和终结。格林布拉特指出：“如果有人像我一样想重建这些商讨，他会梦想发现一个原创性的时刻，在这个时刻艺术能手将凝聚性的社会能量构筑成崇高的审美客体。但这种追问是徒劳的，因为没有一个原创性的时刻，也没有纯自由的创造行为。”[②] 在这种情况下，作家就应该机智地、策略性地选择自己的位置并发挥自己的主体性，以保证商讨活动和自我塑造过程的连续进行。

作家作为商讨者并不排斥他（们）作为阐释者的身份。格林布拉特认为，当代理论必须重新选位，“不是在阐释之外，而是在谈判（商讨）和

---

① 参见杨正润：《主体的定位与协合功能》，《文艺理论与批评》1994 年第 4 期。

② Stephen Greenblatt, *Shakespearean Negotiations*, Berkeley: University of California Press, 1988, p. 7.

交易的隐秘处”①。作家与批评家就是这种阐释者。作家屹立于当代而阐释历史，立足于自身而阐释文化，在文学文本的生产过程中阐释历史文化，塑造自己的主体地位，获得生存意义。这使得作家能够在共时性与历时性相结合的链条上建构和解构自我，从而实现自我主体、文学文本和文化历史的同步构建。这种建构是对对象和自我展开双向辩证的批判，而不是对它们进行认可。

格林布拉特指出：“如果文化诗学意识到它作为阐释者的地位，一个人在这种阐释工作中是不可能遗忘自己所处的历史环境的。我的这本书清晰表明，我针对自己的材料提出的问题，事实上这些材料的性质，统统都受到我向自己提问的支配。”② 阐释是作家主体自我塑造的必由之路。作家不能脱离他所处身的社会历史环境即其自身的“历史性”，也没有不受作家主体心灵浸染的纯客观的事实。作家的主体性也就只有在这种复杂的阐释活动中，在这种浸透作者主体力量的文本生产活动中生长出来。批评也就既不在于否认所有戏剧与社会生活的联系，也不是去肯定后者是超出阐释之外的“事物本身”。

作家总是投身于社会能量流通的复杂性中，并通过历史文化的中介现实地塑造作家的主体性。阐释者基于自身的历史性与历史文化展开“主体间”的对话。新历史主义的历史“对话”并不是抹杀差异的对话，而是一种“多重音”的对话。格林布拉特表示，他总是持有与逝者说话的愿望，但是人们错误地以为他会听到逝者“单一的”声音，“如果我想听到一种声音，我不得不听逝者的多种声音。如果我想听到他者的声音，我不得不听到我自己的声音。死者的言说就像我自己的言说，并非是私有财产”③。新历史主义的阐释并不是“内向的”和私人化的，而是不可避免地加入到社会能量流通交换和协商谈判之中。

总之，新历史主义对作家主体性及主体的历史性问题作出了可贵的探

---

① 张京媛主编：《新历史主义与文学批评》，北京：北京大学出版社 1993 年版，第 15 页。

② Stephen Greenblatt, *Renaissance Self-fashioning*, Chicago: The University of Chicago Press, 1980, p. 5.

③ Stephen Greenblatt, *Shakespearean Negotiations*, Berkeley: University of California Press, 1988, p. 20.

索。这种探索将作家主体性问题的复杂性和社会历史性揭示出来了。它将作家看成社会历史结构中能动性与屈从性之间的交互作用的动态存在，一定程度上破除了二元对立的传统思维方式，改变了思考作家的思维路线；它将作家看成文学活动中的商讨者，强调作家群体在文本生产过程的协商合作，对传统的再现论和表现论进行了基础性置换。但是，它对作家主体性问题始终缺乏集中、明晰的理论表述；而且，其主体塑造过程主要局限于语言之中，始终与真正的社会历史实践隔着一层。在我看来，如此定位作家，对作家的“创造性”或者“生产性”强调不够。纵然艺术“生产”离不开“流通交换”，但强调作家在这个过程中的“创造性”是必要的；即使作家主要是个商讨者，但在商讨过程中也应该有作家发挥其创造才智的余地。既然新历史主义已经认识到理论批评不仅是“描述性”的，更是“范导性”的，那么，它就应该“引导”作家积极发挥其创造性。这样，才可能有文学文化佳作产生。新历史主义深刻地洞察到“流通交换”对“文学本质”的制约，但也存在着以“流通”代替“生产”的危险。

第三节　历史性与文本：文本理论

在历史诗学的理论坐标上，“历史—作品（文本事件）”的关联问题是一个基本问题。后一项不仅是有待涉入的被动客体，选择客体的哪个层面作为批评对象也是批评方法的有机组成部分。对于新历史主义来说，“作品（文本事件）”不仅是一个考察对象和作品序列的代名词，而且具有根本的方法论意义。其作品（文本）理论包括相互关联的四个方面：在对象层面，它从“作品”转向“文本”；在方法层面，它将文本看成网状结构过程；在观念层面，它认为文本是话语事件；在文本存在方式上，它认为文本“振摆式”存在。这些方面结合起来，又突出了文本的历史性。

一、对象：从“作品”到“文本”

传统理论在文学批评对象上有一个大致趋同的看法：文学作品是一个

相对完足的实体性存在，它本身具有相对独立和稳定的特性和价值。20 世纪后半叶以来，这种观念受到了质疑并最终走向瓦解。格林布拉特指出，20 世纪 80 年代以来，文学研究实践的“地图绘制”聚焦于对其对象的重新构想。“曾经被设想为‘作品’（work）的东西现在在大多数文学研究中被解释成‘文本’（text），批评焦点从所指对象的形式转向了意义形成过程，这给其他许多广为接受的解释成规带来了问题。”① 文学理论惯常以为个体文学作者是在与历史和社会隔离的境地辛勤创作具有个人艺术真实性的作品。但是，这种“写作场景”近来被描述为一种解释学“虚构”（一种批评建构），部分地用来使某种阅读现代作品的方式合法化而使其他方式不合法。那么，艺术作品可以从其他文本中孤立出来吗？阅读、解释和批评是被动的、次等的活动吗？适应文学研究的分析模式不能用于解释非文学的文化形式吗？文本与语境之间的区分可以保持下去以保护“文学”理解的“完整性”吗？以往的理论都“假定”了对这些问题的肯定答案。新历史主义的批评对象也从“作品”转向“文本”，自然要追问这类“假设”的合法性。

当新历史主义沉思“文本”时，这个 20 世纪诗学的关键概念已然承载了太多的理论负荷。第一，在历史实证主义方法中，作品文本的历史性虽被认为是必不可少的条件，但研究者的历史性却要求完全沉没于他的“客观性”，这种研究方法将文学作品看成了“历史文献”②。这是新历史主义不能认同的。第二，虽已失势但仍盘根错节的“新批评”把文本主要看作自足的“单个作品”，视之为与作者意图、读者接受和社会环境无涉的、孤立自持的纯粹形式和“超历史的纪念碑”。新历史主义者在这种形式主义文本理论中浸淫许久，痛切感受到它的褊狭性。第三，结构主义符号学将文本主要理解为“作品序列”的深层“结构”，视为能指与所指的完整统一，但忽略了其中的个性、差异性、非中心性以及社会历史具体性，这也是新历史主义需要加以批判的。第四，阐释学和接受反应理论将文本主要理解为“召唤结构”，它虽具有基于个体自我阐释的非确定性和

---

① Greenblatt, S. & Gunn, G. ed., *Redrawing the Boundaries*, New York: Modern Language Association of America, 1992, p. 3.

② ［荷］佛克马、［荷］易布思著，林书武等译：《二十世纪文学理论》，北京：生活·读书·新知三联书店 1988 年版，第 153 页。

开放性，但与具体历史如政治、权力和文化仍旧关联不多，这也是新历史主义所不能认同的。第五，后结构主义者德里达和巴尔特等人把文本视为能指碎片或能指游戏，认定文本之外别无一物，这固然可以纠正结构主义僵化机械的整体观和中心观，却仍以牺牲“确定意义”和“历史内容”为代价。

在上述这些理论主张中，新批评、结构主义和德里达后结构主义都明确排斥作品的“历史性”。但理论学说的效应经常与主张者意图不一致。我们发现，尽管这些文本理论断然排拒历史，但它们都或大或小地开放着一个朝向历史的窗口，因此“历史”的幽灵总是挥之不去。新批评认为文学作品可以将一个日益意识形态化的世界中的教条信念暂时悬搁不问，但作品似乎仍以某种方式谈论它“之外”的现实；况且，新批评培育了一种操作性极强的作品细读式形式批评方法，用之于“历史文化文本”批评并非全无可能（新历史主义就大量借用其方法）。结构主义在推开历史和所指物时，也“使人们彻底意识到符号的历史可变性。这样结构主义也许可以加入它在开始时所抛弃的历史”[①]。而且，作品非透明性和建构性的观念一旦用于文本，则文本自身就成了某种不可抹杀的能动存在，这会克服再现论与表现论文本观的诸多不足。

尽管从结构主义向后结构主义的转变同样是在形式主义内部进行的，但这是（如巴尔特所说）部分地从“作品”转到“文本”，从视小说和诗歌为具有确定意义的封闭实体，转向视它们为一个不能被固定到单一中心、本质或意义上去的能指游戏。文本不同于作品结构，“与其说文本是一个结构，不如说它是一个开放的‘结构’过程，而进行这种结构工作的正是批评”[②]。“文本”可以将批评的“历史性”纳入其中。进而言之，在后结构主义那里，那个无远弗届的动态文本走出象牙之塔而“占领”了历史并按自己的形象“改写”了历史。这样，后结构主义在其“文本主义”立场上将文本与“历史”关联起来了。应该说，这既是一种“占领”，也是文本向历史的开放和历史向文本的渗透。尽管后结构主义仍然是脱离历

---

① ［英］特雷·伊格尔顿著，伍晓明译：《二十世纪西方文学理论》，西安：陕西师范大学出版社 1987 年版，第 155 页。

② ［英］特雷·伊格尔顿著，伍晓明译：《二十世纪西方文学理论》，西安：陕西师范大学出版社 1987 年版，第 153 页。

史的形式主义方法，但其文本非确定性和开放性观念使根深蒂固的形式主义文本大厦开始摇晃，从而为引入一种历史视界打开了豁口。而一旦将历史视界输入，就有可能既走出旧历史主义的困境，又冲破传统形式主义的语言牢笼。因此，格林布拉特等人迎纳了这种文本观，并将之作为其文学批评的工作平台。从这个意义上说，正是排拒历史的后结构主义成了新历史主义的武库。

事实上，后结构主义者德里达等人执着于语言中心论和符号差异分析而否定“历史”的文本观念，受到来自外部和内部的双重挑战。外部挑战主要是新马克思主义，阿尔都塞及马歇雷等人在吸收结构主义思想的基础上强调文本与意识形态和社会物质再生产的关联。格林布拉特曾一度“喜欢”这种观点而在它与后结构主义之间徘徊不定，但又对他们将权力和性等问题未放到支配地位表示不满。这时，从后结构主义内部杀出的福柯学说为新历史主义文本理论提供了理论依据。

福柯将文本放在话语活动中去考察，这引起了文本观念从“语言”向“话语”的转移，也使作品变成了与历史语境相关联的具体文本。在这种“话语转向”过程中，巴赫金基于话语对话性、多声部性、多语杂语性和历史具体性而对“抽象的客观主义”和“个人主义的主观主义”语言学的批判，[①] 也产生了极大的推动作用。作为话语活动的文本总是与具体的社会历史相关联。尤为重要的是，在福柯那里，话语始终与权力相结合，权力又总是通过话语而运作。话语并不是静止封闭的，它作为历史具体的实践总是植根于社会制度之中并受其制约。通过对话语的实践性和历史性的强调，福柯将德里达无远弗届的普遍文本与无处不在的权力关系结合在具体文本之中了。这种文本观念成了新历史主义文本理论的基础。蒙特洛斯认为，文本是权力运行的场所，是历史现实与意识形态的发生交汇的“作用力场”，是“不同意见和兴趣的交锋场所”，是“传统和反传统势力发生碰撞的地方”，是历史现实得以现形的所在。[②] 它是负载着种种矛盾和价值的历史性存在。那么，新历史主义的文本究竟是什么呢？它在方法论层面

---

① ［苏］巴赫金：《马克思主义语言哲学的道路》，张杰编选：《巴赫金集》，上海：上海远东出版社 1998 年版，第 191 页。

② Aram Veeser, ed., *The New Historicism*, London: Routledge, 1989, p. 16.

有何特点？

二、方法：文本作为“网状结构（过程）”

建立在叙事历史诗学观念之上的新历史主义，将文本、表述及话语等悬为考察分析的焦点和重点，其“作品”则主要建立在后结构主义文本观念之上。后者以“文本”、“文本性”、“文本间性”所织成的“文本网络”代替“作品”作为考察的立足点。这样，“历史”与“文本”就是一种“你中有我，我中有你”[①] 的亦此亦彼的关系，因此，追问“文本”就必须与追问“文本的历史性”联袂而行。

关于作品文本问题，传统理论有一个大致趋同的看法：文本是对符号设计的固定安排，它某种程度上独立于时间和空间；这些文本被认为是那些在时间空间上与文本生产者相分离的人能够接近的。[②] 长期以来，人们对这样的文本概念深信不疑。接受反应理论和后结构主义使文本在时间空间上的相对独立性变成一桩成问题的事情。我们知道，文本一旦形成，它就与日常谈话的语境分离了，这样文本就面临着被无限阅读的可能性。因此文本“构成了一种新的间距”，间距“对于作为书写的文本的现象具有建设性”，[③] 间距的不可抹杀性使人们再也无法回到文本创造者的思想、文本的原初指称和语境。当代理论克服间距的努力，使文本从两方面丧失了独立性而走向开放的“文本间性”，这就是接受反应理论和后结构主义理论。[④] 在接受反应理论看来，由于带有不同“期待视野”的读者源源不断的阅读活动，文本在不断的“语境化”过程中发生着变化，因此几乎不存在那种“符号设计的固定安排”；即使伊瑟尔的大体稳定的“召唤结构”，也会在阅读活动中发生变易。这样，接受反应理论就至少部分地取消了单

---

① ［法］保罗·利科尔著，陶远华等译：《解释学与人文科学》，石家庄：河北人民出版社1987年版，第300页。

② Jeremy Hawthorn, *Cunning Passages*, London: Arnold, 1996, p. 11.

③ ［法］保罗·利科尔著，陶远华等译：《解释学与人文科学》，石家庄：河北人民出版社1987年版，第152页。

④ John Frow, *Marxism and Literary History*, Oxford: Basil Blackwell Ltd., 1986, pp. 125 – 127.

个作品的独立意义。而在后结构主义看来，由于文本可以独自衍生和开拓自己的语境，因此，单个文本总是处在“解语境化”过程中，它既没有什么“固定安排”，也非人们能够直接“接近”。并不是文本独立于时间和空间，而是文本“占领”了时间和空间。如上两种理论在文本非确定性和开放性问题上得出了同样的结论：文本是一个动态存在，文本从未彻底独立于时间和空间。新历史主义承继了这种文本动态性、开放性的观念。

后结构主义认为，文本不是一个固定结构，而是一个结构过程。但这个结构过程并不是我们日常理解的那种“线性运动”，而是一个“网状结构过程”。它没有起源也没有尊卑贵贱秩序。伊格尔顿在讨论后结构主义时指出：“认为历史或语言只是简单的直线发展的理论都忽略了我一直在描述的符号的网状复杂性。”“后结构主义用‘文本’一词所表示的，正是这种网状复杂性。”① 其“文本性”和“文本间性”（互文性）是对这种结构的描述。它认为，首先存在着一种文本性，亦即文本的生产性，这个范畴是指文本作为意义的载体是多重的、多义的和不确定的。但文本的这种生产性不是封闭的和自为的，而是处在与其他文本的交互关系中。克里斯蒂娃指出：“文本是生产性的，首先，这意味着文本与深蕴其中的语言之关系是重新组合的（破坏性的—建设性的），因而可以通过逻辑范畴而非语言学范畴来更好地探究；其次，这也意味着这种关系是诸文本的置换，亦即互文性：在特定的范围内，一些源于其他文本的话语彼此交叉和抵消。”② 这就是说，任何一个单独的文本都是处在与其他文本相互交汇的关系之中，并通过这种关系来体现文本的语义学特征。任何文本都是其他诸文本的复合体的吸收与转化。这当然并不是说一切作品都是由其他文学作品织成的，它们都带着其他作品“影响”的痕迹；而是“从一个根本意义上说的，即每一个词汇、短语或作品片断都是先于或环绕这一个别作品的其他写作物的重造。没有文学‘独创性’，没有‘第一部’文学作品：全部文学都是互文的”③。因此，一部特定文本没有明确规定的边界。巴尔特

---

① ［英］特雷·伊格尔顿著，伍晓明译：《二十世纪西方文学理论》，西安：陕西师范大学出版社 1987 年版，第 145 页。

② Richter, D. H., ed., *Critical Tradition*, New York: St. Martin, 1989, p. 989.

③ ［英］特雷·伊格尔顿著，伍晓明译：《二十世纪西方文学理论》，西安：陕西师范大学出版社 1987 年版，第 152 页。

认为，每个文本都是“进入具有上千入口的网状结构的一个通道；进入这一通道的目的……在于一种（源于其他文本和代码的各片断和声音的）透视，其消失点不停地返回着，神秘地开放着”①。即每一文本在发送自己的信息的同时，总是参照、指涉和提示着其他文本。进入文本，同时也就进入了一个复杂的各种文本交融汇通的“网状结构”。

必须注意，后结构主义的这种文本网络主要是一个其大无外的共时结构过程，它既不是“历时性”的，也不是“历史性”的。从某种意义上说，这主要是一个平面化的文本网络。它参照共时语言学模式，主要在文本层面（不管关涉多少文本）展开，未能突破文本主义牢笼而指向文本之外的历史现实。对这种文本间的“秘响旁通”（刘勰：《文心雕龙·隐秀》），叶维廉有通俗的解释：“打开一本书，接触一篇文，其他书的另一些篇章，古代的、近代的甚至异国的，都同时打开，同时呈现在脑海里，在那里颤然欲语。”② 值得强调的是，这种文本间的穿行回响，应该从方法论的高度进行理解。

对新历史主义来说，后结构主义的文本观念首先意味着一种方法论：对特定文本的解读必须要把它放到同其他文本甚至非文学文本的关联域中。新历史主义虽输入历史视野而改造了这种文本网络思想（某种意义上使其从平面的变成立体的），但仍以这种“文本网络”方法来考察历史。其批评总是“将一部作品从孤零零的文本分析中解放出来，将其置于同时代的社会惯例和话语实践关系中，通过文本与社会语境，文本与其他文本的‘互文本’关系，构成新的文学研究范式或文学研究的新方法论”③。这正是所谓“文化诗学”的研究构想，诚如蒙特洛斯所说，它对“文本与文本之间的轴线进行了调整，以一种整个文化系统的共时性的文本取代了原先自足独立的文学史的那种历时性的文本”④。

新历史主义“文本的无边界性”（无经典与非经典、高雅与通俗、异

---

① Barthes, R., *S/Z*, New York: Hill & Wang, 1974, p. 12.

② ［美］叶维廉：《中国诗学》，北京：生活·读书·新知三联书店 1992 年版，第 65 页。

③ 王岳川：《历史与文本的张力结构》，《人文杂志》1999 年第 4 期。

④ 转引自盛宁：《人文困惑与反思》，北京：生活·读书·新知三联书店 1997 年版，第 156 页。

史与正史的界线)、“深层跨学科性”(文本可超越学科界线和专业限制而并置关联)、“无所不在性”和“动态开放性”等观念，都与后结构主义的文本网络思想相关。因此，从文本观的方法层面看，可以说，新历史主义对后结构主义的批判只是一个“口号”，前者的成功恰恰是后者的一个胜利。这是我们讨论新历史主义文本观念的一个认识基础。

文本作为网络结构过程的观念包含了新历史主义批评方法的胚芽。比如，在文学与历史的根本关系上，新历史主义所带来的基本变化在于：“从将历史事实简单地运用于文学文本的方法论转变为，对话语参与建构和持存权力结构的诸层面进行错综复杂的理解。”① 它打破了文学与历史之间简单化的二元区分而在它们之间开辟出一种复杂的对话关联。文本本身的跨学科性和文化文本间性，使新历史主义的跨学科研究和文化研究成为必然。这可以解释为什么它要“从对‘艺术’的讨论转向对‘表述’的讨论”②，因为表述可以走出传统“艺术”的学科封锁；由于文本的“无边界性”和“非等级制”(新历史主义并不像一般后结构主义那样将文学文本作为其他文本的楷模)，新历史主义在研究文学时常常通过法律、医学和刑事的档案、逸闻逸事、旅行记录、民族志和人类学叙述以及文学文本来构筑文学的历史语境，这导致了新历史主义批评方法上的“逸事主义”。

关于“非等级制”，伽勒赫认为，新历史主义者“在追寻文本、话语、权力和主体性形成过程中的关系时，他们一般并不确定因果关系的僵硬等级制”③。格林布拉特也认为，艺术文本与非艺术文本之间并无因果等级关系，艺术文本表述虽有很大力量，但其他非艺术文本也具有“堪与媲美的力量”，他试图“解除艺术文本的特权”(de-privilege)。当然，不在各种文本之间确立因果等级关系，并不意味着其批评在各种文本之间不做选择。事实上，他们通常选择“一小部分”具有共鸣性的文本并将之视为各

---

① John Brannigan, *New Historicism and Cultural Materialism*, London: Macmillan Press Ltd., 1998, p. 81.

② Gallagher, C. & Greenblatt, S., *Practicing New Historicism*, Chicago: The University of Chicago Press, 2000, p. 17.

③ 中国社会科学院外国文学研究所《世界文论》编辑委员会编:《文艺学和新历史主义》，北京：社会科学文献出版社 1993 年版，第 162 页。

种文化力量的交汇点。而这些文本对他们的意义并不在于他们可以由此看到潜在的或先在的“历史原则”，而在于解释这些符号结构与作家及更大的社会世界之间的“相互作用”。① 看来，尽管新历史主义认同文本的“无等差性”，但它关注的既不是结构主义的“潜在原则”，也不是后结构主义的“文本间性”，而是调查世界的社会存在对于文学的影响以及文学文本中的社会存在。

总之，后结构主义的文本网络思想，认定所有文本间都存在着互文性关联。新历史主义将这种观念用于历史文本，认为历史文本是一种“文化文本间性”存在（在文化系统中各种历史力量之间并非单向的、决定论的因果关系，而是互文性的多重关联）。历史非借助这种文本网络而不能接近，而人们所能接近的“历史”又必然表现为这种文本网络。研究者指出，在新历史主义那里，“作为文本的历史是符号性的而非实在性的，差异性的而非同一性的，支离破碎的而非整体性的。这等于是用文化或文学‘符码’去取代更基本的政治、社会、性别等‘符码’”②。这样，它就把所有“历史”都置放在“文化文本”的工作平台上去解释了。这是我们理解新历史主义“历史的文本性”的一个基础。

三、观念：文本作为“话语事件”

后结构主义的文本网络总体上是二维的和平面化的，新历史主义则力图将文本网络与历史现实关联起来而使之成为三维立体的网状结构。其基本方法就是将文本理解为一种有历史质量的“话语事件”（discursive event）。它认为，文本因折射了历史文化氛围而成为社会能量的载体，社会能量即通过不同的文本进行“流通”。在社会能量流通中，社会上各种利益、势力和观念之间产生相互作用。作为事件的文本即是这种相互作用的场所。历史和文本不能被分割为两个相互独立的领域。文学文本本来就是历史的一部分，如果说社会和文化生活的其他方面是文学文本的“背

---

① Stephen Greenblatt, *Renaissance Self-fashioning*, Chicago: The University of Chicago Press, 1980, p. 6.

② 王一川：《后结构历史主义诗学》，《外国文学评论》1993 年第 3 期。

景”，那么文学文本也应是它们的背景。文学批评家的任务不是消除文学的文本性，而是“从文本性去重新看待一切社会现象，以便认识它们的无确解性、因其与意识形态的联系而必然具有的武断性，以及对各种文化影响渗透的吸纳性”[①]。这样，它就将文本本身看成了一种社会历史“事件”。

自古以来，各种文学理论除了认为文本具有稳定性之外，还认为它具有某种“自然性”和“透明性”。因此，传统理论都把文本看作“开向事物或心灵的一扇透明窗户，它本身完全是中性的，没有任何色彩”[②]。但是，结构主义和后结构主义终止了这种天真的幻觉。结构主义认为，文本在“再现”和“表达”时，也以姿态表明它自己的物质存在。语言符号自身的能产性表明，文本在“表述”和“反映”外在现实时也“构造”了它。在后结构主义看来，文本完全“笼罩”了现实，人们被文本笼罩起来而与现实无法直接关涉。这两种理论已经将文本上升为一种具有建构性和能动性的、结构语言学意义上的“事件”，但文本仍以某种特殊的方式与历史文化本身相互隔绝。然而，正是在此基础上的“历史转向”和“文化转向”，使文本成为一种历史文化“事件”。

在某种意义上说，文本是“话语”的集积。利科尔认为：“话语是作为一个事件而被给予的：当某人说话时某事发生了。作为事件的话语概念，在我们考虑从语言或符号的语言学向话语或信息的语言学的过渡是具有本质性意义的。”[③]“事件”意味着，话语是一种说话的事件，它是瞬时和当下发生的，而语言学的体系却在时间之外。说话的事件包括说话人、听话人、指称物和语境，它是瞬时的交换现象，是建立一种能开始、继续和打断的对话。因此，作为事件的文本总是历史的、具体的和与历史文化语境相关的。

这种观点也是福柯等人所强调的。福柯认为：“知识不是由某个学科

---

① 徐贲：《新历史主义批评和文艺复兴文学研究》，《文艺研究》1993 年第 3 期。

② ［英］特雷·伊格尔顿著，伍晓明译：《二十世纪西方文学理论》，西安：陕西师范大学出版社 1987 年版，第 149 页。

③ ［法］保罗·利科尔著，陶远华等译：《解释学与人文科学》，石家庄：河北人民出版社 1987 年版，第 135 页。

的普遍性的法则、价值标准所构成，而只是具有逆转偶然性的‘事件’。”[①] 福柯主要关心的并不是事件的内在规律，而是使得某种知识形式作为事件成为可能的社会因素和力量。这样，他就将对事件的关注引向对事件得以发生的历史条件的考察。文本作为事件的观念就植根于上述这种“话语”观念。在此基础上，新历史主义认为：“小说是一种话语事件。它不反映历史；它就是历史。”[②] 这也是新历史主义有关文本的基本观点。

批评家指出：“我们可以归功于历史转向的最重要的成就，也许就是，它承认文本是一个事件。对新历史主义者及其他批评家来说，文学文本占据特定的历史文化场所，在这些场所中并通过这些场景，各种历史力量相互碰撞，政治和意识形态的矛盾表演出来。文本作为事件的观念让人们承认文本的暂时的具体性，承认处于特定历史情境的特定话语实践中的文本的确定的和暂时的功能。它也承认文本是历史变迁过程的一部分，而且的确可以构成历史变化。这使批评家从将文本仅仅作为历史趋势的反映或拒绝的研究方法中转移出来，而引导他们探索蒙特洛斯所说的‘文本的历史性和历史的文本性’。”[③] 在历史诗学所关注的文学与历史关系问题上，新历史主义将文本既看成社会政治形成的产品，也看成其功能性构成部分。文本作为事件，不是历史进程的被动反映，而是塑造历史的能动力量。批评家指出，新近的历史主义理论家不仅将文学作品所自出的、所指涉的文化看成是有裂隙的，而且认为“文学作品的写作和出版本身构成了一种社会或文化斗争。《失乐园》不仅（部分地）是弥尔顿的时代的产品或是‘关于’这种斗争的：它的写作和出版本身就是这些斗争的方面”[④]。作为事件的文本打破了文学前景与历史背景之间的传统界线。

作为“事件”的文本，是将文字的“小文本”和社会历史的“大文本”都包括在内的，它在本质上是一种实践活动。就拿戏剧来说，作为事

---

① 徐贲：《走向后现代与后殖民》，北京：中国社会科学出版社 1996 年版，第 155 页。

② Claire Colebrook, *New Literary Histories*, Manchester: Manchester University Press, 1997, p. 38.

③ John Brannigan, *New Historicism and Cultural Materialism*, London: Macmillan Press Ltd., 1998, p. 203.

④ Jeremy Hawthorn, *Cunning Passages*, London: Arnold, 1996, p. 56.

件的戏剧不仅指由文字所固定下来的戏剧脚本，而且指其演出和观看活动的整个过程及这个过程所牵涉的社会规约和各种政治经济机制的运转。新历史主义对文艺复兴时期感兴趣，一定程度上是因为这个时期（当时艺术尚未从其他人类活动中完全分离出来）最能体现文本作为事件的特点。

新历史主义将文本看成是具体的实践活动，看成承载具体历史内容的“事件”，看成社会能量流通、协商和交换的“事件”。文本就不是社会历史的“反映”，它作为塑造历史的能动力量就在历史之中。文本与历史无法分离，其间关系也非静态的“对立”，而是动态的“交融互渗”。文本作为事件的观念使新历史主义既区别于后结构主义的“文本主义”，也区别于“旧”历史主义；前者将文本看成脱离历史文化的语言编织，而后者则将文本看成社会历史的镜像和文献记录。“事件”既是与历史交织的文本，也是塑造历史的能动力量。这种文本观念与文化唯物主义的“文本工程”观念是相通的。文本不仅是供个人阅读的话语产品，而且是实际的综合而复杂的“社会文化工程”。文本既是统治阶级“巩固”自身权威的工程，也是被统治阶级“颠覆”这种权威的工程。

四、存在方式：“振摆”

在研究中，我们发现新历史主义总是在传统意义上的文学文本与非文学文本之间穿梭摆动。它能揭示一般文本如何变成传统意义上的文学文本，那么，它能否给出一个文学文本的大致界线和一般定义呢？格林布拉特明确表示：“在有关什么是否属于文学领域的问题上，没有超验的和绝对的规律。相反，那个分界线在每一次重划中都会剧烈变化，而重划的后果也是相当严重的。”① 假如我们想想《圣经》被构想成文学时是什么东西在起作用，或者考察一下《楚辞》在中国被列为“正典”的过程，就不难发现文学文本与非文学文本之间没有固定界线。那么，文学文本是如何存在的？文学批评又当采取怎样的阐释模式呢？

这得从新历史主义所选择的理论位置说起。格林布拉特将自己的文学

---

① Greenblatt, S. & Gunn, G. ed., *Redrawing the Boundaries*, New York: Modern Language Association of America, 1992, p. 5.

文本理论置于詹姆逊的新马克思主义与利奥塔的后结构主义之间，认为这两种解释模式都将艺术与社会之间的历史关系单一化了。格林布拉特认为："就其特点而言，资本主义既不会产生那种一切话语都能共处其中、也不会产生那种一切话语都截然孤立或断断续续的政治制度，而只会产生一些趋于区分的冲动与趋于独白话语组织的冲动在其中同时发生作用，或至少是急速振摆，使人以为在同时发生的政治制度。"① 他甚至以为，资本主义在确立不同话语领域与消解这些话语领域之间成功而有效地"振摆"。而且，这种在利奥塔和詹姆逊所阐述的两种资本主义之间的"振摆"，已经形成了一种关于美国日常行为的诗学。

格林布拉特这一见解的重要性并不在于它对"资本主义"作出了独特说明（认为资本主义是一种话语建构），而在于它揭示了资本主义历史的复杂性，看到了资本主义文化中艺术话语与其他话语之间"振摆关系"的复杂性。他认为振摆就是"审美与真实之间的功能性区别的确立与取消同时发生"②。振摆是一种双向运动，用以描述诸如官方文件、私人文件、报章剪辑之类的材料如何由一种话语领域转移到另一种话语领域而成为审美财产。"我认为，若把这一过程视为单向的——从社会话语转为审美话语是一个错误，这不仅是因为这里的审美话语已经完全和资本主义的经济生活捆绑在一起，而且因为这里的社会话语已经荷载着审美的能量。"③ 文本承载着社会能量，社会能量又"足以伸展到单个创造者或消费者之外而达到某个社会集体，不管受到何种限制"④。审美性的文学文本只是社会能量流通中的一个环节，其他含有社会能量的非文学文本的存在是文学性文本存在的前提。作为个体的创造者和消费者不是社会能量的起点和终点，而只是社会能量流经的场所。

---

① 张京媛主编：《新历史主义与文学批评》，北京：北京大学出版社 1993 年版，第 7 页。

② 张京媛主编：《新历史主义与文学批评》，北京：北京大学出版社 1993 年版，第 9 页。

③ 张京媛主编：《新历史主义与文学批评》，北京：北京大学出版社 1993 年版，第 14 页。

④ Stephen Greenblatt，*Shakespearean Negotiations*，Berkeley：University of California Press，1988，p. 6.

总之，文学文本绝不是静止的和孤立自存的，而总是在审美文化与社会政治文化之间“摆动”，在它摆向审美文化而变成文学文本的过程中，不但文学活动的诸要素如作家、读者和批评家都参与进来，而且整个社会机制和实践也都参与其中。因此，“振摆”即是文学文本的存在方式，它是伊瑟尔所说的两种话语之间的“能动的振荡”，是吉登斯用以取代文本自律性的“文本间离性”。文本的这种存在方式也要求文学文本的阐释模式作出相应调整，阅读和文学批评也应振摆式地重构历史文化语境，用综合的跨学科的文化眼光去分析文学文本。

以这种阐释模式面对文学文本，就“不是对传统文学文本的一往情深一厢情愿式的陶醉式阐释”①，而是质询式的（质询它何以成为文学文本）、调查式的（对文学文本中的社会存在及社会存在之于文学的影响展开双向调查）和自我检视式的（反思自己的理论立场及在批评中所扮演的角色）批判性解读。在对文学文本进行解读时，总会摆出审美姿态，走上“意识形态阵地”，使我们“不仅不能获得进行审美欣赏时应有的愉快，而且增加了我们阅读时的负荷。因为在多种领域间的振摆和穿行要求阐释者应具备广博的知识，并不是人人都能胜任愉快，而返回‘意识形态阵地’，又给阐释者施加了强大的政治压力”②。这当然是对文学阐释的更高要求：审美愉悦需要以放弃那种超历史的浅薄的快感为代价。

这种对社会能量在广阔的文化中的流通过程的追踪、在中心与边缘之间的穿行、在艺术领域和明显与艺术相敌对的领域间的跳跃，是否会将传统的文学经典搞得面目全非呢？格林布拉特认为：“这既是对传统经典的逃逸，也是对经典的复兴；这既是对文学大家庭的侵越，也是向它的安全回归。”③ 这种回答是有道理的。文学批评若想有所发现，就必须既能“入乎其内”，又能“出乎其外”；“入乎其内”方能知其“所有”，“出乎其外”才能详其“所由”。

---

① 廖炳惠：《形式与意识形态》，张京媛主编：《新历史主义与文学批评》，北京：北京大学出版社 1993 年版，第 256 页。

② 李清：《振摆——新历史主义本文阐释模式》，《成都大学学报》1998 年第 1 期。

③ Gallagher, C. & Greenblatt, S., *Practicing New Historicism*, Chicago: The University of Chicago Press, 2000, p. 47.

那么，何以见出我们所分析的对象是文学文本呢？新历史主义无法回答这个问题。所以说，新历史主义没有给出一个关于文学文本的完整定义，这使它对文本的分析多少有些将“文学性”问题悬搁起来的意味。这也使它具有将文学文本混同于各种文化文本的“泛文化主义”倾向。

总之，新历史主义将文学文本的“历史性”问题凸显出来并使之“问题化”了。这使人们意识到了文学文本的相对性和暂时性，也让人们认识到文学经典的历史性。但由于它无法给出一个关于文学文本的完整定义，所以它对当下的文本缺乏价值判断和鉴别能力，在批评对象的选择上显出了一定的盲目性。比如，格林布拉特在《通向一种文化诗学》中用来作为分析对象的文本《行刑者之歌》、《野兽的肺腑之言》和《飞越疯人院》等，尽管可以体现其文学文本与非文学文本之间流通交换的观念，但这些文本似乎终究难说是“文学佳作”。

第四节　历史性与读者：接受理论

读者是文学活动的重要构成要素，也是历史诗学的一个必要向度。历史与读者的关系问题是历史与主体问题的一个方面，我们可以在有关“历史与主体”问题讨论的基础上考察它。[①] 首先要强调的是，在新历史主义看来，作为读者的主体与作为作家的主体和作为批评家的主体之间没有本质区别，但由于他们在文学活动中的分工不同，其参与文学活动的方式也有所不同。

新历史主义的批评实践中隐含着一个关于读者接受的观念，它是其文学观念的有机组成部分，但研究者至今未能对它作出理论说明。其读者接受观念主要体现在它对“共鸣”（resonance）和“惊叹”（wonder）现象的独特解说上，这两个概念综合了既往文学接受活动的“文本性”和“历史性”观念。其“共鸣”主要指某一文化表述中不同文本之间的交响共振和

① 张进、刘雪芹：《论新历史主义的读者接受观念》，《外国文学研究》2003年第4期。

流通交换；“惊叹”则主要指特定文化表述系统对他异因素进行整合和包容的历史具体性和动态复杂性。共鸣与惊叹之间往往是交涉互变关系，读者的阅读接受活动，即是在把握这种关系的基础上而达成的对过去文化与当代文化在权力结构上的相似性的解悟。

在“历史与读者”的关系上，新历史主义认为，读者不再是经典作品进行耳提面命式审美训导的对象，读者也不再沉醉于作品所营造的审美氛围之中乐而忘返。历史与读者之间的关系是一种“权力话语领悟关系”，是“读者对作品接受史的再度颠覆的重新阐释”。[①] 新历史主义的阅读，是本雅明所提倡的那种打破历史连续性、“逆向梳理历史”的“爆破”式阅读——“把一个特定的时代从连续统一的历史过程中爆破出来，把一个特定的人的生平事迹从一个时代中爆破出来，把一件特定的事情从他的整个生平事迹中爆破出来”[②]。也是阿尔都塞式的那种寻找“缺失”、“空白”和“疏忽”的“症候阅读”——“在话语的表面的连续性中辨认出缺失、空白和严格性上的疏忽”[③]。更是那种避免一味“尊崇过去和传统”[④]，以“怀疑的、谨慎的、解神秘化的、批判的甚至逆向的”[⑤] 方式阅读历史的“反历史”（counterhistories）阅读——通过将逸闻逸事楔入大历史的连续性之流而获得的“诸历史”[⑥]。当然，这种有关读者和阅读的观念是与20世纪的文学理论发展分不开的。

---

① 王岳川：《后殖民主义与新历史主义文论》，济南：山东教育出版社1999年版，第225页。

② ［德］瓦尔特·本雅明著，陈永国、马海良译：《历史哲学论纲》，陈永国、马海良编：《本雅明文选》，北京：中国社会科学出版社1999年版，第414页。

③ 俞金吾、陈学明：《国外马克思主义哲学流派》，上海：复旦大学出版社1990年版，第481页。

④ Kiernan Ryan, ed., *New Historicism and Cultural Materialism: A Reader*, London: Arnold, 1996, p. 59.

⑤ Gallagher, C. & Greenblatt, S., *Practicing New Historicism*, Chicago: The University of Chicago Press, 2000, p. 9.

⑥ Gallagher, C. & Greenblatt, S., *Practicing New Historicism*, Chicago: The University of Chicago Press, 2000, p. 52.

一、阅读接受：文本性与历史性的内在统一

作为文学活动的一个重要构成要素，读者的作用很早即为人们所关注；自20世纪后半叶以来，读者更是文学理论批评关注的焦点。但各种理论对它采取了不同的态度。因此，在新历史主义沉思“读者”之时，这个概念已经承载着巨大的理论负荷。概言之，主要有两个方面：读者接受活动的“文本性”和“历史性”。

在一个方面，读者与“文本性”结合起来了。从接受出发的文学观在“俄国形式主义”中就发挥过重要作用（其“陌生化”手法需要读者去察识），但读者在其理论中不占主导地位。“新批评”视读者及其接受为文学研究的干扰因素，斥之为“感受谬误”而逐出视野，对文学作品实施“隔离研究”。而结构主义则认为，文学阅读需要“理想读者”来完成。一部作品的“理想读者”拥有并支配着能将作品完全译解的全部密码。读者因而只是作品本身的一个镜影，是会将作品“原封不动”地加以理解的人。“理想读者”必须无国籍、无阶级、无性别、无种族特征，而且没有特定的文化前提。这种读者只是文本自身的功能。这种读者事实上是一个不受社会历史因素限制的超验主体。伊格尔顿指出：“‘理想的’或‘胜任的’读者只是一个静态概念，它易于掩盖一个真理：关于能力的一切判断都具有文化的和意识形态的相对性，一切阅读都要动用超出文学之外的假定，而用‘能力’这一模式来衡量这些假定是十分片面的。”① 后结构主义的重心虽不在读者，但它在强调文本的生产性和“文本间性”时，向读者及其接受活动保持着某种开放性。其文本间性思想强调了文本自身的衍生、组合和交响，而其文本间性阐释也打破了艺术作品自律论的读者观念。后结构主义批评尽管仍将读者看成文本的“从属的、次等的”组成部分，但毕竟使读者与“文本性”内在地关联起来了。

在另一方面，读者与“历史性”结合起来了。我们知道，在实证主义方法中，对象（作品文本）的历史性被认为是必不可少的条件，而研究者

---

① ［英］特雷·伊格尔顿著，伍晓明译：《二十世纪西方文学理论》，西安：陕西师范大学出版社1987年版，第138页。

（包括读者）的“历史性”却要求完全沉没在它的“客观性”之中；接着便出现“人文科学研究方法”和“文学内在研究方法”作为反拨，这时对象基本上被认为是“超历史”的恒在物，相应地，研究者也是“超历史”的恒定者；读者接受理论则将作品的历史性和研究者的历史性都重新加以考虑。① 接受理论通过强调作品和读者的历史性，打破了艺术作品自律论的读者观念，从而使读者与“历史性”内在关联起来了。

从总的情况看，强调接受活动的“文本性”与强调接受活动的“历史性”之间尽管存在着不可忽视的差别，但它们有一个共同的理论诉求：走出艺术作品自律论。正是在这一点上，后结构主义和接受反应理论共同构成了新历史主义的理论平台。过去的20年间，文学批评领域目睹了日益增长的对文学自主研究方法的厌倦。作为自主论之外的选择，人们试图采取其他方法以缩小文学领域与（文化的）历史之间的鸿沟，从文本间性的解释学到社会学取向的语境分析都是这些选择的组成部分。所有这些都可视为出自一种紧迫需要，即“将艺术作品重新整合到社会发展之中，承认社会对艺术作品的推动力和后者对社会整合的构成性作用”②。

这正是新历史主义读者观念的重要出发点。但是，接受理论对读者接受反应过程的社会历史性的考察，将其焦点主要集中在读者与作品之间，这在新历史主义看来仍然是有局限的。因此尽管新历史主义从中受益良多，但它试图在更大的历史文化背景上对整个文学活动展开深入思考。在这个意义上说，与接受反应理论相比，新历史主义扩大了考察读者的理论视域，进行了新的思维范式转换。

新历史主义的阅读理论是其总体文学观念的一个组成部分，与其“社会能量流通”的文学思想紧密联系在一起。从这个角度看，读者既是社会能量流通的必要场所，又是社会能量增殖的重要环节。社会能量不仅在世界、作家、作品与读者之间进行互动式的“内部流通”，更在作家与作家社群、作品与文本网络、读者与读者群体、文学话语与其他文化话语之间进行多向的“外部流通”。因此，我们发现，新历史主义在诉诸“社会能

---

① ［荷］佛克马、［荷］易布思著，林书武等译：《二十世纪文学理论》，北京：生活·读书·新知三联书店1988年版，第152页。

② Jurgen Pieters, ed., *Critical Self-fashioning*, Frankfurt am Main: Peter Lang, 1999, p. 174.

量流通”这一概念时，就试图为自己从理论上超越其他文学主张奠定一个思考的基础。

我们知道，新历史主义的动因之一是缘于对新批评的厌倦，而“社会能量”这一概念首先就具有打破“隔离式作品研究”之可能性的功能。在新历史主义看来，社会能量必须要有力量突破单个的创造者、单一的文本和消费者的局限而到达更广大的民众，“通过其表述手段，每部戏剧将社会能量的负荷带上舞台，舞台反过来修正这种能量并将它返回到观众”①。戏剧不仅明显地是一种集体意向的产物，而且，“戏剧也明显地向集体性的观众讲话”②。观众簇拥在一个公共游戏空间参与戏剧演出，戏剧就依赖于这种意识到的公众的存在。在这种情况下，戏剧可以发挥其颠覆与包容的功能，让观众在愉悦中接受和确认现存意识形态的合法性。这样，读者观众就不再是与文学戏剧无涉的外在物，也不再是孤零零的个人，而是参与文学本质界定中去的社会群体。

那么，读者观众在这个过程中到底是如何起作用的呢？新历史主义有没有一个自己的“理想读者”呢？这涉及新历史主义的接受理论，但首先应该说明的是，它并没有一套“完整的”接受理论，因此，我们只能从它的各种理论表述和批评实践中总结和发掘其关于读者接受的思想。

新历史主义批评中有两个重要的概念“共鸣”和“惊叹”，这是我们并不陌生的有关艺术欣赏的术语（当然不限于欣赏），而其接受理论即主要包含在它对这两个概念的独特解释之中。

二、“共鸣”：不同话语实践之间的流通

有关共鸣，传统历史主义认为，它主要是作家与读者（以及读者与读者）之间在情感和认识的默契和通约性基础上的相互认同现象（通常是跨越时空的），它强调的是读者对作者思想情感的尊崇，但它并不强调作品

---

① Stephen Greenblatt, *Shakespearean Negotiations*, Chicago: University of Chicago Press, 1988, p. 14.

② Stephen Greenblatt, *Shakespearean Negotiations*, Chicago: University of Chicago Press, 1988, p. 5.

本身及其历史性内涵；而后结构主义则基于其文本性观念，认为共鸣主要是不同的文本之间的交响和回应，它强调了作品与作品之间的互渗性，但这种共鸣既与作家和读者之间相互隔离，也与社会历史语境彼此绝缘。新历史主义试图将上述两种观点整合起来，将共鸣主要视为不同话语实践之间的流通交换。

首先，新历史主义试图与传统历史主义的共鸣观区别开来。其共鸣观，是要使读者打消只从读者期待与作者意图之间的“心心相印”的相通性来确定文本意义的心理主义冲动，将读者的注意力从自己的内在心理引向自身之外。

格林布拉特认为，自己的阐释最终是“沉降到一小部分具有共鸣性的文本上。这类文本的每一篇都将被看作是16世纪文化力量交汇线索的透视点”①。文本之所以具有“共鸣性”因为它们是“文化力量交汇线索的透视点”。看来，他所寻求的“共鸣”主要是不同文化文本之间的交互作用。尽管他们挑出的一小批文本及其作者们身上发现的共鸣性不过是“他们自己的发明，也是别人那些相同的积累性发明”，但它强调的是不同文化文本之间的互动，而不是读者与作者之间的心理情感共振。

对于新历史主义来说，符号只有被组织进“交换”系统时才能意指事物。“共鸣”就是有意义的符号片断，是能够产生意义的词语的运用。但孤立的词语无法产生共鸣，人们对共鸣的体验总是与“流通”活动密切联系在一起的。“流通”一词表示符号系统的物质性。故事总是处在流通、交换、再生产和再流通的过程之中，否则它就会消失。正是这种流通过程产生了共鸣。记号或符号并不是自身就有意义的，只有通过社会流通才能变得有意义。

我们知道，新历史主义试图撕破线性历史，暴露历史连接的多样性，揭示历史的裂隙。在它看来，不存在单一的意义，也不存在意义的某种单一参照系，如单一的语境、总体的意识形态或作者的意图等。一个文本或对象若能产生共鸣，就需要有多种力量参与进来，人们可以从各种实践的形式之中，从其他文本、旅行日记、梦境、图表、建筑或信件中领悟到这

---

① 中国社会科学院外国文学研究所《世界文论》编辑委员会编：《文艺学和新历史主义》，北京：社会科学文献出版社1993年版，第81页。

种种力量。文本的“共鸣”即是指任何相互接近的现象都与文本的流通相互交涉。在文本的流通过程中，诸如表演、印刷、设计、消费、装帧等与文本有关的所有事情都是阅读中应该注意的现象。① 因此，说得宽泛点儿，所谓某个文本的共鸣，即是指一个文本在所有文化文本中的交响和回应。在这个意义上，新历史主义对共鸣的理解与后结构主义对文本间性的理解非常接近。就像后结构主义的“文本间性”强调任何一个文本都是其他文本的镶嵌、组合和回响一样，新历史主义也认为任何一个文化文本都是与其他文化文本相互交涉的。当然，在新历史主义看来，不同类型的话语在一种物质性的“协商和交换”中获得其意义，文本在流通中与文本之外的社会历史相互交换，而并不像后结构主义那样认为“文外无物”。

其次，新历史主义的共鸣观，旨在将读者从对艺术作品的内在形式的专注中引开。研究者指出：“从总体上说，格林布拉特认为，艺术品将读者注意力从艺术品本身引开的力量，即是共鸣。”② 也就是说，任何一件艺术品，如果真具有共鸣性力量，那它就应该有能力让读者意识到，其力量并不在于作为欣赏对象的某个艺术品本身的内在形式结构之中，而是在这个艺术品与其他文化形式的交互作用上。格林布拉特说：“我用共鸣意指，呈示出来的对象所具有的超出其形式界线之外而抵达更广阔的世界的力量，那种能在观赏者身上激发复杂的、动态的文化力量的力量，对象正是从这些力量中得以呈现，观赏者也以对象作为隐喻或更单纯的换喻代表着这些力量。”③ 这就是说，共鸣是各种文化话语实践之间的相通性，这种相通性让人意识到文化的力量不仅存在于某个孤立的文本及其形式之中，而且存在于各种文化形式的相互作用之中。

这样的共鸣，并不导向对作者艺术天才（通过审美活动组织出一个超越历史政治决定因素之上的和谐的文化领域的能力）的尊崇，也不导向对作为研究对象的经典文本之形式要素的迷醉，而是导向那些他异因素，那

---

① Claire Colebrook, *New Literary Histories*, Manchester: Manchester University Press, 1997, p. 215.

② Jurgen Pieters, ed., *Critical Self-fashioning*, Frankfurt am Main: Peter Lang, 1999, p. 177.

③ Stephen Greenblatt, *Learning to Curse: Essays in Modern English Culture*, London: Routledge, 1990, p. 170.

些失常的、模糊的、怪异的和被排除的因素。如此，便在这些他异因素与传统的艺术杰作之间建立了共鸣关系，从而拆解各种文化话语之间的人为界线并阐明各种话语之间的“文化文本间性”。新历史主义承认，任何与文本的流通相互交叠的现象都可作为共鸣现象。这种共鸣观使人意识到文本的物质性、历史性和社会性。在这种认识基础上，故事就像武器一样，变成了权力运作得以可能的物质性因素。故事在流通中使某种文化得以将自己表述为合法的、道德的、有价值的和权威性的。格林布拉特就认为，在发现“新大陆”的过程中，正是这种附着于某种文本（契约、圣经及信件）上的“共鸣”提供了权力的形式。这并不是说殖民过程纯粹是一种语言现象，而是承认帝国主义权力与表述的力量结合在一起的程度并不亚于它与物质性侵略工具结合在一起的程度。①

一种文化形式中回荡着他种文化形式的力量，各种文化形式的力量在流通中相互作用而达成共鸣。艺术作品集中体现出共鸣的力量。这种共鸣观念，在其批评方法上即表现为“逸闻主义”。由于它将读者的注意力引向了产生共鸣的流通过程，所以，它的批评阅读通常是，从一些微小的叙事单位即逸闻逸事开始而切入论题，进而证明这些小事微言与权力之间的深层关联即共鸣关系。这要求读者能够敏锐地领悟到文学艺术与其他文化形式之间“秘响旁通”的隐秘关系，意识到文艺与权力运作之间的相互作用。这也要求读者控制自己的情感，避免陶醉于作品的内在形式而忘乎所以，即阅读的“间离化”。

但是，像格林布拉特这样强调“共鸣”似乎也还包含着一种危险，即在特定文化中，各种文化形式在本质上是同质的，并且有一个内在的目的，而艺术作品则隐喻式地或换喻式地包含和强化了这种同质性和目的性。那么，表述系统会不会发生变化呢？它会缘何而发生变化呢？这得联系其“惊叹”概念来理解。

---

① Stephen Greenblatt, *Marvelous Possessions: The Wonder of the New World*, New York: Clarendon Press, 1988, p. 64.

三、“惊叹”：文化表述的历史性和具体性

新历史主义的基本目标之一，就是强调历史文化的具体性和偶然性，说明某种文化的局限性和脆弱性。但是，如果一味强调同一文化内部各种文化形式之间的共鸣，则有可能走向对文化同质性的认可，错失这些目标。因此，格林布拉特另拈出“惊叹”这一术语，以作为历史的这些方面的标志。他说：“如果设想出利益方面彻底的同质性，那是误导的。我主要关注想象性的文学，并不仅是因为其他文化结构在文学中强有力地共鸣。如果我并未以尊崇的态度去研究艺术作品，我确实是以最好被描述为惊叹的态度去研究它们。惊叹并非向来与文学批评不合，但它从前总是与形式主义而非历史主义联系在一起（如果仅仅是隐约地相联）。我希望将这种惊叹扩展到艺术作品的形式界线之外，就像我希望在这些界线之内强化共鸣一样。”① 看来，他用共鸣主要指文化文本间性，侧重在文本主义的“文化文本间性”关联；而惊叹则标志着文化的偶然性和具体性，更多地与历史主义的历史性相关联。

我们知道，新历史主义虽强调表述系统的重要性，但它并不认为表述是非历史的超稳定结构。因此，表述系统也应该在某些因素的影响下发生变化，这些因素就是新历史主义用“惊叹”表示的那些偶然的、他异的、陌生的、具体的历史事件。惊叹是历史的偶然性的标志。当一种文化与他种文化相遇时，这种文化中的“历史”的偶然性就会集中地显露出来。格林布拉特发现，在与“新大陆”相遇的过程中，那个所谓自然化的文艺复兴欧洲世界被撕裂了。美洲人的生活方式既让欧洲侵略者着迷，又对他们构成挑战。从后一方面看，在他种文化的他异性和不透明性面前，欧洲人的表述机制显得力不从心，于是产生了一种“惊叹意识”。在有关新大陆的文本中表达出来的惊叹意识，记录了欧洲人试图将自身表述为一个有序而自然的整体的努力和这种努力的失败。这种惊叹显示出，欧洲人有关自己的历史叙述并不是天经地义的，而是偶然形成的。这样，“惊叹就揭示

---

① Stephen Greenblatt, Resonance and Wonder, Kiernan Ryan, ed., *New Historicism and Cultural Materialism: A Reader*, London: Arnold, 1996, p. 60.

了欧洲文化的有限性和脆弱性。它显示出作为历史和文化特征的动态性和复杂性”①。传统的历史修撰显示出，欧洲文化是从自身之内自然发展起来的，但格林布拉特对“惊叹”的研究强调了欧洲的“历史”恰恰是在对他异文化的不断排斥中“偶然”形成的。当时发生的事件打乱了欧洲人想象的整一性，这些历史的偶然因素向欧洲文化揭示出其自身世界的有限性，打破了线性连续的“历史”。这样，作为文化的表述就变成了一个与历史的具体事件相关的东西，它在不断克服他异因素的时候，也显示出自身的可变性。“惊叹”显示出，表述系统本身不是一个固定不变的存在，相反，表述的复杂性必须得到重新开发、重新组织和更新，以处理历史偶然性和文化变体。惊叹就记录着可用的表述形式之外的事件。尽管惊叹自身是一种表述，但它也是一种记录表述的局限性的表述。惊叹揭示出，当一种语言使一种世界或历史成为可能的时候，这种语言也从来无法穷尽这个世界。惊叹具有模棱性，它既记录某种文化所遇到的那些极端的差异，同时也预示出，这种文化必须将这些惊叹现象重新组织起来并使其具有意义。②

事实上，任何一种文化，总是在试图克服陌生事物的陌生性，不管这种陌生事物是“新大陆”、奇闻怪事还是造反抵抗等。文本并不是对一个静态的文化结构的反映，文本作为文化实践形式处理那些异质性的物质。那么，作为读者，就应该从留存下来的文本中重新识读出来那些异质性的历史事件，发现表述系统本身的裂隙，洞穿某种文化表述排斥他异因素的运作过程，从而突破文化表述的束缚而走向对事件的历史具体性的确认。

这样，阅读本身就是一个不断发现“惊叹”的过程，惊叹则将读者从艺术作品的形式结构中引出，从对不同文化形式的共鸣性的关注中引出，使人们将目光投向具体的历史事件，关注文化表述本身的“豁裂”、转变和革新，关注颠覆性因素在被包容的过程中显示出来的表述系统本身的变化。可以看出，表述系统的可变性也为颠覆的可能性留下了一定的空间。但是，惊叹与共鸣是一种什么关系呢？这种阅读与读者自身如何关联呢？

---

① Claire Colebrook, *New Literary Histories*, Manchester: Manchester University Press, 1997, p. 214.

② Stephen Greenblatt, *Marvelous Possessions: The Wonder of the New World*, New York: Clarendon Press, 1988, p. 20.

四、共鸣美学：共鸣与惊叹的交互转化

“共鸣”主要指文化表述系统内各种形式之间的通约性和交响共振，“惊叹”则主要记录文化表述系统遭遇他异因素时出现的“裂隙”以及对这些颠覆性因素的再度包容；前者主要重在相通性，后者主要重在差异性；如果说惊叹记录了绝对陌生的东西以及对这种陌生性的矛盾反应，那么，共鸣就既是它的对立面又是它的变体。从根本上说，共鸣与惊叹又是辩证统一的，二者之间可以相互转化，共同存在于读者的审美愉悦之中。

格林布拉特认为，艺术作品可以唤起人的审美愉悦。他说：“审美愉悦是我的文学意识的重要组成部分。”[①] 但他又不认为唤起审美愉悦就是艺术的真正的“最终目的”。他指出，戏剧对诸多阶层的人们都有“明显的使用价值”，似乎唯独对观众这个被排除的群体没有实用意义；然而，“在某些重要的意义上，观众的愉悦是有用的”。一个观看戏剧的观众就“不会酝酿反抗”[②]。审美愉悦的最终功用就是将各种“颠覆”以一种可接受的形式“包容”起来。审美愉悦的效果不在于它能释放社会文化能量或使之具体化，而在于它能让读者观众采取另一种观点来审视自己的文化处境。他说，从美的审视中得来的知识，“也许在试图理解另一种文化时并无太大用处，但它在试图理解我们自己的文化时却是至关重要的”[③]。这就是说，审美愉悦的功能主要并不在于它能让读者理解另外一种文化，而在于使人理解自己所处身的文化环境。因此，格林布拉特认为，在读者阅读中，通常要实现从读者对艺术作品的“兴奋的注意”，转移到读者参与到“复杂的、动态的文化力量”之中。有人将格林布拉特的这种美学思想称

---

① Stephen Greenblatt, *Learning to Curse*: *Essays in Modern English Culture*, London: Routledge, 1990, p. 9.

② Stephen Greenblatt, *Shakespearean Negotiations*, Chicago: University of Chicago Press, 1988, p. 18.

③ Stephen Greenblatt, *Learning to Curse*: *Essays in Modern English Culture*, London: Routledge, 1990, p. 152.

作“共鸣美学”（resonantial aesthetics）①。

格林布拉特并不认为艺术作品是一种独立自足的存在，而是“一番谈判以后的产物”。艺术作品的意义及艺术欣赏不是由艺术话语独立产生的，而是在艺术生产者与艺术接受者之间的交互操纵中产生的。审美客体的效果是，在艺术满足的层面深化我们与世界的接触。他说：“艺术的存在总是隐含着一种回报，通常这种回报以快感和兴趣来衡量。”② 阅读还是要落实到读者的快感和兴趣上来，尽管如此，审美经验的语境又不能缩减到审美满足层面。

这样，新历史主义的阅读接受，就要经历一个迂回曲折、循环往复的过程。首先，读者与艺术对象的相遇需要一个“文本间离性”（textual distantiation）的过程，即从读者自己的社会文化环境中“间离”而出，进入由文本组成的宇宙之中。“审美相遇必须被理解为一个过程，这个过程包含了占用虚构现实与让渡自己个人背景之间的辩证法。”③ 也就是说，在文本间离性基础上，占为己有与自我剥夺之间是一种辩证关系。读者只有通过暂时从统治其文化实践的话语类型中抽离出来，才能将艺术作品当作审美对象来对待；也才能不去对美的或令人愉快的事物本身进行科学分析，而是去调查它是如何被处理、被伪装和被当成习俗的。这就走向了对于“共鸣”和“惊叹”的调查。同时，读者只有通过对审美对象的“共鸣”和“惊叹”的调查，才能返回自身并对自己的处境形成新的理解；这样，主体就以凸显虚构现实与经验世界之间的相互作用的方式，返回到自己的个人背景中了。

在这个往复过程中，艺术作品就释放出了其社会潜能。而且，这种接受过程不是一次性的，而是循环往复的。读者只有“有效地把握社会生活和语言的‘循环往复性’”，才能够“更好地说明物质与话语间不稳定的阐

---

① Jurgen Pieters, ed., *Critical Self-fashioning*, Frankfurt am Main: Peter Lang, 1999, p. 176.

② ［美］斯蒂芬·葛林伯雷：《通向一种文化诗学》，张京媛主编：《新历史主义与文学批评》，北京：北京大学出版社 1993 年版，第 14 页。

③ Jurgen Pieters, ed., *Critical Self-fashioning*, Frankfurt am Main: Peter Lang, 1999, p. 178.

释范式”，这“正是现代审美实践的核心”。[①]

新历史主义者对其阅读策略未作深入的理论说明。但格林布拉特表示，他所描述的“共鸣”和“惊叹”等文化现象，也是晚近理论研究试图用一套新的术语去把握的。他认为，伊瑟尔的“能动的振荡”、卫曼的“占为己有”与“自我剥夺”之间的辩证法、吉登斯的“文本间离性”等概念，都表达了与自己相同的旨趣，即“更好地说明物质与话语间不稳定的阐释范式”以及“审美维度是如何创造出来的”。卫曼即认为作品往往以“疏离”或“拨用”的方式运用历史材料，与过去的作品形成关联。首先，他界定文学作品为历史沟通活动中的错综互动，这种互动能将虚构的事件在历史的某些片刻借着读者的领受，施展出它的话语实践，使虚幻的想象在历史上找到定位并得以实现。作者的革新性功能即在于让虚构变成历史，令历史化为虚构，也就是“拨用”过去的文类、风格、素材，赋予新意义。一方面让它显得怪诞离谱，一方面则让它呈现另一种新叙述和新意义，故事遂变得多重化，教读者看出历史与现代情境极不协调，对“历史”与“故事”有新的觉醒。对卫曼来说，“作品不断拨用过去，作者将别人的意义据为己有、加以转变，读者也将之据为己有、加以客观化，因而是现在与过去，作家与读者之间的不断拨用对方”[②]。

在笔者看来，上述这些理论，都与“批判解释学”，特别是利科尔的解释学相关联。利科尔的批判解释学，即认为“疏离性与据为己有之间的辩证法是说明与解释之间的辩证法必须考虑的最后一个问题”[③]。这种解释学试图将传统历史主义的历史性与文本主义的逻辑性（客观的文本性）结合起来，将理解活动与作者（非心理学意义上的）、读者（非纳西索斯意义上自恋式的）以及文本（非自足意义上的）重新连接起来。有关读者，他认为：“放弃自我是据为己有的最根本的一瞬，这使它同任何其他形式的‘占有’区别开来。据为己有同时也是、且在根本上是一种‘放行’。

① ［美］斯蒂芬·葛林伯雷：《通向一种文化诗学》，张京媛主编：《新历史主义与文学批评》，北京：北京大学出版社 1993 年版，第 15 页。

② 廖炳惠：《形式与意识形态》，张京媛主编：《新历史主义与文学批评》，北京：北京大学出版社 1993 年版，第 271 页。

③ ［法］保罗·利科：《据为已有》，胡经之、张首映主编：《西方二十世纪文论选》（第三卷），北京：中国社会科学出版社 1989 年版，第 306 页。

阅读既是一种据为已有，又是一种剥夺……是通过把据为已有同被我们描述这本文所指域的本文的揭示力量联系起来。”“据为已有与揭示之间的连接在我看来是解释学的基础，因为解释学既寻求克服历史主义的失败又试图遵奉施莱尔马赫的解释学的原初意图。比作者自己更好地理解作者就是去展示他作品中暗示的揭示力量，超出他本人存在环境的有限视野。”①

这段话似可视为新历史主义读者观念的理论基础之一。但是，应该指出的是，新历史主义更加强调了作品接受过程中社会的矛盾性、作家的畸变性、文本的破碎性，强调了审丑、审政治、审文化的特殊体验，主张走出文学与社会、文学与历史之间封闭话语系统，去发现历史中的权力运作形式与当代现实中的意识形态结构的惊人的相似性。

总之，新历史主义的读者是双眼齐睁的读者：他一眼盯着过去的文学文本，一眼则盯着自己当下的文化处境；一眼看着文学文本表演的前台，一眼则看着处在后台的导演排练；一眼注视着文化非同质性的惊叹，一眼则注视着文化文本之间相通性的共鸣；一眼瞄准自己所获得的审美回报，一眼则追逐着阅读对象的文化流通。新历史主义的阅读接受理论的独特价值在此，其失误也主要在此：读者赋予“两只眼睛”的力量并未达到均衡，“后一只眼”往往有代替“前一只眼”的危险。这种不平衡造成的负面效应即在于：它通常以自己的文化处境硬套过去的文化文本；以对后台导演排练（权力运演）的揭示代替对文本的具体分析；以对文化文本间的“共鸣”的描述代替对这种文化非同质性的“惊叹”的探讨；以对文化流通的追逐代替对于审美回报的品味。

新历史主义对文化的历史性及读者接受活动的历史性的揭示是深入的。但是，联系其文学意识形态功能观来看，它往往将“惊叹”消融在“共鸣”之中，将文化的历史具体性和异质性消融在表述系统的流通之中，从而将读者接受中的“颠覆”力量悲观地理解成由文化系统所“包容”的因素，而最终走向对现存文化体系的“认可”而不是“抵抗”。

---

① ［法］保罗·利科：《据为已有》，胡经之、张首映主编：《西方二十世纪文论选》（第三卷），北京：中国社会科学出版社 1989 年版，第 314 页。

第四章

新历史主义文艺思潮的创作实践

第一节　新历史主义与当代历史剧创作

历史剧是中国文学史上十分重要而且争论也颇多的范畴之一，从诞生之时的元明清的古典历史剧，经过“五四”文学革命转型的现代历史剧直到新时期以来的带着浓重的后现代意味的历史剧，对于历史剧的概念、历史真实与艺术真实、“史”与“剧”的比例、历史与现实等问题始终处于激烈的争论中。虽然在争论的过程中取得了非常重大的成就，但并没有达成理论上的共识。总体看来，之前的几次大讨论大都是建立在“旧”历史主义的基础之上，认为历史是绝对客观的，是不以人的意志为转移的客观存在，而文学是对历史生活的反映，它先天地受到“历史事实”、“历史环境”和“历史条件”即“历史”的制约，不可能超越历史的客观性而天马行空地去自由想象，所以对于历史剧来说，“史”与“剧”、历史真实与艺术真实始终无法达成一个完美的统一体。

这种传统的历史主义的观点束缚了人们对历史的多样性的认识，也限制了人们的思维空间。而20世纪80年代兴起于美国的“新历史主义”为我们打开了另一条思路，与传统的历史主义不同，它将历史看作一种写作，是可以阐释的，我们认识历史、了解历史是通过文本而发生的，所以我们能够直接接触的历史是历史学家编纂的历史。如海登·怀特所认为，历史著述包含了一种深层的结构性内容，它一般而言是诗性的。历史修撰就所涉及的史实性材料而言，与其他方式的写作没有什么区别，历史“是以叙事散文话语为形式的语言结构”。由此看来，历史的真实性就值得商榷了，而在历史主义基础上来讨论的历史真实与艺术真实的关系也因此而站不住脚，因为谁能够肯定历史剧所依据的“历史真实”是真实的呢？但是，如果历史真实与艺术真实的关系因此解体的话，那么历史剧所依据的是什么呢？历史和历史剧究竟是什么关系呢？更多的问题因此而涌现出来，我们力图站在新历史主义的立场来梳理这些争论了很久的历史剧的问题，打开历史剧研究的另一个侧面，沿着历史的文本性的思路重新审视历史剧的创作。

一、历史剧研究的现状与范畴

（一）中国当代历史剧研究的现状

当代中国历史剧的研究取得了一定的成就，例如对郭沫若、陈白尘、曹禺等作了很深入的研究，尤其是进入到20世纪80年代以来，随着《戏说乾隆》、《铁齿铜牙纪晓岚》、《康熙微服私访记》、《雍正王朝》等大型历史影视剧的大规模出现，关于历史剧的研究再次形成高潮，取得了十分丰富的成就，综观这些研究成果，可以从微观的和宏观的两个角度来看。

从微观的方面来看主要体现在以下三个方面。首先，对具体的文本研究即个案分析十分具体深入，而且很全面。主要表现为对具体文本中的人物、情节、结构等各个方面都有研究。历史人物在历史剧中的地位十分重要，因此对历史人物的研究在所有关于历史剧的研究中占有很大比重，且取得了相当高的成就。甚至也有学者从新历史主义的角度去解读一些历史剧作，例如王岳川、范志忠、郭小橹、曾耀农等人的新历史主义与影视历史剧的研究。但是这些研究中的大部分虽然抓住了历史剧的重要部分，却是只注意单个历史人物研究，而对整个历史剧中主要历史人物的共性特点没有给予应有的概括，例如在新时期以来所谓“戏说剧”中历史人物的特点。其次，是主体研究方面。一方面是对创作主体整个创作情况的重视，这不仅有大量的单篇论文，而且还有像田本相、杨景辉的《郭沫若史剧论》，吴功正的《沫若史剧论》等学术性很高的理论著作。因为郭沫若代表着中国现当代历史剧方面的最高成就，所以多集中在郭沫若历史剧的研究上，而对新时期以来这样的研究还很缺乏。另一方面是对创作主体内心世界的洞察。史剧作家的创作动机是很复杂的，有着强烈的现实性，研究者从文本出发，挖掘创作主体何以创作的心理因素，然后再从心理回到文本，说明心理因素的外在显现。对这一个过程的完整分析，也只是显示了研究者一定的开放视角，这样的批评模式仍是旧有的社会历史、个人传记/心理的批评模式，而对历史剧的研究急需一种新的研究范式来打破旧的框架。最后，是阶段性的历史剧的研究。研究者把一个历史时期的历史剧作为研究对象，概括出这一时期历史剧的发展线索和总体特点，例如很多研究认为当下的历史剧的走向是“戏说历史，消费历史”，并习惯用

"历史正剧"和"戏说剧"来概括当下的历史剧。这种研究范式虽然从一个相对辩证的角度来看具有一定的科学性，但是若换另外一个研究视角又极易引起相互矛盾的观点。

历史剧微观方面的研究中对一部作品、一个作家、一个时期历史剧的研究很具体，也比较深入，就所涉及的问题来说也比较全面，但是微观研究对历史剧所涉及的理论问题难以深入，所以，在历史剧的研究中，有很多学者都从宏观的角度而不是从具体的个案分析出发，着重探讨历史剧中的一些理论问题，从而把对历史剧的研究引入理论的视域之中。

从宏观的方面来看，主要体现在以下几个问题的把握：首先，是历史剧概念的讨论。这是一个极其复杂的问题，因为谈到历史剧的概念就涉及一个历史观的问题。新中国成立前后的几次大的讨论都涉及这个问题，但并没有得到实质性的进展，吴晗、李希凡、王子野、郭沫若、茅盾、周兆新、北淮和谭霈生等人都发表了各自的观点，最后的结论要么是偏于剧，要么是偏于史，或者就是调和论者。新时期以来随着《戏说乾隆》等大型历史剧的出现，对这个问题的讨论可以说是愈演愈烈，很多历史剧像所谓的"戏说剧"被一些学者认为是非历史剧，当然也有从新的历史观对"戏说剧"进行肯定的。其次，是对历史剧类型的讨论。此问题与前一个问题息息相关，因此也常常联系在一起讨论。吴晗、茅盾、周兆新、北淮以及近来的学者陈爱国、张凤铸、王昕等人都提出了自己的看法，但这些分法都是基于旧的历史观，不仅没有新意，而且互相重叠甚至混乱不堪。再次，是历史真实与艺术真实的关系问题。这是一个讨论最多的问题，比较普遍的观点认为，历史剧必须做到历史真实与艺术真实的统一，而且认为虚构是历史剧创作的必要的手段。这里谈的实际上就是历史与历史剧的关系问题，究竟历史真实与艺术真实怎样才能做到统一，这里显然不是一个比例的问题。20 世纪 80 年代以来，对二者关系进行研究的文章很多，也比较深入。余秋雨从"主要人物与客观环境之间的深刻关系"出发分析历史真实与艺术真实如何做到统一，并在考察大量历史剧的基础上概括了虚构的七种限度；陈军认为只有郭沫若提出的"失事求似"的创作方法才能实现历史真实与艺术真实的统一，而"主观抒情化"与"客观写实化"倾向都有一定的片面性。可见，对历史真实与艺术真实的关系问题的研究有很大的进展，但是多数历史剧还是遭到很多人的质疑与谴责，理论上提出的统一的方法并不能让人们满意，历史真实到底是什么？艺术真实又是什么？历史与历史剧到底是什么关系？这些问题都有待于进一步研究。最后，是关于历史剧与现实的问题。历史剧作家是生活在现实中的，当他将笔触伸向遥不可及的历史时空的时候，是不可能完全地摆脱现实，而必然是有意识或无意识地对现实有所观照，这就存在一个如何处理历史剧与现实的关系，田汉、郭沫若等人在谈历史剧创作时都提出一个“古为今用”的原则，但是难道历史剧的“古为今用”的意义只是社会的功利性吗？

从以上的概述中可以看出，对于历史剧的研究可以说是已经涉及很多方面了，不论在微观上还是宏观上都取得了很高的成就。但是，在对这些成果的分析中，我们仍然可以发现一些存在的问题，例如在旧有的研究范式内缺乏新的研究视角、新的历史观，以致不能够突破历史剧研究的困境。

（二）历史剧研究的范畴

虽然我国在新文学革命之前就有很发达的历史剧的传统，但历史剧的思维真正形成是在现代时期，古代并没有“历史剧”的概念，这个概念是在20世纪三四十年代涌现出大量历史剧的时候才被提出来讨论的，然而现代以来的历次关于历史剧的讨论中对历史剧概念的界定并没有达成真正的共识。在整个20世纪的历史剧争论中，从40年代发端、60年代激化、80年代深化到90年代的反思确实产生了丰富的史剧观，但综观这些观点，其实不外乎两种流派：一种认为历史剧是剧，是戏。换一种说法，戏也就是非真，是戏作，是游戏；另一种认为历史剧是史。我们不妨来梳理一下这些观点：

熊佛西：“剧的情节倘过于违背史实，虽合乎戏剧的体裁，然而失去史的精神，是剧而不能称为史剧，剧中无诗境，虽事事符合史料，是史而不是剧。”

吴晗：“历史剧必须有历史概括，人物事实都要有根据……人物、事实都是虚构的，绝对不能算历史剧，人物确有其人，但事实没有或不可能发生的也不能算历史剧……历史剧的剧作家在不违反时代的真实性原则下，不去写这个时代所不可能发生的事情，而写的是这个历史人物所处的时代完全可能发生的事情，在这个原则下，剧作家有充分的虚构的自由。”①

李希凡：“历史剧和历史虽然有‘联系’，却是在性质上完全不相同的东西——历史剧是文艺创作而历史则是过去时代事实的记录……在这里，历史和历史剧的关系只能是相像或者接近于文学作品和生活的关系。简单地说，‘反映历史实际情况’，是没有说明历史剧的特点的，而且很容易混淆它的特殊功能。”②

王子野：“历史剧终究是戏剧，不是历史。它同历史的‘联系’不过是个取材问题。”③

茅盾：“历史题材的剧本，在我国古典戏曲中占有很大的比重，元明清三代的杂剧和传奇可称为历史剧者，居过半强，在这里，也还没有把现在的四百多种地方戏（京戏也在内）的传统剧目中的历史剧算进去。”④

郭沫若：“凡是把过去的事迹作为题材的戏剧，我们称之为历史剧。”⑤

周兆新：“历史剧这个名称，本来指所有取材于历史的戏剧。”⑥

谭霈生：“历史剧应该是一个开放的概念，它只是戏剧的一种题材类型，凡是取材于历史生活的剧目，都可以归入历史剧的范畴。”⑦

沈渭滨：“凡历史剧，都姓剧，剧即戏也；是戏就不是历史真实。不以传播历史知识为首要功能，戏剧是艺术作品，艺术作品便可由艺术家以自己的体验与感受去认识和诠释历史，虚构情节，构思艺术形象。虚构是

---

① 吴晗：《谈历史剧》，见《戏剧报》编辑部编：《历史剧论集》（第一集），上海：上海文艺出版社 1962 年版，第 268 ~ 269 页。

② 李希凡：《“史实”和“虚构”——漫谈历史剧创作中的历史真实与艺术真实的统一》，见《戏剧报》编辑部编：《历史剧论集》（第一集），上海：上海文艺出版社 1962 年版，第 292 ~ 293 页。

③ 王子野：《历史剧是艺术，不是历史》，见《戏剧报》编辑部编：《历史剧论集》（第一集），上海：上海文艺出版社 1962 年版，第 308 页。

④ 茅盾：《关于历史和历史剧》，北京：作家出版社 1962 年版，第 77 页。

⑤ 郭沫若：《谈历史剧》，见郭沫若：《郭沫若论创作》，上海：上海文艺出版社 1982 年版，第 506 页。

⑥ 周兆新：《论两种类型的历史剧》，《北京大学学报》1982 年第 1 期。

⑦ 谭霈生：《中国当代历史剧与史剧观》，《戏剧》1993 年第 4 期。

假，不是历史之真，以虚构之假来表现历史事件和历史人物，便是戏说历史。”①

吴玉杰：“历史剧是在真实的历史事件和历史人物的艺术表现的基础上，发展历史的精神，寻求古今之汇通，具有一定的史事性的戏剧。”②

……

观点之多，我们无须再重复这一段漫长的讨论，因为所有这些观点都没有能够在理论上解决历史与剧的关系问题，它们在历史真实与艺术真实这两个概念上或者偏于一端，或者走向调和，诚如《中国大百科全书》中对历史剧这一概念的解释：“历史剧（history play）是根据题材内容划分的戏剧种类之一。指取材于历史事件和历史人物的剧目……历史纪实剧是历史剧的一个极端……历史剧的另一个极端是历史故事剧目。”历史与剧到底怎么样才能融合得恰如其分，并不是一个可以计算的问题，可见，对历史剧的看法并没有解决，因此尚值得讨论。

究竟是什么原因造成历史剧研究的这种僵局呢？其实我们可以看出，无论是偏于剧者还是偏于史者，在他们的心中都有一把标尺，那就是“历史真实”，抑或旧历史主义的史剧观。偏于史者多半是一些历史学家，他们容忍不得艺术家对历史事实进行胡编乱造，对一切历史剧都大加贬斥，抱定他们的“史实”不放；而偏于剧者又多半是一些艺术家或文学家，他们要进行艺术创作，而且又偏偏选用历史作为题材，既然是艺术创作，虚构在所难免，但他们却看不到问题的真正所在，只是一味地拿“艺术真实”来做挡箭牌，于是两者之间的矛盾永远无法调和。

要走出这种困境，就必须找到问题的真正症结。其实之所以出现这种对立是跟历史学家与文学家的历史观息息相关的，他们秉持的是同一种历史观即旧历史主义的信念，而这种历史观是一种机械的历史认识论。“按照机械论的历史观，人们倾向于将人类历史看成一种机械运动式活动，认为它包含内在的因果关系且具有规律性，它强调对历史‘发展’和‘进步’的信念”，历史因此是绝对客观的，是曾经存在过的东西，不以人的

---

① 沈渭滨：《关于历史和历史剧的思考》，《南京师范大学文学院学报》2002年第3期。

② 吴玉杰：《新历史主义与历史剧的艺术建构》，北京：中国社会科学出版社2005年版，第18页。

意志为转移的客观存在，是具有决定意义的，而文学是对历史生活的机械反映，也就是说，在旧历史主义的观念中，历史无疑是大于文学的，历史事实的真实性大于文学的想象性和虚构性。但是当我们跳出旧历史主义的窠臼之时，视野就会开阔起来，从80年代到90年代，整个20世纪各种西方文化思潮先后介绍到我国，阐释学、后结构主义、新历史主义等各种历史观念也就深刻地影响到了我们的人文知识分子和作家们，而其中占主流地位的历史观念都是摆脱和摒弃了历史本质论的观点，虽然它们各自的历史观在这些文化思潮中也有所区别。例如在阐释学看来，根本不存在一个固定地置放在某个地方的客观的历史事实，一切历史都是当代史，是阐释的结果。政治思想家卡尔·波普尔相当偏激地认为："不可能有一部'真正如实表现过去'的历史，只能有各种历史的解释……历史虽然没有目的，但我们能把这些目的加在历史上面；历史虽然没有意义，但我们能给它一种意义。"[①] 伊丽莎白·福克斯—杰诺韦塞说："当代批评家倾向于认为，历史就是历史学家描写过去的方式，至于历史上究竟发生过什么事情，他们则不管，他们认为历史主要是由一些本文和一种阅读、诠释这些本文的策略组成。"[②] 因为"人"和"语言"都是历史的产物，所以"任何具体的人在借助语言而把目光投向过去的时候，他的视点和视野都已经被限制在某一现刻历史、语言的历史沉淀以及它们错综的复合影响之中。展现在他眼前的不过是他所看见的历史，而不是历史本身。因此，历史是解释的而不是发现的结果，历史研究者永远只能构设历史，而不可能复原历史"[③]。历史是不能复原的，历史是可以阐释的，从现代阐释学的观点来看，历史剧就不外是以戏剧的样式对历史作出的一种阐释、一种理解。因此，历史剧问题的关键，既不在于如何忠于历史事实的原貌，也不在于如何出色地运用艺术手段，而在于如何对历史作出丰富的生动的深入的阐释上。这种种的历史观都彻底改变了本质主义和历史客观主义的思维方式。

面对同一个历史文本，不同的创作主体阐释出种种不同的含义，各种

---

① 朱立元主编：《当代西方文艺理论》，上海：华东师范大学出版社2005年版，第394页。

② ［美］伊丽莎白·福克斯—杰诺韦塞：《文学批评和新历史主义的政治》，张京媛主编：《新历史主义与文学批评》，北京：北京大学出版社1993年版，第56页。

③ 徐贲：《新历史主义批评和文艺复兴文学研究》，《文艺研究》1993年第3期。

不同的历史文本打上了鲜明的主体性的特征。对于历史剧研究来说，对创作主体的历史观的研究无疑是重要的，所以我们大胆地摒弃旧历史主义的机械的历史观，而着力吸取后现代主义文化思潮中尤其是新历史主义的历史观（新历史主义的历史观将在第二部分阐述），并将其运用于历史剧的研究，我们对于历史剧的理解就不能再限于狭义的范畴，而要相对宽容地采取一种大历史剧、广义历史剧的理解，即所有取材于历史文本中的历史事件和历史人物的剧，包括戏剧、话剧、电视剧以及电影等形式。这里的历史文本绝非单单是指以书面文字呈现于我们面前的历史典籍、历史文献等，而主要指构成历史话语的全部成分，它既包括非文学的历史文本，也包括文学文本；既包括官方的正史文本，也包括民间的野史文本，甚至包括各种流传在民间的口头传说以及各种家族史、心灵史等。总之，它不限于狭义的文字的小文本，而是一种广义的社会历史的大文本。同时本书主要以新时期以来出现的一些历史剧为主要研究对象，而对于新时期之前包括元明清的古典历史剧和新文学革命之后的现代历史剧不作过多分析。

二、历史剧与叙事

（一）新历史主义的史剧观

新历史主义诞生在20世纪80年代的欧美文化界和文学界。新历史主义之“新”是相对于历史主义之“旧”与形式主义之“冷”而出现的，包括俄国形式主义、英美新批评、结构主义与解构主义等在内的形式主义批评流派都有“反历史”或“不提历史”的倾向，而新历史主义则在此基础上向旧历史主义回归，但对于“什么是历史”的认识显然继承了后结构主义者把“历史”视为碎片、不连续的看法，认为历史中含有一种“人为的”连续性，而不像旧历史主义那样将这种“人为的”看成是“本然的”。新历史主义的领袖人物格林布拉特就是“要在‘反历史’的形式化潮流中重标历史的维度，要在‘泛文化化’的文学批评中重申文学话语范式对历史话语的制约，要在后现代‘语言游戏风景’中张扬历史现实和意识形态的权利话语关系”[①]，“打破传统的‘历史—文学’的二元对立，把文学看作历史的一个组成部分，一种在历史语境中塑造人性的最精妙部分的文化力量，一种重新塑造每个自我以至整个人类思想的符号系统；而历史是文学参与其间，并使文学与政治、个人与群体、社会权威与他异权利相激荡的‘作用力场’，是新与旧、传统势力和新生思想最先交锋的场所。在这种历史与文学整合的‘力场’中，让那些伸展的自由个性、成形的自我意识、升华的人格精神在被压制的历史事件中发出新时代的声音，并在社会控制和反控制的斗争中诉说他们自己的活动史和心灵史”[②]。

另一位新历史主义的重要的理论家是海登·怀特，他提出的历史叙事理论在西方史学界和文学批评界发生了极大的影响，不仅颠覆了“历史即事实的重复”这一古老而又顽固的史学错误，而且在史学研究与文学批评之间找到了某种相似性，从而把二者结合起来，跨越了二者间被认为是不可逾越的界线，构成了一个新的跨学科研究。作为美国著名的史学家，怀特并不撰写历史，在严格意义上也不研究“真正”的历史，他真正的研究对象是历史修撰与历史研究的方法，他认为：历史修撰就所涉及的史实性材料而言，与其他方式的写作没有什么区别，历史修撰中最重要的不是内容，而是文本形式。而形式说到底就是语言，因此，历史是“叙事性散文话语形式中的一种言辞结构”[③]，是一种写作、一种修辞的灵活运用、一种语言结构的叙事构型。历史就不仅仅是对史实面貌的再现，它还是一种理解在历史学家内心深处的想象性建构，而这种建构总是有意无意地遵循着一个时代的特有的深层结构。这样，我们就在历史与文学之间，甚至在历史与文学话语之间看到了某种共性，即无论历史是描写一个环境、讲述一段历史进程，还是一个故事，它们都是一种话语形式，都不可避免地具有叙事性。而作为叙事，历史和文学甚至神话都一样具有“虚构性”，只不过历史讲述的是“真实事件”，要靠史料来规定，而不是像文学一样讲述

---

① 王岳川：《后殖民主义与新历史主义文论》，济南：山东教育出版社 1999 年版，第 161 页。

② 朱立元主编：《当代西方文艺理论》，上海：华东师范大学出版社 2005 年版，第 400 页。

③ ［美］海登·怀特著，陈新译：《元史学：十九世纪欧洲的历史想像》，南京：译林出版社 2004 年版，第 1 页。

的是想象的、发明的事件或建构的事件。“真故事”与“假故事”之间并无本质的区别，历史不过是文学写作形式的一种。

其实这样的观点，也存在于中国文评传统中。鲁迅在《汉文学史纲要》中曾经以“史家之绝唱，无韵之离骚”来概括《史记》之成就，其中“无韵之离骚”正是指向了《史记》的文学属性，而且鲁迅又是在汉文学史里面提到它，我们今天的文学史也少不了它的一席之地，而《史记》在四部分类上向来都是在史部之“正史”里的。这样的情况还很多，如历史著作《左传》、《战国策》、《汉书》等都曾经以其叙事特征以及描述文笔而受到文学家的注意。唐代刘知几撰写《史通》曾极力抨击文人修史，以为史与文不同，然而近人指出这种观点还是相当程度地受了《文心雕龙》的影响。钱钟书也论道：“流风结习，于诗则概信为征献之实录，于史则不识有梢空之巧词，只知诗具史笔，不解史蕴诗心”①，“史家追叙真人真事，每须遥体人情，悬想事势，设身局中，潜心腔内，忖心度之，以揣以摩，庶几入情合理。盖与小说、院本之臆造人物，虚构境地，不尽同而可相通”②。文学与历史的这种亲密的关联当然会深深地影响到文学的创作与评价，从创作而言，有什么样的历史观，就有什么样的文学（历史剧）。

在《作为文学仿制品的历史文本》一文中，怀特更是一针见血地指出：“一般说来，人们不愿意将历史叙事视为一眼就能看穿的东西，即语言的虚构，其内容与所发现的内容都是发明出来的，其形式与其说与科学的形式相同，不如说与文学的形式相同。”③ 因此，新历史主义文学研究直接反对那种旧历史主义的学术研究，持旧历史主义文学观念的评论家在谈论某一文学作品的“语境”时，总是假定这个语境即历史背景具有文学作品本身无法达到的真实性和具体性，文学研究的任务就是试图再现作者的原意，包括他的世界观以及当时的文化背景，因此这些学者把研究的重点放在版本、校注和探讨社会政治的实况上。这种历史编纂学的思路理所当然地遭到新历史主义学者的鄙弃。与之相反，在文学本质问题上，新历史

① 钱钟书：《谈艺录》，北京：中华书局1984年版，第363页。

② 钱钟书：《管锥编》（第一册），北京：中华书局1979年版，第166页。

③ ［美］海登·怀特著，陈永国、张万娟译：《后现代历史叙事学》，北京：中国社会科学出版社2003年版，第170页。

主义学者打破了“历史背景”与“文学前景”之间的传统对立，代之以互为背景和相互塑造的动态关联，从而在文史之间开拓出一片对话性的“交涉带”。在这里文史相通，文学变成塑造历史的能动力量。他们还注重对写作、接受和批评等语境的分析，结合历史背景、理论方法、政治参与、作品分析去解释作品与社会相互推动的过程。

需要指出的是，我们这样强调历史与文学的密切关系，并不就代表着彻底取消了文史的界限，文史之间在“讲故事”这一层面上无所谓界限，但在创作态度上以及选择事件上文史还是有区别的。

（二）历史剧与历史的关系

历史是我们先人走过的历程，也是先人留给我们的一份遗产。但是，这历程与遗产除了留在文字记载的史籍典册及地下发掘的痕迹中之外，在时空中已经消失得无影无踪了，而各种历史题材的文艺创作，都是对历史的一种具象化叙述，虽然这种历史叙述不等同于历史学家的叙述，存在于其中的更多的是艺术的想象。过去，历史事实与艺术想象的关系始终是历史题材文艺创作的一个重要问题，处理好这个问题的关键就在于正确地认识“历史”与“艺术”的关系，对于历史剧来说，也就是正确看待“历史”与“剧”的关系。

如前所述，在旧历史主义的观点看来，历史是曾经发生过的存在，是一种不以后人的意志为转移的客观事实，而历史剧是对历史的一种叙述，是以史实为依据的艺术创作。从这个意义上来说，历史是第一性的，而对于它的叙述是第二性的，历史剧是依赖于历史存在而创作的，没有历史就无所谓历史剧。这就使历史剧先天地受到历史事实、历史环境、历史条件等的制约，它不可能超越历史的客观性与历史条件的可能性而天马行空地想象，然而艺术想象的翅膀却始终受到历史之缰的牵制，只能是历史的客观规定性与可能性之中的狭隘的创造。历史题材的文艺创作从本质上来说必须把历史当作“历史”来对待，必须在尊重历史的前提下创作，而不能把历史当作一块可以随意揉捏的橡皮泥，当作一个可以随意打扮的小姑娘，在历史的面目上胡涂乱抹，以致把历史的基本史实搞得面目全非。

在了解了新历史主义的历史观之后，我们已经有足够的理由对上面的观点去进行辩驳。如果说对历史的叙述存在着“史学叙述”与“文学叙述”，那么无论哪一种叙述，都不能等同于“历史”的本体——那个原本的、客观的历史事件。这让我们不能不想起柏拉图的“影子说”。在看待文艺对现实世界的关系时，柏拉图划分出了三个世界：理式世界、感性的现实世界和艺术世界。艺术世界是由模仿现实世界来的，现实世界又是模仿理式世界来的，艺术世界依存于现实世界，现实世界又依附于理式世界，理式世界是第一性的，感性的现实世界是第二性的，艺术世界是第三性的。① 理式的床是真实存在、永恒不变的；而木匠所造的床，不过是对床的理式的模仿，是理式的影子，是不真实的；而画家画的床就更不真实了，是摹本的摹本，影子的影子，和真实存在的第一种床“隔着三层”。而且柏拉图认为，最高的美只存在于理式之中，只有理式美才是真实的，是美本身，是纯粹的美，而事物美不过是它的幻象、影子，事物之所以美，是由于“分有”了美的理念，或“美本身”出现在它上面。美的理念是第一性的，现实事物的美是第二性的，世界万物万事的美都是由于分享了美的理式，然后才成为美的。柏拉图当然是站在贵族统治的政治立场对现实以及文艺作品的真实性进行了否定，但是当我们用这个原则来分析“历史真实”、“历史叙述”和“历史剧”的关系时，就会发现，所谓“历史真实”，正相当于柏拉图那个遥不可及的“理式”；“历史叙述”就相当于那个被认为是真实的现实世界，而实际上它不过是对理式的模仿，是对“历史真实”的一种叙述而已；历史剧当然就是文艺世界的代表，它模仿的是“历史叙述”。正如现实美和艺术美分享了理式的美一样，历史叙述和历史剧分享着那个绝对的“历史真实”，却永远无法企及，而只能无穷尽地去接近它。在这个意义上，不同于现实世界的第二性和艺术世界的第三性，“历史真实”是第一性的，而“历史叙述”和“历史剧”是第二性的。

为了进一步阐明历史与历史剧的关系，我们将引进三个概念，即历史叙述的三种类型：文述、讲述和演述。文述是为“文”而写的走向，如史书、小说；讲述是底本为“讲”而写的走向，中国历史上曾出现过此种讲述性作品，如宋代以来的话本；演述的底本则是为“演”而生产的走向，以戏曲而言，内容包括了科、宾白、曲的提示，元杂剧、明传奇、今日之

---

① 朱光潜：《西方美学史》，北京：人民文学出版社1979年版，第44页。

京剧等皆属此种，通常其底本便称之为剧本。[1] 这样看来，无论是以书写成文为主的"文述"，还是以讲、演为主的"讲述"与"演述"，都具有一种叙述的本质，如果它叙述的对象是历史的话，那么历史叙述可以很明显地区分出这三种形式，因此，历史的"文述"、"讲述"和"演述"就共同搭建在"叙述"这一平台上，三者也因此获得了一个平等的地位，文述之外，还有叙述，也有历史，作为历史文本的"文述"并不占有一个第一性的决定地位，而作为剧的"演述"也不是在一个被"文述"所决定的从属地位，它们都无法捕捉到历史的"真相"，而毋宁说它们都是一种变动、一种新的解释，历史本来就是一再地被人叙述出来，也就无所谓叙述的真假了，历史本来就充满了某种诗性！

但这样讲的意思并不是说历史和历史剧就完全等同了，作为"文述"与"演述"的范本，两者毕竟还是有所区别的，这种区别实际上是一个时间上的先后问题，也就是一个起源文本与后继文本之间的关系，这个关系用另外一组概念来表述就是"本事"与"新编"。"在此一表述中，一个最初的、起源的发生，被描述在首先的文本中，成为被叙述出的事件，而其实它可能只是因为被认定为现存最早所能见到的一种首次文本的'元事件'，但却经常被视为是一种发生了的历史，因而承载这个历史发生的文献，便被我们称之为历史文本，在客观主义运作下，这个历史文本中的叙事就会被称之为'历史叙述'。"[2] 因此，所谓本事，也就是被我们所见现存最早的叙事中的事件，或者称之为元事件。而如果后来的叙事是根据它改编、填补、重塑、变化甚至是考证、解释、分析的话，这些对"本事"所进行的一种带有差异性格的再叙述，就成了相对于"本事"的"新编"概念。

还需要明白的一点是，这里的"元"只是一种编年次序上的首次文本之出现的含义，与它相对的另一个概念"原"则是指一种难以追求、不可复原的概念界定，也就是相当于柏拉图的那个绝对的"理式"——历史真实，"原发生"是一个客观主义视野下的指涉，意思是那一个真正/原来发生了什么的事件，但是一旦追问"发生了什么"就牵涉到一个"叙述"的

---

① 李纪祥：《时间·历史·叙事》，兰州：兰州大学出版社2004年版，第67页。
② 李纪祥：《时间·历史·叙事》，兰州：兰州大学出版社2004年版，第69页。

问题，因此“原”是不固定的，并且它总是以一种文本或者记录或者当事人的回忆录来出现，但即便是以回忆为基础而构成的叙述，也不能宣称记忆就是原发生的事件，因为这里已经发生了怀特称之为“事件向故事的转变”，而这个过程在怀特看来是经过精心的编排或组织的，中间经过“情节编排模式”、“论证模式”以及“意识形态含义的模式”最后才成为一个完整的叙述性的故事。所以，在总是文本、总是叙述的情况下，我们无法把握到那个“原（发生）事件”的状况，而只能是认定最早被我们知道、发现，在编年顺序之下的首次的文本。也就是说，那种最初的、最早的被我们发现的事件文献、记载、叙述只能是一种元事件而非原事件的本事，是一个首次文本中的原文，这个原文，我们称之为“历史”，而对原文的再叙述，就是一种“新编”行为，而这个“新编”如果以“演述”的形式出现则就是我们称之为“历史剧”的东西了。所以，历史是地地道道的与文述同质的历史，而历史剧则是作为一种演述式的历史的呈现。旧历史主义中的历史中心论者往往忽略了一个事实，那就是历史剧中自古以来就有的挪用历史的现象其实只是一种剪接本事的现象，他们所认定的忠于历史其实只是要求忠于本事，殊不知本事与新编皆是一种叙述的历史。

所以，在新历史主义历史观的参照下，我们认为历史与历史剧是一种“本是同根生，相煎何太急”的兄弟关系，是文述与演述（讲述）、本事与新编的关系，而所谓的“历史真实”其实只是一个乌托邦的存在，是柏拉图式的“理式”，我们也就不必再偏袒历史，更不必去苛求历史剧。

（三）历史剧的类型

对历史剧分类的看法是和历史观以及对历史剧概念的界定等问题紧密联系的，对于历史剧类型的讨论也是同时伴随着历史剧概念的讨论。例如在20世纪60年代历史剧的讨论中，吴晗就提出了历史剧、历史故事剧和神话剧的界说，他不同意把杨家戏和包公戏称为历史剧，而把它们称为历史故事戏。[①] 在他的另外一篇文章《谈历史剧》中也同样强调：“包公戏也是广大人民所喜爱的戏。包拯是确有其人的，是个刚强正直的清官。但是像《秦香莲》、《探阴山》这些戏能不能算历史剧呢？我看还是不能算，因

---

① 吴晗：《关于历史剧》，见《戏剧报》编辑部编：《历史剧论集》（第一集），上海：上海文艺出版社1962年版，第268～269页。

为历史上并不存在这样的事实。这些戏都不算历史剧，算什么呢？我说应该算故事剧”；“至于历史剧，和神话剧不同，和故事剧也有本质上的差别。历史剧和历史有联系，也有区别。历史剧必须有历史根据，人物、事实都要有根据……同时，历史剧也不同于历史，两者是有区别的。假如历史剧和历史一样，没有加以艺术处理，有所突出、集中，那只能算历史，不能算历史剧”。[①] 毋庸置疑，吴晗的“历史剧”观念当然是相当狭隘的，不仅历史和故事的关系是暧昧的（怀特的历史修撰的五个层面中的第二个层面就是“故事”），就连历史和神话的关系也不是很清白的。列维—斯特劳斯就表明过：“尽管试图重现历史上某一时刻的生机并占有它是值得的，不可或缺的，但是，应该承认，一个清晰的历史永远不可能完全摆脱神话的本性。”弗莱也说：“在某种意义上，历史与神话相对立；如果对历史学家说他的书是由神话构成的，这对他隐约是一种侮辱……当历史学家的计划达到一定程度的综合时，在形态上它就变成了神话，因而在结构上也就接近诗歌了。”[②]

茅盾也曾经对历史剧进行分类，他在《关于历史和历史剧》中将历史剧划为“真人假事、假人真事、人事两假”三类；周兆新将历史剧分为两类：一类是孔尚任《桃花扇》这样的作品，《桃花扇》取材于南明的历史，反映了南明历史的本质；另一类如马致远《汉宫秋》这样的作品，《汉宫秋》取材于西汉的历史，却没有反映西汉历史的本质，而反映了宋末元初历史的某些本质方面，作者假借昭君出塞的故事表达自己对当代生活的看法。[③] 周兆新显然是从历史剧功能的角度来进行分类的，即“古”是否为“今”用；北淮针对历史题材戏剧中存在的两方面倾向，建议把历史剧分为“历史化的历史剧和非历史化的历史剧”，前者“主要依据史实”，后者“主要依据假定性”，[④] 但这个观点实际上是自相矛盾的，既然是非历史化，何必还要把它扯在历史剧里面呢？干脆把它放在另一种戏剧里面好了。

① 吴晗：《谈历史剧》，见上海师范学院中文系文艺理论教研室编：《文学理论争鸣辑要》（下），上海：上海文艺出版社 1983 年版，第 670 ~ 681 页。

② ［美］海登·怀特著，陈永国、张万娟译：《后现代历史叙事学》，北京：中国社会科学出版社 2003 年版，第 173 页。

③ 周兆新：《论两种类型的历史剧》，《北京大学学报》1982 年第 1 期。

④ 北淮：《历史剧的历史化和非历史化》，《戏剧艺术》1981 年第 2 期。

20世纪进入90年代以后，电视剧《戏说乾隆》风靡中国大陆，紧接着又涌现出各种历史题材的电视剧如《还珠格格》、《宰相刘罗锅》、《铁齿铜牙纪晓岚》等以及电影《秦颂》、《英雄》、《神话》、《古今大战秦俑情》等，因为这些影视剧和《汉武大帝》、《康熙王朝》、《雍正王朝》、《大明宫词》、《走向共和》等在表现方式等方面有很大的不同，也引发了新一轮的关于历史剧概念以及分类的研究和探讨，比较普遍的看法是将历史剧划分为历史正剧和戏说剧或后历史剧。陈爱国将历史剧分为四大类型："传统历史剧"、"新编古代剧"、"新历史寓意剧"与"后历史剧"。[①] 张凤铸也倾向于把历史题材的影视剧分为"历史正剧"、"戏说剧"和"故事剧"。王昕的分类更为细致，他首先将历史题材电视剧分为电视历史剧、电视历史故事剧和电视神话神魔剧，然后又将电视历史剧按照时间纬度分为古代题材和革命历史题材。他将电视历史故事剧分为：①"真实追求中的真人真事"；②"真实追求的假人假事"；③"游戏追求中的真人假事"；④"游戏追求中的假人假事"。[②] 这个分法明显是将吴晗和茅盾的分法糅合在一起，显得更加混乱不清；有的学者从创作的角度把历史剧分为再现性、表现性和戏说性，它们分别遵循现实主义、浪漫主义/现代主义、后现代主义的艺术生产和美学精神；还有的学者把现代历史剧分为三种倾向：一是主观抒情化；二是客观写实化；三是"失事求似"化倾向。[③]

关于历史剧的划分众说纷纭，不一而足。种种的分法都大同小异，无一不是基于旧的历史主义的观念，历史学家沈渭滨不仅否认戏说剧是历史剧，即使是历史正剧也值得质疑，他说："所谓'历史正剧'云云，无非是虚构（亦即戏说）的成分和对待历史的态度，比之油滑不羁的所谓'戏说剧'如《戏说乾隆》、《康熙微服私访记》之类，在程度上有所区别而已。但在虚构这一点上，我认为没有本质不同，两者都是艺术创作……硬以所谓历史正剧之名和戏说剧相区分，无论在主观上或客观效果上都会不

---

① 陈爱国：《当代历史剧创作的类型和趋势》，《当代戏剧论坛》2004年第1期。

② 王昕：《中国历史题材电视剧的类型与美学精神》，《当代电影》2005年第2期。

③ 陈军：《历史与现实——论中国现代历史剧创作的三种倾向》，《戏剧文学》1997年第8期。

切实际地抬高后者的品位，有损历史剧自身的艺术价值。”① 历史学家只是站在自身的立场对历史剧以及戏说剧进行了否定，但这段话却是极有道理的，既然大家都在戏说历史，又何必提出历史正剧与戏说剧的说法呢？即使是那些标榜为历史正剧的历史剧也频频遭到很多人的质疑，被指为是打着历史正剧的旗号，歪说历史，胡说历史，所以问题不在于历史剧是否是历史剧，那是一个历史观和概念界定的问题，问题是在于分类的标准不能够令人满意。

要摆脱上述种种类型学说的视野，我们就必须跳出旧历史主义之“历史真实”的窠臼而另觅出路。海登·怀特根据弗莱在《批评的解剖》中指示的线索识别出了四种情节编排的模式：传奇、悲剧、喜剧和闹剧。这四种模式本是怀特用来论证历史学家将编年史中的一系列事件变成故事或者建构成历史叙事的过程，不同的历史学家必然会以某种原型或综合的模式进行历史修撰，如他在《元史学》一书中所提到的米什莱用浪漫模式，兰克用喜剧模式，托克维尔用悲剧模式，而布克哈特则用讽刺模式。这四种情节编排模式也就是历史的原型情节结构，历史学家依据这些结构来解释历史上真正发生的事件。正是由于历史话语在情节化过程中呈现出与文艺审美话语相同的模式，所以怀特对历史话语进行了审美的或文学的批评。前面我们在分析历史和历史剧的关系时已谈到历史和历史剧都是对“历史事实”的一种叙述，是文述与演述、本事与新编的关系，它们都基于一种叙事性，因此，我们不妨借着怀特的思路，在历史和历史剧叙事性这一基础上尝试着将历史中情节编排模式的概念引入对历史剧的研究里，将历史剧分为传奇、悲剧、喜剧和闹剧，而不再纠缠于“史”与“剧”的迷阵之中。

在怀特看来，传奇是一种自我认同的模式。在这一模式里是一部善战胜恶、美德战胜罪恶、光明战胜黑暗的历史，人最终超越了他由于堕落而被囚于其中的世界。例如《大明宫词》一剧讲述的便是太平公主这一历史人物的不断自我认同的历史，在唐王朝历次陷入政治风波而岌岌可危之时都靠她的挺身而出，薛怀义的乱政，张易之、张昌宗兄弟的谋反，周兴的

---

① 沈渭滨：《关于历史和历史剧的思考》，《南京师范大学文学院学报》2002 年第 3 期。

图谋不轨，韦氏的篡权等，每一次都是靠太平公主以正义的身份来平复，甚至连太平公主的出生、死去都拯救着大唐王朝。该剧一开始便以太平公主的口吻讲述："据你奶奶讲，我出生的时候，长安城阴雨连绵。一连数月的大雨将大明宫浸泡得仿佛失去了根基，甚至连人们的表情也因为多日未见阳光而日显苍凉伤感，按算命先生的理论，这一切主阴，预示着大唐期盼的将是一位公主的降临"，李治也正是因此给她赐名太平公主，最后她超然而去，没有一丝遗憾！"我的死亡像我的出生那样，终止了长安城漫天的淫雨，并且又一次为大唐带来了太平……"太平的脸伸进绳套儿，那上面没有绝望，却写满了豁达……闹剧则恰恰与之相对，闹剧的主题是分裂，是恐惧，人唯恐成为世界的俘虏而非主人，并最终认识到人类意识和意志总是不足以决定性地压倒邪恶的死亡力量，死亡是人类不共戴天的敌人，于是有了荒诞。张建亚执导的影片《三毛从军记》颇具调侃地在片头上打着"谨以此片献给三毛之父张乐平"的字句，原因就在于这部影片是改编自张乐平的同名连环漫画。我们当然不必去追究历史中是否实有三毛其人，重要的是三毛处在了一个抗日战争的历史空间，在"要以无数的岳武穆，来造就一个中华民族的岳武穆"这一蒋委员长的口号感召下，流浪儿三毛自诩为"岳武穆"而欣然从军。军训时，瘦小的三毛套着成人肥大的军装，洋相百出。在与日军短兵相接时，三毛导演出斗牛闯敌阵的闹剧而大获全胜。蒋委员长于是亲临前线慰问，并与高举着标写"智勇双全"大字锦旗的三毛合影。结果，相片上委员长自然威风凛凛，但三毛却只剩下飘在锦旗上面的三根毫毛。三毛的漫画被戏拟成了历史的漫画，全剧充满了荒诞与讽刺的意味。在喜剧中，人通过希望来表达对现实的暂时征服，期待着社会和自然力量不时地达到调和，调和的象征就是节日庆典。在节日庆典里是人与人的调和，人与世界和社会的调和，世界上一切表面看来不可改变的各种对立因素之间的冲突结果却使社会变得更纯洁、更清醒、更健康，这些对立的各因素在最后被证明是相互和谐统一的，与自身和他人相同一的。20 世纪 90 年代风靡一时的电视剧《新白娘子传奇》，虽称"传奇"，但此"传奇"不同于我们这里所概括出来的传奇，而实际上是一出喜剧，这里显示出的是一种人、神、妖由对立最后走向统一和谐的状态，剧的结尾是许仕林与李碧莲的婚礼庆典，在庆典中，白素贞、许仙、小青和法海等人修成正果位列仙班，所有的矛盾统统化解，演出一个完美的结局。相反，悲剧在结尾时发生的调和则要严肃很多，与其说是调和，毋宁说是人要放弃其现实生存状况的本性的体现，这些生存状况被认为是不可改变的和永恒的，也就是说，人不能改变生存状况，而必须在这些状况内部工作。陈凯歌执导的影片《霸王别姬》则赤裸裸地体现出人的这种生存状况与它的不可改变性。影片中的“霸王别姬”并不是历史本身，而是渗透并体现出某种权力话语策略的一出寓言式的京戏，它通过京戏扮演者不断地自我认同而进入现实的历史空间。张国荣扮演的男性程蝶衣辗转于“我本是女娇娥，又不是男儿郎”的痛苦中而最终在精神上认同了自己的虞姬身份，进入一个指定的然而却是性倒错的位置。恩威并重的寓言就这样穿过程蝶衣，使渴望当角儿的他在自我的废墟上着魔似的重塑旦角虞姬的形象，满足于霸王与虞姬永无休止的一次次别离中的哀婉缠绵。历史中的霸王别姬，随着朝代的变迁而宣告终结了，但潜伏在“霸王别姬”寓言后的权力话语却可以借助历史之手不断地生产繁衍着新的“虞姬”，历史就是这样永恒地存在下去，而“霸王别姬”的寓言也在历史的空间中永远地延续下去。

历史学家就是通过这种叙事性陈述将事件再现为具有一般的情节类型——传奇、喜剧、悲剧和闹剧——的连贯性来解释历史事件的。在史学中，这种情节建构活动常常会对同一个历史事件或历史现象产生不同的甚至相互排斥的解释。比如，一个历史学家可能将某个历史现象建构为史诗或悲剧，而另一个历史学家则可能将它建构为闹剧。造成这种互相对抗的叙事之间的差别正是在叙事中起作用的“情节建构模式”之间的差别，正是因为叙事——无论是文述还是演述——总是对情节的建构，才有可能区分出不同种类的情节类型。例如在对抗日战争这一历史事件进行叙述时，传统的《地道战》、《地雷战》等将其叙述成为一种喜剧，高大的抗战英雄绝对地战胜卑琐的日本鬼子，片子的结尾总能看到人民大众在敲锣打鼓地热烈祝贺；《三毛从军记》则将其叙述成为一种闹剧：1937 年，中华民族的危亡到了最后关头，全国进入非常阶段，无家可归的三毛参了军。新兵训练开始，三毛穿着“巨大”的军服，神态庄重地排在队伍中。在手榴弹实弹投掷训练中，三毛不小心把手榴弹投入队伍中，一声巨响，排长一脸焦黑……日军炮轰宛平，华北情势严峻。作战中，勇敢的三毛闹出了许多笑话，最后参加了一个敢死队，将日军一网打尽。蒋介石亲临前线，慰问将士，看中了三毛。一纸调令从天而降，三毛到了师部担任勤务兵，“高就”的三毛却成天做着保姆的工作。师长自杀了，三毛呼天抢地号啕大哭，哭师长，也哭自己。重返军营，三毛又与老伙伴们并肩作战，他们接受了一个绝妙的行动计划：组成突击队，里应外合进行夹击。突击队被空投到丛林中，不幸飞机再也没来接他们。时过多日，三毛和战友老鬼早已衣衫破烂变成野人，突然有一天，一架飞机飞过撒下无数传单，原来是战争结束了。剧中再也没有任何的崇高与神圣，抗战成为一纸笑谈！2006 年高群书执导的影片《东京审判》则带着一种强烈的悲剧色彩，影片将视角投向战争结束后的东京法庭之上，作为战胜国的中国竟在审判的过程中遇到重重的困难。审判最终结束了，一些战犯也受到了相应的处罚，但审判胜利了吗？我们还不能轻下断言！如此看来，这种种的叙事性陈述除了对历史的某种真实性的陈述，更多的是一种诗意和修辞的要素，正是通过这些要素，对事实的陈述才转换成为故事，转换成为具有情节结构的戏剧，它们都是对历史事实的阐释，只不过有的历史学家或历史剧将其阐释为“悲剧”，而另一个历史学家或另一部相同历史题材的历史剧则将其阐释为“闹剧”。

这样，我们就从另一个角度即叙事中的情节结构对历史剧的类型进行了探讨，虽然这种尝试可能还不够完善，但至少我们已经跳出了“历史真实”的怪圈，因为“叙事绝不是一个可以完全清晰地再现事件——不论是想象的还是真实的事件——的中性媒介，它以话语形式表达关于世界及其结构和进程的清晰的体验和思考模式，的确，话语叙事模式千百年来就一方面与神话和宗教思想，另一方面与文学虚构密不可分”①。无论是作为文本的历史叙事还是作为剧本的历史叙事，都无法达到历史的“真实性”这一目的。与其说历史剧是对历史文本的模仿，不如说是它们共同模仿了历史，共同组成了历史，历史不断地生产着各种不同的对它的叙事性文本，这些文本则像一个“网状结构”互相交织着和影响着。

---

① ［美］海登·怀特著，陈永国、张万娟译：《后现代历史叙事学》，北京：中国社会科学出版社 2003 年版，第 346 页。

三、历史剧与现实

历史，以它巨大的魔力摆弄着人世间的一切，其中最重要的就是人的命运；人，也在历史车轮的重碾下挣扎着，反抗着。人与历史，这不仅是哲学、历史、政治、社会学研究的重要内容，也成为文学艺术极为重要的课题。历史剧作家面对着历史的苍茫，有许许多多独特的思考，他们立足今天，审评过去，放眼未来。历史剧作家生活在当代，却把艺术的目光投入遥远的历史，这其中是有很多奥妙的。

回顾20世纪以来关于历史剧问题的讨论，历次讨论的焦点都离不开历史剧的真实性问题。其实，大家也都能认识到历史剧背后的历史真实，只是在什么意义上理解历史真实，是作为事实的真实（史实），还是作为精神的真实（史识）？对于事实的真实性问题，我们已经在前面作了详细的分析，绝对的历史真实是不可企及的。作为历史剧来说，更重要的就应该是艺术的真实和历史精神的真实了，艺术真实是一切文艺作品应有的本性特征，而表现历史精神的真实则是历史剧所独有的。郭沫若创作历史剧的原则就是历史剧既要根据事实性又要在“把握历史精神”的高度上通过艺术虚构“失事求似”。但问题是什么才是历史精神的真实呢？所谓历史精神，其实是现实倾向或观点赋予或构成的。有人不断宣称历史剧要反映时代精神，时代精神是指历史上的那个时代精神还是今天的时代精神呢？实际上是一回事，历史上的时代精神也是现实精神所构筑的，因为阐释历史文本的主体都是现实的，历史剧作家选择历史题材作为自己审美观照的对象，他们不是单纯地恢复历史，而更多的是考虑现实。正如格林布拉特在《回声与惊叹》中所说：“不参与的，不作判断的，不将过去与现在联系起来的写作是无任何价值的。”① 写历史实现对现实的观照是必然的，然而，“历史剧的现实性是政治尺度，历史剧的真实性是知识尺度；前者意味着权力，后者意味着知识。所谓历史真实与艺术真实的统一，是历史剧试图

---

① 转引自王岳川：《二十世纪西方哲性诗学》，北京：北京大学出版社1993年版，第466页。

建立的政治权力与历史知识之间的协调合作机制的意识形态方式"[1]。所以看起来，历史剧的真实性指的是历史意义的"真实"，而这个"真实"是由"现实"决定的，历史剧的真实性是个权力的问题，不是知识问题，其中有着强烈的意识形态属性。例如往往有人提及历史剧创作要遵从"古为今用"的原则，没有人对这个原则提出异议的，但关键的问题不是要不要"古为今用"，而是如何"古为今用"？是"借鉴"，还是"影射"呢？无论是"借鉴"还是"影射"都不是一个知识的问题，而是现实的问题，是权力的问题，由政治权威来负责制定历史剧所表现的"历史"与"现实"之间的关系。何者为"借鉴"，何者为"影射"，以知识的形式来讨论权力的问题，本身就是无意义的。比如说引起20世纪60年代历史剧大讨论的吴晗及其历史剧《海瑞罢官》的遭遇就充分地说明了这个问题，毛泽东最初称赞《海瑞罢官》好，赋予其"借鉴"的意义，但是后来姚文元等批判《海瑞罢官》，同一出戏转眼之间又变成"影射"了，不仅讨论的对象是非知识的，而且讨论的性质也是非知识的。所以说，"'古为今用'的提法本身是权力性的，判定什么可用什么不可用，什么是借鉴什么是影射，也是权力性的，真正的问题是，历史剧的何种现实性是被权力所要求或许可的"。

新历史主义实质上在"历史"的研究方面就体现着这种鲜明的文化政治批判意向，它的一个典型的特点就是"文化的政治学"属性。"文学与文学史研究走出了象牙塔式的学院式研究，而成为论证意识形态、社会心理、权力斗争、民族传统、文化差异的标本。"[2] 新历史主义所具有的这种政治性，并不是说要在现实界去颠覆现有的社会制度，而是要在文化思想界对社会制度所依存的政治思想原则加以质疑，并进而发现被主流意识形态所压抑的那些不安定因素，以此揭示出这种复杂社会状况中文化产品的社会品质与政治意向的曲折表达方式以及它们与权力话语的复杂关系。在格林布拉特看来，统治权力话语对文学和社会中的异己因素往往采取同化与打击、利用与惩罚并用的手段去消除这些不安定因素，而文化产品及其

---

① 周宁：《有关历史剧讨论的讨论》，《晋阳学刊》2003年第4期。

② 王岳川：《二十世纪西方哲性诗学》，北京：北京大学出版社1993年版，第466页。

创作者则往往通过反控制、反权威对意识形态统治加以消解破坏。于是在反抗破坏与权力控制之间出现一种张力，并进而达到一种平衡，甚至是为平衡而达到某种妥协。但有时在主导意识形态控制的严密网络下，往往会产生更多的异己力量，而文学的独创性往往成为产生这种异己力量的温床。这样，文学文本在历史中的重要品质就呈现出来了：对既定的权力结构具有内在的颠覆作用，同时，与主导意识形态保持其相对独立性时，又只能依靠这一权威构成自己的“他者”力量。因此，新历史主义文学批评就多集中于对文本与社会秩序及主导意识形态之间的两种根本关系——巩固关系与破坏关系——的揭示上：或侧重于主导意识形态对社会和文学中异己因素的同化、缓解和利用以及后者对于前者的无意识配合作用；或侧重于文化产品对意识形态统治的瓦解作用。

历史剧是通过艺术形象来实现话语权威的大众化，使纯粹的历史思想变成大众世界观，以此来创造出意识形态的整体性。毛泽东常常赞扬郭沫若的正是郭沫若在“以人民为本位”的立场上治史与写历史剧的意识形态意义。郭沫若同时从事历史研究与历史剧创作，他也从不隐讳自己研究与创作的意识形态属性。他表白自己很喜欢将历史人物作为题材而从事创作，或者写成剧本，或者写成小说，也表白过自己的史学与史剧观，说他的史学研究主要是凭自己的好恶，而好恶的标准用一句话来概括就是“人民本位，合乎人民本位的应该阐扬，反乎人民本位的便要扫荡”。就戏剧创作而言，“我们要制造真善美的东西，也就是要制造人民本位的东西，这是文艺创作的今天的原则”①。郭沫若一生三度创作历史剧，试图用历史剧来构筑历史中人民的主体与阶级冲突的动力结构。他早年的抒情历史剧完全将历史现实化变成意识形态的代言，从《卓文君》、《王昭君》到《聂嫈》，叛逆通通变成了革命，聂政慷慨赴死，两位女子也从容殉死。在原始的侠义观念上作者又加上了“均贫富”、“茹强权”的意义。剧中一再提倡“刺杀那些王侯将相”，剧终士兵们听罢酒家女的演讲，一哄而上杀了长官，准备到“山里去做了强盗”，行侠的戏变成了革命的戏。从1920年的诗剧《棠棣之花》到1940年五幕剧《棠棣之花》的定稿，前后写了

① 郭沫若：《走向人民文艺》，郭沫若：《郭沫若文集》（第十三卷），北京：人民文学出版社1982年版，第316页。

22年，不同时代的现实意义叠加在同一个题材上，“百姓”代表着模糊的人民观念，国家主题取代了个人主题，私仇变成了公愤，聂政“铲除国贼”的意义在于抗秦，“于人有利，于中原有利”，国家成为历史剧《棠棣之花》的历史主体，抗战的意识形态开始出现。在40年代初抗战背景下，郭沫若的历史剧创作达到高峰，其直接的灵感就在于要在“历史的精神”中拯救国家与民族意识。《屈原》的成功就在于它获得一种意识形态的整体性，而到了《孔雀胆》中，这种整体性就受到了威胁，阶级主题（镇压农民起义）、民族主题（协助梁王异族政权）与个性主题（段功与阿盖的爱情）无意间陷入一场意识形态的冲突中。批评界开始出现指责之声，作者几经修改才使得剧场演出效果良好，“如果《棠棣之花》的意义断层显得突兀，说明历史剧结构意识形态的困难，《孔雀胆》则从另一个侧面说明历史剧中意识形态结构本身的脆弱”①。

历史剧的创作和现实的关系是如此的密切，在某种意义上不能不说是现实激发了剧作家们的创作灵感，受到现实的启发、激发或触发的史剧作家向历史取材，所以，进入到史剧作家审美视野中的历史文本也必然地具有现实指涉的倾向，像近几年来的大型系列历史剧《康熙王朝》、《雍正王朝》、《乾隆王朝》等之所以深入人心，关键也在于其中的革新吏治、廉政惩贪等政策以及步履的艰难与当下的现实是紧密相关的。历史剧在现实语境中被创造出来了，对于剧作家来说，不仅要有历史意识，更要有现代意识，当代的纷繁芜杂、形形色色的历史剧归根结底来说无一不是经过现代意识的浸透的，更有甚者直接抛弃了历史意识，历史成为一具空壳，壳中装的更多的是现代人的观念意识。《英雄》虽然是一部历史题材的影片，但它张扬的却是一种现代性意识。张艺谋在《英雄》里让秦王脱去了他一直披着的那身骂名，换上了一个皇帝的新装，从一个残忍无道的暴君变成了一个为了天下、为了和平忍痛作恶而遭天下人误解的形象，他的地位及重要性就连他所通缉的刺客残剑，也认为是不可替代的，“七国连年混战，百姓受苦，唯有大王才能停止混乱，一统天下。残剑希望我为了天下，放弃刺杀大王”。无名转述的残剑的这一番话实际表明，只有一个霸主才能

---

① 周宁：《从历史构筑意识形态：中国现代史学与史剧的意义》，《人文杂志》2003年第2期。

消除战乱，一统天下，造福人民。如果我们将此番话语放入到我们今天所谓的全球化语境中，就会发现它与另一种话语有着惊人的相似与契合。美国为建立单极世界，独霸天下，常常把自己塑造成和平、民主的卫士，动辄以此为借口向他国发动战争。张艺谋对秦王崇高形象的塑造，对其发动战争而找到的堂皇借口不也正好成为美国为独霸世界而采取的一种文化策略吗？这一策略还体现在对行刺活动的否定上，张艺谋让刺客们最终认识到行刺活动是没有意义的，而对行刺活动的否定实际上也是与美国的反恐活动相照应的。张艺谋曾说这部电影是吸引外国人来看的，在这里，他为了迎合西方话语霸权实际上将这段历史“他者化”了。但是，张艺谋这一策略似乎并没有奏效，他征战奥斯卡却空手而归便可说明问题，为什么会这样呢？我们可以把《英雄》与他之前的《红高粱》、《菊豆》、《秋菊打官司》、《大红灯笼高高挂》等影片作一比较，这些影片恰恰是受到西方人的欢迎的，因为在西方人看来，东方充满了原始的神秘色彩，这正是西方人感兴趣的东西，中国历来是西方人寄予奇异想象的异域之邦，也正是基于此点，张艺谋在他先前的影片里一再将中国“奇观化”：那弥漫着野性的红高粱地、血红的大染坊、神秘的大红灯笼、阴森森的高墙大院、热烈的红辣椒等。“一切都以西方观影者的想象为基准，一次次地确证了西方人关于东方人的种种知识，一次次满足了他们的主体地位，东方成为一个精雕细琢的‘客体’，如同社会历史文化中女性之于男性，等待着西方的欣赏和自我价值的确证。”① 而《英雄》则不同于以往，张艺谋除了在主流话语上对西方采取迎合之外，所展示的是另一个中国形象，那里有为了天下宁愿背负骂名的君王，有舍生取义的侠客，有生死之交的友情，刻骨铭心的爱情，有浸透了中国传统文化特质的武打功夫，散发着诗化般意境美的音乐、画面，更有一支令人胆战心惊的常胜之师，那威力无比的剑阵、整齐的军容、震天的呐喊、动人心魄的铁蹄……总之，一切都是阳刚的，而这恰恰是西方所不愿看到的中国形象，西方主流话语对中国崛起的忌讳与《英雄》所展示的阳刚中国自然产生了很大的冲突，《英雄》逃出了西方观众期待视野中的“奇观化”中国形象，它不再是以一个“被看者”的

---

① 胡谱忠：《当代电影中的“东方主义”与“性别政治”》，《首都师范大学学报》2003 年第 4 期。

身份出现，而成为一种彰显；不再是对西方主体地位的确证，而是一种挑战，因此，《英雄》不见容于西方主流话语，没有得到奥斯卡奖也就是很自然的事情了。尽管如此，它通过现实历史化、历史现实化重新发掘了历史意义与现实的联系，并不将历史看作是与现代无涉的过去某一段时间发生的事情，而看成是在不断的连续与断裂中对当代作出意义阐释的启发文本，从而使过去对文本的阐释成为对今天意义的敞开，对过去意义的发掘成为对当代思想的启示，于是历史与当代、文学与社会成为一种互相阐释的张力结构，而且具有全部的生命。

马克思曾说过："使死人复生是为了赞美新的斗争，而不是勉强模仿旧的斗争；是为了提高想象中的某一任务的意义，而不是为了回避在现实中解决这个任务；是为了再度找到革命的精神，而不是为了让革命的幽灵重新游荡起来。"[①] 因而，历史剧作家对历史文本的艺术阐释和现实语境是密不可分的。

四、当代历史剧的新历史主义阐释

新历史主义在欧美国家主要是作为一个批评流派和一种理论批评方法而存在并发生影响的，当它渗透到文艺创作实践领域中时，这些文艺作品便呈现出新的特点。20 世纪 80 年代后期在国内出现的"新历史小说"的创作活动以及"重写文学史"的文学批评活动便可看作是对这一理论的回应，新历史小说通过书写"家族史"、"村落史"、"心史情史"、"秘史野史"、"外史异史"和"民间历史"来"重构历史"、"调侃历史"、"戏说历史"甚至颠覆历史和解构历史，虽然作为演述的历史剧在表现手法上同小说有区别，但在精神诉求上，新时期以来出现的历史剧却同新历史小说极为相似。再加之新时期以来随着中国经济的发展、社会的转型、大众文化与娱乐主义的日益盛行，荧幕上、舞台上满是秦汉的金戈铁马、唐宋的诗情浪漫、大清的帝王宫廷，面对如此之多的良莠不齐的历史剧，我们就不得不积极地作出回应，对之进行梳理分析，而这些众多的历史剧恰恰是受新历史主义文化影响很深的。

---

① 《马克思恩格斯选集》（第一卷），北京：人民出版社 1972 年版，第 605 页。

（一）戏说历史，消费野史

美国社会学家丹尼尔·贝尔在《资本主义文化矛盾》中认为，后工业社会的中心是组织新技术，从商品社会向消费社会演进。法国思想家波德里亚也在《消费社会》一书中指出：这个崭新的时代埋葬了传统的历史，但这些历史却作为特殊的符号供人消费，这种历史“不是产自一种变化的，矛盾的，真实经历的事件、历史、文化、思想，而是产自编码规则要素及媒介技术操作的赝像”①。的确如此，在全球化的浪潮滚滚袭来的当今时代，随着以消费、娱乐、休闲为时尚的大众文化的全面飙升，历史也成为一种抢手的文化商品，进行着赤裸裸的拍卖与消费。历史剧最初是一种舞台表演的戏剧艺术，也曾经有过非常辉煌的历史，也拥有相当数量的观众，但跟我们现在所处的媒介时代相比则是小巫见大巫了。媒介时代使戏剧和审美都发生了很大的变化，“戏剧的时代化”、“戏剧的电视化”、“审美的屏幕化”都使历史剧发生了很大的改观，消费主义的意识形态在文学艺术的各个领域内调制出一大批消费性的快餐文化，同时也致使历史的严肃性慢慢丧失。综观近年来大部分的历史剧都将历史当作一种消费品，使历史剧变成现代社会的一种文化消遣、一种被商品化的历史赝像！

推算起来，大陆的历史剧创作传统上带有浓重的意识形态意味，以唯物史观为基础构筑批判性话语的正史讲述受到过两次所谓的“野史戏说”风的冲击：一是1992年香港的《戏说乾隆》的播出；二是1998年《还珠格格》的播出。如果说《戏说乾隆》对大陆创作者和广大观众来说还只是在一种被动状态下进行的“娱乐历史”的思想启蒙，那么到了《还珠格格》就绝对是大陆创作者们一次自觉的行动了，它标志着一种从思维到创作的潜移默化的巨大变迁，其后的一大批历史剧，像《铁齿铜牙纪晓岚》、《李卫当官》、《孝庄秘史》等断然改变了传统历史剧的话语体系，放弃了按照严肃历史学的规则去据实虚构的通俗做法，而选择了根据现代人的娱乐需要去凭空虚构。所以我们在荧屏上看到：风流皇帝乾隆又平添了一真一假两个女儿——紫薇和小燕子，演出了一段儿女情长的好戏；生活年代相隔六七十年的刘罗锅和和珅被放在同一个历史舞台上，演出了一场类似

① ［法］波德里亚著，刘成富、全志钢译：《消费社会》，南京：南京大学出版社2000年版，第100页。

“关公战秦琼”的斗智斗勇戏；雍正朝名臣李卫被提前到康熙朝，变成了一个目不识丁、误打误撞的小丑似的角色……这些历史剧主要不是根据正史来叙述，而是有意抛弃正史，出于满足当代人野史想象、渴望而被虚构出来的，王一川称这类历史剧是“严谨的历史叙事体被肢解而以野史叙事体为主导，旨在娱乐当代公众的历史叙述”①。

值得注意的是，那些标榜为严肃的“历史正剧”在商业潮流中也免不了戏说历史、消费野史的倾向。近几年，在社会上引起很大反响的《康熙王朝》、《雍正王朝》、《乾隆王朝》等历史剧都是全景式地展现了一个帝王的一生以及他那一朝的史实，广阔的时间跨度、波澜壮阔的历史图景的展现，表面上看来极为符合人们记忆中正史剧的宏大叙事风格，但实际上无不充满着现代温情脉脉的浪漫怀旧、皇权意识、强权崇拜、清官意识、男权意识、政治斗争加爱情纠葛，现代人的观念和趣味成为情节建构的主要依据。《康熙王朝》就精心构建了康熙、伍次友和苏麻喇姑之间，康熙与朱三太子的妹妹、与容妃之间的恩恩怨怨，甚至还“创造”出了一个康熙之女——蓝齐儿，让她嫁给葛尔丹，于是上演了一场弱女子孤身阻挡两支即将开战的大军的好戏。我们无须去考据这种对于历史人物过于“儿女情长”的人性化处理方式是否符合历史真实，正如《康熙王朝》的编剧所说：“历史上的康熙怎么样我并不知道，只能靠猜想和感情的期待去慢慢靠近他、揣摩他。”② 所谓的历史正剧在这里更像是以正史之形行戏说之实的一次商业话语行为，较为隐蔽地实现编导“历史消费”的艺术创作动因。一些表现历史的电影亦是如此，在电影《秦颂》中，高渐离刺杀秦王的壮举被融入个人恩怨中，抹去了它的悲壮感；在电影《西楚霸王》中，波澜壮阔的楚汉之争被演绎成一段刘邦、项羽和虞姬之间的三角恋爱故事，使历史情感化；在程小东的《古今大战秦俑情》中，秦代的英雄美人生离死别，竟在两千多年后恋情重续，经典的爱情悲剧变成了搞笑的现代喜剧；姜文在《阳光灿烂的日子》中，则把少年冲动与游戏解说为“文化大革命”的原因所在，从而把对历史的痛苦记忆挤出了银幕空间，达到游

---

① 王一川：《皇风帝雨吹野史——我看当前中国的后历史剧现象》，《电影艺术》2002 年第 3 期。

② 王卫平：《历史剧题材电视剧创作的趋利避害》，《文艺报》2002 年 10 月 17 日。

戏历史的目的。

这种新历史主义的历史剧在文本上是一种无深度的平面文化，在传播上它是一种追求平等的泛市民文化，在功能上则是一种游戏性的娱乐文化，作为后现代、后工业社会的产物，新历史主义首先认为，历史并不是连续的，服务于某种含目的性的主体精神的历史，而是一个由多种既相互关联又相互斗争的话语层次组合的复合体；其次，新历史主义坚决摒弃统一性、整体性的确定性，主张历史的多元性、开放性和相对性；再次，新历史主义也不承认启蒙运动所张扬的主体的崇高地位，认为真正的主体只是一种虚构。许多新历史主义历史剧的编导都放弃了对后工业社会可能带来的负面效应的警惕，身不由已地卷入文化工业的惯性轨道之中，甚至抛弃了对精神价值和美学价值的追求，把使用价值和商品价值当作终极目的，使历史剧文本真正成为消费品。

可以说这种戏说历史、消费野史的倾向从一开始就遭到历史学家甚至一些文学批评家的严厉谴责，除了批判它们不尊重历史、背叛历史以外，还指责它们津津乐道于宫廷斗争和皇权至上并有意无意地张扬权谋文化，同时带来一些社会的负面效应，造成当代历史剧的文化价值迷失。这样的批评并不是完全没有道理，但这多少是“历史学家与历史剧作家之间的恩恩怨怨，是两类在利益上相互冲突的社会利益团体之间的恩恩怨怨，也是两个不同的知识领域（历史学家的‘历史’与历史剧作家的‘历史’）之间的恩恩怨怨，是两种不同的人生态度（如‘憨直’与‘游戏’）之间的恩恩怨怨，这里包含了利益上的矛盾，也包含了人生态度上的差异，以及知识重叠时的困惑”①。其实这也与中国传统上“贵史轻文”的传统史官文化所决定的史传文化对文学化表述的轻视有关，但是任何历史作为一种过去时态的存在，就有可供书写和阐释的空间，历史学家在阐释历史，历史剧作家也在阐释历史，只不过他们阐释的方式和途径不同而已，但有一点是相通的，那就是赋予历史文化以新的价值。因此对历史的“戏说”可以被看作是历史的戏剧化表述和阐释，是现代人借此以表达其意识的工具和方式；况且“戏说”也绝不是一无是处的，从古代的小说、话本、戏曲、

---

① 季广茂：《笑谈古今也从容——试论“戏说历史”的文化内涵》，《北京师范大学学报》（社会科学版）2005 年第 4 期。

说书，包括《三国演义》和《水浒传》早就戏说了，为什么我们就不能戏说了呢？生活中的普通民众也正是从演义、传奇中了解历史，也并没有造成多大多坏的影响，“戏说”并不会彻底消解历史的本真存在，它可以说是“民间传说”和现代电子传媒结缘的产物，是古代“说三分”的当代传承，只不过审美地点由“勾栏”、“瓦舍”变成了家庭性的日常接受。虽然戏说历史、消费野史的都是生活在都市中的“传媒人”生产的，但很有“群众观点”，因为文化产品要赢得商业利润，就不得不“媚俗”，揣摩百姓心理，“戏说”的倾向也正是体现了后现代文本的平面化、拼贴化、无深度和历史感缺失的特征。

当然，并不是所有的“戏说历史”都是合理合法或有价值的，但探索总是应该允许的，至少它使屡遭挫折的现代人得到心理上的满足，它给观众提供的不仅仅是声画结合的视听快感，而且也是一种虚幻短暂的心理抚慰，但是娱乐不可能成为历史剧观众的全部需求，文化的充实已经成为有识之士的共识，新历史主义的历史剧迫切需要在文化内涵上的培植上狠下功夫，站在正确的立场上，宣扬先进文化和先进的社会理念，而不是搅混历史的清水使得沉渣再次泛起，混淆人们的视听。

（二）化“大历史”为“小历史”的叙事策略

新历史主义的辩护者海登·怀特在《评新历史主义》一文中指出：“新历史主义实际上提出了一种‘文化诗学’的观点，并进而提出一种‘历史诗学’的观点，以之作为对历史序列的许多方面进行鉴别的手段——这些方面有助于对那些居于统治地位，例如在特定的历史时空中占优势的社会、政治、文化、心理以及其他符码进行破解，修正和削弱。因而，他们尤其表现出对历史记载中的零星插曲、逸闻逸事、偶然事件、异乎寻常的外来事务，卑微甚或简直不可思议的情形等许多方面的特别兴趣，历史的内容在‘创造性’的意义上（我不打算说是‘幻想的’或‘想象的’意义上）可以被视为‘诗学的’。”① 这正是新历史主义批评方法中的一个重要层面：逸闻主义，即“通过构建复数化的小写历史而刺穿

---

① ［美］海登·怀特：《评新历史主义》，张京媛主编：《新历史主义与文学批评》，北京：北京大学出版社 1997 年版，第 106 页。

传统历史‘宏大叙事’的堂皇假面，实现其‘反历史’表述”①。因为新历史主义发现，传统历史文本往往是以一元化的、整体连续的面目出现，而真正的历史则是丰富多彩的，任何一部历史都不可能宣称客观而全面地覆盖历史真理，历史修撰不可避免地受到话语虚构性和权力的编码，所以历史必须通过多元化的历史文本来共同体现。新历史主义正是从此中找到出路，“悬搁‘非叙述、非再现’的真实历史，同时，疏离由强势话语撰写的单线大写的历史，进而通过对小写历史和复数历史的书写来拆解和颠覆大写历史”。

张艺谋2003年导演的中国国产武侠大片《英雄》便是新历史主义历史观念的一个成功运用，这部影片不仅在艺术上取得了相当的成功，给我们提供了一场视觉的盛宴、一次景观的神话，更在叙述策略和创作理念上暗含了新历史主义的历史观。《英雄》讲述的是关于“刺秦”的故事，一个陈旧的主题却包含了颠覆历史关于秦王以及“刺秦”的种种权威说法的观点。无名是一个类似荆轲的角色，却没有“壮志未酬身先死”，而是在掌握了有利时机的那一刻选择了放弃，这是对“剑客”的重新理解。如果说无名这个角色只是一个虚构，允许导演有很大的发挥余地，而秦王是历史人物，定型化的暴君形象早已深入人心，但《英雄》里的秦王很人性化，他对“和平”的感悟有着极大的人文关怀精神，俨然一个哲学家。很多人看后不禁怀疑，这是秦王吗？这是历史吗？张艺谋在这部影片中给我们提供的就是一种新的解读历史的视角。怀特认为，世界上并不存在不受人的有限与历史性的制约的所谓独立自主的撰史者，当撰史者对事件的筛选、解释、组织、评介中渗入强烈的政治目的和意识形态动机时，历史修撰的转义性、推论性和虚构性更显得淋漓尽致。既然撰史者不能完全真正客观地“反映”历史，历史就不能是个定论，从这个意义上说，以往在历史书上所说的关于秦王暴政、荆轲刺秦等情节都可以看成一种理论阐释，而怀疑这种理论阐释也是完全有理由的。张艺谋用新历史主义的视角来讲述《英雄》，在这里，“历史”只是一个安置故事和人物的容器，我们不必用已有的历史知识去限制《英雄》中的秦王，影片名为“英雄”，其意就

① 张进、高红霞：《论新历史主义的逸闻主义——触摸真实与“反历史”》，《兰州大学学报》2002年第2期。

在告诉我们，真正的英雄不是无名之类的敢于献身刺秦的剑客，而是心怀天下的秦王，为了天下，他被迫作恶，甚至为此背上恶名，他跟无名感叹："寡人孤独一人，忍受多少责难，多少暗算，无人能懂寡人之心，就连秦朝的满朝文武也视寡人为暴君。"当最后秦王道出"剑"字第三重境界"手中无剑，心中也无剑，是以大胸怀包容一切，那便是不杀，便是和平"时，秦王的形象已经完全被改写了。张艺谋颠覆了固有的对秦王的看法，将现代人的观念写入了作品中，这是一种勇气，正如福柯所说，重要的不是话语讲述的年代，而是讲述话语的年代。这样新颖的诠释超出了观众的期待视野，使影片可看性增强。

这种怀疑历史的方式也让我们对"历史真实"有了全新的理解，历史书写能否保持真实性？在文学语言的修辞下，在记录者的视野内，"真实"仿佛柏拉图的"理式"一般无法企及。很多人以为在影像化的今天，摄影机可以如实地记录一切，"实际历史"会找到承载它的媒体，而看过《阿甘正传》的人一定对影片反讽式地记录美国历史大事的手法记忆犹新，当然也无法忘记美国总统接近阿甘的类似新闻片的镜头。在电脑合成剪辑的影像时代，历史的客观性仍然是让人怀疑的，既然历史存在的可能性不是唯一，《英雄》里的秦王就有合理性，这也体现了秦王作为一个人的复杂性，从而消除史书给予我们的平面的、僵化的印象。

其实从《红高粱》开始，历史题材的影片就开始淡化客观规范的意识形态言说，确立了一种以民间历史和野史为核心的历史叙述方法，使历史档案中没有记载甚至没有留下痕迹的普通人的生存挣扎浮出历史的地表。关锦鹏根据王安忆小说《长恨歌》改编的同名电影便采取这样一种历史言说方式，王琦瑶这样一个人物的塑造，就是作为上海的历史命运的写照。通过对普通人物日常生活的书写，使王琦瑶与上海有了同构的性质，王琦瑶就是上海，上海的历史就是由"王琦瑶"们创造的，通过对大时代的一些边角料的剪裁所塑造的一个女人的命运来展现上海这个大城市的大文化、大历史。

历史剧将新历史主义这种"逸闻主义"的批评策略上升到一个方法论的层面来使用，以达到其颠覆大写历史、"反历史"的功效，但这样的方法一旦形成程式并流于俗套便会丧失其新颖性和陌生化的审美效果，用这种方法建构起来的历史也偶然无定，变化多端，甚至会导致真、善、美的价值维度的缺失。

（三）古今对话，时空穿梭

美国著名学者詹姆逊曾于1985年在北京大学作了一次著名的演讲。在这次演讲中，他曾对现实主义、现代主义和后现代主义三个范畴进行过深入的阐释，认为现实主义是关于货币的，现代主义是关于时间的，而后现代主义是关于空间的。新历史主义历史剧文本则产生了时间与空间的错位与杂糅，时空错位成为它的典型特征。

前面已经提及的程小东执导的影片《古今大战秦俑情》中，一个爱情故事就可以穿越时空的隧道而演绎得轰轰烈烈、缠绵悱恻。监管营造皇陵圣地的秦朝将领蒙天放在披坚执锐之余，竟不顾秦朝的禁令，与奉旨东渡蓬莱寻觅仙丹的方士徐福所率领的五百童男童女中的美人韩冬儿一见倾心，生死相恋。事发后蒙天放被活活泥封铸成秦俑，韩冬儿则投入烧制兵马俑的窑炉自焚殉情，俨然上演着一幕惊心动魄的古典悲剧。但是，当这一爱情故事被移植入20世纪30年代时，终于复活了的“秦俑”蒙天放却为飞机、火车和医疗器械等现代文明代码所包围而笑话百出，最令蒙天放困惑不解的是当年血染俑窑的韩冬儿，转世后却成了追名逐利的三流影星，对风流倜傥的大明星白云飞百般献媚，山盟海誓的古典爱情终于曲终人散，剩下的只是一场三角恋式的现代闹剧。因此，《古今大战秦俑情》实际上拥有古典和现代两套文化代码，但彼此的沟通并不是新的秩序的整合，而是不同风格的拼凑，宛如一场对抗激烈的足球比赛的游戏，表面上看起来你中有我，我中有你，却是判然两队。影片这种现代爱情闯到古代社会而悲剧化和古典爱情进入现代社会而喜剧化的混杂格局，似乎成为古典和现代历史相互游戏的大杂烩。

与《古今大战秦俑情》中古人进入当代社会不同的是，由香港导演庆伟建根据黄易小说《寻秦记》改编的同名电视剧则是将今人放入了古代社会。《寻秦记》描写了21世纪的特种兵项少龙参与时光机器的试验，被送到两千多年前的战国时代。为了生存，他根据自己的历史知识，努力寻找秦始皇，希望完成任务后能够再次返回21世纪的香港，却不幸被卷入了战国诡异复杂的政治军事斗争中。由于项少龙的“未来人”身份，使他比当时的任何人都清楚历史发展的趋势，从而进行正确的抉择，他的现代人的观念、思想和感情使他在战国时代特立独行，魅力非凡。在寻找秦始皇的过程中，他发现一直被赵国侯爷赵穆所软禁之人根本就只是个替身，真正的嬴政早已被秘密地送往城外一穷苦人家寄养，更加出人意料的是，在项少龙的查探下，竟得知真嬴政已经死于战乱，为了求生存，也为了安慰嬴政之母朱姬，项少龙忽发奇想，让自己的徒弟、赵国公主赵倩的表弟赵盘冒充嬴政并回到秦国继位登基。可以说，秦始皇嬴政完全就是由项少龙一手炮制出来的，他由软弱无能的赵盘而摇身一变成为残暴无道的秦始皇，作者有意地提醒读者观众，如果不是主角现代人的身份，结局将是另一种局面，其意味就在于：历史是今人创造出来的，或者说是今人介入历史与古人一起创造了历史。

历史话语的这种“古今同戏”无不表明后现代主义的空间性，历史与现在拆除了深度模式而被置于同一平面上，人成为空间的存在，可以自由出入往返于古今之间，时间被彻底消解了，这就从根本上动摇了自启蒙运动以来就一直统治着人们的时间观念。启蒙运动对现代科学技术的崇拜，导致了理性对自然、社会和个人的全面控制，其中突出地表现在对时间的信仰上，将时间界定为客观性、一维性和均匀连续性的存在。现代人的时间意识从属于生产的绝对命令，代替了工作和庆祝的节奏，“时间就是金钱”，“时间就是效率”。出于对这种从属于生产的时间观念的不满与抗争，人们便借助于历史话语的“古今同戏”成为一群逃离家园的孩子，在先人苦心经营的精神空间的边缘上四处流浪，以此摆脱时间刻板无情的压迫而纵情于想象的自由和生存的娱乐。

然而，这类“古今同戏”的历史剧，在商业社会的今天以形形色色的面目出现在港台、大陆的荧屏上，你方唱罢我登场，大有愈演愈烈之势，但大多又都是“高概念”的制作，高投资、高技术、高级视听效果、大牌男女明星以及叙述能力的弱化成为它们的共同特征。显然，这类历史剧的目的完全是为了追求流行，弥漫着浓重的商业气息，隐约可见金钱和声誉这一社会主宰通货的操作，于是，“叙述变成了拜物，游戏转换为生产，历史的话语在解构历史的同时却又面临着自身解构的危机”①。

---

① 范志忠：《新历史主义视野下的当代电影》，《当代电影》1997 年第 2 期。

五、小结：通向一种影视史学

历史剧最初是一种舞台表演的戏剧艺术，主要是以戏曲和话剧的形式出现的，随着电视、电影的出现，戏剧本身受到比较强烈的冲击，陷入了一定的生存困境当中。在舞台上，表演的历史剧的数量也比较少了，而当代的历史剧正以历史电视剧和历史电影片的方式出现，历史剧和现代传媒联袂，获得了很大的生存空间，而且，由于屏幕的传送使历史剧更容易走进千家万户，所以和过去相比较，现代对历史文本的张扬力度是巨大的，并且正在逐渐发展成为一门新的学科即影视史学。

“影视史学”一词最早出自美国学者，新历史主义的领军人物海登·怀特于1988年在美国权威历史刊物《美国历史评论》上发表的《书写史学和影视史学》一文中，创造了“historiophoty”一词，以之和传统的“书写史学”（historiography）相对应，并将其定义为：“以视觉影像和影片语言来传达（represent）历史以及我们对历史的见解。”[①] 后来，台湾中兴大学的周梁楷教授首次将其翻译为“影视史学”，以“史学”这个名词来强调“historiophoty”是一门学问，并应有自己的知识理论基础，他还扩大了影视史学的概念，认为任何以静态或动态的图像给人们传达对于过去事实的认知，都应算是影视视觉的历史文本，而对这些文本的思维和论述所做的探讨分析就是“影视史学”。他指出：“以任何影像视觉符号中所呈现过去的事实，其成果（或成品）例如有远自上古时代的岩画，历代以来的静态历史图像，以及近代的摄影、电影、电视和数字化多媒体都算在内。”[②] 从这个角度看，历史影片、战场、遗址、文物、雕塑、建筑、图画、图像等都是影视史学的研究对象。再后来，复旦大学的张广智先生又最早将其介绍进入大陆学界，之后，“影视史学”一词便沿用下来。

应该说，影视史学是一种全新的历史研究方法，摄影机、照相机、录音机、影印品、电影电视等都被用来追叙往事和历史人物，影视资料与实

---

① Hayden White, Historiography and Historiophoty, *American Historical Review*, 1988 (5).

② 周梁楷：《影视史学：理论基础及课程主旨的反思》，《台湾大学学报》1999年第23期。

物资料、口述资料、书写史料相互印证，开拓了人们传统的历史思维模式，使文字的思维与图像的思维融为一体，影视史学作为一种新的历史思维模式和表述方法，使人们突破了长期以来的“读”、“写”历史的传统模式，从此能够“看”、“听”历史。可以说，它是历史大众化的最佳方式，它以其独特的难以忘怀的魅力，使大众从日常生活娱乐活动中不自觉地接受历史知识，拓展自己的历史智慧。

其实，这里所谓的“书写史学”和“影视史学”与我们前面提到的“文述”和“演述”是相对应的，它们最大的相同点就在于其叙事性，从“书写史学”来说，无论是编年体史书、纪传体史书还是国别体史书等，虽然有的侧重写人，有的侧重议论，但都是以史实为血肉的叙述，对于影视史学来说更是如此。但这种叙事只是历史的表达方式，并不蕴含着“如实”叙述的含义，尽管“实录”是历史学家毕生孜孜以求的目标。可以毫不夸张地说，无论是书写史学还是影视史学都掺杂有作者主观的思想印证，当然这并不是强调二者的虚构程度如何如何，而是说，作者在编写的过程中做不到完全的客观。因为，编撰本身的主观性是受意识形态等多种因素影响的，即便是历史文献或史料编撰，也绝非是简单的资料陈列，而是自觉或不自觉地在某种思想支配下进行的。例如作为中国古代封建社会的史书，无论是《二十四史》还是《资治通鉴》，都是为统治阶级服务的。对于影视史学来说，这种主观因素的影响就更加明显了，在历史影片中都注入了导演、编剧对历史的激情，换一个角度来理解，也可以说二者都经过了艺术加工和润色。怀特在谈到影视史学和书写史学在这一点上的相似性时说，每件书写的和影视的历史作品一样，必须经过浓缩、移位、象征、修饰的过程。中国历史名著如《史记》、《左传》、《资治通鉴》等都是经过艺术加工的，只有经过文字上的润色的历史名著才能吸引读者，也因此才能达到撰史的目的。而影视史学中艺术加工的成分则更多一些，这当然也是由影视这种表达传播方式的本质所决定的。

这二者之间最大的不同恐怕也莫过于其载体或媒介的不同。影视史学的载体是一种比纸质媒介更新颖的载体，通过声、像、文全方位的视角来展现历史。这一点虽然很容易看出，却是至关重要的。载体的不同就决定了二者给受众带来的感受不同，影视史学有摄人心魄的震撼力、更丰富多彩的表现能力、更广泛的受众阶层，对此，书写史学是难以望其项背的。

再者，影视史学的产生往往是以书写史学为基础的，而且往往是在书写史学基础上经过提炼、选择，并且加上更多虚构的成分，如果说书写史学是对历史文本的第一次加工，那么影视史学就是对历史的再次加工。如热播的历史剧《康熙王朝》、《雍正王朝》等均是参照史书或根据同名小说改编的。历史学家一定要以宽容之心待之，何况现存之历史资料中没有记载的东西并不意味着在现实中不存在。最后，这二者产生的时代及关注点也不相同。影视史学从某种程度上拓宽了史学的研究范围，在书写史学笔下，史学的关注点主要是政治军事史，而且是精英人物的政治军事史，内容较狭窄。而影视史学则广泛地涉猎到了社会生活的方方面面，婚嫁、娱乐、饮食、衣饰等无所不包，并常常通过描写名不见经传的小人物去挖掘历史的内涵。

虽然影视有如此的魅力，电影、电视独特的叙述能力刺激了大家想要跟过去对话的企图，而且有的时候一些影视制片人常常宣称这就是最“准确”、最“真实”的历史，许多观众也会信以为真，但影视真的能取代历史著作吗？这当然是不可能的。影视跟戏剧、小说一样，虽然可以激发想象、娱乐大众，但是绝对没有办法取代广泛搜集资料、缜密推理分析的历史著作，况且，没有这些严谨的历史著作，也绝对没有影视的历史，影视史学与书写史学就如同一枚硬币的两面，既无法分开又不能完全等同。

最后，有一点是我们必须澄清的。虽然我们始终致力于用新历史主义的方法论来研究当代历史剧，但也不能深陷于新历史主义的沼泽。以怀特为代表的新历史主义把历史归结为文本，而将那个实实在在地发生并产生影响的真实事件彻底放逐了，让它成为一个不可捉摸的“理式”。但是，“历史”首先是实实在在的历史事件，其真实性首先表现为先于文本的存在，而不是文本。人类在20世纪经历了两次世界大战，大战给世界带来的灾难、给人类带来的痛苦是实实在在的，并不是可以简简单单地归结在文本之内的。“二战”期间，法西斯纳粹屠杀了数以百万计无辜的犹太人，然而纳粹罪犯在接受审判时却对这一大屠杀矢口否认；侵华日军在南京大屠杀使30万无辜生灵涂炭，然而这一惨案至今却仍被日本正史所排斥，他们企图改写历史文本的事实也恰恰说明，如果把历史仅仅等同于文本会造成什么样的后果。对于这一点，我们显然应该诉诸我们最起码的良知而坚定自己的信念。所以，对于怎么样来看待历史叙述，张隆溪先生说：“历史并不仅仅是历史文献的简单汇集，而是包含人的因素在内的一种叙述，历史的叙述提出某些问题，而且在可能的范围之内作出对问题的回答。作为人的叙述，历史很可能有不少错误和纰漏，更不用说意识形态的偏见和盲点，但是在层层的关系网络下面，在描述和假想的对话或动机下面，总是有一个可以验证的事实的核心，可以作为一切叙述的基础，这个事实的核心再加上非语言的人类器具、遗物和考古发掘出来的物品，就构成判断历史叙述真实程度的坚实基础。”①这样说当然不是要推翻我们前面所作的论证，而是对于我们理解无论是新历史主义还是历史剧都是很有意义和帮助的。

第二节　新历史主义与当代纪录片创作

一、当代纪录片的概念内涵

纪录片研究不得不直面的一个问题就是纪录片的定义。在日常语言文字的使用中，“记录”与“纪录”通常可以互换，其实，二者的界限十分清楚：当“记”与“纪”皆用作动词时，“记”主要偏重于具体的动作，而“纪”则更偏重于动作的过程；“记”局限于客观地描述人物的动作，而“纪”则除了客观地表现人物动作之外，更强调一种主观的施动过程。因此，“纪录”不等同于“记录”。② 显然，“纪录”强调客观描述和主观参与的并重。再来看看“纪录片”在英语世界的原初定义，自弗拉哈迪首次使用了“documentary”一词后，格里尔逊将其界定为：纪录电影“是对

---

① 张隆溪：《历史与虚构：文学理论的启示和局限》，见张隆溪：《中西文化研究十论》，上海：复旦大学出版社 2005 年版，第 266 页。

② 林少雄：《纪实影片的文化历程》，上海：上海大学出版社 2003 年版，第 13 页。

现实进行创造性处理”的影片。[①] 这里同样也强调了人为的主观“创造”因素。其实，纪录片的定义是一个开放的框架，它的内涵是随着人们认知的改变、随着人文思潮的转型和科学技术的发展而流变的。“纪录片”至今还没有一个明确且被公认的界定，也只是“一个没有确切指涉的措辞”。

中国纪录片的发展经历了所谓的“影戏时代”（1895—1921）、“科学和民主时代”（1922—1932）、“烽火时代”（1932—1949）、“英雄时代”（1949—1983）、“形象化政论时代”（20 世纪 80 年代）以及“新纪录运动时代”（20 世纪 90 年代至今）等六个阶段。[②]

自 1895 年到新中国成立前，纪录片发展缓慢，没有成熟的纪录片制作理念和技法，停留在对一些历史事件的简单摄录上。即便如此，它也为中国纪录片的发展奠定了重要基石。直至 1958 年中国电视台的创建，作为最能体现电视这一电子媒介特色和优势，并常常以其创作水平当作衡量一家电视机构自办节目水准标志的电视纪录片就起步了。电视纪录片从此在中国获得了强大的生命力，而纪录电影一直不景气，始终没能获得与电视纪录片并驾齐驱的地位，职是之故，这里将侧重于电视纪录片的探讨。

初期的纪录片，由于当时的观念和技术的原因，既没有注重电视的特性，也没有注重纪录片的特色。样式和风格上主要接受了苏联“概述片”模式和把纪录片当作“形象化政论”等观念的影响，这种影响一直持续到 20 世纪 80 年代。到这时候为止的电视纪录片创作不仅数量不多，风格样式上也是单调的。造成这种问题的原因至少有三方面：一是当时政治形势导致的一种“左”的社会思潮，片面强调艺术的教化作用，这直接影响到纪录片的题材和创作手法；二是对纪录片的本质特性还缺乏理解；三是这时在美学方面，虽有蔡仪的“自然派”与李泽厚的“社会派”之争，但主要集中于美的主客观属性上，尚未形成完整的体系。

对纪录片的研究，在中国一直以来是个比较薄弱的环节。在 20 世纪 90 年代以前，尽管我国已经有了专门生产纪录片的新闻纪录电影制片厂、

---

① 单万里主编：《纪录电影文献》，北京：中国广播电视出版社 2001 年版，第 6 页。

② 参见方方：《中国纪录片发展史》，北京：中国戏剧体育大学出版社 2002 年版；吕新雨：《纪录中国：当代中国新纪录运动》，北京：生活・读书・新知三联书店 2003 年版。

科学教育电影制片厂，但由于政治等因素的影响，对纪录影片的理论研究仅限于创作方法上的研究。关于这方面的专著以及研究文章寥若晨星，直到80年代末90年代初，随着纪录片《望长城》在中国引起轰动，以及中央电视台《生活空间》栏目的开播，纪录片的理论研究才有了一个质的飞跃。纪录片的这些研究，大致可分为以下六类：

第一类，研究纪录片的起源与历史，这主要以翻译与介绍国外纪录片的起源与历史为主。著作方面主要有《纪录电影的起源及演变》（[法]巴桑、索维吉著）、《电影与探险》（[法]巴赞著）、《格里尔逊与英国纪录电影运动》和《英国自由电影》（[英]劳维尔著），以及分别反映德国、美国和日本纪录片历史的《德国纪录电影的双重困境》、《美国真实电影的早期阶段》、《战后日本纪录片的变化与发展》等。

第二类，以介绍纪录片的导演与作品为主。目前的著作主要有：《先驱者的足迹——纪念早期的纪录电影大师》（单万里著）、《一个电影制作者的探索——弗拉哈迪的故事》（[美]弗拉哈迪著）、《纪录片经典大师的经典纪录片》（[美]鲍德威尔）、《故事片大师的纪录片杰作》（[美]金德著）、《一种纪录精神的纪念》（吴文光著）等。

第三类，研究纪录片创作的方法与技巧。主要著作有：《纪录片创作论纲》和《纪录电影创作导论》（钟大年著）、《学谈新闻纪录电影》（陈光忠著）、《谈纪录片摄影师的素质》（李则翔著）、《故事影片纪录化——新的表现手段》（[俄]图洛夫斯卡娅著）、《摄影机和我》（[荷]伊文思著）等。研究这些著作可以对纪录片的创作手法有一个较为全面的认识。

第四类，研究纪录片的理论与美学。这方面的著作有《纪录电影的首要原则》（[英]格里尔逊著）、《维尔托夫论纪录电影》（[俄]维尔托夫著）、《电影宣传的威力——神话还是真实》（[英]李弗斯著）、《什么是纪录电影》（聂欣如著）、《真实：纪录电影的基石》（周欢著）、《中外纪录片比较》（张雅欣著）、《生存之镜》（姜依文主编）、《影视人类学概论》（张江华等著）等。这些著作有利于了解与研究中国目前纪录片创作的理论与美学状况，对于研究历史上纪录片的创作理论与美学特征有一定的启发。

第五类，研究电视纪录片的现状与理论。这方面的著作有《电视纪录片》（石屹著）、《电视纪录片的界说》（任远著）、《国外电视纪录片的发展趋势》（赵淑萍著）、《中外电视纪录片的历史与现状》（陈汉元著）、《当代中国的电视纪录片运动》（吕新雨著）。这些研究有利于我们廓清中国电视纪录片的发展脉络与现状。

第六类，研究纪录片的现状与未来。这部分的著作，仍然以介绍西方的理论为主，具体的著作有《当代纪录电影概观》（[美] 巴尔诺著）、《法国真实电影节与世界的纪录电影》（[法] 彼拉尔著）、《多元共生的纪录时空——90年代中国纪录片的文化形态》（张同道著）等。

中国纪录片的传统研究多集中在对纪录片文本的解读和技法的探讨上，运用西方文论话语对纪录片的分析和批判较为少见。研究视野较为广阔的包括：林少雄的《意识形态的艺术美化——莱尼·里芬斯塔及其纳粹电影》、张巍的《纪录与虚构——从尤里斯·伊文思的创作历程看纪录观念的嬗变》以及译介文章《非虚构电影与后现代主义怀疑论》、《纪实影片与女权主义及同性恋文化》等。这种多元文化视域的研究为纪录片的探索开辟了新的天地，我们试图以新历史主义的理论介入对当代纪录片的分析和探讨，这始于对当代纪录片研究范畴的界定，而谈到当代纪录片就不得不提及西方的"新纪录电影"。

20世纪80年代末90年代初，西方发达国家悄然兴起"新纪录电影"思潮。这种纪录片的创作思潮，是在西方后现代主义语境下出现的一种纪录形式。在这种思潮的影响下，纪录片与故事片的界限模糊了，虚构与非虚构的边界也融合了。"新纪录电影"的概念最先是由美国电影理论家林达·威廉姆斯提出来的。他在《没有记忆的镜子——真实、历史与新纪录电影》中一开始就道出了电子时代的影像给人带来的困惑：在利用计算机炮制画面的电子时代，摄影机是可以"撒谎"的，影像已经变成了对真实的歪曲和篡改。[①] 例如在故事电影《阿甘正传》中，阿甘与肯尼迪、约翰逊、尼克松三位美国总统握手交谈的镜头。三位总统是真人而非演员，影片中那逼真得无可挑剔的场景几乎让我们相信历史上确有阿甘其人，"阿甘神话"曾经在历史中真正上演。他正是意识到了"真实是无法被保证"的危机，开始了他的"新纪录电影"研究。

---

① [美] 林达·威廉姆斯：《没有记忆的镜子——真实、历史与新纪录电影》，见单万里主编：《纪录电影文献》，北京：中国广播电视出版社2001年版，第576～593页。

“新纪录电影”的特征可以概括为：①积极主张虚构的纪录电影；②否定传统定义的纪录电影；③关注历史问题的纪录电影；④拥有大量观众的纪录电影。[①] “新纪录电影”积极主张在纪录电影创作中采用虚构手段，目的在于更好地揭示真实。威廉姆斯在《没有记忆的镜子——真实、历史与新纪录电影》中概括了这种纪录片创作的新倾向：“有一个共同点满足了部分观众对了解现实的渴望……表现的真实与人们期待的纪录电影的真实相吻合，这种真实是由纪录电影作者操纵性地制造和建构的。”

中国当代纪录片直接受到这种创作思潮的影响，秉承了新纪录电影的特征，将创作者“操纵性地制造和建构”融入到纪录片里，破除了虚构和纪实的两极对立。认为主观介入和虚构是为了满足人们对“了解现实的渴望”而通向深度的真实。这种新锐的思潮在中国20世纪90年代以来的纪录片实践领域也取得了丰硕的成果，以《生活空间》的开播为标志，出现了大量独立制作、先锋试验性质的纪录片，官方主流也吸收这种潮流的可取之处，形成了多元共生、蓬勃发展的态势。

当代纪录片对现实和历史“操纵性地制造和建构”与文学、历史的情节编排、主观重构的内在一致性成为我们关注的焦点。怀特认为：只要史学家继续使用基于日常经验的言说和写作，他们对于过去现象的表现以及对这些现象所作的思考仍然是“文学性的”，即“诗性的”和“修辞性的”；他们通过那种修辞理论和话语的情节化，把过去事件的外延和内涵的含义这两种维度联系起来，以赋予过去的事件以实在性，也赋予它们意义。[②] 纪录片，同样是创作者在众多素材的选择中，不可避免地打上了主观介入的烙印，通过素材的编辑、镜头语言的“修辞”和情节化的建构创制出形态各异的纪录片，以“赋予过去的事件以实在性”和意义。本文正是在此种意义上展开的，首先我们从在新历史主义的理论之光照射下所呈现出的异彩纷呈的当代纪录片景观开始我们的探索之旅。

---

① 单万里：《认识“新纪录电影”》，见林少雄主编：《多元文化视阈中的纪实影片》，上海：学林出版社2003年版，第281～307页。

② ［美］海登·怀特著，陈新译：《元史学：十九世纪欧洲的历史想像》，南京：译林出版社2004年版，第1页。

二、当代纪录片的新历史主义特征

（一）情景再现中的延展时空

在新历史主义视域中，历史的“具体性”、“多样性”、“特殊性”、“复杂性”和“异质性”特征空前突显出来。纪录片所面对的历史和现实同样具有这些特点。纪录片虽以其“像似性”、“逼真性”、“直接性”的纪实特点，貌似可以镜子般地“影射”现实。然而，复杂、多元、异质的现实让再多的摄录都显得力不从心；表象的真实也不能等同于本质的真实；纪录片所纪录的“这一个”已远不是客观存在的原貌了。“现实存在”被无情的时间永久地制压，被社会空间、文化差异、意识形态等因素暂时性地延宕，也就变成了一些难以及时捕捉得到的突发性事件，变成了一些难以挖掘得到的私密性的生活场景，也变成了人物的内心感受，诸如推测、想象、感觉等主观因素。

显然，面对这些局限和困惑，纪录片所谓的“客观纪实”必须与主观建构相结合，借鉴书写史学的方法，重构历史，记叙历史。当然“历史并不是一个文本，因为从本质上说它是非叙事的、非再现性的；然而，还必须附加一个条件，历史只有以文本的形式才能接近我们，换言之，我们只有通过预先的（再）文本化才能接近历史”①。我们只能通过史书、纪录片之类的经过编码的文本去接近和触摸历史的真实。

纪录片在追述已然逝去的历史的时候，许多历史性事件的情景无法得以纪录而造成的影像的缺席使得叙述出现了一个个“断点”，② 于是在追述的当口，仅仅采用纪实手法是无法摄录、表现并呈现出这些形象化情景的。这时，情景再现便成为纪录片创作中的一种弥合、延展、建构、表意的重要手段。我们看到当代纪录片中的“情景再现”与新历史主义的“逸闻主义”（Anecdotalism）是同气相求的。这里的“逸闻”即“关于真人真

---

① ［美］弗雷德里克·詹姆逊著，王逢振、陈永国译：《政治无意识——作为社会象征行为的叙事》，北京：中国社会科学出版社 1999 年版，第 70 页。

② 断点：计算机网络术语，如断点续传、内存断点等。在此为隐喻之用，意为中断、断落，无法呈现、延续之意。参见刘洁：《纪录片——在影像纪实的断点处转弯》，《南方电视学刊》2006 年第 4 期。

事的短小的，通常是有趣的故事”，新历史主义视其为真实生活遗留下来的“踪迹”并用它来表达其对真实的追求。“真实再现”是情景再现的另一表述形式，“真实”二字注定了这再现是有根据地还原，不是凭空地捏造杜撰，而是构筑于“事实核心”基础之上的再现，是通过历史遗留下来的“踪迹”和碎片来重现其形成过程的。逸闻主义力图触及的真实，“是氛围的真实，是语境的真实；是一抹真实的余晖，是一张真实的存照”①。其实，新历史主义强调的逸闻主义和当代纪录片的情景再现都是将历史的形成过程“重构”出来，而不是将它真正“再现”出来；这是“虚灵”的真实，而不是“实体性”的真实。

当代纪录片，尤其是在历史题材的纪录片中，对情景再现的手法运用颇多。创作者通常以历史证据和“踪迹”为事实核心，通过演员的搬演，或营造场面，或渲染气氛，或形象呈现，或通过一些虚拟技术来再现一些不复存在的遗迹，不仅弥补了纪录片创作过程中历史影像资料的匮乏，甚至对全片的画面语言起到一种支撑作用，它连接了历史的断点，营造出一种强烈的时间和空间感，通过这些手段来推动叙事、渲染情感、表现细节、制造悬念，使得纪录片更加情节化、情感化、戏剧化，甚至是枯燥的科学纪录片、揭秘性的纪录片也因此可以悬念迭起，出现一些戏剧性的因素。情景再现的手法也就成为历史、传说、文明起源等题材和内容在纪录片叙事中的一种较为理想的负载方式。如今，许多以史为据的纪录片创作，大多采用了这种方式，如《见义勇为之后》（1995，徐欢）、《忘不了》（1995，周兵）、《南京的血证》（1996，王子军）、《中华文明》（2002，陈建军）、《复活的军团》（2004，金铁木）、《圆明园》（2006，金铁木）、《故宫》（2006，周兵）等等。

情景再现在我国纪录片中大规模地运用始于20世纪90年代中期的几部作品：徐欢的《见义勇为之后》、周兵的《忘不了》和王子军的《南京的血证》。《见义勇为之后》讲述的是20年前一个青年工人见义勇为跳进水中去营救落水儿童，没有想到，这不过是孩子的一个恶作剧，水的深度没有对孩子造成任何危险，却导致青年工人的瘫痪。当20年后，曾经搭救

① 张进、高红霞：《论新历史主义的逸闻主义——触摸真实与“反历史”》，《兰州大学学报》2002年第2期。

落水儿童的行为已成“过去时”时，编导便采用了“真实再现”的创作技法，来“搬演”了当年的“现场”情景。《忘不了》讲述的是“二战”期间日军在完县制造的一起惨案。影片采用了两条线索，两种叙事时空互相交织的手法来表达：一是通过搬演，再现了抗战期间日军进攻完县并进行大肆屠杀的场景；二是采用了纪实的手法，纪录了当时作曲家刘志教孩子们演唱童谣，孩子们由完全不会到非常熟练的过程。《南京的血证》讲述的是南京大屠杀中，一个当年的孩子将日本人拍摄的屠杀场面的照片作为证据保存下来的故事。其中，编导采用“搬演”的手法，再现了日军在南京的残暴行径，以及一个日本军人来到这个孩子家里的场景。

透过这三个故事的演绎，我们看到这些纪录片不再固守传统叙事的讲述方式，真正打开了视听语言双讯传播的通道：声音讯道和画面讯道。编导在事实调查的基础上，依据历史证据和遗留“踪迹”情景再现了缺席的影像叙述，画面呈现成为具有独立意义的表述方式，塑造出有过程、有故事的动态视觉，已不再是声音方式的简单附庸。传统纪录片中画面在叙事表达中实际上所处的“失语”状态得到根本改观。①

在空间里阐释时间，这是纪录片《故宫》的一个显著特色。创作者在对故宫的实景拍摄中，通过“情景再现”的搬演等虚构手法，在建筑的、凝固的、依存的空间中“活化”了历史，使历史的河流重新在我们的眼前流淌。纪录片《故宫》为观众形象地呈现出“一个既古老又新鲜的故宫”②。在历史的情景再现中，几乎所有的虚构“搬演”镜头，创作者都进行了虚化、模糊化（影像模糊、表现模糊）的处理，使观众清晰明了叙事的主线与虚构手段的辅助地位。通过搬演人物的动作细节，复现当年的场面、气氛，使纪录片的虚构表意以自身的形象性、丰富性与历史事实的叙事融合、并进，充分发挥了纪录片虚构的表意功能，以多维度的表现手法，步步逼近史实。

同时，创作者通过一些场景的辐射、旋绕，通过一些镜头的设计、剪辑、特写的运用，使观众感受着当年的情景，例如：用一组忙乱的脚步展

---

① 孙振虎：《历史的影像化语境——试论电视纪录片的情景再现模式》，《当代电视》2000 年第 3 期。

② 纪录片《故宫》中故宫博物院副院长语。

现出宫廷内的慌乱情况；用战场上的厮杀声，烘托出当时的战争场面等。在这情景的再现中，“搬演”等虚构表意自然地实现了它抒情、写意、烘托气氛的功能。

“情景再现”虽然以这样的创作技法的形式出现，但由于它甚至有人工搬演的创作“自由”，因而可以让纪录片编导跳出守望者、领路人的角色，转而成为全知全能的叙述者，以这种优越的地位调整纪录片中事件的结构，重新安排叙事线索，把故事片常用的戏剧化的结构方法引入到纪录片中来。巧埋伏笔、捕捉细节、暗设悬念、渲染情感、制造冲突、烘托氛围等常见于剧情片的手法也就嫁接到纪录片中，为影像缺席的历史叙事打开了通往隐匿真实的“豁口”。

大型纪录片《复活的军团》是近年来“既叫好又叫座”的精品之作。该片围绕6个历史问题层层展开：出身于西北高原的秦人为什么能够一统天下（第一集《王者之师》）？秦军使用什么样的武器作战（第二集《血色青铜》）？这支曾经最为强悍的军队究竟如何排兵布阵（第三集《死生之地》）？他们的战斗意志为何历经500年而不衰竭（第四集《关山飞渡》）？两千多年前，在南北数千公里的战线上，他们如何完成后勤运输任务（第五集《举国之战》）？一个500多万人口的国家拥有100万人的军队，秦人的国力怎样支撑战争（第六集《与子同仇》）？[①] 对这些疑问的科学推理最终构成了这部6个分集、全长3个小时的大型纪录片。全片以考古证据和历史研究为依托，复现出重重历史景观，情景再现的手法在这里运用得恰到好处。借鉴故事片的表现形式，抽丝剥茧般地揭示秦军之所以能够一统天下的历史真相。全片充溢着恢弘的史诗气氛。

在《复活的军团》第二集中，编导重现了历史上著名的“荆轲刺秦”事件。首先，纪录片搬演了司马迁撰写《史记》的情景，在微微油灯下，透过密密匝匝的竹简，镜头从神情肃穆的司马迁推到他笔下的文字，对他笔下这一历史事件的详细交代成了“再现”的事实依据。其次，面对具有太多内涵的“荆轲刺秦”事件，编导将讲述的重点放在切合本集内容的“青铜剑”方面。对“荆轲刺秦”恰如其分的再现，既生动地回答了与青铜剑相关的技术问题，又在娓娓道来的故事讲述过程中，活化了历史人

① 见纪录片《复活的军团》。

物，描述了具体细节，编导通过纪录片的生动“再现”，为我们近距离触摸历史的真实提供了可能。

新历史主义要回归的“历史”与传统的旧历史大不一样：其“历史”是作为“开放过程”的“历史”，是对话基础上重构的“历史语境”和“文化氛围”而非“事实本身”。这点在以《复活的军团》为代表的当代历史纪录片中也得到了认同和体认。该片不单以大量的演员扮演重现了各种历史人物，再现了昔日的情景，还以历史“踪迹”的清理、逸闻逸事的发掘为基础情景再现出那段难以寻觅的历史过程，让人感受到“语境”和“氛围”的真实。在《复活的军团》第五集，影片刚刚开始，编剧就以“质疑历史文献”的名义而设问，秦始皇统一中国时，究竟有没有可能拥有一支百万大军？如果该片按照学术论文式的思维方式拓展下去，就难免陷入历史研究的圈套，平铺直叙、严谨却不生动。与此相反，编导似乎并不着急去直接回答设问，而是宕开一笔去讲述一个充满脉脉温情的家庭故事。这个家庭故事的“原型”来自一次名不见经传的考古发现。在湖北云梦县，考古人员发现两块小木板，小木板上写有区区几百个字。就是这两千多年前的几百个字，最终变成该集叙述的灵魂。两块小小的木板，一次简单的考古发现，在编导眼里，却变得非常重要。它既意味着故事、人性和人情，又提供了解决疑问、回答历史设问的钥匙。木板被证明是当时的家信，写信的人正是秦统一战争中两个普通的士兵：黑夫和惊。编导在区区几百字的家信里，不仅看到一个家庭真实的悲欢离合，看到大历史背景下小人物的命运，也通过一个普通的士兵、一个普通的家庭，看到秦军的组织和构成。在编导的人物和情景复现中：我们看到一个当时普通秦国士兵的生活状况，当黑夫在信中焦急地向父母要银两买夏衣时，又从对小人物的故事过渡到秦军军饷这一鲜为人知而又事关秦国军事的重要领域。该片通过对两千多年前秦士兵“家信”这一有趣“踪迹”的探索，对逸闻逸事所生发出来的故事的展开和追问，重构了秦帝国那段不为世人所知的历史。当然这只是编导在历史文献的考证和考古发掘研究的基础上，运用纪录片形式将那个“非叙述、非再现”的历史（history），拆解成了一个个由叙述人讲述的“故事”（his-stories）。

纪录片所表现出的这种对“逸闻逸事”的独特兴趣和对历史“踪迹”的深入挖掘，并不是个别现象，众多纪录片尤其是历史题材的纪录片都对此“情有独钟”。为了更好地延展时空，复活历史场景，当代纪录片还运用写意化方式和现代电脑数字技术实施“情景再现”。

“写意”通常是在画面处理上，除了一般的实景、实物、照片等写实性镜头外，还将画面拍摄重点放在意境营造上的一种再现方式。其最常用的手段有色调变换、再现式的运动镜头、局部特写、影子镜头等。如2002年1月21日阳光卫视播出的《百年婚恋》，该片叙述了郭沫若、鲁迅、胡适的婚姻爱情生活。在解说词说到许广平如何照顾鲁迅时，画面是这样处理的：从点燃的香烟、倒茶的手摇到茶壶再到水杯，再到冒着热气的水杯等等；在讲到鲁迅去世时，特写镜头是一只手垂下，片片雪白的花瓣飘落到地上；而表现朱安祭奠鲁迅的场面，则用了一个演员背影的中景和供品的特写。再如《长征——生命的歌》为了让观众形象地感知红军西去的规模，让数万人举着火把走在昔日长征路上，而具体的人物形象是模糊的，观众感受到的是整个场面。真实再现不重细节真实，而重情景渲染。其目的不是追求逼真的表演，也不是历史场景的简单还原，而是一种意向性表达，是一种历史时空、历史氛围、历史心境的营造。它让观众了解的历史不是一个个具体细节，而是一种特殊的氛围。

2006年10月，由北京科学教育电影制片厂制作的纪录片《圆明园》在全国各大影院上映。该片全长约90分钟，仅三维动画在影片中累计运用就超过了35分钟。在三维仿真电影动画技术和影像效果上创造了纪录片史上的数个“第一”，是我国第一部具有很强的科学品质和史诗风格的纪录电影。第一次在科教纪录电影中创造了将实景和三维动画相合成的艺术氛围，影片采用了当下比较先进的数字中间片技术，[1] 从而创造了非常独特的影像效果。例如，运用三维特效展现大水法的断壁残垣如何一寸寸“生长”成康乾盛世时的宏伟模样；运用FLASH动画效果让故宫院藏古画里的一些人物都活动起来，皇帝的登基大典以及农历新年皇帝在后宫的平民生活等场景都得到生动的情景再现。该片为我们展现出纪录片景致里难得的视觉奇观，枯燥、乏味、沉重、单一的传统讲述方式让位于先进数字技

---

① 数字中间片（Digital Intermediate）就是用数字形式来对拍摄的电影素材进行影调、色彩调整、合成、特效等后期处理的过程，它是处于拍摄和出片之间的，所以叫数字中间片，英文缩写是DI。

术和剪辑技术创造的视觉饕餮。

其实，不管是“情景再现”还是“真实再现”，利用搬演（扮演）、写意、数码特效等手段所重构出来的历史过程和“再现”的历史情景都只不过是创作者所理解的“他／她的历史”（his-stories or her-stories）。罗兰·巴尔特认为：“对于一种完全没有意义的历史来说，它的话语必定只是孤立观察的无组织的罗列，如年表（从这个词的严格意义上说）和编年史就是如此。”① 可以说，当代纪录片对历史元素的再现和重构是在向组织“完好的流动性”和富有意味的历史话语的一种有益尝试。当然，当代纪录片的创作者无意于还原“历史”的本来面目，客观性历史的唯一性、不可还原性和不可复制性，也历史性地成为横亘在纪录片人面前一条无法逾越的鸿沟。

（二）边缘书写下的现实人生

新历史主义在探讨文学与意识形态的关系时，通常采用边缘化的策略：关注边缘人物，撷取边缘史料，采用边缘立场，得出边缘结论。“边缘化”本身所具有的“非中心”潜能，常常使处于中心的各种话语露出破绽，使主流意识形态的深层基础显出裂隙。将“边缘书写”视为主导意识形态的对立存在元，通过展现历史、民间、现实的边缘叙事而对其主导意识形态进行诘问和责难，以此来揭示和彰显自身的独特意义。

兴许当代纪录片中大量存在的边缘书写，不如新历史主义小说和新历史主义影视剧那样锋芒毕露，具有质疑、批判甚至是在一定程度上“颠覆”意识形态的功能。但在某种意义上，这些边缘书写有助于对那些居于统治地位的，“例如在特定的历史时空中占优势的社会、政治、文化、心理以及其他符码进行破解、修正和削弱”②。再者，纪录片中的边缘书写，实际上也扮演了使“主流”和“中心”观照自身、确立自身主体意义和价值的“他者”角色。当代纪录片对平民、少数民族、民间、乡村的特别关注与新历史主义对“逸闻”和历史“踪迹”的找寻也是同气相求的，边缘地带既包含了富有生命张力的自然人性，又积淀了数千年的丰厚文化，具

---

① ［法］罗兰·巴尔特：《历史的话语》，见张文杰编：《历史的话语——现代西方历史哲学译文集》，桂林：广西师范大学出版社2002年版，第121页。

② 张京媛主编：《新历史主义与文学批评》，北京：北京大学出版社1993年版，第106页。

体性、多样性、特殊性、复杂性、异质性和原生态为我们窥视意识形态、权力结构、社会体制、文化习俗、语言规约和话语系统等领域的复杂关联提供了可能，也正是边缘书写为我们触摸历史和现实打开了别样的光影通道。

中国没有深厚的纪录片传统，由于特殊的历史原因，从苏联舶来的“形象化政论”式纪录片几乎成了20世纪90年代前的唯一模式。这些纪录片或执着于意识形态的说教；或沦为具有宣传功能的汇编性“新闻片”，为广大群众提供国家主张的文化、历史和政治教育；或流于对民族精神的讴歌和颂扬，很少有对普通现实人生的关注。在中国纪录片史上，把镜头首次对准民间现实的当推中央电视台《东方时空》之《生活空间》栏目所做的种种尝试和努力。《生活空间》以“平民心态对在政治上和经济上都没有优势的人群进行纪录”[①]，以“讲述老百姓自己的故事”为旨归。首次出现比较完整的“同期声”和“场信息”的纪录片《望长城》与《生活空间》栏目推出的纪录片以其对纪实手法的深入开拓向来受到学界的高度重视，有学者认为它们开启了中国的新纪录运动，实现了中国纪录片的最终成型。[②] 但这也只能是官样化或者说体制内的“平民”视角的产物，如果说《生活空间》推出的纪录片是把焦点投射在普通老百姓身上，开始以“平民”视角关注琐碎芜杂的“现实”，那么独立制作的纪录片和人类学纪录片以其边缘题材和边缘手法对即将隐退的现实人生的深切关注为我们捕获另类“边缘”真实提供了可贵的视像角度。这样的纪录片诸如吴文光的《流浪北京——最后的梦想者》和《江湖》、张元的《钉子户》和《金星小姐》、孙增田的《最后的山神》、段锦川的《八廓南街16号》、睢安奇的《北京的风很大》、王海兵的《藏北人家》和《深山船家》、郝跃骏的《山洞里的村庄》和《最后的马帮》、田壮壮的《德拉姆》等等。

荷兰纪录片大师伊文思曾说过：“纪录片把现在的事纪录下来，就成

---

① 朱羽君、殷乐：《生活的重构》，北京：北京广播学院出版社1998年版，第148页。

② 吕新雨：《纪录中国：当代中国新纪录运动》，北京：生活·读书·新知三联书店2003年版，第295页。

为将来的历史。”[①] 换言之，纪录今天就是纪录历史。从上面所列纪录片目就可以看出这些作品独具的边缘视角：流浪者、卖艺人、钉子户、变性人、老猎人兼萨满（山神的灵媒）、藏北高原的藏民、马帮等之类的边缘“小人物”；少数民族鄂伦春族、“山洞里的村庄”、云南边陲小镇、西藏等极具异域色彩的“边缘地带”；作品也大多以独立制作或体制外的人类学纪录片的形式“站在边缘”，为我们捕获另类的真实打开了独特视窗。

独立制作（或称为民间制作）的纪录片于20世纪90年代开始在中国纪录片舞台上大放异彩。纪录片的“独立制作”随着实践的发展，得以较为宽泛地界定：即由90年代的“文化的自由职业者”或“体制外知识分子”，在脱离官方的制片体系与电视审查制度的情况下，以个人集资方式进行的低成本的、具有相对意识形态自由度的、不以商业为主要目的的纪录片制作方式。这类纪录片把镜头对准了社会边缘人，例如：从《流浪北京——最后的梦想者》中的五个青年流浪艺术家到《江湖》中四处卖艺挣钱的中国式的“吉卜赛”，到漂泊无依的《北京弹匠》，纪录在胶片上的影像往往是主流传媒所观照不到的盲区或有意遮蔽的边缘。下面以吴文光的纪录片《流浪北京——最后的梦想者》为例，详细窥视当代纪录片中所展现的边缘景观。

《流浪北京——最后的梦想者》纪录了五个流浪艺术家，其中画家张夏平、作家张慈均为女性，都来自云南。在那个充满了理想主义和浪漫主义的年代，她们无疑是异端分子，因为在来北京之前，她们都有过正式的工作。能有勇气出走，表明她们具有极强的个性和叛逆性。片中多次出现了作为女性的张夏平与张慈点烟、抽烟的长镜头，而这是主流媒体所不能见的“不雅”。在以往的屏幕上，只有在故事片中塑造反面的女性角色时，才可能出现女性点烟、抽烟的镜头，而在纪录片中几乎看不到类似的镜头。张夏平患有“情感性精神障碍”，在中央美术学院展厅筹备她的个人画展期间，由于精神压力太大，她故疾发作。在摄像机冷静地跟拍下，我们看到发病的张夏平，先是坐到地上，随即又直挺挺地横陈在铺着画纸的地面上，然后镜头慢慢推近，最后定格在张夏平那张因痛苦而变形的脸

---

① ［荷］尤里斯·伊文思著，七海出版者译：《摄影机和我》，北京：中国电影出版社1980年版，第59页。

上。口中发出类似呓语的声音："我是谁？我他妈的我是谁？上帝你听见了吗？你听见了吗？……哎呀，真难受，太可怕了……"在片子中还多次出现发病的张夏平对着镜头骂人、满口脏话的片段。无论是张夏平坐在地上、躺在地上、对着镜头打嗝、还是对着镜头骂人，都是以往官方纪录片中所没有的一种新的视像。以往的纪录片作为官方宣传、教化的一种载体，必然要符合官方所极力营造的一种"健康向上"、"正气凛然"的时代氛围，因此片中的人物一定是站有站相、坐有坐相、言之有物的。像开口骂人，左一句他妈的，右一句他妈的；肆无忌惮地躺在地上、坐在地上等身体姿态很自然地散发着一种颓废，"没一点正经"的意味，是官方所不允许的，也是主流传媒的纪录片的"雷区"。同时，片中的另一主要人物话剧导演——牟森，在所有对着画外讲话的镜头中（大概有15分钟，分几次出现），几乎都是靠着墙角，坐在地上说的。要么是双腿盘坐，双手交叉地放在上面，要么一只腿弯曲，另一只腿直直地伸向画外空间，展示给观众的是他那有点脏的袜底。这样的镜头看似随意，但却包含了一种一反常规的勇气。

从以上的分析中可见，《流浪北京——最后的梦想者》在对迫近"流浪者"的真实上采取了不同于官方纪录片的策略，正是这种边缘化的立场和边缘化的方法将他们置于主流文化中，让人感受到一种"赤裸裸"的甚至是突兀而粗砺的现实。也正是源于这种"民间"的姿态，使得这类纪录片在与官方纪录片的张力中获得了自身独特的价值和意义。边缘化的书写在对主流文化的解构中，完成对日常生活的叛逆，"还原"和"重现"了另类确乎存在又一直被人忽视和遗忘的真实。当然，作品不采用解说词，通过大量使用长镜头和同期声等方式来逼近"现实"，也无法遮挡令人震撼的"逼真"背后的创作者那双操控之手。创作者在努力地接近真实、逼近生活原生态时，其实也在无意和有意间创造了另一种主观建构的真实和"虚灵"的真实。

其实，该片对"最后的梦想者"的流浪人生的刻画呈现出的是一种深度描写的真实，在吴文光后来的作品《江湖》中进一步强化了这种捕捉和刻写现实与历史的方式。不单是都采取"边缘化"策略，当代人类学纪录片中的"深度描写"是与文化人类学和新历史主义源源相通的。"深度描写"（thick description，亦译成"厚描"）是美国当代著名文化人类学家克利福德·格尔兹（Clifford Geertz）在其《文化的解释》一书中所提出的。他在以哲学家赖尔（Gilbert Ryle）有关儿童抽动眼皮的例子，说明生理性的习惯行为和隐藏着深厚的社会文化意义的社会行为的区别时，用深度描写的复杂文化阐释来区别于简单的浅描（thin description）肌肉抽动说。深度描写强调“描写和观察方式的特定化、情景化、具体化，确定长期的、小范围的、定性在上下文背景中的理论前提要求”①。其中包括对当地知识的掌握，了解与他族文化相关的一切细节，尤其是那些未被表现或未被着重表现的，注重对文化事件发生时情景的再现等等。深度描写方法就是不放过任何一个细节，尤其是在过去的调查方法中被忽视和无视的细节，并寻找细节中的有意义联系，因为往往在这些蛛丝马迹般的细节中，能找到规律性的东西。格尔兹认为，“一种好的解释总会把我们带入它所解释的事物本质深处”②。从某种程度上说，“厚描”学说成功地（尽管不无碰巧地）阐明了新历史主义的观念方法，甚至这种文化人类学的观念方法构成了新历史主义的基本特征。

当代纪录片中出现了许多这样具有人类学意义的优秀作品，以其“特定化”、“情景化”和“具体化”的描写和观察方式对丰厚的社会文化涵义作了“深度”阐释。在这方面，孙增田的《最后的山神》可谓扛鼎之作。

《最后的山神》纪录的是大兴安岭鄂伦春族老人孟金福的生活。大兴安岭的鄂伦春族人大多数已经永远地结束了狩猎生活，住到了山下的定居点。而鄂伦春人孟金福则依然保留着最原始的生存方式，信奉火神、月神，万物皆神，尤其是信奉山神，相信是山神给了他猎物和住所。孟金福在很多树上画了山神像，并进行膜拜。每当伐木者将画有山神像的树砍掉，孟金福和其他鄂伦春人都会难过很久。该片忠实纪录了这些鄂伦春人的最原始的生存方式，尤其是他们制作桦皮船的工艺，但是随着这些老鄂伦春人的逝去，古老的传统就渐渐遗失了。纪录片中有很多情节通过镜头的组合成功地完成了叙事和意象建构的过程，一定程度上实现了“厚描”：

---

① ［美］克利福德·吉尔兹著，王海龙、张家瑄译：《地方性知识——阐释人类学论文集》，北京：中央编译出版社 2000 年版，第 21 页。

② ［美］克利福德·格尔兹著，韩莉译：《文化的解释》，南京：译林出版社 1999 年版，第 18 页。

如片中运用六个镜头描述了孟金福在树画神像并进行膜拜的场景。镜头一开始是孟金福在选好的树上砍树皮的近景，紧跟着转接一个仰角拍摄的天空和树冠的全景，两个镜头间用回荡在山林之中的砍伐声串联，再转接孟金福用烧黑的木炭在除去皮的树干上画神像的近景，紧接着接了一个画神像眼睛的特写后，再转接孟金福画好山神像后审视检验的近景，再紧接对画在树干上的山神像拍摄的近景，接下来的镜头是孟金福脱去皮帽、虔诚地跪拜山神的中景，最后再接对山神像的特写。这组镜头通过蒙太奇的手法叙述了信奉萨满教的鄂伦春族老人孟金福所进行的一次宗教活动——图腾与膜拜。从某种意义来说，整个叙事过程都是围绕着对其间一个重要意象进行建构而安排并展开的，这就是山神画像。这个镜头前后联结完成了这次叙事过程，同时这“厚描”镜头也从不同的角度出发为山神画像不断积淀含义。选择树干作为画山神像的“纸张”，强调了萨满教赋予山神的宗教含义——山林的守护神。而仰视天空和树冠的镜头也暗示着无处不在的山神正注视着孟金福的这次宗教活动。画山神像时，镜头表现了孟金福的谨慎和仔细，表达了他对山神的无比敬畏。而孟金福口中念念有词、脱帽膜拜的镜头与山神画像的镜头连接在一起，呈现出一种孟金福与山神进行交流的效果。

总之，山神画像在这里是一种经过“厚描”叙事而被换喻修辞的意象，它象征的不仅是孟金福的宗教信仰，还代表了被现代文明不断侵蚀的鄂伦春族的文化、生活方式等一切传统。这种纪录片的深度描写成为我们建构历史过程和呈现现实状貌的一种有效视像方式，使得我们可以触摸到边缘的隐匿的深度真实，作出意蕴丰厚的文化阐释。

无论是《生活空间》栏目中那些“讲述老百姓自己的故事”的作品，独立制作的《流浪北京——最后的梦想者》，抑或是《最后的山神》、《德拉姆》等具有人类学价值的纪录片都是以一种个体的主观化视角，来纪录另一种属于自我的真实。我们看到，这些作品中对于“边缘”生活状貌采用了一种原生态的纪录手法，但这种手法并不是自然主义的。它们所表达的是一种主观的真实和情感的真实。事件的重要性是属于作者的主观世界的，因而不能用事件在客观世界中所具有的意义和价值来衡量创作的价值。表面上的原生态的背后，是取材、镜头运用、后期剪辑方法上强烈的主观干预。在这种纪录片中，被拍摄的客观事件或者人物只是创作者与欣赏者交流的一种手段，它是以那些客观的人或事作为载体的。它的意义并不只在于让观众通过作品所传达的信息去认识客观世界，而更多在于双方主观体验上的沟通，表达的也只是创作者所营构的“历史”和“现实”。正如纪录片大师伊文思所说：“没有一部纪录影片，甚至没有一部新闻片，是不经过某种的艺术处理就可以摄制成功的。当你为摄像机选择位置的时候，影片的艺术就开始了。”[①] 看来，无论是这些纪录片对边缘状貌的原生态式的“纪实”书写还是作出人类学意义上的“深度描写”，其实质也只能是创作者以客观实在为依托的一种主观化阐释。

（三）先锋试验里的主观意绪

传统历史观把历史看成独立于认识评价的客观存在，新历史主义改变了这种观念。怀特的“元史学”认为：历史话语通过“情节编排”、“论证解释”和“意识形态含义”等策略进行自我解释。[②] 其实，无论是历史学家的撰史还是作家的历史写作抑或是纪录片人对历史和现实的纪录，都是通过话语对其进行建构和阐释。排除主观参与的、不作价值判断的、游离于历史时空的写作和纪录是不可能的，也是没有意义的。“心理情感化”的历史和现实终于浮出水面，心绪感悟、情感体验、哲理思考开始成为聚光灯探照的焦点。

新历史主义对“主观性”的强调，不是对历史无穷地迫近和事实认同，而是消解这种客观性神话，以营构和阐释他们心目中的诸历史。“它所恢复的历史维度不再是线性发展的、连续的，而是通过历史碎片寻找历史寓言和文化象征。”[③]

当代纪录片极尽“新纪录电影”故事化手法之能事，把琐碎芜杂的生活片段和历史记忆加以剪辑和组接，使之成为有意味的连缀，注入纪录片人的主观情感和价值判断，创造出呈现主观意绪、寄托哲理思考的新锐纪录片。这些具有先锋试验性质的纪录片，以象征、寓言、隐喻等手法彰显

---

① ［荷］尤里斯·伊文思著，七海出版者译：《摄影机和我》，北京：中国电影出版社 1980 年版，第 210 页。

② 陈平原、陈国球主编：《文学史》（第三辑），北京：北京大学出版社 1996 年版，第 356 页。

③ 王岳川：《后殖民主义与新历史主义》，济南：山东教育出版社 1999 年版，第 158 页。

主体性为特征，淋漓尽致地展现出自省式纪录片的独特魅力，[①] 将主观意绪、心理情感、哲思体悟等纳入当代纪录片视野，拓展了纪录时空，丰富了我们的历史智慧。

具有先锋实验性质的纪录片并不是新近才出现的，早在20世纪90年代初，康健宁和高国栋合作的中国第一部获亚广联大奖的纪录片《沙与海》就充分运用象征和隐喻的手法表现其强烈的主观体认。作品讲述了两家普通人在各自艰难环境中的生存故事：刘泽远是内蒙古与宁夏交界处沙漠边缘的农民，在沙化的土地上种植粮食，饲养骆驼，全家的水源来自一口井，每年的收入是5 000元；刘丕成是辽东半岛上的一个孤岛——井洼岛上的渔民，当地人传说他已经赚了四十多万的家产，他很不愿意引人注目，甚至对摄像机产生了敌意。编导不满足于对两个家庭生存环境的忠实纪录，而是试图在表现各自独有的生活方式的同时，寻求到某种共同点。其实，他们的生活都牢牢地被大自然左右，沙暴可以摧毁一切，正如海潮可以摧毁一切一样，而对两位主人公来说，对未来和子女的难以把握，也给他们带来了同样的孤独感。片中刘泽远的小女儿在沙漠中独自嬉戏玩耍的画面，有着强烈的视觉冲击力和震撼力：小女孩以自己在沙漠中留下的串串脚印为伴，忽而回首凝视，忽而露出纯真的笑容，忽而在沙丘上扔下鞋子，然后趴在沙上缓缓滑下，最后抓住鞋子。这组画面以渺渺沙海为背景，时而拉镜头展现出荒寂无边的环境，时而把镜头推向小女孩纯真的脸。创作者在这运用的长镜头不以写实为目的，通过镜头语言的对照和写意，以小女孩天真烂漫的玩耍表象隐喻背后的真实——极端生存环境中的孤寂和无助。透过这些看似平淡的画面和冷静的呈现，《沙与海》表达出的是纪录片人对当时“边缘人”的生存困境的思索和深刻的人文关怀。

如果说《沙与海》对主观意绪的表达还只是停留在手法上的一种初步尝试，那么张以庆相继创作的纪录片《舟舟的世界》（1997）、《英和白——99纪事》（1999）、《幼儿园》（2003）则是一种在理论和实践上都

---

① 参见美国当代影视研究学者比尔·尼科尔斯（Bill Nichols）对纪录片的分类：诗意式（poetic）、解释式（expository）、参与式（participatory）、观察式（observational）、反射式（reflexive）、表述式（performative）。［美］艾里克·巴尔诺：《当代纪录电影概观》，见单万里主编：《纪录电影文献》，北京：中国广播电视出版社2001年版，第740页。

更为成熟的自觉。其中《英和白——99 纪事》以其试验先锋性质成为中国新纪录影片的代表，从“主观与表现”的角度开拓取得巨大成就，该片曾入选 2000 年上海国际电视节和法国 FIPA 国际电视节。

1999 年，张以庆在十个月时间里拍摄和制作了一部反映现代人生存心灵状态的纪录片《英和白——99 纪事》(以下简称《英和白》)。“英”是世界上仅存的一只被驯化、可以上台表演的大熊猫，也是唯一与人居住在一起的大熊猫。“白”是武汉杂技团的一位女驯化师，她拥有一半意大利血统，至今已经和“英”生活了 14 年。她与“英”住在一个房间内，一个大铁笼，一张白天卷起晚上又铺好的床，一把置于窗边的椅子，一台始终开着的电视机就成了英和白的全部世界。镜头反复出现沉默不语、表情凝重的“白”，以及被关在笼中时静时动的“英”。“英”和“白”都时常坐在那把椅子上向窗外望去，过于喧嚣的电视声响充斥着整个时空。在人兽之间的拥抱抚慰中，孤独被推向了极致。封闭的空间，刺耳的音响，阴郁神秘的女人，神秘的动物，所有这些符号都拼接构建了一个孤独的世界。在这里，生物的多样性、生活的复杂性都被滤掉了，只留下了“孤独”。

我们看到《英和白》同《沙与海》一样，都表现了创作者对“孤独”的理解和体认。当然这些主观感受和抽象见解的表达都被赋予到“客观”世界的纪实和建构上。《英和白》还大量运用隐喻和丰富的镜头语言，对“英”和“白”的异化以及当代人的生存困惑作了纪录片式的表达。

《英和白》的开头给人的印象十分深刻。景物和人都是 180 度的倒置，眼前的世界是颠倒的。这是出自隔着栅栏的杂技团的饲养室里的大熊猫的视角。大熊猫喜欢仰卧，仰卧的大熊猫自然把世界给看反了。这是一组有趣而又有指向的镜头，用隐喻表现手法发出时空错位的信号。这组镜头为整部片子定下了基调，英和白的错位与异化，都是由此生发出来的。杂技团把大熊猫抓来，本来是要它为人类表演以显示人类的智慧和大熊猫的乖巧，可是后来人们认识到这样对动物，尤其是对待大熊猫这样的生态指标物种是不对的，并且通过立法禁止用于表演。若将它回归自然，它又因我们的训练已经失去了在天然环境中生存的能力，只好继续由人类养起来，寄生在人类的社会。“白”训练熊猫的技能也因此变得毫无价值，自己原来的生活和工作目标丧失殆尽，仅仅成为一个饲养员。“英”和“白”的生活都异化了，他们在这种异化的生活中却建立起了互相的认同。“人与自己的同类开始疏远，反倒和异类亲近起来，人类大步前进的社会成了‘英’和‘白’共同的异化物和‘背景’！这是多么有趣却又多么令人震颤的现象！”①

张以庆充分利用“英”和“白”与外界唯一的窗口——始终开着的电视机展现了他们的共同异化物和“背景”。“99 纪事”点明了时间，在这一年国内外发生的重大事件通过电视机画面构成了片子的背景，同时又形成与英和白相对应、相并列的另一条主线。美国总统克林顿性丑闻、波黑种族纷争、美炸毁我驻南使馆、长江特大洪灾、澳门回归祖国等大事要事，无不罗列其中。在电视机的另一端，交织着英和白似看非看、似听非听的画面。显然，这一切似乎都与英和白没有太大的关系。产生于他们异化生活中的亲近和认同是通过情感这一纽带得以实现和巩固的，片中呈现出的质朴而丰富的情感世界，也正成为先锋实验纪录片精彩演绎的内容。情感是一部作品的灵魂，《英和白》胜在没有去构造感情，而是把英和白的情感原原本本地暴露在观众面前。情感不是喷发式的而是缓慢渗出的，它的情感是由内及外的。《英和白》主要讲了大熊猫英的情感、驯化师白的情感以及英和白之间的情感：

（1）英的情感。《英和白》恰如其分地描绘了一只大熊猫的情感。不论是它幼稚的撒娇还是成熟的训练技巧，作品都拿捏得恰到好处。甚至是它的七情六欲，片中也没有刻意地隐瞒，反而把它从静态的画面中慢慢地抽离出，带给人有关原生态的思考。很低的机位预示着一种平等的观察与交流。作品所展现出的大熊猫的感情世界究竟是怎样的？它像一个婴儿那样活泼调皮，像所有人类一样，知道观察、看电视，也能读懂白的喜怒哀乐。在这部纪录片里，英不是一个空洞的能指符号，而是一只血肉丰满、拥有真挚感情的大熊猫。

（2）白的情感。白离开远在美国的亲人，独自一人在武汉杂技团陪伴着英，度过了 14 个年头。纪录片没有误读白的孤独，而是一直在试图解读和阐释着她的孤独。孤独是她的本性，却并非是以此来博得同情和可怜的依凭。歌剧和电视是除了英之外，离她内心最近的“死物”，可这些果真

① 张以庆：《纪录与现实》，《电视研究》2001 年第 8 期。

能给她精神的孤寂带来些许慰藉吗？纪录片作出了进一步的挖掘：孤独如果是一个人的本性，那么你所看到的孤独其实是你自己的孤独。真正的孤独者，是任何东西都无法排遣其内心的寂寥的。透过英的感情世界，我们能强烈地感受到创作者对这一人生命题的终极叩问。

（3）维系英和白的不是承诺与义务，而是情感。白说，只有英最懂她。英不会说话，却能感受到白占据了英大部分的视线。两人独居一室，电视机里播放着，“外面的世界很精彩，外面的世界很无奈”，这些却通通与他们无关。他们若读懂了彼此的心，话语就变得多余。电视的嘈杂声响在此作为一种反衬而存在，与其说他们憧憬着外面的世界，倒不如说他们珍惜这彼此的守候。正是通过三重感情世界的构筑，平凡、单调、乏味、枯燥、琐碎的生活才有了生命力，也才使得该片具有了震人心魄的穿透力和感染力。

这部作品让我们领略到了纪录片前所未有的另类风采：不但有对常规纪录片向来讳莫如深的抽象概念如“孤独”、“异化”的阐释，更有对丰富情感世界的生动演绎。有学者指出：“电视纪录美学理想是在电视纪录美的创造和审美实现过程中得以渗透和体现的”，可根据洞察人的深度把纪录片划分为“描述”生活，“发现”生活和“创造”生活三种品格和境界。后一层次所表现的世界“既是现实的客观存在，又自然地融进了创造者们的较为完整的情感体验和哲理思考”，它是“超越了个别细节的、整体的、意蕴深邃的新的生活世界”。[①] 张以庆的这些作品正是具有这种“创造”生活的品格和境界，这类具有先锋试验性质的纪录片，在主观和表现上的开拓还体现在大胆使用陪衬、隐喻、暗示等手法上。《英和白》充分彰显出纪录片这一综合艺术的优势，在画面的营构和旋律的处理上都极力凸显创作者的主观建构。

作品独具匠心的一个安排是，英的邻居——一个红衣小女孩，倚门而坐，总是在等待。这样的画面反复出现，并且时不时地与英的惆怅而凝重的表情相互穿插。小女孩作为“英和白”的影子、陪衬，这个孤寂女孩的等待与沉默，确是一种很艺术化的手法，就像是绘画艺术中的补白。能够唤起观者的“离间”与联想，从而使得所表达出的那种焦虑与无边的等待

① 胡智锋：《论电视纪录美学》，《北京广播学院学报》1993 年第 1 期。

具有了纵深之感。这样的神来之笔，不但打破了单调的影像画面，其立意深远更是耐人寻味。而当小女孩在英的屋子里看电视时，呈现的画面是：小女孩一脸茫然地看着电视，手里拿着大熊猫玩具（特写），铁笼子里的大熊猫也正看着电视（中景）。镜头的换位和远近视像的模糊化互切，二者的镜头"并置"，显然是创作者有意将小女孩和大熊猫作为"互文"的象征性因素，用形象逼真的视像语言，表达出创作者对人与动物所共有的孤独感的洞见，也让人反思处在变动不居的环境中的现代人的生存困惑。

在音乐的处理上，也体现出"主观与表现"的先锋试验性质。片子的一开头所加的那段意境悠远、像是从心灵深处哼出来的女声独唱，感人至深。这段歌声为整个片子定下了悲怆寂寥的调子。这种旋律自始至终贯穿其中，到接近结尾，出现"白"的父亲的照片直至新千年的钟声在电视中敲响，这种情绪达到了高潮：难以逝去的哀伤、黑暗中巨大的孤独、往昔一去不复返的惆怅……像扑面而来的潮水冲撞着我们的心胸……这时候的情绪可能已经与歌词相去甚远，以至于情绪本身的内容将要逃逸出音乐的涵摄，甚而将它湮没。

其实，《英和白》正是在"描述"生活、"发现"生活的基础之上，对生活现实的再度"创造"。创作者面对十多个月所摄录的大量素材，精选出"'想法'、'观念'、'主题'这些主观领域的素材"①，倾注以强烈的感情和价值判断，从中发掘出深刻的真实。这种侧重于主观与表现的纪录片确乎是"超越了个别细节的"、"整体的"、"意蕴深邃的新的生活世界"。正是在此意义上，我们可以理解张以庆的理论自觉："那些看上去很客观的纪录片实际上是作者很'主观'地赋予了纪录片一种很'客观'的形式，而那些看上去很'主观'的纪录片实际上是作者很'客观'地赋予了纪录片一种很'主观'的形式。"②

张以庆前期的另一部作品《舟舟的世界》讲述的是一个弱智少年舟舟与音乐的故事。创作者以先锋试验的姿态摒弃掉当时风行一时的"跟腚"式纪实拍摄，从大量的素材中挖掘舟舟的精神世界与心理状态，而使作品

---

① 洪国舫：《纪录片的主观干预》，《电视研究》2002 年第 2 期。

② 张以庆：《纪录与现实——兼谈纪录片〈英和白〉》，《新闻前哨》2001 年第 8 期。

具有了深刻的人文关怀。由于父亲是一位乐手，舟舟从小就成为乐团一员。他在团里的位置是“指挥”——只不过他不是在指挥台上，而是在排练场一角。终于，他赢得了一次登台指挥的机会。他指挥的曲子是《卡门》，他毫不客气地用指挥棒敲击桌子示意大家安静，进而激情四溢地指挥起来。父亲知道音乐不能解决舟舟的生计问题，便让他去马路边学给自行车打气——也许这不失为一种谋生手段。透过不时穿行的人群和汽车，舟舟茫然地望着这无法使他明白的一切。画面中：汽车一辆又一辆穿过，透过玻璃窗的慢镜头，舟舟和一位已在打气的残疾人站在十字路口。他们要往哪里去？他们将怎样安排自己未来的人生？怎样面对竞争日益激烈的明天？舟舟实在无法面对如此复杂的问题，同样，这种担忧也留给了每一位善良的观众。导演在片尾字幕中写道：“其实舟舟是一个什么样的人并不重要，重要的是人们是否把他作为和自己一样的人对待，每人都构成别人世界的一部分。”

类似的作品还有《幼儿园》，纪录片借助幼儿园这个小天地折射出对大社会思考。“一个单位、一段日子、一堆成长中的生活碎片，总会承载点什么。”[①]《幼儿园》以纪实的影像通过主观的重构来表达出自己的意义：与其说我们在弯腰审视孩子，倒不如说我们是循着创作者打开的视窗来审视自己和世界。

这种重“主观与再现”的纪录片，并不是无源之水、无本之木。早在20世纪80年代中期，法国纪录影片《浩劫》（*Shoah*，1985，克罗德·国朗兹曼）和美国纪录影片《细细的蓝线》（*The Thin Blue Line*，1988，埃罗尔·莫里斯）等作品就曾将思辨的重构发挥到了极致，[②] 这无疑给中国当代纪录片的“先锋试验”树立了样板，张以庆对“主观意绪”的呈现和周岳军通过《雾谷》（中国，2002）对叙事框架的建构，无不是与国际新纪录影片的新锐风格和动向相策应的。

我们看到，新历史主义强调的“情节编排”、“论证解释”和“意识形态含义”的策略，不但在历史的撰写中具有方法论的意义，也是文学、

---

① http：//space. tv. cctv. com/act/article. jsp？ articleId = arti1201919120716687.

② 刘洁：《纪录片的虚构——一种影像的表意》，北京：中国传媒大学出版社2007年版，第170页。

艺术（包括纪录片）所践行的法则。当代纪录片通过情景再现、边缘书写和主观化表现等形式参与到对历史和现实的观照与书写中来，重现了难以循迹的历史过程，捕捉到现实生活中的琐碎人生状貌，呈现出主观心绪的异彩纷呈，展现出繁富的纪录片景观。新历史主义虽在文学的沃野中茁壮成长，却也在纪录片领域开出了艳丽之花。

（四）无处不在的故事化和虚构

1. 当代纪录片的故事化

中国当代纪录片深受西方“新纪录电影”潮流的影响，纪录片的“故事片化”与故事片的“纪录片化”业已成为创作的现实。“新纪录电影”肯定了被传统纪录片否定的虚构手法，“纪录片不是故事片，也不应混同于故事片。但是，纪录片可以而且应该采取一切虚构手段与策略以达到真实”[①]。通过运用故事片创作的一切手段，给观众呈现出或“现实情景的”、或“虚构的”场景，将历史记忆中偶然的、碎片式的“真实”唤起并进行重构，在过去与现在之间，形成一种“回响的深度”，已成为惯常的做法。我们看到前文论述中的纪录片的“真实再现”、“搬演”、边缘书写、表现主观意绪等都不再被视为洪水猛兽，而成为纪录片“故事化”的有效手段。

有学者指出：“新时期的纪录片在纪实性的基础上正逐渐走向故事化。”[②] 当代纪录片的故事化可以从叙事内容和手法两方面着手进行探讨。就内容层面而言，当代纪录片秉承了新历史主义理论的方法论精髓，采取了大写历史小写化、单线历史复数化的策略来质疑和解构单一宏大的叙事；将逸闻逸事、边缘琐碎的现实、主观化的情感意识和哲思体悟加以组接、“拼贴”（collage）；直接运用非常主观化的叙述方式，让历史和现实活化成“有意味”的故事形式，从而最终实现其纪录片式的主观建构和深度阐释。

当我们把视角转向纪录片大师罗伯特·弗拉哈迪和尤里斯·尹文思那里时，会发现“故事片化”的纪录片其实早有苗头：在弗拉哈迪的成名作

---

① ［美］林达·威廉姆斯，《没有记忆的镜子——真实、历史与新纪录电影》，见单万里主编：《纪录电影文献》，北京：中国广播电视出版社 2001 年版，第 576 页。

② 冷冶夫：《纪录片的故事化》，《当代电视》2002 年第 8 期。

《北方的纳努克》中，不仅在镜头的设计上向故事片靠拢，而且还将悬念和戏剧性因素引入了纪录片。“弗拉哈迪完全吸收了故事片的手法，然而他却把它运用在既非作家和导演所创作的，也非演员所表演的题材上去了。这样，既保持了戏剧性场面感人的力量，又将其与真实的人结合起来了。”① 尤里斯·尹文思也打破了故事片与纪录片、现实与幻觉的界限，把他对中国的理解与体验融入了著名作品《风的故事》中，他说：“纪录片是电影的一个穷亲戚，我们想通过这部影片表现故事片和纪录片是一家子，它们是紧密联系在一起的。”②

在中国电影史上，纪录片编导与故事片导演之间也不再有明确的界限。例如，电影导演田壮壮，与张艺谋、陈凯歌等人并称为中国“第五代”导演主帅。他的处女作《我们的角落》率先在文艺界引起轰动。《盗马贼》、《猎场札撒》体现着他为人性格豪爽而把柔情隐于心底的风格。在第五代导演中，他的运气显得不佳，一些影片遭到禁映，代表作受到种种非议。尽管如此，《盗马贼》终以它独特的魅力和全新的电影形象赢得了“瑞士第三世界电影节大奖”。他导演的《蓝风筝》通过一个孩子的记忆，展现在“文革”那个荒谬的年代，普通人在历史和政治的高压下看似必然实质偶然的命运历程。他被日本著名评论家佐藤忠男誉为“当代中国最有才华、最杰出的电影导演”。他后来拍摄的纪录片《德拉姆》纪录了云南边陲马帮集散地丙中洛淳朴的原住民在外来文化的侵扰和洗礼中所呈现的独特生活状貌，全片贯穿着一种诗性气质，得到纪录片界的一致好评。另一位游走在纪录片与故事片之间的导演是中国“第六代”主将张元。他的故事片《北京杂种》、《过年回家》、《妈妈》曾在多个国际电影节上巡回。或许正是既创作故事片，又创作纪录片的缘故，才使这两种艺术门类在张元这里得到了自然的交叉与融合，也才使他创作出了优秀的纪录片或故事片。他的新近故事片《看上去很美》是“既叫好又叫座”的优秀作品，在纪录片领域的著名代表作是题材和风格各异的四部片子：《广场》、《疯狂英语》、《钉子户》、《金星小姐》。

---

① ［美］埃里克·巴尔诺著，张德魁、冷铁铮译：《世界纪录电影史》，北京：中国电影出版社 1992 年版，第 36 页。

② 参见《玛斯琳·罗丽丹的讲话》，《世界电影》1999 年第 1 期，第 20～30 页。

正是像田壮壮和张元这样在故事片和纪录片领域都成就斐然的影视创作者，为当代纪录片标注了形象化的通透注脚。用故事化的方法纪录人生周遭、刻写各种生存状态，向历史和现实的罅隙聚焦，凸现了深刻的厚度真实。当代纪录片一改20世纪80年代的“形象化政论”模式，用悬念重生、情节冲突、真实再现等形式唤醒了“沉睡”的历史，使原本消逝远去的生活真实片段，在被重新连缀、勾勒后，再度浮出历史的地表。

正如前文所述，当代纪录片实践在纪录片的故事化上作出了很多有益探索。把历史时空中的事实断片，运用情景再现的方式，重现出那段随岁月逐渐退隐的历史真相；将镜头对准边缘的现实存在，书写出别样的现实人生；用先锋试验的手段，从琐碎芜杂的凌乱生活中挖掘出意义，阐释自己的主观意绪。抑或是现实本身的多样属性，抑或是方法和工具的限制，在捕捉和描述历史人生之时，我们不得不更多地采用叙事的方式，通过这种形式来建构和阐释创作者心目中的纪录世界。

除了在手法上大量运用情节化、场景化叙事外，其实，当代纪录片在书写历史与现实时和书写史学同样面临着对叙事内容的“情节编排”。海登·怀特认为，历史叙事的过程就是“把编年史变成故事”的过程。编年史中的事件是“在时间中”的事件，是在现实世界中被“发现”出来的，存在于作者的意识之外，历史学家（作者）要对这些事件进行选择、排除、强调和归类，从而将其变成一种特定类型的故事，也就是通过“发现”、“识别”、“揭示”或“解释”来为编年史中掩藏的故事“编排情节”，这就是历史学家把编年史变成故事或建构历史叙事的过程。这一过程与纪录片叙事的建构极为相似，纪录片创作者用类似于历史学家的方式对现实素材进行“创造性处理”，从而把现实素材变成纪录片中的故事。司马迁在《史记·项羽本纪》中从项羽一生的事迹中提炼出巨鹿之战、鸿门宴、垓下之围等三个重要历史故事，再现了秦汉之际那个风云际会的重要历史时刻和项羽悲剧式的英雄人生。如前所述，纪录片《复活的军团》则从六个方面揭示出大秦帝国军队横扫天下的奥秘及其发家史，将秦军的历史演绎为生动的音像故事，使尘封于历史深处虎狼之师的英勇气概复活在现代观众的眼前，既符合历史的真实原则，又体现了纪录片叙事对历史素材的创造性处理。

海登·怀特还认为：“与其说情节建构能产生另一个更为全面也更为

综合的事实性陈述，不如说它是对事实的阐释。”[①] 历史学家在选取不同的“情节化”策略之时，其实已经赋予它一种情节结构，并按照这种情节方式来“解释”故事了。他顺着弗莱在《批评的解剖》中的思路，鉴别出四种不同的情节化模式：浪漫剧、悲剧、喜剧和讽刺剧。[②] 纪录片的创作者在面对散乱芜杂的编年史一样的史料时，不得不像历史学家那样把这些材料融入一定的“情节化”模式，使之变得易于理解和辨认，从而实现其主观建构和阐释。在纪录片《复活的军团》里，创作者选取了浪漫剧的模式。该片通过对秦军横扫天下追述，认为秦统一中国是历史的伟大进步。对秦军英雄气概的再现、全片史诗性的气质是与浪漫剧的情节化相适应的。浪漫剧根本上是一种自我认同的戏剧，“它以英雄相对于经验世界的超凡能力、征服经验世界的胜利以及最终摆脱经验世界而解放为象征，它是一种关于成功的戏剧，这种成功即善良战胜邪恶、美德战胜罪孽、光明战胜黑暗”[③]。试想，如果创作者站在饱受战乱之苦的黎民百姓的角度选择悲剧的“情节化”，或许展现在我们面前的就是秦的残暴与凶恶形象，呈现的是饿殍遍野、悲风凄雨的撼人心魄的场景。又如，张以庆的作品《英和白》纪录的是女驯养师白和大熊猫英的情感故事。创作者对英和白的异化显然选用的是一种反讽的“情节化”模式来阐释其对现实生活的独特思考。英和白的和谐相处，白的孤独和其他人的冷漠恰恰成了一种对异化了的现实生活的冷峻控诉。张以庆的另一部作品《幼儿园》，让观众在他选择和营造的喜剧模式与喜剧氛围中自然而然地反思时下我们国家、社会、学校、家庭所共同面临、应共同负责、需共同解决的幼儿成长教育中普遍存在的弊病及问题。

这样的例子不胜枚举，因为一旦创作者采取叙事的策略，必定会在情节化模式中作出选择，这一点与书写史学和文学叙事都是同声相应的。我们发现，正是源于故事化叙述的需求和情节编排的深层动因，前文所述的

---

① ［美］海登·怀特著，陈永国、张万娟译：《后现代历史叙事学》，北京：中国社会科学出版社 2003 年版，第 326 页。

② ［美］海登·怀特著，陈新译：《元史学：十九世纪欧洲的历史想像》，南京：译林出版社 2004 年版，第 9 页。

③ ［美］海登·怀特著，陈新译：《元史学：十九世纪欧洲的历史想像》，南京：译林出版社 2004 年版，第 10 页。

纪录片景观才呈现出故事汇集的形式，纪录片和故事片的边界越来越模糊，纪录片编导和故事片导演也呈现出合流的趋势。而对“历史记录中那些看起来是突现的、片段的、逸闻似的、偶然的、外来的、低微的或者纯粹离奇的”[①] 方面的兴趣，不但是新历史主义对“创造性”的诗性关注，也成为当代纪录片意义生长的策源地。当然，纪录片的故事化还顺应了大众对历史和现实故事的消费需求，使纪录片渐渐走向娱乐化，这种娱乐化的当代纪录片其实是经创作者、官方体制、观众和传播媒介之间的共谋和协商（negotiation）而产生的一种“通货”，这又应另当别论了。

2. 当代纪录片的虚构

依照法国学者拉法艾尔·巴桑和达尼埃尔·索维吉的看法，纪录电影史上存在着两种传统，分别代表着纪录电影的两个极端：一种是对现实的描述（la description de la réalité），另一种是对现实的安排（l'arrangement de la réalité），纪录电影的全部历史便是在这两个极点之间形成和发展演变的。[②] 纪录片理论和实践的发展表明，这两种传统虽然始终同时存在，但总是此消彼长、厚此薄彼，甚至形成一种偏见：对现实的描述、纪实——成了纪录片的专利；而对现实的安排——成了故事片的特权。新纪录电影带来的巨大影响，深刻表现在当代纪录片对现实的创造性处理上，“虚构”和“纪实”的创作理念、手法开始受到同等重视，尤其是当代纪录片的虚构问题被推向了理论和实践的前沿。

纪录片的虚构是什么？“我们常用虚构这个汉语词汇来翻译英文 fiction，在《没有记忆的影子》一文以及论述纪录电影的其他英文著述中，与‘虚构’相关的英文词汇非常多，比如 construction（构建），production（制造）；又如 elabo-ration（精心制作），manipulation（操纵），simulation（模拟）；再就是有一大批以 re（重新）为前缀的词汇：reconstruction（重构），reenactment（重演），reinterpretation（重新诠释），relive（复活），repetition（重复），representation（再现），reproduction（再造）等等。通

---

① ［美］海登·怀特著，黄纪霞译：《历史解释中的形式主义与情境主义策略》，《东南学术》2005 年第 3 期。

② ［法］拉法艾尔·巴桑、［法］达尼埃尔·索维吉：《纪录电影的起源和演变》，见单万里主编：《纪录电影文献》，北京：中国广播电视出版社 2001 年版，第 6 页。

常情况下，我将这些词统译为“搬演”，之所以采取这种简单的做法，不是因为汉语词汇不够丰富，而是不想使读者（包括我自己）陷入语言的圈套，不想引起更大的混乱。《现代汉语词典》对‘搬演’的解释非常清楚：‘把往事表演出来。’过去的事情无法自动复原，只能用‘搬演’手段进行再现，也不论再现的手段巧妙还是笨拙，‘搬演’的本质不变。出于形象化表达的需要，纪录片在表现过去的事情时往往需要‘搬演’，这也许就是通常所说的‘虚构’的含义。”① 显然，在这里“虚构”被视为一种表现手段。然而，或许是由于担心人们对虚构一词持有偏见（“虚构”在文学艺术等更多的“场域”中因意识形态里“固执的流弊”和定式思维而大多带有贬义的色彩），所以更偏向于使用“真实再现”（亦称“情景再现”）之类的词语。其实，“虚构”与“真实再现”的提法并不矛盾，“虚构”是手段，“真实再现”是目的，或许应该在这个意义上理解“真实再现”的含义。

从某种意义上讲，虚构不仅意味着手段，更是一种具有深层指导意义的创作理念。有学者便指出狭义的“纪录片的虚构”，“就是在纪录片的创作中，创作主体在‘事实核心’的基础上，借助有声画形象的影像进行搬演、再现与建构，来超越历史时空、现实空间、文化差异、意识形态、认知表达、心理情绪等存在的限制，所进行的一种主观的创造性重构”②。这一概念的界定也许不够严密、完整，但却有益于我们直接把握纪录片的虚构。它从“事实核心”、创作“构建”、“超越”限制三个层面强调对历史和现实进行“主观的创造性重构”，是与英国纪录片大师约翰·格里尔逊对纪录电影的经典定义相吻合的，即“对现实的创造性处理”（the creative treatment of the actuality）。在这里对“现实的安排”不再让位与“对现实的描述”；“虚构”不同于虚假，“虚构”与“纪实”不再是相互排斥的两极，而成为纪录片创作共同遵循的理念和手法，是通向纪录片深度真实的途径。

在中西纪录电影史上，无疑“纪实”手法的成熟和大规模运用，都具

① 单万里：《认识“新纪录电影”》，见林少雄主编：《多元文化视阈中的纪实影片》，上海：学林出版社 2003 年版，第 287 页。

② 刘洁：《纪录片的虚构——一种影像的表意》，北京：中国传媒大学出版社 2007 年版，第 8 页。

革命性突破的里程碑意义。纪实手法使电影、电视的本质特性得到了很好的还原，是纪录片不容置疑的主要表现形式，但是它不应该成为纪录片的唯一表现手段，更不应该盘踞在一些人心中，成为评价一切纪录片的唯一标准，更不能将纪实等同于真实。因为，尽管纪实所营造的现实生活，虽然在一定程度上满足了观众了解他人生存状态的基本诉求，但是它从来都不能等同于客观存在，因为表象的、局部的真实不能等同于本质真实；同时纪录者在一次次的主观筛选与摄取中，形成了独特的“这一个”，而“这一个”已远非客观存在的原貌了。有的创作者将“纪实”发挥到极致，采用“跟腚”拍摄，大量使用长镜头，以为这样“镜子”似的照射就能将生活现实的原貌“真实”呈现出来。殊不知，这种拖沓烦琐的表述只是停留在肤浅简单的局部现实层面，缺少了历史的参照和认知的深度。所以，“纪实”并不一定就意味着真实。这里显示出一种悖论：纪录片的真实被强行制造（the intrusive manipulation），这个过程同时又明显伴随着对某种根本真实的严肃追求。

通过对纪录片虚构特质的探讨，我们发现，虚构同样可以与纪实一道成为获得真实的策略和手段。虚构的特质表现在以下四个方面：首先，虚构不会掩盖真实。虚构可以和纪实一道，共同构成事件的“竞争性真实”①。因为，事件虽然只有一个“事实核心”，却具有复杂多元的属性和宽广的涵摄，在无法穷尽和即使穷尽事实属性与涵摄（事实上不可能）的情况和限制下，通过采取“虚构”，经过“浓缩”、“移位”、“象征”、“修饰”的过程，可以为真实的寻求拓展出另外的向度。在这里，“事实核心”上的虚构拆解了同纪实之间的尖锐对立。其次，虚构能够形象化地呈现真实。恰到好处的虚构可以通过影像将事实、事实本质栩栩如生地呈现出来，在“情景再现”中“亲临”一种“共时性”的现场感悟。它使我们从故纸堆的茫然爬梳中摆脱出来，实现对现实和历史的一种逼真形象、直观生动的体认和解读。再次，虚构是连接生活碎片，达到认知深度的手段。纪录片创作者面对散乱的“事实”材料、非连续性的历史和芜杂的现实碎片，如果一味加以镜子似的摄录，只能将凌乱无序的现实和历史传达

---

① ［美］林达·威廉姆斯：《没有记忆的镜子——真实、历史与新纪录电影》，见单万里主编：《纪录电影文献》，北京：中国广播电视出版社2001年版，第577页。

出来，而失去了纪录的意义。纪录者正是在这些碎片和断点的基础上寻找和建立本质的真和内在的真，而这种深度认知的表达则只能通过虚构赋予其意义来实现。虚构在这里负载了创作者的主观体认和独特感知，成为纪录片最具价值的“虚灵”的真。最后，虚构是必然的布局建构方式。从纪录片创作这所“建构”的事态来看，似乎事件的开头、发展、高潮和结局，看上去都是“真实”的事实。其实，这从头至尾看起来都好像是确实发生过的情形，却是创作者不断地思考、选择、加工、表达出来的——依然是虚构的，“情节化”模式的阐释也只是扎根于纪录片创作者深处的虚构理念对现实和历史采取的一种策略性操控。

从纪录片《中华文明》编导陈建军在该片宣传材料里的陈述中，我们也可以看到创作者“虚构”理念的某种自觉：“当《中华文明》采用戏剧性的情节来重现部落争斗，当它运用三维动画来重现祭坛，它用虚构悖离了纪录片的原则，把真实的认识提到了另一个更加丰富的层面：那就是，真实并不仅局限于可以触摸的实物，它同样存在于想象力和激情，存在于虚构之中；它甚至也使真实与虚构这样看似对立的关系不成立。那么什么是真实？也许真实与否本身就是一个探究真实的过程，在探究中，真实才逐渐显露；正如历史，原本是个发展的过程，它从未停留在任何一个地方，而每一次探究，也在构成新的历史篇章。因而可以说，《中华文明》本身就是一部探索片，在探索历史的过程中，也在重构历史。”①

当然，新历史主义认为，任何具体的人在借助语言而把目光投向过去的时候，他的视点和视野都已经限制在某一“现刻历史”、语言的历史积淀以及它们错综的复合影响之中。展现在他眼前的不过是他所看见的历史，而不是“历史本身”。因此，历史是解释的而不是发现的结果，历史研究者永远只能构设历史，而不可能复原历史。② 当代纪录片无论是采取故事片化还是虚构，都是实现一种对历史和现实的主观建构与阐释，一切纪录片所呈现的“历史都是当代史”，所呈现的现实都是“主观化的现实”。

对真实和虚构采取简单化的两分法，或许是我们在思考当代纪录片的

---

① 央视网，http://www.cctv.com/culture/special/C10899/20030905/101558.shtml。

② 徐贲：《新历史主义批评和文艺复兴文学研究》，《文艺研究》1993 年第 3 期。

真实性问题时所面临的根本难题。正是在此意义上，威廉姆斯总结纪录电影时认为："选择不是在两个完全分离的关于真实与虚构的体制之间进行，而是存在于为接近相对真实所采取的虚构策略中。"①我们从中得出教训：真实的概念与其说揭示了那种连贯、完整的过去的历史深度，倒不如说揭示出一种过去和现在之间回响的深度。

三、小结：通向一种纪录的诗学

当代纪录片受新纪录电影的直接影响，"故事片化"和"虚构"为纪录片有意味地讲述历史和现实增添了路径，逝去的历史和越来越难以把握的现实都成为纪录片摄录的对象，主观化的重构和多样阐释最终表明了历史本来没有意义，却可以有无限多样的当代"解释"。历史和现实以故事的形式呈现，虚构和纪实同样通向真实。一切已成为事实的，并不就是过去历史的全貌，必须再加上一切可能成为事实的，才更有可能迫近历史的真实。在影像叙事大量缺失的情况下，情景再现、搬演等虚构手法的大量运用已经使得纪录片和故事片的边界越来越模糊，继之而起或者说与之相伴相生的是纪录片编导和故事片导演的合流。那么，我们不免心生疑窦：当代纪录片还有没有一道自己最后坚守的底线？纪录片将走向何处？

尽管纪录片在理论和实践的发展中被不断定义，也正是这些不断定义为纪录片的成长壮大注入了新鲜血液。但毋庸置疑的是纪录片的特质——对真实的追求，对历史本来面貌的无限迫近一直是纪录片人的根本信条。当然，纪录片的广阔领域显然不仅限于此。美国电影史学家埃里克·巴尔诺认为，纪录片作者"和故事片艺术家不同，他不专心于创作，他通过对自己所发现的东西进行选择和并置（connectedness）而表现他自己"。《电影术语汇编》（美国）中是这样认为的：纪录片"具有一个有说服力的主题或观点，但它取材于现实生活，并且运用编辑和音响来增进其观念的发展"。可见对"观点"和"表现"的强调，其实成为纪录片更深层的表达。如果仅仅限于对历史和现实表象的肤浅纪录，没有创作者对各种复杂

---

① ［美］林达·威廉姆斯：《没有记忆的镜子——真实、历史与新纪录电影》，见单万里主编：《纪录电影文献》，北京：中国广播电视出版社 2001 年版，第 578 页。

关系的梳理，没有选择和“并置”，没有融入创作者的独特体悟，没有主观重构，纪录片就失去了探寻深度真实的魅力。

阿兰·罗森萨尔在《纪录电影的良心》（*The Documentary Conscience*）中明确指出：纪录电影的使命是“阐明抉择，解释历史，增进人类相互了解”[①]。那么在中国化语境中如何保持纪录片的特质，如何实现其历史使命？当代纪录片历史理性的操守和纪录精神的自觉应当而且可以成为纪录片保持其“本真特色”的基础。

中国纪录片对历史理性和纪录精神问题的相关研究都比较少见，有学者撰文提出了纪录片的历史理性的概念。[②] 认为历史具有两重性，一方面它是自然世界的一部分，受自然界的必然律支配；另一方面它又是人的创造，是不受自然律支配的。因此历史学就包括两个层次，第一个层次是对历史的认知，第二个层次是对第一个层次所认定的史实的理解和诠释。第一个层次属于自然世界，它是科学的；第二个层次属于人文世界，它是人文的。第二个层次又包含两个部分，即理性思维和体验能力，两者的综合就成为历史理性。“没有这个历史理性的重建，则历史只不过是历史学第一层次所留给我们的一堆没有生命的数据而已。”[③] 论文并没有将历史理性视为一种操守和原则，只从“纪录普通人的历史”和“纪录普通人口述历史”等角度对纪录片题材选择时的历史理性进行论述。在纪录精神的研究上，吕新雨教授在个案分析的基础上，认为纪录片以其“真实感和权威性”的特性而具有“启蒙”或“欺骗”的功能。论文认为对启蒙效用和“更本真的真实”的调查寻求就是所谓的纪录精神。[④] 来自实践领域的电视台纪录片创作者则认为，纪录精神体现了纪录片人对生活真相的敏锐、勇敢的探索和质疑；纪录精神折射出纪录片人对人类社会和自然界真诚、平等的尊重和倾听；纪录精神是一种持之以恒、一种与普通民众同甘苦共患

---

① Alan Rosenthal, *The Documentary Conscience*, Berkeley: University of California Press, 1980, p. 436.

② 卢晓云：《略论纪录片的历史理性》，《洛阳师范学院学报》2004 年第 3 期。

③ 何兆武：《历史理性批判论集》，北京：清华大学出版社 2001 年版，第 10 页。

④ 吕新雨：《纪录中国：当代中国新纪录运动》，北京：生活·读书·新知三联书店 2003 年版，第 298 ~ 304 页。

难的精神。[①]

如是观之，无论是纪录片的历史理性还是纪录精神都指向尽可能地对真实的无限迫近。历史理性是创作者深层的对历史和现实的感悟尺度，纪录精神则是作品在实践中实现对深度真实追求的指导思想。如果我们将二者分离开来讨论，无论多么完备，都会失之偏颇。其实，历史意识和历史原则成为创作的理性原则，纪录精神直接指向对真实的迫近，只有历史理性和纪录精神的密切结合，才有了纪录片深度的真实和对文化历史的多样阐释，它们共同成为保障纪录片平稳航行于历史之河的护航者。

在此，我们无意对历史理性的操守和纪录精神的自觉作出清晰的界定和详细的论述。但这密切关联的两个方面却为我们打开了进一步探究“纪录片走向何处”的窗口。在这里，我们不妨回到前文导论对历史的三层面的论述。有学者在沃尔什的基础上深刻指出历史包含彼此关联的三个层面：“历史的过程”、“历史的认识”和“历史的叙述”。在“历史诗学”的范畴中，与之相应的是思辨历史诗学、批判历史诗学、话语历史诗学三种历史诗学形态和机械论、有机论、语言论三种历史参照观。尽管各种历史诗学通常总是基于其中的某个或某些层面而立论，但我们所期待的历史诗学应该将这三个层面同时纳入自己的视野。[②]

我们将纪录片研究置于这样的“历史诗学”语境下，不难发现，历史诗学的三个向度其实为纪录片的发展指明了方向。在新历史主义观照下的当代纪录片景观中，“情景再现”的延展时空正是对“历史过程”的复现和重构；“边缘书写”的现实人生背后，透出的是对“历史认识、历史知识性质以及历史的理解解释”的反思；“先锋试验”里主观意绪的呈现，揭露出主观化重构在表述层面的操控，历史和现实的“能产性”、“建构性”、“意识形态性”通过纪录片得以某种程度地“表现”。而机械论、有机论和语言论无时无刻不成为我们认识历史和现实的参照观，这其实也策应了我们对纪录片历史理性操守观念的强调。正是在这些理性原则的宏观把握下，无论是立意、选材、拍摄、手法还是剪辑等后期制作无不打上主观烙印的痕迹，而成为纪录片生命之所在。进而论之，以历史三层面为向

---

① 黄灵平：《论纪录精神》，《广西社会科学》2006年第11期。

② 张进：《通向一种历史诗学》，《甘肃高师学报》2005年第6期。

度，坚持对纪录精神的追求，我们在纪录片领域进行纵深开掘，必将通向历史和现实的深度真实。

其实，与每一种历史诗学总不免在历史的三个层面上有所“偏至”、有所“偏废”情况类似，当代纪录片也面临同样的问题。纪录片在历史的过程、历史的认识、历史的叙述上也总是出现“顾此失彼”的现象，三个层面排斥有余而对话融合不足。显然，历史各个层面都极其复杂，三者的错综纵横的深层关联更不能使其截然分开。如果理想的“历史诗学”可以涵摄这三个层面，那么我们也有理由相信，纪录片或许不能全部担当起“历史诗学”的沉重使命，却可以此作为纪录片历史理性和纪录精神的共同祈向来阐释历史（现实）和文化，从而成为继口述史学、书写史学后的“影视史学”的中坚力量，通向深度的“真实”。

最后需要阐明的是：本书自始至终力图以新历史主义的观点和方法来探讨当代纪录片，但我们也不要陷于新历史主义理论的泥沼之中。新历史主义“复数”、“小写历史”对“宏大叙事”颠覆的同时，不免又陷入历史相对主义的危机；历史的心理情感化，使历史沉入偶然无定的动态叙述，有滑向“历史不可知论”的倾向；新历史主义在对单一宏大叙事解构的同时，只是以另外一种权力的“宏大叙事”代替了“进步论的宏大叙事”。新历史主义蛊惑下的“历史泛滥”，以审美甚而在某种程度上的媚俗取代了历史事实的核心地位，这种对历史本身的“放逐”难道不是新历史主义自身的“硬伤”吗？新历史主义也无法避免“历史性”问题，主观化重构形成的对历史的阐释，恢复的是谁的历史？这种主观化的历史阐释就是在无限迫近深度的真实？我们究竟能否触摸到历史的真实？……当然，在这里，我们指出新历史主义也只是众多研究视角中的一种，其理论本身不免也有许多值得反思和质疑的地方。我们不是想以此来推翻前文论述，而是强调这种理论警觉，无论是对新历史主义还是纪录片的研究都是不无裨益的。

另外，新历史主义理论内涵相当丰富，本书只是撷取其中的部分方法论和理论观点在当代纪录片的研究中加以贯彻和运用，只是一种试验性的努力与探索尝试。无论是论点和表述都不乏稚嫩之处，权当抛砖引玉。其实新历史主义视域中的当代纪录片研究还有很多值得开拓的地方，例如，纪录片也是新历史主义理论意义上的一种“通货”，它是创作者、生产机制、传媒、接受大众等之间的商讨（negotiation）和共谋的产物，承载了丰富的社会能量；纪录片本身包含了一种“看与被看”的权力话语，新历史主义的政治化批判解读在这里也大有用武之地；纪录片的“自省”，对表现出对叙述的“自觉”和反思，也可以从与新历史主义诗学对应的“叙述诗学”的阐释中得到某种回应；当代纪录片作为“影视史学”的中坚力量，与“书写史学”、“口述史学”的横向研究等等。

第三节　新历史主义与第三代诗歌创作

20世纪80年代是一个无法拒绝的年代，在这个年代，年轻的“第三代”诗人以反叛、颠覆的姿态悍然向位居主流诗坛的朦胧诗发动了蓄谋已久的“叛乱”。这场“叛乱”仅仅持续了四五年的时间，在如此短的时间里，“第三代”诗歌无论是从审美观念的嬗变还是诗歌风格的转变，无论是从对待历史文化的态度还是诗人自我价值的实现，都取得了丰硕的成果，但是在其身后也留下了颇多至今仍争议不断的问题。从“文革”诗歌到“朦胧诗”再到“第三代”诗歌，诗歌的魅力在一代代人的书写中经受着一次又一次的考验。

从古至今，诗歌以其独特的艺术特点义不容辞地承担了书写历史的功能。诗歌的特点在于抒发一己之幽情，然而在它吟咏涵唱的同时也往往注入了时代的意识，从而使诗歌具有了厚重的历史感与人文探求价值。历史重大主题与诗歌的时代感从此就结下了不解之缘，所以诗歌也就理所当然地成为记录历史、见证现实的重要载体。

从“缘情”、“言志”的古典诗歌到张扬个性的现代诗歌，再到新时期以来带有浓重后现代意味的第三代诗歌，对于诗歌究竟能否真正映照现实，诗歌与历史的互文性关系又是怎样的？反映历史之维的诗歌究竟在多大程度上书写历史等诸多问题，始终争论不休。虽然讨论也取得了较大的突破，但始终没能达成理论上的共识。因为“历史一词本身是模棱两可的。它包括过去人类各种活动的全体，以及我们现在用它来构造的叙述和说明"①，再加上历史过程的纷繁芜杂、历史认知的多元异质、历史表述的形态各异，要表述真实的历史确非易事。

近代以来，梁启超、陈寅恪、钱钟书等学者提出诗史互证的治史方法，他们认为诗歌中蕴含着丰富的历史资料，这些资料可以成为研究历史的重要证据，这种研究方法对第三代诗歌的研究具有一定的借鉴意义。20世纪50年代以来，西方发生了对历史主义的清算，使人们重新认识了历史的多样性。80年代兴起于美国的新历史主义拓展了人们的思维空间，使人们更进一步地了解历史的复杂性和多样性。新历史主义将历史看作一种写作，是可以阐释的。我们认识历史、了解历史是通过文本来发生的，所以我们学到的历史是历史学家编纂的历史。海登·怀特就认为：历史著述包含了一种深层的结构性内容，一般而言它是诗性的。历史修撰就所涉及的史实性材料而言，与其他方式的写作没有什么区别，历史"是以叙事散文话语为形式的语言结构"。然而诗歌究其实质只是承载表情达意的一种形式，并不能真正取代客观历史的书写，只能是借助于诗人的艺术想象力，把对历史和生活的直接感知与体认升华为对历史意识和生活本质规律的认识，而不能与真实的历史事实等量齐观。另外，客观历史的不可还原性决定了诗歌中反映的历史与客观历史之间的阻隔，也就是说历史和真实之间永远存在着一定的距离，历史学家只能无限可能地接近历史，而无法达到它、触摸它。新历史主义理论为研究第三代诗歌提供了一个实践意义上的独特视角，在新历史主义理论的观照下，我们发现第三代诗歌在书写历史，提供历史真实的层面上与新历史主义有着内在的一致性。

一、第三代诗歌的命名及研究现状

（一）第三代诗歌的命名

当历史将艺术的桂冠献给朦胧诗时，曾经是朦胧诗坚定的拥护者和热情的读者并紧紧跟随其后的一批诗人，便从1984年起悍然向它"宣战"，并开始了他们蓄谋已久的"叛乱"。这批几乎不顾一切的"粗暴入侵者"

---

① ［英］沃尔什著，何兆武、张文杰译：《历史哲学——导论》，桂林：广西师范大学出版社2001年版，第7页。

迅速占据诗坛，似乎一夜之间就把被视为新诗主流的朦胧诗挤出了诗坛，变成了历史的陈迹。这批“粗暴的入侵者”即“第三代诗人”。在接下来的四五年时间里，第三代诗人以其喧哗与骚动之势迅速成为诗坛上备受关注的历史景观，令人眼花缭乱的诗歌社团和流派纷纷登上了历史舞台，开始了他们不可遏止的发展历程。

如果说朦胧诗人成长在史无前例的“文革”时期的话，那么第三代诗人则是成长在“文革”结束后的新时期。对于历史，他们显然有着不同的记忆和思考，再加上社会思潮状况的微妙变化，改革开放的文化氛围以及社会世俗化的提升，曾经高度紧张的政治情绪和意识在第三代诗人那里已经不再那么清晰；诗歌曾经作为政治动员和历史叙述的承担与责任也已经失去了昔日的崇高地位；对事物善恶美丑的评判模式也已经失效。朦胧诗的那种悲壮的英雄激情以及殉道式的崇高感在第三代诗人那里已经被生活的琐屑平庸所替代。昨日还不被传统接纳的朦胧诗转眼之间已成为被超越和否定的对象。舒婷在《献给我的同代人》中曾经不无悲壮感地把自己的探索称为“给后来者/签署通行证”，却没有想到，历史的进程竟然如此之快，当开路者仍然在艰难地争取存在权的时候，作为“后来者”的第三代诗人已经急不可耐地高呼着“打倒北岛”、“告别舒婷”的口号，宣告“北岛、舒婷的时代已经 Pass”。①

第三代诗歌作为一种诗歌现象从 1984 年以后开始受到普遍的关注，紧接着各地的诗歌社团及诗歌刊物也风起云涌，比较著名的诗歌社团（或诗群）有南京的“他们”文学社，其主要诗人有韩东、于坚、丁当、小海、伊沙等；上海的“海上”诗群，其主要诗人有默默、刘漫流、孟浪、王寅、陈东东等；“撒娇派”，其主要诗人有京不特、男爵等；四川的“新传统主义”，其主要诗人有廖亦武、欧阳江河等；“整体主义”，其主要诗人有宋渠、宋炜、石光华等；“非非主义”，其主要诗人有周伦佑、蓝马、杨黎、何小竹等；“莽汉主义”，其主要诗人有李亚伟、万夏、胡冬等。另外，还有北京“圆明园诗群”的黑大春、大仙，“大学生诗派”的尚仲敏、于坚，福州“星期五诗群”的吕德安，还有杭州“极端主义”的梁晓明，

---

① 李新宇：《中国当代诗歌艺术演变史》，杭州：浙江大学出版社 2000 年版，第 282 页。

"地平线诗歌实验小组"的张锋等等。这一时期的"校园诗歌"和以表达女性性别意识和独特体验的"女性诗歌"也引起了广泛的关注。

1986年，由《深圳青年报》和《诗歌报》联合举办的"中国诗坛1986现代诗群体大展"，介绍了朦胧诗之后由100多位诗人分别组成的60余家自我命名的诗派。对于这次"盛况"，徐敬亚在大展的广告语里对当时的诗歌景观作了如下描述：

> 1984—1986年，中国诗歌继续流浪。"朦胧诗"高峰之后的新诗，又在酝酿和已经浮荡起又一次新的艺术诘难……1986——在这个被称为"不可抗拒的年代"，全国两千多家诗社和十倍百倍于此数字的自谓诗人，以成千上万的诗集诗报、诗刊与传统实行着断裂……至1986年7月，全国已出的非正式打印诗集达905种，不定期的打印诗刊70种，非正式发行的铅印诗刊和诗报22种。①

以此为标志，第三代诗群以不可遏止的生机和漫山遍野的气势正式完成了对诗坛的暴动。

朦胧诗之后的这一诗歌潮流，一直延续到80年代末。期间和事后，当事人和研究者相继给予命名，但是由于门户繁多，派别林立，并且它们相互之间层次错落、形态纷然，所以要给予准确命名确非易事。开始曾使用"更年轻的一代"的说法，接着又有"后崛起"、"后新诗潮"、"新生代"、"实验诗"、"后朦胧诗"等名称的出现。② 在众多称谓中，"第三代诗"这一称谓已为大多数诗人和论者所接受。但在对"第三代诗歌"这一概念的理解上却存在着差异：

第一种意见是"第三代"这个概念源于《第三代诗会》题记："随共和国旗帜升起的第一代人/十年铸造了第二代/在大时代广阔的背景下，诞生了我们/——第三代人。"③

---

① 程光炜：《文字中的历史》，郑州：河南大学出版社2006年版，第99页。

② 洪子诚、刘登翰：《中国当代新诗史》（修订版），北京：北京大学出版社2005年版，第211页。

③ 四川省东方文化研究会、整体主义研究会主办：《现代诗内部交流资料》1985年第1期，第32页。

第二种意见是兰州当年也曾经出现过一本名曰《第三代》的油印刊物，封面写有：北岛他们是第一代/北岛的那些子孙们是第二代/我们是第三代。

第三种意见是万夏等人认为："第一代人为郭小川、贺敬之这辈，第二代人为北岛们的'今天派'，第三代人就是我们自己。"①

尽管言人人殊，理解上也各自不同，但是总体上认为第三代诗歌倾向于主张诗歌与日常生活的紧密联系，关注普通平凡的小人物的生存状况和生命意识。他们时刻与"浪漫主义"模式保持着警觉的距离，在诗歌的风貌上呈现出"反崇高"、"反文化"、"反修辞"、"反传统"和口语化的倾向。

我们则倾向于"将第三代诗看作朦胧诗之后的青年先锋诗写作的整体，即泛指'朦胧诗'之后的青年实验性诗潮"②。这一诗潮酝酿于20世纪80年代初期，至80年代中期，以《诗歌报》和《深圳青年报》联合推出的"现代诗群体大展"为标志达到高潮，到了80年代末期呈现出衰退的趋势。1990年初《诗歌报》月刊又一次推出现代诗群体展，基本上可以作为"第三代"落潮的告别仪式。朦胧诗后的中国当代诗潮是一个渐次展开的持续性的先锋诗歌运动，其主要诗人的创作活动延续到90年代并且获得实质性的收获，所以我们仅选择了"第三代"这一潮流发生过程中的最有代表性的流派或社团以及具体的诗人作为我们观照的对象。

（二）第三代诗歌的研究现状

对于第三代诗歌的研究，在80年代主要是从文化阐释和思潮归纳的层面进行归纳和总结。到了90年代，第三代部分诗人根据自己的创作经验，结合当前诗歌和诗歌批评面临的种种存在的问题，加入了理论批评的行列。

首先，作为一种现象评述的第三代诗歌研究，基本上集中在80年代中期以来的报刊上，这些报刊包括《当代文艺思潮》（兰州）、《艺术广角》（沈阳）、《文艺争鸣》（长春）、《诗探索》（北京）等等。已结集或以第三

---

① 洪子诚、刘登翰：《中国当代新诗史》（修订版），北京：北京大学出版社2005年版，第208页。

② 李振声：《季节轮换》，上海：学林出版社1996年版，第1页。

代诗歌为研究对象的专著主要有：陈仲义的《诗的哗变》，程光炜的《朦胧诗实验诗艺术论》，唐晓渡的《不断重复的起点》、《灯芯绒幸福的舞蹈》，周伦佑选编的《亵渎中的第三朵语言花》，陈超的《生命诗学论稿》，李振声的《季节轮换》，陈旭光的《诗学：理论与批评》。另外，诗人钟鸣所著的三卷本巨制《旁观者》，是以他独特的观察和体验的视角，为80年代以来中国诗歌的思潮发展和艺术流向提供了丰富和翔实的研究资料，同时也反映了诗人独具个性的批评立场。

其次，以文化思潮阐释为突破口，将第三代诗歌纳入朦胧诗之后中国当代诗歌的二次艺术变构来考察，对第三代诗歌的整体面貌特征进行概括和归纳，主要着眼于诗歌审美观念的嬗变、现代文化意识以及人与文化的对抗和冲突等视点。唐晓渡在为后朦胧诗选集《灯芯绒幸福的舞蹈》所作的序中，就从社会——文化境遇和心态这两个方面，比较了朦胧诗和第三代诗歌的区别。他还结合“他们”、“非非”主义、整体主义等第三代诗歌群体的具体诗歌主张和写作实践，指出了第三代诗歌实验倾向突出表现为生命领域的开掘和语言意识的强化这一诗歌艺术的两端上。

陈仲义的《诗的哗变——第三代诗面面观》一书比较全面地论述第三代诗歌的生成、发展与构成，并对80年代后期以来大陆诗坛的空间构成作了清晰详细的说明，把第三代诗歌作为一种运动性质的诗歌潮流进行全面扫描，通过与朦胧诗的比较，来透视第三代诗歌的生长性，并从文化意识、生存体验、语言方式、美学原则、思维状态、表现手段等角度对第三代诗歌进行了深入的思考和观照。

90年代的批评把以“非非主义”为核心的诗歌群体在80年代的活动和写作，与作为一种文化思潮和创作特征的西方后现代主义思潮联系起来。第三代重要诗人周伦佑主编的两部作品《亵渎中第三朵语言花——后现代主义诗选》和《打开肉体之门——非非主义：从理论到作品》即是从后现代主义的角度把第三代诗歌看作是一种运动性质的文学思潮，并从“反崇高”、“反修辞”、“反文化”等方面对第三代诗歌进行了阐释，其中收录的大多是80年代第三代诗歌运动中的理论和作品。

王光明的《艰难的指向》一书中的有关章节对第三代诗潮的发展脉络进行了比较清晰的梳理。他认为第三代诗歌是一种处于进行状态的实验性诗歌，这一群体的出现是由新时期的文化转型以及社会政治经济的发展这一外力和内心的拒绝心态这两种合力共同作用的结果。正是因为他们处在意识形态和商品化“合谋”的历史转型期的阵痛与痉挛中，所以当他们面对精神荒芜、信仰失落、绝望的反抗和那种无可选择的生存尴尬时，他们才投入到了一场虚构的语言游戏之中去寻求自我的超越。

罗振亚在《朦胧诗后先锋诗歌研究》一文中主要描述了朦胧诗后先锋诗歌的发展流变过程，探讨了朦胧诗后先锋诗歌的各个抒情群落之间的承续与变异，以及每一时段的不同特征，揭示了朦胧诗后先锋诗歌的演变规律与历史地位。他认为朦胧诗后先锋诗歌具有反叛性、实验性、边缘性的艺术特质，它曾荣光一时，且前景广阔。

陈旭光在《中西诗学的会通》一书中把第三代诗歌置于后现代主义的语境中探讨了从朦胧诗到第三代诗歌的文化转型及诗性隐喻。他认为后现代主义的语义场促使了第三代诗歌的语言意识和自我意识的转变，更加强调对主体命运的关注，第三代诗歌的众声喧哗表征了诗歌本体在后现代这个多元文化背景下的崩溃景观，从而成为时代文化转型的精神隐喻和寓言化象征。

再次，在整体文化和诗学取向的描述中，对第三代诗歌运动内部的流派研究，是另一个重要视点。由于第三代诗歌的发展在80年代中期曾经表现为一场轰轰烈烈的诗歌运动，涌现出很多的诗歌群体和自我标举的流派。因而，对于第三代诗歌的研究，有一部分集中在对像“他们”、“非非”、莽汉主义、整体主义等诗歌群体的研究上。像巴铁对巴蜀现代诗群的系列阐释及批评，涉及“非非”、“莽汉”和整体主义等诗歌流派。李振声所著的《季节轮换》一书则从具体的诗歌群体和诗人个体对第三代诗歌进行了探析，诸如“寻根”诗群、“他们”、“莽汉”、“非非”、“深度抒情者”等诗群或诗人，都被纳入作者的研究视野。

最后，以个人化的视角对第三代诗人的成长经历、诗歌创作以及精神思想历程进行阐释，也是一个独特的视角。如杨黎的《灿烂——第三代诗人的写作和生活》就以个人化的视角重现了80年代第三代诗歌运动风云变幻的江湖情状，既是对第三代诗人及诗歌、生活的记录与回顾，也是有关那个年代的思想叙述。通过那些习焉不察的日常生活琐事引出某种大历史的真实面貌，见证了80年代社会的风云变幻。诸如此类的书还有柏桦的《左边：毛泽东时代的抒情诗人》、刘禾编的《持灯的使者》等。

陈旭光、谭五昌合著的《秩序的生长》则从整体上对后朦胧诗的文化意义与精神景观进行了理论阐释，挖掘了后朦胧诗发生发展的社会文化背景，对其中所呈现的有代表性的新型理论话语与诗学主张、审美革命与话语的转换进行了深入的探讨。更为重要的是，通过撩开那些飘浮在诗歌运动表面的面纱，让我们看清了从第三代诗歌到90年代诗歌的复杂的内部传承关系。

随着诗歌研究的日趋深化，对第三代诗歌的阐释研究已成为学术关注点，谢冕、吴思敬、程光炜、王光明、陈仲义、李振声、张清华、罗振亚、孙基林诸位先生的著述已经足够详尽全面。这些前辈学者主要围绕语言意识的自觉和诗歌本体的生命体认展开对第三代诗歌及其诗人的批评，发掘和照亮许多被遮蔽的创作现象。但是对第三代诗歌的阐述还未涉及系统的历史层面，缺乏历史之光的审美烛照。就目前掌握的资料来看，新历史主义的批评方法已经在小说、戏剧、影视等文体中得到了广泛的运用，并且取得了巨大的成就，而系统运用这一方法对诗歌进行研究的理论专著及文章却并不多见。张清华先生的《论“第三代诗歌”的新历史主义意识》一文可谓这方面的代表之作。他认为，虽然新历史主义的理论传入中国大陆在后，但事实上新的历史观念的渗透却要早得多。新历史主义是反拨并容纳了结构——后结构主义的一种历史热情与历史观念，它是传统历史价值与历史尺度的复活和新的变体，它的表征是一种“重构历史”的运动与氛围。他还认为融合了存在主义、结构主义以及后结构主义等诸多理论的新历史主义的引入在影响当代中国史学观念变化的同时，也影响到当代作家的历史意识。因此，兴起于80年代中期的第三代诗歌由“寻根”文学引发的历史热情由于同各种现代主义史学观念的结合，而具有了种种新历史主义的因素与性质。①

历史是一个没有确切指涉的措辞，不同的人书写，会有不同的书写效果。经历过史无前例的文化大革命并目睹过声势浩大的改革浪潮的第三代诗人，对历史的认识和理解发生了根本性的变化。在他们的笔下，以往代表传统历史权威及神圣的事件和人物如同真实自然的日常生活一般都变得虚假荒诞、凡俗平庸。他们改变原来审视历史的视角，而从他们自身独特

① 张清华：《论“第三代诗歌”的新历史主义意识》，《诗探索》1998年第2期。

的边缘立场出发重新审视历史，在他们那与众不同的边缘视角里，所有正统的大写历史褪下它那神圣的外衣，从高高的神圣殿堂走向世俗，正统的历史大厦好像在一夜之间轰然坍塌。他们遵循内心的真实性，把所谓客观、真实的传统历史拆解为极具主观色彩的文本化的历史；把必然的、连续的历史化为偶然的、断裂的历史；他们关注诗人在历史、时代中的生存处境；他们试图通过拼贴人物事件、随意戏谑权威、拆解历史、颠覆主流意识形态来发出自己的声音，从而完成对诗歌历史精神承担的重建，实现诗歌文本与历史文本乃至社会文本的“互塑”。

二、诗歌的历史性与历史的诗歌性

（一）诗与史

诗与史的关系一直是诗学史上备受关注的问题之一，中西方诗学都经历了一个长期的认识过程，都认为二者既有联系又有区别。比如杜甫的“三吏”、“三别”作为诗歌何以被誉为“诗史”，而作为历史著作的《史记》为什么被称为“无韵之离骚”，那些在文学史上占据重要位置的作家果真就没有值得商榷的地方？而那些湮没无闻的小人物果真就毫无价值可言？诸如此类的问题，都涉及诗与史关系的探讨。因此，我们首先要明确诗与史的本文含义。

历史是客观的，对历史的书写总带有一定的主观性，因为史家在撰写史书时不仅要受到历史文献材料的限制，而且要受到所处时代环境及统治阶级意识形态的制约。叙述者对于历史事件的选择、理解以及赋予历史事件的意义都带有他的主观色彩。从这个角度来说，人们不可能获得纯粹客观的历史。那些被称为事实的历史材料只是历史故事的因素，没有任何随意记录下来的历史事件本身可以形成一个故事，① 而所有的历史真实都能够被纳入历史事件。历史事件作为历史的原材料，本身是杂乱的，是没有意义色彩的，只有通过对历史事件进行“情节结构”的编码后，历史才有了生命和意义。因此，历史存在形式的本质是一种文本或一种话语。在这

---

① ［美］海登·怀特：《作为文学虚构的历史本文》，张京媛主编：《新历史主义与文学批评》，北京：北京大学出版社 1993 年版，第 163 页。

样的前提下，史书的形成与文学作品的形成并无不同，只不过阐释的方式或角度有所不同罢了，所以必须承认“历史的虚构性文本”之存在。被鲁迅先生称为“无韵之离骚”的《史记》，也是司马迁凭借他的智慧对史料有所选择并以此串联编排，又凭借他的情感和想象而有所虚构才成为我们今天所见到的“史家之绝唱”。虽然古人论诗多以“诗言志”、“诗缘情”、“诗者，吟咏性情也”[①] 冠之，但诗歌与所有文学作品一样，依旧是以现实生活为基础的，只是经过了作者的“筛选”与“编织”来反映作者心目中的“现实”罢了。所以说“所有诗歌中都含有历史的因素，每一历史叙事中也都含有诗歌的因素”[②]。历史是“文学本文周围的社会存在”，而诗歌则是“文学文本中的社会存在”。[③]

我国古代出现了不少称得上“诗史”的诗歌作品，像杜甫的“三吏”、“三别”，从曹操的乐府诗，文天祥、陆游的爱国诗歌以及近代黄遵宪的纪事诗等，但是像西方《荷马史诗》这样的史诗在汉民族是不多见的。所谓“诗史”是说诗人以自己的亲身经历将所见所闻“毕陈于诗，推见至隐，殆无遗事”[④]，全面而又深刻地反映了一段时期的社会现实。而所谓的“史诗”则多是指以古代英雄传说或重大历史事件为题材的叙事长诗，一般都是在集体编创的基础上完成的，反映了人类童年时期对自然和历史事件的原始记忆及认识。前者在创作中蕴含了对历史真实的现实性观照；而后者则在书写过程中不自觉地运用了诗歌创作中的一些技巧。所以从某种意义上说，诗歌与历史从最初就构成了一种互文性的阐释关系，也就是说最初的诗歌就是历史，而最初的历史也是天然诗歌。在中国古代相当长的一段时间里，文史哲是不分家的，从对《诗经》、《楚辞》、《史记》的研究状况来看，诗史互证的研究方法已经成为一种共识，这也可以说明在诗歌中有历史因素的存在而在历史中也有诗歌因素的存在。因此说，历史是诗性

① 严羽著，郭绍虞校释：《沧浪诗话·诗辨》，北京：人民文学出版社 2006 年版，第 26 页。

② ［美］海登·怀特：《作为文学虚构的历史本文》，张京媛主编：《新历史主义与文学批评》，北京：北京大学出版社 1993 年版，第 163 页。

③ 张京媛主编：《新历史主义与文学批评·序言》，北京：北京大学出版社 1993 年版，第 5 页。

④ 丁福保：《历代诗话续编》（上卷），北京：中华书局 2006 年版，第 16 页。

的历史，而诗歌是史性的诗歌，二者是彼此融合、彼此渗透的。正如汤因比所说："历史同戏剧和小说一样是从神话中生长起来的，神话是一种原始的认识和表现形式……在其中的事实和虚构之间并没有清晰的界限。举一个例子来说明，有人说对于《伊里亚特》，如果你拿它当历史来读，你会发现其中充满了虚构，如果你拿它当虚构的故事来读，你又会发现其中充满了历史……"① 所以，不仅"最初的历史一定具有诗的性质"②，而且早期的诗歌也一定具有历史的性质。

当然，随着历史的推进，历史和文学产生了等级分明的秩序，但是诗歌和历史的内在联系却无法割断。无论是最初的"史官文化"或"史传文学"，还是各个时代的历史题材的文学创作；无论是抒情诗还是史诗，其艺术价值往往被归结为用审美的叙述形式描述历史具有的现实认知判断与政治文化教育功能，以此实现诗歌对时代以及民族精神的巨大承担。所以传统诗歌在指向恒久的诗教传统的同时，也完成了对统治阶级意识形态的构建。所以，当海登·怀特把历史的深层结构解释为"诗性"的时候，他已经在历史与文学之间建立起了比其他任何时候都更加密切的联系。诗歌虽不同于历史，但是人生活在特定的历史和空间里，其价值观念、审美观念都不可避免地打上了社会历史的烙印。正因如此，闻一多先生说："历史与诗应该携手，历史身上要注射些感情的血液进去，否则历史家便是发墓的偷儿，历史便是出土的僵尸；至于诗这个东西，不当专门以油头粉面、娇声媚态去逢迎人，她也应该有点骨格，这骨格便是人类生活的经验，便是作者所谓的'境遇'。"③

新历史主义也认为历史和文学同属一个符号系统，都要借助于语言再现过去，都要借助于想象形成虚构成分，以弥补事实的不足。因此，历史的虚构成分与叙事方式同文学所使用的方法十分相似。传统历史主义认为，文学与历史的关系是多方面的：首先，文学的创作是不可能摆脱历史

---

① ［英］汤因比著，曹未风等译：《历史研究》（上），上海：上海人民出版社1986年版，第55页。.

② ［意］维柯：《新科学》，转引自伍蠡甫主编：《西方文论选》（上），上海：上海译文出版社1979年版，第546页。

③ 闻一多：《闻一多全集》（卷三），北京：生活·读书·新知三联书店1982年版，第408页。

和现实的素材、时代潮流和思想观念的影响，而且文学与历史又是相互弥补的，文学中的历史内容往往能够成为历史学家治史的旁证。其次，文学文本被看作是一种历史现象，认为它产生于特定的历史背景之中，是对历史的一种反映，而批评家的任务就是通过历史的还原把文学作品放回到它产生的具体的历史环境中去，以期再现作者的原意，从而把握作者的思想和作品的意义。传统历史主义关注的是历史的本来面目，认为在文学作品之外，有一个真实而具体的历史，而文学作品只是对这个真实而具体的历史的一种反映。再次，文学不仅充满了文学主体对历史意识形态的种种认同或者抵制的反映，使文学成为历史的特殊表现形式，而且文学与历史的疏离又凸显了文学主体，使文学能够以个性化的方式游离于“大历史”之外，成为历史的补充形式。新历史主义扬弃了传统的历史观，打破了历史真实的假象，不再把历史看成是由客观规律所控制的过程，看成是文学的“背景”或“反映对象”，而是把历史和文学两者同时看成是“文本性的”，都需要借助话语再现过去的事件，借助想象和虚构对历史事件进行情节的编排，以弥补事实的不足。

总而言之，历史固然要以客观事实为依据，但如果缺乏了诗性的支撑，读起来必然会索然寡味，也势必将失去丰富鲜活的生命力；而诗歌虽然以诗情抒写为主，但是如果缺乏了历史事实的呈现，就会削弱诗歌本身所承担的文化使命，同时也失却了历史的厚重感。虽然历史中的诗性与诗歌中的史性的表现方式不同，但是缺乏诗性的历史与缺乏史性的诗歌同样不利于各自价值和意义的阐释。

（二）诗具史笔，史蕴诗心

钱钟书先生在论及“诗”与“史”的关系时说：“流风结习，于诗则概信为征献之实录，于史则不识有梢空之巧词，只知诗具史笔，不解史蕴诗心”①，之后他又在《管锥编》中说：“史家追叙真人实事，每须遥体人情，悬想事势，设身局中，潜心腔内，忖心度之，以揣以摩，庶几入情合理。盖与小说、院本之臆造人物、虚构境地，不尽同而可相通；记言特其一端。”② 也就是说，史家在撰写史书时虽应力求贴近历史真实本身，但由

① 钱钟书：《谈艺录》，北京：中华书局 1984 年版，第 363 页。
② 钱钟书：《管锥编》，北京：中华书局 1979 年版，第 166 页。

于史家选用历史资料的角度不同，总是不可避免地借助于虚构和想象以达到情感的隐性潜入，即“史蕴诗心”。而“诗具史笔”是说诗的史化作用，诗歌中的历史真实可以弥补史书的不足，以达到史诗互证的目的。虽然与史书相比，诗歌在反映历史真实方面不如史书翔实，但却比史书来得高明。古希腊哲学家亚里士多德在其《诗学》第九章里这样写道：“诗人的职责不在于描述已经发生的事，而在于描述可能发生的事。”而且认为“写诗这种活动比历史更富有哲学意味，因为诗力图表现普遍而历史则力图表现特殊”①。在西方文学中，以诗歌的形式出现的名著更是受到了普遍的关注，这种现象固然与诗歌的历史悠久和形式的表述有利于情感的抒发有关，但不可否认的是：写诗比历史更富有哲学意味。中国虽是一个重史的国度，但是早期的史学著作却不乏文学色彩。所以，在中国古代文史传统方面，既有文学历史化的倾向，又有历史文学化的倾向。但是，诗歌毕竟只是诗歌，并不是编年史，也不能取代历史的书写，诗歌只是人心目中的现实，是经过想象和虚构加工的历史。当诗人进行诗歌创作时，他要表达的是思想感情和道德情操，而不是在书写历史，所以，我们看到的诗歌与真实的历史不能等量齐观。为了使诗歌具有历史的意味，创作者也就是诗人们必须压抑自身的感情宣泄，正是从这一视角出发，我们认为诗歌中的历史是诗化的历史、虚构的历史，而不是真正的历史事件或历史片段。

而现代学者普遍认为：历史的本质重在实录，而诗歌的本质重在虚构。也就是说，历史的根本原则是指向历史事实，这就要求史家在著述时尽可能地避免过多主观色彩的融入，并采取一种客观公正的“不虚美、不隐恶”的实录态度，以求最大限度地探求历史真相，恢复历史原本的面貌；而诗歌则恰恰相反，它依赖联想和想象，重在对材料的主观编织与感情的抒发。这就要求诗歌的创作不能仅仅局限在对客观世界的简单复制上，而必须在对材料的筛选、加工中融入自己对生命、人生的体验，并借助诗歌这一载体传达出丰富的意蕴来。然而，20 世纪的“语言论转向”使人们对语言的本质有了更深层次的了解。于是，关于历史与文学的划分由来已久形成的普遍共识遭到了前所未有的质疑和动摇。尤其是 20 世纪 80

---

① ［古希腊］亚里士多德著，陈中梅译：《诗学》，北京：商务印书馆 1999 年版，第 81 页。

年代以来在“历史转向”中扮演了重要角色的新历史主义的兴起，打开了文学研究的历史之维。他们认为历史作为发生的历史事实已不可再现，因此“我们必须把历史看成一种语言结构，只有通过这种语言结构我们才能把握历史的真实价值”[①]。海登·怀特在其《元史学：十九世纪欧洲的历史想像》中指出，任何一部历史都是以叙述话语的形式呈现的，都是用语言把一系列历史事实的资料贯穿起来，以形成与所叙述的历史事实相对应的一个文字符号结构。然而，“语言也是一种事物，它在本质上就是不透明的。所以，赋予语言‘再现’物质世界的使命，就好像它能够准确地完成这项使命一样，则是一个特大的错误”[②]。由此，我们认为历史“无论是描写一个环境，分析一个进程，还是讲一个故事，它都是一种话语形式，都具有虚构性”[③]。因此说，历史话语的深层结构是诗性的。然而，诗歌作为史实的承载体，并不能与历史画上等号，诗歌中的历史是经过诗人加工过的史实，是对时代现实的情感观照。诗人的这一审美创造能力之所以优越于一般史家的历史记录，就在于诗人从来就不拘泥于生活表象，而是借助于诗人的艺术想象力，把对生活的直接感知升华为对生活本质规律的认识，以便于“深挖事物隐藏的本质，曲传人物未吐露的心理”[④]。因此，了解诗歌中的历史观，有助于我们更加深入地理解第三代诗歌的历史诗学问题。

在中国传统文化中，诗歌一方面被置于“兴、观、群、怨”，“厚人伦，美教化”[⑤] 的崇高地位；另一方面诗歌则是诗人感时咏世、追问生命的重要载体。前者从诗歌的功用来讲，说明诗歌对时代重大主题的承担精神，这是每一个时代的宏大历史叙事。从古代的科举取士到近代以来，诗歌在经历了战火硝烟的洗礼后，成为“新文化”运动的先声、“五四”精

---

① 王岳川：《后殖民主义与新历史主义文论》，济南：山东教育出版社 1999 年版，第 202 页。

② ［美］海登·怀特：《解码福柯：地下笔记》，张京媛主编：《新历史主义与文学批评》，北京：北京大学出版社 1993 年版，第 120 页。

③ ［美］海登·怀特著，陈永国、张万娟译：《后现代历史叙事学》，北京：中国社会科学出版社 2003 年版，第 10 页。

④ 李洲良：《诗与史——论钱钟书在〈宋诗选注〉中对诗、史关系的阐释》，《学术交流》2001 年第 5 期。

⑤ 阮元：《十三经注疏》，北京：中华书局 1980 年版，第 270 页。

神的载体和抗日救国的“鼓点”。即使是从“文革”高扬政治抒情的废墟上升起的朦胧诗，在挥动个体生命意识和自我的大旗时也不忘以大写的“自我”自觉地承担起文学重建权威意识形态的职责，成为一个“新时期”的时代精神象征。[①] 后者则是从诗歌的生命追求层面上对自然和历史的投射。从先秦以来，以人的个体生命为本位的循环论时间观念已经融入了诗人的个体生命之中，构成了诗人不断向前演进的线性历史。从先秦时代对宇宙、历史、哲学、社会等问题的思考到东汉乐府对人生苦短的焦虑和慨叹，都显示出这种线性历史开始成为人们衡量一切价值的尺度。这种由于个体人生的突然彰显所带来的美学与价值观的变化，在唐宋文人的诗作中表现得更加鲜明，不管是陈子昂“念天地之悠悠，独怆然而涕下”的生命感伤，还是苏轼“人生如梦”的忧心和焦虑，都可以看出他们在理解自然和观照历史时，以自身的生命经验与生命历程作为打量历史的标尺。人生的短暂与生命感伤成为他们永恒的生命情结和不懈追求的主题，同时也成了他们观照历史、追问宇宙的认识基点。因此，我们常常能从诗歌中读出诗人对生命的敬畏来，诗人把对历史的独特认识融汇在自身的生命体验之中，从而使诗歌具有了鲜活的生命质感。

美国重要的新历史主义理论家海登·怀特曾引述著名的原型理论创立者诺思罗普·弗莱的话说：“在某种意义上，历史与神话相对立；如果对历史学家说他的书是由神话构成的，这对他隐约是一种侮辱……当一个历史学家的规划达到一定程度的综合时，在形态上它就变成了神话，因而在结构上也就接近诗歌了。”[②] 海登·怀特认为，即使是在历史文本中，也同样存在“文学虚构”的问题，因为任何历史文本都离不开话语叙事和材料的结构方式，而“话语叙事绝不是一个可以完全清晰地再现事件——不论是想象的还是真实的事件——的中性媒介，它以话语形式表达关于世界及其结构和进程的清晰的体验和思考模式，的确，话语叙事模式千百年来就一方面与神话和宗教思想，另一方面与文学虚构密不可分”[③]。因此，“历

---

① 陈旭光：《中西诗学的会通》，北京：北京大学出版社 2002 年版，第 352 页。

② ［美］海登·怀特著，陈永国、张万娟译：《后现代历史叙事学》，北京：中国社会科学出版社 2003 年版，第 173 页。

③ ［美］海登·怀特著，陈永国、张万娟译：《后现代历史叙事学》，北京：中国社会科学出版社 2003 年版，第 346 页。

史”同“神话”（虚构）之间就形成了一种“剪不断，理还乱”的关系。这不但揭示了历史学自身的某种“可疑性”，同时也指出了诗歌同历史结合的可能性。由是观之，海登·怀特虽然是从结构主义的视角来探询历史的本体意义，但他却在无意之中确证了诗歌写作中“新”历史主义方法的合理性。囿于文体的限制，这决定了诗人在创作诗歌时不可能像历史学家那样以完全求真的态度去面对历史，诗歌中的历史是经过诗人虚构和想象的产物，是诗性的言说。

在西方，从《荷马史诗》开始历史天然地就和诗歌结下了不解之缘，诗歌也因此完成了对历史精神和历史意识的承担。比如《荷马史诗》就达到了以诗歌来书写历史的目的，其后的文人史诗如维吉尔的《变形记》、弥尔顿的《失乐园》等都是对历史的一种“仿写”，他们笔下的历史不再是真实历史的再现，而是以一种象征或隐喻的方式出现的。历史在诗歌中也渐渐地转化为有关生死、人性、道德以及战争等共时性存在的东西。如但丁的《神曲》、莎士比亚的戏剧、歌德的《浮士德》、拜伦的《唐璜》等。① 而新历史主义正是从对文艺复兴时期尤其是对莎士比亚戏剧的研究中脱颖而出的。所以，这无疑成了意大利哲学家维科所说的历史本身天然具有诗性的艺术特质的最好诠释。

近代以来，诗歌仍然承担着精神生命的主题，无论是作为“五四”运动的先声还是抗战的鼓点，诗歌都成为诗人们感时咏世、追问生命的重要载体。而到了20世纪80年代初，随着民族反思意识的日渐高涨，以及高度紧张的政治氛围的解冻，再加上西方文艺思潮的大量涌入，在文学领域的“反思”、“寻根”思潮的推动下，第三代诗人以其得天独厚的条件很快加入他们的行列，去实现他们蓄谋已久的叛乱，推出他们“博览会式”的诗歌艺术大展。由于在他们的诗歌中汇合了结构主义方法的符号学、心理学、民俗学和文化人类学的启示，他们的历史观念与方法也必然地带上了时代的特征，具有了某些“新历史主义”的意识倾向。

---

① 张清华：《境外谈文》，石家庄：花山文艺出版社2004年版，第192页。

三、新历史主义视域下的第三代诗歌景观

新历史主义作为理论形态引入中国大陆主要是20世纪90年代以来的事情，而第三代诗歌的发生和集中出现的时间则是在80年代中期至后期，之所以说第三代诗歌中蕴含着新历史主义的意识倾向是因为第三代诗歌是在国内外多种批评理论和创作实践所构成的复杂语境中形成并发展起来的。早在80年代初，影响新历史主义理论的一批历史学家的著作已经引入中国大陆，他们的史学观念为新历史主义提供了理论基础。这些理论在影响当代中国史学观念的变化的同时，也进而影响到当代作家的历史意识。第三代诗人们对语言和文化的理解已经鲜明地显示出结构主义和解构主义的思想倾向，到了80年代中期，由“寻根文学”所延伸出来的历史热情已由于其同结构主义、存在主义和其他各种现代主义史学观念的结合，而具有了种种新历史主义的因素与性质。

然而，诗歌本身的形式已经决定它不可能像小说那样去演绎历史，而只能去面对历史的“碎片”和那些“积淀”着历史内涵的文化遗迹与象征物。所以这一时期的诗歌更多地去关注历史的元素性而非历史的整体诉说。历史在80年代中期的许多诗人的观念中，是“宏大叙事”赖以凭借的载体和价值得以实现的依托。再加上80年代“寻根”、“反思”文学思潮的高涨，所以这个时期的历史意识、文化寻根主题得到了高扬。正如杨炼所说的那样：“传统，一个永远的现在时，而我们的任务就在于发掘其‘内在因素’并使之融合于我们的诗”①，这样的一种历史观念，与克罗齐所说的“一切历史都是当代史”保持着精神上的亲缘性。

（一）历史文本间性的突显

正如上文所说的，历史意识和文化寻根主题的高扬，使第三代诗歌与新历史主义发生了精神上的联系。新历史主义在面对有关历史问题时提出了明确的观点。他们认为历史是不连续的整体，是断裂的、碎片化的历史，因此新历史主义的代表人物格林布拉特就是“要在‘反历史’的形式

---

① 杨炼：《传统与我们》，《青年诗人谈诗》，北京：北京大学“五四”文学社1985年版，第73页。

化潮流中重标历史的维度，要在‘泛文化化’的文学批评中重申文学话语范式对历史话语的制约，要在后现代‘语言游戏风景’中张扬历史现实和意识形态的权利话语关系”[①]，“打破传统的‘历史—文学’的二元对立，把文学看作历史的一个组成部分，一种在历史语境中塑造人性的最精妙部分的文化力量，一种重新塑造每个自我以至整个人类思想的符号系统；而历史是文学参与其间，并使文学与政治、个人与群体、社会权威与他异权利相激荡的‘作用力场’，是新与旧、传统势力和新生思想最先交锋的场所。在这种历史与文学整合的‘力场’中，让那些伸展的自由个性、成形的自我意识、升华的人格精神在被压制的历史事件中发出新时代的声音，并在社会控制和反控制的斗争中诉说他们自己的活动史和心灵史”[②]。

而新历史主义的另一位代表人物——美国文学理论家蒙特洛斯在《文化诗学与政治》一书中提出了关于历史与文本的对称性的表述“历史的文本性与文本的历史性”理论。所谓“历史的文本性”，它有两个方面的含义：一方面指我们不可能接触到一个全面而真实的历史。也就是说，我们了解历史只能通过流传下来的文本。因此，詹姆逊说：“历史并不是一个文本，因为从本质上说它是非叙事的、非再现性的；然而，还必须附加一个条件，历史只有以文本的形式才能接近我们，换言之，我们只有通过预先的（再）文本化才能接近历史。”[③] 也就是说，我们只有通过文本才能接近历史，了解历史的真相。二是当那些历史素材转换成文献档案并成为历史学家撰写历史的依据时，它们自身也充当后人的阐释媒介。同样，“文本的历史性”也有两方面的内涵：一方面指一切文本的生成与阐释都具有社会历史性，是特定的历史、社会、道德、文化、政治体制以及意识形态的产物。因此，文本的解读活动也不可避免地带有其社会历史性。另一方面是指，文本本身就是一个文化“事件”，所以它不仅仅是对历史的“反映”和“表述”，而且也是塑造历史的能动力量。既然历史是无法接近的，

① 王岳川：《后殖民主义与新历史主义文论》，济南：山东教育出版社 1999 年版，第 161 页。

② 朱立元主编：《当代西方文艺理论》，上海：华东师范大学出版社 2005 年版，第 300 页。

③ ［美］弗雷德里克·詹姆逊著，王逢振、陈永国译：《政治无意识——作为社会象征行为的叙事》，北京：中国社会科学出版社 1999 年版，第 70 页。

那么我们获得的历史就必定带上了当下的意义阐释。

在第三代诗歌那里，过去、现在、未来不再是线性历史的发展逻辑，而是按照主体的意志和理想来获得当下意义。他们违背历时逻辑的时间结构，而追求丧失了历史感的后现代时间，“它取消历史意识，去告别传统、历史、连续性而浮上表面，在非历史的当下时间中去感受断裂感”①。而且在第三代诗歌中，历史感的丧失不是被动的，而是主动拒绝的。不管是“他们”的“诗到语言为止”还是“非非”的“反文化”，不管是“莽汉”的“语言暴力”还是新传统主义对民族集体潜意识的破坏，都表明了第三代诗人们对历史感的这种主动拒绝态度。

韩东的诗篇《有关大雁塔》可谓是第三代诗人中发出告别传统的第一声呼哨。千载以来，大雁塔是巍然耸立在中国人的感情诗篇里的丰碑，是神圣的、充满豪情的、可歌可泣的英雄的象征。在杨炼的《大雁塔》中，他借助于古老中国的历史遗存去构造了一个宏阔的历史空间。大雁塔是民族历史的见证，它以自己的沧桑见证了民族的兴衰。

在中国/古老的都城/我像一个人那样站立着/粗壮的肩膀，昂起的头颅/面对无边无际的金黄色土地/我被固定在这里/山峰似的一动不动/墓碑似的一动不动/记录下民族的痛苦和生命。②

大雁塔像一个英雄一样站在那里，在经历了无数痛苦、死亡而依然倔强的挺立，这是一代知识分子的历史意识，一种为社会承担责任的使命意识。而在韩东的诗篇《有关大雁塔》里，诗人带着历史的虚无感在面对大雁塔时，已不再是豪情勃发和情不自禁的赞叹，而是一种失落，一种戏谑，一种无聊、无奈和厌倦的情绪。一切历史文化遗迹的意义都不存在了，我们从文本中已经无法获得关于大雁塔的一切豪情和神圣的敬仰。“有关大雁塔/我们又能知道些什么”，而那些“爬上去后/看四周的风景/然后再下来”的人，也不再是为民族、国家承担责任的英雄，而是一群无

① 陈旭光、谭五昌：《秩序的生长》，西安：陕西人民教育出版社 2002 年版，第 41 页。

② 洪子诚、程光炜：《朦胧诗新编》，武汉：长江文艺出版社 2004 年版，第 280 页。

聊和平庸的普通人。大雁塔不再是英雄，不再神圣、崇高，不再是蕴藉久远深厚的历史文化的象征。诗人曾说过："当时我是一个诗人，来西安之前读过杨炼的史诗《大雁塔》。在这首浮夸的诗里大雁塔是金碧辉煌、仪态万方的。我的失望之情开始是针对大雁塔的，后来才慢慢转向杨炼的诗。"① 这是第三代诗歌对朦胧诗的经典化和诗歌创作的衰退的最早不满与反动了。

朦胧诗的历史观是固化的历史观，是已经形成的"前文本"。而第三代诗人正是以轻松甚至平庸的语言对崇高、神圣、革命理想等传统价值观念进行亵渎和消解，告别了历史的神圣权威，重新对历史进行了阐释，彻底颠覆了"古迹埋藏着丰富的历史文化内容"的观念，使文本具有了明显的新历史主义意识。陈晓明在谈到20世纪的文学时说："20世纪的精神流向……基本上，可以简要描述为从'建立深度模式'到'拆除深度模式'。"② 第三代诗人们以自己极为精简的、排斥意象的、带口语化的语言，以平民化的意识，裹挟着反叛的冲动，拆除了当代诗歌发展乃至朦胧诗所建立起来的"深度模式"，使历史展现出前所未有的多样性和丰富阐释的可能性，揭示了社会以及人性角落里那些往往被忽略和遮蔽的存在，这种别样的历史观与新历史主义者通过构建复数化的小写历史而刺穿传统历史"宏大叙事"的堂皇假面，实现其"反历史"表述的历史观不谋而合。

对中国传统文化固有价值体系的反叛还表现在伊沙的诗歌中，他的《车过黄河》无疑是一个典型的新历史主义文本。传统历史主义认为，历史是客观的、连续的整体，我们认识的历史就是按照这样的规律向前演进的。比如，黄河的象征意义就早已在我们的意识中固定下来了，而新历史主义由于受到后现代主义的影响，更加强调世界是多元的，是一个没有中心的网状结构。因此他们致力于对"逻各斯中心主义"的解构，对受主流意识形态支配的正史叙述的怀疑，从而达到解构正统、解构权威的目的，并进而省察其中隐藏的权力结构。于是他们就转向对被主流意识形态所忽略的边缘话语和边缘历史及意识的关注。在诗人的笔下，满载着非凡的历

---

① 袁桂娥、秦方奇：《沉思与对话：20世纪中国文学经典解读》，武汉：崇文书局2006年版，第483页。

② 陈晓明：《无望的叛逆》，西安：陕西人民教育出版社2002年版，第103～104页。

史文化重量，作为中华五千年文明源头的黄河竟成了诗人戏谑的对象。每当我们经过黄河，我们的潜意识里无不怀着感恩之情，重温民族的文明史，追忆黄河的丰功伟绩。这是因为对黄河敬仰崇拜早已牢固在我们的潜意识里。而诗人在这样一个神圣“仪式”来临的时刻“正在厕所小便”，“只一泡尿的工夫，黄河已经流远”。诗歌正是通过对历史的无情抛弃和拆解，使得早已加在黄河身上的美丽光环和辉煌的神话一一褪去了昔日的光泽，从而流露出诗人对神圣的轻慢与不屑。

再如于坚模仿档案文体创作出著名的《零档案》，在这首诗中，他用一种零度叙述的方式描写了档案室的场景，各式各样的锁象征着对档案及对人的禁锢与异化。其实，档案本身就是人的发明和创造，更具讽刺意味的是人创造的档案却成了管制人自身行为状态的客观记录。档案在长期的发展过程中固定下来成为束缚人、异化人的一种工具，是统治阶级约束和管理人的工具。全诗从“他”的出生到成长，再从恋爱到日常生活都做了详细的记录，最后是各种表格。这样，“他”就分门别类地“进入一个个方格/一页页稿纸/成为名词虚词音节过去时词组被动语态”。正是通过这种形式诗人给我们提供了一个独特地表现人生、思考人生、批判现实的视角。他用呈现、注视的叙述方式展现了极“左”路线下中国人畸形的生存状况。档案是历史性的存在，是社会发展的产物，是统治阶级加强意识形态控制的工具。档案的发明使人不再成为人本身，而成了一个符号，成为进入一个个表格的符号和内容。而新历史主义正是要试图使我们重新熟悉那些由于意外、忽略或压抑而被遗忘的事件，发掘那些在主导意识形态控制下无法看到的真相。正如于坚所说的那样：“档案实际上是一种公共书写的方式，从你出生就规定着你，是通过一种语言的暴力，强迫性地给你一种存在方式。因为你的存在方式首先是一种语言的存在，你生下来社会就强迫给你一种语言方式，你没有办法选择，你也根本逃脱不了。”①

还有诸如伊沙的《中国诗歌考察报告》对毛泽东《湖南农民运动考察报告》的消解，以及韩东《你见过大海》对舒婷《致大海》的解构，都表现出第三代诗人在对待历史问题和历史观念时的态度，通过悬搁“非叙述、非再现”的真实历史对传统诗歌文本进行无情的解构和颠覆，但是从

① 吕周聚：《现代中国文学沉思录》，济南：齐鲁书社2007年版，第95页。

另一方面却透露出第三代诗人在社会文化转型期的创作心态和强烈的创新意识。

（二）历史整体图景的拼贴

每一种文学潮流的出现都有其复杂的思想渊源，新历史主义是在“语言论转向”和“历史转向”的双重合力影响下出现的，所以它的出现既受到后现代主义对权威、正统解构的影响，又有解构主义史学对传统历史观念颠覆的影响；既有人类学“自我塑造”的影响，又有巴赫金众声喧哗的狂欢化理论的影响。这些理论思潮都曾直接或间接地影响了新历史主义的发生和发展。当它们被共时性地引入中国大陆以后，也必然会促使人们对现实与历史进行新的思考，从而产生出不同于以往的历史观念。虽然这些观念还没有形成一定的理论体系，但是却直接影响了创作者的历史观念，促使他们创作出与新历史主义的理论实践相契合的文学作品。而后作为理论形态的新历史主义思想引入中国大陆以后，更是与国内的文化语境相融合，形成了一股新历史主义的热潮，对文学尤其是小说、影视创作产生了深刻的影响。

在这众多影响中，新历史主义尤其与结构主义和解构主义的洞见密切相关。正如历史学家杰诺韦塞所说：“新历史主义之新，在很大程度上是由于它一直同后结构主义批评尤其是解构主义和文化人类学保持着暧昧不明的关系。”①

第三代诗人笔下的历史是透射着古老寓言的时间陈迹，是见证人类生存历尽沧桑的历史。正像我们前面所说的，诗歌并不是历史的编年式记录，而是为诗人提供了一个修辞想象的空间。让我们先来看下面两首诗歌文本：

黄土的女儿，无垠之梦的儿女呵，胸前文绣着/解脱阴影的鸟，和一头徘徊在悬崖绝壁上饥饿的野兽……流血的手只能深深挖掘自己始终被抛弃的命运……当正午的钟声/震颤空洞，让灵魂再次愈合祈求不朽的一

① 张京媛主编：《新历史主义与文学批评》，北京：北京大学出版社1993年版，第52页。

瞬……而流血的手却紧紧攥住自己贫瘠又珍贵的命运①

说世界就装在一只黑色陶罐里……你感到异性的呼吸吗/请绕陶罐走上一周/你感到胜利的喜悦吗/请绕陶罐走上一周/你感到背井离乡的孤单吗/请绕陶罐走上一周……结果在墓穴中人与陶罐同葬②

如果隐去这两首诗的题目、作者和写作时间等信息，对中国当代诗歌稍具常识的读者就会敏感地发现这两首诗的差异所在。前一首是朦胧诗人杨炼《半坡组诗·陶罐》中的诗句，在他的笔下"陶罐"作为种族和命运的象征，完整地再现了一部华夏民族的生存历史，负载了它全部的辉煌与苦难。历史在这里成为绝望与希望、命运与价值既对立又依存的复杂状态。而后一首诗是第三代诗人阿吾《写写东方·一只黑色陶罐容积无限》中的诗句，阿吾笔下的历史不再具有完整统一的状态，取而代之的是以一种杂碎、拼贴的状态，通过"陶罐"这一具有象征意义的实物来承载起书写民族历史，见证民族生存内涵的使命。他把神圣不可侵犯的历史阐释成无聊的、破碎的、不确定的以及空虚无意义的能指符号。在这里，历史呈现出一种断裂的、多元化的文化景观。

一切历史都是当代史。历史本来就蕴含了无数的指向和阐释的可能性，新历史主义正是在这个基础上通过强调历史的文本性去揭示历史的丰富多样性内涵。在这首诗中，历史呈现出一种多元的、未完成的不确定性。这也是格林布拉特等人把新历史主义描述为一种"文化诗学"并进而描述为"历史诗学"的原因之所在。第三代诗人在介入历史时所持的这种"解构"姿态，极巧妙地暗合了此时还并未以理论形式引进的新历史主义方法。

在拆除主流历史观念，打碎传统的历史文化幻象和重现历史的边缘性景观方面，廖亦武的长诗《巨匠》可谓独具特色。在这首长诗中，诗人刻意打破逻辑与秩序的语言，自由出入历史与现实，折射出历史与现实的存在状态的丰富性与复杂性：

---

① 杨炼：《朦胧诗精品·黄》，北京：人民文学出版社1989年版，第61~62页。

② 李丽中：《朦胧诗后——中国先锋诗选》，天津：南开大学出版社1990年版，第74页。

请问国家怎样开始？怎样结束？存亡兴衰，其间奥妙何在？阴谋是治国之本，弥天大谎被写进教科书，供孩子们天天朗读，请问谁是衣衫褴褛的君王？谁是主宰天下的小丑……你是否见过炎帝、神农、大禹、商鞅、项羽、虞姬、唐太宗、孙中山、鲁迅、蒋介石、李金发从凝固的波涛中上岸？//……请问为什么在正史之外有野史，在野史之外，还有手抄本流传民间？//请问我们的想象力为什么如此贫乏？神话的巨瓮，为什么只剩下些辉煌的碎片？……①

在这里，我们已有观念中的那些歌功颂德的话语，以及历史上那些高高在上的神圣权威，“只剩下些辉煌的碎片”，客观历史的神话已不再牢不可破。它成了诗人调侃、戏谑的对象。诗人以独特的、具有破坏性与拆解性的修辞方式营造了一个杂乱无章的历史空间，历史在这里被随意摆放、编织和拼贴。客观存在并早已固定在我们的意识中的历史在这里一一得到了拆解。

新历史主义的代表人物海登·怀特在《评新历史主义》一文中指出：“新历史主义实际上提出了一种‘文化诗学’的观点，并进而提出一种‘历史诗学’的观点，以之作为对历史序列的许多方面进行鉴别的手段——这些方面有助于对那些居于统治地位，例如在特定的历史时空中占优势的社会、政治、文化、心理以及其他符码进行破解、修正和削弱。因而，他们尤其表现出对历史记载中的零星插曲、逸闻逸事、偶然事件、异乎寻常的外来事务，卑微甚或简直不可思议的情形等许多方面的特别兴趣，历史的内容在‘创造性’的意义上可以被视为‘诗学的’。”② 新历史主义正是要“通过构建复数化的小写历史而刺穿传统历史‘宏大叙事’的堂皇假面，实现其‘反历史’表述”③。因为新历史主义发现，传统历史文本往往是以一元化的、整体连续的面目出现的，而真正的历史则是丰富多

① 谢冕、唐晓渡：《与死亡对称》（长诗、组诗卷），北京：北京师范大学出版社1993年版，第161页。

② ［美］海登·怀特：《评新历史主义》，张京媛主编：《新历史主义与文学批评》，北京：北京大学出版社1993年版，第106页。

③ 张进、高红霞：《论新历史主义的逸闻主义——触摸真实与“反历史”》，《兰州大学学报》2002年第2期。

彩的。任何一部历史都不可能客观而全面地覆盖历史真实，历史修撰不可避免地受到话语虚构和权力的编码，所以真实的历史必须通过多元化的历史文本共同来体现。新历史主义正是通过悬置非叙述的真实历史这样的批评策略来实现对强势话语的疏离以及对大写历史的拆解和颠覆。

每个时代都有一个时代的“宏大叙事”，80 年代之前的诗歌由于处在政治意识形态的控制之下都是以歌颂政治、体现国家意识形态的“大词”为主。从郭沫若、艾青、郭小川等人的诗歌以及“文革”诗歌和继之而崛起的朦胧诗中，经常出现诸如“英雄”、“太阳”、“东方”、“红旗”、“革命”等富有逻辑关系和神圣色彩的庄严而崇高的语词来实现时代的宏大历史叙事。而在第三代诗人的创作中，这种历史的宏大叙事遭遇了合法化危机。他们的诗中大量出现了“阴谋”、“白痴”、“变态”、“阉割”、“厕所”等词语，以此来构成边缘化、卑贱化和溃败式的历史叙事，向神圣的宏大叙事发起了猛烈的进攻。周伦佑的《自由方块》正是这种历史叙事的典型文本，在这首诗里，诗人将各种不同的文本包括古典诗文、新闻报道、毛主席语录、童话拼贴在一起，在实现了他个人化的历史叙事的同时也完成了对宏大叙事的拆解。

在上述颇具代表性的第三代诗歌中，诗人将不同的“文化符码”和“文化本文”并置，以纷乱的电影蒙太奇的手法汇集了众多不可同日而语的事物和景观的做法，同新历史主义将“广告、性手册、大众文化、日记、政治宣言、文学、政治运动及事件”① 等通常认为互不相关的符码拼接并置的策略毫无二致，这样的文本策略一方面揭示了历史的丰富性和动态性，另一方面对不断重复的历史、现实与未来作出隐喻式的描述。法国文艺理论家丹纳就说过，“一首伟大的诗，一部优美的小说，一个高尚人物的忏悔录，要比许多历史学家和他的历史著作对我们更有教益”②。因为诗歌对历史的叙述不可能按照历史的时间顺序展开，它通常借助于某些形象或象征性的隐喻去归纳历史的某些特征。钱钟书先生在论述“诗”与“史”的关系时说：诗比历史更高明。古希腊哲学家亚里士多德也说过：

---

① ［美］朱迪思·劳德·牛顿：《历史一如既往？女性主义和新历史主义》，张京媛主编：《新历史主义与文学批评》，北京：北京大学出版社 1993 年版，第 203 页。

② 伍蠡甫：《西方文论选》（下），上海：上海译文出版社 1979 年版，第 241 页。

诗比历史更真实。正是基于此，新历史主义理论家路易斯·蒙特洛斯提出了“用一种文化系统的共时性文本代替一种独立存在的……历史性文本”① 的理论。在第三代诗人的作品中，我们经常能够看到他们对历史的这种“共时归纳”和“历史拆解”。如西川的长诗《近景和远景》：

凯撒大帝、查理大帝、亚历山大大帝、大卫王，以及雅各之妻拉结、女勇士朱迪斯等人，或许真有什么话要对玩牌的人讲。扑克牌每重新排列组合一次，历史便被重新虚构一回，但谁又能肯定地说历史不是虚构的产物呢？②

精神的房屋、精神的广场、精神的野百合、一百零八条好汉、贾宝玉的三十六个女朋友……置世俗律令于不顾，置人类于被挑选的境地。它既不属于现在，也不属于过去，也不属于未来。作为我们关于家园和乌托邦的隐喻，它游离于时间之外。③

在这首诗中，诗人把许多互不相关的历史和现实打乱、切碎后，按照个人的经验形式进行了重新编排，从而实现对正统历史的颠覆和瓦解，在一种反讽的语境中再现了个人化的历史经验和某一时刻独特的历史风景，构建起一个另类的历史景观。海登·怀特指出：“历史是一堆素材，历史学家根据特定的需要和阐释进行编码，不同的编码就意味着不同的阐释。”第三代诗歌从某种程度上正是这种不同历史图景呈现的重新编排与拼贴。

（三）历史话语行为的狂欢

20 世纪 70 年代末 80 年代初的中国社会正处于旧的思想意识还未得到根本清理，上层的文化政策犹豫不定，新的经济设想还在论证的历史间隙。年青一代的诗人渴望思想表达的自由轻松。到了 80 年代中期，思想分化和文化分层在第三代诗人那里得到了鲜明的表达。出生于史无前例的文化大革命时期的第三代诗人，对那个时代的疯狂亲眼目睹，一种极为强烈的破坏印象构成他们意识深处的潜在话语。他们见证了这场历史灾难，看

① 王逢振主编：《最新西方文论选》，桂林：漓江出版社 1991 年版，第 496 页。
② 西川：《大意如此》，长沙：湖南文艺出版社 1997 年版，第 227 页。
③ 西川：《大意如此》，长沙：湖南文艺出版社 1997 年版，第 234 页。

到了历史宏大叙事中流露出的丑陋和罪恶，所以在他们幼小的心灵深处开始孕育反叛的种子，于是曾经是他们崇拜的朦胧诗人自然而然地充当了他们革命的目标。他们高举反朦胧诗的旗帜，以激进的方式对待诗歌和现行的文化制度。他们自称为“第三代”，怀着莫名的历史冲动，高呼“打倒北岛”、“告别舒婷”的口号冲向文坛。他们标榜“莽汉主义”，“没有乌七八糟的使命感”，“也不以为生活欠了他们什么”。他们自认是一群“小人物”，是庸俗的“凡人”；他们什么都干：“抽烟、喝酒、跳迪斯科、性爱，甚至有时候也打架、酗酒，让那些蓝色的忧伤和瓶装的忧郁见鬼去吧。”① 他们撕毁自我，对大写的人不屑一顾，彻底颠覆诗人充当时代抒情主人公的形象。他们“变成了一头野家伙，是腰间挂着诗篇的豪猪，以为诗是最天才的鬼想象、最武断的认为和最不要脸的夸张”②。他们把一直奉为神圣经典的诗歌一脚踏翻在地，恣意蹂躏。他们活着仅仅是为了写点东西（于坚语），对所有的人、事、物随意地把玩和切割。他们不再像顾城那双忧郁的黑眼睛执拗地去寻找“光明”，也不像梁小斌那样痛心疾首地呼喊：“中国，我的钥匙丢了。”他们的存在平凡而世俗：很多年，屁股上拴串钥匙。很多年，记着市内的公共厕所……③那个悬置于意识形态中心的历史主体镜像，正在被一群崭露头角的“野家伙”、自命不凡的“小人物”随意涂抹、乱画。

这种新诗历史上罕见的景观传达到文学上，就表现为一种纷繁复杂的经验呈现和多种声音并存的历史话语的狂欢。狂欢化的理论起源于巴赫金对文艺复兴时期狂欢节的分析，他认为中世纪人在神的权威中淹没了、异化了，而狂欢节这一仪式和演出形式不仅是一种与官方和教会相对的另一种生活，同时这一生活与官方建立的生活在某种程度上是一种对立、抗争的关系，表现出浓郁的意识形态色彩。在这场狂欢化的盛宴中，来自不同阶层，代表不同立场的各种声音互相竞争、对抗、碰撞，从而形成一个多声部的话语系统。同时巴赫金认为世界是多极的、多元的，是一个由多种

---

① 陈晓明：《仿真的年代：超现实文学流变与文化想象》，太原：山西教育出版社 1999 年版，第 73 页。

② 徐敬亚：《圭臬之死》，《文学研究参考》1986 年第 6、7 期。

③ 陈晓明：《仿真的年代：超现实文学流变与文化想象》，太原：山西教育出版社 1999 年版，第 73 页。

声音组成的杂合共鸣的系统。这就促使人们注意倾听来自不同层面的声音，积极展开与历史的对话关系，不仅要关注“独白”的正统历史叙事，而且要倾听诸多小历史的杂合共鸣，从边缘化的逸闻、史料中发现不同于正史的多种声音和被遮蔽的历史真实。

这种话语的狂欢在第三代诗人那里首先表现在对历史上处于神圣超然地位的一些人物的狂欢式的冒渎不敬上。在大展的一些诗歌文本里，诗人们对待历史人物以巴赫金所谓的“一整套降低格调、转向平实的作法”①进行书写。尚仲敏笔下的马克思是这样的一种形象：他写诗“字迹非常潦草/他太忙/满脸的大胡子/刮也不刮”，这种视角把伟大的革命导师的形象刻画成一个穷困潦倒的诗人，从而实现了对历史上圣像人物的彻底颠覆和瓦解。而杨黎的《对话》在卷首位置引用毛泽东的两句话：“凡是敌人反对的，我们就要拥护；凡是敌人拥护的，我们就要反对”，则是对“神圣文字和箴言的摹仿讥讽”②。在这首诗中，杨黎描写了自己的一些日常平庸生活的感受，与这两句话的时代背景和代表的阶级立场之间形成了一种鲜明的对照。这是对有着崇高地位的革命领袖及其语录的不屑和无情的放逐。我们再看看“莽汉主义”代表人物李亚伟笔下的“中文系”：

中文系/是一条洒满钓饵的大河/浅滩边，一个教授和一群讲师正在撒网/网住的鱼儿/上岸就当助教，然后/当屈原的秘书，当李白的随从/当屈原李白的导游然后/再去撒网……一个老头/在讲桌上爆炒《野草》的时候/放些失效的味精/这些要吃透《野草》、《花边》的人/把鲁迅存进银行，吃他的利息……③

教授、讲师、孔子、屈原、李白、杜甫、高尔基、现代派等这些有着丰富指涉的文化符号在这首诗中失去了它昔日的神圣光辉，变成了毫无意

---

① ［苏］巴赫金著，钱中文译：《巴赫金全集》（卷5），石家庄：河北教育出版社1998年版，第162页。

② ［苏］巴赫金著，钱中文译：《巴赫金全集》（卷5），石家庄：河北教育出版社1998年版，第162页。

③ 周伦佑：《亵渎中的第三朵语言花》，兰州：敦煌文艺出版社1994年版，第8页。

义的无聊调侃。长久以来，我们在固定思维里所赋予他们的文化意义被彻底瓦解。譬如孔子，这位历来受人尊敬的先哲圣贤“仍在垂钓/一些教授用成绺的胡须当钓线/以孔子的名义放排钩钓无数的人”，他在这里不仅成了授人以渔的钓叟，而且是所有钓叟的祖师爷，而教授们却成了屈原的秘书、李白的随从。大学——这个传播现代文化和人文精神的知识殿堂被调侃成娱乐训练的场所，而那些神圣的历史人物各自有各自的位置在其中只是娱乐游玩而已。更加可笑的是“在晚上/厕所里奔出一神色慌张的讲师/他大声喊：同学们/快撤，里面有现代派”。诗人以“反文化”的姿态实现了他的解构意图，他把教化的地点设在厕所而不是教室，教学的内容也陈旧过时，作为传播文明的教师及知识启蒙的可能性都消解在无聊、荒诞、粗俗的语言狂欢中，从而丧失了原有的崇高性和严肃性。而他笔下的司马迁是这样的：

每天下午在公主的额头上讲课/然后像一个中学教师那样背着手回家/他脑子里正构思《西施列传》……司马迁的工作和学习都很困难/政治常把他夹在《史记》里和汉武帝怒目相对//他曾辞掉史官兼教师的职务去户外体验生活/他的坐骑迈开散文的步伐把他驮进各朝代……满怀敬畏的心情不停地描写帝王/他把西施从稿子里抽出来，两千多年了/历史的烟雾常草书出他忧郁的背影——《司马迁轶事》①

诗人异想天开地塑造了史学家司马迁的形象，以稗官野史的方式讲述了他的构思过程及创作经历，让人们了解到另外一种历史存在的真相，以戏说正史的叙述方式完成了对历史人物和事件的重塑与构建。这里的历史是经过加工后的历史，是虚构的历史，但是通过诗人的编排取舍却呈现出一种别样的历史景观来，从而与正统的历史形成了无声的对话关系，丰富了正史的历史意义，使尘封的历史在当代又鲜活起来。历史在这里已经灰飞烟灭，原有的深度感、厚重感变成了一种无深度的、平面化的语言调侃。新历史主义认为，历史并不是连续的、服务于某种含目的性的主体精神的历史，而是一个由多种既相互关联又相互斗争的话语层次组合的复合

① 李亚伟：《豪猪的诗篇》，广州：花城出版社2005年版，第29页。

体；新历史主义坚决摒弃统一性、整体性和确定性，主张历史的多元性、开放性和相对性。第三代诗人正是在这一层面上实现了对历史的背叛和反动，然而这种历史文化的背叛和反动有着深刻的历史心理动因。

第三代诗人处在新的社会、文化转型时期，幼时的痛苦记忆使他们对所谓的“神圣”、“崇高”、“革命”等非常情绪有着天生的警惕性。他们在历史的疯狂洪流戛然而止的同时迎来了改革开放的时代巨变，早已在他们思维中形成的价值观念瞬间失去了存在的意义，尤其是西方各种文艺思潮的涌入，使他们经历了从极度贫困动乱到逐渐繁荣安定的时代变迁，从普遍务虚的淳朴心境到商品化的日益泛滥，社会逐渐开放而世风日下、人心不古，再加上文化熏陶的驳杂以及价值信仰的摇摆不定，这些转型期特有的社会文化形态无疑成为他们创作及其成长的土壤，同时也制约着他们在创作倾向上的无奈选择。

正是这种对历史文化的背叛和反动，为他们使用俗语来书写正面的、庄严的和权威的主题找到了借口。这在几个重要流派如“莽汉主义”、“大学生诗派”中屡见不鲜，他们运用惯常的俗语描写大学、官僚（尚仲敏《关于大学生诗报的出版及其他》、旅行（胡冬《我想乘上一艘慢船到巴黎去》）和真理（男爵《和京不特谈狗屎真理》）等等。

相比于语言的粗鄙化，韩东、于坚、丁当等人则诉诸诗歌语言“口语化”的追求，从另一向度上也构成了对经典性的、以“象征”为核心的“朦胧诗”语言艺术规范和秩序的极大反叛与全面颠覆。20 世纪 80 年代之前的诗歌语言由于处在政治意识形态的控制之下，政治主题是诗歌的主要内容，革命话语的影响无处不在。50 年代以贺敬之、郭小川、闻捷为代表的抒情诗里，汉语的许多“大词”构筑了无限的时空，“天南海北”、“五湖四海”、“世界”等抽象化的抒情话语，遮蔽了具体的生活场景和诗人的时空感，从而导致了诗歌意象的普遍雷同化，出现了大量的“仿制”之作，而朦胧诗也基本上形成了一整套的意象话语操作规则。于是，第三代诗人一出场便自觉地对所谓的“大词”进行抵制和解构，抛弃了象征和隐喻只剩下“诗到语言为止”（韩东语）的、普通平白的日常口语。

第三代诗人于坚诗中的历史就有别于朦胧诗中的历史。我们试着比较一下二者在叙述和书写上的差异：

以太阳的名义/黑暗在公开地掠夺/沉默依然是东方的故事/人民在褪色的壁画上/默默地永生/默默地死去。——北岛《结局或开始》

谁也不知道他是谁/谁也不问他是谁/全厂都叫他罗家//工人常常去敲他的小屋/找他修手表 修电表/找他修收音//文化大革命/他被赶出厂/在他的箱子里/搜出一条领带//……就在这一年/他死了/电炉把他的头/炸开一大条口/真可怕//埋他的那天/他老婆没有来/几个工人把他抬到山上/他们说 他个头小/抬着不重/从前他修的表/比新的还好——于坚《罗家生》[1]

在北岛的诗中，“太阳”、“黑暗”、“东方”、“人民”这些具有整体历史指涉的词，是“文革”时期具体场景的描述，实际是在“文革”的政治意识形态下对人民大众基本利益和权利的剥夺。这些描述超越了具体的历史场景，而成为对那个时代整体隐喻的“宏大叙述”。[2] 也凸显了诗人作为时代抒情主人公的光辉而高大形象。

同样是书写特定历史时代的场景和人物际遇，于坚的诗没有采用“宏大叙述”的方式，而是通过一个具体的小人物的日常生活，写出了生存褶皱中包含的历史真实。“罗家生”是一个“谁也不知道他是谁/谁也不问他是谁”的人，然而就是这样的一个人在“文革”中却因为一条领带（“领带”是西方生活的隐喻）而被赶出工厂，之后死于工伤事故。诗人就是通过这样的一个小人物向我们讲述了历史的真相，揭开了覆盖在正统历史身上的神秘面纱，告诉我们在历史上到底发生了什么，从而打破了传统主流话语只关注崇高人物的历史叙述，使历史上处于边缘地带没有话语表达权利的小人物的历史浮出地表，从重重的遮蔽中走出来，走到我们的面前，表达了一种对具体历史意识的吁求。

第三代诗歌对朦胧诗整体话语的反叛，并非远离了具体的历史语境，而是要揭示出被整体话语所忽略的、日常生活中习焉不察的角落里的沉默因素来。于坚在谈到这首诗的创作时说：“我甚至敢说这是一首史诗，至少我理解的史诗是如此。史诗并不仅是虚构或回忆某种神话，史诗也是对

---

① 严凌君：《白话的中国——20世纪人文读本》，北京：商务印书馆2003年版，第173页。

② 陈超：《“反诗”与“返诗”——论于坚诗歌别样的历史意识和语言态度》，《南方文坛》2007年第3期。

存在的档案式记录，对缺乏史诗传统的中国诗歌来说，史诗往往被误解为神话式的英雄故事。”① 同样，诗人韩东也这样理解于坚的这类诗作：“于坚写出了第三代诗歌中可称之为史诗的东西……在我看来，史诗至少要符合以下两个条件：一定的历史实录性质（物质的和精神的现象性存在，或统称为文化存在）和绝对的非个人化。至于规模的宏大和不朽的预期则在其次……于坚从一个观察者变成了研究家。他记录并讨论了历史，于坚的品质规定了他是当代精神的研究家，而非代言人。”②

第三代诗歌将早期朦胧诗语境中的时代、人民，转向了具体的日常生活琐事和平凡乃至平庸的人物身上，从而实现了朦胧诗的世俗化转移，使那些处于整体话语遮蔽下的边缘群体发出自己的声音来，形成多种声音杂合共鸣的历史景观。

而韩东的《你见过大海》则完全以口语化的方式和漫不经心的反讽语调，对舒婷的《海滨晨曲》中极具神圣崇高意味的“大海”进行了全面的颠覆和消解。“你见过大海/你想象过大海/你想象过大海/然后见到它/就是这样。”“大海”这一历来被赋予广阔伟大、浩瀚的事物所具有的精神象征和神圣的庄严感消除了，余下的仅仅“就是这样”的朴素与庸常。在拆除表层物象背后的深度模式，消解人为赋予和积淀而成的文化内涵及象征意味之后，大海仅仅是大海。还有诸如蓝马对“环形树”（《环形树》）、“世界”（《世的界》），杨黎对“撒哈拉沙漠上的三张纸牌”以及周伦佑对“头像”的解构都与此极为相似。

再如于坚的《尚义街六号》则完全以琐碎的方式描画出一群经常在“尚义街六号”相聚的年轻人的生活片断：

法国式的黄房子/老吴的裤子晾在二楼/喊一声　胯下就钻出戴眼镜的脑袋/隔壁的大厕所/天天清早排着长队……

诗中写到这些朋友们常常在老吴家中聚会过夜，而在诗的结尾，大家各奔东西：

---

① 于坚：《正在眼前的事物》，昆明：云南人民出版社 2004 年版，第 222 页。
② 韩东：《第二次背叛》，《百家》1990 年第 1 期。

大家终于走散/剩下一片空地板/像一张旧唱片 再也不响……

这首长诗采用了完全口语化的表达方式，表面看起来琐屑零碎，但细细读来却有一种舒缓几至哀伤的味道，而从结尾的语句里我们则能读出人生平淡而又无常的凄凉感来。而张锋的小诗《本草纲目》可谓把第三代诗人"反文化"的主题表现得淋漓尽致：

一两马致远的枯藤老树昏鸦/三钱李商隐的苦蝉/半勺李煜的一江春水煎煮/所有的春天喝下/都染上中国忧郁症……

这首短诗对中国古典文化中的诸多历史人物和意象进行了重新的编排和拼贴，在对这些传统经典进行调侃式的借用的同时，消解了其中历史悠久的审美趣味，表达了一种对传统经典不以为然的时代情结。

总之，他们出于对传统话语的抵制与反叛，导致其诗歌在话语行为方式上表现为一种"话语灾变"和"混乱"乃至"崩溃"的情状。这是一种强烈的言语"狂欢"和"游戏"精神的表征。① 正如周伦佑阐述的那样："一代人自下而上地暴动，在语言的范围之内砸碎旧世界，杜撰出许多稀有的名词和动词，否定除自我主体之外的一切：语言、文化、美学形式，最后发展到'反价值'、'反世界'、'反人'，试图旋动整个旧价值系统的解构。"②

他们这种鄙夷"整体性"，用拼贴、切割的方式任意编织话语符号，以此来割断与传统的意义联系的方式正好切合了新历史主义认为历史是历史学家根据事件的时间顺序排列来编织故事的论述。而第三代诗歌作为虚构想象的产物，也常常借助于破碎的开放性和空白边缘，以期从这种任意的言语碎片拼贴以及空白边缘处读出诗人的真实意图来，从而实现对传统主流话语的颠覆和拆解，并因此呈现出多种声音并存的局面，产生对话的可能性。

---

① 陈旭光：《艺术之维》，石家庄：河北教育出版社2004年版，第313页。
② 周伦佑：《红色写作》，《非非》复刊号，1992年。

第三代诗歌正是在这多种声音的碰撞与冲突中实现了话语的狂欢。这种狂欢不仅表现在历史话语的粗鄙和口语化上，而且还表现在行为的狂欢上。

话语的狂欢正是行为狂欢的集中表述，而行为的狂欢则是话语狂欢的表现形式。在这个无法拒绝的年代里，第三代诗歌以《诗歌报》与《深圳青年报》联合发起的“中国诗坛 1986 现代诗群体大展”为阵地，一夜之间，大呼小叫、招摇过市地出现在诗歌的舞台上。他们成了大展上最亮丽的风景，众多流派、诗人一齐涌向大展，像“博览会”上展出的商品一样待价而沽。他们零散、夸张而不无放肆，全无“朦胧诗”那种基本整一的时代精神，更缺少“第一千零一名挑战者”的责任感、英雄情怀和孤芳自赏的“美丽的忧伤”情结。“大展”齐刷刷推出的六十多个群体，都是以近乎“商业性广告”的极端方式发布宣言、树立旗号而推出来的。有的三五个人，有的一个人就是一个流派，而有的诗刊、诗社有名无实，纯粹为了大展的征集而临时拼凑，有的诗报、诗刊出一两期就不见了踪影。[①]

仅从他们个性张扬的宣言中就可以看出那是怎样的一种场面、怎样的一种姿态！

捣乱、破坏以致炸毁封闭式或假开放的文化心理结构！莽汉们老早就不喜欢那些吹牛诗、软绵绵的口红诗。莽汉们本来就是以最男性的姿态诞生于中国诗坛的一篇低吟浅唱的时刻。莽汉们将以男性极其坦然的眼光对现实生活进行大大咧咧的最为直接的楔入。——莽汉主义[②]

现代诗歌有一种明快的色调，复杂的简洁……它扫除一切陋见，反对语法和逻辑，并对现有艺术样式进行精神上的、趣味上的和实践上的摧残并蹂躏。……它，崇尚借代！崇尚极端！反对模式！……诗歌就是极端！——极端主义[③]

写诗容易，做人撒娇不一定容易。我们天性逢佛杀佛，逢祖灭祖，逢

---

① 陈旭光：《中西诗学的会通》，北京：北京大学出版社 2002 年版，第 286 页。

② 徐敬亚：《中国现代主义诗群大观（1986—1988）》，上海：同济大学出版社 1988 年版，第 95 页。

③ 徐敬亚：《中国现代主义诗群大观（1986—1988）》，上海：同济大学出版社 1988 年版，第 153 页。

人给人洗脑子。……想着活着很难，还要继续活下去。在我们国家容易活一些。社会主义制度好，我们撒娇；风花雪月风光无限好，我们撒娇。——撒娇派①

当朦胧诗以咄咄逼人之势覆盖中国诗坛的时候，捣毁这一切！——这便是它动用的全部手段。它的目的也不过如此：捣毁！打破！砸烂！它绝不负责收拾破裂后的局面。——大学生诗派②

从这些宣言与主张中，我们看到第三代诗人们的愤激与无所顾忌的暴动，这种极为强烈的“文化造反”意识与他们的成长背景以及影响焦虑不无关系。朦胧诗的中心地位使他们倍感焦虑，他们无法在“朦胧诗”话语之外行使他们的非“正统”话语。在正式的报刊上，人们看不到第三代诗歌在诗坛上的呈现，主流文艺政策对他们的写作、发表、出版实行严格的控制，而诗评界和公开刊物也长期把他们拒之门外。他们是被逐出中心身处边缘的一代，他们大多都曾亲眼目睹过“文革”年代的疯狂造反运动。因此，在这样一个狂欢化的年代里，他们更是如鱼得水，抽烟、喝酒、跳迪斯科、性爱，甚至有时候也打架、酗酒，他们什么都干，在狂欢的年代让那些蓝色的忧伤和瓶装的忧郁见鬼去吧。然而这种“权力”的丧失和“角色”的缺席使他们别无选择，他们只能在诗歌中，在既定的语言秩序中造反，在文化中“反文化”，在语言中“反语言”。③

而“86年大展”正好为第三代诗人提供了一个绝好的出头露面的机会，再加上80年代相对宽松的社会氛围，长久以来的压抑以及强大的影响焦虑与他们的狂欢需要一拍即合。一旦他们“开始用自己的声腔说话，那曾经被压抑、封冻的生命激情开始复苏并爆喷出来。爆喷不是漫无目标、了无朝向的随意渲涌，它首先指向曾经是主导和主流的旧生活，它要撕开

---

① 徐敬亚：《中国现代主义诗群大观（1986—1988）》，上海：同济大学出版社1988年版，第175～176页。

② 徐敬亚：《中国现代主义诗群大观（1986—1988）》，上海：同济大学出版社1988年版，第185页。

③ 陈旭光：《中西诗学的会通》，北京：北京大学出版社2002年版，第287页。

旧生活的伪饰与假面，揭出它的荒谬，葬送它，为新生活的降生清理场地”[1]。就这样第三代诗人以“狂欢式的展览”占据了诗坛，实现了对主流诗坛尤其是朦胧诗占据中心的诗坛的“暴动”。

如果说众多流派的宣言在话语层面上展现了第三代诗歌的狂欢场景的话，那么“86 年大展”则是在行为上展现了第三代诗歌的狂欢场景。另外，著名的“莽汉主义”诗人李亚伟就曾经说过：“莽汉主义大步走在流浪的路上，莽汉主义不完全是诗歌，它更是一种莽汉行为。”[2] 另外他也忆及 1985 到 1986 年“莽汉”诗歌活动和传播的狂欢场景：“诗人们常常乘车赶船、长途跋涉互相串门，如同赶集或走亲戚一般，走遍了大江南北，结识了无数朋友”；“作者们写作和读书的时间相当少，精力和文化被更多地用在各种动作上”。“他们”诗人小海曾谈到竟有人冒充某某诗人到处骗吃骗住，可见当时诗人们活动之盛况。诗人们见面后常常“通宵达旦谈诗、聊天，像过节一样”[3]。

（四）边缘意识形态的喧哗

新历史主义将文学置于历史现实与意识形态两种作用力发生交汇的场所，认为文学不是“反映”作为背景和对象的历史现实，而是与文学的“背景”或“反映对象”之间形成一种互动的关系，一种互相影响、互相塑造的关系。格林布拉特把文学看作是“力量的场所，是意见纷争与利益变更的地方，是正统力量与反对势力相冲撞的场合”[4]。

在中国文学发展史上，政治与文学的关系往往是密切结合的。从最早的儒家诗教“兴观群怨”到唐代白居易的“文章合为时而著，诗歌合为事而作”，以至于民初梁启超、黄遵宪等倡导的诗界、小说界革命都与政治教化有关。这一类文学是特定形式中的意识形态，是对其所属时代意识形态的表达；而另一类观点则认为作为对意识形态挑战的文学作品，通常能超越历史和时代的局限，使人们能够洞察到被意识形态所遮蔽的事实。也

---

① 王建刚：《狂欢诗学——巴赫金文学思想研究》，上海：学林出版社 2001 年版，第 105 页。

② 《莽汉主义大步走在流浪的路上》，《创世纪》创刊号，1993 年 1 月。

③ 李亚伟：《英雄与泼皮》，《诗探索》1996 年第 2 期。

④ 陈厚诚、王宁：《 西方当代文学批评在中国》，天津：百花文艺出版社 2000 年版，第 495 页。

就是说意识形态总是渗透进文学，又穿越文学；而文学并不是被动地受制于社会意识形态，而是积极地参与到意识形态的构建当中去。

文学这种向现行意识形态挑战，同时又为社会意识形态所控制的复杂关系，被新历史主义归纳为“颠覆”与“抑制”。“颠覆”即指对代表统治秩序的社会意识形态的反叛。这里所说的颠覆“并不是在现实世界去颠覆现存的社会制度，而是在文化思想领域对社会制度所依存的政治思想原则加以质疑，并进而发现被主流意识形态所压抑的异在的不安定因素，揭示出这种复杂社会状况中文化产品的社会品质和政治意向的曲折表达方式，以及它们与权力话语的复杂关系”①。而“抑制”则是对种种颠覆性力量的包容。在格林布拉特看来，统治权力话语往往对文学和社会中的他异因素采取同化与打击、利用与惩罚并用的手段去化解消除存在的异己不安定因素，以此来加强自己的统治，有效抑制被统治者的反抗。与此同时，文化产品及其创作者则往往采用反控制、反权威的手段和策略对意识形态统治加以消解和破坏，于是在反抗破坏与权力控制之间出现一种张力并达到一定的平衡，甚至是为了平衡而达到某种妥协。正因如此，新历史主义在批评实践中，往往采用边缘化的立场，撷取边缘性的史料以此来使处于中心的各种话语露出破绽，使主流意识形态的深层基础显出裂隙，从而揭示文本创作背后被压制的异己因素，探究文本创作与主流意识形态之间的那些游离不定的关系。

第三代诗歌从一开始就是以“第一千零一名挑战者”的姿态崛起于当代诗坛的，可是从边缘立场出发的第三代诗歌至今仍没有完全接近中心，获得统领诗坛主潮的殊荣，并且在生存方式上也远没有摆脱其边缘化的特征。

第三代诗歌崛起时的那种“异端”姿态和反传统的价值取向必然引起主流意识形态的注意和控制，而属于体制内的报纸和杂志即使不得已也只能把第三代诗人拒之门外。于是他们便另谋出路，通过隐蔽于地下的方式来实现自我的理想和价值。杭炜的《退稿信》真实地再现了第三代诗歌被主流文化拒之门外的无奈与失落。

---

① 朱立元主编：《当代西方文艺理论》，上海：华东师范大学出版社 2005 年版，第 405 页。

我一式十份的手抄仿宋体诗稿被退回来了/……每天处理情感公文的邮差叼着烟卷一条又一条街道/顺手塞来一封信有时候你就完了/称呼是某同志大作拜读原因种种不予采纳……我竖起耳朵谛闻门外是否有叮呤呤的邮差/帽沿压着眉尖叮呤叮呤我转念一想忽然大喊一声去他妈的吧发表。①

转而在自我解嘲中寻找安慰，把目光投向了地下刊物和民间刊物以谋求作品以内部刊物问世的机会。同样尚仲敏在《关于大学生诗报的出版及其他》这样写道：

一下子头脑发热互相抡了几个拳头/发了狠去找市长先生/我们拍拍市长的肩膀如此这般地微笑了一番/又说了几句忧国忧民慷慨激昂的话/市长先生有如下批示/大学生诗报旨在繁荣吾党吾国文化望予以出版为荷/市长爷爷万岁②

主流文化对于第三代诗歌的拒绝在于他们把第三代诗歌看成是异于自身的反动力量，他们的大呼小叫、招摇过市以及破坏一切、捣毁一切的行为主义倾向对主流诗坛造成了很大的冲击。而第三代诗歌正是在这个意义上超越了历史和时代的局限，揭开了当时诗坛的真相，让人们洞察到了被主流意识形态所遮蔽的历史事实。实际上，“第三代”的大部分刊物《他们》、《非非》，还有《海上》、《现代诗内部交流资料》、《次生林》等都难逃类似的厄运。于是他们在迫不得已的情况下才向民刊和自办刊物寻求出路，随着不断地发展壮大，它们才渐渐地从“地下”转到“地上”再进入话语中心地带，最终得到社会认可和读者接受，特别是1986年《诗歌报》和《深圳青年报》举办的“现代诗群体大展”更是这种认可和接受的突出标志，六十多个社团从“地下”喷涌而出，众声喧哗的场面和庞大壮观的气势可想而知。1985年1月，由万夏和杨黎等策划编印的《现代诗内部交

① 罗振亚：《朦胧诗后先锋诗歌研究》，北京：中国社会科学出版社2005年版，第27页。

② 罗振亚：《朦胧诗后先锋诗歌研究》，北京：中国社会科学出版社2005年版，第27页。

流材料》，是第一本铅印的地下诗歌刊物。“‘莽汉主义’诗歌是在其创作成员几乎未在公开刊物上发表任何诗歌的情况下出现、发展并且成熟的，它们几乎全是通过朗诵、复写、油印到达诗歌爱好者中间的，它是80年代中期民间流传最广的诗歌之一。”①

自朦胧诗以来当代诗歌的生存历史及边缘处境与我们国家独特的文化体制有着密切的关系。牛汉主编的《中国》因相继刊发一系列“新生代”的先锋诗歌作品，尤其是1986年10月号推出“巴蜀现代诗群”而被勒令改刊，同年12月号《中国》印行“终刊号”以示抗议。大展的发起人徐敬亚曾因支持朦胧诗的《崛起的诗群》一文公开在《人民日报》作出自我批评。② 这些都与20世纪80年代文学期刊的管理体制有关，一个重要的大型文艺刊物被停刊，绝不是因为其他因素而只可能来自主管文艺的部门的强制。我们也因此看出文学在对主流意识形态提出挑战的同时又被社会意识形态控制的复杂关系。

随着时间的推移，第三代诗歌已经胜利地登上了历史的舞台，从当初被迫无奈的边缘地位到现今反而以处于边缘为荣，第三代诗歌在参悟了诗歌的民间意义和边缘力量的效应后，开始了自觉的边缘化追求，并有意要和主流文化保持一定的距离。有时竟然为了维护自身的边缘立场，宁可让作品不发表，也不愿迎合大众趣味在主流报刊露面，并因此而感到骄傲和自豪。在杨克主编出版的三本《中国新诗年鉴》的封面上，赫然写着“艺术上我们秉承：真正的永恒的民间立场”；西川在接受记者采访时也曾表达过“对官方和国家出版物的赞许意兴索然”的态度，更有甚者，台湾诗人洛夫寄给《中国新诗年鉴》长诗的信中嘱托：如不能选登望转给民间刊物，③ 这些都足以看出诗人们对所谓的主流诗坛的不屑。

第三代诗人长久以来的压抑与影响焦虑以及文化身份的不被认同必然导致他们在不满中爆发出否定现有秩序的激情与活力。他们强烈的反叛与实验色彩必然对主流诗坛造成巨大的冲击。因此，在对思想文化领域进行控制时，主流文化就转变了强制性的操控策略，进而采取有效的手段去消

---

① 李亚伟：《英雄与泼皮》，《诗探索》1996年第2期。

② 徐敬亚：《时刻牢记社会主义的文艺方向——关于〈崛起的诗群〉的自我批评》，《人民日报》1984年3月5日。

③ 于坚：《当代诗歌的民间传统》，《当代作家评论》2001年第4期。

解、孤立、破坏、拉拢和利用这部分异己力量，在反抗破坏与权力控制之间形成一种张力并达到一定的平衡，甚至是为了平衡达到某种妥协，以此来实现中心与边缘、主流与非主流之间的交流制约和双向辩证对话关系。20世纪90年代以来的一些官办报刊开始吸纳民间诗刊的新鲜养料，调整原来的办刊方针，如《诗选刊》、《诗刊》、《星星诗刊》、《诗林》、《诗潮》、《诗歌月刊》、《绿风》等刊物近些年都注意选发民间刊物上的作品，《诗歌月刊》、《诗神》还出过民间诗歌报刊专号。正是在这个意义上说，第三代诗人及诗歌创作本身就参与了现有制度和秩序的构建，也因此获得了身份认同和被读者接受的机会。

四、小结：走向一种历史诗学

历史总是以一种客观、公正的面貌示人。虽然人们已习惯于以仰望的姿态去注视历史的存在，然而逝去的历史只不过是历史学第一层次所留给我们的一堆没有生命的数据而已。[①]

第三代诗人成长于价值失落、怀疑历史的社会文化转型时期，幼年的亲身经历以及时代变迁带给他们的彷徨无依，再加上朦胧诗整体话语的影响焦虑，使他们一出场就采取单线历史复线化、大写历史小写化的叙述策略来质疑和解构传统诗歌的宏大叙事，将边缘琐碎的现实、平庸无聊的日常生活和主观化的情感加以拼贴，来实现当代诗歌的主观建构和深度阐释，这在某种程度上正是克罗齐所说的“一切历史都是当代史”在当代诗歌中的运用和诠释。第三代诗歌以其对历史的主观情感介入和主观化的诗歌叙述方式，实现了当代诗歌的价值重构和多元阐释的可能性。

历史意识是渗透在诗歌中的理性精神和价值尺度的集合，是诗人对历史与现实纠结的深层认识。只有当诗歌具备了深厚的历史意识时，它才能建立起与传统诗歌的对话性联系，从而丰富诗歌的历史文化意蕴和存在的价值。因此当历史进入第三代诗人的阐释视野时，一种有别于以往诗歌的“新”的诗歌就诞生了。正是在这个意义上，第三代诗歌呈现出明显的新历史主义意识。

---

① 何兆武：《历史与历史学》，武汉：湖北人民出版社2007年版，第4页。

“第三代”诗歌的叛逆、破坏和反抗看似抛弃了一切价值与意义，实际上这只是它摆脱阴影、突出重围的一种策略，而这种策略使传统价值、逻各斯中心、权威得以确立的基础产生了根本性的动摇，生成了无数裂缝，使先前确定的一些规范和模式得以崩溃，创造出一种多元、平等的理论环境，并为催生出新的理论提供了一种可能。这与新历史主义注重“文化诗学”并进而强调一种“历史诗学”，即通过历史的碎片寻找历史寓言和文化象征的主旨是不谋而合的。

因此，我们更倾向于将第三代诗歌研究置于“历史诗学”的语境下进行充分的观照和更加全面的价值评估，以彰显第三代诗歌对历史层面的充分关注。我们研究的目的在于揭示出第三代诗歌并非忽略历史、遗忘历史，而是囿于诗歌这一文体，转而以主观化的虚构想象来呈现编织的历史事实。实际上，在诗歌创作的背后透露出来的是诗人们对历史事实和历史知识的深刻认识，只不过这种历史事实是经过诗人加工处理过的历史真实而已。

无论是从主题上还是从语言内容上，第三代诗歌都证明了历史意识的在场性，凸显出历史的“生产性”、“建构性”和“意识形态性”。第三代诗歌把主题从国家、时代、大文化转向了个人、地方、家、日常生活和传统。他们更加关注世界的非整体性和历史的非连续性，注意诗歌与日常生活的关系，把以往诗歌的崇高精神承担和生命存在的高尚目标下倾到真实记录普通人的普通生活的层面上。诗歌不再是高高在上的“政治传声筒”，而是关于人和世界、关于生命存在真相的歌咏。第三代诗歌以口语化的语言和世俗化的精神实现了诗歌平民化的倾向和对几千年来诗歌传统价值的解构和颠覆。

然而第三代诗歌过分地沉迷于语言文字的游戏与拆解实验，造成了“话语大面积的灾变”和能指符号的空洞，从而使诗歌面临着严峻的审美危机和深度危机；它对传统价值、规范、秩序的任意嘲弄，彻底地消解了历史、文化和心理的深厚积淀；话语的狂欢以及故作夸张的姿态使诗歌滑向了“语言的乌托邦”；对日常生活细节和场景的描摹，使诗歌的想象力跌进了无底深渊，完全丧失了诗歌本身的抒情功能；一些庸俗的口语化诗歌放弃了平民化的倾向以及与读者沟通的努力，完全是词语的堆砌，让原本琐碎的日常生活通过口语变得更加碎片化，丧失了诗歌的美好初衷而走向了流俗。

尽管“第三代”诗歌在创作上存在着太多的理论缺陷，但无论如何，他们对旧语言秩序及对文化积淀和传统诗歌功能等方面的“爆破”、“解构”和“反叛”，却在很大程度上推动了中国新诗发展的当代转型。正是在这个意义上，第三代诗歌既实现了对既有价值、秩序、语言和权威的质疑和深刻反思，又为当代诗歌的多元发展以及诗学精神的重建积累了丰富的经验。80 年代后期，新诗渐渐走向衰落，虽然在艺术上仍有一些进步，但是却脱离社会和时代越来越远。“如何更好地重建诗歌与社会的、时代的诗学联系，重建诗的承担精神，这是新世纪以来有社会责任感的诗人和诗评家共同担忧和共同思考的问题。”①

最后，我们需要澄清的是：虽然我们自始至终力图以新历史主义的观点和方法来探讨第三代诗歌，但是我们也不能深陷新历史主义的泥淖之中。正如盛宁先生指出的那样：“新历史主义一开始就认定历史是文本，他们一直在文本的层面上讨论历史。而我们则认为，历史首先是实实在在的历史事件，其真实性首先表现为一种先于文本的存在，而不是文本。”②新历史主义理论虽然为我们揭示了历史深层的诗性智慧，但是它却把历史写作看成是一种类似于文学的虚构。在我们看到历史遮蔽下的真相的同时，也放逐了历史真实，导致了历史的虚无主义。张隆溪先生说：“历史并不仅仅是历史文献的简单汇集，而是包含人的因素在内的一种叙述，历史的叙述提出某些问题，而且在可能的范围之内作出对问题的回答。作为人的叙述，历史很可能有不少错误和纰漏，更不用说意识形态的偏见和盲点，但是在层层的关系网络下面，在描述和假想的对话或动机下面，总是有一个可以验证的事实的核心，可以作为一切叙述的基础，这个事实的核心再加上非语言的人类器具、遗物和考古发掘出来的物品，就构成判断历史叙述真实程度的坚实基础。”③ 诗歌毕竟不同于编年式的历史，但是诗歌却蕴含了诗人对历史的深刻认识和价值判断，是浓缩的、经过虚构和想象

---

① 吕进：《对话与重建》，重庆：西南大学出版社 2002 年版，第 33 页。

② 盛宁：《人文困惑与反思——西方后现代主义思潮批判》，北京：生活·读书·新知三联书店 1997 年版，第 169 页。

③ 张隆溪：《历史与虚构：文学理论的启示和局限》，《张隆溪：中西文化研究十论》，上海：复旦大学出版社 2005 年版，第 266 页。

加工的、以生命为主体的历史。

第三代诗歌虽然已经式微，但是第三代诗人以及诗评家仍然活跃在当今的诗坛上，他们对当代新诗的影响依然深远。盲视与洞见同在，对第三代诗歌和新历史主义的评价与书写同属在路上的批评运动，这里我们只是以新历史主义理论作为研究第三代诗歌的一种视角，以期为第三代诗歌研究提供更为广阔的理论视野，为当代诗歌史的书写提供一定的借鉴意义。

第四节　新历史主义与当代家史小说创作

一、家史小说及其研究状况

20世纪80年代中期以来，中国文坛出现了一个重要的文化现象，即“新历史主义小说及其批评实践”的兴盛。文学叙事行为的转变带来了历史题材小说的繁荣，历史题材小说的繁荣在随之的文学批评理论实践中，也促进了文学生产过程中历史意识和文化精神的凸显。“新历史主义小说”代表着这一时期历史题材小说的重要实绩，它打破了原有的历史叙事的束缚，开启了更为原生态、可感、自由的历史话语表达；打破了历史的断代，形成了历史时代之间的对话和协商；历史不但是书面记载的文献文字，更是每一个时代人们生存的记忆。莫言曾说过：“每个人都有自己心目中的历史，基于历史的可感性，历史也可以是极端主观和个人化的。”由之，作家创作的历史题材小说，自觉地向民间学习和延伸。因为它注重每一个生命个体存在的真实状况和意义，摈弃了传统历史小说只重宏大叙事的意识形态话语霸权，让无数被压制和淹没的边缘化“小历史”浮出地表；注重历史时空的跳跃和自我解构，不拘于历史事实记载但追求符合历史的真实感。“新历史小说在叙事方式上的明显变化，就是通过将全知全能的外视角，改换为限制性的内视角，从而使被叙述的事件打上了个人性、私密性的印记。”① 这样，作品就能彻底打通过去、现在和将来之间的断层，代之以内视角的对话来填补时代历史之间的裂痕。它的成就远远超越了20世纪90年代现实主义文学、女性文学、大众文学和新生代的时尚文学创作，成为中国当代一项特征比较明显的创作实绩。新世纪文坛历史题材的文学写作一直备受关注，对现实主义的进一步拆解，使文学在叙述方式和作品意义建构上，均打破了历史题材在现实主义中的束缚，给文学开辟了更加虚灵和典型的“戏构”和阐释的空间，人们对多元时空的感知也随之丰富起来。可以说，正是对于历史的这种新的解读实践和建构模式，加深了历史题材的文学文本与理论批评之间的互融互渗，带给人更为新鲜可感的历史反思空间和思考维度，历史本身也成为更贴近个人生命的一门学问。

新时期以来的各种文学创作，书写“人、命运、历史”的文学题材一直显露于首，对种种主体生命存在形式的研究相应地成了作家书写的焦点。加之西方文论批评实践的渗透，文学文本的意义处于不断的解释和被解释之中，文学与社会挣脱了固有的自然依附和机械呆板的直观反映关系，文本不仅能反映人类历史的过去，更能代表人类历史的现在和未来。回顾了新时期以来中国文学思潮中历史题材的文学创作实绩，众学者又把研究焦点定格于一种更小更具体的小说类型，即“家族史小说（家史小说）”。家史小说的书写多用作家的内视角，由一个家族的历史来寄托整体历史时代的演进，它不同于正史的客观记录，也较少正史的意识形态的束缚，追求艺术化的再现原生态的历史真实。家史小说的写作和研究成为一种文化现象。

在目前国内外的研究中，家史小说大多被指称为“写大家族生活的散文叙事作品”，因此多数研究者从文学史的角度考察它的地位及价值，诸如题材内容、人物环境、历史意义、艺术成就、叙事情感等方面，却较少从深层的文本自身语言建构中，挖掘潜伏的作者对时代文化精神的个性化解读。文本要展示一段历史，更要显现一种历史和历史的命运。将福柯、列斐伏尔、巴什拉等的空间观和史学观与新历史主义的叙事理论和史学观相结合来研读家史小说，是目前较少人使用的研究方法，也是我们试图进

① 孙先科：《叙述的意味》，北京：经济日报出版社2000年版，第83页。

行的诗学研究的价值所在。文本解读的过程也是文本意义再生产的过程，目前学者多倾向于“地方志”的家史小说研究方法，这依然是一种简单的历史时代精神的宏观介绍，忽略了无数大小家族的历史意义；倾向于整体性的概论，却没有思考个体生存单位在时代变革中的生存境遇和造成此种现象的文化积淀。况且对于家史小说的研究，也不该是断代性的历史时间进程的一种综述，而是要还原不同生命体和社会组织单位的时代精神；打破文本的历史时间空间限制，沟通诸般社会能量在文本意义生产中的作用，用整体文化的眼光来解读家史小说，使历史题材的文本不仅具有文学的诗性魅力，也具有史学的研究新价值，这也是我们强调文本价值重构的立足点。

家史小说从简单书写家庭琐碎生活的小说题材限制中抽离出来，而作为一种小说类型，在我国汉代的史传文学中就已经孕育了一些家史性记载书写因素。司马迁立足于各历史事实独立的角度，把《史记》分为“世家”、“本纪”、“列传”等，而“世家”的分类就初步蕴含了家史小说的某些文学特质，但当时家史小说被命名为“故事”。家史小说的题材有着特殊的指向性，即直接指向描述“家族的生活”，却不是停留在琐碎的家庭生活的描写记录上。因为描写家庭生活的小说并没有具备厚实的家族历史，更谈不上跨越历史长河的时空动态交流，因此固然会少了家史小说凝厚的历史纵深度和文化底蕴。“文化性可以说是家族小说与生俱来的一种特性，这是因为家族小说的主要叙述对象——家族本身就是一种具有浓厚历史意味的文化现象，它凝聚着一定历史时期各种文化形态的内容、特点。不过，在不同背景下诞生的家族小说其文化意蕴是不同的，这种不同是因为家族这一文化现象文化内容的不同。”① 这是指家史小说的内容特指性。文化的发展和文学史的演进，对于梳理中国家史小说的发展历程，有着重要的研究价值。国内较多学者均承认家史小说的范式确立是随着长篇小说的繁荣才逐渐得以实现的。诸如许祖华先生所认为的，明代的经典长篇小说《三国演义》就是中国长篇小说走向繁荣的起点，更可称为是中国家史小说的开端，因其分别讲述着“曹、孙、刘”三个家族的历史。但是

---

① 许祖华：《20世纪中国家族小说建构的历史基点》，《现代文学研究》2007年第4期。

18 世纪末的《红楼梦》才是真正有着重要影响的家史小说，曹雪芹翔实地描写了几个大家族的兴衰、几代人命运的沉浮，寄寓着人与社会、人与命运的依附关系。“确切地说，它……既写两代人以上的家族本身及生活，甚至追溯家族的历史，也涉及同代人中几个成员和几个家庭之间的关系。”① 现实与历史相结合的叙事，折射出具有丰富文化内涵和多元意义价值的历史时代特征，融入了时间的流动性与空间的转换性，丰富了家史小说的叙事方式，成为中国家史小说成熟的标志。

中国家史小说真正进入文学批评研究领域，其时间晚于西方。普遍认为“西方家史小说发端于 12 至 13 世纪的冰岛萨迦”②。西方家史小说作品多采用了大量现代文学写作观念和技巧，通过一部家史小说可以折射出大的社会生活背景和人的生存状况，拓深了“小历史”与“大历史”之间的沟通。到近代，中国家史小说也吸取了西方家史小说的一些叙事手法，开始了新一轮的自我超越。它真正进入文学批评而被关注，是在“1979 年西方人编撰的英文版《文学术语辞典》中对‘saga novel’的解说：‘写大家族生活的散文叙事作品’，可以说是在文学批评的层面对家族小说的正式认可。在我国，将这一术语正式运用于文学批评，则是在 20 世纪 80 年代末，邵旭东的《步入异国的家族殿堂——西方‘家族小说’概论》可以说是最早的成果。但邵旭东所批评的对象还只限于西方文学。进入 20 世纪 90 年代，随着我国家族小说的日渐繁荣，这一术语开始普遍使用”③。从创作主体上看，家史小说在建构自己的艺术世界的同时，也在感叹着家族在历史中的命运沉浮，采用了艺术的真实手法讲述了家族的盛衰过程和客观史实，在众多的历史书写记载原则的网络中，挑出典型的历史因素进行强化，使家史小说文本具有更深刻的反思历史性和文化跨越性，由此受到

① 邵旭东：《步入异国的家族殿堂——西方“家族小说”概论》，《外国文学研究》1988 年第 3 期。

② “冰岛萨迦”：12 至 13 世纪，有文字记载的关于冰岛萨迦的民间口头传说作品很多，其中有《尼亚尔萨迦》和《埃吉尔萨迦》等五部家族萨迦代表作品。通过对一个家族四代人的冒险和日常生活活动反映当时的社会。萨迦（Saga）即是叙事散文作品。英语中被译为家史小说或世家小说，即“Saga novel”。

③ 许祖华：《作为一种小说类型的家族小说》（上），《重庆三峡学院学报》2005 年第 1 期。

各种文学批评流派的钟爱。既然家史小说具有如此厚重的历史深度和时间跨度，那么它所具有的文化价值势必反映几个时代、几个阶层、几代人的具体的社会文化场景，它的母题也将是文本价值取向的载体。

20 世纪中国家史小说在追求人性启蒙和社会发展的时代主题下，在对传统家族文化的选择建构、批判与解构中，文学作品也形成了各类母题模式的代表，从而使得家史小说成为20 世纪最具历史性、社会性、文化性与时代特色的小说类型，有着独特的认知审美价值。在新时期历史小说题材中，书写较多的是截取历史上反复被渲染的历史史实事件、史实发生场面、作者观念和情感等，诸如爱情与战争、怀乡与别离等，因此家史小说也相应地将母题放在家族、伦理、命运、阶级以及种种家族发展过程中特有的风俗人情之上，或专注于书写一个家族的历史，或注重家族中个人的命运史，或刻意表现人与人之间的种种关系，或在家族史的兴衰演变中彰显社会人情等文化内涵，更有"野史和传说"等在文学创作中的丰富。总之，家史小说的母题选择能折射具有丰富内涵的时代特征和历史文化，具有深厚的时间跨度和书写模式的自由度以及情感表达的丰盈性。"从'母题'看，家族是一个具有历史意义和隐寓意义的'有意味的形式'。作为一个具有历史意义的母题，家族不仅以有限的空间容纳了一定社会形态的政治、经济、文化的内容，浓缩了社会的林林总总和特定历史时期的景观，而且也形象地表现了处在特定历史环境中的人的精神风貌和相应的价值尺度。在中外家族小说中，家族往往表示着某种政治形态、文化观念、价值尺度、道德范式，包含着作者的主观态度和情感倾向。从情节母题的角度看，家族是家族小说叙事展开的基本依托，也是家族小说表现的主要对象，在这个对象身上就寄托了作者的情与理。"① 家史小说一般都正视家族自身在历史发展中的基本史实，展示着家族特有的传统文化，在对传统家族文化描述的过程中赋予了家族神圣意义。

家史小说的文本蕴含着丰富的中国传统文化，诸如外在的家的物理实体的建筑和域割，也表现在家族内部成员之间关系的亲疏远近的分割，无不蕴含着深刻的文化伦理属性。对家史小说的研究也就自然而然不仅仅局

---

① 许祖华：《作为一种小说类型的家族小说》（中），《重庆三峡学院学报》2005 年第 4 期。

限于呆板的文字文本表层意蕴，而是深入到理论文化的深层意蕴去探寻家史小说的独特魅力。由此，文本中的历史事件就成了通过语言描述，与现实与未来交织在一起的一种特殊表述体系，使得历史在更广阔的文化中重新复活，从历史事件的记录中激发出文学话语巨大的社会能量；以厚重的时空视野穿透被正史所掩盖和隐藏的现实，形成了文学理论上对历史的重构和协商；从文本中再现出文化性的历史，将历史维度输入到多元理论的网络之中。因此，20 世纪的文论批评事实上也可以粗略划分为历史主义和非历史主义两种，历史主义强调文学依赖于对产生它的社会、经济、政治、历史、文化等整个“大语境”的理解；非历史主义植入现代文化批评理论，抓住文学的语言特性对文本中的历史描述进行后结构主义式的重建。本书的理论支撑点，选取新历史主义的批评方法，借鉴 20 世纪后期巴什拉、列斐伏尔等人的空间理论及福柯的历史空间观来解读家史小说文本，注重表述文本中的“历史事件—历史时空—知识权力—伦理文化—诗学体系”，让历史与文本真正构成生活现实世界的隐喻，“过去与未来”在文本意义的生产中联结成一个可以不断解释和被解释的、连续的反思空间，直面深广凝厚的语言世界中权力、社会压迫、性别种族歧视、控制、心理意识的对立冲突，在对立冲突中碰撞出流动变迁、交叉互渗的文化协商场域。

随着理论界对空间问题的关注，立足于空间维度对文学文本及文学创作活动进行重新阐释，成为文学研究和批评的一种新的理论转向。较之于以往的哲学和文学，它更倾向于对时间流动和历史进程的思考。时间的概念包括过去的、当下的以及未来的“三个时代”，是永不停止、连续流动的，能感知过去也可以预测未来。作为一种历史意识的时间，它代表着连续的过去在现在的延续途径和对话沟通途径，赋予着时间丰富的历史意义，但往往轻视了空间所蕴含的巨大社会能量。如福柯所言：“空间在以往被当作是僵死的、刻板的、非辩证的和静止的东西。相反，时间却是丰富的、多产的、有生命力的、辩证的。”① 宗白华在《美学散步》中也承认了中国自古以来的时空观念中“时间的节奏率领着空间的方位构成宇

① 转引自［美］爱德华·W. 苏贾著，王文斌译：《后现代地理学》，北京：商务印书馆 2004 年版，第 10 页。

宙……空间的感觉随着时间的感觉节奏化了……我们的宇宙是时间率领着空间，因而成就了节奏化、音乐化了的‘时空合一体’”[①]。此类推崇时间却忽视空间的意识，是长期的历史主义决定论造成的弊端，它视空间仅仅为时间的附带物，忽略了空间本身所具有的丰富理论性和文化意蕴。直到1974年法国哲学家、新马克思主义代表亨利·列斐伏尔的《空间的生产》一书问世，他指出“空间不仅是物质的存在，也是形式的存在，是社会关系的容器，具有它的精神属性”[②]，才引发了之于“空间认识论”的热潮。之后，空间和时间才一并成为人类生存和认知世界的两个终极维度，应用到文学批评中，文学文本也丰富了历史诗学和空间诗学意义。

我们试图以空间理论和新历史主义理论，来分析家史小说文本建构过程中的独特诗学魅力，从语言上、理论上和文化上来全面透视家史小说的特质及表述方式，侧重横向的理论重构和纵向的文化扩充。古今中外无数优秀的家史小说，从比较中找到它发展流变的传承与革新之处，更加丰富了对这一文体的研究。通常这类家族小说都具有厚重的家族历史，以“家族的生活”为基点，取材具有动态性时间的深层跨度和“历史”背景，且文本中均包含有对“家”这个具体物理实体建筑的大量文墨描绘。空间的存在也是生活历史的记忆，能反映出直观的文化社会内蕴，更能用充分长度的时间，扩展主体言说的广大空间，实现时空自由的转换沟通。内容上它更囊括了“正史”、“风俗”、“野史”，“家史”浓缩影射着“国史”、“族史”、“个人史”，从而使家族小说具有多重文化和理论研究价值。

在研读新时期以来中国家史小说代表作品的基础上，我们从文本研究的角度来解读文本的建构和语言系统的内蕴，挖掘家史小说的诗性特质。从空间诗学和历史诗学的理论视域，解读新时期以来中国家史小说的诗学特性及其所蕴含的文化机制。用福柯、列斐伏尔等人的空间理论及历史观来表达家史小说中所不可或缺的关于家的物理实体区隔及其形成特定态势的机制；从新历史主义的叙事理论及史学观点出发来探讨家史小说的诗学特质。针对典型的具体文本，从语言及深层文本表达上揭示家史文本的历

① 宗白华：《美学散步》，上海：上海人民出版社1981年版，第106、113页。

② 朱立元主编：《当代西方文艺理论》，上海：华东师范大学出版社2005年版，第492页。

史诗学性质和书写的诗学历史方法。还原文本中讲述的若干并不联系的“空间”，主要是一个“文化性空间”来触摸真实与“小历史”，用后现代的史学眼光把握历史情怀。

二、家史小说的空间诗学

在柏拉图和亚里士多德的时代，空间被视为本身并不具备任何特性的客观容器，在《蒂迈欧篇》中柏拉图否认有可能存在空洞的空间，也不承认空间具有物质属性。康德在《纯粹理性批判》中也论证空间和时间属于先天的直观形式，感性由此种形式将感觉到的物质组织成经验，由此先验的、直觉的时空成了人类理性认知的前提及基本条件。列斐伏尔1974年出版的《空间的生产》一书，一反传统社会理论中仅仅把空间看作单纯社会关系演变的平台和容器，从而提醒人们要关注空间在历史发展中，伴随着历史不断的生产转化和重新结构，强调空间是社会关系中极为重要的组成部分。他始终关注现实与生产和再生产的社会过程，“物质、精神、社会”三种空间形式和知识的相互联结。列斐伏尔著名的“三元组合概念”：空间实践、空间的再现以及再现的空间，更被解释成感知的空间、构想的空间和生活的空间。他承认了空间的物质可感性又认可了空间的概念化想象性，更可贵的是他的“第三空间”的斗争性——“相连于社会生活的己出层面，又相连于艺术想象，乃是‘居住者’和‘使用者’的空间，一个‘被统治的空间’，是外围的、边缘化了的空间，是在一切领域都能够找到的‘第三空间’，它们存在于精神和身体的物理存在中，存在于性别和主体性之中，存在于从地方到全球的一切个人和集体的身份之中。它们是争取自由与解放的斗争空间”①。由此直接导致了索雅《第三空间》的产生，他同时思考空间的物质维度和精神维度，呈现较大的开放性，打通了向一切新的空间思考模式的通道。“它源于对第一空间/第二空间二元论的肯定性解构和启发性重建，是我所说的他者化——第三化的又一个例子。这样的第三化不仅是为了批判第一空间和第二空间的思维方式，还是为了通过

---

① 朱立元主编：《当代西方文艺理论》，上海：华东师范大学出版社2005年版，第491页。

注入新的可能性来使它们掌握空间知识的手段恢复活力，这些可能性是传统的空间科学未能认识到的。”① 这样，第三空间就汇聚着直观可感与想象创造性、主客性、可认知与不可认知性、物理实体性与精神意识性等可能特质，融入新的不断认识的解释网络，反映了当今西方后现代语境中出现的空间学转向。福柯认为，空间的未完全世俗化是空间一直被排挤出研究显学地位的症结所在，他强调：“空间是任何公共生活形式的基础。空间是任何权力运作的基础。”② 由此以来，空间学的转向使我们可以从任何一个角度去理解空间及其背后的深层文化意义，是一个可以无限去驰骋想象的大宇宙。

空间诗学研究转向究竟会对文学文本的解读带来怎样的影响？麦克·克朗在 1998 年出版的《文化地理学》中讲道：“文本并不是单纯反映外部世界。不能指望文本准确的应和世界，这样会错过文学景观大多数有用的和有趣的成分。文学景观最好是看作文学和景观的两相结合，而不是视文学为孤立的镜子，反映或者歪曲外部世界。同样，不仅仅是针对某种客观的地理知识，提供某种情感的呼应。相反，文学提供观照世界的方式，显示一系列趣味的、经验的和知识的景观。称此种观点是主观论，实是错失要领。文学是一种社会产品——它的观念流通过程，委实也是一种社会的指意过程。”③ 加斯东·巴什拉的《空间的诗学》也宣称，空间不是填充物体的容器，它是人类意识的居所，建筑学是栖息的诗学。只是他所谓的场所分析和现象学的想象，都是建立在注重人的精神方面相通性的基础上的，类似于对神圣事物宗教般的体验，被体验到的空间无须任何符号媒介即可被充分感知，体验到的空间也具有相当程度上的主观性，不是用观察而是仅仅用体验来进行。正如现象学所认为，这种空间是一种“意向性的对象”，作为一个完整的事物本身的“显现”，一种本源性的“意义”。所以说空间在现象学中也是有“历史性”的，它不是抽象的、公式化的，因

① ［美］爱德华. W. 苏贾著，陆扬等译：《第三空间：去往洛杉矶和其他真实和想象地方的旅程》，上海：上海教育出版社 2005 年版，第 81 页。

② ［法］米歇尔·福柯：《空间、知识、权力——福柯访谈录》，见包亚明主编：《后现代性与地理学的政治》，上海：上海教育出版社 2001 年版，第 13 ~ 14 页。

③ ［英］麦克·克朗著，杨淑华、宋慧敏译：《文化地理学》，南京：南京大学出版社 1998 年版，第 57 页。

为它所领会的“意义”不在“世界和生活”之外，它作为一种历史性的意义就真实地存在于“世界和生活”之中。历史的本源存在也通过具体的空间实体来显现，使空间具有文化学、人类学上的广延内涵，更是人类历史生存的一种印证与记忆，从而让人联想到在文学文本的建构过程中，主观体验对于书写的重要性。既然都是一种创造性的联想想象，文学也可以是一种传播空间诗学的媒介，体现着特定的社会文化意义与不同的主观空间感知。文本也可以借助于语言符号来扩展内涵，重构新的解读可能。因为本源性的文本语言的意义，不是对社会历史的镜子般的映像，只有将生活现实填植其中，语言存在的真实意义才会离我们更近。

同样，空间的表述在文本语言建构中也是一种深层的文化载体，只有领略了空间的意义，用语言把这种意义揭示出来，空间才能凸现出它自身在人类世界和生活中的价值。将空间“空间化”，通过把空间社会化来构建空间的能动自主地反映社会现实的功能，使空间成为一个合法的社会文化活动场所，向读者提供更多的可感可知的实物资料，用以捕捉人类文化所构造的一切社会文化现象并作出符合自身意义系统的解释。文学文本的空间诗学研究基于以上空间学理论，探讨文本的空间意义将揭示出更多更深层被以往研究所忽视的伦理学、社会学、政治经济学等方面的意义链。而综观中国长篇小说的发展，家史小说以其丰富的社会生活材料和深厚的历史时空跨度，并且基于新锐西方文论的影响，使其书写和叙事都具备了丰富的空间诗学和历史诗学意义。本书将通过新时期以来的一些典型文本，借助空间学说的理论认知来分析，挖掘出家史小说文本丰富的空间诗学和人类学内涵。

（一）人物群体的划分与权力关系的区隔

家史小说从家族角度出发对社会进行认知，结合家族历史的多重文化因素组合，将生活本质的东西着力表现出来，负载着历史的沧桑感。从形而下的实体家族形态来看，作品中就出现了亲情关系不一的家族模式。纵观中国新时期以来家族小说的发展，诸如《红高粱》系列、《尘埃落定》、《白鹿原》、《家族》、《古船》、《平凡的世界》、《穆斯林的葬礼》等文本，均视家族和家族的存在形式及精神寄托为家族小说文化的一个重要母题，因此中国家史小说的书写自始便尊奉着“家国一体”和“家国同构”的社会道德伦理与文化心理，这成为一种惯性的思维模式，支配着小说在叙事过程中的文化表现。而中国宗法制度其本质就是家族制度的政治化，因此，家“既是个人生存的主要场所，更是人们精神情感的寄托，个人奋斗的终极目标”[1]。华夏民族自古对家的重视使每个家庭成员的个体生存也随着家的发展而改变，个人的历史组合成整个家族的历史，更是对整个宏观历史的拾遗。家史小说创作之所以引人瞩目，即来自于它以“故事”取胜，其故事因子生动多样，来自个体生命本身对历史变迁的诸般体验。诚如人物关系亲疏复杂的交织错结、性格及利益冲突的激烈、命运的变动不居等等，在书写叙事中包含着浓浓的亲情，蕴藏着深层的时代历史变迁的内在历史矛盾。时代历史主题的呼吁成了小说写作的不同标杆，却保持着以人物的刻画为切入点，在宏大叙事中见证“小历史”的自我抒情。

“五四”前后的时代背景，是探寻中国社会及中华民族的救赎与主体生命意识的觉醒，人们开始清算和批判反思中国的传统文化，针对的主要还是封建专制在家族制度和伦理中对个体生命独立意识的压制，深深地触入到家族内部矛盾和“家长”专制的虚伪腐朽。30年代对新制度、新世界建立的深切渴望，革命母题建立在阶级意识的矛盾斗争中，文本中的表现就是对家族内部原有的等级关系和压制现象的批驳，对革命新生活秩序建立的渴望与奋斗。家族成员之间的分割由此更为明显，不同的思想个体为维护自我生存特权及自己的生命理想而斗争，也有在斗争中产生家族情结上的情感波动。抗战时期至20世纪50年代初是动乱的社会，它把家国紧紧地联系在一起，大时代国家的命运与个人家族命运紧密地融会起来，家史小说在创作中不再单纯批判家族制，而转向顺应时代大联合抗战的时代主题。其批判家族秩序、揭露家族内部黑暗的锋芒已大大减弱，文本内部氤氲的是浓郁的家国不保的感伤和对大家族人们之间洋溢的人间温情的留恋，抒发人群之间互相理解的凝聚力成了主导情感模式。当代文学“十七年”家族小说建立在对新中国、新社会、新生活的歌颂和挚爱上，热衷于对工农运动和土地改革运动等的描画，是顺应时代政治主题的结果。可以看到，在这些主题模式的书写中家族利益、人的因素有巨大推动作用。80年代改革开放步伐加快，拓宽了人的意识，激发了社会经济的飞速发展，

---

① 曹书文：《家族文化与中国现代文学》，北京：中国社会科学出版社2002年版，第78页。

“重铸国民魂”在这个开始躁动的时代中再次引人关注，大多作品以现代思维意识为契机，反思历史，进行文化寻根，自然引导着作家进入家族内部来寻求传统文化的本源。90年代受大众文化的冲击，价值体系的失衡使得人们常常追问精神的归宿和存在的意义，整个社会高呼文化重建，因此家族这个作为中国社会个体成员的集体无意识，再次成为创作题材的翘楚。重大历史事件和英雄长诗，寄托着史诗化、浪漫理想主义色彩；知识分子与民间写作构成了多元文化空间；先锋情结随着现代焦虑回转到对传统文化的重判；女性意识的苏醒和女性意识的书写也成为家族描写中较为典型和成熟的范式。自21世纪写作空间的继续延展，作家身份地位和文化权力越来越自由化、个体化，人的感觉，人的虚构与幻想，已经到了随意在虚拟空间里发表，并且无限繁殖的时代，人人可成为作家，并当即发表。

之所以回顾家族小说母题的发展，是想借助不同的时代主题来浮现出家族小说在发展中一直不变的“以人为本”的书写模式，人物的丰富和典型就是其文化载体。不同的人物类型聚集着不同的生存体验和个人历史浮沉，从中蕴含着深刻的中国传统文化伦理思想，对分析家史小说的文化意蕴有着不可或缺的影响。本小节将借助新时期以来几部典型的家史小说中人物之间的错结关系来进行类型分割，从中发掘不同的理论文化依据，来铺垫第二节的空间权力分割依据。较之于下一节的空间建筑实体的研究，他们的生存状况和环境也正是他们行使自我权力的场所，在此群体的分隔中可窥一斑。唯有人民才是历史的创造者，人们的心理上自然也保留着时代演变过程的痕迹。透过不同人的文化人格，结合政治、经济、道德伦理冲突、生存价值斗争等人类社会关系来还原历史的本相，也是历史小说所期冀的“原生态”体验。“人定义为始终从自身中生产出新文化的创造性存在，文化从根本上则可规定为历史上变化着的东西”①，“人—历史—文化”的思维认知架构使大多家族小说在对人与文化关系上呈现巨大的吻合度。

“历史是研究人类过去事业的一门极其广泛的学问，大到民族衰亡，

---

① ［德］M. 兰德曼著，阎嘉译：《哲学人类学》，贵阳：贵州人民出版社1988年版，第222页。

小到描写一个最平凡的人物的习惯和感情。”①针对20世纪八九十年代文坛出现的“文化热”，人们均将写作和思考的目光定在了对中国传统文化的反思、颠覆和重建上面，从历史题材的文本书写中深入挖掘传统文化在中华民族心理结构中的深度生命力、激烈的社会历史演进中各种新力量的碰撞和斗争中对人们精神的影响与辖制，使历史题材或书写历史故事为寄托的文本自身包含着丰富的认知学上的新感悟。家史小说的家族描写和各种人物形象的不同命运，蕴含着宏阔的个体生命生存空间，因为在家庭生活中人的生存样态才更自然真实，而文学也成为展示以人类生存为基础要素的人学了。家史小说倾向于“原生态”展示历史，也追求一种“还原”生活的写作心理，他们在人物的安置和事件的发展中以“空间化”的历史凸显于冷漠的书写，消除了读者阅读的心理彷徨，对社会生活作出了形象的价值评判，其中，“人—历史—文化”的三维递进思维构架出文本表现的认知因子。在寻找人与历史和文化的关系上面，中国文化大多从宏观的文化载体上来研究，却很少重视从人的自我感受上面寻找具体的生命认知和价值再评价，事实上，具体个体生命中所具有的生存体验才具有最真实的、最丰富的文化生态意义。乔晓光在《沿着河走》中提倡发现各民族文化、地域文化、边缘文化、个体文化的独特价值，正如他所说：“我们已经习惯了从汉字了解中国，从古典史籍、宫殿遗址、文物珍宝、圣贤精英、帝王将相去认识中国。但我们很少从一个农民、一个村庄、一个地域的习俗生活、一首口传的诗歌、一件民间艺术品……去认识中国。”② 在家史小说里，民族的文化积淀总是优劣并存、良莠共生地存在于不同的人物身上，审视历史本来面目的精神寄托就要深刻挖掘人的文化特性。对于这些传统的文化解读不乏研究者，本书抛开这些表层浮现出的文化学宽泛研读，而深入到福柯权力观和意识知识观来站在后现代的解读立场挖掘家史小说中群体分割的理论根源。

（二）生存空间的“场地”分割

家史小说的空间诗学研究，首要的问题就是从具体物理实体的家的建

---

① ［美］詹姆斯·哈威·鲁滨孙著，齐思和等译：《新史学》，北京：商务印书馆1989年版，第99页。

② 乔晓光：《沿着河走》，北京：西苑出版社2003年版，第2页。

筑着手，从场地分析的理论视角来剖析建筑隐含的深层文化、伦理、权力、血统等的本质关联。在探讨空间及场地的特点时，应重视一系列与建筑相关的一整套（社会的、政治的、经济的、伦理道德的等）制度、机构、网络、组织、人力资源、生活方式、都市精神及其他实际力量所组成的权力网络系统。这些场地研究是在以特定的建筑实体的时空结构为基本基地的前提下，发掘其内在的无形的却可感知的象征性体系以及一套由特定生活方式、生存现实所表现的精神灵魂，从而形成庞大的富有丰富生命力和自我扩充能力的文化力量。福柯从资本主义社会对于空间权力及利益的重视，将空间看作比时间更加具体的形象来体现生命体在生存权上面的权限见证，即将空间具体化为“场地”（l’emplacement）。他认为现代社会是以占有空间大小及其内在密度作为衡量和区分社会地位和个人声誉的基本尺度的。空间在现代社会中的重要地位，使现代人甚至在做梦的时候，也期望自己能够占有尽可能大的空间。现代人所追求的理想空间，是显示自己资本和权力的空间，显示自己占有和排挤他人生活空间的权能的空间。宾斯万格在分析梦幻的重要意义时曾经说：“空间是我的权限的见证。”福柯指出：“空间构成了我们共同体生活的基本形式，空间在权力运作中是非常基本的东西。”① 福柯称这样的能够带来利益和权力的空间为“场地”。我们生活在一个用各种关系编织起来的整体之中，它是由相互不可化约和不可重叠的场地所决定的。场地不仅是具有空间形式的一块土地和建筑实体，而更重要的是能够展现和彰显权力的基本条件，是个人生命及其存亡的最基本的条件，用建筑来体现象征空间的结构内涵。

场地不同于普通意义上的空间的概念，它不是空洞的一般空间，而是有限的、有边界的和有所属的实实在在的具体空间。因为它直接与利益和权力相关联，所以它体现着实实在在的拥有权和控制权所能实施的范围，可以说是不同权力和利益的斗争阵地，而其分布状况及结构也是权力斗争的必然结果。从“空间”到“场地”体现不同群体间权力和利益的分隔。由此，我们的生存空间也可以看作是由各种场地关联而成的。从权力和利益方面来分析家史小说中不同群体对于家的建筑的分割，就可以深入到中国文化的内部去探究权力的渗透力和影响力，展示中国家文化特有的文化

---

① 高宣扬：《福柯的生存美学》，北京：中国人民大学出版社2005年版，第314页。

属性。

既然空间的研究不仅仅是对于建筑实体的外部或内部构造空洞的考察，而是一种对于社会权力关系网络系统的文化源探究，那么首先就要从空间形式及其地理上的相互关系来考究。家史小说文本中，家的概念往往是由家的建筑实体和家的人物群体来组成的一种表达血缘亲疏远近的诸般关系的载体符号。家史小说讲述的是关于人的故事，包含着对各种权力和力量之间的思索，可以超越外在的空间实体来感受内在的空间形象。每一个家宅都在不同的分散的形象中孕育组合着整个家宅的整体，在每一个私密的住宅空间里无不隐含着每一个人内心价值情感，家的实体便成了保护自我的物质非我体，在厚厚的墙壁组成的坚固壁垒中体验每一个细微差别的深层实在，这也是空间的诗学性的一个元素。巴什拉在《空间的诗学》中提到："如果人们问我们什么是家宅最宝贵的益处，我们会说：家宅庇佑着梦想，家宅保护着梦想者，家宅让我们能够在安详中做梦……梦想甚至有一种自我增殖的特权，我们曾体验过梦想的场所在新的梦想里进行着自我重组……过去、现在和未来给家宅不同的活力，这些活力常常互相干涉，有时互相对抗，有时互相刺激。在人的一生中，家宅总是排除偶然性，增加连续性。它既是身体又是灵魂。它是人类最早的世界……存在立刻就成为一种价值。生活便开始，在封闭中、受保护中开始，在家宅的温暖怀抱中开始。"[①] 可见，不管在福柯还是在巴什拉眼中，空间都不应该是单薄的外在建筑，而是人与社会、人与世界之间的各种网络关系投射到人内心世界的一种缩影或者感触，在家宅内部保留着自身价值的丰富性。

于安稳的存在之处的空间在历史长河中也形成了一系列的定格，这个空间场地在悬置保存着时间的记忆，让人们可以在此压缩的时间中体会空间的神奇和超越历史的作用。每个时代都有不同的建筑风格，每个家宅也有着相同或者相似的实体模式，通过空间的壳我们可以将一切的历史变得空间化，将时间沉默之后，也可以赋予空间丰富的运动和象征，根据我们内在的空间模式来投射想象力，感受更加真实可感可思的被空间化了的家宅形象。在运用了诸类现象学的场所分析和福柯的场地分析之后，每一个

---

① ［法］加斯东·巴什拉著，张逸婧译：《空间的诗学》，上海：上海译文出版社2009年版，第5页。

家宅都变成了小的并融合存在的社会，具有各种权力和关系的性质。正如福柯《性史》中所说："从权力关系根源上说，统治者与被统治者之间并不存在全面彻底的二元对立。人们必须认识到那些形成并作用于各生产组织、家庭、具体集团和机构的多重力量关系是造成弥漫于整个社会机体的分裂的广泛的基础。这些力量关系形成了一条共同的力量战线来消除局部对立，并把它们联系在一起。可以肯定，它们还对各种力量关系进行重新分配、重新排列，使它们互相协调、秩序井然，并融合在一起。"①

我们已经将家史小说中的不同人物群体进行了分隔，并挖掘了这些分隔之后的深层文化背景，这些具有不同生命体验和追求的人们，也有着特定不同的生活形态和模式，下文将从外在的空间场地居所中将这些隐含在深层的权力和关系机制浮出地表，用具体可感的实体建筑来进入个体生命的存在。

1. 厅堂：权力的聚集场地

在中国传统宗法制文化的背景之下，历代的权力统治者都是选择特定的场所来实行其权力的运作，如故宫天坛位于整个建筑的中心，用来进行各种朝拜仪式，形成众星拱月的建筑模式，代表着对周围权力的控制。即使小到一个家宅，在建筑结构中依然体现着森严的封建等级文化内涵，如中国古代的家宅一般都建有地窖、阁楼、正厅大堂、厢房等不同的空间场地，无不隐含着权力关系的网罗。回到文本中来看家宅的建筑描述，可以略见一斑。在《白鹿原》中，白秉德和鹿泰恒这两个宗族家长的住处都被称为上房或者屋，而白嘉轩和鹿子霖这两个第二代宗族家长住在厦屋或厢房，较之地窖、阁楼和偏房，这些住处已经是很好的、下人不敢造次之地。祠堂一直是用于祭祀等群体活动的场所，在这部小说中祠堂的重要性无独有偶，既可以用来祭祀祖宗，又可以用来处罚离经叛道者，还可以用来做学堂、仓库等，但是却有一个共同的意义就是用来施行权力。《尘埃落定》中土司的住处是处于群落建筑中心的高大楼塔，站在上面可以一览无余地将下面人们的活动尽收眼底，施行监控。正如麦琪土司太太所言，房屋的高大是身份的象征，只有高贵的人才能住。在小说中，作者也直抒自己的观点说，当一个人来到这个世界的那一刻起就会发现他已经处在了

① 高宣扬：《福柯的生存美学》，北京：中国人民大学出版社2005年版，第158页。

人们为他准备的一大堆规则之中，他是在诱使人们服从不同的规则，有时规则可以作为武器，有时也是对自身的束缚。可见权力之争在存在规则制度的地方和时代都是不可缺少的。在《大红灯笼高高挂》中，妻妾成群的家庭，注定要有个尊卑之分以正名分，四位太太按尊卑生活在房前屋后的小空间中，也生活在权力的明争暗斗中，连灯笼也代表着她们享有的特权。

2. 阁楼、地窖：权力阴影下的髑髅地

家宅起初的作用是保护人们的生存，不受外力，如风吹雨打的侵扰和外人的袭击，给人心理上的安全感，使人们的生活处于受保护的存在状态。同时从血缘亲疏上组织成社会的小细胞来维护整个人类社会的运行机制和文化传承。可以说家宅具有母性的原初包容性，但是也有很多不那么温暖明朗的角落存在于家宅的建筑结构中。如果把一切的空间社会化，那么人和空间都是同等的，不承载任何经济的、政治的、文化的意义。但是空间在事实上却承载着个人内心价值的能量源，有着实体可用的器质，也有着印在心中的各种住宅功能的等级记录，更是一副历史学和心理地理学的实际载体和符号。“家宅是形象的载体，它给人以安稳的理由或者幻觉。我们不断地重新想象它的实在：区分所有这些形象也就是言说家宅的灵魂。”① 除去正厅大堂和厢房之外，中国封建家长制下的家宅结构也由很多小的单元组成，如阁楼和地窖。除了用以堆积杂物的实用价值外，阁楼和地窖也是一个阴暗存在的角落，作为地下力量的一部分存在着，不同于正厅是权力者的集聚地，这里是被权力阴影笼罩下的阴暗的敏感的潮湿的场所。在地窖中无论白天黑夜总是充满阴暗，使很多现象变得昏暗不确定，让人产生恐惧感。在阁楼上，它独自居于高处，它又是预示着通向最安静的孤独之路。正如荣格所说，用地窖和阁楼的双重形象来解释家宅的恐惧感。福柯曾提及的地域化的空间，指的也就是所谓的一个由各个地方所组成的等级交错的人们实际生存活动的空间。诸如神圣的地域和世俗的地域，有设防的被保护的地域和开放的无设防的地域之分。场地在此分析中就有了更复杂的意义，它并不只是显示为生命活动地域，也直接地显示为

---

① ［法］加斯东·巴什拉著，张逸婧译：《空间的诗学》，上海：上海译文出版社2009年版，第16页。

每个人在同他人相关的人际中的地位，显示他的沟通和隶属特性。在《妻妾成群》中，阁楼的印象让人毛骨悚然，到底有多少如梅珊一样的女性被封建道统观念处决？在《尘埃落定》里也有很多描述在如同监狱般的地窖中处决犯人的场面，多少史官在阴暗的窖洞中被割舌被压制？诸如此类的描写在家史小说文本中屡见不鲜。

3. 空间诗学的文化意蕴

我们并不是生活在一个空洞的空间，相反我们的生活是一个深深渗透着各种特质和思想文化的诗意的空间，不仅仅只是外在可见可触的物理实体，更是涉及人内心世界的可感可知的内在空间体系。空间不仅仅是各种社会关系运作的一个容器，它自身也在参与着复杂的社会历史的进程，它既是在历史发展中产生出来的，也是随着历史的演变而重构和转变的。自然主义的空间观在语言叙述上显得空洞和呆板，而诗学的空间观则将人们的阅读领向更广阔、更凝重的思维精神世界，文学和语言、话语和文本、直观和意识思维，均可超越简单的感官体验进入想象的隐喻世界，来扩展空间带给读者的无所不包的开放的理想状态。首先，社会空间由社会生产，同时也生产社会，空间也是一切社会活动相互矛盾和冲突的力量的场所，使得空间本身就是一个强大的充满活力的社会生产模式和文化孕育体。在家史小说的文本解读中，如果抛开空间的诗学特质，就将失去一个创造性的想象的主体性认知世界，空间也无法成为文化再现的场地。其次，文学中的主体性道出了地点和空间的社会意义。文本通过语言来建构空间，使空间拥有了精神属性，正像文本中所描述的社会空间、国家空间、日常生活空间等已突出了空间的观念形态和社会意义，超越了单纯的地域空间的客观存在，使之具有更丰富的文化社会内涵。最后，空间的体验和超越也是对文本经验的转移。文学作品不应被看作仅仅是反映和描述了某个场所空间地域，它的解读理念要求读者在阅读中要细细品赏意味深长的文化深层积蕴，许多空间事件的发生都是在呼应文本要刻画的人物心理和主题故事，诸如女性家园的空间描述展示着女性的生命审美和生存价值，也可能隐藏着一种性别政治的地理学。总之，空间在文学中不应是贫瘠的土地，可以启用想象和感受去参与空间的社会文化、政治经济和伦理意义形成过程。

三、家史小说的历史诗学

历史诗学涉及“文学”与“历史”之间的“关联”、“关系”，在家史小说的文本解读中，因其文本自身的历史跨度凝重深厚，常表现为对文本修撰中“情节编排”、“论证解释”、“意识形态含义”等“创造性”环节的重构和追寻，带着一种后现代主义的特征对传统文本中的历史观和历史题材的创作理念进行反拨。新历史主义对文学文本的解读，通过赋予历史一种想象的诗性结构，从而把历史事实和对历史事实的语言表述全部隐含于文本中。它认为历史是一种语词建构起来的文本，是一种“文学虚构的历史文本”，是一种“叙事”的“话语”文本，从而把传统机械的史学变成了不再限定于文本自律和文体自律的狭小圈子中的“诗学”。这样的文学批评眼光本质上是一种“语言的虚构”，因为它的“历史文本化”、“文本历史化”从语言层面达到了重读历史、文化史和文学史的目的，将原来文学文本研究中的形式主义壁垒打破，拓展出了诸如社会政治学、伦理学、民族学、人类学等各学科之间的联系互渗互融和互动，形成了阐释的通约性、协商性和连贯性。

鉴于新历史主义诗学批评的丰富理论实践，将新时期以来大量家史小说题材的文本进行历史诗学上的重读，就可以强调于当代的理论文化视野，用文学文本与历史语境之间的互文性的双向指涉，来解释过去的历史文本，进而将社会历史内置于文学文本结构中，显示了文学与历史之间的想象性虚构关系，充分汲取了文学语言符号的编码功能，启发人们重视对历史解读中的主体化、人性化、情感化的再创造价值。当然，滥用这种解构的历史诗学理论来解读文本也可能会出现消解历史的做法，使文本变成一种所谓的寓言叙事和文字游戏，走向平面化的叙事和修辞研究范式。正如勒翰说的，新历史主义这种工具性的认识拒绝接受整体性历史，创造出来的系统基本上是修辞的、理想化的、共识的、纯粹的形式语言，他还担心在共时态的时间体系中思考作品会将历史深度让位于语言模式的平面分析，造成一种阅读的破碎感。到底是在文本的阅读中忠于阐释对象的历史还是忠于阐释主体的阐释，这个问题的争论也应让位于一种新的文本研读方式理论，因为只有开阔的视野才能连接历史时空交替感，提供出一种阐释文本的新的可能性和途径。要超越历史和文本的长期蛰伏，浮现出历史长河中的无穷尽的共时性结构，看到边缘化、局部化、底层化的原生态历史事实的表现。

家史小说中作为中国传统文化象征的家族文化，“家”、“国”和“人”的问题一向密不可分，家族的兴衰盛亡直接投射着、寓言着整个社会和文化的状况。“作为一种文化系统，家族又包含有物质层面（族田、祠堂）、制度层面（族谱、族规）、精神层面（祖先崇拜、等级观念等）”①，更能突出中国传统文化的特色和底蕴，更容易成为文学艺术的关注对象。林语堂认为：“家族制度是中国社会的根底，中国的一切社会特性无不出自此家族制度。”② 作为国家的一个缩影，家族不仅是国家的原型，还兼容着许多复杂的社会、文化职能，而且，它还是一个独特的生活、生命系统，与每一个生命个体的存在息息相关。新时期以来家史小说的繁荣除了有其产生的社会、历史、文化、哲学原因外，描写家族，某种程度上就是对人的本性与实质的展示。在文化背景中建构家族史，将人作为历史生成的发展变化的“类存在物”，将家族史书写成人的本质实现与改变的历史。中国传统家族作为一种历史形态和文化传统经历了漫长的历史时期。以史学的品格和诗学的魅力，在文本语言叙述中还原历史与人之间关系的依附性和复杂性，站在民间立场的个人化叙事对意识形态的权威性进行解构，始终带有鲜明的意识形态特征与时代色彩。

（一）家史小说的叙事特征

叙事学研究的主要对象是小说，在文学体裁中的出现是从神话、史诗、民间故事等叙事诗的基础上发展而来的。而小说的叙事则像是叙事人在与读者的娓娓交谈，小说的作者可以随自己的主观意愿自由地采用不同的写作视角，使得叙事文学中“专断的讲述”变得开放。同一事件在不同的视角下、不同的讲述中可以凸现不同的意义。文本中题材的截取也就从提供材料转向了提供作者对于材料的诠释方面，人们对叙事的视点、结构等方面作用的认识就比较丰富和自觉了。作者在文本语言的建构中采用不

---

① 张伟忠：《中国 20 世纪家族小说流变轨迹与兴盛原因初探》，《山东广播电视大学学报》1998 年第 4 期。

② 林语堂：《吾国与吾民》，北京：宝文堂书店 1988 年版，第 161 页。

同的写法观念，就会出现不同的看待事情的着眼点和方式，读者在阅读和阐释的过程中也可以相应地作出共鸣和回应，产生材料与视角、创作主客体、叙事与阐释之间的对话关系和协商关系，形成理论与文本语言的同构互解功能，充斥着各种独立意识的横向相互作用和依存，不同话语形式间的对话就形成了小说开放自由的对话体表现形式。而叙事历史诗学也是建立在叙事历史哲学的历史观念之上，借用文学叙事学的研究方法将对“历史”的“实在过程”和“历史认识”层面转向了“历史叙述”层面，因为历史材料和题材的言说，只能以文本的形式才能成为文学理论批评的研究对象，将考察的视角从过去的“历时”转向“共时”，并“按语言学的逻辑把一切从头再思考一遍”①。也就是借助叙事性修辞学来强调历史与文学的相通性，揭示历史题材的文本中语言的相对性、建构性和文本性等因素，作为叙述媒介的语言和创作主体的意识就具有了开放性和转义性。语言的这种非透明性也充满社会意义和文化价值，在表述和构建现实史实的文本运作中，“对历史真实的解释也就不再是揭示一个既定的文本的意义，而毋宁是一种意义的‘生产’，从而对文学文本中的社会存在和社会存在之于文学的影响展开双向调查”，为历史题材的文本解读开启了多重“不同的”可能向度。

首先，从叙述能力上讲，“叙述者对故事的直接或间接的介入也可采取对情节作权威性解释的、更富说教性的形式，表现出来的职能可称作叙述者的思想职能”②。对于家族历史的叙述和表现与文学有着内在的、必然的联系，家史小说中的叙述者能介入各个人物的行为和内心世界，完全掌控着事件和人物的方方面面，是一个全知全能的叙述者，叙述者的思想职能更加得到充分的发挥，使得文本中不同个人倾向于某种家族文化、思想观念和历史逻辑的关系结构，即可反映出不同文化立场之间的紧张关系和历史发展的必然逻辑。叙述者选择的文化立场不同，就丰富着文本意义生成的瞬时性、多变性、偶然性等特征，展现了各自具有独立意义的人物精神世界和现实历史背景，极大地丰富了小说的文化内涵和文化层。可以

---

① ［美］弗雷德里克·詹姆逊著，钱佼汝、李自修译：《语言的牢笼　马克思主义与形式》，南昌：百花洲文艺出版社1995年版，第2页。

② ［法］热拉尔·热奈特著，王文融译：《叙事话语　新叙事话语》，北京：中国社会科学出版社1990年版，第23页。

说，叙述者叙述过程的自主性为文本带来了更富张力的结构，在文本中形成不同文化话语之间的对话与对抗，为文本带来了多元的复合性叙述，制造了多重的文化空间和文化张力。

其次，在对历史题材的文本分析中，新历史主义的历史叙事理论从质疑历史客观性和真实性及强调历史文本虚构成分的出发点，进一步在本质上将历史文本看作文学虚构的“纯粹语言制品”，重新透视历史叙事中真实与虚构的关系。“历史一直是表述的‘真实’角色的原型”①，传统历史题材的书写往往倾向于将真实性的再现历史事实作为出发点，排斥文学虚构在史实编写中的存在，企图保持历史本真的权威性。直到海德格尔和福柯等人都质疑历史意识的价值，强调历史重建的虚构性的影响。海登·怀特的历史叙事理论，以语言学为理论基础，在新历史主义强调历史文本虚构成分的基础上，找到了文学与史学批评之间的亲和性与共同点。“还通过对历史叙事多层面系统和阐释模式的分析，将历史真实与历史事实区分开来，对历史叙事中纪实与虚构的关系重新进行评价与透视，从而彻底地打通了文与史的分界。”② 文史界线以及学科界线的消弭，使文学“成为哲学和历史重新认识自身的基本参照”③。历史不可再现，现存的历史事件的描述主要以文本方式存在，“过去”总是存在于文本之中，“我们所了解的过去全仰仗于记录，仰仗于一代又一代的人们写下并诠释这些记录的方式”④。新历史主义认为历史具有两重性，包括历史客体及对客体的叙述，而客观已逝的历史事实由事件、过程和结构等构成无法重现的“过去”，人们只有通过虚构和想象的方式并借助于话语才能实现历史客体的再现。同样鉴于历史事实的流传和保存方式的不同，对于历史本真的挖掘就要考虑到文字文本、民间口传文学、历史遗迹及活态原生态艺术形式等，这样就将历史与文学从高雅经典中心地位拉向了更为边缘和原始的生活现实

---

① ［法］海登·怀特：《作为文学虚构的历史本文》，张京媛主编：《新历史主义与文学批评》，北京：北京大学出版社 1993 年版，第 168 页。

② 侯春慧：《海登·怀特后现代历史叙事多话语层面与阐释模式》，《河北学刊》2009 年第 3 期。

③ 余虹：《中国文论与西方诗学》，北京：生活·读书·新知三联书店 1999 年版，第 156 页。

④ 张京缓：《新历史主义与文学批评》，北京：北京大学出版社 1993 年版，第 56 页。

中，丰富着文本的历史性和历史的文本性内涵。众所周知，新时期以来的家史小说诸如《白鹿原》、《尘埃落定》、《红高粱》、《古船》、《家族》、《平凡的世界》、《穆斯林的葬礼》、《纪实与虚构》等文本，都在展示历史宏大现实的同时，也充分彰显着历史事实的文学特性的生产过程和形成机制，将活态的家族及个人历史和命运与历史时代作一个互动互渗的交通，从全新的开放的视角来挖掘文本中丰富的历史诗学因子，将重点分析文本叙事中多层面话语系统的意义阐释及“表述”理论。

再次，在对历史事实的编写过程中，既然已经将虚构性、创造性的文学性质加入了历史题材的叙事中，那么历史就不再是简单的过去发生的一件件记录在正史和官方文献上的事件，在历史事件的编撰中就不可避免地渗入文学文本生产中的内在特质。将历史题材的文本和讲述历史故事的文本看作文学虚构的语言制品，那么对叙述事件本身的记录就要通过虚构和想象的方式并借助于话语才能实现历史客体的再现。历史文本的形成与“历史叙事”不可分割，历史叙事即讲历史故事，而叙事只是许多记录历史事实的文体中的一种话语模式，历史学家将叙事强加于历史事件之上进行编排和选择，在特定文化环境下赋予历史事件以特定的文化意义，“意味着对一系列历史事件的文学化的讲述，也意味着一种虚构话语的力量”[①]。在文本中语言作为再现历史事实的载体，文本话语形式就成为重要的历史书写话语模式，历史文本借助叙事话语来再现客体或阐释自身。“历史事件在历史叙事中并不是单纯存在的，它与神话、寓言、民间故事、科学知识、宗教、文学艺术等形成一个关系网，在这一关系网里，既有历史事实所要求的真实性，又包含文化所赋予历史事件特定意义的虚构性。”[②] 这样就形成了多层面的话语系统：表层话语系统是以故事内容的形式对历史事实进行言说（言说层）；深层的话语系统是借助文本情节建构蕴含着多重解读的意义（意义层）。这是将丹麦语言学家路易·叶尔姆斯列夫所建构的话语双重二元模式，引入文学文本历史叙事研究中。“事实的”话语层面以文本中代表历史事实的历史事件为基础，在努力重建历史

---

① 耿占春：《叙事美学——探索一种百科全书式的小说》，郑州：郑州大学出版社 2002 年版，第 21 页。

② 侯春慧：《海登·怀特后现代历史叙事多话语层面与阐释模式》，《河北学刊》2009 年第 3 期。

上特定时期“发生的事件”时，则通过情节编排模式和意识形态等方式进行历史事实的再现和意义的自我解释。在特定文化环境中运用虚构方式赋予历史事件以特定的解释意义，那么解释意义的生成就是自主的、开放的和文化的，叙述者权力的自限恰恰为文本带来了多元的复合性叙述。

最后，“表述”也是新历史主义观照文学文本历史性的核心概念，文本都是关乎表述的，表述是关于人们如何观照自己及被他人所观照的问题，“表述”也是建立在一种语言之上的并赋予语言以“对话”、“杂语”、“历史”和“具体实践”的种种功能。这种关于表述语言的话语，强调语言本身交流的社会性和意义生成语境中的互相作用与协商，认为我们自己的社会、政治和文化处境都是被我们所塑造出来的，表述的过程就是塑造的过程。表述在社会整体生产中进入整个社会文化能量网络中，反映到文学的史学特性上就是指文学并不单纯地“反映”历史，文学“生产”和“介入”历史。在如此表述的前提下，文本意义的问题就不是单单追究文本究竟指向什么，而是考察文本的形成和运作过程，文学文本的功能就从文本之下浮出到文本的互文性和功能的多样性上面，使得客观指称和主体意图表述就联系起来了。

《白鹿原》的作者坦言要叙述一个民族的史实，采用了两条线来表现不同的历史和家族故事。一条线站在白嘉轩、朱先生等人物的视点，其实是隐含叙述着传统文化包括家族文化的话语体系和价值体系。另一条线通过家族叛逆者白灵、鹿兆鹏等人的视点，讲述着时代历史和社会革命，这是一种显明的历史叙事，在两种叙事相交融的过程中释放着家族与国家、族权与政权、宗法伦理与社会革命等关系结构和社会文化，体现着言说和意义层面的双向协通。《红高粱》的叙述人对祖辈的崇敬之情流露于文本的字里行间，他们敢爱敢恨、敢作敢为。文本展现在读者眼前的不是传统文化的精髓，却是另一番天地——一个野性、血性十足的乡野世界。无论是戴凤莲还是余占鳌，他们身上处处洋溢着一股野性与血性相混合的气息。文中作者这样对读者说道：“一队队暗红色的人在高粱地里穿梭拉网，几十年如一日。他们杀人越货，精忠报国，他们演出过一幕幕英勇悲壮的舞剧，使我们这些活着的不肖子孙相形见绌，在进步的同时，我真切感到种的退化。”作者的感慨是呼吁我们的自由自主精神、自觉的开拓精神和不屈的奋斗精神，希冀重塑中华民族的野性与血性。故事事件的进展蕴含着叙述者本人的意义生成过程，话语的表述过程也就是一种文本意义阐释的多重协商过程，文本的意义就成了叙述者和阐释者之间人为协商的结果。在《家族》中，张炜设立的重新阐释历史的价值标准乃是“道德—人性”这一基本维度。正是这种潜藏在革命与反革命冲突的表象之后的人与人之间的道德冲突，充分显示了作家试图重构历史图景，对既往文学作品中已基本定型化了的历史作出自己的阐释，力图在自我个性真实的意义上还原他所理解的“历史”原貌的愿望，体现了文本叙述者和生产者最为根本的人文情怀，体现了他独立于流行的政治话语体系之外的对历史的一种全新的描述与评价，自然也就无法避免“表述”话语系统构建的理论机制。鉴于新时期以来中国家史小说的文本叙事情怀，既是当代作家对传统道德的文化反思与价值立场，又暴露出在后现代多元文化语境中作家道德情感的危机，所以新历史主义的历史诗学话语体系和表述模式成了更广泛地阐释文本生成和功能的载体。

（二）家史小说的互文性和逸闻主义

“历史诗学”主要研究“文学”与“历史”之间的相互“关涉”和“表述”的问题，在“历史—文学”的关联语境中，揭示历史的本质特征及其深层诗性结构，以及文学的本质特征及其内在历史性含蕴，来阐释文史之间的动态“建构性”关联，形成了一种关于文学和历史本质的界说。探讨历史的“诗性”自然地就转向对历史及历史修撰的转义性、文本型、创造性、虚构性、审美意识形态性的研究上了。新历史主义强调历史与文学之间的动态双向建构，避免将历史设定为传统机械历史主义的既定事实，强调历史的具体性、多样性、异质性和非连续性，强调意义生成过程所牵涉的意识形态、表述系统、话语规约、文本叙事、社会体制、文化网络、语言现实等历史性要素在文本意义生成中的通约性，文学变成了塑造历史的能动力量。新历史主义历史诗学的主要取向体现在：文学文本与历史文本之间的互文性；边缘历史、回归真实的逸闻主义；历史的主体化和偶然性；历史和文学的边缘意识形态化。这里将主要从互文性和逸闻主义理论视域下，来研究其对家史小说文本的文学史学价值意义重建的意义。在新历史主义诗学取向的理论基础上，研究一切历史题材的文学文本，可以将文本中的历史材料和历史背景放在历时性演替和共时性关联的广阔理论批评语境中进行开放性的解读。“历史文学创作的繁荣和文学史重写运动的展开”是新时期以来中国文坛的两个值得注意的现象，各种“戏说”、“重写”和“解构”历史的大规模历史书写活动，为历史诗学研究提供了丰富的素材，实现了厚重的整体文化语境下的诗学文化价值转向。在新时期以来众多家史小说的书写材料中，有关传说、野史、个人史、家族史、社会历史的表述中均有这些诗学取向的引导，成了文本构成及意义生成中的丰富因素，形象生动地展示了文本在文学与史学双向互动中的双重文化价值重建。

互文性理论，首先承认文本不是一个固定结构，而是一个结构过程，存在着一种文本性，即文本的生产性，指文本作为意义的载体是多重的、多义的和不确定的。文本的这种生产性又不是封闭和自为的，而是处在与其他文本的交互关系中，也可以解释为诸文本之间的置换。简单地说互文性就是在特定的范围内，一些源于其他文本的话语彼此交叉和抵消。任何一个单独的文本都是处在与其他文本相互交汇的关系之中，并通过这种关系来体现文本的语义特征。作品之间带着一定的互相“影响”、“吸收”、“转化”的痕迹，进入文本的同时也即进入了一个复杂的各种文本交融汇通的网络结构中。“每一个词汇、短语或作品片断都是先于或环绕这一个别作品的其他写作物的重造。没有文学的‘独创性’，没有‘第一部’文学作品：全部文学都是互文的。”① 所以对特定的文本进行解读必须要把它放到同其他文本甚至非文学文本的关联域中。文学与历史之间的互文性关系是以把历史变成文字文本为前提的，把史实变成史书，把历史内容变成了文本的语言结构，“把历史的客观存在变成了历史故事，变成了对历史存在的主观叙述，变成了从政治和意识形态视域通过对文字记载的历史文本的解读和阐释，再对真实存在的历史事件、人物和过程进行消解、改写和重塑”②。即所谓的“历史只有以文本的形式才能接近我们”，把活生生真实存在的历史变成文学虚构、语言隐喻和修辞想象再置于文本中创造出文本中的历史，从而产生文学与历史在文本之间的互文关系。同时，也追求一种回归历史真实的逸闻主义，一种真实生活遗留下的历史“踪迹”，

① ［英］特雷·伊格尔顿著，伍晓明译：《二十世纪西方文学理论》，西安：陕西师范大学出版社 1987 年版，第 145 页。

② 陆贵山：《新历史主义文艺思潮解析》，《新华文摘》2006 年第 4 期。

通过历史的碎片、零散插曲、逸闻逸事等消失与正史之中的记载来向传统的“宏大叙事”进行解构，转向注重无数“小历史”的描述。通过逸闻逸事提供一种接近日常生活真实的门径，文学通过逸闻而触摸到了人类真实的历史生活。在互文理论和逸闻理论中也可以看到新历史主义试图撕裂线性历史，撕裂单一历史语境的力量。强调任何一个文本都是其他文本的镶嵌、组合和回响，任何一个文化文本都是与其他文化文本相互交涉的。不同类型的话语在协商交换中获得其意义，文本在流通中与文本之外的社会历史相互交换，更突出了文本的物质性、历史性和社会性意义。

在家史小说的文本中，所有社会意义的产生不止出于文本的描述是否与正史记载相对应，而是存在于开放性的文化交流和历史寓言之中。所以对家史小说的解读不应该仅仅流于肤浅的历史解读的一种对照概念之中，而应看到丰富的批评精神和文学史学双向协商影响的价值意义。阿来在《尘埃落定》中对土司一家荣辱历史命运的记载，在对应着历史时代背景真实的基础上，依然充斥着个体生命感受历史的自我书写和感叹，不同人的生存体验中见证着不同的历史痕迹。对藏族生活习俗、藏族传统文化礼仪、神奇藏文化及阶级压迫，对战争政治经济和种植鸦片的描述记录中，都可以全方面地展示出生活的方方面面的真实状态，也是对很多官方历史的一种补充解释。同样，《平凡的世界》也在表述几个平凡人物的个人生命历史的过程中，镶嵌进了诸如生产改革、承包制等当时新兴的社会经济和政治运行模式。《白鹿原》中贯穿全文本的白鹿的传说是小说的叙事线索，也是白鹿原这个地方当时历史的隐喻；白鹿原上流传的关于白鹿两家家族历史的追溯，在建立祠堂和选立族长的时候就显得那么有力量，显示了中国传统宗族文化的根深蒂固；在国共战争的书写中，人物之间不同阶级党性的划分也显示了当时时代背景下的人们对于国共两党的不同认识和自我奋斗史，也从文学上回溯到了过往历史中的真实片断事实。新时期以来文坛上倾向书写家族村落的故事、描绘残缺不全的传说、拼接支离破碎的历史片断，通过书写各种“家族史”、“村落史”、“野史秘史”来将文学文本放回文化历史语境进行考察。“以其文本间性理论和实践拆除了文学文本与历史修撰之间的传统藩篱，达到了‘诗具史笔’和‘史韵诗心'"① 的确认，走向了史文相济和文史互证，从而呈现出文学向文化全面伸展和历史向文学充分开放的文学景观。这些文学写作和历史事实记载之间的互相补充关系和意义生成过程中的互相影响和协商交流，展现了家史小说在历史诗学观照下的独特历史取向，丰富了文学的史学价值，开放了史学解读中的文学性审美价值。文学文本就变成了一种多重指涉，不再仅仅是历史的反映者，也是历史的生产者和交流者，文学文本占据一定历史文化场所，通过各种历史力量相互碰撞、各种意识形态和审美取向的需求，使得历史与文学之间"真实"与"虚构"的传统界限已经在其共有的"诗性"基础上被糅合。

由此，互文和逸闻的重要性就在于它能与文学文本之间产生互动，使无所不在的文本性投射出一抹真实生活的余晖，使文学重新与人类的真实历史经验关联起来，文本就因折射了历史文化氛围而成为社会能量的载体，社会能量反过来又通过不同的文本进行流通。这种通约性让人意识到文化的力量不仅存在于某个孤立的文本及其形式中，而且存在于各种文化形式的相互左右之中，显示了社会能量流通中社会上各种利益、势力和观念之间的相互作用。正如格尔兹的文化人类学所说的，"从一整套微观民族志材料——各种各样的评论和轶事——走向宏大的民族文化的景观、时代、大陆和文明"②。

四、小结：家史小说的价值与局限

新时期以来，即20世纪80年代后期和90年代以来，在后现代文化语境中的文学创作得到了自觉而全面的释放。随着80年代改革进程的加快，人们的意识渐渐开阔，经济飞速发展，"重铸国民魂"再次成为人们关注的话题。许多作品都以现代思维意识为契机来反思历史进行文化的寻根，直接引导着作家进入家族内部来寻求文化的最终根源。90年代大众文化的冲击，使价值体系失衡，人们时常追问精神的归宿和存在的意义。积极倡

① 钱钟书：《谈艺录》，北京：中华书局1984年版，第363页。

② 张进、高红霞：《论新历史主义的逸闻主义——触摸真实与"反历史"》，《兰州大学学报》2002年第2期。

导文化重建，作为社会个体成员的集体无意识，家族再一次成为创作的载体。重大历史事件和英雄长诗，影射着史诗化、理想主义色彩，知识分子和民间写作组成了多元文化空间，先锋情结随着现代焦虑回转向对传统文化的重判上。

从创作主体上看，家史小说在建构自己艺术世界的同时，也在哀挽或感叹着家族在历史中的命运沉浮，采用了艺术的真实手法讲述了家族的盛衰过程和客观史实，在众多的历史书写记载原则的网络中，挑出典型的历史因素进行强化，使家史小说文本具有更深刻的反思历史性和文化跨越性，由此深受各种文学批评流派钟爱。既然家史小说具有如此厚重的历史深度和时间跨度，那么它所具有的文化价值势必是反映几个时代、几个阶层、几代人的具体的社会文化场景，它的母题也将是文本价值取向的载体。

20世纪中国家史小说在追求人性启蒙自由和社会发展的时代主题下，在对传统家族文化的选择建构、批判与解构中，文学作品也形成了各类母题模式的代表，从而使得家史小说成为20世纪最具历史性、社会性、文化性与时代特色的小说类型，有着独特的认知审美价值。在新时期历史小说题材中，书写较多的是截取历史上反复被渲染的史实事件、史实发生场面、作者观念和情感等，诸如爱情与战争、怀乡与别离等。因此家史小说也相应地将母题放在家族、伦理、命运、阶级、种种家族发展过程中特有的风俗人情之上。或专注于书写一个家族的历史，或注重家族中个人的命运史，或刻意表现人与人之间的种种关系，或在家族史的兴衰演变中彰显社会人情等文化内涵，更有“野史和传说”等在文学创作中的丰富。总之，家史小说的母题选择能折射具有丰富内涵的时代特征和历史文化，具有深厚的时间跨度和书写模式的自由度以及情感表达的丰盈性，文本中蕴含着丰富的中国传统文化精神。

作为社会结构基本细胞的家族，凝聚着历史与文化的变迁。家族的历史，时常就是社会进展或民族旅程的一个缩影，它“分任了人类经验中的一切的兴衰变迁”①。它积淀着深厚的历史文化，并与时代的变迁保持着骨

---

① ［美］摩尔根著，杨东莼等译：《古代社会》，北京：商务印书馆1971年版，第853页。

脉相溶的关系，“随着历史的变迁而动荡不安，成为观照人、社会、文化嬗变的聚集的场所，又与历史的脚步保持着冲撞的距离，以其具有血缘关联的生命延续与家族伦理，为历史留下最为深刻的文化记忆，成为思考和想象人类文明和人性结构的丰富空间”①。新时期以来家史小说的母题从有形的历史进程伸向无形的个体生命及精神旅程，借助于家族这根扭结着历史和文化以及个体生命血脉的纽带，新时期作家在家史小说文本历史叙事中增强了文学的个体体验性和突入各个文化层面的想象空间。一种由后现代精神引发的对历史、文化和心史相互穿透融汇的家族叙事和诗学价值重估成为对家史小说的再次建构。90 年代另有一批家族小说，表现出历史难以言说、生命无理性死亡的神秘。他们在文本的创作中“并不想从历史中得到些什么力量或揭示一些关于民族历史的隐秘，他要使自己的作品离‘写实’更远，离寓言和‘写意’更近”②。他们视历史是个寓言，“寓言只是相当于无所指的能指，它的真正所指在意指系统之外，即在对历史的衰败的真实体验中”③，文本给读者提供的只是想象体验性的历史遐想的一个物质载体，文本的故事言说是家族史的弦外之音。历史的寓言蕴藏着作家对于历史的认知和思考，历史内容甚至充满了偶然和荒谬，且带着历史宿命和历史命运的不确定性的双向色彩，在打破“宏大叙事”的基础上，提倡“小历史”和边缘历史，将历史看作是一种言说和表述，历史就变成了一种文本意义的生成过程的产物，开启了更为原生态、更为可感、更为自由的历史书写话语及形态。

历史诗学价值的重估是一次历史性的转变，特别是对文学与历史的接受反映理论和阐释理论上，都在一定程度上融进了西方文论对历史、政治和审美意识形态的倾斜。无论是基于空间诗学还是新历史主义诗学的研究思潮，家史小说的文本解读都已经变成了一种权力的叙述或者是一种关系的复杂较量，历史变成了一种语词建立起来的文本，把历史史实的“史性”变成了文学的“诗性”，从根本上否定了机械呆板的历史客观性、真实性、规律性，取而代之的是一种开放的文学历史学观念：拓展出研究家

① 朱水涌：《论 90 年代的家族小说》，《厦门大学学报》（哲学社会科学版）2001 年第 1 期。

② 李锐：《关于〈旧址〉的问答》，《当代作家评论》1993 年第 6 期。

③ 王一川：《寓言、灵韵与机械复制》，《文艺报》1994 年 1 月刊。

史的多维研究空间，将封闭的文本解读转向开放的历史学、政治学、社会学、伦理学、人类学、民族学、精神学等之间的互渗联系之中，文本就走向了广义的文化研究。以文学文本与历史的互文性和历史语境之间的双向指涉，来解释过去的历史文本，进而将文学文本重构为历史的客体来再次认识，把对历史的叙事转变成了对历史的文本建构，创造出的是文本中的历史和阐释历史的新的理论依据。书写历史正是为了消灭历史的存在，开掘了语言结构和历史结构的想象性与虚构性关系，在一定程度上折射出文本的历史精神。主张用共时性取代历时性，一切历史都变作了当代史，可以进行对话。文本意义的形成过程，也成了可以不断解释和被解释的生产过程。这种共时态的历史，将不同历史阶段的不同历史事实的真正意义引向了颠覆和重建，是对文本文化层面上意义价值的开放性重估。

当然，单纯地用诗学的眼光来重估文学文本中的历史性，也会有走向一种偏执的后现代解构颠覆一切真实性的可能，主观地去分析和书写历史，在挖掘官方正史书写中权力和利益的驱动因素之外，也有可能产生相似的对历史人物、事件和过程进行个人好恶式的偏私甚至歪曲。强调通过文学与历史的互文性，主张主体向历史的介入，主体对历史的干预和改写，也应该切忌随意把历史主体化、人性化、道德化、情感意志化。特别是由于随意拼贴编织历史解构历史，不再注重历史事实本身的价值和意义生发，只是一味地去消解历史的深度和意义，用虚构的文本来虚构历史，把历史变成了完全非历史化的历史言说，也是一种极端。鉴于新历史主义历史诗学存在的利弊，如何进行取舍是一种理论和文化批评上的制衡过程。但是我们应该看到的是，新的理论解读在丰富固定的文本意义价值和审美价值取向上不可替代的作用和其诗学批评实践的价值所在。

第五节　新历史主义与新时期“三代”电影创作

一、新历史主义电影及其研究状况

历史题材电影以历史的形象化、电子化表述的特点，区别于书写时代对历史的叙述，在关注边缘、重视偶然性、探索原生态的基础上取得了历史观上更大的颠覆性的突破。新世纪所谓的新历史主义电影是在诸种社会能量的流动与合力所构成的文化语境下产生的，并且充分地利用了新历史主义的理论批评资源和多重表述视角实践着影片自身的文化积淀和美学效果。坚持把影片看作一个文本，是关于历史的文本，历史和文本构成了生活世界的一个隐喻。由此从历史观到创作方法上都突破了旧的历史题材影片的主题结构和社会意识功用，使得影片具有了艺术美学的诗性特质；打通了历史事实材料之间的对话和不同时代主题的交流，也将影片移植到整个文化语境中进行社会能量之间的商榷，这些都是新历史主义电影独特的理论价值。从新历史主义的历史观出发来研究新世纪历史题材影片，十年新历史电影有着不同以往的历史观念和创作意图，在讲述历史故事时悖离了传统的表现手法，采用了新的叙事策略。而一些游离于官方历史记载的逸闻逸事、传说风俗、民间口头记忆等边缘题材也大胆地出现在影片的编写之中，这些“小历史”以合法化的姿态出现在电影艺术创作中并获得了自己的存在地位，同时弥补着正史记载的遗漏。影片有意识地将被遮蔽、被扭曲的“小历史”上升到方法论的层面进行历史的反思，某种意义上实现了触摸真实、颠覆主流话语霸权的功效。新历史电影在表述历史的同时，也在历史之中被不断地塑造着，以厚描的手法增强着历史的文化厚重感。

由于电影这一媒介自身的传播特点，通过电影叙事的方式解读历史，也是这个时代对历史的一种解读方式。历史题材电影以历史的形象化、电子化表述的特点，区别于书写时代对历史的叙述。新历史主义在电影方面的研究刚刚起步，新历史主义电影方面的研究论文有：郭小橹《新历史主义走向文学和电影》，曾耀农《新历史主义对新时期影视的影响》，范志忠《新历史主义视野下的当代电影》，邵斌《人文历史类纪录片的话语分析》等。曾耀农用新历史主义研究方法归纳出一批电影并以“新历史主义电影”命名，但有很大的局限性。郭小橹的视野更为宽阔，运用新历史主义的“情景主义”特点研究电影的产生与当时社会文化环境的直接联系。值得注意的是，当下中国电影中许多所谓的新历史主义电影其实并不是在新历史主义的直接影响之下产生的，它是在诸种社会能量的流动与合力所构成的文化语境下产生的。并且，新历史主义的影视是处于不断发展、日趋丰富的状态之下的，它的繁荣也必将推动新历史主义理论内涵与外延的不断丰富与向前发展。

我们旨在以新历史主义理论的视角来分析 21 世纪以来中国“三代”电影的创作：走向“大片”时代的第五代，坚守“小历史”、边缘叙事的第六代以及艺术性与商业性交融互渗的新生代电影。以研究新历史电影的创作来重新定位新历史电影的特征，研究新历史电影创作实践对新历史主义理论发展的丰富与推动，以新历史电影的批评加入到文化诗学研究这一浩大的批评工程中去。

新历史主义思潮是不断向前发展的，新历史主义文学创作、电影创作亦在不断向前发展。前期，历史观念的杂糅共生，新历史主义理论观念尚未充分地在文本中体现出来。然而，随着历史观念的不断翻新，与之相关的电影创作必将会不断走向成熟。其历史观念的颠覆性、叙事手法的创新性、叙事角度的新颖性，也在更新着电影观众群体的历史观，提高着他们的欣赏水平与欣赏习惯。在当今消费主义文化盛行的时代，这无疑具有积极的意义。

新历史主义拥有丰富的理论资源和多重的历史视角，这也是研究者能够对卷帙浩繁的新历史文本进行多样性分析研究的基础。中国的新历史主义文艺思潮是新时期引人注目的文艺现象，当前的历史题材创作正方兴未艾，不仅回应着已成记忆的历史，而且紧扣着世纪交替的脉搏，既有其本土性——国内各种艺术力量的推动，又有国外各种理论的诱发。文化领域的全球化带给文学和文化批评家的冲击，以及民族自我认同的反思，使得创作者以文学叙事的方式反思历史，这已成为其选择走进民族历史深处的

“集体无意识”，以期达成民族的自我认同。新历史主义小说研究已取得了丰硕的理论成果，可以成为电影创作研究的借鉴资源。

近十年新历史影视创作出现了丰富性、多元性与颠覆性的特点，尤其是在消费主义文化盛行的当下，这种复杂性与多层次性凸显了本课题研究的价值与重要性。运用新历史主义理论对近十年的电影进行分析，从“思想内涵和基本特征”、“价值取向和社会效应”两方面考察新历史主义在中国的传播和发展，并在“厚描”的意义上深化对新历史主义与新历史影视创作的双向互动的研究。21 世纪头十年中，中国的历史电影取得了长足的发展与进步，其叙事策略与艺术手法是充满颠覆性与创新性的。以往的新历史电影创作尚处于草创期，以第五代电影为例，往往以寓言化与象征化的特征为归宿。“刺秦”文本——周晓文《秦颂》、陈凯歌《荆轲刺秦王》及张艺谋《英雄》的创作发展轨迹完整地体现了这一特色。而 21 世纪的新历史影视，以第六代电影为例，贾樟柯的《小武》真正开启了关注边缘人物生存与精神状态的历史；《三峡好人》记录三峡移民的生存状态与官方正史的宣传完全处于迥异的角度；《我的团长我的团》对远征军的“炮灰”的描述揭开了一直处于正史遮蔽甚至扭曲之下的国民党士兵生存与抗争的历史真相。而新生代导演陆川的《南京！南京!》以全新的叙述视角来展现南京沦陷以及大屠杀的历史，闪烁着新历史主义的人性光芒。21 世纪头十年的电影创作，超越了以往影视剧的戏仿与戏说、欲望化叙事、寓言与象征的窠臼，在关注边缘、重视偶然性、探索原生态的基础上取得了更大的颠覆性的突破。21 世纪的头十年，是三代电影文本共生、多种叙事风格并存的十年，互相流通于一个时代的三代电影，具有“历时”与“共时”两个相互关联的维度，无形中拆除了其间的隔墙，为跨代的研究扫清了道路。

我们主要考察中国电影所谓“第五代”的新历史电影的叙事手段及其创作走向，总结不同时期第五代电影的历史观，以“刺秦”文本的影像解读来分析第五代走向“大片”历史叙事的原因，以两部电影文本对共有的主题“炮灰”的被遮蔽、被扭曲的历史的表述，勾画和概括出第五代电影以“小历史书写”来表达“还原历史真相”的诉求；考察“第六代”电影导演群体游离于中国电影体制外的生存状态及其对边缘历史叙事的坚守，分析中国电影史上“七君子”事件所凸显的异己力量和权力体制之间颠覆与包容的关系，以“贾樟柯”电影文本研究来管窥第六代电影创作的新历史观和叙事策略；考察中国电影新生代历史叙事手法的创新性以及当下新历史电影的局限性，勾画新生代在电影创作中秉承的新历史主义实践方法，通过对极具代表性的《南京！南京！》文本的考察，勾勒出当下历史电影作为“文本事件”、“话语事件”以及“文化事件”综合体的独特“事件”性，概括出21世纪头十年中国“三代”电影在新历史实践中的开拓与局限，从观念上划代的误区到与新历史主义丰富的理论资源相对照的创作实践中的种种局限。

总之，我们应当充分利用新历史主义丰富的理论资源和多重视角来解析当下的电影创作。而正是新历史电影创作的繁荣与发展，推动了新历史主义研究在中国的不断传播和兴起，并因此注入新鲜的血液，推动新历史主义理论的不断丰富与创新。这正是许多研究者尚未充分认识到并作出深入发掘的，这也是本节所持续关注的重点。

二、全球化语境下的新历史电影：第五代的“大片”叙事

（一）第五代的叙事特征

从1983年张军钊的《一个和八个》出世至今，“第五代”在中国电影界已经走过了30个年头。第五代电影导演群体，主要是指以北京电影学院八二届毕业生为核心，同时还有与之年龄相仿、经历相似（上山下乡插队、受“文革”洗礼）、艺术风格相近的一个导演群。代表人物有张军钊、陈凯歌、张艺谋、周晓文、黄建新、何平、田壮壮、吴子牛、李少红、孙周、夏刚等。第五代导演及其作品曾经在中国电影界及其他艺术领域引起空前的关注和热烈的讨论。他们与台湾新电影一起一度成为中国电影的代言人。他们以极具个人风格的电影语言和独特的叙事形式，通过自己的作品表达着对中国历史/历史中国的反思和批判，他们对中国历史的思考远远大于对现实生活的关注。以“大陆的社会现实——现代化进程”为立足点和基数，“历史/中国历史，始终是第五代真正的叙述对象”。①

第五代导演崭露头角的时代，是一个文学的年代、小说的年代，文学

① 戴锦华：《雾中风景》，北京：北京大学出版社2000年版，第268页。

势力强大，电影似乎必须要和文学联姻。“20 世纪 80 年代后期开始，相当多的作家，特别是先锋派、新写实和寻根派作家，不约而同地涌进历史，开始了各具特色的历史书写活动，形成了一个持续至今的文学创作热潮，涌现出大批的历史文学作品。这些作品所显示的历史观念、叙事方法以及价值取向方面的重大变化，简言之，即对‘文本的历史性和历史的文本性’的强调。评论界多称之为‘新历史小说’或‘新历史主义小说’。它们是新历史主义文艺思潮最重要的组成部分和推动力量。”① 第五代导演们纷纷在小说里寻找题材，把《收获》、《花城》、《中国作家》翻来翻去，虽然由于出身、学识、经历的限制，他们本身的文本创作能力非常匮乏，但好在有那么些优秀小说为基础，他们完全可以不必担忧，只要做一个好读者就足够了。所以，他们作品的题材，无论是寻根、怀旧、都市，均与新历史主义文艺思潮相对应：张军钊的《一个和八个》改编自郭小川同名叙事诗；陈凯歌的《黄土地》以柯蓝散文《深谷回声》为母本；张艺谋的《红高粱》来源于莫言同名小说；张贤亮的《浪漫的黑炮》被黄建新改编成了极具黑色幽默风格的《黑炮事件》；吴子牛将乔良的《灵旗》重新组合而成《大磨坊》；刘恒的《伏羲伏羲》被改编成《菊豆》；史铁生的《命若琴弦》被改编成了陈凯歌作品《边走边唱》；陈凯歌的旷世之作《霸王别姬》取自香港作家李碧华的同名小说。所以，那些电影离我们那么远，它们是小说化的电影，习惯于传奇，习惯于浓墨重彩地诠释人生，无论故事、对白、意识，都笼罩在了小说的阴影之下，原著始终占据主导地位。

第五代导演热衷于历史题材影片的创作，并不意味着他们对中国历史本身的兴趣，相反，他们真正的目的可能在于借助故事背景的历史化以及历史的对象化来表达他们对中国历史/历史中国与中国现代化进程之间关系的关注和思考。他们游移在现代主义（对历史的反思和批判）和后现代主义（对历史的解构与重组）之间。独特的生活经历和开放的学习环境使第五代导演的艺术创作生来具有一种强烈的社会责任感和创新意识，以弑父式写作起家的第五代，对传统进行了激烈的批判和否定。他们敏锐意识

① 张进：《新历史主义文艺思潮的悖论性处境》，《兰州大学学报》2001 年第 4 期。

到了落后的政治观念和思想意识的存在和危害。由于距离现实生活太近，他们不好直接将其表现于银幕，政治上的困境导致了美学的困境和表达的危机，只能把叙述的视点投放在中国历史尤其是和人们的现实生活密切相关的历史上。在第五代导演的眼里，历史的准确、客观与否不再重要，重要的是如何理解历史在现实生活中的地位，如何从现实的需要出发来解读历史。他们受到实用历史主义的影响，作品既有浓重的现实主义色彩，也带有鲜明的后现代倾向。

（1）第五代导演用一种“春秋笔法”解构经典的政教电影。

政教电影在特定的历史时期一直被作为教育群众，宣扬政治理论和政治理想的工具。经典的政教电影如《红色娘子军》、《平原游击队》、《小兵张嘎》、《英雄儿女》、《董存瑞》等，随着时代的发展和历史的变迁，这些电影又被赋予了新的历史意义，演变成“红色经典”系列。在“人类的历史就是阶级斗争的历史”这一权威话语的笼罩和遮蔽下，第五代以前的影片在书写历史时并没有完全摆脱“寓教于乐、主题先行的历史模式”[①]的窠臼，仍旧在传统的历史叙事的范畴之中徘徊。横空出世的张军钊执导的电影《一个和八个》、富有质感的陈凯歌的《黄土地》则打破了这一格局。《一个和八个》率先奏响了“第五代”电影的序曲。该片突破了以往影片中“坏人”即为“反面人物”的传统模式，在“恶人”身上发现并挖掘人性的真、善、美，更加强调环境参与影片叙事，从而确立了第五代电影的造型特点，给银幕带来了新鲜感。而同一时期由陈凯歌导演的《黄土地》则成了“第五代”电影的奠基之作，并对后来者影响至深。该片力求突破“十七年电影”叙事传统，在弱化叙事的同时凸显银幕视觉的冲击力，从布满于银幕的黄土地意象，我们已经可以隐约看出对“神”和“权威”的质疑。同时期的其他作品也都在一定程度上表现出与经典“革命现实主义”传统不同的叙事策略。中国电影第一次具有了电影性。

（2）第五代导演以“民族国家寓言”的手法来投射政治社会（陈凯歌《霸王别姬》、张艺谋《活着》）。

詹姆逊曾说过：“第三世界的文本，甚至那些看起来好像是关于个人

---

① 王斑：《全球化阴影下的历史与记忆》，南京：南京大学出版社 2006 年版，第 108 页。

利比多趋力的文本，总是以民族寓言的形式来投射一种政治：关于个人命运的故事饱含着第三世界的大众文化和社会受到冲击的寓言。”①“在这种电影中，总是以连续的长镜头提供诡异的空间特点。这种特点既表现于独特的自然及人文景观中，又被表现在被可以渲染的独特风俗及生活方式之中。这些电影乐于选择若干民俗代码以强调中国文化的特殊性。这种空间的特殊性往往变为西方所无法想象和观看的巨大奇观性。京剧、皮影、出殡、挂灯笼。这个充满诡异的特异性空间不是当下中国人所认知和了解的‘中国’。正是这些卓有才华的导演将‘中国’这个我们居住的空间化为一种神秘的幻想性的空间，供西方的观众消费。”② 第五代纯熟地运用着“历史寓言化”的新历史主义手法。

（3）从新的历史观解读了人们耳熟能详的一些主题——比如“刺秦”故事，通过影片故事背景的历史化以及历史的对象化，重新组织了人们对于历史、政治的看法。

第五代导演的叙事策略，暗合着当下中国影视流行的“翻案风”。而所谓翻案，是相对于传统的定论而言的，它是文学作品对传统定论的一种颠覆性或否定性的艺术处理。用郭沫若先生的话来说，就是站在当今时代的立场，“推翻历史的成案，对于既成事实加以新的解释，新的阐发”③。与《雍正王朝》等同样具有翻案色彩的大制作的历史电视剧类似，第五代导演的大片叙事之路正是从新的历史观出发来重新书写“刺秦”历史开始的。

（二）“图说历史”：“刺秦”的影像叙事

在迈向全球化时代的21世纪的征途上，第五代导演渐渐不满足于自己电影中对政教意识形态的解构和历史表述寓言化的手法，渐渐意识到仅仅局限于此的话与自己逐步获得的大师地位不相衬。更重要的是，进入20世纪90年代，小说开始没落了，小说的精神也跟不上全球化时代，要想找到那么合体的文本，已经越来越不容易。他们于是尝试独立创作，最初是组

① 张京媛主编：《新历史主义与文学批评》，北京：北京大学出版社1993年版，第235页。

② 张颐武：《后新时期中国电影：分裂的挑战》，《当代电影》1994年第5期。

③ 郭沫若：《我怎样写〈棠棣之花〉》，郭沫若：《沫若文集》（第3卷），北京：人民文学出版社1957年版，第168页。

织创作班子，邀请作家做命题作文（例如严歌苓为电影《梅兰芳》写剧本，七易其稿），随后他们雇用更容易掌控的专业编剧。结果我们已经看到了，这就是《风月》、《英雄》、《十面埋伏》、《满城尽带黄金甲》、《无极》、《夜宴》、《梅兰芳》、《建国大业》等。文本的好坏成为电影成败的关键。以第五代肇始，中国电影进行着所谓的大片之路。场景华丽，叙事空洞，强调“中国性”，人物对白哲理化是这一时期的主要特点。为了打开国内和国际市场，这些影片大都采取“高投资大制作、明星阵容、电脑特技、视觉奇观”[①] 的好莱坞生产模式。“好看”和“赚钱”是这些所谓大片的终极追求。

第五代开始拍摄大制作影片自“刺秦”电影始。关涉到“刺秦”主题的有周晓文的《秦颂》、陈凯歌的《荆轲刺秦王》、张艺谋的《英雄》。秦王嬴政在中国历史上多以一个骄奢淫逸、严刑酷法的暴君形象存在，刺杀秦始皇便成为一种正义行为被歌颂，但第五代导演提出了自己独特的历史观点。电影《秦颂》中嬴政有这么一句台词：“你错了，历史是由我书写的。”但是事实上秦朝享国时间太短，秦统治者并没有完成有关秦朝的历史意识形态合法化这一过程，关于秦朝历史的书写，是由以后朝代的史家去编纂书写的。新历史主义认为，我们永远无法达到历史的真实之境，只能接近。一切历史的编纂，都不是纯客观的，都是特定的历史、政治、立场的产物，历史文本本身便是塑造历史的能动力量，本身便是历史的一个重要组成部分。那么，关于秦朝历史尤其是秦始皇的记载以及评价，不免充满了遮蔽甚至扭曲。而“刺秦”系列电影文本，以新历史观为参照，重新书写了“刺秦”的历史故事。

电影《秦颂》以欲望化叙事的手法虚构了许多不存在的历史事件，完成了“一切历史都是阶级斗争的历史”到“一切历史都是欲望的历史”的颠覆（曹文轩语）：栎阳公主和高渐离的爱情，对历史充满挑逗和自由想象的宣泄。在四不像的胡编乱造中表现了对帝王心态的理解：征服人的肉体，更要征服人心，甚至可以牺牲自己的爱女及其婚姻。一切政治化的结果必然导致性格的扭曲，这样的历史想象和虚构反而彰显了历史的真实。荆轲为刺秦向高渐离求助时，高渐离态度冷淡地以“六国合并有助于音律

---

① 岳晓英：《全球化语境中的中国大片》，《福建艺术》2002 年第 2 期。

统一”的说法来规劝荆轲勿做鲁莽之事，珍惜性命。而嬴政的无意识在影片历史故事讲述中贯穿始终并起着决定性作用：他不杀高渐离，不仅是因为高渐离的音乐使他摆脱被杀的恐惧（被活埋），而且秦颂一旦谱成，赞颂秦朝千秋万代，象征性地完成了他的江山巩固的梦想，他怕秦的统治不长，他怕自己被推翻、被消灭，无意识中其实也是对死亡的恐惧。“行刺的目标是我，已经第十九次了”，嬴政的一生，都没有摆脱被杀的恐惧。《秦颂》在历史与戏说、历史的审美化与娱乐化之间开拓了文本与历史互相塑造的叙事之路。

《荆轲刺秦王》中，陈凯歌把刺秦行动诠释为嬴政为了实现天下统一大业苦心经营的一个阴谋，为嬴政灭掉燕国提供了一个正当的理由。荆轲从一个靠杀人为职业的刺客到放下屠刀再到为天下人刺秦，多了普通人的性格光彩。小盲女、赵女的爱情以及秦王和赵女的纠葛为最后刺秦的高潮起着催化和铺垫作用，出色地展示了王权与正常人性的矛盾，王权怎样使人异化，怎样吞噬了嬴政的人性。在把威胁消除以后，嬴政掌握了王权，高高在上，也把剑悬在了每个人的头上。作者“不想对嬴政统一中国、荆轲刺秦王等重大事件在传统的道德观念范围内评断是非，而是试图透过这一事件对历史规律、普遍的人性等问题做一哲理思考”①。“嬴政统一中国是好的动机、好的理想用坏的手段去实现，是历史不得已而为之必须采取的坏手段。”② 而王权对人性的异化，使历史必然的坏手段人为地变得更加残暴。

作为一个历史事件的人物轻重的选择已经决定了故事的重心，和《英雄》相比，这两部影片的人物设置更历史化、更有史实依据，但也显示了它们和《英雄》的主要差异。《刺秦》和《秦颂》都是“大投资的影片，市场定位也是从全球市场考虑的”。但它选择了一种传统的形式，“没有以全球化的电影语言去实现这种定位”③。“《英雄》暗合主流政治只是一个

---

① 刘丽文、谢筠：《至上的王权对人性的异化》，《现代传播》2001 年第 6 期。

② 刘丽文：《论电影〈荆轲刺秦王〉对历史的哲理反思》，《中国文化研究》2002 年第 3 期。

③ 龚艳：《从手持利剑到胸中无剑——三部“刺秦”的人物设置分析》，《北京电影学院学报》2005 年第 4 期。

一箭双雕的动作，而醉翁之意仍在于大众”① ——日益主流化、商业化、强势化的消费型的都市大众。张艺谋的《英雄》采用了非线性编码的方式，借用《罗生门》的叙事策略，通过几个不同视角的叙述，造成文本的不确定性和多元共存的合理性。而刺秦的英雄变成了“无名”，四个刺客：残剑、飞雪、长空、无名，成了一个个符号和象征，完成了对英雄的一种隐喻：历史中许多无名的小人物也是英雄。在刺客与秦王的对话中，影片展示出了一个具有雄才大略的伟大政治家，为了结束国家的生灵涂炭，开创繁荣稳定的局面，忍辱负重，甚至屡遭刺杀但始终坚定信仰，以天下为己任，俨然成了人文关怀者。究竟谁是英雄反而成为观众们自己思考的问题。个人对历史的讲述方式，实际上成为主体和历史的一种对话，主体依据自身对历史的理解对历史作出新的编码。《英雄》的意义正在于它以一种空间化的历史叙事取代了一种时间的历史，并成功地借此在主导文化允许的范围内，尽可能释放了当下的大众意识形态。影片虚构了所谓正史，简化了人物性格，模糊了人物的身份（形象），简化了故事情节。因此影片中的声音元素被简化到了极致，但经过艺术加工处理后的声音有很强的听觉感染力。张艺谋把武打的血腥和残酷的一面掩藏转化，强调《英雄》的唯美镜像，“武打”变成了“武舞”②，暴力融进了美学。《英雄》的影片色彩吸引着观众的视线，切断了影片叙事的起承转合。但也由于此，通过声音刻画出的人物形象简单脸谱化，人物性格单一不够丰满，故事简单化，人物符号化，影片有种虚幻的美感。导演表达的只是细小的历史碎片，一块被强烈虚拟化、极端强化视听感觉的历史碎片。

第五代的历史书写呈现集体性向大众文化的倾斜，事实上也包含着被大众化裹挟的部分失语之态。复杂的人物关系使权力运作的残酷性平面化、历史演进的复杂性简单化，历史成为可有可无的背景。但事实上，作为一个商业历史文本，“刺秦三部曲”恰恰无法逃脱大众文化语境中历史书写的基本策略。第五代的大片具有共同的类型化的特点，影片有的不是艺术家的才华和勇气，而是对西方观念和评委口味的精确把握和定位，有

① 包燕：《大众文化语境中的“第五代”历史叙事及泛文本解读》，《浙江学刊》2004 年第 5 期。

② 李亮：《〈英雄〉：“刺秦”重构的权力隐喻》，《湛江师范学院学报》2007 年第 1 期。

的是对投资人理想回报要求的合理回应，是导演为了被以西方为主的世界所接受，不得不选择对西方话语和电影文化权力的认同，不得不将自身化为一个“被看”之物了。作为商业大片，资本追求赢利影响着影片的拍摄。（张艺谋曾说：“这部电影，我觉得我是吸引外国人来看的。”）无疑，第五代电影实现了向西方（西方人的东方想象）和大众文化的双重献媚。

（三）被遮蔽的历史：不再符号化的“炮灰”群像

历史是什么？是官方有文字可查的正史记载还是人们记忆中代代口传的故事传说？进入到后现代的文化语境中，历史已经越来越远离高雅殿堂而走向民间，离开了英雄史诗式的赞歌走进了个人化的表达，不同的生命个体有着不同的时代体验，站在多元的历史观念上见证着不同感受的历史事件的发生和结束，历史的书写就变得更加主体化、自由化、原生态了，这种转向势必在历史题材的小说创作和艺术欣赏中产生重要的影响。过往我们之于历史题材的影片多抱着一种求知的态度来观赏，把其中的历史材料看作真实存在过的史实来学习和记忆，而进入21世纪的技术时代，如海德格尔所认为的那样：“随着技术统治的确立，技术成为真正的上帝，艺术也便沦为技术的奴隶，成为一种文化工业，艺术不再是意义发生的原初方式，而成为贯彻技术意志的工具，因此，艺术与自己的本源（存在、意义发生的事件）脱节，成了非本真的艺术。”① 海德格尔把此种现象称为“遗忘存在”的一种表征，即将诗性艺术变成“存在”发送自己的历史性事件，使诗性的艺术材料成了故事题材意义发生的原初事件。

影视也用文字和图片来言说历史，文字图片这一传播媒介都需要经过人们的思考和选择才能表达出来、展示出来，这一创作过程本身就存在着对历史观念的继承和颠覆，更存在着对历史题材的筛选。如此一来，被标榜为历史影片的艺术作品也将相应地暗含有一种历史观和独特的历史言说方式，怎样原汁原味地再现出历史事实仿佛已经变得遥不可及。从新历史主义的历史观出发来研究21世纪的历史题材影片，一些游离于官方历史记载的逸闻逸事、传说风俗、民间口头记忆等边缘题材也大胆地出现在影片的编写之中，这些“小历史”终于可以合法化地出现在艺术创作中，获得

---

① 朱立元主编：《当代西方文艺理论》，上海：华东师范大学出版社2005年版，第147页。

了自己的存在权力，其本身也弥补着正史记载的遗漏。

本书主要针对这种出现在影片中的边缘底层历史的表述来传达一种新的历史观：历史题材的电影作为一门技术艺术，将历史故事艺术地生发出来，影片刻意地与历史真实进行融合混淆的创作手法增添了影片本身的历史意义，让观众产生弄假成真的效果；同时也挖掘出了被正史所遮蔽、所扭曲、所忽视的众多人民群众心目中的历史，在影片意义生产过程中开启了对历史的疑问和反思。关于小历史的书写，也不断向所谓冠冕堂皇的大历史之真投去疑团，在对话协商中丰富着历史的文化积淀。

以一些具有典型意义的符号，诸如影片中所推崇的"炮灰"研究开来，21 世纪新历史主义影片也可以变成一种历史寻根。"炮灰"一词，最早起用于鲁迅先生的《且介亭杂文·拿破仑与隋那》："杀人者在毁坏世界，救人者在修补它，而炮灰资格的诸公，却总在恭维杀人者。"[①]"炮灰"喻指无意义的牺牲者。2009 年在中国内地热播的电视剧《我的团长我的团》，直接以"炮灰团"命名远征军中的一个团，以"炮灰们"的生死群像，钩沉起一段尘封六十多年的悲壮史实——中国远征军南进缅甸的抗战史。40 万中国军队以近 20 万人的伤亡，书写了"二战"史上极为惨烈的一笔，他们用鲜血和生命为中华民族赢得了威望和荣誉。然而这样一段值得民族记忆的历史，一直未能进入大众的视野，这些被历史遗忘的抗战无名英雄成了名副其实的革命的"炮灰"。久而久之，这些往事即便在战争的发生地也成为被遮蔽的历史，甚至被质疑、被扭曲。《我的团长我的团》以一群被人称为炮灰的国民党军人视角，还原了官方正史覆盖下的那段战争。

当年支援战役的南洋机工，战争结束以后，留在大陆的全都受到了政治运动的折磨和摧残。当年受过教育的一些老兵，到了晚年境遇会稍好一些。而更多的则是不被人知的沉默的大多数。如果说影像背后折射的是残酷的历史，那么一些老兵潦倒的生活场景，则是更残酷的现实。一场关系国家生死存亡的战争，演变成为各方力量角逐和权力争夺。"当官的在谈判桌上，你要向东他要向西，八个人十六个方向，于是士兵们就在战场上

---

① 鲁迅：《且介亭杂文·拿破仑与隋那》，鲁迅：《鲁迅全集》（第六卷），北京：人民文学出版社 2005 年版，第 142 ~ 143 页。

因为混乱的指挥最终成了炮灰。”攻打南天门突然变为政治游戏中的棋子，甚至成为国际事务中讨价还价的筹码。怀着“岂曰无衣，与子同袍”信念的军人，把命交给了自己的师长，冒死冲到江对面的日军阵地后，并没有等到后续总攻部队的到来，沦为“火力侦察”的弃子。他们的坚守与性命，换来了长官的升迁和更大的权力。抗战的光荣与悲壮，演变为对战争指挥者的质疑与绝望。这也是影片要表达的一种新的历史认知和思维方式，即是对正史记载的历史事实和观念的挑战，从而大胆地表现出以影片创作者为代表的个人主体的历史认知。新历史电影的创作就是在此二元对立的语境中通过对主流意识形态的“疏离”而以否定方式进行历史编排的。它们颠覆了传统正史观，追寻历史材料的真相，从深层文化心理反思中来质疑盖棺定论的历史价值和意义。

1. 对历史“真相”的寻找——《集结号》的文本分析

冯小刚导演的电影《集结号》，讲述的是一个老兵为自己和战友找回荣誉的故事，改编自小说《官司》，是作者杨金远根据一个真实故事创作的。一个老头爱听军队的集结号，新战士就问他为什么，老人就讲述了自己的一次亲身经历：民国三十七年腊月初四，在汶河保卫战中，上面的命令是一个连队的战士坚守 4 小时以集结号为令撤退，结果等了 12 个小时集结号也没有吹响。战役结束后，全连战士除了连长之外全部阵亡，上级部门因为找不到阵亡战士的遗体，结果全连士兵被定为失踪而不是烈士。老兵一生都活在一个阴影中：因为没有听到集结号，没有允许全连士兵及时撤退而导致全部阵亡。而事实上自己的上级团长为了争取大部队的撤退时间，并没有命令司号员吹响集结号。全连士兵用生命换来的是一个巨大的谎言和一张已无部队番号的失踪名单。战后上级团长在一次战争中牺牲了，没有人证明这连士兵到底是不是烈士。老兵开始寻找部队，恢复名誉，“报告转上去了，在军区压着呢，他们说总政这种寻人找部队的信，堆到那里有十几万封，拆都拆不过来”。老兵愚公移山般地挖煤山，寻找全连士兵的遗体。老兵的行为无疑充满了隐喻：他在为自己和战士找一个存在的合法性理由；为自己所言说的历史事实找一个话语权力；他是在挖掘那被掩盖、遮蔽的历史。

影片通过大量的写实与特技镜头，将战争的残酷性真实地展现在观众面前。“头皮上飞炮弹，裤裆底下跑手榴弹，谁不怕呢?”导演颠覆了符号化的革命英雄主义场面，塑造出一系列有血有肉的英雄形象，他们脱下高大全的外衣，一个个真实地死在战场上。“怕死是人类的本性，但在这种本能下主角谷子地又做出勇敢的举动，这个反差，对比出来才是真正的英雄。”集结号里的英雄们都有自己的缺点：政委，为了胜利只管让战士冲锋，不管伤亡有多大；受伤的士兵对卫生员说：“那个兵死了，先救我”；新任命的指导员其实是一个曾经在战场上临阵逃脱的怕死鬼；全连最勇敢的战士说听到了事实上并没有吹响的号声，其实是存有私心，想给全连留下几个活种……战争不是豪情，而真正更多的是悲情。在正常的表述下，战争电影的主题基本都是在升华和质询本民族如何看待某一具体的冲突，以及这一冲突如何随历史时间的流逝，对集体意识、习俗或者欲望所产生的沉淀作用。战争电影制作费用巨大，因此它会比其他类型电影都更多地携带着各种流行社会意识形态的能量，各种历史事实只作为影片的故事材料而出现，融入到复杂的社会能量网络中进行协商和对话获得自我言说的方式和权力，历史意义成了一种对话和商榷，无数被遮蔽隐藏的小历史在艺术“戏仿”的表述中浮出水面，挑战着传统正史，补充着历史事实的真实。

新历史题材的影片挖掘小历史的创作实绩，表明我们国家的电影敢于更为直接地反映出这个民族集体的真实心态。在以往的战争影片中，正面战士的形象都被塑造成“高大全”式的完美主义英雄，彰显的主题也是政教式的国家政治传声筒。而出现在新历史主义影片中的人物却是更为贴近人民心理的有缺点、有瑕疵的普通人的样式，他们所传达的也是更为真实的、可理解的自我心声，这种人物塑造手法的本身就蕴含着解构传统英雄史诗叙述范式、挑战传统高尚民族集体心理的日常生活美学价值。

2. “炮灰”历史符号的意义

导演陈德森从1999年便开始筹划的《十月围城》至2009年才完成。影片从一段历史事实开始，先是介绍1901年发生在香港的一起暗杀事件：兴中会前任会长杨衢云的被刺杀，使观众走进了那段历史：作为反清流亡分子聚集地和革命策源地的香港，形势恶劣，从而引出1906年孙中山从日本到香港的故事。电影成功地预设了前提，使观众信任地投入到那段历史影像之中。而且影片在保护孙中山的壮士死去后，一一打上了字幕：“王复明，河南郑州人，生于一八七八年，卒于一九零六年。方红，天津静海人，生于一八九零年，卒于一九零六年……”新历史电影从官方正史的巍巍大山中挖掘出无言的草根们，将这些在大历史中本来无名的、只沦为符号的“革命群众”镌刻在历史的英雄丰碑上。在悲壮的电影音乐笼罩下，观众沉浸在历史真实之中，等观影完毕后回家查阅史料才恍然大悟，这是一段虚构的历史，真实保护孙中山的故事从来没有发生在香港。电影煞有介事地出现“真人真名”的介绍，削弱事件本身的认知，有意混淆了历史的确定性，体现出电影创作的新历史观：新历史主义认为历史是不可复制的，甚至难以接近，历史是现在与过去的对话，而不是线性的维度。导演以新历史影视所常用的“戏仿”手法，表述了历史的真实感，而又不失题材的严肃性。以传奇叙事为根基的想象文本在某种程度上也许比所谓的客观历史本身更能显示出人的生产境遇的真实性与历史感，从而使观众体悟到一种心灵的真实、情感的真实。“真正的历史对象根本就不是对象，而是自己和他者的统一体，或一种关系，在这关系中同时存在着历史的实在以及历史理解的实在。”①

影片消除了目的论式的历史表述，烈士们不惜牺牲生命保护孙中山的动机并不都是为了革命，他们没有见过孙中山，甚至不知道孙文。孙文之于他们，好像是个遥远的影子。观众在享受悲观崇高的气氛中，在革命这一概念和意识形态的遮蔽下，并没有意识到其中的断裂和差异，其中的矛盾与悖谬。“炮灰”有“炮灰”的生存意义：在所谓的保护孙中山的重大历史任务下，刘郁白其实是为报别人的恩才会去阻止刺客；警察兼赌徒的沈重阳在保护自己的妻女（为了自己的亲人才拥有如此大的爆发力和尊严感，这样的历史才够真实感和具有说服力）；阿四在保护自己家的少爷；王复明只是一个没有打过架的和尚，希望能够重返少林寺；方红只是在单纯地为父报仇，而她父亲只是为了尊严和名分。这也许才是革命的真正目的。而一些政客所谓的革命的目的，在小人物的彰显下，退到了舞台的背后，形成了强烈的对比和反讽。影片将最重要的人物孙文隐身到了事件的幕后。“革命是要流血，是要玩命的，是要牺牲的，革命就是用我们这一代人的牺牲，换取重光他们那一代的幸福。”结果重光作为孙中山的替身，

① ［德］汉斯—格奥尔格·加达默尔著，洪汉鼎译：《真理与方法——哲学诠释学的基本特征》（上卷），上海：上海译文出版社1999年版，第384～385页。

也被杀害。陈少白一番说辞，成为强加给牺牲者和观众的意识形态，倒显得有些虚伪。

《十月围城》的英文名叫作“Bodyguards and Assassins”，意即保镖与刺客，二者处于对等的地位，无疑具有了翻案的意味。清廷派来的闫孝国将军，与老师陈少白等对救国理念有着不同的理解，认为国家受尽屈辱和连年的战乱正是因为洋人，所以并不相信西方的制度，两者没有绝对的善恶之分。闫孝国和刺客们在喊着“诛杀孙贼，报效朝廷”的口号喝完饯行酒后，全部把碗摔到地下，无疑“戏仿”了香港警匪片中帮会分子惯有的集体摔酒瓶示威的动作，彰显出刺客们完成任务的决心，而清政府宛如黑社会组织一般，被完全剥离了存在的合法性。影片把保镖和刺客放在对等的地位，其实也是当时历史时代针对社会“改良”与“变革”不同的呼声，影片并没有作出善恶好坏的道德评价，一反政教电影的说教性，而是保持着中立立场，展示出不同的忠国之道。官方历史扭曲了影片中这些小人物的“革命”心理动机，是官方把革命意识强加给这些人了，并给予他们斗争的合法性地位，虽扭曲了他们的斗争本意，却体现出官方正史记载的话语霸权。

新历史主义影片将这些被遮蔽、被扭曲的小历史上升到方法论的层面进行历史的反思，某种意义上实现了触摸真实、颠覆主流话语霸权的功效。这种对历史的描述宗旨不在于验证传统宏大历史叙事的既成定论的必然性精神，而是将传统历史拆解并完全放逐到更为自由广大的凝厚的领域，让历史大厦下面的泥灰砖块显露出来，打开了历史和文学艺术想象沟通之门，历史也对那些极端陌生的和不合常规的时代事件网开一面。将逸闻、文学文本和非文学文本并置于影片的整天艺术中，可以产生一种微妙的诗学效果，影片因折射了历史文化氛围而成为社会能量的载体，社会能量通过不同的影片文本进行“流通”，主要指涉的是社会上各种利益、观念和势力之间的互相作用和影响。也就是说，影片的审美性只是社会能量流通中的一个环节，影片也是社会能量流通中的一个场所，上演之后社会能量又通过观众流回社会，这其间就是一个能量的增殖过程和影视文化意义生产过程。社会能量的流通观念强调了影视文本在艺术文化解释中的重要性，新历史主义影片使逸闻逸事作为文本追踪和展示的“一种真实”在历史中的研究地位得到了强化，说明了历史和非历史事实在原生态的日常生活中是如何人为地划定的，由此对历史的本质作出另一种解说。

三、电影叙事内涵的开掘：第六代的坚守

（一）“七君子事件”中电影的意识形态颠覆与包容功能

新历史主义泰斗格林布拉特选取了文艺复兴时期这一处于古代和现代这一断裂层的特殊时代，“从文艺复兴的几千个故事里捕捉一小批有吸引力的人物（即六位作家：莫尔、廷德尔、魏阿特、斯宾塞、马洛、莎士比亚），期望通过这种个人化的研究，‘通向更大的文化模式’。其采用的方法主要有：一、对每个人气质的追问和应答，甚至发掘人物身上故意做作、变形和演化的不确定性成分；二、发现这些人想成为‘文化歌手’的上升式流动和隐藏的‘高度紧张’的地缘性和意识形态性流动；三、通过人物的价值选择和自我变革，看他们在当时文化最敏感的境遇中，所表征出或体现出的该文化的主导性满足和焦虑；四、关注这些人物创作中字词与生存权利结构的‘错位’状态，以及其作品中呈现出的那种未经解决而又持续冲突的历史压力”①。与格林布拉特分析文艺复兴六作家遥相呼应的是，在当下的中国电影界，曾经发生过轰动一时的“七君子事件”，这一事件的发生以及后续影响，改变了第六代电影的生存状态，影响了第六代的创作之路，而这一事件对中国电影发展的意义，尚未作出最终的评判。

第五代导演的成就有其时代依靠，这就是20世纪80年代处于黄金期的作家群体，他们为影视作品提供了创作源泉，第五代导演就像优秀的材料加工者，当此次文学创作的高潮过后，第五代导演作品的艺术价值便开始减弱。当第五代表现中国的奇观时，第六代却开始以扎实的纪实风格表现中国的苦难。他们的叙事策略是明显不同的。电影太过于靠近当下现实是不行的，没有轻松和笑意，这份沉重是现代人所不愿意承担的。但是第六代反其道而行之，远离了古老的中国，开始进入现代甚至当下的中国，直面现实中国/中国现实，以知识分子的角度再现中国当代历史的进程。第六代的影像运动是颠覆性的，叙事策略坚持边缘化叙事与写实主义，以

---

① 王岳川：《后殖民主义与新历史主义文论》，济南：山东教育出版社1999年版，第166～167页。

碎片化的影像风格"审丑为美"[1]，包括生活中的一些丑怪甚至丑恶，更为本质地指向传统视域中的盲点——被压抑和被遮蔽的生存境遇。第六代的地下电影、灰色电影在国际获奖却无法在国内公映，从而构成了人们的质疑：第六代的电影似乎放弃了电影的商业性，作品"深刻"却不好看，他们似乎只为电影节而拍摄。福柯在其《规训与惩罚》中说道："规训惩罚所特有的一个理由是不规范，即不合准则，偏离准则。"[2] 与第五代、"大片"、主旋律电影有着相悖叙事风格的第六代，在强调主流话语权威性的社会文化语境中，对抗当下的电影体制，其被权力体制规训与惩罚的命运是不可避免的。

福柯认为，尽管一个时代的话语实践规定并产生了某种行为，但是规定的话语与人们实际的行为并不吻合，占中心统治地位的话语能够有效地控制、同化和消解他异因素对它的威胁。中心/边缘是一对永远充满张力的矛盾：一方面是中心对边缘的整肃和吸纳，另一方面是边缘对中心的抵抗和消解。第六代导演的边缘写作既有其自身体验的投射，更有去中心化、获取话语权的一种诉求。1993 开始，作为"地下电影"的第六代在得不到官方认可的情况下私自参加东京电影节以及鹿特丹电影节，并召开"争取在中国拍片权利"的新闻会。面对第六代对权力机制的公然冒犯，国家广播电影电视总局一纸通令，对张元、王小帅、何建军等七位导演进行了集体封杀，中国所有的电影制片厂都不能支持、协助第六代导演进行电影创作。张元的《一地鸡毛》遭停拍，王小帅被开除出福建电影制片厂，田壮壮息影七年……第六代电影却因为这次闻名影坛内外的"七君子事件"，由此从"地下"上升到地表，成为反抗体制的不轨者与"持不同政见者"。第六代电影也没有因此而放弃抗争与颠覆：张元坚持了持续关注城市贫困家庭取材趋向，其最高水准的作品《儿子》和《东宫西宫》恰恰拍摄完成于这段艰难时期。90 年代后期电影市场步入低迷，电影制片厂开始启用青年导演来拯救市场，王小帅、管虎以及路学长等第六代导演重获拍片的机会，但是其新的电影"满足了领导的意愿却失去了艺术个性"，

---

① 李正光：《"以丑为美"：第六代导演的审美观》，福建师范大学博士学位论文，2006 年。

② ［法］米歇尔·福柯著，刘北成、杨远婴译：《规训与惩罚》，北京：生活·读书·新知三联书店 1999 年版，第 202 页。

远远不如其前期作品《冬春的日子》（王小帅）、《头发乱了》（管虎）和《长大成人》（路学长）。

导演人格力量与意识形态权力之间的非一致性倾向，特定时代社会中占统治地位的意识形态话语并非必然地成为导演实际创作方式中的主要形式。格林布拉特说："自我塑造发生的某个权威与某个异己相遇时，而遭遇过程中产生的力量对于权威或异己两方面都意味着攻击。因此，任何被获得的个性，也总是在它的内部包含了对它自身进行颠覆或剥夺的迹象。"① 格林布莱特还挑明了这样一个问题，即文艺复兴时期乃至整个人类时代，文学与政治、个体与群体、权威与异己、历史与文本之间的关系都呈现为一种社会控制模式，但是这种控制是一种压制与反抗所形成的"合力"的曲折过程。随着全球化浪潮的到来，国内电影市场受到西方商业电影的强大冲击，"国产电影票房从1991年的23.6亿元下降到2001年的8.7亿元，国产电影数量从148部下降到80余部。在此背景之下，国家启动了由官方、制片厂和青年导演共同参与的青年电影工程"②。2003年，国家广播电影电视总局在北京电影学院（从"庙堂"来到"民间"）召开了以第六代为主的独立影人的座谈会，这是第六代影人（第六代导演全部到齐）与体制"权力"（电影局局长及艺术处、制片处、外事处处长等掌握"生杀予夺"大权的领导悉数到场）的第一次"对话"。从规训与惩罚到皈依与召唤，中国电影面临的全球化语境，第六代的个人才华，成功的国际制作以及获奖资历等因素促成了这次对话与交流，也彰显了中国电影制作机制和审查制度发生的改革变化。第六代导演浮现之初，各种力量构成的权力之网都不容他们发出声音，在这样的情况下，他们不得不寻找自己的话语方式。第六代电影的发展历程，主要而且反复地涉及颠覆和"无序"的产生，达到了对现有秩序有所触动和改造的目的，而同时实现了权力机制对它的包容。中国的电影权力体制能够不断地唤起异己力量对其怀疑，并具有强烈的颠覆性，但这种颠覆性又是权力本身所产生的，权力正

---

① ［美］格林布莱特著，赵一凡译：《〈文艺复兴自我造型〉导论》，见中国社会科学院外国文学研究所《世界文论》编辑委员会编：《文艺学和新历史主义》，北京：社会科学文献出版社1993年版，第86页。

② 李正光：《"以丑为美"：第六代导演的审美观》，福建师范大学博士学位论文，2006年。

是建立在颠覆性的基础之上，它面对异己力量不断地颠覆，又不断地进行包容，从而巩固自己的电影机制。著名电影学者戴锦华说：“作为一个极为有趣的文化现实，影坛第六代并不像他们语词性的前辈：影坛第三代、第四代、第五代那样，指称着某种相对明确的创作群体、美学旗帜与作品序列；在其问世之初甚至问世之前，已成为被不同的文化渴求与文化匮乏所预期、所界说并勾勒。事实上，‘第六代’的命名不仅先于‘第六代’的创作实践，而且迄今为止，关于‘第六代’的相关话语仍然是语词旅程所完成的一幅斑驳的拼贴画。因此，影坛‘第六代’成了一处为诸多命名、诸多话语、诸多文化与意识形态欲望所缠绕所遮蔽的文化现实。”①

以新历史主义视角来重新审视中国电影的史上“七君子事件”，可以清晰地看出，作为一种文化政治批评的新历史主义，已经超越了以往历史主义和形式主义批评二元对立的思维模式，不再仅仅从权力与异己、统治与反抗、中心与边缘、官方意识形态与民间草根意识之间作出只偏重一侧的单项选择，而是敏锐地揭示出二元之间不再是单纯的对立对抗，而是彼此破坏、和解、认同、利用、颠覆与包容。第六代新历史电影的成长和实践历程正是体现了多元化的新历史观。新历史主义认为，统治话语对文学（尤以电影这一综合艺术为甚）和社会中的异己力量往往采用规训与惩罚、同化与打击的双重方式去消解顽强生存于体制内的不安定因素，而电影文学与作者们则以反抗权威、反对同化而对统治话语的秩序进行动摇和变革，于是中国电影体制的权威与异己力量之间出现了一种张力并达到一种平衡，甚至为平衡作出某种妥协。

（二）“贾樟柯电影”视角转换

1. 强烈的社会边缘意识和叙事视角

第六代导演是一些具有强烈的独立叙事意愿的电影人，他们从来不吝于表达自己个人性的价值立场，而且每个导演都试图建立与自身有关的知识谱系和话语伦理，表示出一种极端个人性的价值取向，独立叙事最终成为他们的身份标识，所以第六代导演会在电影上无所顾虑地打上“贾樟柯电影”、“王小帅电影”的字样，从而在中国影坛明确地标示出自己的身份

---

① 戴锦华：《雾中风景·初读“第六代”》，北京：北京大学出版社 2000 年版，第 301 页。

独立性和话语独特性。

2004年，被恢复了导演身份的贾樟柯，随即拍出了记录三峡历史变迁的《三峡好人》：山西煤矿工人韩三明从山西汾阳来到奉节，寻找他16年未见的前妻。两人在长江边相会，决定复婚。女护士沈红从太原来到奉节，寻找她两年未归的丈夫，一支舞曲后黯然分手，决定离婚。老城已经淹没，新城尚未盖好，一些该拿起的要拿起，一些该舍弃的要舍弃。历史并没有作为影片的背景，而是通过两位主人公在三峡的“寻找史”，见证了三峡的移民史。电影拍摄于古老的奉节城，这里因为三峡水利工程的进行而发生着巨大的动荡：世世代代居住在这里的无数家庭被迁往外地，两千年历史的旧城在两年之内拆掉并将沉于水底。本片将叙事重点放在故事的每一个小细节上，却又饱含了深刻的历史寓意。

新历史主义“正是通过一些不起眼的地方——一些逸事逸闻、意外的插曲、奇异的话题，去修正、改写、打破在特定的历史语境中居支配地位的主要文化代码（社会的、政治的、文艺的、心理的等），以这种政治解码性、意识形态性和反主流性姿态，实现解构中心（decentered）和重写文学史的新的权力角色认同，以及对文学史思想史的重新改写和阐释的目的”[①]。而贾樟柯的电影表现的正是中国社会剧烈变革背后普通人的困境，与主旋律的宏观历史的展现相对比，甚至祛魅环绕在中国社会“历史不断向前、国家始终进步”下的光环，体现了新历史主义的历史观与创作观。贾樟柯的创作历史就是中国三级城市和小镇的发现史，贾樟柯一直所关注的是社会、历史变迁中的小人物。一直以来贾樟柯都坚持以底层视角观照巨变的大时代，底层现实是第六代导演表现最多的内容，贾樟柯的《小山回家》、《小武》、《站台》、《任逍遥》、《世界》、《三峡好人》，是这个底层电影系列的重要作品。“这些电影打破了中国1990年代以来剧烈阶层化的匿名状态，将已经撕裂并持续撕裂着的中国社会的阶级状况”[②]诉诸影像，这是一个理解当下中国并自我理解的影像系列。第六代的底层影像并不试图还原底层的生活事实，而是将客观性和真实性表达于勾勒底层个体

---

① 王岳川：《后殖民主义与新历史主义文论》，济南：山东教育出版社1999年版，第155~156页。

② 韩琛：《草根图景：第六代导演的底层电影》，《粤海风》2008年第1期。

与他所存在的文化/历史的关系之中，甚至是表达于底层个体与其生活表述者的关系之中。

《三峡好人》叙事结构共分为烟、酒、茶、糖四大部分，每隔一段，导演就会将某一件物品单独抽离出来，在银幕右下方打出说明，并停留数秒，比如“烟”、“酒”、“糖”、“茶”。贾樟柯说这四件东西都是中国日常生活中最为常见的东西，代表了中国人的普通生活，但同时又各有寓意。这些普通元素不断以各种直接或暗示的形式出现，犹如“静物画”，在“静中”传递深意传达情感。三峡在导演眼中是一个江湖，来来往往的人：马上搬迁又要面临着生存问题的三峡人（民工、产业工人、旅社老板、船老大、混混等等）、向即将淹没的老三峡投去最后一瞥的游客们。也许正是这个江湖吸引了贾樟柯，在拍摄纪录片《东》的同时，他还拍摄了故事片《三峡好人》。影片运用了大量空镜头，来展示即将逝去的城市，搬迁的落寞与荒凉，体现着一种废墟意象。影片流畅平实的风格颇为赏心悦目，即便是不了解三峡工程历史背景的外国观众，也能够感受到那种平静流淌着的情绪。影片的英文名字“*Still Life*”可译为“静物”，代表着一种沉默。本片仍旧采用方言对白（山西话与四川话），用质朴的方言（而不是官方大力推广的普通话）传达底层生民被迫离开家园的沉重主题。选用非职业化演员（例如在煤矿上工作过、被塌方埋过，生活遇到过很多苦难却不愿意向别人诉说的贾樟柯的表弟韩三明）本色出演着影片中的角色。贾樟柯沿用其一贯坚持的“朴素手法”，不渲染不煽情，只是将冷静的镜头对准普通人的生活，点到为止。故事结尾，那些在奉节的拆迁工人，和韩三明一起背上包袱离开家园，为了生存找寻新的立足之地。

新历史主义的意识形态分析都贯穿了一个主题，那便是对占统治地位文化的核心价值的否定，从而体现了对边缘价值的默许。“不再重视旧历史主义强调的正史、大事件和所谓伟大人物及宏伟叙事，而是将一些逸闻逸事和普通人（非政治人物、领袖人物）作为分析对象，看其人性的扭曲或人性的生长，看在权力和权威的历史网络中心灵是以怎样的姿态去拆解正统学术，以怎样的怀疑否定眼光对现存社会秩序加以质疑，以怎样的文化策略在文本和语境中将文学和文本重构为历史的课题，从‘政治的批评’进入‘批评的政治’，最后使主体的精神扭曲和精神虚无成为自我身份的历史确证。”① 影片中三峡的游轮上播放着有关三峡工程的官方宣传片，在旖旎风光的两岸回荡着电视里传来的声音：“三峡成为举世瞩目的焦点……是国家几代领导人的梦想，库区人民也为此作出了巨大的牺牲，两岸的房子届时将全部淹没……”宣传片的表述是典型的“全民共同进步”的主流历史叙事，微言大义地书写着人类社会发展进化的历史，无疑具有宏观的结构和宏大叙事的特征。《三峡好人》以粗糙美学的风格、写实的长镜头拍摄方式，记录了被三峡工程淹没的乡镇、拆迁留下的残垣断壁、工厂倒闭的争吵、手机铃声的“浪奔浪流”…… 颇有江湖野史的味道，从细微处解构着官方的三峡史。某种程度上暗合着鲁迅曾说过的“野史和杂说自然也免不了讹传，挟恩怨，但看往事却可以较分明，因为究竟不像正史那样装腔作势”②。《三峡好人》试图恢复关于底层的民间记忆和历史意识，将“贱民的亚历史”从“全民共同进步”的主流历史叙事中剥离出来，以此表明自己的民间立场、独立意志和自由精神。底层社会生活经验提供了与社会发展既重合又相异的“亚历史”③ 形态，它与主流历史形成的互文关系并篡改前者。“亚历史”是失乐园里的历史，第六代的底层影像即是对“亚历史”的记录，虽然其中最多的是痛苦和失落、压抑和挣扎，但失乐园里也从来不缺乏梦想。底层生民虽日日奔波于生计和困苦，但也从来没有丧失对于未来世界的向往：影片中韩三明和前妻决定复婚，一块吃着大白兔奶糖，在等待中憧憬。也许第六代电影人并不想制作皆大欢喜的团圆梦，可是他们也没有让底层的生民失去梦想。影片中在三峡客轮拥挤的底舱里，一个裸露着上半身的歌手激情地演唱着《酒干倘卖无》，酣畅淋漓的汗液挥洒在空气中，高亢地“表述”着失去家园的痛楚与从头再来的坚定。底层世界的民众从来不缺乏生活之勇气和梦想之激情，这些勇气和激情同样也是第六代电影所瞩目的生命内容。

2. 互文性与开放性的史学观

《二十四城记》所记录的历史，延续了贾樟柯一贯的创作风格，表述了一段不同于“官方正史”的小历史，甚至可以作为中国“现代化进程”

① 王岳川：《后殖民主义与新历史主义文论》，济南：山东教育出版社 1999 年版，第 159～160 页。

② 鲁迅：《华盖集·这个与那个》，北京：人民文学出版社 2006 年版。

③ 韩琛：《草根图景：第六代导演的底层电影》，《粤海风》2008 年第 1 期。

中的一段小插曲。文本的历史背景主题仍为“拆”与“迁”：1958 年，响应国家“三线建设”的战略部署，代码为“111”的沈阳飞机发动机修理厂，奉命迁往西南内陆，在成都组建成代码为“420”的保密军工厂，即后来的“成发集团”。为此，三千多名工人及其家属离开沈阳，踏上了千里西去之路。半个世纪之后，有着三万职工、十万家属的“成发集团”将土地转让给了一家房地产公司。这座承载着三代工人、五十年历史记忆的工厂，将在一年内拆毁，旧厂址上将新开发出一座取名“二十四城”的楼盘。工厂再次面临迁移的命运。电影通过对以往记载中只作为符号而被历史湮没的当事人的访谈和对这一事件的记录，演绎了一座国营工厂的断代史。

《二十四城记》最早在 2008 年 5 月法国戛纳电影节上放映，但在中国市场上限制上映，而后辗转于美国、巴西、意大利、丹麦等世界各个电影节，直到 2009 年 2 月才在电影诞生的本土得以公映。这样的经历几乎是每个第六代导演都曾有过而又不得不面对的。

将“访谈”楔入历史。1958 年到 2008 年这段中国历史，解读的方式可以说是非常多的，贾樟柯《二十四城记》选择的是发生在一家与共和国同龄的国营军工厂的故事，但导演声明“我的兴趣并不在于梳理历史，而是想去了解经历了巨大的社会变动，必须去聆听才能了解的个人经验”（戛纳竞赛片参赛手册《二十四城记》）。于是，贾樟柯让“个人”坐在他的摄影机前，八位典型代表“口述”自己的真实经历：他们遭遇着三线、抗美援朝、“特供”、三年自然灾害、对越自卫反击战、反攻大陆，遭遇了改革开放、经济体制改革、下岗。《二十四城记》以访谈对话形式展开叙述，讲述所谓的一厂、一城、一国，演绎了一座国营工厂的断代史。《二十四城记》用现在时态表述历史，贾樟柯让他的人物以“讲述”的方式回到过去，放弃了电影艺术中经典的过去时陈述，似乎试图表达“一切历史都是当代史”① 的史观。“‘讲述’作为一种动作而被摄影机捕捉，让语言去直接呈现复杂的内心经验”（贾樟柯）。在当代电影越来越依赖动作来展开叙事的时候，贾樟柯让这部电影回到了语言，影像极具监视器风格，宛如超级写实主义的油画，电影直接展示的访谈和“访谈”的单调构图对观

---

① ［意］贝奈戴托·克罗齐著，傅任敢译：《历史学的理论和实际》，北京：商务印书馆 1982 年版，第 3 页。

众视觉也形成了极大的冲击。

“‘访谈（interview）’一词本身所表示的——它来源于古语法中的entrevoir一词，意思是瞥见、短暂的或突然的观看，或者是模糊的认识和理解——这是一种以某种非正式性的约定俗成为基础的流动不居的文体，造就出来的是相对而言结构散乱而不成系统的终端产品。访谈者的任务就是要闯入你的隐私；那就是要让你谈一些你自己不会去涉及的事情。”① 导演贾樟柯亲自采访了“420 厂”的三十多位讲述者，加上其他素材，最后整理成为40 万字的采访笔记，访谈时的部分目标就是如此：让这些聚集到一起的历史见证者中的每一个都能流露出一些东西，而这正是在半个世纪以来的官方宏观历史中看不到或者不会这么清楚地看到的；激励他们“讲述”往往是隐而不显的或者是假定的，并且因此相对而言观众不大能够接触到的东西，将之明确地表述出来。与完备的、前后一致的官方现代化历史形成对比甚至解构官方历史的所谓现代化的伟大意义。访谈与严整的历史编纂不同，它能够捕捉运动中的观念。访谈给观众提供的是一系列的快照，给他们提的问题并非总是一样的，因为导演的意图就是要显露出这些被采访者身上某些个性化的东西，让他们有机会表达出严肃的官方史所必定要普遍压制的那些思想和感情来。访谈可以更加忠实于谈话者的思想，而且也要尽可能地保存他们各具特色的表达方式和语调，力图保持一种保持现实的原生态。一段段彼此互不联系的访谈，在组合上的手法，宛如传统中国画的散点透视。每个访谈展现了不同的历史侧面：成长的代价、悲欢离合、爱情、亲情，50 年历史里的不少重要政治事件：计划经济，抗美援朝，“文革”，上山下乡，周总理去世……以及这些事件对个体的影响。电影突出了贾樟柯一直所关注的社会、历史变迁中的小人物，他们的所思所想，他们在时代变革中经历的荣辱与得失。

用“纪实与虚构”重述历史。当今许多优秀的导演都在进行着一个尝试：就是试图打破“纪录片”和“剧情片”之间的界限的尝试。大部分导演采取的是这样一种策略：试图赋予剧情片以纪录片的质地——丰厚和真实。贾樟柯的两部关于拆迁的电影《三峡好人》和《二十四城记》，前者

---

① ［英］玛利亚·露西娅·帕拉蕾丝—伯克编，彭刚译：《新史学：自白与对话·导言》，北京：北京大学出版社 2006 年版。

也是如此。而后者《二十四城记》试图进行的是反向尝试：采用纪录片和故事片双片同拍的结构。在纪录片中安插剧情，故事就在讲述者的口中。所有人都没有直接关系，他们的人物关系笼罩在巨大的历史命运下面。

导演贾樟柯曾说过："中国的问题在于历史，也就是如何面对过去。"而影片《二十四城记》写的正是中国解放后60年的历史变迁，《二十四城记》选择了用虚构和真实的混合来表现现实。这不确定为一种独创，却实为一种冒险。非职业演员与职业演员同时出现在一部以纪录片形式拍摄的故事片，着实挑战了虚构与现实的界限。"三个女人的虚构故事和五位讲述者的亲身经历，共同组成了这部电影的内容，同时用纪实和虚构两种方式去面对1958年到2008年的中国历史。"贾樟柯在竞赛片参赛手册中说："这是我能想到的最好方式。对我来说，历史就是由事实和想象同时构筑成的。"《二十四城记》在形式上的探索不同程度地检验了大众的审美承受能力，纪实和虚构之间这样一种主动自觉的游走让很多固执己见的观众认为他们所熟知的现实与虚构被模糊了边界。《二十四城记》中贾樟柯第一次在电影里使用职业演员。正如很多导演在电影里掺杂了非职业演员在职业演员中，他恰好相反：他将职业演员掺杂在非职业演员中。吕丽萍、陈建斌、陈冲、赵涛四位耳熟能详的演员，演得很好却产生了一种间离的效果。相对而言，那个东北来的下岗女工作为非专业演员，却表现得比较自然。"掩泪装欢"被重复强调了，这成为下岗女工的一个典型形象。塑像化的职工们讲述着关于"420厂"、成发集团、二十四城，他们承担着一线职工、退休职工、背井离乡的职工、第二代的职工、职工的后代、旁观者等等一系列的形象。关于电影是否为我们的客观世界进行纪录，抑或延展我们的主观思绪作一停留或飞扬，这实在是一个太过事关电影本源的艰深话题。陈冲、赵涛、吕丽萍和陈建斌的存在更是被看作不可接受的一种力量，因为《二十四城记》和现实的高度相关性似乎意味着表演的不可能，可是贾樟柯却公然让虚构非常从容地扮演了历史。抹去陈冲、赵涛、吕丽萍和陈建斌的影像史，他们就是"420厂"的工人代表，就是国家意志和历史进化论反复辩论的果实。当然，最精彩的段落是陈冲的20分钟——首先视觉上呈现为人物和人物旁边的镜像，而顾敏华和小花本身也是一组镜像，再加上陈冲这个集两个角色为一身的演员，实在是颇为精致的结构。当然导演安排陈冲观看电视中《小花》的段落，于是这就呈现出一组"历史的镜像”，影片的结构意义从而也被揭示出来：那正是处在当下的人们对历史深处自己的回望，以及注目礼——是行礼，更是送别。

《二十四城记》的人物访谈，恰恰表明“一个人就是一段历史的”新历史电影叙事观，为产业工人在中国社会转型过程中所付出的沉重代价留下了真实的资料。书中长达50年的工业记忆像一道划痕，让我们了解到，是谁在为中国的现代化“埋单”。20世纪90年代后期以来第六代关于草根世界的影像来源于对社会底层世界的观察、记录与反思，通过营造一个包容底层现实和底层言语的公共话语空间，透视当代中国现代化进程中的阶级分化和阶级状况。文化和阶层差异不会改变社会整体的发展轨迹，上层社会与底层社会通过主流历史与“亚历史”之间的翻译关系而彼此补充，组成了整个社会的发展历史。不过在实际的历史写作中，主流历史往往成为整体性历史的唯一内容，遮蔽并抹杀了“亚历史”在社会历史生成中的作用。

新历史主义认为“历史是一个延伸的文本，文本是一段压缩的历史。历史和文本构成了生活世界的一个隐喻。文本是历史的文本，也是历时和共时统一的文本”[①]。现实中的“420厂”、二十四城和电影《二十四城记》之间、具体的工人讲述和虚拟扮演之间互为彼此、相互阐述，不同文本之间的意义流通是导演主动的选择，也是他所处的时代和电影现实提供给他的必然选择。作为一个影像作品，《二十四城记》已经超越了纯文本的概念，它更像是一个文化实践，商业定制的故事、个人意志的表达、作为一个艺术工作者的创作过程、所有传媒的解读和争议，“流通”、“协商”、“交换”，都已经成为《二十四城记》的一部分，电影飞跃了它自身专业化的媒介束缚和时间的裂变。到底这是一个商业地产的开发文本还是集体主义大工业的碑文，是一个和现实弦弦相扣的忠实记录还是导演主观意志的演绎，都已经不重要，重要的是这种历史与文本互相塑造所指向的现实到底发生了什么，这种对中国电影来说完全不一样的叙事策略给我们提供了什么。电影形象地演示了文本与历史之间互相转化的具体过程。《二十四城记》在历史与文本上的高度自觉，再次肯定了贾樟柯个人对历史一贯的

---

① 朱立元主编：《当代西方文艺理论》，上海：华东师范大学出版社2005年版，第396页。

思考态度和历史观。第六代导演的创作均有一个原则，就是不回避这个时代，把镜头对准当代史，甚至即将成为历史的物象空间。《二十四城记》，就是一个工厂变成一个楼盘的故事，极富戏剧性。一个有3万职工、10万家属的国营工厂，它的当下职工全部下岗，然后拆迁。一个国家企业变成商业楼盘，这个变化本身是当代历史的一部分。这个转型时期稍纵即逝的题材，当若干年之后，这部电影会经得起岁月的沉淀焕发出别样的光彩，因为导演大胆捕捉到了从计划经济到市场经济的经典案例。这个案例有很多的说服力，也可以有很强的作者性，导演在时代下书写历史，从而能够窥探到事件本身，它的内在结构。同时，导演的作品因为这种洞察而与这个时代有了互动性、互文性。

新历史主义“不再重视旧历史主义强调的正史、大事件和所谓伟大人物及宏伟叙事，而是将一些逸闻逸事和普通人（非政治人物、领袖人物）作为分析对象，看其人性的扭曲或人性的生长，看在权力和权威的历史网络中心灵是以怎样的姿态去拆解正统学术，以怎样的怀疑否定眼光对现存社会秩序加以质疑，以怎样的文化策略在文本和语境中将文学和文本重构为历史的课题，从‘政治的批评’进入‘批评的政治’，最后使主体的精神扭曲和精神虚无成为自我身份的历史确证……新历史主义找到了自己的文化批评方法，即历史与文本互动的方法”[①]。《二十四城记》镜头猎取的日常生活细节宛如电影的流水线，构成了这个时代纪念碑似的东西。一个国家或者一个城市可以通过电影、书籍、建筑来进行自我确认，历史的细节、现实的片段、一幢楼的窗户、一架报废的飞机都可能成为人们建构自己身份的材料，《二十四城记》是通过“420厂”对我们这个国家的身份确认，也是产业工人的身份确认。衰朽的厂房、带有典型时代特征的老国企办公陈设、80年代流行音乐、溜冰场、城郊新社区的建筑，还有诗歌——已经没落的文本形式，包括一幅幅清晰的面孔，建筑组织空间的方式，停机坪上作为纪念的国产飞机，以及电视塔和旋转餐厅，就像历史时代格局的不断变换，现代化符号在不断演变，最后塑造出《二十四城记》这样一部新历史电影。

---

① 王岳川：《后殖民主义与新历史主义文论》，济南：山东教育出版社1999年版，第159~160页。

四、艺术性与商业性“交融互渗”：新生代的追求

（一）尊重观众和电影自身规律的影像表达

不同于“张元—贾樟柯”的第六代导演，以张扬、陆川、宁浩为代表的新生代导演立足于中国本土，在中国现有的体制内生存，却彰显出强大的生命力。而与第一代导演的初步探索、第二代导演的品格独立、第三代导演的集体主义、第四代导演的深沉质朴、第五代导演的形式主义不一样，新生代导演已经抛弃了太多的不该承担的重负而努力向电影的艺术性、思想性、娱乐性的本色回归，尊重观众和电影自身的规律。导演陆川说，现在中国电影界一方面在批评大片的不足，另一方面真正对社会有见解的导演又不愿意去拍比较商业、能够抵达更多观众的电影，这就人为形成了一道鸿沟，他希望自己能够跨越这一鸿沟。新生代导演打破了艺术性与商业化的二元对立，模糊了两者之间清晰的界线（尤以第五代导演的大片策略与第六代导演的艺术片坚守为代表），把自己的电影定位在中间，凸显了其文本间性的立场，体现着交融互渗的新叙事风格。

张扬的《洗澡》，陆川的《可可西里》以及宁浩的《芳草地》、《香火》，曹保平的《光荣的愤怒》，王超的《安阳婴儿》，顾长卫的《孔雀》，程裕苏的《我们害怕》，杨超的《旅程》等等，2000年前后冒头的新生代面貌渐渐清晰，这批导演有着共同的作品特征：小人物、真实感，由宏大叙事向个体经验转化，因其对人性的执着挖掘使叙事变得结实和牢靠。这与第六代导演也大不相同。同样讲述小人物，我们却能在新生代导演身上看出他们迥然不同的叙事能力，对细节和技术的熟练操作通常能看出两代影人的差别之处，陆川对《南京！南京!》近乎苛刻的舞美要求、电影中日本兵强劲的民族祭祀舞蹈；《可可西里》中盗猎者突然枪杀队长，后者踢腿蹬弹的本能反应，随之冒起的烟尘让人无法忘怀。《南京！南京!》引发的空前的争议，《疯狂的赛车》以小成本跻身“亿元票房俱乐部”，都彰显了这样一个事实——中国电影新生代的崛起，已是当今最值得关注的文化现象之一。这无疑也昭示着中国大片历史拐点的到来。

电影创作体制机制的宽容与变革无疑在其中起到了至关重要的作用：中国电影开始向“市场美学”渐进回归。新生代所处的外部环境大概是历

史上最好的，尽管还有这样那样的诸多困境，但几乎可以算是电影创作的“黄金时代”。这个时代的坚强背景之一是电影管理层诸多纲领性文件的下发，如1993年初的《关于当前深化电影行业机制改革的若干意见》，它在新中国成立后首次打破了电影发行的专有权，实现了电影流通方式的多元化，拉开了中国电影流通体制大规模改革的序幕……对电影投融资体制的改革也随即展开，如1997年启动的电影拍摄单片许可证制度就鼓励多元渠道参与电影摄制，2002—2005年来又出台了一系列推动电影体制改革的文件，有力地填充了各种力量在投融资、制片、发行等领域之间的鸿沟，这为新生代的个性化介入扫清了体制障碍。

新生代逐渐在一个更加宽容和多元的时代中找到了表述自我的信心，由于资本运作上的甚小压力，他们的影像表达可以更加独立和创新，能够回避传统历史主义的宏大叙事，而将镜头对准那些身份处在底层的普通人以及创作者自身的成长经历；不论其故事时空对应现实或历史，这类影片总会去强调一种人文情怀，并以此凸显一种具有跨国性的人性内涵——“贴近地面的叙事”，从而爆发出超乎寻常的精神力量。甚至新生代也不再看重在国外电影节上获奖与否，DVD的发行、电视上的电影频道甚至网络让新生代们有广阔的表达舞台。

（二）追求人性的真实与历史感的真实

《可可西里》是一部被美学家李泽厚先生誉为“中国电影美学的革命”的新生代导演代表作品，也是第一部荣获台湾金马奖的大陆影片。其真实而粗砺的纪录片式叙事风格，竟使美国《国家地理》购买了其电影版权，昭示着艺术电影与纪录片之间类型界限的打破。电影视角来自记者尕玉的所见所闻，镜头语言避开了全知全能的叙述方式和艺术化、形式化的考究风格，采用自然摇摆的晃镜方法，制造出身临其境般的观影效果。片中有大量的非常规镜头，尤其是在表现速度力量、精神紧张、局面动荡以及情势危险等体验的片断中，镜头角度往往出人意料，有时候甚至会从中部取景，仿佛是记者尕玉的不完全视角，要呈现出来的正是一种粗颗粒质感和原生态的体验。电影有意避免了程式化的剧情叙事，以字幕提示的方法来说明时间发展的线索。

《可可西里》从本质上说是生存，在极端恶劣的自然环境下，生存是压倒一切的求生本能。影片中扒皮子的马占林那样麻木、猥琐的灵魂，却使观影者产生了巨大的震撼：他原来放羊放牛，草原沙化，牛羊死了，人也活不了了，他有两个儿子，只有干扒一个藏羚羊皮五块钱的行当。他无法抛弃生死来保护动物。导演陆川在影片中罕见地放弃了道德批判，以中立的镜头表现出其滑动游移的价值立场。面对尸骨累累的藏羚羊，镜头中透露出真实的悲悼，生存的压力导致的是对于是非善恶的麻木和混乱。良知，做人的原则；标准，马占林们根本无从顾及。有多少人在生命面临危险的时候能够捍卫人的最后的尊严？也正是如此，日泰和他们的巡山队员们拯救的不仅是藏羚羊，还有人类灵魂中同样濒危的东西。

电影叙述以三个因素、三重视点，避免落入了二元对立的叙事窠臼。没有终极回答，却有终极关怀展现在艺术中。不必去强调历史事件的真实，而要努力表现对历史生活的真实感受，挖掘被历史事件遮蔽了的历史人物的生活。事件有记载，生活没有记载，需要想象来填补，并将创作者对当代生活的真实感受融入到对历史生活的真实感受中去。人性的真实作为构成历史真实的内核，提出在新历史电影创作中，历史事件的叙述以及人物形象的塑造必须符合人性的真实，这一点在新生代导演的创作谈中有相似的认同。

（三）寻求历史和文化“事件”的真实

“新历史主义将文本看作是具体的实践活动，看成承载历史内容的事件，看成社会能量流通、协商和交换的事件。文本就不是社会历史的反映，它作为塑造历史的能动力量就在历史之中。文本与历史无法分离，其间关系也非静态的‘对立’，而是动态的交融互渗。”①《南京！南京!》这一经过意识形态的“颠覆”与“包容”、创作中的“商讨”与“交换”、上映后的“共鸣”与“惊叹”的电影文本，具有了典型的“事件”意义。该“事件”将电影作品的“小文本”和社会历史的“大文本”都包括在内，本质上便是一种实践活动。作为事件的《南京！南京!》，不仅仅指由影像所固定下来的电影文本，而且是指其上映和观看活动的整个过程及这个过程所牵涉的社会规约和各种政治经济机制的运转。电影这一第七艺术所具有的特性（集体创造、规模阅读、视听结合、工业商业化、意识形态

---

① 张进：《新历史主义与历史诗学》，北京：中国社会科学出版社2004年版，第241页。

工具等）最能体现文本作为事件的特点，而《南京！南京!》可谓新历史主义批评理论视角下具有“事件”性特征的典型文本。

格林布拉特在分析文艺复兴时期的戏剧时说：“每部戏剧都通过其表现手段而社会能量的负荷带上舞台，反过来，舞台又修正这种能量并将它返回给观众。”① 文学艺术在社会能量的流通中发挥着其意识形态功能，通过影响观众（读者）而“变革”了社会。社会能量（社会能量的流通即“社会上各种利益、势力、观念之间的互动”②）在文学文本、社会意识形态和历史现实之间穿插交流，因而打通这三个领域的传统壁垒，使其间彼此影响互相塑造，并使文学成为影响历史、塑造历史的能动力量。社会能量不但在世界、作家、作品与读者之间进行互动式的“内部流通”，更在作家与作家群体、作品与文本网络、读者与读者群体、文学话语与其他文化话语之间进行多向的“外部流通”。因此，我们发现，新历史主义在表述“社会能量流通”这一概念时，就试图为其从理论上超越其他文学主张奠定一个思考的基础。

新历史主义批评理论既承认电影创作者的主体能动性，又强调主体的屈从性，认为创作主体受到了其所在的历史条件下的权力关系和意识形态的影响与制约，而且权力关系和意识形态在主体的建构过程中起到了重要的参与作用。蒙特洛斯指出：“主体这个术语意指主体实现的多义过程。一方面使个体成为意识形态的所有者和行为的发动者——即赋予他们主体性和能动性，另一方面把他们安放、压制在——使他们屈从于——社会网络和文化符码之中，这些网络和符码是根本超出他们的控制的。”③

电影《南京！南京!》，从艰难的史料收集开始，导演发现有关南京大屠杀的研究现状不容乐观：一方面，70年前的中国没有完善的户籍制度，这使得有关屠杀受害者的调查与统计异常困难，国内的相关研究起步相对较晚，一些史实已变得模糊。另一方面，习惯于用一种弱者的象征的哭诉哀腔来讲述这段历史，对于他者是没有说服力的，于是他坚定地突出中国

---

① Stephen Greenblatt, *Shakespearean Negotiations*, Berkeley: University of California Press, 1988, p. 14.

② 张进：《新历史主义与历史诗学》，北京：中国社会科学出版社2004年版，第195页。

③ Aram Veeser, ed., *New Historieism*, London: Routledge, 1989, p. 21.

人在大屠杀中的抵抗精神，把中国人的抵抗精神融入到南京历史的影像表述之中。当剧本完成申请立项时，因为“南京大屠杀 70 周年”向电影局申请立项的同类剧本竟多达 5 个（张艺谋的电影亦在其列），外交部和电影局担心出外交事故，一开始并没有审批。而影片完成后的放映，随即引起了空前的争议，争议之大、范围之广，超过了以往任何一部中国影片。

导演陆川采取的一种超越同时代历史影片的叙事策略和叙述姿态，却成了饱为诟病之处。导演采用群像式的叙事手段，影片中的角色都被有意地淡化，没有所谓真正意义上的男一号女一号，电影真正的主角是南京城，是那段 1937 年的历史。影片挖掘被遮蔽的历史，碰触历史的禁忌，展示了被时代遮蔽的许多历史：南京城市的抵抗（中国人的南京保卫战、城破后的巷战以及在难民营里的抵抗），第一次正面描写慰安妇问题，南京沦陷后是女性在拯救着男性，被人性化而不是兽性化描写的日本兵。导演陆川采用在全国 15 个城市巡展的宣传手段，不只是因为扩大影响力而采取的必要的商业手段，最重要的原因在于电影在放映后引发的极大争议，导演和演员亲自到全国的影院，就作品面对面地去跟观众直接沟通与对话。电影自放映之日起，便得到中国和日本各大媒体的持续关注和跟踪报道，由于关注的视角不同，中日媒体作出了截然不同的报道：中国媒体关注的是影片放映后观众的评价和反应，日本媒体则更多地关心日本演员在影片拍摄和展出中的心理变化与精神状态（甚至以主演中泉英雄的一个闭眼的动作作为大幅照片，登在报纸上冠以标题“后悔做日本鬼子的演员”）。但巨大争议的背后，却是对影片中蕴含的历史人性之光的共鸣与理解。《南京！南京!》能让一批日本演员群体出演，这是以往中国抗战题材影片从未有过的，而日本演员在回国后的安全问题，其家属亲人在日本国内面临的巨大压力，也渐渐进入中国大众的视野，中国观众由开始观影过程中把对日本侵略者愤怒的情绪发泄到在场的日本演员身上到最后对演员表示尊重和赞赏。而日本媒体和在华居住的日本人也自发组织观影团来观看《南京！南京!》，去了解那段一直被日本官方回避和右翼政治势力扭曲否认的历史。

在全世界公映并争取在日本国内上映的《南京！南京!》已经上升为一个“文化事件”，反映了当下时代各种观念、力量、群体之间的关系，其他非电影文本的能量投射到《南京！南京!》这部影片中，影片放映后，电影文本中的社会能量又通过“观影者”流回社会。这样，电影文本就成了历史的一部分，它与各种非文学文本形成复杂交融的“互文”，文学批评应“从文本性去重新看待一切社会现象，一边认识它们的无确解性，因其与意识形态的联系而必然具有武断性，以及各种文化影响渗透的吸纳性”①。新历史主义认为，文本本身是一种社会历史事件。电影在表述历史的同时，也在历史之中被不断地塑造。

七十多年来，以南京大屠杀为题材的国产电影有十余部。1988 年，罗冠群导演的《屠城血证》，为中国第一部表现南京大屠杀的影片，导演在国内的史料中找到的“几乎都是被动的受难者”。1995 年，吴子牛在拍摄《南京 1937》时，已意识到不能“从血腥到血腥，从悲凉到悲凉”，将“日本人民和嗜杀的日本士兵”区分开。2007 年的美国电影《张纯如——南京大屠杀》，影片讲述的是女作家如何深入到一段黑暗的人类历史去探索，著成一本震惊西方的历史书籍的故事。这部电影采用双线叙事，既有张纯如的故事，又讲述了 1937 年南京的故事。2004 年，这位华裔女作家在深度触碰到人类最黑暗的历史后承受不住巨大的心理压力，在美国用一把手枪结束了自己的生命。同样拍摄成于 2007 年的《南京》是第一部以外国人的视角回顾南京大屠杀的纪录片，该片受到全世界关注，并获得奥斯卡最佳纪录片的提名。由中、美、英三国投资的大片《南京浩劫》，是好莱坞首次拍摄反映南京大屠杀的电影，影片以张纯如作品为基础，在南京实地考察并三易其稿，多次邀请南京大屠杀历史研究专家研读剧本。影片从一个中国家庭的视角看南京沦陷的前后，再现 1937 年的浩劫：日军暴行、中国人民的屈辱和反抗以及第三国的救援。七十多年来，一些日本右翼分子坚决否认存在南京大屠杀，认为大屠杀是由中国杜撰出来的，并出版了许多质疑和否认南京大屠杀的书籍。日本政府的回避态度，中国在南京大屠杀这段历史的表述上一直未能掌握足够分量的话语权，致使全世界未能认识到甚至承认这段被扭曲、被改写的历史。这也是中美导演坚持拍摄南京大屠杀电影的原因所在。

文本事件与叙事视角。怀特在《作为文学虚构的历史文本》中认为，历史学家以一种故事的形式，让编年史的事件/事实转化为带故事性历史：

---

① 王一川：《后结构历史主义诗学》，《外国文学评论》1993 年第 3 期。

一、Abcde……n

二、aBcde……n

三、abCde……n

四、abcDe……n

五、abcdE……n①

大写的字母表明，一些被赋予阐释力量的事件/事实，占有优势地位，不是作为阐释整个系列结构的原因，“便是作为某一特定带故事性历史的情节结构之象征。因而，举例来说，先让系列一里的‘A’成为决定因素，然后我们可以说，它决定了随后的因素，所以，被优先化为特定的解释因素。它比起 b、c、d、e……n 有更多的重要性”②。2009 年 4 月，《南京！南京!》和《拉贝日记》先后上映，两部共同反映南京大屠杀历史的影片，其叙事的侧重点、角度均有不同，甚至在关键的史实上存在不同的看法：《拉贝日记》在讲述南京大屠杀这段历史时，其系列结构中“Abcde……n”中“拉贝及国际管理委员会”在南京大屠杀中的作用无疑是具有优势地位的阐释力量的事实——字母 A 的作用。而在《南京！南京!》中，“中国人的抵抗”（导演认为，正是日军在侵略南京时遭遇的抵抗才导致日军对南京进行报复式的残虐屠杀）无疑在叙事中占着字母 A 的位置，而“拉贝”甚至排在了小写字母 c 的位置。《拉贝日记》影片表现拯救者拉贝等外国人的形象较为丰满，但对加害者日军和被害者中国人的艺术塑造则显得颇为单一。《拉贝日记》与《南京！南京!》的拉贝形象截然相反：在《南京！南京!》中拉贝对日本军队有所妥协，最后更服从了上司命令离开了难民营，为了忏悔自己保护难民不力，拉贝向“安全区”的百姓下跪。而《拉贝日记》中拉贝是一个英雄，并没有《南京！南京!》中“保护难民不力”的情节，他得到中国群众举着标语的欢送：他离开南京时带着失意的情绪，因为“安全区”被别人接管了。《南京！南京!》对拉贝的描述遭到了《拉贝日记》主创者以及历史学家的质疑，认为影片选择淡化拉贝是

① 张京媛主编：《新历史主义与文学批评》，北京：北京大学出版社 1993 年版，第 172 页。

② ［英］基恩·詹金斯著，江政宽译：《论“历史是什么”——从卡尔和艾尔顿到罗蒂和怀特》，北京：商务印书馆 2007 年版，第 182～183 页。

绝对不正确的，拉贝拯救了20万南京市民，正面塑造他才是宣扬国际人道主义精神。《拉贝日记》是以外国人的视角来展现1937年的南京，重点在于对南京幸存者的拯救。而《南京！南京!》是书写中国人自己的抗争，南京是一座抵抗之城、光荣之城，核心是中国人的拯救以及救赎和希望，而且是以一个日本士兵的视线来全景展示南京大屠杀的历史。

表述是新历史主义的核心观念，它认为所有的文本都是关于表述的，而表述是关于我们如何关照自己、如何为他人所关照以及如何将他人投射到我们身上的。新历史主义甚至宣称：“正是我们如何被表述的这种事情，形成了我们的社会、政治和文化处境。”① 以中国人、日本人或西方人来表述南京大屠杀的历史，哪一种视角更公正、客观地接近真相？其实无论何种视角，何种叙述，都符合历史表述的“真实”，只是哪一种视角被优化为特定的解释因素而已。

五、小结：“三代”新历史主义电影的超越与局限

（一）划界、划代的观念误区

福斯特在《小说面面观》里面说到，在旧石器时代，生活在欧洲、北非的尼安德特人最有意思的消遣就是听人讲故事，“他们在营火的旁边张大嘴巴，因为同猛犸或者长毛犀搏斗而筋疲力尽，只是因为悬念才没有入睡。下一步会怎么样呢？讲故事的人懒洋洋地往下讲，听众一旦猜到下面会发生什么，就会睡着或者把讲故事的人杀掉”②。故事讲不好会被人杀掉，阿拉伯叙事作品《一千零一夜》说的也是这样一个严峻的事情。正是因为讲述技巧如此的性命攸关，所以先人们才长足地发展叙事艺术，不仅有了优秀的叙事作品，更形成完备的叙事理论。中国电影在新千年里迎来了难得的机遇与长足的发展，逐步奠定了三代电影共存与交相辉映的格局。第五代导演在转型中不约而同地选择了大片叙事策略，从《英雄》的

---

① John Brannigan, *New Historicism and Cultural Materialism*, London: Macmillan Press Ltd., 1998, p. 17.

② ［美］斯坦利·梭罗门著，齐宇译，齐宙校：《电影的观念》，北京：中国电影出版社1983年版，第383页。

成功肇始，到《孔子》在2010年的出世。而第六代导演张元则说：“寓言故事是第五代的主体，他们能够把历史写成寓言很不简单，而且那么精彩地去叙述。然而对我来说，我只有客观，客观对我来说太重要了。”① 第六代导演在全球化浪潮裹挟下，在消费时代“通俗化”大行其道的当下依然保持着一种电影人的清醒，仍旧固守着关注底层生存的边缘叙事策略。而初创期的新生代导演则在强调尊重电影创作规律的前提下，尝试着将电影艺术性和商业性融合的叙事手段，力图奔向一种“市场美学”建构之路。

新历史主义是一种对批评具有“自我意识”的历史诗学，要求对文学自身的批评进行反思。从理论上探讨文学批评的假定和依据，表明自己的话语立场，是新历史主义“作为批评团体的一种姿态”②。新历史主义将批评作为一项浩大的社会文化工程，强调批评应该主要以两种相互关联的方式发挥功能：一是划界和重新划界；二是构造并体验不同的版本的“历史”。而文学批评的划界是发生于深层的，“文学研究还有许多并不明显但具有同样决定性的分界线，它将阅读与写作、印刷文化与口述文化、经典性的传统与异端传统、精英文化与通俗文化、高雅艺术与大众艺术区分开来”③。这些界线是在特定的历史情境下划定的，并不是理所当然生来如此。它们可以被跨越、混合、合并和瓦解，也可以被重新修订、构想、设计抑或置换。

我们这里所探讨的仅仅是中国21世纪头十年电影创作群体有关“代”的划分的这一现象，“第五代”、“第六代”以及“新生代”的称谓何能得以命名，是为了电影批评的方便，还是造成了电影批评因为断然割裂的划界造成了批评的混乱？是以此推动了电影创作实践的发展，还是由此造成了人为的界限分明、壁垒分明，从而阻碍了中国电影创作叙事风格的多元并存与融合？电影批评界存在着一种现象，那就是“为批评而批评”，“为划代而划代”。人为地将中国电影划分几代，固然带来了批评以及文本分析的方便，但随之而来的有可能是对电影共同规律的忽视以及创作风格单

---

① 《张元访谈录》，引自《电影故事》1993年第5期。

② 张京媛主编：《新历史主义与文学批评》，北京：北京大学出版社1993年版，第7页。

③ Greenblatt, S. & Gunn, G. ed., *Redrawing the Boun Daries*, New York: The Modern Langguage Association of America, 1992, p. 4.

一化的坚持。划代有可能陷入一种二元对立的思维的危险，尤其是在21世纪头十年以及未来中还将存在的第五代、第六代以及新生代导演创作群体多元并存的局面下。新历史主义是重新构想不同界线之间的关系，而不只是从同一界线的不同侧面来观照。所以笔者认为，应从中国电影划分“代”的缘起着手，研究划代是如何开始以及何以合法性地存在的。

第五代电影是从解构第四代以及更前代的政教电影开始进入公众视野的，第六代电影则是从“地下”逐步浮出“地表”，2006年还上演过《三峡好人》对垒《满城尽带黄金甲》的颇具戏剧意味的事件。而新生代导演则有着新颖的电影观念：拍出高质量的电影、为观众奉献精彩扎实的故事才是电影发展最为重要的，以时间段划分中国导演群体与电影本身没有什么必然联系。（当下的“观众”早已不是一个统一的群体，但电影文化却在口味多元化的观众群中得到长足的发展）与其说中国电影的第几“代”，不如说中国的时代发生了变化。我们不再同一时间档只有一部电影可看，中国电影市场也不再全部是好莱坞电影的天下，如今“看什么”和“怎么看”也逐渐成了问题。于是又回到了本节开始的部分，在全球化背景多元共生的当下，电影的叙事策略与技巧变得“性命攸关”，至于导演群体“代”的界线的划分，已变得不那么重要。

（二）新历史电影创作实践的局限

中国的新历史主义思潮未经过语言论转向，特别是结构主义和后结构主义的洗礼，所以未能将这些理论方法融会贯通到实践中去。因而在有关“人”（包括作者及作品人物）的观念上都强调某种超越历史的共通“人性”和“主体性”，而这种不受质询的“人”正是新历史主义所反对的。以为作品只要表述和发掘了深刻的“人性”就是上乘之作，这样的电影尤其存在于新生代的电影创作中。以《可可西里》和《南京！南京!》为例，电影深度挖掘历史遮蔽下的人性，凸显了不同以往的思想上的闪光和历史观念的转向。但是，这样的创作策略并不是能够包打天下的。新历史主义对创作者自身的历史性强调尤力，将创作者看作文学活动的动态要素，看成一个在特定时代下不断建构和解构的过程。新历史主义思潮未有清晰的意识，也未从理论上进行反省。当下的中国的新历史电影仍保留着前景与背景之间的静态区分，并未强调其间关系的动态性和交互性，诉诸某种孤立的审美性对新历史电影进行解释，未能在彻底打破文化界线的基础上对电影审美本身进行反思。

毋庸置疑，新历史主义电影作为一次观念上的越轨和形式上的冒险是中国当代电影发展的一大进步，它以陌生的姿态为21世纪头十年电影的成长注入了新的生机和活力。但这种冒险却因为缺乏必要的节制而没有如我们所期待的那样走得更远。一些新历史主义电影由于过分随意和缺少必要的艺术节制，它也反过来严重损害了电影导演的艺术原创能力。一味反主流意识形态，反对宏大叙事不可能有作为，因为叙事和宏大叙事只是叙事的不同种类，没有这样的叙事就不可能有新历史主义批评和创作实践。将过去视为“他者”、将过去和现在联系起来的一揽子连贯叙事和历史编纂的解释模式，都是指导现实实践所必需的。如果了解过去的抱负被完全放弃，那么，我们就绝不可能确定现在是如何形成的。历史学的社会功用不能如此轻易地加以抛弃。而当下的历史电影创作中也出现了一种思潮，就是把电影的历史表述当作可以被任意消遣的游戏，肆意篡改甚至伪造历史，戏仿愚弄历史成为时尚。而这样的电影是不在新历史主义电影之列的。历史中的伦理道德价值评判逐渐被多元化的不作为所垄断，作品以描写零碎的杂乱的生活为要务。电影文化强化和突出了它的感官刺激功能与游戏娱乐功能。这种电影游戏往往通过一种缝合的手段来遮蔽现实的出场，其实处处充满了现代性的语言和意识形态，历史只是故事发生的一个可有可无的道具，电影完成它的自我封闭，历史也变成了“任人打扮的小姑娘”。历史虽然是不断消逝的，但关键是拥有怎样的一种历史观。如果没有历史的长期积累所形成的方向纬度，我们也就很难找到是非对错、真假善恶的价值评判尺度。

中国新历史电影的研究与国外新历史电影的研究尚不能进行积极有效的对话，中国电影创作者往往处于闭门造车的状态，与国外优秀的历史电影创作者缺乏足够的交流，我们至今尚未拍出《美丽人生》、《辛德勒的名单》等这样具有世界级影响力的作品。由于诸多因素的限制，我们的历史电影在创作观念上仍然受到束缚，这一领域也充满了禁忌与空白。21世纪头十年的新历史主义电影远远未能彰显出新历史主义理论的丰富性与复杂性。与新历史主义理论研究一样，中国的新历史主义电影仍在不断向前发展，仍然在路上。

第五章

新历史主义文艺思潮的批评探索

第一节　新历史主义的批评观念

新历史主义在其批评实践过程中对批评本身作了深入反思，论证并实践了其“批评工程论”。它盘诘批评语境的合法性并将批评活动自身“事件化”；它考察批评“划界”活动参与“社会能量流通”过程所发挥的社会文化功能；它强调批评活动构造和体验“不同版本历史”，并从中实现“横向超越”的方法论意义。这些思考对我们在当代批评理论语境中进行批评定位具有一定的参考价值。

任何文学批评实践都不免要预设一个关于文学批评的基本观念（尽管并非总是意识到这一点），“批评为何”以及“批评何为”的问题恰恰是文学批评应该首先澄清的理论命题。对此缺乏反思而导致的后果是，文学批评自古以来都被想当然地看成是文学事业从属的、次要的附加部分，寄生于作品分析，而不具有自己的独立价值；同时还设定，文学批评阐发的是关于作品的“客观知识”，是一些不受质询的、具有普遍性的一般言说。20世纪后半叶以后，文学事业的发展基本打消了这种观念。文学的聚光灯从此不再专注于文学作品，而是追逐着各种竞相登场，并占据前台的理论批评学说，读者及读者的阅读批评成了文学活动的真正主角，这造成了阅读统驭创作、批评理论代替作品分析的文艺现实。不但文学批评多于文学作品创作的情况时有发生，而且关于某种批评的批评多于该批评自身的批评实践的情况也并不鲜见。人们意识到，理论批评具有相对独立的价值，批评家才是“知识的开拓者和文化传统的铸造者”，“批评可以讲话，而所有的艺术都是沉默的”[①]；“理论”是不可回避的，即使那些拒斥理论的人，

① ［加］诺思罗普·弗莱著，陈慧等译：《批评的解剖》，天津：百花文艺出版社1998年版，第3页。

“不过是处在较为陈旧的理论的掌握之中”①，“其实也在采用某一种理论”②。这使得文学批评者再也不能以作品分析为由而拒绝理论批评及对理论批评自身的反思，而必须对自己在批评中的理论立场和所充当的角色进行反省；即使是从事单纯作品分析的实证批评，也必须对其批评的功能作出重新阐释。

这正是当代“批评理论”（critical theory）的一般特点。人们通常所说的批评注重的是文本的具体特征和价值，虽也涉及对文本的哲学思考和对批评本身的某些反思，但这种反思仍然不会脱离文本价值的整体观念（包括文学文本的艺术特征和审美价值）而进行。而批评理论“关注的是批评的形成过程和运作方式，批评本身的特征和价值。由于批评可以涉及多种学科和多种文本，所以批评理论不限于文学，而是一个新的跨学科的领域”③。按照卡勒的总结，这种当代理论也是“分析的话语”，是“对常识的批评”，“具有反思性，是关于思维的思维”。④ 这种批评大致相当于托多洛夫所说的“对话批评”，它“不是谈论作品而是面对作品谈，或者说，与作品一起谈，它拒绝排除两个对立声音中的任何一个”⑤。这种批评在面对作品时，不是亦步亦趋地随着作品节拍“跳舞”并因而“沉醉”于作品之中，而是调整阅读步调，改“快板”（allcgro）为“慢板”（lento），变“随舞”为“慢步”，走走停停、左顾右盼、怀疑质询，防止作品将任何现成的东西塞给我们，关注作品以何种方式开启了一个世界而非作品已然开启的世界。⑥ 这种批评阅读不是单向涉入对象，而是突然“反身自问”——批评的历史性依据是什么？批评在何种立场上言说？批评与它处

① Terry Eagleton, *Literary Theory: An Introduction*, *Preface*, Oxford: Basil Blackwell, 1985.

② ［荷］佛克马、［荷］易布思著，林书武译：《二十世纪文学理论》，北京：生活·读书·新知三联书店1988年版，第3页。

③ ［美］弗雷德里克·詹姆逊著，胡亚敏等译：《文化转向》，北京：中国社会科学出版社2000年版，第3页。

④ ［美］乔纳森·卡勒著，李平译：《文学理论》，沈阳：辽宁教育出版社1998年版，第16页。

⑤ ［法］茨维坦·托多洛夫著，王东亮、王晨阳译：《批评的批评——教育小说》，北京：生活·读书·新知三联书店1988年版，第175～176页。

⑥ J. Hillis Miller, *On Literature*, London: Routledge, 2002, p. 122.

身其中的文化机制是一种什么关系？

批评理论的兴起，是后工业社会知识分子将对社会文化的批判审视态度扩展到“批评”自身而出现的现象，也是人们对“历史性”的思考进一步深化而意识到批评自身的“历史性”并对之进行盘诘的结果。换言之，批评理论追求对所有研究对象的“历史化”，而在历史化的两条不同路线——客体的路线和主体的路线——中，事物本身的历史根源和我们试图借以理解那些事物的概念和范畴的更加难以捉摸的历史性，它选择后者。它强调“我们对过去的阅读主要取决于有时所称的消费社会的结构”，即“形象或景象社会”。[①] 因而它关注的焦点已不是作品的一般审美特点和形式构成，而是批评如何参与社会历史进程、如何在这个进程中发挥作用的问题。新历史主义历史诗学的批评观，即出现在这种批评理论背景上。当然，新历史主义批评也还关注作为批评对象的文本，但它在文本批评中总是对批评自身进行反思，即在批评中渗透了对批评自身的“自我意识”——“我们揭露、批判和树立对立面时所使用的方法往往都是采用对方的手段，因此有可能沦陷为自己所揭露的实践的牺牲品”。“我们批判和分析文化时所使用的方法和语言分享及参与该文化机制的运转。”[②]

新历史主义有关批评在社会历史进程中的作用的观点，集中体现在蒙特洛斯所使用的“批评工程”（critical project）概念上。“工程”一词使人想到社会建设中的铺路搭桥、修屋筑居，或是战场上的堡垒、战壕或掩体等攻防设施。这一概念与他们通常使用的“文本工程”（the project of text）和“意识形态工程”（the project of ideology）等概念是相通的，它们共同强调，批评不仅仅是表达个人兴趣爱好的一般言说，而是实际的综合而复杂的社会文化工程。批评既是主流意识形态“巩固”自身权威的事业，也是被统治阶层和受压抑群体“颠覆”这种权威的事业；或者说，它是这些阶级之间“包容”与“反包容”的意识形态战场。[③] 批评是支配性意识形态的“表征”，它虽被竭力掩饰、“自然化”和“中性化”，但其意识形态性仍然从它所删除、排抑和凸显的东西上表露出来。批评也不只是对于文

---

① ［美］弗雷德里克·詹姆逊著，王逢振、陈永国译：《政治无意识——作为社会象征行为的叙事》，北京：中国社会科学出版社 1999 年版，第 5 页。

② Aram Veeser, ed., *The New Historicism*, New York: Routledge, 1989, p. 10.

③ 王一川：《后结构历史主义诗学》，《外国文学评论》1993 年第 3 期。

学文本单纯客观的形式分析，而是一项复杂浩大的社会文化工程。

新历史主义的“批评工程”观念主要体现在它对“批评语境”合法性的盘诘，对批评本身的“事件化”和批评“划界”活动的社会文化功能的反思，对批评参与社会能量流通过程的强调，以及对“历史重构”的再认识和对“横向超越”思维方式的追求上。

一、盘诘“批评语境”的合法性与批评的“事件化”

新历史主义批评工程理论，源于它对“批评的语境”的合法性的深刻质疑。传统的“历史诗学”在与各种形式主义对抗时，总是强调“语境”对文本的制约作用，而其语境则主要指“写作的语境”和“接受的语境”。前者强调的是作者意图、传记、社会文化、政治境遇及其意识形态与话语；后者注重的是文本如何被不同的社会组织、社会机构、读者大众所阅读、利用或者滥用的问题。20世纪人们通过对“语境”的强调，将文学活动的诸要素，特别是作品和读者的“历史性”凸显出来，并分别基于这些要素建立了新型的批评理论，“读者的语境”也因此得到了强调。但批评者作为特殊读者，其自身的“历史性”却未能得到全面而系统的反思。这一点表现在伽达默尔的哲学解释学及其在文学批评中的变体接受理论之中。这些理论虽都强调解释者语境的“历史性”，但一般并不怀疑这个语境的合法性，而是将它归为源于传统的“前理解”或“期待视域”，进而将它“合法化”了。因此，相应的阅读理论，主张阅读者带着自己无法摆脱的“视域”进行共鸣性的、投入式和陶醉式的对话阅读，而并不强调对这种视域作批判性审视，也不考虑“对话”是否会蜕变为权势者“独白”的问题。因此，“历史在伽达默尔那里并不是一个斗争、断裂和排斥的场所，而是一条‘连续之链’，一条永恒之流”①。尽管哈贝马斯和利科尔等解释学家的“批判的解释学”强调了批判在解释中的重要性，但这种认识并未全面进入一般接受理论。

那么，一旦我们认识到批评者语境的历史具体性并对它进行批判性考

---

① Terry Eagleton, *Literary Theory: An Introduction*, Oxford: Basil Blackwell, 1985, p. 73.

察，情况又当如何呢？这会引起批评理论重心的转移，即从对“写作的语境”、“作品的语境”和“读者的语境”的一般性专注，转向对“批评的语境”的合法性的关注、质疑和盘诘。其实，批评的语境自身并不是理所当然的。批评者带着某种特定的期待视域去阅读，这并不是一桩不受质询的自然而然的事情，而是一个涉及批评者如何选择其批评立场，如何对待其阅读在当代批评场景中所处的位置，以及如何对待社会文化加于自身之上的历史性等问题。对批评语境自身合法性的怀疑批判会导致人们对“写作的语境”、“接受的语境”、“批评的语境”及其间关系的重新定位：写作的语境与接受的语境并不是由客观中立的档案材料堆集起来的，而是由各种力量“选择”和“涂抹”而成的，它们以何种面目出现以及具有哪些本质特征，这恰恰是与批评语境息息相关，甚至是受后者制约的。

因此，一般性地强调语境本身的重要性也还存在着问题。任何语境都不是现成既定、单一同质和自然而然的，而是复杂交叠、多重互渗和多声部的，因而是充满矛盾、断裂和疑问的。那么，人们是依据何种价值观念和思维背景来决定某一语境优先于其他语境的呢？这个价值观念和思维背景本身是否也是一个应该盘诘的对象呢？新历史主义就是带着这些疑问，“结合历史背景、理论方法、政治参与、作品分析，去解释作品与社会相互推动的过程”①。这种阅读解释通常是“怀疑的、谨慎的、祛魅的、批判的甚至是逆向的”②。

自由人文主义者（liberal humanist）宣称，文学经典（包括批评经典）体现了人类经验和表达方式的全部本质。女权主义和妇女运动向这种观念发起了挑战，其学术研究探索了妇女的声音如何在各种文学戏剧作品及以前的作品评论中被压抑、被利用和被边缘化和“口技化”的过程。这种学术研究通过公开将批评实践与学术政策和社会政治实践领域联系起来的方式，揭开了自由人文主义理论宣言的神秘面纱——学术研究绝非远离或凌驾于利害关系、偏见成见和物质生存斗争之上的纯粹的客观知识，而是与知识分子职业的和社会的利害关系相互纠缠在一起。这种洞见及其所采用

① 廖炳惠：《形式与意识形态》，台北：联经出版事业公司1990年版，第211页。

② Gallagher，C. & Greenblatt，S.，*Practicing New Historicism*，Chicago：The University of Chicago Press，2000，p. 9.

的一系列细致入微的批评方法都与新历史主义之间具有同气相求、彼此发明的效用，它们共同强调：作为学术研究的文学批评，尽管以客观公正的面目表现出来，但它在社会历史进程中并不是一个中性角色，而是以某种特殊方式参与了历史进程；批评及批评者的主体位置和具体语境是一个值得盘诘和质询的问题。①

在盘诘批评语境合法性的过程中，新历史主义批评家不但将批评对象看成一个“事件”（event），而且将自己的批评活动本身作为“事件”来批评和反思，将其自身的批评活动“事件化”（eventualization）。“Event”相当于海德格尔哲学中的“Ereignis”，表示“缘构发生”，是一种居有且揭蔽的发生。② 在他那里，真理、艺术作品都可以成为一个事件，按照伽达默尔的解释，海德格尔认为“艺术作品的存在不在于去成为一次体验，而在于通过自己特有的‘此在’使自己成为一个事件，一次冲撞，即一次根本改变习以为常和平淡麻木的冲撞”。因此作品“不仅是某一真理的敞明，它本身也就是一个事件”③。这样，event（事件）就是发生之中、时间之中的 fact（事实），或者说是 fact 的动词形态。从视艺术作品为 fact 走向视艺术作品为 event，也就将作品放置在时间和发生之中。④ 这样一种“事件”观念被引申到各种知识领域，利科尔将其引入话语领域，认为“话语是作为事件而被给予的：当某人说话时某事发生了”。“事件”意味着，话语是一种说话的事件，它是瞬时和当下发生的。⑤ 福柯将事件观念运用在“知识”上，认为“知识不是由某个普遍性的法则和价值标准所构成，而只是具有逆转偶然性的‘事件’”⑥。看待一个事件不是凭它的内在意义和重要性，而是凭外在于它的与各种社会性制约力量的关系。事件的

---

① 张进：《批评工程与批评之罔》，《兰州大学学报》2005 年第 4 期。

② ［美］帕特里夏·奥坦伯德·约翰逊著，张祥龙等译：《海德格尔》，北京：中华书局 2002 年版，第 89 页。

③ ［德］伽达默尔著，张志扬等译：《美的现实性——作为游戏、象征、节日的艺术》，北京：生活·读书·新知三联书店 1991 年版，第 107 页。

④ 叶秀山：《美的哲学》，北京：东方出版社 1997 年版，第 145 页。

⑤ ［法］保罗·利科尔著，陶远华等译：《解释学与人文科学》，石家庄：河北人民出版社 1987 年版，第 135 页。

⑥ 徐贲：《走向后现代与后殖民》，北京：中国社会科学出版社 1996 年版，第 155 页。

意义不是永恒的意义，它随时有可能遭到偶然性的逆转。在此基础上，新历史主义坚定地认为文学文本是一个事件，“小说是一种话语事件，它不反映历史，它就是历史”[①]。承认文本作为一个事件，这被认为是新历史主义最重要的成就。文本作为事件的观念让人们承认文本的暂时的具体性，也承认文本是历史变迁过程的组成部分，它本身可以构成历史变化。

以这种观念去解析文学批评活动，即是文学批评的“事件化”方法。这个概念首先指与“自明性”（理所当然、无可置疑）的决裂。“自明性”往往借助“永恒性”和“普遍性”的神话，掩盖事物的独特性和具体性。福柯发现，有总体普遍化癖好的历史学家常常热衷于寻找普遍的真理或绝对的知识，而实际上，任何所谓普遍绝对的知识或真理最初都只是作为一个“事件”而出现的，而事件又总是历史的、具体的。就文学批评而言，事件化即意味着把有关批评的所谓普遍“理论”、“真理”还原为一个个特殊的“事件”，看成特定批评者在特定时期、出于特定需要与目的而从事的一个“事件”，因此它必然与许多具体条件存在内在关联。因此，任何批评理论的结论都不是必然的、无条件的、自明的与普遍的。通过“事件化”，就达到了对批评理论自身的“反思”，即研究者对于自己研究活动的自觉，达到一种对作为文化生产者的文学批评家的自我分析，达到对有关文学的“科学之所以可能的社会历史条件的反思”[②]。

总之，新历史主义对批评丧失自我意识保持着极高的警惕。研究者发现，“像许多处于后现代的知识分子一样，新历史主义者高度敏感，时时质疑和检验自己在批评运作中所起的作用与扮演的角色。在批评理论中进行自我反思，从理论上探讨自己的假定和论据，表明自己话语的立场，是新历史主义者作为批评团体的一种姿态”[③]。需要补充的是，新历史主义者的敏感并非无缘无故，而源于他们对批评自身历史性的意识；也不能将之归入批评者个人的“敏感气质”，而应该从思想方法的高度去理解。

---

① Claire Colebrook, *New Literary Histories*, Manchester: Manchester University Press, 1997, p. 38.

② ［法］皮埃尔·布迪厄、［美］华康德著，李猛、李康译：《实践与反思——反思社会学导引》，北京：中央编译出版社 1998 年版，第 44 页。

③ 张京媛主编：《新历史主义与文学批评》，北京：北京大学出版社 1993 年版，第 7 页。

二、重划“界线”与“社会能量流通”

批评作为工程是一个充满竞争的领域，是意识形态主导因素进行生产和再生产的场所。人们在阅读、讲授和修订文学经典的过程中，有一些重要的因素在起作用，但人们对之或习焉不察、熟视无睹，或以为无关大局、小不足称。人们并未意识到自己是被某些文化体制因素授权做着批评工作，因而并未认识到自己必须选择在何时何地以何种方式使用这些“权力”。但新历史主义则强调，“文化诗学”的研究和教学都深陷在更大的“学术政治学”（academic politics）之中，没有无关利害的学术团体，没有客观中正的学术立场，也没有不受质疑的批评语境。人们阅读什么以及如何阅读，都绝非与“政治”无关，都无法摆脱权力结构的影响。我们应清醒认识自己的历史性，意识到我们处在抚育我们又限制我们的权力知识之中；意识到我们批判和分析文化时所使用的方法和语言分享及参与该文化机制的运作，以免“沦陷为自己所揭露的实践的牺牲品”①。蒙特洛斯指出：“任何一种集体的批评工程都应该牢记，社会实践也参与到批评工程试图分析的利益与观点的相互作用之中。所有学术文本都有选择地建构其文学—历史知识的对象，而且通常是在未经检验和反复无常的基础之上这样做的。”② 这说明，批评家所面对的“对象”，恰恰是无法充分“对象化”的，因为对象本身已被批评活动所“建构”。这里所涉及的是广阔的“政治无意识”领域。批评工程的观念就是要将对无意识领域的“意识”贯彻到文学批评的每一个层面和环节。

从其显在层面看，文学批评所从事的事业就是“划界”和“重新划界”（redrawing boundaries），也就是将某些文本、作家、流派、风格、体裁、方法等划归文学或文学经典而将另外的排除出去，从而保证“文学”的完整性和纯洁性。这样就在“文学”与“非文学”之间作了分割并确立了界线。后来者对这个界线或赞同或反对，但一般认为这个界线关乎文学

---

① Aram Veeser, ed., *The New Historicism*, New York: Routledge, 1989, p. 10.

② Louis Montrose, New Historicism, Greenblatt, S. & Gunn, G. ed., *Redrawing the Boundaries*, New York: The Modern Language Association of America, 1992, p. 415.

的“知识”，而并未意识到这是特定意识形态和权力结构共同作用而成的“权力知识”，因而将之视为“自然的”“客观真理”。这样也就未经批判地接受了文学与非文学之间存在界线的假设。布尔迪厄指出：“事实上，发生在文学或艺术场的斗争中的一个主要问题是对场的局限性的定义，即对斗争中的合法参与性的定义。”① 比如，人们在争论文学问题时常常会说，“这根本不是文学”或“这不是诗”等等，这种做法就是对对象合法参与性的定义，也是对“文学”或“诗”边界的划定或重划。因此，划界和重新划界的过程，正是将某些文本纳入界线或排除在界线之外的过程，这个过程在本质上是一项意识形态工程。

针对这一情况，新历史主义拈出了另一个假设以作为理解批评的出发点，威瑟教授将之概括为“文学与非文学‘文本’之间没有界线，彼此不间断地流通往来”②。这个假设当然并不是要否认或抹杀历史上赫然存在着的文学与非文学之间的界线，而是用来说明，他们对既往“界线”的合法性和自然性的怀疑恰恰是“合法的和自然的”，从而为他们的重新划界活动提供一个理论依据。新历史主义的这一认识显然与福柯有关“话语控制”的学说有关，主要与其“学科原则”的思想相联系：“任何学科的话语都不纯粹是由真理性陈述所组成……但一个陈述是否能被接纳入一个学科，却首先不看它是真陈述还是伪陈述，而是要看它符合不符合某些条件，这些条件比单纯的真理性条件要严格和复杂得多。”③ 沿着这一思路，新历史主义的批评着力寻求文学“划界”过程中“复杂的”条件。

其实，一旦着手批评，就不免要进行划界和重新划界，但界线往往并非一目了然，而通常是隐而不彰、纷纭交错的，因而界线所涉及的范围是非常宽泛的。按照格林布拉特的理解，文学研究试图重划的界线涉及“从国家的、语言的、历史的、代际的、地理的界线到种族的、人种的、社会的、性别的、政治的、道德的和宗教的界线。而且，文学研究还有许多并不明显但具有同样决定性的界线，它将阅读与写作、印刷文化与口述文

---

① ［法］布尔迪厄著，包亚明译：《文化资本与社会炼金术》，上海：上海人民出版社 1997 年版，第 84 页。

② Aram Veeser, ed., *The New Historicism*, New York: Routledge, 1989, p. 10.

③ 徐贲：《走向后现代与后殖民》，北京：中国社会科学出版社 1996 年版，第 146 页。

化、经典性传统与异端传统、精英文化与通俗文化、高雅艺术与大众艺术区分开来”①。这些或隐或显的界线都是文学研究在特定历史情境下划定的，具有自身的历史相对性，因而并不是自然的和当然的，也不是一般的和“普适的”。因此，这些界线可以被跨越、混合、合并或瓦解，也可以被重订、构想、设计和置换。界线划定以及对既有界线的侵越是一项批评工程，它是文学批评始终从事的工作，新历史主义的批评观念强调了这一学术事实。

文学批评总是通过排斥和打击某部分而包容和吸纳其他部分，对既定界线进行修订和重划。新历史主义认为，对界线的破坏是在最深层的“喻说”（trope）层面发生的，也就是说，这种破坏是在一个先于批评的、潜在的语言结构深层发生的。但人们对这个层面所发生的一切通常浑然不觉，因而总是容易相信界线是在学科层面被跨越的，所以常常将“跨学科研究”（interdisciplinary）与“批评划界”看成同一回事。这就混淆了从同一界线的不同侧面来研究对象的问题与重新构想不同界线之间关系的问题。新历史主义是要重新构想不同界线之间的关系，而不仅仅是从同一界线的不同侧面来研究对象。因此，在新历史主义看来，界线是历史性地划定的，也应该在历史性中被重划；界线不是自然的，应该受到质询和商讨，而一般所说的“跨学科研究”则并不对学科之间界线的自然性或合法性产生怀疑。因此，国内有研究者以“‘跨学科研究’性”②来泛论新历史主义的特点，就有可能造成对新历史主义的划界观念的肤浅理解。新历史主义的跨学科研究与一般所说的跨学科研究之间的区别，即在于前者不承认已有学科界线的合法性，或者说在进行跨学科研究时连同学科界线也一并质疑批判而不是认可放行。

界线问题的提出让人们意识到，文学并不是某种一劳永逸地“给出的”东西，而是某种建构和重建出来的过程和结果。不仅文学经典作品是在界线的徘徊不定和对界线的超越中塑造出来的，而且文学观念本身也处在不断的重新商讨过程中，因此文学研究必然或隐或显地对想象中的界线

---

① Greenblatt, S. & Gunn, G. ed., *Redrawing the Boundaries*, New York: The Modern Language Association of America, 1992, p. 4.

② 王岳川：《后殖民主义与新历史主义文论》，济南：山东教育出版社 1999 年版，第 170 页。

进行质询。旧历史主义（思辨历史诗学和大部分批判历史诗学）在描述文学语境时，大多采用“时代精神”（黑格尔）、“历史背景”（丹纳）以及“世界图景”（蒂利亚德）等概念，把丰富复杂的文学现象简化为某种同质的、连贯的和稳定的文化“背景”或“图景”，认为非一致性、矛盾性和张力因素都是一些无力撼动这个和谐基础的东西而对之存而不论。这些假设在新历史主义的理论前驱那里即已受到挑战。威廉斯在20世纪70年代就将文化划分为“残存的”、“主导的”和“新兴的”三个方面，认为不仅这三个方面之间的界线是动态的，而且基于不同方面的批评之间的界线也是不稳定的，因而由这种批评划出的界线也不是一成不变的。① 而辛费尔德有关“faultlines”的理论则认为，批评常常以抹杀矛盾冲突的方式，将文化中的复杂关系表述成和谐一致的和统一连贯的，这是一项意识形态工程（the project of ideology）；而文化唯物主义的批评就是要将人们的注意力引向这些久被忽视的方面。② 也就是说，批评在文化中所划的界线是各种批评基于自身的历史性而作出的，这些界线在历史过程中必然会得到修订或重划。

批评在从事划界和重新划界工作时，它就同时勾画出文学批评自身的“旅行”（travel）轨迹，从中可以呈现出已往的文学批评话语、流派、观念和理论从此时向彼时、从一种情境向另一个情境、从一个领域向另一领域、从一种语言向另一语言的旅行过程，以及在此过程中所释放的“社会能量”（social energy）和社会能量在流通过程中所发挥的意识形态功能。过去的理论批评是这样，我们所从事的理论批评未尝不是这样。赛义德认为：“文化和知识生活经常从这种观念流通中得到养分，而且往往因此而得以维系。”③ 换言之，我们作为当代批评家，也加入了类似的理论旅行而使批评得以延续。当批评家考察研究对象的流通过程时，也加入、推进或改变了这一流通进程。因此，有关批评对象之间界线的动态性的研究，同

---

① Raymond Williams, *Marxism and Literature*, Oxford: Oxford University Press, 1977, p. 122.

② Alan Sinfield, *Faultlines: Cultural Materialism and the Politics of Dissident Reading*, Berkeley: University of California Press, 1992, p. 9.

③ ［美］爱德华·W. 赛义德著，谢少波译：《赛义德自选集》，北京：中国社会科学出版社1999年版，第138页。

时也就成了对批评理论自身存在状态的反思。

新历史主义认为，在历史现实与意识形态之间有一种普遍的社会能量在往返流通，从具体的社会事件到笼统的社会现实都具有一种能量，它“具有产生、塑造和组织集体身心经验的力量”①。文艺就是这种社会能量流通的一部分：一方面，社会能量通过编码进入文艺作品；另一方面，文艺作品又不断释放发挥着这种能量，对读者观众产生影响，进而发挥其意识形态功能。文艺既是社会能量的载体和流通场所，也是社会能量增殖的重要环节。社会能量在“流入”和“流出”文学作品的“流通”过程中实现其意识形态功能。流通中卷入了多种社会历史因素并引起了社会上各种利益、势力和观念之间的互动，因此，这种流通必然是各种社会历史因素之间的“协商”和“交换”。

这样，新历史主义批评就采取了一条与传统的“影响研究”和“平行研究”不同的比较方法：它并不像影响研究那样注重对“起源”的纵向追溯，而是更注重对“流通”的横向描述；它也不像平行研究那样注重比较对象之间的“相同性”，而是更重理论批评在旅行中所经历的不可避免的“变异”和“转化”。它考察各种文化实践之间的关系，追问集体信念和经验如何形成，如何从一种媒介转移到其他媒介，如何凝结于可操作的审美形式以供人消费等等。② 这种研究突出了能量流通中的“非连续性”和“断裂”，从而也加强了这种理论研究的自我反思力度。

总之，界线划定和重划是一项社会文化工程，是批评工程得以开展的一个基本手段，同时也是我们将历史和现实建构成一个意义世界的基本途径。蒙特洛斯说：“通过将‘文学’重建在不稳定的和论战性的词语和社会实践领域——通过重划文学研究的界线而后又超越这些界线，我们可以将人文学科表达为在知识性和社会性上于历史性的现在有意义的工作的场所。”也就是说，如果想让人文学科于我们当下的历史性存在有意义，就必须不断重新划分文学研究的界线，因而划界也是文学批评的基本存在方式。

---

① Stephen Greenblatt, *Shakespearean Negotiations*, Berkeley: University of California Press, 1988, p. 6.

② Stephen Greenblatt, *Shakespearean Negotiations*, Berkeley: University of California Press, 1988, p. 5.

三、构设不同版本“历史”与“横向超越”

界线重划看似寻常，但它也与不同寻常的历史理解问题紧密关联。界线的摇摆甚至会营造出历史的另一副景观，另一个版本。可以说，批评划界活动在自觉或不自觉地构造并体验着不同版本的“历史”。

文学批评总是处在与过去和当下的社会历史文化的互动关联之中，因此批评家要对这种关联网络的复杂性有清晰的意识。蒙特洛斯认为，任何一种集体的批评工程都应该牢记，“所有的学术文本都有选择地建构其文学—历史知识的对象，而且通常是在未经检验和反复无常的基础之上这样做的。对于任何真正新历史主义的工程不可或缺的是，必须认识并且承认，我们的分析必然是由我们自己的历史性、社会性和体制性地形成的一些优先考虑的问题所推动的，而且同时，我们所建构的过去是批评家的文本建构，而这些批评家也是历史性的主体”①。即是说，“过去”尽管作为“知识对象”和“客观历史”出现，但它是身处“现在”的人们选择和建构的结果；反过来，“现在”亦然。这就要求文学批评要在“过去”与“现在”之间、在“话语讲述的时代”与“讲述话语的时代”之间展开一种双向辩证对话，从中把握历史和历史意义。我们对过去文本的理解和表述，既是疏离的过程，也是占为己有的过程。过去的话语与我们有关过去的话语是互为条件的。诚如怀特所言：“‘历史’不仅是指我们能够研究的对象以及我们对它的研究，而且是，甚至首先是指借助某一类特别的写作出来的话语而达到的与‘过去’的某种关系。”② 因此，我们有必要既将过去“历史化”，也将现在“历史化”，同时还要将过去与现在相互建构的辩证关系“历史化”。这样一种批评实践构成了“文化诗学”与“文化政治学”之间的对话。这也正如中国古人所说，“相今宜鉴古，无古不成今”。

从划界的社会文化工程功能看，文学理论批评的写作与“历史书写”

---

① Greenblatt, S. & Gunn, G. ed., *Redrawing the Boundaries*, New York: The Modern Language Association of America, 1992, p. 415.

② Hayden White, *Figural Realism*, Baltimore: The John Hopkins University Press, 1999, p. 1.

(historical writing) 之间并无明晰的界线，其间的学科界线也是人为划定的。从某种意义上说，当文学理论批评像新历史主义一样主要涉及历史题材时，它就与历史书写在做着大致相同的工作，二者之间就“既有直接的，也有间接的关系”[1]。因此，文学理论的意识形态功能就可以参照“历史书写”的意识形态功能而得以说明。举例来说，按司马迁在《史记·孔子世家》中的记载，孔子“删《诗》”与“作《春秋》”，前者“去其重，取其可施于礼义”，后者则“约其文辞”，使“乱臣贼子惧”。这两种写作都是当时批评工程的一部分，在社会文化功能上可以互相参证和阐发。罗兰·巴尔特认为：“历史的话语，不按内容只按结构来看，本质上是意识形态的产物。”[2] 文学理论批评的话语亦然。历史写作突出的意识形态性，有助于人们对文学批评的社会文化工程特点的把握。

文学理论批评及批评的每次划界，都不只是对既定界线的修订或侵越，它实质上是在建构一个不同版本的“历史”，让某些处于边缘或被压抑的“历史”浮出历史地表，让那些久已湮没的历史档案发出声音，从而营构出各种“小写历史”（histories），使它们与其他“历史”进行对话和竞争；同时，它也是在解构那些通常被认为是必然的、连续发展的、唯一真实的“大写历史”（History），阻断大写历史的连续性之流，“把一个特定的时代从连续统一的历史过程中爆破出来，把一个特定的人的生平事迹从一个时代中爆破出来，把一件特定的事情从他的整个生平事迹中爆破出来”[3]。这种被“爆破”出来的东西可组成另一版本的“历史”，让人们意识到“历史”的相对性和可逆转性。蒙特洛斯强调：“在文学研究中，新历史文化批评的工程，就是分析具体文化话语实践，包括那些文化经典得以构成和重新构成的话语实践。通过这种话语手段，不同版本的真实和历史得到体验、扩展和再生产，而且通过这种话语手段，不同版本的真实和

---

① ［美］海登·怀特：《“描绘逝去时代的性质”：文学理论与历史写作》，见［美］拉尔夫·科恩主编，程锡麟等译：《文学理论的未来》，北京：中国社会科学出版社 1993 年版，第 46 页。

② ［法］罗兰·巴尔特著，李幼蒸译：《符号学原理》，北京：生活·读书·新知三联书店 1988 年版，第 59 页。

③ ［德］瓦尔特·本雅明著，陈永国、马海良编：《本雅明文选》，北京：中国社会科学出版社 1999 年版，第 414 页。

历史也可以得到征用、竞争和转换。”[1] 新历史主义的批评工程，并不是以某种客观中正的面目去呈现“唯一的”真实或历史，而是要揭示不同版本的历史或真实形成并被利用的过程，而这种揭示活动本身也参与到文化话语的流通之中。

自古以来，理论批评总是承诺其“超越价值”。新历史主义有关批评的承诺也不例外。但是，这种源源不断地构想而出的另一版本“历史”，能否满足人们的期待视野呢？很显然，这种理论无意于所谓终极真理，但它也不是没有追求“超越”，只是它采用不同的超越途径，即“横向超越”（horizontal transcendence）而非“纵向超越”（vertical transcendence）。后者指“西方传统的概念哲学所采用的由感性中的东西到理解中的东西的追问”，这是一种“本质主义的”追问方式，最终导致从表面的直接的感性存在超越到非时间性的永恒普遍概念中去。而“横向超越”是强调任何当前在场的东西都是同其背后未出场的天地万物融合为一、息息相通的，从前者超越到后者不是超越到抽象的概念王国，而是超越到同样现实的事物中去。[2] 这样的超越是“无底的”，因此它不追求终极的“历史”；这样的超越不求相同而求“相通”，不强调外在的认识而追求内在的体验，因此它强调与古人“对话”而“不舍己从人”或定于一尊地独白。在这里，批评对象、批评者自我、批评过程本身，这一切都是“历史化”、“事件化”和“地方化”，是处于时间之中的具体历史过程。[3]

总之，新历史主义的批评工程论，在当代批评理论背景上对文学批评在后工业社会中的社会文化功能和政治意识形态功能进行了深入的思考，对理解我国转型时期文学批评的功能具有重要的借鉴意义。当然，它将批评过分政治意识形态化的做法也是应该警惕的。

---

① Greenblatt, S. & Gunn, G. ed., *Redrawing the Boundaries*, New York: The Modern Language Association of America, 1992, p. 415.

② 张世英：《哲学导论》，北京：北京大学出版社 2002 年版，第 33 页。

③ 张进：《批评工程论——新历史主义的当代意义》，《文艺理论研究》2005 年第 1 期。

第二节　新历史主义的元批评取向

新历史主义文艺思潮在其批评实践中对批评自身作了深入反思，表现出鲜明的“元批评”倾向。

20 世纪以来现代哲学特别是现象学、存在主义、解释学以及分析哲学的兴起，颠覆了以往哲学的本质主义思维模式，后结构主义大师们的解构策略和非中心化文化观念也为传统文化观念的崩溃推波助澜。在这些哲学流派和思想的影响下，人文社会科学的研究“范式”（或如福柯所说的“知识型”）发生了巨大变化，学科反思成为 20 世纪后半期各种人文社会科学研究的普遍特征，以往研究对象本质的确定性、研究的必要性、研究者自身处境的合法性以及研究方法手段的合理性等毋庸置疑的事情都被推上了审判台，要求为自身的存在及其形式进行辩护。在这样的理论背景上，相继出现了各种以“元”命名的新理论，如元理论、元哲学、元历史、元美学、元伦理学、元语言学等。在西方，有德国学者汉斯·波塞尔《科学：什么是科学》、英国科学社会学家约翰·齐曼《元科学导论》、海登·怀特《元史学：十九世纪欧洲的历史想像》等。在我国，也出现了一些专著和文章研究讨论了元语言（如安华林《元语言理论的形成和元语言学的元语言观》、李子荣《元语言特性与修辞性元语言运作》等）、元理论（如李振伦《元理论和元哲学》等）、元美学（如曹俊峰《元美学导论》）等问题。

文学研究领域也受到这一转变的影响，由以往对对象本质的认识转向对自身存在合理性和合法性的追问，如美国学者拉尔夫·科恩在他所编选的《文学理论的未来》的序言中写道：“我在反复阅读为本选集所撰写的这些富有创见的论文时，感到自己正在目睹一个转变的过程。似乎原先作为模式建构、作为含义的假设、受到‘依据’及‘材料’支配并受到‘有效性’检验的理论概念，正转变成新的关于其本身的，关于依据、模式建构的含义以及有效性的概念。”① 在文艺学领域，受这种研究范式的渗透，出现了一些在元理论意义下研究文学理论、文学批评和文学史的专著和文章，如陈晋《文学的批评世界》、潘凯雄等《文学批评学》、董学文《文学理论学导论》、凌晨光《当代文学批评学》等专著，张荣翼《元批评话语与批评导向》、董学文和盖生《关于元文学学的学科定位问题》、吴炫《文学批评学何以成为可能》等论文，但还没有出现关于“元批评”的系统研究论著或论文。在西方，“元批评”概念也只是零散地出现在一些理论文章或著作中，如伊格尔顿《二十世纪西方文学理论》、杰里米·霍桑《当代文学理论词典》等，并未见到系统的论述。因此，对“元批评”概念进行系统考察和分析是必要的。

作为文学研究重要分支的文学批评，此时也放弃了对作品固有内涵的揭示，在对文本进行批评时超越了以往认识论式的机械论证，是致力于文本与批评家之间同生共息、相互建构的互动关系，自 19 世纪以来人们追求的文学批评学科的科学性在这种语境下有了新的内涵。在传统批评观念中，越能够揭示对象本质，批评的科学性就越强，但上述哲学思潮以及后结构主义思想在“语言论转向”的过程中消解了本质的存在，对于文学批评来说，真正的科学性也许并不在于完全还原作者的创作意图，或者揭示出文学作品的“真正”含义，而在于呈现出文学批评的真实状态。这种转型使得以往被忽视的对批评自身的反思和建构从背景走到了前台，“元批评”的兴起就是这一状况的体现。

“元批评”就是对批评的批评，是指批评对象的二阶关系，它的出现源于批评家们对文学批评科学性的追求。对批评自身的思考自古有之，在文学批评史上也时有精辟见解，但在本质主义思维方式一统天下的时代，这种批评主要集中在对批评内在要素的规范上，着眼于对批评对象的认识能力上，而缺乏对批评对象的构成性和对批评家身处语境的合法性的批判。在当代哲学和后结构主义思想的语境下，批评家们逐渐加强了对后者的研究。笔者认为，对于文学批评学科建设来说，这两方面是不可偏废的，既要坚持传统批评观念对批评内在机制的规范，又要揭示这些机制、

---

① ［美］拉尔夫·科恩主编，程锡麟等译：《文学理论的未来·序言》，北京：中国社会科学出版社 1993 年版，第 1 页。

原则、规范的形成及运作过程。因此，“元批评”对于文学批评的学科建设来说，应具有“元语言”取向、“元评论”取向和学科科学取向。

文学批评作为一个学科从来都不属于纯洁和自足的领域，它的批评方法、术语、规则、标准总是和哲学、政治、历史、伦理学甚至各门自然科学的思想和方法纠缠在一起的。因此，要对文学批评作一纯客观的描述是不可能的，我们只有在可能的范围内对文学批评进行一种分析哲学式的简化，尽量使文学批评的本来面貌呈现出来。分析哲学家罗素在其逻辑原子主义和摹状词理论背后，隐藏着一种先验的想法：我们关于世界的知识是可以归约的，庞大复杂的知识体系最终可以归结为不多的几个逻辑原子，即真正属于这一学科的实体“要素”。在一切学科中，这类可充当逻辑原子的“实体”、“要素”都由词语来表达。如果这类词语过多，则表明最基本的要素过多，这不仅是不必要的，还会造成混乱。因此，他追求一个学科的最低词汇量。[①] 参照这种思考方法，笔者对文学批评的构成要素和影响因素进行剥离，在复杂多变的要素中拣出两个“实体”因素——批评家和文学文本作为文学批评的最低限量词汇，而其他的所有问题都是围绕这两个因素展开。据此，笔者根据各种批评理论对二者关系的不同理解，区分出了四种不同的文学批评观念类型：形式论证型、共生构成型、自我表现型和否定反讽型，作为“元批评”的基本模式。

总之，在20世纪新的学术规范和研究范式的大环境中，文学批评超越了以往认识论批评的呆板面孔和单纯追求作品内涵的单一旨趣，揭开了以往批评家“中立”、“客观”的面纱，在本体论层面上展开全方位的自省，使得20世纪的批评理论都具有“元批评”的特征。本书对“元批评”概念的辨析和理解，对其哲学思想资源的探索、学科取向的分析以及基本批评观念的区分，都试图从本体论层面揭示文学批评的真实存在状态，试图

① 所谓最低词汇量，就是一个学科的理论要由许多语句写出来，必然要使用许多词汇，这些词汇有些是从其他学科借用来的，本质上不属于这一学科；有些虽不是借自其他学科，但可以归约或还原为更基本的词汇。还有一些词汇既非借自其他学科，又不可能由其他词语加以解释，不能进一步还原和规约，其意义只能求助于经验和直观。这些词汇是最基本的理论要素，整个理论大厦都要建立其上，这类词汇被罗素称为最低词汇量。参见曹俊峰：《元美学导论》，上海：上海人民出版社 2001 年版，第56～57页。

为文学批评的自身反思和建设提供帮助。

传统文学批评观念认为批评就是对对象的理解、阐释和评价，批评对象的确定性和批评主体的“合法性”是毋庸置疑的。然而，随着20世纪以来各种反本质主义哲学和后结构主义思潮的兴起，各学科开始对自身的存在进行反思，并通过给一个学科名称前加前缀“元”（“meta-”）来指称由此形成的新学科，如元科学、元哲学、元逻辑、元物理、元生物学、元史学、元美学、元伦理学、元语言学等。许多文学批评和文学理论研究者也试图用这种方法来建构一种“元批评”，并进行了有益的尝试，但均未对此问题进行专门的理论总结。

所谓“元”，出自希腊文“meta”，是“之后”、“后设”的意思，指研究对象的二阶关系，如科学的科学、方法的方法、言谈的言谈、语言的语言。作为元理论的哲学虽然以某一学科域为对象，但其原则、方法和结论却不限于它所研究的对象，而具有更大的普遍意义。比如，语言哲学在分析哲学中的地位相当于本体论和认识论在传统哲学中的地位，科学哲学在很多方面也取代了传统认识论的地位，存在哲学和生命哲学也是有本体论和认识论意义的普遍理论。但哲学的另外一些“元理论”并不具有普遍意义，是名副其实的“分支哲学”，如经济哲学、法哲学、教育哲学、体育哲学、女性哲学以及文学批评理论等。“元批评”显然属于后者，杰里米·霍桑在《当代文学理论词典》中这样定义“元批评”：“元批评（即批评的批评），换言之，批评理论将文学批评（或其他批评）作为其主题，试图分析和归纳各种批评实践，进而为批评实践建立普遍适用的原则。在其当代用语中，这个术语通常被文学理论所替代，尽管后者的含义可能要宽泛得多。”① 也就是说，“元批评”研究是要通过对大量批评实践的分析和概括，建立起一种普遍适用的批评原理。因此，所谓“元批评”也就是将文学批评自身作为主题进行理论研究，超越批评实践经验层面对文学批评作理论反思，形成一种关于文学批评的后设理论。这种理论应该既包括文学批评的性质、功能、程序、构成要素及运动规律等内涵，又涉及批评

---

① Jeremy Hawthorn, *A Glossary of Contemporary Literary Theory* (4th Edition), London: Arnold, 2000, p. 207.

赖以建立的各种思想理论基础和意识形态观念。①

“元批评”作为批评的一种后置形态，它是对批评实践及其理论发展的反思，是批评发展到一定历史阶段的产物。在两千多年的批评历史中，人们不断扩展和深化着对批评对象、批评主体以及批评活动自身的认识，并提出了各种关于批评活动或批评要素的见解。法国新古典主义时期的布瓦洛在《诗的艺术》中，阐明了理性对于文学创作和文学批评的重要性，同时概括地说明了诗歌创作和诗歌批评的一般规律。被誉为“英国文学批评之父”的屈雷顿，作为复辟时期英国新古典主义文学创作和文艺批评的代表人物，著有《论喜剧诗》、《论英雄剧》、《悲剧批评的基础》等多种批评论著，影响达百年之久。在他的批评里，我们可以见到后来赫尔德、丹纳的民族和历史标准的思想萌芽。蒲伯的《论批评》更是直接论述了批评原则和批评家，在这个著作中他开门见山地指出，批评上的谬误比起创作上的拙劣来，更是贻害无穷；糟糕的批评家比愚蠢的作家更是损己害人，因为它不仅不能培养反而败坏读者大众的情趣和品位。蒲伯要求批评家要和诗人一样，要明了并认可自己的局限，否则就只能是装腔作势、贻笑大方；他还要求诗人们成为批评家，而英国文学史上也确有这样的传统，从锡德尼、本·约翰逊、华兹华斯、柯勒律治、阿诺德和 T. S. 艾略特，也都身兼二任，他们既是诗人，又是批评家。

在这些批评家的论述和实践中，已经显示出某种对于文学批评的自觉和反思，20 世纪以来更是出现了一些专门以文学批评作为研究对象的专著。法国批评家蒂博代就意识到批评对于作品来说不应该是一位专制者，它要时刻保持对自身的怀疑和批判，“没有对批评的批评就没有批评”。他于 1922 年在老鸽鹏所作的讲演中，生动地阐发了对三种批评的划分：教授的批评、艺术家的批评和自发的批评。蒂博代通过对三种批评主体的评析表达了自己的批评观念：每一种批评都有其地位及方法，而任何一种都不能单独地作为一种理想批评。在这里，蒂博代并未就某一个作家或文本展开批评，而是就其所处时代发表了他对批评的见解。而在被韦勒克称为“批评的世纪”的 20 世纪里，“真正把文学批评当作一门独立的学科，对

① 范建刚、张进：《元批评的思维特征与学科取向》，《兰州大学学报》2007 年第 4 期。

其自身进行比较系统的探讨的，应该是从加拿大学者诺思罗普·弗莱的《批评的解剖》开始的”，它“试图从宏观的角度探索一下关于文学批评的范围、理论、原则和技巧等种种问题”①。弗莱反对把文学批评看成是文学的寄生品或其他理论的附庸，而是一种具有“从它所接触的艺术中独立出来的特性”的创造艺术。法国批评家茨维坦·托多洛夫也做了同样的努力，他在《批评的批评——教育小说》的前言中即声明“批评不是文学的外在附属物，而是文学必不可少的一面（因为，文学作品本身永远不能说出其全部真理）”②。他通过那些对其产生了重大影响的批评家的批评，试图考察20世纪的主要意识形态潮流及其在文学、批评上的反映，并试图找出一种“更有道理”的“意识形态立场”、“近乎正确”的“文学观和批评观”。

这些批评家已经超越了具体的批评实践，自觉地从学科性质、批评原则、批评方法、批评者的素质等角度，对文学批评自身展开了讨论，这些关于批评的批评文本，已经具有了“元批评”话语的属性。在20世纪各种反本质主义哲学和后结构主义思潮勃兴，学术范式转型的文化背景上，“元批评”逐渐兴起，并成为20世纪后半期文学批评的普遍特征。本书将在这些“元批评”话语实践的基础上，从“元批评”的思维特征及其思想背景、“元批评”的学科取向以及“元批评”的基本词汇及其基本模式等方面进行考察。

一、元批评的思维特征及其思想背景

“文学批评既是文学活动过程中产生的一种文学现象，又是文学活动的一个有机组成部分。从作为一种文学活动的组成部分来看，它属于接受范畴，主要是以文学作品为对象的理性评价活动；从作为一种文学现象来讲，它又超越了接受范畴，它对一切文学活动和文学现象甚至包括自身在

---

① ［加］诺思罗普·弗莱著，陈慧等译：《批评的解剖·译序》，天津：百花文艺出版社1998年版，第2页。

② ［法］茨维坦·托多洛夫著，王东亮、王晨阳译：《批评的批评——教育小说》，北京：生活·读书·新知三联书店2002年版，第1页。

内都要加以分析和评价。因此，文学批评是对以文学作品为中心兼及一切文学活动和文学现象的理性分析、评价和判断。"① 文学批评既存在于文学活动之中，又具有其独立性，它在对对象作理性分析和价值评价的同时，也在不断进行自我剖析，向批评的本我逼近。

从对具体文本或文学现象的批评到"元批评"，存在着思维对象和思维方式的双重转变。它面对的不再是一个个具体的文学文本或是特定的文学现象，而是以自文学出现以来就伴随其左右的每一次批评实践本身作为对象进行反思，对批评进行批评，发现其中普遍性的概念与法则，揭示制约文学批评的内在属性和外在因素。

这种思维对象的转变源于批评固有的"自反"属性。就"批评"这个概念的词源来看，质疑、拆解和反思本来就是文学批评话语的应有内涵，特别是"康德建构'批判哲学'，终于使'批评'或者'批判'成了启蒙之后哲学研究、文化研究以及文化体制的基本构成部分，而他赋予'反思判断'以高于'确定判断'的地位，则清楚地表明'反思'是批评的核心含义"②。文学批评家们在批评过程中也逐渐加深对批评的反思，如上述蒂博代、托多洛夫、弗莱、韦勒克等人，均有关于批评的专门论述。（如蒂博代《六说文学批评》、托多洛夫《批评的批评——教育小说》、弗莱《批评的解剖》、韦勒克《批评的概念》等）蒂博代就认为批评应首先从自身的反省做起，"批评保卫人类精神不受自动作用的影响，但是对人类精神最好的帮助也许应该从批评自身对它自己的自动防御开始，从它对进行中所必然遇到的滑坡的防御开始"③。

批评对自身的反思使之突破了以往主客体二元对立的思维模式，对笛卡尔以来对主体理性的坚定信念产生了怀疑，认识到了二者之间关系的复杂性，反观自身构成机制的合理性和批评语境的合法性。在主客体二元对立的思维模式中，客体的意义是完整的、稳定的、客观的，而主体则是具有绝对认识能力的。客体是事实上的中心，主体的认识只能符合对象的本

① 童庆炳：《文学理论教程》（修订版），北京：高等教育出版社 1998 年版，第 309 页。

② 胡继华：《自反、自觉与自赎》，《文艺理论研究》2005 年第 1 期。

③ ［法］蒂博代著，赵坚译：《六说文学批评》，北京：生活·读书·新知三联书店 2002 年版，第 150 页。

来性质。尽管各种批评方法在处理二者的关系时各有千秋，有的侧重于考证作者的生平思想或作品产生的历史背景，有的注重对作品作精细的词句解析，有的致力于挖掘作者的无意识或创伤性记忆，但大都把批评对象看作是存在于现实中的一个具有完整意义、可供批评家判断和评价的客体。在批评当中，批评家总是试图给人造成一种揭示文本客观的、内在的、本质内涵的假象，而其批评话语也表现出中性化、自然化的倾向，发掘存在于作品中的固有本质或作者的创作意图仿佛成了不言而喻的事情。这自然是批评家想要达到的目的，但只要跳出批评家设置的圈套，突破这种本质主义的思维方式，我们就会发现批评背后所隐藏的操作系统和观念体系。

现代哲学特别是现象学、存在主义、解释学和分析哲学的兴起，颠覆了以往的本质主义思维模式，而后结构主义大师们的解构策略和非中心化的文化观念为传统批评观念的衰微、“元批评”的兴起提供了思维方式上的基础。传统批评中那些被认为天经地义的“本质”、“意义”、“价值”在这些语境下都变得疑窦丛生，在任何一个批评中，为自身的合理性和合法性进行辩护成了批评的必需。

胡塞尔的现象学首先向那种认为客体独立存在于客观世界，与主体相对立的哲学观念发难，他认为现象即意识，主张我们对世界的认识要“回到事物本身”。以他为首的现象学派（主要有梅洛—庞蒂、英伽登以及日内瓦学派）注重主体的“本质直观”和对现象的把握能力，尤其是“事物的显现方式”，关注事物现象和价值是“怎样显现”的以及通过什么“向我显现”的。这种“现象学追问”已经成为20世纪以来人文科学的根本方法和文艺理论批评的重要原则，“现象学提供给人文社会科学和文艺理论批评的一个重要维度，是它的方法论”，它为我们的文艺理论和批评研究从传统模式转向现代模式作出了开拓性的贡献。

虽然胡塞尔认识到主客对立的缺陷，但他把现象归结到先验的主体自身，以主体的“意向性”取代了对象的存在。海德格尔则认为现象即存在，它不是主客二分意义上的存在，而是不分主客意义上的所谓“此在”，即“我的存在”或“人的存在”。他认为，世界的本体既非物质也非意识，此在即本体，传统的形而上学混淆了存在者（Das Seinde）和存在（Sein），它们只追问存在者而遗忘了存在，是“无根的本体论”。他认为，以往的形而上学思维的特色，在于以表象的思维方式把握存在者的“存在”，这就在近代形成了主体性原则，即把思维的主体当作存在者的根据，笛卡尔的“我思故我在”即为其开端。这种主体性原则的确立，造成了主体与客体的对立以及人与世界的疏离。由于主体性原则把一切事物都当作对象来把握和占有，最终就形成了西方社会的物欲横流和人性丧失的境况。海德格尔的哲学反对形而上学，就是要反对主体性原则，他拒绝了胡塞尔的先验主体，而是从思考人的存在的不可还原的“给定性”出发，认为“世界不是一个‘在那里’有待分析的对象，一个与沉思的主体相对的对象：我们根本不可能走出它，站到它的对面”①。“理解首先不是一种可以孤立起来的‘认识’，即不是我所做的一种特殊行为，而是人的存在结构本身的组成部分。”② 海德格尔的这种观点纠正了“将存在视为某种客观实体，并使之与主体一刀两断”的西方传统形而上学的错误，指明了我们理解和解释活动的处身性，引领我们走出了以往发掘对象本质的批评目的的迷误。

吸收了现象学诸多精神营养的新解释学，也对当代文艺研究方法论模式具有重大的拓展作用。进入近现代以来，人们逐渐对追求确定性、拒斥不确定性的传统文艺研究观念失去信任，再也不去凭借丰富的知识和烦琐的考证去发掘作品的“本意”，而是“将理解看作人的自身的存在方式，并认为理解已经是解释。可以说，解释学美学的兴起，正是这种由作品的价值判断，向作品的意义理解和解释过渡的明朗化和本质外化”③。伽达默尔继承了海德格尔哲学对“此在”历史性的重视，认为历史性是人类生存的基本事实，认识的主体和对象都处于历史的包蕴之中，因而具有无法消除的历史局限性，基于这种认识，伽达默尔提出了“理解的历史性”、“视界融合”和“效果历史”等原则，为文学的理解解释活动提出了哲学依据的新维度。

分析哲学家罗素从莱布尼兹哲学中看到传统逻辑的哲学基础是“内在

---

① ［英］特雷·伊格尔顿著，伍晓明译：《二十世纪西方文学理论》，西安：陕西师范大学出版社 1987 年版，第 78 页。

② ［英］特雷·伊格尔顿著，伍晓明译：《二十世纪西方文学理论》，西安：陕西师范大学出版社 1987 年版，第 80 页。

③ 王岳川：《现象学与解释学文论·导言》，济南：山东教育出版社 1999 年版，第 4 页。

关系”说，即认为关系是内在于、附属于事物的性质，而新兴的逻辑则需要“外在关系”说，即把关系看作是外在于事物的独立存在，就像纽带一样在事物之间起连接作用，将人们分析问题的重心从对象的内在本质移向外部关涉。后期维特根斯坦则提出了“意义即用法”的著名观点，强调语境对意义生成的决定作用，这可以和他后期语言观另一支柱的“生活形式”概念对照理解。所谓“生活形式”，莫若说是意义生成的总的语境，换句话说，理解一个词，即是能够按照通常生活实践去运用该词。以往“哲学的困顿，则在于牵强附会，将当中充其量只有种家族相似关系的一些语言习惯和另一些语言习惯烂作类比”。这样，传统再现论语言模式就被打破。“意义的一切解释只要是本身能够成立，即为合法，而无须仰仗某一个人，无论是作者还是读者的权威解释。任何人、任何机制，都永无可能一劳永逸地界定意义。”文学语言由于其隐喻性和转喻性特征，其内涵和意义理解起来比日常语言更加缺乏确指性，发掘文学作品固有的本质内容实际上便成了一种不可能完成的任务。

后结构主义者们和以上现象学、解释学及分析哲学家在思想上存在许多相通之处。德里达从语言学出发对结构主义和索绪尔语言理论提出质疑，反对传统的“逻各斯中心主义”（包括“理性中心主义”和“语音中心主义”），认为它总是假定事物背后存在一种终极的形而上的本体，认定语言与思维是同一的，在诉诸语言之前即存在一个明确的意义或中心，这种假定便在文字、言语与意义之间设定了一种等级关系，认为“在场”高于“不在场”。作为解构主义的主将，德里达打破了这种本质意义、同一性和等级观念，认为“能指”和“所指”的意义均存在于差异中，并无等级高下之分，语言不过是“差异与延缓”的游戏，是无限开放的意指链，由此它把“存在物”不再引向“存在”中心，而是朝向“不在场”的边缘地带。

米歇尔·福柯从另一个角度把语言看成了“话语”（discourse），并且指出了话语中权力的微观性、压抑性和生产性。福柯认为索绪尔语言与言语的二元论忽视了语言形成过程中的“话语”要素，文本并非意义的中心，其作用是赋予多种复杂的意义以活动，使意义得以表现和存在。“话语”才使意义得以产生，而话语却受政治经济、意识形态及文化控制，即它们控制着“话语”的表述内容和表述方式，控制着整个意指过程。福柯认为："在任何社会中，话语的生产是被一些程序所控制、筛选、组织和分配的，它们的作用是转移其权力和危险，应对偶然事件，避开其臃肿麻烦的物质性。"为此社会使用四种策略来控制话语：第一种策略是排斥。言语禁忌，对疯癫话语的排斥，以"求真意志"、"求知意志"形成制度构建话语，排斥其他话语。第二种策略是对话语的解释进行控制。第三种策略是对话语使用者施加限制。第四种策略是以社会推行话语，教育是这种策略的代表，任何教育都是集知识与权力于一身来维护和修改社会对话语的支配。[①] 因此，对话语分析就有别于单纯的意义阐释或提取，而是一种受多种要素制约的权力运作过程。在《疯癫与文明》中，福柯揭示了"话语"与"权力"的关系，认为有"话语"的地方就有"权力"，而"权力"是社会文化构架的一种策略，真理的产生来源于这种社会文化构架的策略。因此，文学批评作为一种话语活动，其目的就是要把文本还原到其所由产生的社会文化过程中去，揭示其"权力"运作关系。

在对待文本意义的阐释上，克里斯蒂娃则引进了历史主体概念，认为"一味追求文本的系统性，导致无力处理除说话之外的任何其他层次交际活动，文本应具有社会性的容量。文本的意义产生也不仅仅归于语言与读者相遇之中，另外还有作者、意识形态传统、科学传统等历史主体的参与"[②]。她把文本看作一种意指实践，文本的意义只有当能指同种种"超语言"实践相遇时才能充实，因而文本的意义实际取决于与其他文本的关联性，即"互文本性"。文本阐释的目的就是要寻找"把文本与文本联系起来，把复杂社会关联域中主体编织进文本之中的幕后操纵者"，在她看来，这个"幕后操纵者"就是欲望和历史。除此之外，拉康、巴尔特等后结构主义者对主体的深刻分析也对批评的自我反思提供了重要的思想资源。

现象学、存在主义、解释学以及分析哲学等现代哲学家们虽然研究的视角和方法各异，但共同的旨趣在于打破本质主义的哲学传统，消解了主客体二元对立的分裂状态。他们都以语言与意义的关系以及意义形成的复杂性和不确定性为研究重点，关注到语言的不透明性和行为主体自我反思的必要性，这些都为我们重新思考文学批评问题提供了必要的哲学基础。

---

① 马新国：《西方文论史》，北京：高等教育出版社1985年版，第479页。
② 王治河：《后现代主义辞典》，北京：中央编译出版社2004年版，第215页。

后结构主义者们除了在思想理论上提出上述观点外，还更多地参与了各种批评实践活动，与诸多批评理论流派存在着暧昧关系，德里达与解释学、克里斯蒂娃与女权主义、福柯与新历史主义、拉康与精神分析学的联系，使他们的理论在各个流派里进行着具体实践。在他们充满差异的理论观点中，也存在着对传统的本质主义思维进行全面否定，在批评观念上则体现为对以往的不论以文本为中心还是以作家为中心的批评观的质疑。他们把视角移向那些产生意义时“不在场”的观念规则、“话语”与“权力”关系、“历史主体”、意识形态等语境构成因素，通过揭示它们来矫正传统批评“回避对自身的存在依据、内在原则和基本方法的反思；缺乏对批评对象的构成性的反省；缺乏对批评家处身语境合法性的批判；缺乏对作为批评结论的知识的有限性的质询的‘批评之罔’”。这些批评理论事实上从认识论、方法论层面构成了对文学批评的后设研究，揭示出那些制约批评活动的内在规则和外在因素，为文学批评对自身的深入反思提供了思想武器。随着20世纪以来各种元理论的兴起，在文学领域也就有了对批评进行后设研究的必要和可能。

二、元批评的学科取向

文学批评作为一种意义生产活动，必然存在使其产生意义的规则和系统，“元批评”话语旨在揭示这种文学批评运作之前的潜在规则和制约因素，这既有来源于批评自身的内在要求，又有文学研究之外的思想观念的影响。韦勒克把文学研究分为内部研究和外部研究，这种视角给我们研究文学批评提供了一种方法上的启示，虽然制约批评实践的因素是复杂多样的，我们也可将其分为内部的和外部两类。同时，从这两方面对批评进行研究也有助于批评学科自身的发展。从批评的内部研究来看，“元批评”话语呈现出“元语言”取向；从批评的外部研究来看，“元批评”话语呈现出“元评论”取向；从二者的共同趋向来看，“元批评”话语呈现出学科科学取向。

（一）“元语言”取向

所谓“元语言”取向，指“元批评”应该为批评实践提供术语、规则、方法等内在方面的支持。格雷马斯相信，人类世界从本质上说就是意义的世界，“一个没有意义的世界，决不会被称为‘人’的世界”。因此，意义问题是人文科学研究的核心问题。而在希望明确界定意义问题的人文学科中，“似乎只有语言学的位置得天独厚：它更完善，更形式化，可以给其他学科提供经验和方法”①。由于科学在人类文明史上的强大推动力和统治力，使人文学科也有着强烈的科学化欲求，尤其是近代以来，这种倾向大有愈演愈烈之势。赫耶姆斯列夫的“语言元学”（glossematics）“为一切旨在科学化的人文学科提供了一个理论框架。‘按说这样一个命题基本上是可以成立的——任何过程都有一个与之相应的系统，按照这个系统，人们可以用有限的逻辑前提对其中的过程进行分析和描述’”②。尽管哲学界和语言学界对“元语言”的理解还不尽一致，在对元语言和对象语言的界定上还存在分歧，但大都同意把“元语言”看作是用以分析和描述对象语言的语言，如刘福长认为：“用以描述或揭示语言本身的语言叫作‘元语言’。”陈新良认为：“元语言指用以分析和描述对象语言的语言，不是一般日常生活中运用的语言，它是高一层的语言。”克里斯特尔认为：“‘元语言’……指用来对目标语（object language）进行描述、评论和观察的语言……”这种语言学观念为其他领域提供了一种研究模式，也在语言学和其他人文社会科学之间架起了一座桥梁，我们可以将这种“元语言”与对象语言之间关系与“元批评”与对象批评之间的关系对照发明。在我们的“元批评”研究中，可以看出明显的“元语言”取向。

罗素在其逻辑原子主义和摹状词理论背后，隐藏着一种先验的想法：我们关于世界的知识是可以归约的，庞大复杂的知识体系最终可以归结为不多的几个逻辑原子，即真正属于这一学科的实体“要素”。在一切学科中，这类可充当逻辑原子的“实体”、“要素”都由词语来表达。如果这类词语过多，则表明最基本的要素过多，这不仅是不必要的，还会造成混乱，因此，他追求一个学科的最低词汇量。从功能上来看，元语言作为一种基源性的理论要素，主要任务是归纳总结某一学科的最低限量词汇，为本学科其他的术语体系提供说明和解释，反过来也为建立于其上的规则体

---

① ［法］A. J. 格雷马斯著，吴泓缈译：《结构语义学》，北京：生活·读书·新知三联书店 1999 年版，第 1 页。

② ［美］乔纳森·卡勒著，盛宁译：《结构主义诗学》，北京：中国社会科学出版社 1991 年版，第 28 页。

系提供一种合理性的基础。“元语言”的这些功能和“元批评”话语的作用存在某种相似性。就“元批评”而言，它的元语言是指分析和描述文学批评的语言，我们可以将文学话语、批评话语和元批评话语看成是互有联系而又不同的三种“语言”（language），那么，“元批评”的任务之一就是对批评的各个要素进行界定和讨论，“它的作用主要不是作出解释性或评价性的陈述，而是追溯和考察这类陈述的逻辑，分析我们作出这些陈述时所从事的工作以及所应用的密码和模式”。

从最宽泛的角度来说，所有对批评的言说都可以称为“元批评”话语，都在为寻求批评最本源的质素努力，比如对批评性质的界定、批评功能的分析、批评家修养的评论、批评方法的探讨或对某些批评术语的争论，尤其是那些自成体系的批评理论，它们为具体的批评实践提供了分析或评价的操作方法和话语资源，讨论的对象也是具体的批评实践。从这个意义上看，这些批评理论就是文学批评的“元语言”，即一种关于批评的语言，它们追求的是一种“元语言”取向，正如伊格尔顿在解释批评话语与文学话语的关系时所言：“（对于结构主义来说）批评是一种‘元语言’（metalanguage）——一种关于另一种语言的语言——它达到一个可以仔细观察和公正研究自己对象的高度。”①

我们在这里把“元批评”话语的“元语言”取向主要限定在批评自身构成要素方面，是基于以上我们关于批评内部研究和外部研究的约定，即把其“元语言”取向看作是文学批评内部研究的一种趋向。当然，“元批评”研究可以从不同的角度展开，它作为批评话语的“元语言”只是一种相对的取向而并非终极的，“正如巴尔特在《方法体系》中所承认的那样，不可能有终极的元语言：另一个批评家可以跟在你后面把你的批评作为它的研究对象，这样的反推过程是无穷无尽的”②。

（二）“元评论”取向

如果说“元批评”的“元语言”取向为批评提供了方法、术语体系等内在要素的话，“元评论”取向则旨在为批评的合法性和外部关涉进行辩

① ［英］特雷·伊格尔顿著，伍晓明译：《二十世纪西方文学理论》，西安：陕西师范大学出版社 1987 年版，第 171 页。

② ［英］特雷·伊格尔顿著，伍晓明译：《二十世纪西方文学理论》，西安：陕西师范大学出版社 1987 年版，第 171 页。

护。美国学者詹姆逊在《马克思主义与形式》中曾强调辩证思维是“思维的思维”，是“思维的二次乘方”；一种辩证的文学理论不仅要对文学作品本身的内容与形式的关系作总体的和历史的思考，而且还要对用来解释文学作品的范畴和方法作总体的和历史的思考。这一观点在同年（1971）发表的著名论文《元评论》中被进一步理论化。在这篇论文中，他提出了一个重要的概念“元评论”（meta-commentary），并在此概念基础上发展出一套后现代主义文化批评理论。詹姆逊认为：“关于解释的任何真正有意义的讨论的出发点，绝不是解释的性质，而是最初对解释的需要。换句话说，最初需要解释的，不是我们如何正确地解释一部作品，而是为什么我们必须这样做。一切关于解释的思考，必须深入阐释环境的陌生性和非自然性。用另一种方式说，每一个单独的解释必须包括对它自身存在的某种解释，必须表明它自己的证据并证明自己合乎道理：每一个评论必须同时也是一种评论之评论。”对文学批评来说，应该将探索的触角进一步伸向意义背后的理解活动，应该对人们不曾清醒地意识到，却又实际存在着的约定俗成的理解程式给予理论的说明。他“论述了文学阐释的一个重要性质——自释性：要使对文学阐释的讨论真正有成果，首先要关注阐释的必要性。文学批评中首先需要解释的不是如何去评析某个文学文本，而是为什么要以某种形式去评析它”①。

这种“元评论”的核心在于它假设每一种理论都并非是完整严密和客观的，它们总还有自身的意识形态目的和理论缺陷，其目的就是要揭示这种目的与缺陷。作为一位当代西方马克思主义批评家，詹姆逊注重历史、政治因素对批评的影响，他的“元评论”就是要返回到批评的“历史环境”中去，即回到作品和批评家的历史环境，揭示出其中隐藏的目的和缺陷。“批评的过程与其说是对文本的内容的阐释，倒不如说是对内容的显示，是将被各种无意识压制力所扭曲的原初信息和原初经验重新揭示出来，恢复其本来面目。这种显示所要解释的是内容为什么会受到这样的扭曲，因而不能把对这一问题的回答与对无意识压制力机制的描述分割开

① 朱刚：《评詹姆逊的“元评论”理论》，《当代外国文学》1997 年第 1 期。

来。”[①] 詹姆逊通过对理论和批评的自释性的阐释，揭示出每一种阐释理论所暗含的关于自身的理论，即潜在制约因素，他把对文本价值的判断和问题答案的追寻，转化为对问题本身及其形成过程的思考，“旨在揭示问题本身包含的意识形态虚幻性”。

“意识形态的功能之一就是使社会现实‘自然化’，让它看来像自然本身一样单纯和永恒。意识形态力图把文化转变为自然，‘自然的’符号则是它的武器之一。”[②] 传统文学批评中性化、客观化的外表下，其实隐藏着复杂的意识形态内容。另一位西方马克思主义者、法国文论家路易·阿尔都塞揭示了意识形态的这种下意识结构。“从字面上看，‘意识形态’（ideology）是关于观念的学说，但实际上，它是一切观念的基础，它在意识不到的低层默默地决定着观念的性质和作用（在此意义上，它是名副其实的‘意底牢结’）。”[③] 他提出了“意识形态国家机器”的概念，把各种文教传媒机构、制度礼俗、道德风尚等都纳入其中，并充分肯定了“意识形态国家机器”对人的决定作用，认为它们塑造和建构着每一个人的心理结构。文学批评显然也处于意识形态国家机器的运转当中，批评家在进行批评操作之前已经是一个被特定意识形态生产出来的“主体”。要正确理解一种文学批评，就首先要揭示出批评主体是如何被生产出来的这一特定的“元评论”。

其实，对文学批评的这种研究倾向在传统马克思主义文学批评及各种社会学批评、意识形态批评中是普遍存在的。马克思主义文学批评就特别强调意识形态属性，认为“文学批评是一种与一定社会意识形态深刻联系的批评话语，它运用这种话语来判断文学作品的意识形态价值，从而决定其相应的态度。这种话语的运用，除以一定的文学理论为依据外，还总是与政治、道德、法律、宗教等意识形态密切相关。一般来说，文学批评虽然着手于文学作品的解析，但却必须着眼于它的意识形态归属，以求确立某种批评者所尊奉和维护的那种意识形态的主导性或权威性”。马克思主

---

① ［英］特雷·伊格尔顿著，伍晓明译：《二十世纪西方文学理论》，西安：陕西师范大学出版社 1987 年版，第 169 页。

② 转引自邱运华：《文学批评方法与案例》，北京：北京大学出版社 2005 年版，第 67 页。

③ 赵敦华：《现代西方哲学新编》，北京：北京大学出版社 2001 年版，第 244 页。

义文学批评以美学的历史的观点作为批评的最高标准，并且提出了思想标准和艺术标准的具体操作方法，足见其对文学批评意识形态属性的充分自觉。

詹姆逊作为当代西方马克思主义的代表人物之一，继承了马克思主义批评家从社会历史方面提出批评原则和标准的传统，但他站在一个新的理论高度来研究文学批评，深入其内部考察它所包含的各种关系，揭示了各种意识形态要素对文学批评所产生的隐蔽而又具有决定作用的影响；阿尔都塞对意识形态下意识结构的研究和“意识形态国家机器”概念的提出，也表明文学批评的这种意识形态取向。这些文论家或学派都是通过揭示批评背后隐蔽的社会、历史、政治、宗教等制约因素来使某一批评实践的目的、缺陷以及运作过程明朗化，揭开了传统批评观念中批评主体的客观性面纱，将其所自出的意识形态背景、批评动机、批评目的等公布于众，从而体现出“元批评”话语的“元评论”取向。

（三）学科科学取向

对文学批评的学科属性，历来有不同的看法。有人认为它是一种艺术创造，有人认为它是一种科学活动，还有人认为它是一种兼具文学性与科学性的活动。就文学批评本身来说，依旧把它看作是一种具有文学性的科学活动更加合理，特别是进入20世纪以来的各种批评流派，对方法论的探索比重明显增加，呈现出批评家自觉的批评意识与科学方法或学术思潮相结合的状态。这种状况显示了文学批评寻求秩序和建立系统的愿望，也使批评变得更加科学化。弗莱在他那“论辩式的前言”中提到：“可能也正是批评中的科学因素一方面将批评同文学寄生状态相区别，另一方面又同外在强加的批评态度相区别。在任何学科中科学的存在都会改变其性质，从偶然的变为必然的，从任意的和直觉的变为系统的，并保证那个学科的完整性不受到外部的侵犯。”① 文学批评正是在其科学性的追求中取得了自身的独立性，并时时反观自身。“把文学批评作为独立的研究对象表示着一种理论诉求：试图发现和描述出它作为一门真正的学科而具有的特殊领

---

① ［加］诺思罗普·弗莱著，陈慧等译：《批评的解剖·前言》，天津：百花文艺出版社1998年版，第8页。

域，使之不再被看作处于附属地位的工具性附属品。"[①] 这样，对文学批评学科规范的寻求与建立就是"元批评"的题中应有之意。"元批评"话语正是通过对文学批评的性质、功能、主体、对象等方面的考察，从一系列具体批评中抽象出一套批评自身的概念、术语、范畴和陈述逻辑，从而为具体批评实践提供一种科学性的导向。

阿尔都塞在"重读马克思"的过程中，提出了从意识形态到科学的"认识论的跳跃"。他区别了三种普遍性的理论。"意识形态是普遍性Ⅰ，按照某种利益和主观主义去解释和概括特殊的、个别的现象，普遍性Ⅰ是片面的，但不是错误的或幻觉。相反，人们真诚地相信自己立场的客观性。普遍性Ⅱ是关于方法论的理论。从普遍性Ⅰ到Ⅱ的转变是批判性的反思结果。人们开始追问普遍性的方法论依据，自觉地排除人们在观察方向、角度、兴趣和思维方式等方面的主观因素，但不改变观察材料和事实本身。普遍性Ⅲ是科学，是对个人之外的整体结构的客观把握。科学并不需要对自身基础和标准进行论证，从普遍性Ⅱ到Ⅲ的突破的过程就已经建立了科学的正当性。"[②] 阿尔都塞从结构主义角度发展了马克思主义，把批评对象看成是一个稳定的结构。按照他的思考方法，从文学批评到"元批评"，就是从运用各种具体批评方法进行的批评实践出发，去寻求批评方法背后的稳定结构要素，这实际上是从普遍性Ⅱ到Ⅲ的过渡，并在这个过程中实现文学批评的科学性诉求。虽然后结构主义者否定结构的稳定性、整体性的可能，但他们在解构之后的意义涣散和盲无目的并不能否定人们对于学科建设的信心。

另一方面，文学批评总是在某种潜在规则的支配下，对文学文本、文学现象进行意义阐释和价值评判；同时，批评对象也在批评之中对其所依赖的思想理论基础和分析方法模式提出要求。詹姆逊认为："索绪尔关于'系统'的观念暗示了在这个新的、无形的、非物质的世界中，内容就是形式；你只能看到你的模式允许你看到的东西；方法论上的出发点不只是简单地指出了研究对象，而实际上是创造了对象。"美国学者乔纳森·卡

---

① 赵慧平：《关于文学批评研究的起点和途径》，《沈阳师范大学学报》2004 年第 4 期。

② 赵敦华：《现代西方哲学新编》，北京：北京大学出版社 2001 年版，第 244 页。

勒也认为："如果人的行为或产物有某种意义，那么其中必有一套使这一意义成为可能的区别特征和程式的系统。以婚姻仪式或足球比赛为例，对于在它的文化形态中不存在这些东西的观察者来说，他能对这些行为作一番客观的描述，然而他却不能把握其中的意义，因此也就不能将他们当作社会现象或文化现象来对待。这些行为只能在与一套约定俗成的习俗联系时才能具有意义。你可以把球踢进任何两根立竿之间，但你只有置于某种规则系统之中才能得分。"卡勒的意思是，文学作品要在批评中产生意义，必须建立在特定的批评规则、观念和语境之中，批评必须对此予以揭示。

詹姆逊和卡勒都非常重视形式对内容的生成作用，这种对批评规则、观念和语境的探讨，实际上正是"元批评"话语的范畴。任何一种文学批评，都有其存在的思想理论基础，也有其具体的操作方法和批评模式。精神分析批评奠基于弗洛伊德关于人的心理结构和人格结构理论之上，结构主义以索绪尔语言学作为其理论资源，原型批评建立在荣格的精神分析和弗雷泽的人类学理论基础之上，读者接受理论则以现象学、存在主义和解释学作为哲学出发点。这些批评模式之间的区别特征和程式系统是由批评的内部机制和外部社会文化系统共同决定的。

因此，批评是一个开放的意义生产活动，我们所说的批评本体，其内部机制相对稳定，而外部机制则是不断变化的、动态的，批评方法（批评理论）可以看作是这两者的联结点。任何一种批评理论都各自创制了一套术语体系和批评原则，同时又都具有其或隐或显的理论目的与缺陷，所以，批评的科学性应该是一种有限的科学性。对这些理论背景的研究有助于对特定文学批评方法和模式的理解和运用，也有助于在实际批评中文本意义的确定。文学批评不止一种模式，我们站在进行具体批评之前预定的思想文化和哲学背景上，就会发现各种批评所赖以成立的基石，这无疑有助于对批评学科自身的思考和建设。

三、元批评的基本模式

"你确定为'文学'作品的东西总是与你认为是'适当'的批评技术的东西密切相关：一部文学作品多少意味着一件可能被这类研究方法有效

地阐明的事物。”[①] 批评家总是要将其批评实践付诸于特定的批评文本，来揭示文学作品的主旨或内涵，评判作品的价值和意义。然而，相信文学作品本身具有客观意义是一回事，而对它们予以揭示，以一种特定的批评话语方式呈现出来是另外一回事。自然科学与人文科学、社会科学对理解和解释有着明显的区别：“自然科学通过把现象归纳为一般规律来解释现象，而社会科学对现象的‘理解’则是根据对研究对象的某种经验得到的。这种区别关系到自然科学中的解释概念和人文科学及社会科学中的理解概念……这类情况的一般事例表明，对一个人的行为的理解是对产生这个行为和完成这个行为的各种因素（原因、动机、信念、意图）进行富有想象力的‘重建’获得的。”[②] “这种解释观（索迪对狄尔泰关于自然科学中的解释与人文科学和社会科学中的理解二者的解释）要求我们把解释主张看作（至少部分看作）是这些主张提出者的陈述，而不是对于事件的某些独立状态或其他人的精神状态的陈述。索迪认为，适当的解释‘试图在再现构思的过程中有力地重建与特殊证据无关的各种事实之间的固定联系’，按照这种主张，以成功地再现构思过程的体现为基础的解释就不是对于作者的思想、经历、意图等方面的陈述，而是对于批评家自己‘在再现构思的过程中得到的个人经验或理解的陈述’。”[③] 因此，各种文学批评方法都不可能像自然科学那样客观地揭示对象的“本质”内涵，批评家总是在特定批评观念的基础上预构批评家与批评对象之间的“真实”关系，我们在批评家们的努力背后，能够分辨出某种支配其操作过程的批评观念类型，来证明特定文学批评过程的合理性。批评家对文学文本的批评都是在类似于规律—演绎式的论证形式中得以解释。这种论证解释表现为一种三段论式的形式：以批评家所秉持的批评理论（观念）为大前提，以这种批评理论使用于其中的批评对象作为小前提，以具体批评对象在此种理论下必然出现的结果为结论。这样，批评文本都是某种批评理论在规律—演绎式的

---

① ［英］特雷·伊格尔顿著，伍晓明译：《二十世纪西方文学理论》，西安：陕西师范大学出版社 1987 年版，第 100 页。

② ［美］P. D. 却尔著，吴启之、顾洁洪译：《解释：文学批评的哲学》，北京：文化艺术出版社 1991 年版，第 204 ~ 205 页。

③ ［美］P. D. 却尔著，吴启之、顾洁洪译：《解释：文学批评的哲学》，北京：文化艺术出版社 1991 年版，第 204 ~ 205 页。

论证过程中获得解释，并与特定的批评观念类型及文学观念存在某种对应关系。

虽然各个时期和不同流派的批评家对于依据怎样的方式（因果律）才能准确地揭示出文本的真正含义存在着巨大分歧，并且提出了多样的文学批评模式（意义产生机制，说明作品中有什么），但从未能像他们在自然科学界的同行一样取得统一的意见。这种局面的出现，也充分体现出人文学科和自然学科之间根本的差异。尽管如此，我们还是能够在对繁多的批评模式、方法的条分缕析中，得出一种文学批评的基本观念。

文学批评作为对文学作品的分析、阐释和评价，总是存在着批评家—文学文本这样一种二元关系。但是，这里的二元关系并不是以往所认为的那样以文学文本、作家或批评家某一端为中心，而是一种相互建构的融合关系。我们并不预先假定哪一元是批评活动的中心，这种关系犹如一只天平，或是倒向某一端，或是维持一种相对平衡。换句话说，在不同的批评理论中，总是会以作品或批评家为中心，或强调二者形成的一种共生关系。根据批评家和文学文本之间可能出现的关系，我们可以区分出四种基本的文学批评观念类型：形式论证型、共生构成型、自我表现型和否定反讽型。

（一）形式论证型

形式论证型批评观念认为文学作品存在客观确定的内涵和价值，或存在某种外在力量决定着作品的内涵，批评的任务就是发掘这种内涵，揭示出这种决定性的力量，通过特定的批评理论和操作方式证明这种内涵的产生过程是合情合理的。虽然对作品的内涵由什么来决定，如何才能揭示出这种内涵的问题聚讼纷纭，莫衷一是，但这类批评对对象意义的客观性深信不疑，同时对批评家的解释能力具有高度自信。实证主义批评、神话—原型批评、精神分析批评及结构主义批评等都具有此类特征，认为批评家可以和作品固有内涵取得一致。

法国19世纪的实证主义批评家在文学和环境、时代等外在因素之间建立起一种机械决定的关系，主张文学批评的任务在于发掘和研究有关文学家、文学史的种种确定的事实。丹纳认为一切事物的产生、发展、演变、消灭都是有规律的，他主张以求真求实的科学态度来研究艺术，通过剖析具体的事实，揭示文学的发展过程。丹纳提出了决定文学的“三要素”，即种族、环境和时代。在这三个要素和文学之间机械地建立了一种绝对的决定关系，具有决定论倾向。比如，从种族与文艺的关系来看，他认为希腊这个种族，由于性格开朗、活泼、愉快，所以荷马与柏拉图的诗篇就具有恬静和喜悦的风格；由于希腊民族具有感觉的精细、善于捕捉微妙的关系、长于分辨细微的差别，这使得他们的艺术家能把形体、色彩等元素的内在的联系结合得非常完善，使整体成为一个活的东西；希腊人对现世生活的爱好与重视，对于人的力量的深刻体会以及力求恬静和愉快的性格，决定了他们的艺术家很少描写肉体的残废与精神的病态，而专门表现心灵的健康与肉体的完美。总之，希腊的民族性格决定了希腊艺术的某些特征，也构成了希腊文艺发展的原始动力。从环境与文艺的关系来看，他认为住在寒冷潮湿地带的民族，就会被忧郁或过激的感觉所缠绕，所以他们的性格倾向于狂醉和贪食，喜欢战斗流血的生活；而生活在可爱的风景区的民族，站在光明愉快的海岸上，向往于航海或商业，他们一开始就倾向于社会的事物，并发展其雄辩术、鉴赏力、科学技术、文艺创作等。从社会环境来看，国家政策、政治局面、军事战争、宗教信仰等也都会影响到文学艺术的发展。比如希腊人与波斯人的壮烈斗争孕育了希腊的悲剧，而法国古典主义戏剧的出现，恰好与法国路易十四统治时期确定了规矩礼法，讲究庄严与文雅的习俗有关。从时代与文艺的关系来看，他在考察了艺术史上的各个时代的艺术后发现：某种艺术是和某种时代精神与风俗情况同时出现、同时消亡的。像自然气候对动植物的发展起着“自然淘汰”的作用一样，艺术的发展也受精神气候的选择与清理。如法国17世纪的时代精神以维护王权为神圣职责，以感情受理性的控制、服从义务为最大光荣。贵族交往十分重视宫廷礼仪，讲究举止文雅。这种精神气候影响了艺术家，于是在艺术创作上便以极力讨好贵族和侍臣为目的，以歌颂王权为光荣，极力反映宫廷生活，回避强暴和兽行的场面，禁止粗俗丑陋的动作。内容上雍容雅正，形式上严谨规范，这就是法国新古典主义文学得以产生的原因。

就作家而言，这实证的事实就包括：他所属的种族、国家，所生活的时代，家庭出身，幼年环境，所受的教育，首次成功与失败等等。因此，圣伯夫的文学批评就是把作家传记、作家心理的“史实”编成一部形形色色的文学的“自然史”。他认为文学批评的重点是作家而不是作品，他主张文学批评应该重点研究作家的生活经验、理想和才能，主张从各方面搜集材料，揭示作家特殊的灵魂，独特的精神状态。

神话—原型批评以人类学为基础，把文学的各种要素——题材、体裁、主题、结构等都放到文化整体中去考察，注重对文学作品进行“远观”研究，特别重视文学创作与文学传统的关系。荣格和弗莱都认为文学创作不是艺术家的个人创造，而是整个文学传统的产物，正如弗莱所言：“诗歌只能产生于其他诗篇，小说只能产生于其他小说。文学形成自身，不是从外部形成：文学的形式不能存在于文学之外，就像奏鸣曲、赋格曲、回旋曲的形式不可能存在于音乐之外一样。”① 他将弥尔顿的牧歌体悼亡诗《黎西达斯》置于自古希腊以来的牧歌和悼亡诗的发展史中进行研究，揭示其中意象的意蕴及整首诗对传统的继承关系。在原型批评中，批评家不仅要细读一部文学作品，更要在文学的整个系统关联中研究作家作品，批评家也时常需要从诗歌“向后站”，以便清楚地看到它的原型组织。因此，弗莱主张用“向后站”的办法远观一部文学作品，从大处着眼，以发现这部文学作品与其他作品的联系，找出其中带普遍性的原型因素。在批评实践中，原型批评从神话、仪式出发，研究文学创作和文学作品的内在结构，寻找其中隐藏着的神话仪式的原型。如费格生对索福克勒斯《俄狄浦斯王》的分析，认为这部剧作同远古时代为了维护自然运行和社会生活的正常秩序，将国王或神作为替罪羊杀死或放逐的古老仪式密切相关，俄狄浦斯王就是一个“替罪羊”的原型。神话—原型批评这种对文学传统的重视和原型的考索，带有明显的还原倾向，和实证主义批评一样，将文学的本质或价值置于某一种或一些外在规律、原型的决定之下，从批评的论证方式上看，是机械论式的。

弗洛伊德把文学看成“无意识的升华”，认为不仅文学创作与作为性的本能欲望相关，而且文学批评也与作为性的本能欲望相关。文学批评就是批评家从作品中人物的本能欲望，尤其是从他们恋母仇父的本能欲望“俄狄浦斯情结”的角度去解读作品，挖掘和描写作品中主要人物的本能欲望，即“恋母情结”。他认为从索福克勒斯的《俄狄浦斯王》到莎士比

---

① ［加］诺思罗普·弗莱著，陈慧等译：《批评的解剖》，天津：百花文艺出版社1998年版，第97页。

亚的《哈姆莱特》，再到陀思妥耶夫斯基的《卡拉马佐夫兄弟》，都表现了一个共同的主题："俄狄浦斯情结。""也许我们所有的人都命中注定把我们的第一个性冲动指向母亲，而把我们的第一个仇恨和屠杀愿望指向父亲。我们的梦使我们确信事情就是这样。"[①] 在分析《俄狄浦斯王》和《哈姆莱特》时，弗洛伊德将重点放在作品主人公身上的"俄狄浦斯情结"冲动及其表现，而在分析《卡拉马佐夫兄弟》时则将重点放在了作者身上，分析作者是如何压抑自己身上的"俄狄浦斯情结"，指出陀思妥耶夫斯基对"俄狄浦斯情结"具有双重态度，他的受虐狂、他的罪恶感以及变态人格，都源于他对自身"俄狄浦斯情结"的压抑。总之，不管是以作品主人公为批评的中心，还是以作者作为研究的对象，精神分析批评都将"俄狄浦斯情结"和性本能作为一种决定性的力量加以分析和描述，批评的过程就是为主人公或作者身上具有此种情结寻找论据和进行论证的过程。

结构主义批评侧重于对深层模式的寻求，将文学作品视为一个由各种因素相互联系而形成的一个封闭的结构整体，它们的本质不在于其结构要素，而在于构成整体结构的各要素之间的联系。因此，结构主义文论总是试图在各种文学形式要素的联系中抽象地建构起关于文本的结构模式，力求通过对文本结构模式的描述，达到对于文本的解释。正如罗兰·巴尔特所说的："无论是反应性的、还是诗论性的结构主义活动，其目的都在于重新建构一个认识'客体'，而建构的方式必须要表现出这个客体中起作用的（'各种功能'的）规律。"[②] 由于结构主义思潮本身根植于现代语言学，它的许多概念和思想都来自现代结构语言学，因此，"从某种意义上说，结构主义文学批评的目的，就在于要揭示文学结构同语言结构的相似性，从而对文学及文学作品具有普遍性的语言特性及语言功能作出描述"[③]。列维—斯特劳斯在人类学材料研究中运用"二元对立"的方法揭示出的原始人类思维的基本方式，使结构主义文论家们相信二元对立是人类

---

① ［奥］西格蒙德·弗洛伊德著，张唤民、陈伟奇译：《弗洛伊德论美文选》，北京：知识出版社 1987 年版，第 15 页。

② ［法］罗兰·巴尔特：《结构主义活动》，见王逢振等编：《最新西方文论选》，桂林：漓江出版社 1991 年版，第 106 页。

③ 马新国：《西方文论史》，北京：高等教育出版社 2002 年版，第 442 页。

思维以及构造结构的基本方式，“二元对立”遂渐发展为结构主义最基本的结构观念。而列维—斯特劳斯在具体神话分析中采用的共时性阅读方式，也成为结构主义文学批评文本分析通常采用的方法。结构主义批评家力图找出那些不仅在单部作品中而且在作品之间的关系中发挥作用的结构原则，建立一些相对稳定的模式来把握文学，以达到有理性、有深度的认识。为此，结构主义者建立了语言模式、诗歌模式、戏剧模式、小说系统模式等许多模式，试图在各种文学形式要素中抽象地建构起关于文本的结构模式，通过对文本结构模式的描述，达到对于文本的解释。不论是普洛普的民间故事叙事结构分析、格雷马斯寻找意义基本结构的结构语义学，还是托多洛夫以寻找文学结构与语言结构相似性为目的的“叙事语法”研究，结构主义叙事学都力图通过对各类作品的简化、归纳，找到隐藏在一切故事之下的那些基本的叙事结构，由此达到对于不同叙事作品的普遍性的解释。

这些不同的批评方法，尽管对文学批评对象的本质到底在哪里的问题上并未取得一致性，但他们都承认这种决定性的本质内涵或力量是确定存在的，因此，在批评中根据自己对这种对象的不同理解，设计了各种不同的论证模式，以达到向作品固有意义或决定力量的有效还原。在这些批评中，批评过程实际上就是一个证明、论证的过程，我们可称之为形式论证型批评。

（二）共生构成型

共生构成型批评虽然也承认批评对象自身意义的客观性和批评家的解释能力，但对二者的充分性表示怀疑，相对于形式论证型批评而言，共生构成型批评承认这两种要素各自能力（文本表达自身的能力和批评理论的理解还原能力）的有限性。在这类批评中，并不将其中一端置于批评活动的中心位置作为权威，而将另外一端作为附庸，只有二者结合，才能充分完美地实现作品的意义。批评家（批评理论）和批评对象之间是一种相互依赖、相互建构的关系，一方的完成要以另一方的存在为条件。如马歇雷在分析列宁对托尔斯泰的批评时，认为托尔斯泰的价值不是完整地表现了俄国革命的主流本质，托尔斯泰并未提供这种分析，他的作品所告诉我们的有关那个时代的信息，与列宁的科学分析是不同的两回事，只是由于列宁的科学批评，才阐明了托尔斯泰作品所暗指的历史实况。20 世纪三四十年代在英美崛起的“新批评”与现代主义文学之间也是如此，它是和这一时期的现代派文学相适应的一种批评方法。在20世纪初，批判现实主义、自然主义已经衰落，浪漫主义更是趋于末流，现代派文学成为西方资产阶级文学的主流。现代派文学重象征，语言晦涩玄奥，用实证的批评方法根本无法对付，新批评批评家的“细读”方式正好可以探索、猜测它的含义。在这种类型的批评中，文本为批评提供未完成或开放性的结构，批评为文本提供必要的或合理的补充，二者相辅相成，融为一体。接受理论和读者反应理论是这一类型文学批评的代表。

通常认为，西方文学批评传统经历了三个时期，即作者中心论、作品中心论和读者中心论。但准确地说，第三个阶段称为读者中心论并不十分恰当。西方文学批评并非不注意读者在文学研究中的地位，只是没有把这个因素放在文学作品实现的高度来加以关注，进入20世纪以来，随着文学研究的深入，读者的地位逐渐得到批评界的重视，但远未像此前作品那样达到了独占批评视域的程度，而是转向对读者与作者、读者与作品以及读者与读者关系的研究。

德国现象学哲学家胡塞尔在传统阐释学向现代阐释学的转变中产生了重大影响，他认为要在纯意识中把握“意向性客体”，通过对意识活动本身和对客体具体经验事实中不变部分的双重“洞察”以“回到事物本身”。胡塞尔的这种哲学思想一方面肯定可知世界，追求一种永恒的本质；另一方面又在否认客观世界是不以人的主观意志为转移的基础上强调主体在认识过程中的中心地位，使人成为一种先验主体。这种观点实际上开启了现代阐释学的两个分支，即为狄尔泰、赫斯等以追寻作者本意为目标的阐释学理论和海德格尔、伽达默尔强调理解的历史性的主体阐释理论同时提供了哲学依据。

狄尔泰认为只有理解了作者的本意才能真正理解作者的生活，进而理解当时的历史，可靠的阐释应该通过文字重新建构作者当时的生活，以达到对于历史的认识和阐释。但是，他也看到了在此过程中必然遇到的一个难题，即“阐释的循环”：阐释者对一个文本整体意义的理解，必须通过局部词句的理解来完成，而对局部词句的理解又必须建立在对整体的理解基础上。“阐释的循环”暴露了形式论证型批评的批评家与对象之间完美和谐关系的实质，即这些批评都从自己的理论嗜好出发，在文本中寻找相关例证来支持其观点，反过来，批评家对这些文本构成要素的解释，又支持了其对整部作品的认定。赫斯坚持了狄尔泰以作者本意为中心的观点，认为必须以作者本意作为衡定理解的正确性的唯一标准，进行一种“客观批评”。赫斯当然看到了作者原意的不可还原性，为了解决这一矛盾，他对作品意义作出了“意思”与“意义”的区分。“所谓作品的‘意思’，是作者写进作品，要借助作品表达的本意；而‘意义’则是读者在阅读过程中对于作品的理解，是读者所认定的作品意思。换句话说，也就是作者在作品中‘写进’意思，读者在阅读中‘确定’意义。”① 作者的意思一旦写进作品，就会被语言固定下来，而读者理解出的意义却会随时代而变化，为使读者的理解“有效”，赫斯提出了“意思类型”（包括“意思”和把握意思必须遵循的规则）的概念作为衡量标准，只有在“意思类型”范围内的理解和阐释才是有效的。

虽然狄尔泰和赫斯都坚持认为正确的解释要以作者本意为中心，但在寻找还原作者意图的同时，实际上也都认识到作者原意与当下阐释之间不可弥合的裂隙。相比之下，海德格尔和伽达默尔更愿意承认这个事实，将解释活动的重心移向了解释行为的历史性。海德格尔承认意义具有历史性，他从存在主义哲学的本体论出发，“回到了主体与对象的二元论尚未展开的时候，并将存在视为包括主体与对象二者之物”。他认为人的存在是一种历史或时间中的存在，而由于人的存在，世界已不是外在于人的客体，而是人参与了其意义建构的人化的世界，对世界的解释总是依据主体在时间和历史中形成的认知模式来完成。“理解首先不是一种可以孤立起来的‘认识’，即不是我所做的一种特殊行为，而是人的存在结构本身的组成部分。”而“人的存在是由历史或时间构成的”。其后继者伽达默尔认为解释的过程实际上是两个“视界”的融合，一个是由阐释者自身的“成见”出发形成的对作品的前理解即个人视界，一个是作品置身其中的“历史视界”（文本在与历史的“对话”中构成的一种现存的连续体，包括不同时期人们对文本所做的一系列阐释），理解活动就发生在两个“视界”的融合之时。

伽达默尔的观点说明一部作品的意义需要借助于读者才能显示出来，

---

① 马新国：《西方文论史》，北京：高等教育出版社2002年版，第578页。

或者说是由阐释者及其历史性给定的，他和海德格尔一样，都是从一般性的哲学角度分析理解和阐释问题，而非主要针对文学作品。但是，他们和胡塞尔一起，为接受理论和读者反应理论提供了哲学依据和方法论基础，并且直接影响了后者。将这些观念运用到文学批评中的是接受理论的学者们，伊瑟尔接受了波兰现象学家英伽登在《文学的艺术作品》中提出的“未定点”的说法，提出了“空白”的概念。英伽登认为文学作品作为一种实体存在，使作者的意向活动在结束之后具有某种继续存在的形式，使接受者可以重构艺术家的这种意向层次，这种可能性依赖于充满艺术作品之中的诸多“未定点”。通过接受者的想象等方式加以补充，作品才能成为完整的实在客体。与英伽登相仿，伊瑟尔也认为文本是一个充满各种潜在因素因而有待于读者加以具体化的“召唤结构”，其中存在“空白”之处，即文本结构中未经说明，读者也不易察觉的联结点。即读者与文本的交流就发生在这些“空白”之处，这一过程的产生和完成依赖于二者的共同努力。

对于文本意义的理解问题，巴赫金的态度更为明确，也更为辩证。在《生活话语与艺术话语》（1926）一文中，他认为：“任何现实的已经说出的话语（或者有意写就的话语）而不是在词典中沉睡的词汇，都是说者（作者）、听众（读者）和被议论者或事件（主角）这三者社会的相互作用的表现和产物。话语是一种社会事件，它不满足于充当某个抽象的语言学的因素，也不可能是孤立地从说话者的主观意识中引出的心理因素。”①巴赫金认为，一切艺术作品都是一种由作者、作品和读者三者建构成的话语，是一种不同于政治的、法律的、道德的审美交往形式，在这三个要素中，读者与其他两者在地位上是平等的，三者合力完成审美交往活动。

（三）自我表现型

自我表现型批评否定文学批评是一种科学的理性活动，倾向于将文学批评看成是批评家自我意识或内心感受的表现，和文艺作品在本质上是一样的，批评对象只不过是激发批评家思想情感的引子，他们反对文学批评的科学化努力，认为不存在统一的标准或方法揭示对象的内涵，真正的文

---

① ［苏］巴赫金：《生活话语与艺术话语》，引自邱运华：《文学批评方法与案例》，北京：北京大学出版社 2005 年版，第 252 页。

学批评就是批评家的主观理解和表现。

奥古斯特·威廉·史勒格尔从先验的、神秘的唯心论出发，认为人的“心灵无非是纯粹的活动”，精神生活的全部秘密就在于“心灵的向外扩张和恢复到心灵自身之间的振颤”。据此，他把文艺批评归之于人的纯粹的心灵活动，即“在判定一部艺术作品优劣的时候”，“我们只不过必须自由地沉思我们的情感，必须使我们的感动成为我们的自我活动的对象”。在他看来，文学批评中心灵如此自由的活动自然也就具有个性特征了。不仅如此，史勒格尔还排斥文艺批评的客观标准，他说：“我们不仅是作为人，而且是作为个人，被一部艺术所感动……绝对没有什么科学教导我们纯客观地、普遍有效地进行判断。”① 在他的观念中，文学批评是一种主动的、自由的、纯心灵的活动。

唯美主义者从总体上也倾向于认为文艺批评是主观的，如佩特认为“艺术批评是一种只凭个人感觉而不重理性的活动”。王尔德认为，由于艺术家必须要有批评的能力，然后他才能从包罗万象的事物中从事选择，所以每一个艺术家都是批评家；可是，由于批评家的任务是从已经选择过的材料中再进行选择，因而批评的成果也就成为另一种完美的艺术品，所以，批评不是理性的、判断的，而是创造性的，这样，每位批评家也就成了艺术家。唯美主义者的共同特点是对艺术批评的重视，在王尔德这里，正如在戈蒂耶和佩特那里一样，批评不是理性的判断，而是重新选择、提炼后的艺术创造。“最完美的批评，在本质上是纯粹主观的。它要披露的是他自己的秘密，而不是身外的秘密。”王尔德把批评家放到艺术家的地位，目的是使批评家们从资产阶级功利主义和道德主义的控制下解放出来，使批评成为一种主体的纯美的创造，不要离开艺术自身的目标而指手画脚。王尔德所关心的批评家与艺术家合一的问题，在后来桑克蒂斯和克罗齐的理论中曾被大加发挥。②

在批评家与艺术家的关系问题上，直觉主义批评家克罗齐坚持两者的统一，提出“再造”说。所谓再造，即要想判断一个表现品，决定它是美还是丑，批评家就必须把自己摆在艺术家的立场上，借助于艺术家所提供

① 马新国：《西方文论史》，北京：高等教育出版社 1985 年版，第 257 页。
② 马新国：《西方文论史》，北京：高等教育出版社 1985 年版，第 291 页。

给他的物理的符号，再循原来的程序走一遭。在这里，可以见出桑克蒂斯对克罗齐的影响，有意淡化艺术家与批评家之间的区别，而强调二者在审美体验上的一致性以及批评家的创造性，在文学批评活动中，着意突出批评家的自我创造性。

其实，在共生构成型批评和自我表现型批评之间划出一条分明的界线是相当困难的，甚至是不可能的。相对于前者，自我表现型批评更加强调批评家在批评中的主动性、创造性，而不把批评对象看成是意义的决定因素，忽视或减弱了作者、文本在批评中的决定意义。如20世纪六七十年代在美国兴起的读者反应批评，与德国接受理论相比，它将批评的重心进一步倒向了读者，认为批评应以分析读者阅读过程的感受和反应为主。其主要代表人物斯坦利·费希在《文学在读者中：感受文体学》一文中提出了"意义即事件"的论点，他否认文本的客观性，认为文学是一种动态的艺术，而"动态艺术的最大优点在于它能强迫你意识到它是个不断变化的客体，因而也就不存在一个客体"①。他反对把批评看作一种解释行为，因为这样会把文本当作具体对象去追求其客观意义，只关心"什么进入作品而不是作品进入什么"，而不考虑阅读活动作为"事件"的真正意义。读者反应批评的目的不在于探求文本意义，而是在要求尽可能准确地描述、分析读者在阅读过程中按时间顺序作出的对文本的反应，记录下在阅读的每一个点上发生在读者反应中的"事件"。费希的理论已经超出了接受理论对于读者在阅读批评活动中所起作用的限度，进一步削弱甚至是取消了作者及本文在阅读批评活动中的制约作用，完全将阅读批评活动看成了读者（批评家）自我行为的一种描述和记录，从而走向了另外一个极端。

（四）否定反讽型

否定反讽型批评从根本上否定批评对象结构或意义的客观确定性，企图揭示文本固有意义的一切努力都必然归于失败。因此，此类批评便消解了批评（对批评对象进行分析、阐释和评价）存在的依据，认为批评和对象之间是一种对立的、否定的关系，即无论如何批评都不可能真正揭示对象的意义，或者说任何批评对于对象来说都会引出更多的误读，文本和批评家都在进行着各自的工作。很多作者否定批评便是这种关系的最好

① 王逢振等编：《最新西方文论选》，桂林：漓江出版社1991年版，第68页。

注解。

克罗齐对于批评的意见（“再造说”）可以从两个截然相反的方向来理解，既可以理解为批评家和艺术家的统一，艺术家都应该成为批评家，批评家都应该是艺术家；也可以理解为对批评的否定，即认为文艺是一种直觉的非理性表现，是无法用理性的语言来阐述的东西，因此也是无法批评的东西。这就十分自然地导致“诗人死在批评家手里”这一否定文学批评的观念。但是，克罗齐仍然认为批评家有可能通过再循作家“原来的程序走一遭”，感受作家的某种审美体验。

和克罗齐的观点同面异心的是解构主义批评家们的观点，他们从“语言论”出发，彻底摧毁了人们对文学作品存在确定意义的信念。“从索绪尔和维特根斯坦直到当代文学理论，20世纪的‘语言学革命’的特征即在于承认，意义不仅是某种以语言‘表达’或者‘反映’的东西：意义其实是被语言创造出来的。我们并不是先有意义或经验，然后再着手为之穿上语词；我们能够拥有意义和经验仅仅是因为我们拥有一种语言以容纳经验。”① 德里达继承了索绪尔的语言学传统，揭穿了西方自柏拉图以来以意辖言传统的虚幻性，打破了逻各斯中心主义和语音中心主义，把语言从思想意义附庸的牢笼中解放出来，赋予其可以创造内容的主动性。同时，索绪尔强调的语言的纯差异和纯关系性质，被德里达变本加厉地加以发挥，符号并非独立自足的实体，它们仅仅是差异的结果，是通过与同一系统中其他符号的差别而获得意义。因此，符号理论便不再有义务去追究隐藏在其背后的概念，阐释的目的完全由所指移向了关系。

最早也是最完整地接受德里达解构主义思想，并成功地将其运用于文学批评的保罗·德·曼认为，由于文本不是一个可以被理所当然地看成是具有某种明确意义的统一体，因此，也就不存在通过阅读对于作为某种“纯自然客体”的意义的“提取”。对文学文本意义的理解依赖于读者的阅读行为，它只是一个阅读文本的过程，而且是一个真理与谬误相互交织的过程，在《盲目与洞见》中，他通过对卢卡奇、乔治·布莱以及新批评派批评实践的分析指出，批评家们采取的方法或理论，与他们所获得的“洞

① ［英］特雷·伊格尔顿著，伍晓明译：《二十世纪西方文学理论》，西安：陕西师范大学出版社1987年版，第76～77页。

见”常常大相径庭，批评家们总是会说一些他们不曾想到的东西，他们能够完成某种“洞见”，完全是因为盲目性的驱使。用德·曼自己的话说，即“洞见”是通过某种盲目性（误读）达到的，“批评家对于他们的批评的设想盲目的时刻，也就是他们达到最深刻洞见的时刻”①。例如，新批评派的批评家根据柯勒律治的有机形式概念，强调一首诗与自然形态之间某种相似的形式上的统一，但他们在解读诗时，却并不去揭示其统一性，而是去揭示诗的多方面的含混的意义，从而使本应追求统一性的批评成为一种含混的批评。由此，德·曼确立起文本意义的理解对于阅读过程的依赖性：“既然解释只不过是可能的错误，那么，通过提出一定程度的盲目性是一切文学特征的组成部分，我们也就重申了解释对文本和文本对解释的绝对依赖。”② 阅读面对这样一种不断进行着自我解构的文本，除了与文本的自我解构相配合，即进行解构性阅读之外，几乎做不了什么。文学批评并不需要对作品或作家负责，它的任务就是对文本进行解构，对文本隐秘的修辞性进行分解。批评家能够与文本进行一种成功的“合作”，找到文本同时肯定和否定的修辞性并对其进行解构，就能够达于一种正确的“误读”或“误释”。

解构批评家希利斯·米勒认为文学批评是一种文学形式，是一种次生文学。批评家与诗人、小说家一样，也在进行自己的精神历险，只是批评家是通过思考他人——诗人和小说家——的经验进行历险，即从作家经验内部体验、扩展和完善作家意识，从而扩展人类意识的内部空间。他认为一切文本都具有一种自我分解的性质，文本自身的建构过程就是一个无穷尽的自我分解过程，面对文本，“批评家绝无可能明确地表明作家的作品是否是‘可确定的’，表明它是否能够被最终阐释。批评家无法揭开那纠缠在一起的意义的丝丝缕缕，把它的各种成分再一次生动起来”③。在批评实践中，他的基本策略就是通过揭示文本的自相矛盾将表面统一的结构拆

① ［美］保罗·德·曼：《盲目与洞见》，转引自马新国：《西方文论史》，北京：高等教育出版社 2002 年版，第 499 页。

② ［美］保罗·德·曼：《盲目与洞见》，转引自马新国：《西方文论史》，北京：高等教育出版社 2002 年版，第 500 页。

③ ［美］希利斯·米勒：《作为寄主的批评家》，见王逢振等编：《最新西方文论选》，桂林：漓江出版社 1991 年版，第 181 页。

解成为一堆无法原样复原的碎片，从而说明文本意图如何受到构成因素的自我解构。哈特曼则从意义的不确定性，提出自己对于批评的看法，他认为，批评和阅读通常所关心的是意义的确定，这既违背了阅读的真正目的，同时也是不可能的。按照他的观点，阅读的目的并不是追求某种确定的意义的解读："阅读是为了理解作为一种生活形式的阅读所包含的东西，而不是把读到的东西化为似是而非的思想。"因此，阅读所受关注的，是自身作为阅读的过程，而不是文本确定的意义——意义本身是不确定的，会因为阅读者解释的不同而不同。正是由于批评对象语言和意义的不确定性，使我们在对文本作出解释时会产生各种各样的矛盾，从这一角度看，批评的主要任务当然也不是确定文本的意义，而应当是关注和分析阅读过程中文本意义不确定性的产生，批评阅读只能对这些矛盾加以复述或者重新安排，但并不能最终解决矛盾。这样，阅读或者批评所能作的工作，只能是根据需要尽可能从这些不确定之中去揭示矛盾和歧义，从而确定一个连贯一致的意义。文本意义的不确定性必然导致批评方式的变化，在哈特曼看来，批评在文学之内而不是之外，批评产生的文本也是一种文学文本，也是一种富于创造性的精神活动方式的产物，它和文学文本一样，都是人类心灵的习俗。

哈特曼消解了批评写作与文学写作的界限，这是解构主义的一个共同倾向，哈特曼如此，米勒、巴尔特也是如此。米勒指出："文学和批评之间的边界，在这运动中分崩瓦解了，这并非批评家恣意授予自己某种含混的权利，在其文字中展示出一种'诗性风格'，而是因为他认识到自己别无选择，注定要在这诗性中寻找归宿。批评家即便用尽一切'方法'或者说分析策略，也无法将作品的语言'化解'为清楚明白的观念。他只能以不同的形式去重复矛盾。作品是异质的，它是对话而不是独白。它至少有两个以上显见的基础、中心、焦点或逻各斯，故不可能被圈定在任何一种单一的或同质阐释的之内。每一种阅读，皆可由文本本身证明是种误读。不仅如此，每一个文学文本，以它或多或少的明晰程度，已经是阅读或误读了自身。"①

---

① 转引自陆扬：《德里达——解构之维》，武汉：华中师范大学出版社 1996 年版，第 264 页。

由此可见，对于解构主义批评家来说，阅读是生产性的，能够促生多元的阐释模式，故而关于阅读的语言可源源不断流出，批评家对一个文本的解构，不过是重复文本先已加诸自身的解构潜能而已。而此一被解构的潜能，米勒认为正是文本赖以立足的基础，无论这基础是历史、社会，是可感可触的外在于语言的“对象”世界，还是作者给定的生成自我即他的“无意识”或别的什么。只是这种潜能再也没有以往批评观念中对象的那种确定性和明确性，而且，这种潜能能否被正确地释放出来也甚为可疑。

在这里，批评不再是以往批评所进行的还原、综合或体验的工作，而是生产性的。如此出现了一个悖论，按照传统的批评观念来看，解构主义批评家仿佛把自己的工作放在一边，在干着别人的事情；如果认为他们进行的工作可以叫作文学批评，那么以往的批评观念就显然过于呆板。总之，这里出现了一种反讽的现象，批评家（批评理论）和批评对象之间失去了以往那种相互信任感，它们像一对天生的冤家，一方的存在目的仿佛就是为了使另一方的结构分崩离析，这正如伊格尔顿所说的：“耶鲁批评学派的本文的暧昧与新批评派的诗的矛盾不同。阅读不再像新批评认为的那样，是两个不同的然而确定的意义的融合问题。阅读现在成了这样一种情况：它被卡在既无法调和也无法拒绝的两个意义之间。文学批评成为一项反讽的、使人不舒服的事业，一种在本文虚空中的不安冒险，它揭露了意义的虚幻性、真理的不可能性和一切话语的骗人伎俩。”①

我们前面所做的工作显然具有结构主义的痕迹，这里不妨借用结构主义叙事学家格雷马斯的矩阵分析图来表明我们对于批评观念类型的“元批评”式的分析。格雷马斯继承了亚里士多德逻辑学中命题间的矛盾和对立两组关系的用法，来讨论叙事性作品意义的细微构成。在结构主义语言学中，意义只有通过二元对立才能存在。如 X 和 Y 是逻辑学上的对立关系，即 X 的强烈对立是 Y，Y 就是反 X，是 X 的绝对否定。但还有另外一种可能，那就是非 X，这种 X 与非 X 之间的矛盾比对立要弱一些，却更普遍。同样的道理，还存在着一种非反 X，X 与非反 X 之间的关系也比前者要弱

① ［英］特雷·伊格尔顿著，伍晓明译：《二十世纪西方文学理论》，西安：陕西师范大学出版社 1986 年版，第 182 页。

一些。这样便可以得到一个方形的图来表示这些不同的关系：①

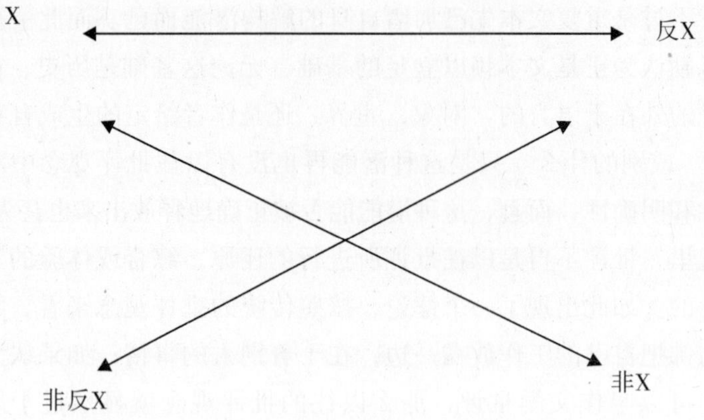

这种关系与我们关于四种批评观念类型的区分十分相似。形式论证型批评代表了那种认为文学作品存在确定意义或结构可供揭示的批评，揭示的方法可以是多种多样的；同时，批评家对其所操持的批评理论（批评方法）的解释能力深信不疑，确信可以将作品要表达的意义准确无误地揭示出来，这是一种类似于浪漫剧式的批评类型。与此相对立的是自我表现型批评。这类批评在承认文本具有自身意义的基础上，又否认批评家能够使这种意义完整地表现出来的可能性，它过分强调批评家在批评中的主观性，将文学批评看成是批评家受文本的影响而进行的一种自我表现活动，一种类似于文学创作的艺术创造活动。

共生构成型批评在性质上具有形式论证型批评的特征，承认文本内容的客观性和批评家的解释能力，但在程度上都要比前者弱一些，即对这二者在程度上加以限制。在批评活动中，文本可以给批评家提供一定的确定性，但最终会取得怎样的批评效果，还要依赖于批评家（读者）自身的限制因素；反过来，批评家能在一定程度上还原作者意图或文本的固有内涵，但这种还原也是有限的。否定反讽型批评则从文学作品的物质层面——语言的不确指性、不透明性否定了作品意义的确定性和明确性，从

---

① ［美］弗雷德里克·杰姆逊著，唐小兵译：《后现代主义与文化理论》（精校本），北京：北京大学出版社2005年版，第107页。

而彻底否定了批评家揭示作品意义的可能性，他们通过揭示文本的自相矛盾对表面统一的结构进行拆解，否定了以往批评家阐释和评价作品的功能，文学批评和文学创作一样，都成了一种语言游戏。

按照格雷马斯矩阵分析的方法，这四种批评观念类型可以表示如下（见下图）：

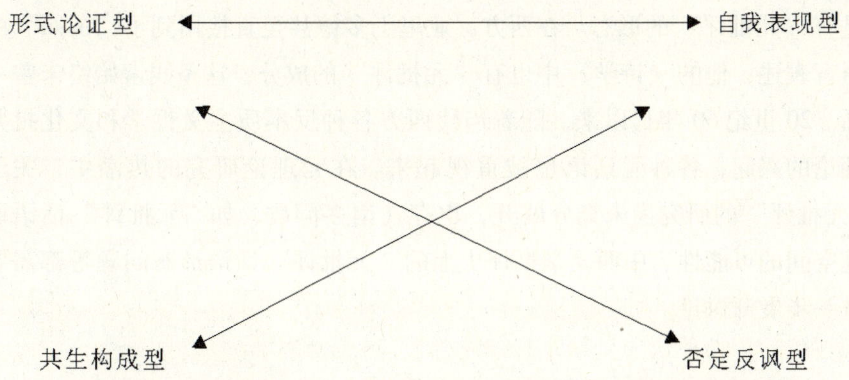

形式论证型和自我表现型分别偏向了文本和批评家两个极端，它们是两种强烈对立的批评类型，在通常的观念中，我们不可能期望它们同时并存；共生构成型和否定反讽型是前两者的弱化形式，形式论证型与否定反讽型和自我表现型与共生构成型两组关系之间的矛盾比前面的对立要弱一些，但在批评中两者结合的可能性则更大一些。同样，我们还可以设想出存在于形式论证型与共生构成型之间、自我表现型与否定反讽型之间以及共生构成型与否定反讽型之间的批评类型，它们共同构成了文学批评的各种复杂形态。把文学批评观念归纳为上述四种类型，并不意味着任何一种文学批评都只能选择其中之一作为自己的归宿，这只是几种典型形态，大量的批评可能会处于某两者之间。即使是同一流派的批评家，其批评实践也可能会划分到不同的类型当中去，不同流派或持不同批评观念的批评家也可以属于同一类型。

“元批评”话语对于批评的后设研究对我们揭示批评自身的复杂性和批评的科学化有着重要的意义，但这种研究并不能增加或减少批评本身的内容，也不能改变批评的性质，更不能以“元批评”去替代各种具体鲜活的批评。对于“元批评”来说，它只能从已有批评出发，对其重新进行理论表述，并把批评本身内在的东西分析出来，进而通过元理论的发现功能，推动批评自身的完善和发展。

虽然“元批评”概念出现得较晚，也没有形成一门比较完整的学科，但具有“元批评”性质的话语自古有之。在一般的批评中总是包含有许多“元批评”的陈述和内容，对批评方法的运用总是不可避免地进入“元批评”领域。刘勰《文心雕龙》、钟嵘《诗品序》，甚至更早的批评论著已具有“元批评”的形态。在西方，亚里士多德甚至直接用到了“meta”的语言表述，他的《诗学》中也有“元批评”的成分，这条线索始终未曾中断。20世纪60年代以来，随着当代西方各种反本质主义哲学和文化批判理论的兴起，各种元话语也被重视起来。在元理论研究的热潮中，关于“元批评”的研究尚未充分展开，也存在诸多问题，如“元批评”话语研究空间的可能性、中西文学批评史上的“元批评”话语形态问题等都需要进一步展开讨论。

第三节　新历史主义的批评方法

新历史主义的批评文章中随处可见一些与学术不大相干的逸闻逸事、野史传说、档案碎片以及批评者个人的点滴经历。初读疑为烦琐逗哏不足称者。详味则觉小事微言，有大义深义在焉。新历史主义将一般作为文学批评点缀的逸闻逸事发展为一种具有根本方法论意义的“逸闻主义”，强调其“触摸真实”和“反历史”的重要诗学价值。这对启蒙运动以来形成并僵化了的审美与政治、文学与非文学、经典与非经典、文本与历史以及各个学科之间的界线和壁垒具有强大的爆破力，也有助于文学批评打破形式主义的文本封锁和旧历史主义堂皇叙事的话语垄断，使文学与人类生活的真实经验发生关联。这种将逸闻逸事与文学文本并置的做法显示了批评家的创造性和想象力，同时也存在着随意化和程式化的种种弊端。

理论批评若能以高度概念化、普遍化的观点高屋建瓴、自上而下地析事明理自然是好；将重大的政治经济文化事件悬为“真实历史”，用文学文本印证历史发展既成定论的逻辑必然性也未尝不可。这是所谓传统历史主义的普通做法。但问题是，这种对自身缺乏反思批判的思辨方法，对文学文本与文学背景、文学与非文学、经典与非经典、文学与历史以及各个学科之间的界线作了一厢情愿的假定（或无批判的盲从），而这些界线是如何形成的呢？它们真是那么理所当然吗？文学的复杂幽微和丰富多样能够被这种“大而化之”的方法一网打尽吗？当然，也可以有另一条途径，就是从传统意义上的文学经典中撷取片断文字近观迫察、细读深研，在自己确定的批评罗盘上穷尽“整个”文学表述系统。这是一般形式主义的做法。但这种方法同样首先设定了文学与非文学之间的界线，将“文学性”当作静止不变的品质而加以推崇。这种方法与其说穷尽了经典作家和经典作品，还不如说是耗尽了其批评方法和文学观念本身。自20世纪后半叶以来，随着后结构主义的兴起，人们对如上两种方法体系进行了重新检视和盘诘，既向传统历史主义的“宏大叙事”发起了解构运动，也向形式主义的静止文学观念发起了冲击。这个运动使一切小事微言、野史逸闻浮出历史地表，获得了前所未有的重要性。

一般而言，结构主义若能将文本分割成一些二元对立组并揭示它们的活动逻辑，就心满意足地止步了。后结构主义和解构批评则试图证明，这类对立组为了维持自身，有时竟会导致自身的颠覆和崩溃，不然它们就必须把一些琐屑的细节放逐到文本的边缘地带。因此，解构主义者德里达的典型阅读习惯即是，“抓住作品中某些显然处于边缘的碎片——脚注，反复再现的小词或意象，偶然使用的典故——然后将其坚持不懈地推向威胁要粉碎那些支配文本整体的对立组的地步”①。福柯更是漠视传统思想史的主题，即连续性、传统、影响、原因类比、类型学等，而“只对意识历史中的‘裂隙’，‘非连续性’和‘断裂性’感兴趣，对意识历史中的多种时代之间的差异，而不是类同感兴趣”②。这些理论家都强调了语言的非确指性、文本的多义性、意义的无限延宕性、结构的非连续性和差异性。在这种文化氛围中，新历史主义开始实施其富有特色的“逸闻主义”（anecdotalism），它在大量采用后结构主义观念方法的同时也向它发动了攻击。

---

①［英］特雷·伊格尔顿著，伍晓明译：《二十世纪西方文学理论》，西安：陕西师范大学出版社1987年版，第147页。

②张京媛主编：《新历史主义与文学批评》，北京：北京大学出版社1993年版，第113页。

海登·怀特指出，新历史主义者尤其表现出对历史记载中的零散插曲、逸闻逸事、偶然事件、异乎寻常的外来事物、卑微甚或是不可思议的情形等许多方面的特别的兴趣。从诗学语言与语法规则之间的二项对立关系看，逸事逸闻犹如诗学语言，不仅自身包含意义，而且还总是隐而不露地对占统治地位的语言表达的典范规则提出挑战。他认为“历史的这些内容在创造性的意义上可以被视为‘诗学的’，因为它们对在自己出现时占统治地位的社会组织形式、政治支配和服从结构，以及文化符码等的规则、规律和原则表现出逃避、抵触、破坏和对立”①。在这种认识基础上，新历史主义者通常遵循一个批评操作程式：先从尘封的典籍中找出某一被人忽略的逸闻逸事（表面上与所评析的文学作品相隔遥远又罕为人知的事、诗、画、雕塑或建筑的设计等），然后挖掘其深层文化意义并出人意料地在它们与所分析作品之间找到联结点，最终显示出文学作品在成文之时与当时的世风、文化氛围和意识形态之间的复杂纠葛。他们将这种方法概括为“逸闻主义”，并在其多种诗学价值中特别强调其“触摸真实”（the touch of the real）和“反历史”（counterhistories）的效用。

一、捕捉真实的“踪迹”

真实性问题是文学理论批评的重要课题，也是长期以来聚讼纷纭的争论焦点。在传统上，人们认为真实性是可以臻达的，语言即是通向真实性的“中性媒介”和“透明工具”。因此，真实性一直是文学的确证场和避难所。结构主义和后结构主义的兴起打破了语言“确指性”的神话，突出了语言自身的非透明性、能产性和建构性。在其观念中，文学沦为语言的囚徒而与人类生活的真实历史场景日益隔膜。真实性成了语言本身的一种效果和功能；由于语言符号链条的无始无终，真实性也变成了一个无法兑现的理论承诺，甚至文学理论也不能再作出这种承诺。

然而，文学毕竟不能只在封闭的语言形式中打转而变成追逐自己尾巴独自嬉戏的怪兽，它必然与人类生活之间有某种关联。但是，处在后现代

① 张京媛主编：《新历史主义与文学批评》，北京：北京大学出版社 1993 年版，第 106 页。

知识氛围之中的文学理论批评家，如果不想背弃后现代思想的积极成果，就必须从后现代驻足的地方起步，而无法倒退到它之前。新历史主义就是在这种背景下进行“历史转向”、“回归历史”而“触摸真实”的。当然，它要回归的“历史”与“旧”历史主义的“历史”已大不相同。其“历史”是我们前文所指出的复数小写的“histories”，是作为“开放过程”的“历史”，是对话基础上的重构的“历史语境”和“文化氛围”而非“事实本身”，是与文本性结合在一起而带有“美学成分”的历史。这种历史观念打破了文学前景与“历史”背景之间的界线、各种学科界线以及文学与非文学、经典与非经典、文字与口述、精英与大众、高雅与通俗之间的界线，从而使文学研究突破了文学艺术领域而将其触角伸向人类全部“表述”领域。格林布拉特认为，文学文本为我们创造了表述技巧而拥有强大的力量，但“在传统的文学疆界之外还有其他技巧和其他文本，它们拥有堪与媲美的强大力量”①。

虽然新历史主义强调了历史理解中表述的不可避免和文本性的无所不在，但它决意与后结构主义者德里达的“文外无物”的观点保持距离，而认为任何文本都与真实、物质、实践、痛苦、身体快感、沉默或死亡有牵连或有距离（距离也是一种关联方式）。然而，什么东西可以帮助新历史主义者冲破后结构主义设下的文本性牢笼而触摸那些真实呢？正是那些可以归之为“逸闻逸事”的东西。按照一般英语辞典的解释，“anecdote”即“关于真人真事的短小的，通常是有趣的故事”。这个英文词本身强调了故事之“真”，新历史主义视逸闻为真实生活遗留下来的“踪迹”并用它来表达其对真实的追求（尽管略有一些同语反复的意味）。

逸闻逸事的特殊之处还在于，以前的各个学科界线和学术研究是在将它们排除在外的情况下进行的，故它们未被那些学科范畴所分割而具有学科归属上的模棱性，这种模棱性使其与既往真实生活具有更多的切近性。职是之故，逸闻便拥有了逃脱文本性框范的某种能动性。格林布拉特认为，那些已逝的生命，曾经一度原生而精妙、粗犷而复杂，但渐渐被老于世故的文学批评蒸馏掉了。而它们在被蒸馏之前却以逸闻逸事的形式存

① Gallagher, C. & Greenblatt, S., *Practicing New Historicism*, Chicago: The University of Chicago Press, 2000, p. 31.

在。在今天，“文学批评能够大胆进入陌生的文化文本，反过来，这些文本——通常是边缘的、怪诞的、零碎的、出乎意料的、粗糙的——也能够以兴味盎然的方式开始与人们十分熟悉的文学经典作品相互作用”①。逸闻的重要性就在于它能够与文学文本之间产生互动，使传统的学科界线轰然坍塌，使无所不在的文本性突然破裂而透射出一抹真实生活的余晖，使文学重新与人类的真实历史经验关联起来。

新历史主义者多能将这种观念方法付诸批评实践，格林布拉特的《莎士比亚式的商讨》一书堪为表率。该书收录了作者的5篇重要论文，书名暗示作者要讨论莎士比亚。但与读者的期待相反的是，该著的每一个章节都无一例外地以一个历史逸闻开头（首章为作者的理论说明，亦采用了批评家言说自我的方式：“我带着与死者说话的愿望开始研究”），然后娓娓道来，不时提醒读者故事并非出于虚构，而是一桩真实历史事件的记录。逸闻听来荒诞不经，但其中也不乏当时生活的蛛丝马迹，甚至是当时世风的一个侧面。作者接着会证明，这些今人以为荒诞的故事在它发生的时代是司空见惯的。他从诸如法庭记录、医学文献、教会宣示、科学报告、外交文件、传教日记、探险笔记、旅行游记等非文学文本中广征博引、纵横穿梭，让这些非文学文本映衬开篇所述的逸闻，也使之与文学文本间彼此对勘折射，共同烘托出当时社会生活的历史文化氛围。

将逸闻、文学文本和非文学文本并置，可以产生一种微妙的诗学效果。文本因折射了历史文化氛围而成为社会能量的载体，社会能量即通过不同的文本进行“流通”。社会能量显示在生产、形成和组织集体之物质和精神经验的能力之中，这种能力是由特定的词语的、气氛的、视觉的踪迹构成的。它与引起烦恼、痛苦、恐惧、心跳、怜悯、欢笑、紧张、慰藉和惊叹的能力相联系。在其审美模式中，社会能量“足以伸展到单个创造者或消费者之外而达到某个社会集体，不管受到何种限制”②。社会能量冲破文学系统的限制而与广阔的社会生活发生关联。莎剧表述了文艺复兴时期各种势力、利益和观念之间的复杂关系。社会能量流通的观念强调了非

---

① Gallagher, C. & Greenblatt, S., *Practicing New Historicism*, Chicago: The University of Chicago Press, 2000, p. 28.

② Stephen Greeblatt, *Shakespearean Negotiations*, Berkeley: University of California Press, 1988, p. 6.

文学文本在文学解释中的重要性，从而使逸闻逸事作为文本踪迹和“一抹真实”在文学研究中的地位得到了强化。“逸闻主义”正是通过逸闻逸事来显示社会能量在原生态的日常生活和非文学文本与经过纯化的文学文本之间的流通交换过程，说明文学与非文学之间的界线是如何人为划定的，缘此对文学的本质作出独特的解说。

逸闻提供一种接近日常生活的门径，它通往事情如是发生之所，通往以粗陋的表达方式表述真理的实践领域，而那些方式在最富修辞性的文学文本中却遭到了否弃。格林布拉特认为：“逸闻之路通向一个‘交涉区’（contact zone），通向魔化了的空间，在那里真正的文学能够被魔法般变成存在。”[①] 文学通过逸闻而触摸到了人类真实的历史生活。

在格林布拉特笔下，莎士比亚的《亨利四世》、《亨利五世》、《理查三世》等历史剧中的君臣暗斗、宫廷倾轧居然与警察局关于马洛的一份秘密调查报告的结论遥相呼应。《奥塞罗》中伊阿古的工于心计、步步为营、巧设圈套，竟然与白种人面对广义上的“摩尔人”时的歹毒阴险深层关联。他能够在逸闻、非文学文本与文学文本之间自由驰骋，而文学文本所掩盖着的历史生活本相也便随之浮出历史地表，跃然纸上。

平心而论，以逸闻入史并非全新的东西。希罗多德的《历史》中就充满着精美的逸事趣闻。司马迁著《史记》时，也曾力图“网罗天下放失旧闻”。但在一般史著中，逸闻不具有方法论上的重要性。

新历史主义的逸闻能成为一种“主义”，正在于其根本的方法论意义。对以前的主流史家来说，逸闻只有在作为修辞学意义上的点缀和辅助说明或分析综合过程中的一种小憩才进入历史。一般史学家书写个体生活和微小事件，通常强调的是其普遍的历史意义和概括化的典型性，而新历史主义则将逸闻视为触及历史真实的必要途径。陈平原先生认为，“五四”那一天的天气和其他一些偶然事件影响了“五四”的最终采用的方式。作者坦然承认自己“确实读过一点斯蒂芬·格林布拉特、海登·怀特以及布罗代尔、勒高夫等人的著作”[②]。

---

① Gallagher, C. & Greenblatt, S., *Practicing New Historicism*, Chicago: The University of Chicago Press, 2000, p. 48.

② 陈平原：《触摸真实与进入五四》，北京：北京大学出版社 2005 年版，第6 页。

当然，逸闻主义显然受到格尔兹文化人类学“厚描”和奥尔巴赫的文学史研究方法的影响。格尔兹的文化人类学善于“从一整套微观民族志材料——各种各样的评论和轶事——走向宏大的民族文化景观、时代、大陆和文明”，并认为这种“微观性质显示出来的方法论问题既是重要的，也是严重的”①。它确立了以小见大、见微知著、通过个案进行反复描述的“厚描”方法。奥尔巴赫的《模仿论》也重视逸事的价值，注重“从每个时代引用一些文本作为检验我思想的个案”②。不过，新历史主义者比格尔兹更强调激进政治，比奥尔巴赫更倚重非文学文本。它对逸闻的运用更具方法论上的自觉性，也更具触摸历史真实的目的性。

逸闻主义力图触及的真实是氛围的真实，是语境的真实；是一抹真实的遗晖，是一张真实的存照。这不是将历史“再现”出来，而是将它的形成过程“重构”出来；这不是“实体性的”真实，这是“虚灵的”真实。这种真实是新历史主义的辐辏之处，而逸闻则充当了那些辐条。

二、实施“反历史”策略

新历史主义的“逸事”，除了如上实践效用外，还有重要的理论诉求，即通过建构复数化的小写历史而刺穿传统历史“宏大叙事”的堂皇假面，实现其“反历史”表述。

“反历史”的汉语译法多少有些牵强，因为“Counter-”作为前缀在英文中有“方向相反”、“回应反击”、“对应补充”等多重意思，在汉语中没有完全对等的词。当然，counter-histories 存在的前提应该是有一个可供 counter 的 history 在。那么，这是何种“历史”呢？是那种目的论的、因果论的、决定论的和整体论的思辨历史以及在此基础上形成的政治国家史。

新历史主义的“反历史”与20世纪60年代以来兴起于欧美的“新史学”相关联。后者突破政治国家史的限制而转向社会文化史，从而将注意

---

① ［美］克利福德·格尔兹著，韩莉译：《文化的解释》，上海：上海人民出版社1999年版，第27页。

② ［英］拉曼·塞尔登著，刘象愚、陈永国等译：《文学批评理论——从柏拉图到现在》，北京：北京大学出版社2000年版，第56页。

力从重大战争场面、国家政体的承续以及广受尊崇的英雄领袖转向婚姻宗教、仪式风俗等的小写历史，重构传统史学所漠视的群体的日常生活和边缘化了的东西。但新历史主义并不满足于此。研究者指出："新史学主要是在讲述那些湮没的故事，而新历史主义和文化唯物主义则首先试图理解这些故事是如何被湮没的，在当前情况下隐藏和揭示它们的又是什么力量。"①

在这方面，新历史主义受到后现代思想的启发。福柯关于历史叙述的话语/权力理论以及利奥塔关于表述危机的学说，都既对思辨历史哲学进行了批判和解构，也对"历史"本身的可能性提出了质疑。福柯认为，基于连续性的历史被它所为之服务的主体所损害，应该让那些差异为自己言说，而它们所"说"者，既令历史主义鼓舞，也使其尴尬。② 前者是指差异和裂隙是一个可供历史主义者书写的大片领域，后者则指差异和裂隙撼动了"历史"本身的根基：人们无法写出可靠的"历史"。从后一种意义上说，福柯是一个"反历史主义者"（anti-historicist，anti-与 counter-有所不同，前者主要强调反对，而后者还有补充的意义。Anti-history 是一种"后历史"，即历史的消解）。③ 与此同时，利奥塔尖锐指出："用一个包含历史哲学的元叙事来使知识合法化，这将使我们对支配社会关系的体制是否具备有效性产生疑问：这些体制也需要使自身合法化。"④ 他发现，作为宏大叙事的启蒙叙事及作为其基础的启蒙历史哲学面临合法化危机，人们无法在此基础上作出关于事物的表述，因此，出现了普遍的表述危机。福柯和利奥塔都反对思辨历史哲学的历史叙述，主要强调对传统历史主义的解构；新历史主义则不满足于这种解构嬉戏及其所导致的历史风格学，而试图有所建构，试图使这种新建的历史与"真实"有所关联，这种历史就是其"反历史"。

伽勒赫认为："人们通过逸事而追求的小写历史，可以称为 counter-

① John Brannigan, *New Historicism and Cultural Materialism*, London: Macmillan Press Ltd., 1998, p. 35.

② Paul Hamilton, *Historicism*, London: Routledge, 1996, p. 135.

③ Paul Hamilton, *Historicism*, London: Routledge, 1996, p. 133.

④ ［法］让—弗朗索瓦·利奥塔尔著，车槿山译：《后现代状态——关于知识的报告》，北京：生活·读书·新知三联书店 1997 年版，第 2 页。

histories，即使其目的地尚不确定而其轨迹又与最佳路线相左，但这种历史毕竟是可以欣然展开的。”① 她采用这个术语来指称向承继自20世纪的宏大叙事发动的一系列攻击，这些攻击本身即成为历史。“反历史”不仅与主导叙事相对立，而且与流行的历史思考模式和研究方法相颉颃。因此，一旦它获得成功，它就不再“反”。事实上，宏大叙事本身就是作为“反历史”而开始的，历史学科的根须即在于反抗神甫和统治阶层的官方史。因此，“反历史”与历史是一个相互依存的连续的矛盾运动过程，而不是用独立的品格进行物质性的对抗。但是，“反历史”必须得有所依附，其所依附者即是逸闻逸事。

逸事作为微小叙事让人们看到了宏大历史是如何形成和运作的。逸事作为基于自身的小故事，向解释叙述的语境打开了一个小孔，实现了历史解释的语境化。逸事可能阻断大历史的“连续性”之流，让人们在逸事的边际遭遇叙事文本中的差异，让差异和异端自我述说；这让人们意识到历史叙事之外的某种东西——那个语境化了的“真实”。“新历史主义将逸事与惯常历史的爆破而非其实践联系起来：尚未进行学科分类的逸事向我们这些想要打断‘大故事’（Big Stories）的人们发出召唤。”② 逸事的个体性可以让人在历史的门槛前稍事驻足甚至逡巡不入。只有某些逸事才有此功效：那些因聚集了异质性因素而保存了极端陌生性的异国风情者和不合常规者——似乎是一些朝生暮死的细节、不受重视的反常物和被压抑的不合时宜者，这些因素组成了一种合唱，在其中背景与前景、历史与文本之间持续不断地相互转变。因此，新历史主义者所渴望的逸事不像旧历史主义的那种集中体现时代真理的事件，而是能够将这些真理“掏空”的东西。这种逸事会打开历史之门，或者使历史歪斜欲坠，以便让文学文本能够找到新的插入点。在这时，文本拥有历史的和文学的双重身份，历史可以被想象成偶然性的一部分。通过古怪离奇的逸事，历史将不再成为能将文本稳定下来的途径。

逸事撕破和逗弄此前通常无法达到的“真实”。逸事有意识地撬起寻

---

① Gallagher，C. & Greenblatt，S.，*Practicing New Historicism*，Chicago：The University of Chicago Press，2000，p. 52.

② Gallagher，C. & Greenblatt，S.，*Practicing New Historicism*，Chicago：The University of Chicago Press，2000，p. 51.

常的序列而让其脱离其所指物，指向处于历史学科的当代界线之外但依然不外于具体认知可能性的现象。新历史主义运用逸事对准人们熟悉的历史大厦开火而让那些灰泥下面的裂缝显露出来。“然而，因为他们也希望学到一些有关过去的知识，裂缝本身被看成恢复了的东西。”[①] 这段话集中体现了新历史主义“反历史”的精神：这种历史的宗旨不在于验证传统宏大历史叙事的既成定论的必然性序列，而是让它们露出破绽，这就与传统历史主义拉开了距离；这种历史也不是将传统历史拆解并完全放逐到不可知的领域，而是让已经显示出来的裂缝自身成为一种历史重建，这就与一般后结构主义保持了距离。新历史主义的特殊理论品格就包含在这种双重的“间距”之中。

新历史主义的“反历史”十分特殊。它并不满足于像新史学那样仅仅从另一个层面变成大历史的印证和“补充”，而是从更加极端的理论家福柯等人的历史理论中汲取滋养，更多地强调对传统历史叙述之“反对”和对其基础的拆除。“反对”与“补充”相结合，就正是新历史主义的“反历史”：它既不是传统意义上的宏大历史或在其范式内对之进行修补的“新史学”，也不是后现代意义上的“后历史”（post-history）。批评家指出，在福柯那里，一切都是历史的和历史化了的，因此一切都既是历史客体的产物又是其生产者。其作品是后历史的，因为他承认历史的解体。但新历史主义的“反历史”则不完全是，因为新历史主义“以另一种权力的宏大叙事代替了历史进步的宏大叙事”[②]。新历史主义的“反历史”之所以既不是传统历史，也不是后历史，是因为它希望“重建”他种历史。

作为文学史家，应该双眼齐睁，一眼看过去，一眼看现在。文学批评应该具有历时性和共时性的双重维度，但新历史主义的“历史”则几乎完全是共时的，主要与现在的处境和文化文本间性相连。这使得新历史主义的历史诗学中历时性维度显得虚弱无力。

总之，新历史主义将逸闻逸事上升到方法论的层面而进行反思性运用，某种意义上的确实现了其触摸真实、打破学科壁垒、重划文化界线以

---

① Gallagher, C. & Greenblatt, S., *Practicing New Historicism*, Chicago: The University of Chicago Press, 2000, p. 52.

② John Brannigan, *New Historicism and Cultural Materialism*, London: Macmillan Press Ltd., 1998, p. 217.

及“反历史”的功效。但是，它在将逸闻逸事与文学文本和非文学文本并置和拼贴时，其创造性与随意性、新颖性和程式化同时并存。其不足之处已经招致了批评，批评家柯亨就指责新历史主义者是将文本与语境进行“人为的联结”或“任意联系”①，而这种方法一旦形成程式，就会变得僵化而丧失新颖性。在此基础上建构起来的历史又通常是偶然无定、充满谜团的。在背离了大历史的垄断之后，小历史又难免烦琐和零碎。况且，这种无限制的“小事大作”中始终缺乏一个价值维度，这就造成了文学作品与非文学作品的“和光同尘”，可能导致文学作品丧失引导人们向美向善的功能。

① 转引自盛宁：《新历史主义》，台北：扬智文化事业股份有限公司 1996 年版，第44 页。

第六章

新历史主义文艺思潮的价值效应

第一节　新历史主义对诗学问题的“问题化”

新历史主义通过赋予所有文本以“表述”过去的平等身份而在文本之间建构起了一种“生产性”的交换。这是新历史主义文艺思潮的显著特点，它已经产生了许多对过去文化系统的富有成效的分析，但这种方法绝不是没有问题的。新历史主义将“历史诗学”问题，甚至文学自身的问题，更多的是“问题化”了，而不是解决了。

一、因果关系的消解和文化先进性的缺失

新历史主义不在各种表述形式之间设立等级制和因果关系，这使得文学批评能够在各种表述形式之间自由驰骋，而不再惧怕历史学家专业化“考证”的威胁和哲学家概念化“知识”的压抑。这也使得传统的学科界线轰然坍塌，使得文学、历史和哲学之间由来已久的“门户之见”随之消失，使得文学的“文化研究”成为一种必需和必然。这无疑是对传统文学理论的某种超越。

然而，我们要进一步追问，是否有的表述比另外的表述“更重要”呢？新历史主义在理论上并不承认这一点，但它在实际批评中依然偏爱那些边缘的、受压抑的、遭排挤的“微小表述”，其批评实践仍旧在各种表述形式之间设立了“等级秩序”。这说明，任何文学批评在各种表述形式的“主次”、“轻重”和“先后”上都会有意无意地显示其价值判断和价值取向。这样，新历史主义的理论与实践之间就出现了悖反，既然新历史主义追求历史的“具体性”，那么，在某个“具体的”历史时刻，矛盾就有“主要矛盾”与“次要矛盾”之分，也有矛盾的“主要方面”与“次要方面”之别。文学在表述这些矛盾时不可避免地会有所选择、有所侧重，因此，表述形式之间的“平等性”事实上是难以付诸实践的。当然，新历史主义以这种“平等性”假设为依据而对各种“等级关系”和“因果关系”背后复杂纠葛的“权力关系”网络和根深蒂固的意识形态基础进

行了揭露和拆除，这种工作仍然是有意义的。

与上一个问题相联系，我们要追问，在文化表述形式之间是否不存在因果关系呢？新历史主义明确反对因果等级关系，这导致了它对文化文本流通过程的循环往复的“厚描”。其正面效果是破除了“唯物主义还原论”，突出了文化文本的动态性和交互性；其负面效应则是导致了“因果关系的消失”和“相对主义”的蔓延滋长。事实上这是文化史研究应该避免的潜在危险之一。有人指出，文化史研究“向唯物主义还原论（用经济社会因素来解释行为）下的挑战书，变成了向因果解释下的挑战书了，一切淹泡在文化之中的时候，因与果也无从区别了。其结果是，文化史研究和相对主义、怀疑主义的哲学议题开始彼此交叉、相得益彰了”①。新历史主义向“还原论”的挑战虽然具有一定合理性，但它导致的“相对主义”更是应该提防的。其实，“因果关系论”如果不被僵硬化和程式化，它对事物还是具有其解释能力的，就连新历史主义本身，也未必与这种观念全不相容。我们发现，新历史主义在破除了“指称性理论”、“对应理论”和“本原主义”的因果决定论之后，仍然存在着将“表述系统”本身假定为文本意义之“原因”的倾向。这说明，新历史主义必须辩证地对待“因果论”，而不能将之捆绑在唯物主义还原论一起而加以抛弃，进而投入相对主义的怀抱。当然，新历史主义向人们揭示了“还原论”甚至新历史主义自身的“历史相对性”，这一点仍然是值得重视的。

与上面两个问题相联系，我们要进一步追问，文化表述有无先进性与落后性之分呢？新历史主义从原则上一视同仁地对待各种文化，这种平等意识有其值得肯定的一面。但是，它在对待文本时却显示不出任何“价值维度”。在它那里，文化文本之间几乎没有“先进”与“落后”之别，也没有好坏优劣之分。我们认为：“文学应该确立体现和代表先进文化的前进方向和价值取向。”② 在新历史主义的表述大家庭里，各种表述形式之间“和光同尘”，这导致了价值维度的委顿甚至丧失，这也造成了严重后果。格林布拉特在《通向一种文化诗学》中所分析的几部美国当代的文本在文

---

① ［美］乔伊斯·阿普尔比等著，刘北成、薛绚译：《历史的真相》，北京：中央编译出版社1997年版，第198~199页。

② 陆贵山：《文学与先进文化》，《文学评论》2001年第6期。

学史上缺乏新意和创造性，这显示出新历史主义批评对当代文化文本缺乏一种“择优汰劣”的能力。既然新历史主义意识到了批评是一项社会文化“工程”，那它就应该更进一步意识到自己的批评活动也不只是“解释性的”，而是“建构性的”。自认为在从事新历史主义式研究的布兰尼干认为，根据新历史主义的理论，“描述其未来就是将这种未来带入存在。预测其未来就是规定这种未来”①。那么，对当下的“描述”就更是一种“价值定向”。新历史主义在文学研究中也就应该更多地选取“先进的”文本，以显示和“规定”文学发展的方向，指导人们的文学实践和生活实践。新历史主义的矛盾性即在于，它为了探讨各种知识背后的假设而以话语“分析”代替了意识形态“批判”，其代价就是对现实丧失了“直接的”批判能力，在对待当下的文学实践时缺乏一个明确的批判立场，只能以遁入“历史”的方式对当下现实的合法性进行有限的关切和质疑。

因此，仅仅强调各种文化表述形式之间的“平等性”也还面临着问题，这些问题的解决是历史诗学和文学理论的当务之急。

二、历史知识的颠覆与历史审美消费的泛滥

新历史主义基本上“颠覆”了历史的“知识地位”，这促使人们必须以新的观念方法来审视“历史文学”。当今，面对“泛滥成灾”的“戏说历史”和“解构历史”的文艺现实，批评家大多仍然运用“历史知识”进行“知识批判”，并通过“历史”档案资料的发掘而指出其“硬伤”所在。这种方法当然是必不可少的。但新历史主义使我们意识到，仅仅采用这种方法还不能从根本上击中要害，因为“历史”已丧失了它一度拥有的“知识权威”地位。这在客观上突出了“历史审美”的重要性。怀特将话语转义、情节编排、论证解释和意识形态含义诸层面结合起来的批评方法，格林布拉特对“文本之中的社会存在和社会存在之于文学的影响”展开双向调查的方法，蒙特洛斯对“历史的文本性和文本的历史性”同时进行研究的方法，对我们都是有启发的。这些方法带来了“美学”方法与

① John Brannigan, *New Historicism and Cultural Materialism*, London: Macmillan Press Ltd., 1998, p. 220.

“史学”方法在“文本性”层面相互结合的新的可能性。但是，诚如我们前文所指出的，在新历史主义的批评实践中，“历史性”与“文本性”之间的张力制衡关系通常是“倾斜的”，批评家与“讲述话语的时代”和“话语讲述的时代”之间的双向辩证对话的链条经常是“断裂的”，因此，它实际上仍然未能将“史学”方法与“美学”方法结合起来而付诸批评实践。可以说，新历史主义者依然未能成为“辩证的历史主义者”，后者的文学研究必须调查处身于历史之中的自我与过去的艺术之间的“交互作用”，必须“充分”估计到，“当我们解读过去的文学和文学中的过去时，我们也被文学所解读。当我们试图找到具有历史身份的作品的隐在细节时，作品也寻找、发现甚至某种程度上生产我们自己的历史身份。这种交互作用并不消除审美价值：它是审美价值的必要前提”①。因此，新历史主义对历史知识地位的颠覆，并未使它提出一种批判和指导历史文学实践的理论方法。看来，如何在自己的批评中将“美学”方法与“史学”方法结合起来的问题，仍然是新历史主义面临的理论批评难题。这实际上也是文学理论自身的难题。

三、文学“生产”与“流通”的本末倒置

新历史主义主要将文学看成一种“流通交换”的产物而非一种“生产”出来的产品。从一定意义上说，这是一种深刻的洞见。因为，既往的文学理论否认文学“流通交换”也是文学本质定义的一部分，也就是说，它们虽不否认文学流通的重要性，但并不认为文学的本质在一定程度上是由“流通交换”所决定的。新历史主义认识到了这一点，认识到了流通也是文学本质的基础性的部分，这是值得肯定的。从某种意义上说，文学作品的确是一种“通货”，就像流通中的一般纸币一样，它本身的形式设计及纸质的优劣与它的“本质”并无“直接”关联，它的价值来自它所“带出”的使用者的社会历史存在。这种认识是深刻的。但是，我们要进一步追问，文学的“流通”与“生产”之间究竟有无主次之别？假如没有“生产”，“流通”又从何谈起呢？我们知道，单凭流通并不能决定一件

① Jeremy Hawthorn, *Cunning Passages*, London: Arnold, 1996, p. 84.

“物品”是否属于文学。“流通”仍然应在“生产”的基础上进行。因此，新历史主义在这个问题的深刻性是与其片面性无法区别的，它基本上颠倒了“生产”与“流通”之间的辩证关系。在当今社会，“流通”在很大程度上制约着“文学”及“文学生产”，这是有目共睹的。确如鲍德里亚所指出的，后现代的“幻象”（simulacrum）是一些“没有本源、没有所指、没有根基”的“象”,① “幻象”的生产与流通之间已经划不出明确界线。在这种情况下，新历史主义强调流通对文学本质的制约，这深化了人们对文学本质的认识。但是，“幻象”的“无根增殖”也在一定程度上也造成了文学的“粗制滥造”，这种现象恰恰是应该批判的。新历史主义在这个问题上的批判态度却并不明确。进而言之，以流通为文学活动的“基础”，以“商讨”为作家的本质，这对作家的创造性强调不够，这也可能导致作家批判立场在“流通”中的“流失”，从而造成对现状的“无批判的追随”。这些负面效应是应该警惕的。在今天，我们仍然应该调动作家的积极性和“创造性”，鼓励他们在“协商交换”中“生产”出更多的文学佳作，而不应认可他们在“流通”中对自己“生产者”职责和身份的“遗忘”。我们认为，文学的“流通”与“生产”之间应该是一种相互限定关系，缺失其中任何一方都无法达到对文学的充分说明。

四、历史化的彻底性与逻辑化的必要性

新历史主义将“历史性”灌注到文学活动内部的各个要素（世界、作家、作品和读者）和各个层面（取材、创作、阅读和批评），也灌注到文学活动与非文学活动、文学文本与非文学文本之间“流通交换”的各个环节。它在这一方面的成效是显著的，文学活动的各个层面和各个方面都应该“历史地”被理解。它在这样做的时候试图贯彻一种“彻底的历史主义”，这种取向也有其值得肯定的一面。但是，这里有一个悖论：如果以一种“彻底的历史主义”眼光去审视，任何一种“彻底的”历史化，都是“不够彻底”的。伊格尔顿在批判后现代主义时指出，后现代主义“将自

① 参见盛宁：《人文困惑与反思》，北京：生活·读书·新知三联书店 1997 年版，第 267 页。

己反对普遍性的论点普遍化”。“在过分历史化的时候，后现代主义也会历史化得不足，以它自己多元原则、臭名昭著的侵犯性抹平了历史的多样性和复杂性。”① 这种批评也可用于新历史主义。新历史主义在其实践中贯穿着一种对小事微言的强烈兴趣，但是，任何“小”事在逻辑上也还是不够“小”的（尽管它对微小叙事的强调已经造成了文学文本的琐碎和破裂）。一味“微小化”就必然将“微小化”本身“普遍化”。这也正像詹姆逊“永远历史化”② 的口号所包含的悖论一样。这个命题本身就是“非历史的”。因为，既然是“历史化”，就不是“永远的”；既然是“永远”，就不是“历史化”的。在这个问题上，新历史主义的“历史原则”或“历史方法”未能与“逻辑方法”结合起来。新历史主义拒绝对自己的实践作“体系化的理论概括”，其原因也在这里。恩格斯曾经阐述过马克思主义的理论方法——逻辑的方法与历史的方法相一致的方法。其“历史”指的是事物的本质规律，而“历史方法”则是指人的思维必须符合客观现实的规律，并不是机械地去向历史学科征借解决问题的现成途径。因此，历史方法与逻辑方法并不是不相容的，而是可以相互结合的。③ 从历史与逻辑相结合的高度来看，新历史主义的迷失是明显的。它试图以“彻底的历史主义”来排斥逻辑方法，这事实上是做不到的。完全排除逻辑方法的“历史主义”是不存在的，或者至少是肤浅的。再小的“逸闻逸事”也已经不可避免地包含着逻辑的成分，“真实”无法用“非逻辑的微小叙事”充分地带出，它所带出的东西也拼不成一幅真实的历史图景或真实的生存景观。我们也注意到，新历史主义在排斥所有的“逻辑划分”的同时，仍然不得不沿用诸如“资本主义”等逻辑概念来对社会历史进程作出理论区分。

五、历史表述的喧哗与历史真实的缺席

“历史诗学”发展到“叙事历史诗学”阶段，人们普遍倾向于将历史

---

① ［英］特里·伊格尔顿著，华明译：《后现代主义的幻象》，北京：商务印书馆2000年版，第60页。

② ［美］弗雷德里克·詹姆逊著，王逢振、陈永国译：《政治无意识——作为社会象征行为的叙事》，北京：中国社会科学出版社1999年版，第3页。

③ 《马克思恩格斯选集》（第二卷），北京：人民出版社1972年版，第115页。

中的复杂因素“压缩”到“叙述”、“表述”、“话语”层面进行讨论。新历史主义者就试图用“诸表述”（representations）来“代表”（represent）“历史”的物质具体性。我们看到，它通过这种“压缩”而取得了研究方法上的主动性，一定程度上破除了“主客二分”和“实体主义”的思维方式，克服了传统“历史诗学”的一些弊端。但是，当它试图将历史的全部丰富性都压缩在表述层面的时候，历史的物质性因素就有“流失”的危险，有被“淹没”和“置换”的危险。这种危险由于新历史主义以“解释世界”的“知识破坏”代替“改造世界”的“现实实践”而加剧。我们认为，文学的“文化研究”不仅是为了“解释世界”，其根本目的仍然在于“改造世界”。恰恰在这个根本问题上，新历史主义令人费解地持一种清静无为的态度。因此，这种研究的目标仍然是狭隘的。对资本主义的“知识破坏”应该与对它的“物质改造”联系起来，而新历史主义恰恰在这一点上表现得软弱无力。

新历史主义基于表述的研究方法，有助于人们将“历史性”与“文本性”结合起来而灌注到人类历史活动和文学活动的各个层面和各种要素之中。但是，我们的疑问是，历史的各种因素能否“压缩”到“表述”之中？历时性与共时性之间如何统一？新历史主义所谓的“历史”通常是一种“共时的”历史，这种历史将时间“空间化”，从而将自己完全封闭在自己的语境之中，抹杀了历史的“丰富性”和“复杂性”。这样就正好走到了新历史主义的对立面。在新历史主义那里，“表述”构成了一个循环封闭的圆圈，人们的生存困境和痛苦挣扎的“历史”仍然可能外于这种“表述”。欧洲人当年对非洲人的“表述”就主要是欧洲人表述系统的自我循环，似乎并未真正关注非洲人的苦难与生存困境。研究者发现，在新历史主义看来，“在欧洲人的表述系统之外别无一物”①。

新历史主义“以权力的宏大叙事代替进步论的宏大叙事”的做法遭到批判以后，它曾调整其批评方法，更多地采用“社会能量流通”的观念以代替那个“极权主义的”权力概念。但后者仍然无法让它摆脱“共时性”压过“历时性”的困境。新历史主义对于20世纪以来的历史遗忘症作出

---

① John Brannigan, *New Historicism and Cultural Materialism*, London: Macmillan Press Ltd., 1998, p. 143.

了一定的回击，但它的这种历史研究背后仍然包含着某种“历史的漠视”或“历史精神的淡漠”。批评家杰诺韦塞尖锐指出：“除了某些突出的例子之外，它（新历史主义）其实并不太注重历史（not very historical）。”①

其实，一种共时的历史不仅仅包含着对“历史进步发展论”的否定，也在一定程度上排斥了“历史变化”的观念，抹杀了历史变化的线性序列，进而“以当前的共时转义学置换了过去的历时地图”②。我们相信，与过去的交往就是相信当前会变得更好，尽管可能并不是“连续性的”和“进步论的”，但至少会有所不同。因此，新历史主义还应该继续深化其“历史意识”，以避免在破除了“历史进步论”和“历史连续性”之后，完全将自己封闭在自己当下的语境之中。

新历史主义相当成功地将“历史精神”注入“人文精神”之中，并且在历史性基础上，刷新了人们对人文精神和审美精神的认识，破除了超越“历史性”而讨论“人文精神”以及“审美精神”的自由人文主义幻想。而且，它在一定程度上将“历史精神”、“人文精神”和“审美精神”统一于“表述”之中，这给历史精神与人文精神的新的融合创造了可能性，也深化了人们对文学本质和作家主体的认识。这是新历史主义的理论创造性的重要方面。但是，它似乎未能辩证地看待“人文精神”，未能对人文精神中的某些合理成分进行积极汲取。人文主义的某些精神，如对“平等”的追求，尽管属于一种历史性建构，但它在今天仍然应该具有意义，不该完全放弃。新历史主义对表述的“平等性”的假定就包含着人文主义的某些思想。

总之，新历史主义在对“历史诗学”和文学理论问题的考察中仍然显示出它对物质实践的某种不信任。当它在强调“表述”在殖民活动中的重要性的时候显示出深刻的洞察力。但是，当它过分抬高“表述”的重要性并以之置换物质实践时，它显示出了对物质性实践的极大漠视，在这种漠视背后的，便是它在改造现实问题上的软弱无力。

新历史主义的未来并不在于其自身理论的再生产，也不在于将其方法论和策略直接运用于文本分析，而在于文本反过来有能力“反”历史潮流

---

① Aram Veeser, ed., *The New Historicism*, London: Routledge, 1989, p. 214.

② Paul Hamilton, *Historicism*, London: Routledge, 1996, p. 28.

或者证实某些历史潮流。尽管我们在这里对它进行分析批判，但新历史主义的未来仍然掌握在那些在文学与历史的结合部工作的学者和批评家手中。新历史主义的一部分已经走向了“后殖民主义批评”和“女权主义批评”，这不仅显示了新历史主义观念方法的渗透力，也显示出新历史主义自身也在进行着内部调整和观念更新。

在新历史主义将“历史诗学”的问题“问题化”之后，未来的“历史诗学”要有能力将历史的“三个层面”和“三个向度”同时纳入自己的视野。而未来的文学理论也应该将“历史诗学”的洞见整合到自己的理论体系之中。

第二节　新历史主义文艺思潮的悖论性处境

新历史主义文艺思潮作为各种形式主义和传统历史主义的挑战者崛起于新时期文坛，显示出文学批评和创作实践向历史文化深层拓展的强劲势头。然而，从理论与实践结合的层面全面审视，它尚未摆脱文学回归历史与沉沦历史、颠覆大写历史与陷入小写历史相对主义、强调历史的心理情感性与走向历史不可知论、迷恋边缘意识形态与迷失于意识形态边缘之间的悖论性处境，这些困境的克服当是它在理论和实践上的当务之急。[①] 我们试图通过揭示新历史主义文艺思潮的悖论性处境对价值取向和社会效应作出整体评估。

一、文学回归历史与沉沦历史

新历史主义基于其新史观，将文学文本放回文化历史语境进行考察，通过其“文本间性”理论和实践拆除了文学文本与历史修撰之间的传统藩篱，从而走向史文相济和文史互证，呈现出文学向文化全面伸展和历史向文学充分开放的文学景观。

① 张进：《新历史主义文艺思潮的悖论性处境》，《兰州大学学报》2001 年第 4 期。

从其正面价值看，新历史主义一举命中了形式主义与传统历史主义的双重迷误，既对形式主义施行了学术纠偏，又对传统历史主义进行了改造更新，从而完成了对文史之间多重关联的揭示和确认。在它看来，历史与文学之间不再是“反映对象”与“反映者”之间的单一关系，而是一种多重指涉、复杂交织和相互构成的交互关系。传统所认为的历史与文学之间“真实”与“虚构”的界线已经在其共有的“虚构性”基础上被模糊和消除。传统历史主义的那种文学在历史“真实性”面前卑躬屈膝的仆从关系也被平等的互动关系所替代。这种新型关系不仅可以使文学创作进入更大的自由时空，从历史中汲取滋养、题材和方法而创造出富有历史感和历史魅力的文学佳作，也可以使文学研究者在历史文本和文学文本之间自由出入，驰骋其批评才情。这种批评背后还有一个动态的、开放的、不断生成着的文学观念，这种观念也是当代人的共同诉求。

从其负面效应来说，新历史主义的这种做法，既未真正抵达那个“非再现性的”真实历史事件和历史过程，又因沉溺于“历史”而使文学的审美本质问题一直处于悬而未决状态，而将“文学性”问题悬搁起来或消泯于批评操作过程的“文学”研究毕竟是令人生疑的。这事实上使文学研究沉沦和弥散于历史资料、档案记录、传说故事、稗官野史等历史碎片之中。这使新历史主义文学活动陷入回归历史与沉沦历史的悖论之中。

20世纪后半叶，当各种形式主义沿着自己的批评逻辑推衍到后结构主义阶段时，封闭的文学结构和形式系统向“历史”自行开放了，形式主义最终撞到了历史的铁壁上。这可以说是文学研究中历史主义的“伟大胜利”。可是前来庆功致贺的已不是传统的那种客观的、非再现的历史，而是具有文本性的“历史”，是一种经过结构主义和后结构主义锻造的新历史主义。这种“历史”，只是对历史的一种（再）阐释。当新历史主义者亲近后结构主义者德里达“文外无物”的观念而“面目一新”时，他们实际上已被封闭在能指符号的转换链上，在“叙述的、再现的历史”层面穿梭。这无异于承认了他们已经不可能，也无意于再去企及那最终的所指——那本源的历史史料，那个“非叙述的、非再现的历史事实”[①]，而是

① ［美］弗雷德里克·詹姆逊著，王逢振、陈永国译：《政治无意识——作为社会象征行为的叙事》，北京：中国社会科学出版社1999年版，第70页。

通过对“文本的历史性和历史的文本性”的强调，将“解释与历史修撰、历史与历史书写”视为“同一回事”了。① 因此，纵然新历史主义可以沉浸于历史阐释的欢愉之中，但它似乎只是在文本之中与历史文化相互赠答，终有一种“隔水问樵夫”的不实之感。

这种情况在中国新时期的新历史主义文学创作中，表现为作家以集体进入“历史”的方式解构和颠覆了一切可能的历史，沉迷于历史瓦砾之中做碎片拼接游戏，从而将历史的精神性和神圣性消解殆尽，而作家每常通过这个逻辑怪圈又一次最终置身于历史之外。一些因追求文艺精神性而走向历史的作家却沉沦于历史废墟，忘却了文学的审美性。

刘震云的小说《温故一九四二》中不厌其烦的资料征引和档案堆砌也在某种程度上损坏了作品的艺术完整性，使作者在小说中也不得不承认“这不是写小说”，读者也难以从中感受到作品的审美震撼力。作者在这种历史档案的翻检和书写中与“文学性”失之交臂，使作品失去了审美依托。在批评领域，批评家往往注重从政府文告、法律文本、野史传闻等档案资料中汲取材料而说明社会能量的“流通”和文学文本与它们之间的“交换”，常常表现出将文学混同于其中的趋势，丧失了对各种文本进行判别的价值维度。

看来，当文学与历史文化相互开放之后，如何在历史文化大视野下寻求一条切中肯綮的“文学”创作和研究方法仍然是新历史主义文艺思潮的当务之急，而如何从历时态与共时态的结合部切实地出入历史文化，正是文学创作需要认真解决的理论和实践课题。

二、文学颠覆大历史与小历史的相对主义

新历史主义者由于对大写官修历史的深刻质疑而普遍转向对“小写历史”的推崇和对大写历史的有意识颠覆。从其正面价值看，这打破了传统“正史”的叙述话语专制，确认了一般大众的历史话语权力，为历史修撰的多样性进行了合法性辩护。无论是按照恩格斯的“历史合力论”还是新历史主义者的“撰史是一种阐释”的理论，历史修撰的多样性是应该肯定

① Paul Hamilton, *Historicism*, London: Routledge, 1996, p. 21.

的。新历史主义者充分意识到自己在历史阐释方面的使命，而其对历史话语权力的积极介入态度也是值得肯定的。

然而，新历史主义所面临的悖论性困境也是不容回避的。他们实现了阉割大历史和重构小历史的双重快感。但是，大写历史的解构并不能阻止新历史主义的文学创作和批评滑向小历史相对主义。的确，长期以来，“大历史”作为正史，经常只是“漫步在富丽堂皇的大厅”，只是一些关注江山的改朝换代和政权归属的“宏大叙事”，小人物的悲惨命运是超出这种历史书写的视野之外的。新历史主义文学所精心构筑的心史情史、秘史野史和家族村落史将历史的聚光点对准那些向来被大历史的强光照射得黯然失色的历史场景，得出逸出大历史已成定论的历史结论，这种做法本身就是对大历史的颠覆和拆解。周梅森的小说《国殇》借小说人物之口道出了这一事实：“历史的进程是在密室中被大人物们决定的，芸芸众生们无法改变它，他们只担当实践它、推进它或埋葬它的责任，过去是这样，现在是这样，未来也许还是这样。”① 这种感喟同时也就是对大历史合法性的盘诘。但是，小说对小历史真实进程的漫长追踪和书写最后也被轻轻抹去了：为保全所部袍泽弟兄性命而发出附逆投敌令又不愿蒙羞而自杀的军长，生死关头尚在争权夺利的副军长和率军突出日军重围的师长同时被戴上了“壮烈殉国”的花环，“历史只记住了这个结局”。这个结论使大历史的大厦摇摇欲坠，但这也动摇了小历史自身的可信性，因为小历史是在与大历史的二元对立中获得其价值的。就像《温故一九四二》一样，作品选取的“资料”虽与广为人知的其他历史资料有所不同，但毕竟也是以文本形式存在的历史资料，似乎也是“大而化之”的。在此基础上形成的“历史”，只是向正史的神圣性投去了疑团，却无法使自身成为“真实的”历史。这时，作者在这种历史书写中与“真实历史过程”擦肩而过。

从理论上说，新历史主义者并不公开否认那个“非叙述的历史”，但是，他们恰恰在这个重要的理论和实践问题上持怀疑态度。新历史主义小说从迷恋历史碎片到任意杜撰史料，正是以实际行动对“非叙述的历史”的回避。如果说在“重写革命史”运动中作家还对微小史料感兴趣并能表示一定尊重的话，那么，在如《我的帝王生涯》、《风》等带有新历史主义

---

① 周梅森：《军歌》，武汉：长江文艺出版社1994年版，第83页。

特征的小说中，通过杜撰史料颠覆大历史已经成为一种通用策略。在各种小历史中，恰如福柯将“差异”和“断裂”楔入历史所造成的效果一样，历史已丧失了其真正的起源性和连续性。格非的小说《青黄》以对“历史”构成过程的揭示证明了历史“起源性”的缺席和历史连续性的不可信赖，从而也就取消了小历史自身存在的合法性。在此基础上，文学的历史文化“转向”就不啻是对历史文化的“拒绝”。

进而言之，除了对大历史的颠覆作用外，各种小历史之间也是相互取消和彼此解构的。1991 年 10 月号《上海文学》上的小说《撰史》暗示了这一点。几个老革命对往事的记忆与党史资料的记载彼此错位，文字的历史与人心的历史在相互矛盾中彼此消解，最终无法构筑起一段真正的历史，历史在各种小写历史的描述下变成了一团“迷雾”。这种对历史迷雾的专注消解了历史的价值。这意味着仅仅从小历史出发来撰写历史的悖谬性。这里，新历史主义“以一种无定性的整体观照来看待历史”① 的理论承诺与批评和创作实践中建构“整体历史”的不可能之间产生了悖反。

各种小写历史往往只是与既往大写历史进行的所谓“文本间性”创作，它们有意识使历史结论逸出大写历史，这势必使自身的价值变得相对而有限。事实上，“重写革命史”的小说创作似乎并未达到被重写者当年所达到的历史和艺术水准。对巴金、杜鹏程、周立波等人的作品的戏拟式“文本间性创作”，往往只是以“二元对立”为基础对模仿对象的线性反动，是严重受制于模仿对象的“负模仿”，并未实现对这些作品所达到境界的“超越”。“重写文学史”运动也有同样的弊端。小历史是由于与大历史之间的“差异性”而获得价值，也会因大历史的坍塌而丧失价值，这又恰好落入了非历史的结构主义共时语言学的方法论陷阱。

在一些作者眼中，宏大叙事只不过是由当权的统治者按着自身的政治倾向和意识形态诉求所虚构和编造出来的“伪文本”，因而持怀疑和否定的态度。他们的做法是回避和消解历史的本质和主流，追寻和拓展微小叙事的空间，从野史、稗史、逸史中寻觅素材，注重描写宗族史、家族史、村落史、家庭史以及个人的命运史、心灵史、性爱史和欲望史，虚构和编

---

① 盛宁：《新历史主义》，台北：扬智文化事业股份有限公司 1996 年版，第 132 页。

织带有非理性主义色彩的灰暗、奇异和狭窄的故事。的确，历史是有大和小、个别和一般之分的，微小叙事也有其合理性，它是对主流历史宏大叙事的补充，而且它关注的对象多是社会底层的普通老百姓的生活。但是对于在描写这些小历史的时候，也必须表现出历史的大趋势；在描写这些细微现象的时候，也必须凸现出历史的本质特征，这是历史唯物主义的基本要求。令人遗憾的是，受新历史主义支配的文学作品，并没有开掘出这个领域真正影响历史发展的本质力量，表现出历史发展的大趋势，而是通过大写小历史，把小历史变成大历史；通过小写大历史，把大历史变成小历史；通过大写个别现象，把个别现象变成一般现象，造成文本和史实的易位和倒错，以诱导读者误读历史、误解历史。

新历史主义面临的真正问题是，如何达到对大历史的超越，而不仅仅是"取代"大历史或沦为大历史的"笺注"。这种二元对立的思维方式，使新历史主义陷入自己所意识到的悖论："沦陷为自己所揭露的实践的牺牲品。"[①] 专意书写小历史的做法，不但使自身陷入价值相对主义，而且最终陷入历史相对主义。相对主义是一把双刃剑，在刺向大历史的同时，也使小历史受了致命伤。

三、历史的心理情感化与历史不可知论

新历史主义竭力排除对历史对象式的单向涉入，而力图进入与过去和现在的"双向辩证对话"中，着意发掘人性重塑的心灵史。这种取向必然引导人们追求与过去和现在的双重心理情感共鸣，从而使心理情感成为人与历史和现实沟通的重要渠道。

这种多少与法国年鉴学派和新解释学相关的方法，对文学的效用是双重的：一方面，从心灵和人性方面深化了对文学情感性的认识和把握；同时，对心理内蕴和一些经过心灵浸染的历史偶然因素的重视和运用，突出了文学的情感性特点和文学中意识的自由流动，拓展了文学的思维空间。多数新历史主义小说都避开对重大历史事件的全面书写，更无意于通过重

---

① 张京媛主编：《新历史主义与文学批评》，北京：北京大学出版社 1993 年版，第 8 页。

大历史事件的逻辑排列来印证历史发展的某些已成定论的必然性，而是通过一种“人同此心，心同此理”的人性标准选择材料，通过对历史偶然事件的选择和渲染，来叙说自己对历史发展的内心感受——偶然无定。如在黎汝清的小说《皖南事变》中，偶然性因素对设置情节、烘托议论和作家笔触的自由跳跃的作用被发挥得淋漓尽致。这印证了作者自己“考察历史要从社会现象进入人的心态”① 的结论。总之，从其正面价值看，历史可能因为作家笔触真正伸入人的“心态”而变得活泼、丰盈和生动。

另一方面，我们发现，当知识分子密集涌入历史的时候，他们再也不相信历史是文学文本语义生成的客观基础。阐释者也无法进入或重建过去复杂的历史场景，甚至也不可能摆脱自己的历史性，因为，历史认识的主体和客体属于相同的历史活动，“理解存在的活动本身被证明是一种历史的活动，是历史性的基本状态”。这种对历史客观主义的摈弃有可能使历史成为复杂多义的相对性的集积。面对这种困境，新历史主义者采取了积极的态度。格林布拉特说：“我不会在这种混杂多义性面前后退，它们是全新研究方法的代价，甚至是其优点所在。我已经试图修正意义不定和缺乏完整之病，其方法是不断返回个人经验和特殊情境中去，回到当时的男女每天都要面对的物质必需和社会压力上去，并落实到一部分享有共鸣性的文本上。”② 虽然如此，人们却无法真正“回到”过去。格林布拉特坦然承认，当他与死者对话的时候，“我竭尽全力所能倾听到的，只有我自己的声音”③。我们看到，新历史主义积极进入历史的方式表现为“返回”个人情境。进入历史与躲进心灵竟然是同一条道路！这样，新历史主义恰好陷入了又一个悖论：通过心灵去穿透历史的确对文学具有重大意义，但心灵在尚未到达历史之前便已返回自我，并陷入具有强烈非理性色彩的心造幻影之中。

以这样一种特殊处境与历史对话，势必使一些偶然性的因素得到突显，使历史不可知论和历史怀疑论的迷雾弥漫开来。新历史主义小说中所

---

① 黎汝清：《皖南事变》，北京：解放军文艺出版社 1987 年版，第 144 页。

② Stephen Greenblatt, *Renaissance Self-Fashioning*, Chicago: University of Chicago Press, 1980, p. 5.

③ Stephen Greenblatt, *Shakespearean Negotiations*, Berkeley: University of California Press, 1988, p. 1.

表现的“历史”多是一种偶然无定的漂浮物，斗转蓬飞，具有令人不安但又无法破悉的神秘力量。因为，面对苍茫的历史，他们无心收集史料，也无意寻找历史背后的必然性，而是首先扪心自问：“我这个没有经历过战争的人是否也能在稿纸上铺开战争的图画……我是否有能力完成一场既属于历史，又属于我个人的战争?”① 这种心造的历史充满着偶然性和扑朔迷离的不确定性。这对于只相信历史的客观必然性而无视任何偶然因素的人来说，或许不无纠偏作用。但是，我们发现，这同时是以对历史必然性和历史可知论的排除为代价的。《皖南事变》中浮出文本的最终感叹是：“世界是不可知的”，原因是历史即“心史”，人心对历史具有非同一般的意义；人心不可测度，历史也因而变幻莫测，阐释者自己的意义因而也弥散开去无从确定。阐释历史是人们占有自己当下生存意义的本体行为，新历史主义者对历史偶然性的迷恋显示出他们深刻的历史焦虑和历史认同危机，折射出的是他们在现实面前的软弱无力。

因此，新历史主义进入历史的意义是可疑的。无论怎样说，进入历史不应当是为了印证历史的不可知性，对历史进步论和历史决定论的反叛不应当是为了向历史不可知论、历史怀疑论和历史偶然论的妥协和认同。由于对大历史的怀疑而陷入历史的不可知论，使新历史主义理论的内部能量损耗殆尽。看来，新历史主义还必须从理论和实践两个方面对这种困境进行克服。

四、文学坚守意识形态边缘的魅力与迷失

从理论到实践，从批评方法到创作姿态，新历史主义都坚守着自己的边缘地位——偏僻的村落、颓败的家族、散乱的历史瓦砾、被压抑的心理情感、鲜为人知的逸闻逸事等边缘的史料；被排挤的小人物、游离于正史之外的乡野村夫、匪帮流寇等边缘的主人公；逸出正史和历史常识的、有违于“论坛历史”和“讲坛历史”的“民间历史”等的边缘历史结论；逍遥于任何一个理论流派之外的边缘的理论立场和观察视角。怀特认为：“历史的这些内容在‘创造性’的意义上（我不打算说是‘幻想的’或

① 周梅森：《题外话》，《中篇小说选刊》1988 年第 3 期。

‘想象的’意义上）可以被视为‘诗学的’，因为它们对在自己出现时占统治地位的社会组织形式、政治支配和服从结构，以及文化符码等的规则、规律和原则表现出逃避、超脱、抵触、破坏和对立。”①

新历史主义确信自身的边缘化策略是对主流意识形态的挑战与反叛，因此追求边缘并安于边缘乐而忘返。这种做法刻意把文学置于意识形态的边缘地带，并通过对这种边缘状态的书写，突破了各种形式主义的文本界线，在社会文化和历史现实的广阔背景上演示文学的本质和功能，对文学与意识形态之间的复杂关系作出了相当深入的探索和说明。可以说，新历史主义文学批评理论最突出的特点正是对文学意识形态性的重视和强调。值得注意，它对文学意识形态性的强调采用两种形式：有时是通过对权力关系的直接叙述而从正面进行的；有时，特别是在创作中，是在二元对立关系语境中通过对主流意识形态的“疏离”而以否定方式进行的。

从正面价值而言，这种做法突破了各种形式主义的束缚而确认了文学的意识形态性，重视了文学与社会风尚、心理特征、国家机构、宗教形式、家庭组织、权力结构、传统惯例等文化现象之间的广泛关联，把文学重新植根于人类历史的沃野，这不啻是对近一个世纪以来各种形式主义理论的当头棒喝；同时，它也对文学与意识形态之间关系的复杂性作了相当充分的说明，是对传统文学理论在这个问题上简单化的理论与实践的有力矫正。

从负面效应来说，新历史主义既未能对文学作为审美意识形态的特殊性进行充分说明，也由于过分强调社会权力结构等政治因素对文学的影响而造成对文学审美娱乐作用的某种忽视；同时，它通过对文学意识形态性的强调而突出了文学的政治价值，但忽视甚至不承认文学的科学性或认知性。这种复杂的境况使新历史主义陷入悖论处境中。

文学作为一种特殊的审美意识形态，其认知功能、审美功能和教育功能等是辩证统一的，任何一个方面都不能孤立地发挥作用。新历史主义回归历史的同时又沉沦于历史，兼之对文学的审美性的认识和强调不足，致使其理论批判功能的发挥缺乏审美依托。

---

① 张京媛主编：《新历史主义与文学批评》，北京：北京大学出版社 1993 年版，第 106 页。

从认知论与价值论的关系来说，新历史主义文学的迷失表现为，不承认文学作为一种特殊意识形态是对社会生活的能动反映，忽视通过求知求真的目的体现文学的认知性和科学性，甚至抹杀作家和批评家通过选择、理解、分析和评判表达一定的价值取向和价值理想。不论是文艺创作还是文艺批评，都必然是科学性与价值性的统一。新历史主义者只是一味强调文学对于意识形态的巩固或破坏的价值功能，而不重视文学的认知关系。这颠倒了文学的认知属性与价值属性之间的关系，从而使文学价值的实现失去了认知性根基。

文学作为一种审美意识形态，无法只从意识形态内部得到说明。新历史主义往往将文学禁锢在文本化意识形态的狭小圈子里，只通过文学对意识形态的巩固、反叛或颠覆作用来确立文学的存在依据，致使文学失去了与社会生活的血肉关联。它吸取了后结构主义二元对立、非此即彼的“逆向思维”方法，如颠覆与反颠覆、权力与反权力、历史与反历史、语言与反语言，甚至以二元对立的方式去看待文学文本与社会文本、历史意识与非历史意识。这使其不可能重视历史本身的丰富内涵，从而出现“意义短路”的险情。这也使文艺批评和文艺创作丧失自身的独特性和新颖性，这与文学的本质特征是相悖反的。这样做可能使自己成为被主流意识形态排抑出来以作为同化和顺化的对象而沦为主流意识形态的牺牲品，甚至与主流意识形态同流合污。这种为反抗而反抗的批评是没有力量的，通过对历史的批判来实现对当今意识形态批判的目的，往往在批评操作中被稀释甚至化为乌有。这种情况在小说创作中尤为明显，一些热衷于颠覆“正史”的人因为历史大厦的轰然坍塌而无所适从，通过寻求文学精神性而进入历史的写作变成了对日常生活平庸性和琐碎性的认同。这暴露出作家在现实生活面前的无力状态和逃避态度。新历史主义在指责其他形态的文艺批评和文艺创作为“虚假意识”的囚徒的同时，自己也无法摆脱同样的命运。

从另一方面看，新历史主义发展到今天，它与主流意识形态的对抗已经变得媚俗、平庸、无意义，而正是这些东西似乎成了我们这个时代的“主流文化”。作为“重写文学史”运动的主要代表，陈思和先生反思道：“当有些年轻作家自认为反对了原先宏大叙事里的崇高理想，就能还原人的自由本相时，却没有意识到你所放纵的轻薄、凡俗、卑琐的自由本相里，也同样认同了一种并不完全属于你的世俗‘主流文化’，你仍然是一个代言人或传声筒。”① 看来，新历史主义文艺思潮在这个问题上的自我反省已刻不容缓。

总之，新历史主义文艺思潮以自身的方式重新提出了而不是解决了美学方法和史学方法相结合、共时性与历时性相统一的问题。在当代文化语境中，提出和探索如上问题本身就是富有意义的。新历史主义文艺思潮面临的难题很大程度上也是文学的难题，诚如批评家考莱·布鲁克指出的，“新历史主义面临的难题也是文学理论自身的难题”②。新历史主义探索文学难题的努力是可贵的。从这个意义上说，近年来不断高涨的“新历史主义之后”的呼声，不能只理解为对新历史主义的否定和批评，而应该理解为人们对克服新历史主义思维盲区而使其健康发展的善意期待。在这一过程中，唯物史观是引导新历史主义走出历史迷宫的“阿里阿德涅之线”。

---

① 李复威主编：《世纪之交的文论》，北京：北京师范大学出版社 1999 年版，第 153 ~ 154 页。

② Claire Colebrook, *New Literary Histories*, Manchester: Manchester University Press, 1997, p. 234.

参考文献

中文部分：

1.《马克思恩格斯选集》(1—4 卷)，北京：人民出版社 1995 年版。

2.［匈］卢卡奇著，杜章智等译：《历史与阶级意识——关于马克思主义辩证法的研究》，北京：商务印书馆 1995 年版。

3.［英］G. A. 柯亨著，岳长龄译：《卡尔·马克思的历史理论——一个辩护》，重庆：重庆出版社 1989 年版。

4.［美］威廉姆·肖著，阮仁慧等译 ：《马克思的历史理论》，重庆：重庆出版社 1989 年版。

5.［德］阿尔弗雷德·施密特著，张伟译：《历史和结构——论黑格尔马克思主义和结构主义的历史学说》，重庆：重庆出版社 1993 年版。

6.［英］迈克·克朗著，杨淑华、宋慧敏译：《文化地理学》，南京：南京大学出版社 2003 年版。

7.［意］葛兰西著，徐崇温译：《实践哲学》，重庆：重庆出版社 1990 年版。

8.［英］斯图亚特·西姆著，王昆译：《德里达与历史的终结》，北京：北京大学出版社 2005 年版。

9.［意］安东尼奥·葛兰西著，曹雷雨等译：《狱中札记》，北京：中国社会科学出版社 2000 年版。

10.［美］诺埃尔·卡罗尔著，李媛媛译：《超越美学》，北京：商务印书馆 2006 年版。

11.［德］瓦尔特·本雅明著，陈永国、马海良编：《本雅明文选》，北京：中国社会科学出版社 1999 年版。

12.［意］维柯著，朱光潜译：《新科学》，北京：商务印书馆 1989 年版。

13. ［德］康德著，何兆武译：《历史理性批判文集》，北京：商务印书馆 1996 年版。

14. ［德］黑格尔著，王造时译：《历史哲学》，北京：生活·读书·新知三联书店 1956 年版。

15. ［英］E. P. 汤普森著，钱乘旦等译：《英国工人阶级的形成》，南京：译林出版社 2001 年版。

16. ［法］丹纳著，傅雷译：《艺术哲学》，北京：人民文学出版社 1983 年版。

17. ［意］贝奈戴托·克罗齐著，傅任敢译：《历史学的理论和实际》，北京：商务印书馆 1982 年版。

18. ［英］R. G. 柯林武德著，何兆武、张文杰译：《历史的观念》，北京：中国社会科学出版社 1986 年版。

19. ［英］汤因比著，曹未风等译：《历史研究》，上海：上海人民出版社 1959 年版。

20. ［美］乔伊斯·阿普尔比等著，刘北成、薛绚译：《历史的真相》，北京：中央编译出版社 1999 年版。

21. 张文杰等编译：《现代西方历史哲学译文集》，上海：上海译文出版社 1984 年版。

22. 田汝康选编：《现代西方史学流派文选》，上海：上海人民出版社 1982 年版。

23. ［英］彼得·伯克著，姚明等译：《历史学与社会理论》，上海：上海人民出版社 2001 年版。

24. ［美］弗朗西斯·福山著，黄胜强、许铭原译：《历史的终结及最后的人》，北京：中国社会科学出版社 2003 年版。

25. ［俄］维谢洛夫斯基著，刘宁译：《历史诗学》，天津：百花文艺出版社 2003 年版。

26. ［德］威廉·狄尔泰著，艾颜、逸飞译：《历史中的意义》，北京：中国城市出版社 2002 年版。

27. 韩震、孟鸣岐：《历史哲学——关于历史性概念的哲学阐释》，昆明：云南人民出版社 2002 年版。

28. 李泽厚：《历史本体论》，北京：生活·读书·新知三联书店 2002

年版。

29. ［英］沃尔什著，何兆武、张文杰译：《历史哲学——导论》，桂林：广西师范大学出版社 2001 年版。

30. ［美］海登·怀特著，陈永国、张万娟译：《后现代历史叙事学》，北京：中国社会科学出版社 2003 年版。

31. ［瑞士］雅各布·布克哈特著，何新译：《意大利文艺复兴时期的文化》，北京：商务印书馆 2002 年版。

32. 何兆武主编：《历史理论与史学理论》，北京：商务印书馆 1999 年版。

33. ［德］汉斯—格奥尔格·加达默尔著，夏镇平、宋建平译：《哲学解释学》，上海：上海译文出版社 1994 年版。

34. ［德］伽达默尔著，严平编选，邓安庆等译：《伽达默尔集》，上海：上海远东出版社 1997 年版。

35. ［德］汉斯—格奥尔格·加达默尔著，洪汉鼎译：《真理与方法——哲学诠释学的基本特征》，上海：上海译文出版社 1992 年版。

36. ［法］保罗·利科尔著，陶远华等译：《解释学与人文科学》，石家庄：河北人民出版社 1987 年版。

37. ［法］保罗·利科著，王建华译：《法国史学对史学理论的贡献》，上海：上海社会科学院出版社 1992 年版。

38. ［苏］A. 古列维奇著，庞玉洁、李学智译：《中世纪文化范畴》，杭州：浙江人民出版社 1992 年版。

39. ［美］戴维·霍伊著，张弘译：《阐释学与文学》，沈阳：春风文艺出版社 1988 年版。

40. ［德］恩斯特·卡西尔著，甘阳译：《人论》，上海：上海译文出版社 1985 年版。

41. ［德］E. 卡西勒著，顾伟铭等译：《启蒙哲学》，济南：山东人民出版社 1996 年版。

42. ［德］尼采著，陈涛译：《历史的用途与滥用》，上海：上海人民出版社 2000 年版。

43. ［德］尼采著，周红译：《论道德的谱系》，北京：生活·读书·新知三联书店 1992 年版。

44. ［英］卡尔·波普尔著，何林、赵平译：《历史主义贫困论》，北京：中国社会科学出版社 1998 年版。

45. ［法］列维—斯特劳斯著，李幼蒸译：《野性的思维》，北京：商务印书馆 1987 年版。

46. ［法］米歇尔·福柯著，谢强、马月译：《知识考古学》，北京：生活·读书·新知三联书店 1999 年版。

47. ［法］米歇尔·福柯著，张延琛译：《性史》，上海：上海科学技术出版社 1989 年版。

48. ［法］米歇尔·福柯著，杜小真译：《福柯集》，上海：上海远东出版社 1998 年版。

49. ［法］米歇尔·福柯著，莫伟民译：《词与物》，上海：上海三联书店 2001 年版。

50. ［法］米歇尔·福柯著，刘北成、杨远婴译：《规训与惩罚——监狱的诞生》，北京：生活·读书·新知三联书店 1999 年版。

51. ［法］让—弗朗索瓦·利奥塔尔著，车槿山译：《后现代状态——关于知识的报告》，北京：生活·读书·新知三联书店 1997 年版。

52. ［苏］巴赫金著，白春仁、晓河译：《小说理论》，石家庄：河北教育出版社 1998 年版。

53. ［苏］巴赫金著，佟景韩译：《巴赫金文论选》，北京：中国社会科学出版社 1996 年版。

54. ［苏］巴赫金著，张杰编选：《巴赫金集》，上海：上海远东出版社 1998 年版。

55. ［美］卡特琳娜·克拉克、［美］迈克尔·霍奎斯特著，语冰译：《米哈伊尔·巴赫金》，北京：中国人民大学出版社 1992 年版。

56. 廖炳惠：《形式与意识形态》，台北：联经出版事业公司 1990 年版。

57. ［法］茨维坦·托多洛夫著，王东亮、王晨阳译：《批评的批评——教育小说》，北京：生活·读书·新知三联书店 1988 年版。

58. ［法］布尔迪厄著，包亚明译：《文化资本与社会炼金术》，上海：上海人民出版社 1997 年版。

59. ［美］乔治·E. 马尔库斯、［美］米开尔·M. J. 费彻尔著，王铭铭、蓝达居译:《作为文化批评的人类学》，北京：生活·读书·新知三联书店 1998 年版。

60. 陆贵山:《宏观文艺学论纲》，沈阳：辽宁大学出版社 2000 年版。

61. 张京媛主编:《新历史主义与文学批评》，北京：北京大学出版社 1993 年版。

62. 中国社会科学院外国文学研究所《世界文论》编辑委员会编:《文艺学与新历史主义》，北京：社会科学文献出版社 1993 年版。

63. 盛宁:《新历史主义》，台北：扬智文化事业股份有限公司 1996 年版。

64. 王岳川:《后殖民主义与新历史主义文论》，济南：山东教育出版社 1999 年版。

65. 金元浦:《接受反应文论》，济南：山东教育出版社 1998 年版。

66. 张京媛主编:《后殖民主义与文化批评》，北京：北京大学出版社 1999 年版。

67. 董学文:《文艺学当代形态论》，北京：北京大学出版社 1998 年版。

68. [美] 马文·哈里斯著，张海洋、王曼萍译:《文化唯物主义》，北京：华夏出版社 1989 年版。

69. 刘小枫编选:《接受美学译文集》，北京：生活·读书·新知三联书店 1989 年版。

70. 徐贲:《走向后现代和后殖民》，北京：中国社会科学出版社 1996 年版。

71. [英] 戴维·莱恩著，艾晓明等译:《马克思主义的艺术理论》，长沙：湖南人民出版社 1987 年版。

72. [美] 弗雷德里克·杰姆逊著，钱佼汝、李自修译:《语言的牢笼 马克思主义与形式》，南昌：百花洲文艺出版社 1995 年版。

73. [美] 弗雷德里克·詹姆逊著，唐小兵译:《后现代主义与文化理论——弗·杰姆逊教授讲演录》，西安：陕西师范大学出版社 1987 年版。

74. [美] 弗雷德里克·詹姆逊著，王逢振、陈永国译:《政治无意识——作为社会象征行为的叙事》，北京：中国社会科学出版社 1999 年版。

75. ［美］弗雷德里克·詹姆逊著，胡亚敏等译：《文化转向》，北京：中国社会科学出版社 2000 年版。

76. ［美］詹明信著，张旭东编，陈清侨等译：《晚期资本主义的文化逻辑》，北京：生活·读书·新知三联书店 1997 年版。

77. ［英］特里·伊格尔顿著，马海良译：《历史中的政治、哲学、爱欲》，北京：中国社会科学出版社 1999 年版。

78. ［英］特雷·伊格尔顿著，伍晓明译：《二十世纪西方文学理论》，西安：陕西师范大学出版社 1987 年版。

79. ［英］特里·伊格尔顿著，王杰等译：《美学意识形态》，桂林：广西师范大学出版社 1997 年版。

80. ［英］特里·伊格尔顿著，华明译：《后现代主义的幻象》，北京：商务印书馆 2000 年版。

81. ［荷］佛克马、［荷］易布思著，林书武等译：《二十世纪文学理论》，北京：生活·读书·新知三联书店 1988 年版。

82. ［美］拉尔夫·科恩主编，程锡麟等译：《文学理论的未来》，北京：中国社会科学出版社 1993 年版。

83. ［英］拉曼·塞尔登著，刘象愚、陈永国等译：《文学批评理论——从柏拉图到现在》，北京：北京大学出版社 2000 年版。

84. ［德］马丁·海德格尔著，陈嘉映、王庆节译：《存在与时间》，北京：生活·读书·新知三联书店 1987 年版。

85. ［英］特伦斯·霍克斯著，瞿铁鹏译：《结构主义和符号学》，上海：上海译文出版社 1987 年版。

86. ［美］克利福德·格尔兹著，纳日碧力戈等译：《文化的解释》，上海：上海人民出版社 1999 年版。

87. ［美］克利福德·吉尔兹著，王海龙、张家瑄译：《地方性知识——阐释人类学论文集》，北京：中央编译出版社 2000 年版。

88. ［法］杜夫海纳等著，刘应争译：《当代艺术科学主潮》，合肥：安徽文艺出版社 1991 年版。

89. ［美］斯蒂文·贝斯特、［美］道格拉斯·凯尔纳著，张志斌译：《后现代理论——批评性的质疑》，北京：中央编译出版社 1999 年版。

90. 杨周翰：《镜子与七巧板》，北京：中国社会科学出版社 1990

年版。

91. 叶秀山：《思·史·诗》，北京：人民出版社1988年版。

92. 徐崇温：《西方马克思主义》，天津：天津人民出版社1983年版。

93. 马驰：《新马克思主义文论》，济南：山东教育出版社1999年版。

94. 周宪：《超越文学》，上海：上海三联书店1997年版。

95. 朱狄：《当代西方艺术哲学》，北京：人民出版社1994年版。

96. ［美］卫姆塞特、［美］布鲁克斯著，颜元叔译：《西洋文学批评史》，北京：中国人民大学出版社1987年版。

97. 王彪选评：《新历史小说选》，杭州：浙江文艺出版社1993年版。

98. 陈思和：《笔走龙蛇》，济南：山东友谊出版社1997年版。

99. 陈晓明：《表意的焦虑——历史祛魅与当代文学变革》，北京：中央编译出版社2002年版。

100. 陈晓明：《无边的挑战》，长春：时代文艺出版社1993年版。

101. 郭宝亮：《洞穿人生与历史的迷雾》，北京：华夏出版社2000年版。

102. 王德威：《想像中国的方法——历史·小说·叙事》，北京：生活·读书·新知三联书店1998年版。

103. 孟悦：《历史与叙事》，西安：陕西人民出版社1991年版。

104. ［美］蒲安迪讲演，陈珏整理：《中国叙事学》，北京：北京大学出版社1996年版。

105. 杨义：《中国叙事学》，北京：人民出版社1997年版。

106. ［美］叶维廉：《中国诗学》，北京：生活·读书·新知三联书店1992年版。

107. 丁宁：《绵延之维——走向艺术史哲学》，北京：生活·读书·新知三联书店1997年版。

108. 陶东风：《文学史哲学》，福州：福建人民出版社1992年版。

109. 黄进兴：《历史主义与历史理论》，西安：陕西师范大学出版社2002年版。

110. 赵宪章：《西方形式美学》，上海：上海人民出版社1996年版。

111. 周英雄：《比较文学与小说诠释》，北京：北京大学出版社1990年版。

112. 夏基松、沈斐凤：《历史主义科学哲学》，北京：高等教育出版社1995年版。

113. ［美］乔纳森·卡勒著，陆扬译：《论解构》，北京：中国社会科学出版社1998年版。

114. 钱中文：《文学理论：走向交往对话的时代》，北京：北京大学出版社1999年版。

115. ［美］大卫·雷·格里芬编，王成兵译：《后现代精神》，北京：中央编译出版社1998年版。

116. 张法：《中西美学与文化精神》，北京：北京大学出版社1994年版。

117. 冯宪光：《"西方马克思主义"美学研究》，重庆：重庆出版社1997年版。

118. ［法］皮埃尔·布迪厄、［美］华康德著，李猛、李康译：《实践与反思——反思社会学导引》，北京：中央编译出版社1998年版。

119. 赵一凡：《欧美新学赏析》，北京：中央编译出版社1996年版。

120. ［美］M. H. 艾布拉姆斯著，郦稚牛译：《镜与灯——浪漫主义文论及批评传统》，北京：北京大学出版社1989年版。

121. 王岳川等编：《后现代主义文化和美学》，北京：北京大学出版社1993年版。

122. 朱立元主编：《当代西方文艺理论》，上海：华东师范大学出版社1997年版。

123. ［英］彼得·伯克著，姚朋等译：《历史学与社会理论》，上海：上海人民出版社2001年版。

124. 张汝伦：《历史与实践》，上海：上海人民出版社1995年版。

125. 许苏民：《历史的悲剧意识》，上海：上海人民出版社1992年版。

126. 南帆：《文学的维度》，上海：上海三联书店1998年版。

127. ［美］爱德华·W. 赛义德著，谢少波等译：《赛义德自选集》，北京：中国社会科学出版社1999年版。

128. ［法］罗兰·巴尔特著，李幼蒸译：《符号学原理》，北京：生活·读书·新知三联书店1988年版。

129. 李幼蒸：《历史符号学》，桂林：广西师范大学出版社2003年版。

130. ［英］马克·柯里著，宁一中译：《后现代叙事理论》，北京：北京大学出版社 2003 年版。

131. ［德］埃里希·奥尔巴赫著，吴麟绶等译：《摹仿论——西方文学中所描绘的现实》，天津：百花文艺出版社 2002 年版。

132. 陈启能、倪为国主编：《书写历史》（第一辑），上海：上海三联书店 2003 年版。

133. ［美］戴卫·赫尔曼主编，马海良译：《新叙事学》，北京：北京大学出版社 2002 年版。

134. ［美］J. 希利斯·米勒著，申丹译：《解读叙事》，北京：北京大学出版社 2002 年版。

135. ［美］斯蒂芬·贝斯特、［美］斯格拉斯·科尔纳著，陈刚等译：《后现代转向》，南京：南京大学出版社 2002 年版。

136. 汪民安、陈永国、马海良主编：《福柯的面孔》，北京：文化艺术出版社 2001 年版。

137. ［美］伊格尔斯著，何兆武译：《二十世纪的历史学》，沈阳：辽宁教育出版社 2003 年版。

138. ［俄］别尔嘉耶夫著，张雅平译：《历史的意义》，上海：学林出版社 2002 年版。

139. ［俄］赫拉普钦科著，张捷、刘逢祺译：《赫拉普钦科文学论文集》，北京：人民文学出版社 1997 年版。

140. ［英］汤因比等著，张文杰编：《历史的话语》，桂林：广西师范大学出版社 2002 年版。

141. 朱国华：《文学与权力——文学合法性的批判性考察》，上海：华东师范大学出版社 2006 年版。

英文部分：

1. Andrew Bennett, Nicholas Royle, *An Introduction to Literature, Criticism and Theory*, London: Pearson Education Limited, 2004.

2. Ryan Michael, *Literary Theory*, Oxford: Blackwell Publishing, 2007.

3. Wolfreys Julian, *Key Concepts in Literary Theory*, Edinburgh: Edinburgh University Press, 2006.

4. Brannigan, John, *New Historicism and Cultural Materialism*, London: Macmillan Press Ltd., 1998.

5. Colebrook, Claire, *New Literary Histories*, Manchester: Manchester University Press, 1997.

6. Cook, Guy, *Discourse and Literature*, Oxford: Oxford University Press, 1994.

7. Cox, J. N. & Reynold, L. J., ed., *New Historical Literary Study*, Princeton: Princeton University Press, 1993.

8. D'Amico, R., *Historicism and Knowledge*, New York: Routledge, 1989.

9. Dollimore, J. & Sinfield, A., *Political Shakespeare*, Manchester: Manchester University Press, 1985.

10. Eagleton, Terry, *The Ideology of the Aesthetic*, Oxford: Basil Blackwell Inc., 1990.

11. Foucault, M., *The Order of Things*, New York: Vintage Books, 1970.

12. Frow, John, *Marxism and Literary History*, Oxford: Basil Blackwell Ltd., 1986.

13. Frye, Northrop, *Anatomy of Criticism*, Princeton: Princeton University Press, 1957.

14. Gallerher, C. & Greenblatt, S., *Practicing New Historicism*, Chicago: The University of Chicago Press, 2000.

15. Greenblatt, S., *Renaissance Self-fashioning*, Chicago: The University of Chicago Press, 1980.

16. Greenblatt, S., *Shakespearean Negotiations*, Berkeley: University of California Press, 1988.

17. Greenblatt, S., *Learning to Curse*, NewYork: Routledge, 1990.

18. Greenblatt, S., *Marvelous Possessions*, Chicago: The University of Chicago Press, 1991.

19. Greenblatt, S., *Hamlet in Purgatory*, Princeton: Princeton University Press, 2001.

20. Greenblatt, S., & Gunn, G., *Redrawing the Boundaries*, New York: Modern Language Association of America, 1992.

21. Hamilton, Paul, *Historicism*, London: Routledge, 1996.

22. Hauser, Arnold, *The Social History of Art*, New York: Vintage Books, 1962.

23. Hawthorn, Jeremy, *Cunning Passages: New historicism, Cultural materialism and Marxism*, London: Hodder Arnold, 1996.

24. Krieger, Murray, *The Ideological Imperative*, Taipei: The Institute of European and American Studies, 1993.

25. Lentricchia, Frank, *After the New Criticism*, Chicago: The University of Chicago Press, 1980.

26. McGann, Jerome J., *Historical Studies and Literary Criticism*, Madison: The University of Wisconsin Press, 1985.

27. Milner Andrew, *Cultural Materialism*, Melbourne: Melbourne University Press, 1993.

28. Munslow, Alun, *Deconstructing History*, London: Routledge, 1997.

29. Palmer, William, J., *Dickens and New Historicism*, London: Macmillan Press Ltd., 1997.

30. Pierters, Jurgen, ed., *Critical Self-Fashioning: Stephen Greenblatt and the New Historicism*, Frankfurt am Main: Peter Lang, 1999.

31. Ryan, Kiernan, ed., *New Historicism and Materialism: A reader*, London: Arnold, 1996.

32. Sinfield, Alan, *Faultlines*, Berkeley: University of California Press, 1992.

33. Terry Eagleton, *Marxism and Literary Criticism*, London: Methuen & Co. Ltd., 1976.

34. Thomas, B., *The New Historicism and Other Old-fashioned Topics*, Princeton: Princeton University Press, 1991.

35. Veeser, H. A., ed., *The New Historicism*, London: Routledge, 1989.

36. Veeser, H. A., ed., *The New Historicism: A Reader*, New York: Routledge, 1994.

37. White, Hayden, *Metahistory: The Historical Imagination in Nineteenth-century Europe*, Baltimore: The Johns Hopkins University Press, 1973.

38. White, Hayden, *The Content of the Form*, Baltimore: The Johns Hopkins

University Press, 1987.

39. White, Hayden, *Figural Realism: Studies in the Mimesis Effect*, Baltimore: The Johns Hopkins University Press, 1999.

40. Williams, Raymond, *Marxist and Literature*, Oxford: Oxford University Press, 1977.

41. Wilson, R. & Dutton, R., ed., *New Historicism and Renaissance Drama*, London: Longman Group UK Ltd., 1992.

42. Wilson S., *Cultural Materialism: Theory and Practice*, Oxford: Blackwell Publishers Ltd., 1995.